उर्मिला

कविता काणे बेस्ट सेलिंग पुस्तक *कर्ण संगिनी : एक परित्यक्त की रानी* की लेखिका हैं। उन्होंने अपने करियर की शुरुआत एक पत्रकार के रूप में की थी और अब वह पूर्णकालिक लेखिका हैं। वह अँग्रेज़ी साहित्य व जनसंचार में पोस्ट-ग्रेजुएट हैं। वह रंगमंच और सिनेमा जगत में गहरी रुचि रखती हैं। उन्होंने एक मरीनर से विवाह किया है और उनकी दो बेटियाँ हैं। वह पुणे में रहती हैं। उन्होंने रॉटवाइलर ब्रीड के एक श्वान डूड और बेब नाम की दोस्ती न करने वाली एक बिल्ली को पाल रखा है।

उर्मिला

सीता की बहन की गाथा

कविता काणे

अनुवाद : अजय तिवारी

MANJUL

मंजुल पब्लिशिंग हाउस

MANJUL
मंजुल पब्लिशिंग हाउस
कॉरपोरेट एवं संपादकीय कार्यालय
• द्वितीय तल, उषा प्रीत कॉम्प्लेक्स, 42 मालवीय नगर, भोपाल-462 003
विक्रय एवं विपणन कार्यालय
• सी-16, सेक्टर 3, नोएडा, उत्तर प्रदेश, 201301
वेबसाइट : www.manjulindia.com
वितरण केन्द्र
अहमदाबाद, बेंगलुरू, कोच्चि, कोलकाता, चेन्नई,
हैदराबाद, मुम्बई, नई दिल्ली, पुणे

अंग्रेजी में सर्वप्रथम रूपा पब्लिकेशंस प्रा. लि. द्वारा 2014 में प्रकाशित

कविता काणे द्वारा लिखित मूल अंग्रेजी पुस्तक *सीताज़ सिस्टर* का हिन्दी अनुवाद
©2021 मंजुल पब्लिशिंग हाउस

Sita's Sister by *Kavita Kane* - Hindi Edition

यह संस्करण 2021 में पहली बार प्रकाशित
चतुर्थ आवृत्ति 2026

ISBN 978-93-90085-99-6

अनुवाद : अजय तिवारी
आवरण कृति : प्रियंका सचदेव

मुद्रण व जिल्दसाज़ी : रेप्रो इंडिया लिमिटेड

कविता काणे इस पुस्तक
की लेखिका होने की नैतिक ज़िम्मेदारी वहन करती हैं

समर्पण

किमाया और अमिया को समर्पित, जिन्होंने मुझे सिखाया
कि बेटी ही आविष्कार की जननी होती है

अनुक्रम

प्रस्तावना : चार बहनें

'वह लड़की तो मानो वायु में अदृश्य हो गई। कहाँ गई वह?' उर्मिला अपने स्वर में परेशानी छुपा नहीं पाई। कहाँ थी सीता? वे लुका-छिपी का खेल खेल रहे थे और सदैव की तरह, खेल से आनंद नदारद हो गया और उर्मिला का लक्ष्य अपनी बड़ी बहन को खोजना भर रह गया। सीता के छिपने के स्थान भी उसकी तरह ही गूढ़ थे। वह किसी भी अप्रत्याशित जगह छिप सकती थी, जहाँ से उसे खोजना घंटों का काम होता था।

उर्मिला अब झुँझलाने लगी थी। वह थक गई थी। संगमरमरी गलियारों में दौड़ने और महल की सीढ़ियों पर चढ़ने-उतरने से उसके पैर दुखने लगे थे। और सबसे अधिक थका देने वाला काम था सीता को उस विशाल निजी उपवन में ढूँढना, जिसे उसके पिता गर्व से पारिवारिक उपवन कहा करते थे। अपने पिता- राजा सीरध्वज जनक के नाम का उच्चारण उर्मिला सरलता से इसलिए कर पाती थी, क्योंकि उसे नित्य वैदिक ऋचाओं के पाठ का अभ्यास था। नन्ही उर्मिला ने किंचित अप्रिय भाव और किंचित स्नेह के साथ विचार किया कि जनक भले ही समृद्धशाली राजा और प्रतिष्ठित विद्वान थे, लेकिन उन्हें जो वातावरण सबसे अधिक भाता था, वह था अनगिनत फूलों से आच्छादित घने पेड़ों की यह हरियाली। यह उर्मिला का भी तो पसंदीदा स्थान था। वहाँ पर वह आसानी से छिप सकती थी और घंटों तक उसे खोजा नहीं जा सकता था, जैसा कि उस समय सीता कर रही थी।

उर्मिला के दुखते हुए पैरों ने उसे याद दिलाया कि वह सीता को खोज रही थी और उसे अभी तक सफलता प्राप्त नहीं हुई थी। वह हार नहीं मानेगी।

उसने हठ और संकल्प के साथ अपनी नन्ही ठुड्डी ऊपर उठाई। यदि वह अपनी चचेरी बहनों मांडवी और श्रुतकीर्ति (जिसे उसने संबोधन की सुविधा के लिए छोटा करके कीर्ति कर दिया था।) को लंबे तने और ऊँची शाखाओं वाले पेड़ और संदूक जैसे उनके छिपने के स्थान से खोज सकती थी, तो वह सीता को भी खोज सकती थी। उर्मिला ने उपहासपूर्वक नाक सिकोड़ी, लेकिन कीर्ति अभी केवल सात वर्ष की थी, उर्मिला से पूरे दो साल छोटी। मांडवी की उम्र उर्मिला के बराबर ही थी और उसे खोज निकालना अत्यंत आसान था, हालाँकि सीता उससे एक साल बड़ी थी और इसलिए वह छिपने के लिए अत्यंत मुश्किल स्थानों का चयन करने में सफल रहती थी। उर्मिला भीतर ही भीतर क्रोध से उबल रही थी, हालाँकि उसके बढ़ते क्रोध के पीछे एक चिंता का भाव भी था, जो क्रोध को बाहर आने से रोक रहा था। सीता भले ही आसानी से भयभीत हो जाती थी, लेकिन दुर्घटना और संकट के समय वह अत्यंत सुदृढ़ हो जाती थी। क्या वह गिर गई थी? क्या वह घायल हो गई थी और पीड़ा और दुख को इसलिए रोककर रखे हुए थी कि कहीं उसे खोज न लिया जाए? क्या वह मूर्च्छित हो गई थी? क्या उसका रक्त बह रहा था? आख़िर सीता कहाँ थी?

'तुम उसके बारे में अत्यधिक चिंता करती हो उर्मि, उसे कुछ नहीं हुआ है!' मांडवी के तीव्र स्वर ने उर्मिला की विचार श्रंखला को भंग कर दिया। सदैव की तरह, मांडवी ने समझदारी से उसके अंतर्मन के भय को समझ लिया। 'शीघ्र करो, ऊपर के विशाल कक्ष में चलते हैं– वही एकमात्र स्थान है, जहाँ हमने उसे नहीं ढूँढा है।'

'लेकिन हमें वहाँ जाने की अनुमति नहीं है...' अपने बड़े नेत्रों को और चौड़ा करते हुए कीर्ति बुदबुदाई।

'हाँ, सीता जैसी आज्ञाकारी लड़की नियम नहीं तोड़ेगी। वह वहाँ क्यों छिपेगी, जबकि हमारा महल के उस भाग में जाना निषिद्ध है?' उर्मिला ने कठिनाई से कहा। यह जानते हुए कि सीता ऐसे किसी भी नियम को तोड़ने से नहीं हिचकेगी। सीता के लिए, वह पिता का कोप झेलने के लिए तैयार थी।

'मैं पिताश्री के पास जाना चाहती हूँ! चलो उन्हें बताते हैं कि हमने सीता को खो दिया है...' कीर्ति की रुलाई अब किसी भी क्षण फूट सकती थी।

'रोने वाली बच्ची!' मांडवी ने तिरस्कारपूर्ण स्वर में हँसते हुए कहा।

'नहीं, लाडो, भयभीत होने की कोई बात नहीं है।' उर्मिला ने नेत्रों ही नेत्रों में मांडवी को शांत रहने का संकेत किया और झुककर कीर्ति को अपने पास समेट लिया। वह अपनी छोटी चचेरी बहन के हृदय की तीव्र धड़कन स्पष्ट सुन सकती थी। उसका नन्हा शरीर थर-थर काँप रहा था। 'तुम माता के पास जाकर उन्हें क्यों नहीं बताती कि हम यहाँ हैं? और साथ में चाचाजी को भी ले आओ...' उर्मिला ने कीर्ति को सुझाव दिया।

'उर्मि, हम संकट में फँस जाएँगे...' मांडवी ने चेतावनी देते हुए कहा।

'हम पहले ही गंभीर संकट में हैं,' उर्मिला ने प्रत्युत्तर दिया, उसका स्वर कठोर हो गया, भय उसमें तीव्रता से पसरता जा रहा था।

उसने अपने नन्हे और कोमल पैरों के साथ यथासंभव तीव्रता से भागकर जाती हुई कीर्ति को देखा।

'चलो सीता को ढूँढते हैं,' उर्मिला ने मांडवी का हाथ पकड़ते हुए कहा।

दोनों नन्ही बच्चियाँ अपनी गुम हुई बहन को ढूँढने के लिए चौड़ी घुमावदार सीढ़ियों पर तीव्रता से चढ़ने लगीं। उन्हें सीता को शीघ्र ही ढूँढना होगा, क्रोधित उर्मिला ने मन में विचार किया। झाँकने पर प्रत्येक कक्ष खाली मिलने से उसकी निराशा और बेचैनी बढ़ गई थी।

'वह यहाँ इस कक्ष में भी नहीं है...!' काँपती हुई मांडवी ने कहा, उसका चेहरा श्वेत पड़ चुका था। उर्मिला उसके अश्रुओं से भरे स्वर को स्पष्ट सुन सकती थी।

वे एक विशाल, बेलबूटों से सजे द्वार के सामने पहुँच गईं। यह उसी कक्ष का द्वार था, जिसमें कभी प्रवेश न करने की चेतावनी इन बालिकाओं को दी गई थी : पवित्र कक्ष। कक्ष का द्वार बंद था, किंतु उस पर ताला नहीं लगा था। अनिश्चय और अनिर्णय की स्थिति में लड़कियाँ एक-दूसरे की ओर ताकती हुई बंद द्वार के सामने खड़ी रहीं। क्या सीता अंदर होगी? इस विचार ने उर्मिला को द्वार को ठेलने के लिए प्रेरित किया। प्रथम प्रयास में द्वार हिला भी नहीं। उसने दोबारा अपने संपूर्ण बल, आशा और तीव्रता के साथ द्वार को धकेला। मांडवी ने भी अपने नन्हे कंधों के साथ उर्मिला का सहयोग किया। उन्होंने अनुभव किया कि द्वार हल्का सा हिला और धीरे से खुल गया। लड़कियाँ अंदर घुस गईं। उनकी भय और कौतुहल से भरी आँखें ऊँचे स्तंभों वाले विशाल कक्ष का अवलोकन कर रही थीं।

'वह यहाँ नहीं हो सकती! वह अकेली अंदर कैसे आई होगी, जबकि हम दोनों मिलकर भी द्वार नहीं खोल पा रहे थे? मांडवी ने शीघ्र से फुसफुसाकर कहा। 'चलो यहाँ से शीघ्र निकल चलें... इससे पहले कि पकड़े जाएँ!'

'नहीं!' उर्मिला के हाथों ने तीव्रता से मांडवी की कलाई को जकड़ लिया। 'हमने प्रत्येक कक्ष, प्रत्येक कोना, प्रत्येक हिस्से में ढूँढ लिया है... सीता को यहीं होना चाहिए!' उर्मिला ने रुंधे हुए गले से कहा। उसका रुदन नेत्रों और गले से उमड़कर बाहर निकल आया था। 'सीता! सीता!' उसका स्वर निराशा से भर गया। 'कृपया... बाहर आ जाओ! कहाँ हो तुम?'

उर्मिला का स्वर ऊँची गुंबदाकार छत से टकराकर गूँज उठा। उसके नेत्रों ने कदाचित ही ध्यान दिया हो कि कक्ष असाधारण रूप से लंबा और विशाल था, दोनों ओर स्तंभों की कतार के साथ नक्काशीदार आसन रखे हुए थे। उर्मिला की दृष्टि कक्ष में दूर अंतिम छोर पर पड़ीं। कक्ष के अंतिम सिरे पर सीढ़ियों की लंबी कतार के ऊपर एक मंच पर एक सिंहासन था। जहाँ सीढ़ियाँ समाप्त होती थीं, वहाँ सिंहासन के सामने एक कम ऊँचाई वाली लंबी सी मेज़ पर एक बड़ा सा लोहे का संदूक रखा था। और उस संदूक के भीतर झाँकती हुई ...सीता!

'सीता'! आनंद और राहत के भाव उर्मिला के कंठ से फूट पड़े। वह अपनी बहन का ज़ोर से आलिंगन करने के लिए उसकी ओर दौड़ी, लेकिन अचानक ठिठक गई। उसके सामने उपस्थित दृश्य इतना विस्मयकारी था कि वह समझ नहीं पा रही थी। अगर इस समय जैसा गंभीर अवसर नहीं होता, तो उर्मिला खुलकर हँस पड़ती; दृश्य था ही इतना हास्यास्पद। सीता एक विशालकाय धनुष को अपने हाथों में पकड़े थी– वह अति विशाल था, सीता की परियों जैसी सुकोमल काया को देखते हुए, उससे अत्यंत ऊँचाई पर पहुँच रहा था, लेकिन सीता उसे बड़ी ही सरलता से एक हाथ में पकड़े थी और उस विशालकाय संदूक में झाँक रही थी, जिसमें शायद यह धनुष पहले रखा हुआ था। वह अवश्य ही कोई वस्तु तलाश रही थी।

'मुझे मेरी गेंद नहीं मिल रही,' व्यथित स्वर में सीता ने कहा। 'वह अवश्य इसके अंदर गिरी होगी, जब मैं इस संदूक में छिपने के लिए घुसी थी। 'हाँ वह रही, मुझे मिल गई!' वह लगभग उस गेंद पर झपट पड़ी, जो उस शस्त्र रखने के संदूक के तले में पड़ी थी। विशाल धनुष उसके हाथों में असुरक्षित ढंग से झूल रहा था।

सावधानी से,' उर्मिला सहज भाव से चिल्लाई।

उत्तर में सीता ने सावधानीपूर्वक उस विशाल धनुष को एक हाथ से उस बड़े संदूक के एक किनारे रख दिया और कुशलतापूर्वक दूसरे हाथ से गेंद निकाल ली। सीता का ध्यान इस बात पर गया कि वह मेज़ (जो कि दरअसल एक लंबा रथ था) हल्की सी तिरछी हो गई थी। छोटी-छोटी बातों का ध्यान रखने वाली सीता ने अपने घुटने के एक धक्के से तुरंत उसे सीधा कर दिया।

'तुमने यह कैसे किया?' मांडवी ने कहा। उसकी आँखें आश्चर्य से फटी जा रही थीं। 'यह तो अत्यंत भारी दिखाई पड़ता है... यह तो कई मण का होगा! वह सीता की ओर एक नवीन विस्मय के साथ देख रही थी।

सीता ने सहजता से कंधे उचकाए और कहा 'चलो चलें...हमें देर हो रही है। माँ चिंता करेंगी!'

अचानक उस विशाल कक्ष में उनकी उपस्थिति की वजह का भान होते ही उर्मिला के मन में पूरी घटनाओं की शृंखला एक बार फिर कौंध गई और वह घबराहट से भर गई। वह स्वयं को तंग किए जाने का करारा उत्तर देने ही वाली थी कि उसके क्रोध से भरे शब्द उसके मुँह में ही रह गए। अचानक उसकी दृष्टि सीढ़ियों के नीचे खड़े उसके माता-पिता और चाचा पर पड़ी। उसका हृदय व्यथित हो गया। उसने निराशा से सोचा कि अब उन्हें सभी की सामूहिक फटकार पड़ेगी, लेकिन कठोर शब्द सुनाई नहीं पड़े। इसके बजाय, तीनों बड़े लोग मूर्तिवत खड़े रहे, उनके चेहरों पर वही घोर विस्मय के भाव थे, जो कुछ देर पहले मांडवी के चेहरे पर थे।

उसके पिता धीरे-धीरे सीढ़ियाँ चढ़ने लगे, उनकी आँखें आश्चर्य से अधिक कुछ अजीब से भावों से भरी थीं। उर्मिला समझ नहीं पाई कि वह भाव क्या थे या फिर वह उन भावों को अभिव्यक्त करने के लिए सही शब्दों का चयन नहीं कर पाई थी। उसने देखा कि उसके पिता ने अपने हाथ जोड़ लिए और... श्रद्धा से सिर झुका लिया। उर्मिला की माँ और चाचा ने भी उर्मिला के पिता का अनुसरण किया और श्रद्धा से उपासना की स्थिति में हाथ जोड़कर सिर झुका लिया, लेकिन क्यों, उर्मिला उलझन में पड़ गई कि ये लोग उस मुद्रा में क्यों दिखाई दे रहे थे, जो कि केवल उपवन के सुंदर मंदिर में स्थित देवी गौरी के सामने की जाती थी।

उर्मिला के पास इसका कोई उत्तर नहीं था, लेकिन वह इस बात के लिए प्रसन्न थी कि वह अपने माता-पिता की कठोर डाँट से बच गई। उसने गहरी साँस ली और प्रसन्नता से अपनी बहनों की ओर दौड़ते हुए चली गई।

दो राजकुमार

'हमारे घर कुछ अप्रत्याशित अतिथि आए हैं,' अति उत्साह के साथ मांडवी ने घोषणा की।

लेकिन उसकी यह नाटकीय घोषणा वैसी प्रतिक्रिया हासिल करने में असफल रही, जैसी वह अपेक्षा कर रही थी। शेष तीन लड़कियों ने उसके शब्दों को, धूप की गरमाहट से भरे उस कक्ष में अर्थहीन होकर बिखर जाने दिया और अपने काम में लगी रहीं। उन चारों में सबसे बड़ी सीता, नित्य की तरह भोर में देवी गौरी के मंदिर जाकर पूजा करके आने के बाद प्रसाद का वितरण कर रही थी। सीता की बहन, उर्मिला सुबह-सुबह की अपनी लंबी चित्रकारी के लिए थाली में नवीन रंगों को तैयार करने में जुटी थी, हालाँकि चित्रपट अभी रिक्त ही था। उसने अभी एक भी कूची नहीं चलाई थी। इसका आशय था कि उर्मिला चिंतित थी और यह चिंता अवश्य ही सीता के बारे में होगी। मांडवी ने अपनी समझ से परिणाम निकाला। यह लड़की अपनी बहन के बारे में बहुत अधिक चिंता करती है।

शांत, कुशल श्रुतकीर्ति, उसकी छोटी बहन, सुगढ़ता से अपनी दोनों चचेरी बहनों की सहायता कर रही थी। वह सीता की पूजा की थाली सँभालने के साथ-साथ उर्मिला के लिए रंग भी निकाल रही थी। एक बहुत ही विरोधाभासी चरित्रों का संयोजन दिखाई दे रहा था। सीता सुंदर और अलौकिक, दुबली-पतली और कोमल काया वाली, सलीके से सुंदर परिधान धारण करने वाली और बहुत कम बोलने वाली लड़की थी। श्रुतकीर्ति चतुर और आकर्षक, घने घुंघराले बालों वाली लड़की थी, जिसके छोटे और तीखे कटाव वाले चेहरे पर बड़ी, काली आँखें चमक बिखेरती थीं। वह चारों बहनों

में सबसे छोटी थी, लेकिन उन सबमें सबसे लंबी वही थी। वैसे चारों बहनें लंबी थीं, लेकिन कीर्ति इस समय सुगठित, आकर्षक काया वाली उर्मिला से कहीं अधिक लंबी दिखाई दे रही थी। उर्मिला की उभरती गोलाइयों ने उसकी ऊँचाई को दबा दिया था। वह बहुत कुछ उन रंगों की तरह ही थी, जिन्हें वह इस समय तल्लीनता से मिलाने में जुटी थी, उष्ण, जीवंत और चमकदार। इसमें उसकी पारे के समान तीव्रता से बढ़ती-घटती मनोवृत्ति भी शामिल थी। उसका सरल, सहज आचरण उसे बहुत ही मिलनसार बनाता था। प्रत्येक कोण से एक गर्वीली राजकुमारी लगने वाली मांडवी ने उर्मिला के इस सहज आकर्षण से ईर्ष्या अनुभव की। वह कक्ष के इस परिदृश्य से सुपरिचित थी। मांडवी ने अनुभव किया कि उनकी नित्य की इन प्रात: बेलाओं में एक सुंदर, प्रतीकात्मक गुणवत्ता थी। कक्ष के वातावरण में एक यांँत्रिक समानता और एकरूपता का भाव प्रकट हो रहा था और मांडवी ने अचानक स्वयं के भीतर इस एकरूपता को भंग करने की इच्छा अनुभव की। स्वाभाविक रूप से उसके प्रारंभिक शब्दों ने कोई प्रभाव उत्पन्न नहीं किया था और शेष लड़कियाँ अपने कार्य में तल्लीन रहीं।

'मैंने परिचारिकाओं से सुना है कि अयोध्या के दो सुंदर, युवा राजकुमार यहाँ आए हैं,' मांडवी ने अपने स्वर में पूर्व की तरह ही तीव्रता और आदेशात्मकता बनाए रखी..., 'और ताऊ जी ने उन्हें महल के पश्चिमी खंड में निवास के लिए आमंत्रित किया है।'

'मैंने तुम्हें कितनी बार कहा है कि परिचारिकाओं के गल्प पर ध्यान मत दिया करो?' मांडवी की बातों पर गंभीरता से ध्यान न देकर, उर्मिला ने लाल और पीला रंग मिलाते हुए सहजता से कहा। रंग संयोजन में उर्मिला की सहायता कर रही कीर्ति मुँह दबाकर हँसी, जो मांडवी की दृष्टि से बच नहीं सकी। मांडवी ने स्वयं को बचाव की मुद्रा में अनुभव किया। जब भी कीर्ति और उर्मिला साथ होती थीं, मांडवी स्वयं को अलग-थलग अनुभव करती थी। ईर्ष्या का एक प्रबल प्रवाह उसने स्वयं के भीतर अनुभव किया। वह उर्मिला को अपना आदर्श मानती थी और यह समझती थी कि चूँकि वे दोनों समान आयु की हैं, इसलिए उर्मिला उसके अधिक समीप है। कीर्ति उसकी छोटी बहन थी; उसे बड़ों की बातों में हस्तक्षेप नहीं करना चाहिए। मांडवी की उर्मिला पर अधिकार संबंधी भावना ने अब विशाल रूप ले लिया था। वह अनावश्यक रूप से झुँझलाने लगी थी।

'लेकिन उनसे बहुत सी बातें जानी जा सकती हैं!' मांडवी ने अपने स्वर को सहज बनाते हुए उत्तर दिया। 'ऐसे समाचार जो कि आप अन्यथा नहीं जान सकते। सूचनाओं का समुचित ज्ञान होना और उनसे सुसज्जित रहना आवश्यक है। जैसा कि बड़े कहते हैं, अपनी आँखें और कान सदैव खुले रखने चाहिए। आप स्वयं को महल में अलग-थलग नहीं रख सकते' उसने हल्के से नाक सिकोड़ते हुए कहा।

मांडवी दुबली-पतली थी और लंबाई में उर्मिला के बराबर ही थी, लेकिन उनकी समानता बस लंबाई तक सीमित थी। मांडवी खड़े होने पर सदैव सीधी और लंबी दिखाई देती थी, घुड़सवारी के कौशल के कारण उसकी काया में एक अनिवार्य प्रबलता और कड़कपन था। इसके विपरीत उर्मिला की काया में गोलाकार, मादक कोमलता थी, जो उसके कद को तुलनात्मक रूप से छोटा प्रदर्शित करती थी। उर्मिला के स्वरूप में एक खुलापन और जीवंतता थी, उसके अंडाकार चेहरे पर दो बड़ी, चमकदार आँखें अपनी विशिष्ट छाप छोड़ती थीं। उसकी पतली और आकर्षक नाक थी। गुलाब की कली के समान होंठ थे, जो अक्सर सहजता से खुलकर चित्ताकर्षक मुस्कान में बदल जाते थे, ऐसी मुस्कान जिसकी कोई भी अनदेखी नहीं कर सकता था। वहीं मांडवी के स्वरूप में गंभीर, सुस्थिर नेत्रों और यदा-कदा ही मुस्कान को अपने तक आने देने वाले सीधे होंठों के साथ ठंडी अलौकिकता और अभिजात्यता की झलक दिखाई देती थी।

इस समय, मांडवी के कटार के समान तीखे होंठ, क्रोध से भिंचे हुए थे। 'राजकाज और महलों से संबंधित बातें ऐसी ही होती हैं। आपके पास सूचनाओं के अपने स्रोत होने चाहिए। आप उनका पोषण करते हैं और वे आपका, अन्यथा किस प्रकार हम एकांतवासी राजकुमारियाँ यह जान पाएँगी कि हमारे चित्रपट और इन विशाल खिड़कियों वाले कक्षों के बाहर संसार में क्या हो रहा है? जिस प्रकार दान और गल्प का आरंभ घर से होता है, उसी प्रकार राजनीति का भी! और वैसे भी, इन परिचारिकाओं के पास सदैव आपको बताने के लिए अत्यंत रसीली बातें होती हैं... यह एक आदर्श मनोरंजन है,' वह चतुराई से मुस्कराई।

'वे बातें करती हैं और तुम सुनती हो, ढंग इसके उलट होना चाहिए, मेरी प्यारी राजकुमारी!,' उर्मिला ने उसे याद दिलाया।

'मुझे घोर आश्चर्य होता है कि वे किस प्रकार तुम्हारे पास आकर सारी बातें बताती हैं,' उत्सुकतापूर्वक कीर्ति ने पूछा। 'मांडवी, वैसे तो तुम अत्यधिक भयावह और विकट प्रतीत होती हो! क्या तुम उन्हें उदारतापूर्वक उपहार देती रहती हो?'

'अरे, बस भी करो लड़कियों!' सीता ने हँसते हुए प्रसाद का एक टुकड़ा उर्मिला के मुँह में डाल दिया। 'मीठी बातें किया करो मेरी लाडो,' उसने प्यार से कहा।

चारों लड़कियां सदैव इसी तरह के प्रेम-परिहास में व्यस्त रहती थीं। उसमें लेशमात्र भी कपट या स्वार्थ का भाव नहीं होता था। वे एक-दूसरे के साथ बहुत अनौपचारिक रूप से खुली हुई थीं, कई बार तो सामान्य शिष्टाचार की सीमा से परे जाकर भी। और क्यों न हों? आख़िरकार वे बहनें थीं, और उनका आपस में हर समय शिष्ट और सभ्य बना रहना आवश्यक नहीं था।

उर्मिला ने शीघ्र प्रसाद निगला और मांडवी की ओर मुड़कर कहा, 'और फिर, अतिथियों के आने में असामान्य क्या है? मत भूलो कि पिताश्री द्वारा प्रत्येक वर्ष मिथिला में आयोजित किया जाने वाला वैचारिक सम्मेलन अब भी चल रहा है। इसके अलावा, अभी और भी लोग आएँगे, क्योंकि सीता के स्वयंवर में अब केवल एक सप्ताह शेष है! महल तो पहले ही लोगों से भरा है।'

सीता उदासीनता से मुस्कराई - अपने विवाह के निकट होने का उल्लेख उसे तनिक भी उत्साहित करता नहीं लगा। इसे कुछ भी उत्साहित नहीं करता, उर्मिला ने सशंकित होकर सोचा। उसकी जानकारी में सीता खिझाने की हद तक शांत और उत्साहहीन स्वभाव की थी - सदैव शांतचित्त, विचारवान और सौम्य आचरण वाली, लेकिन यह उसके विवाह का अवसर था। और क्या भावी वधू को अपने युवा, रोमांचविहीन जीवन की इस सर्वाधिक हलचल वाली घटना के प्रति थोड़ा और प्रफुल्लित नहीं होना चाहिए? मांडवी सही थी, जब वह उन्हें एकांतवासी राजकुमारियाँ कहती थी। वे बहुत कुछ वैसी ही थीं, हालाँकि उन्हें वेदों, उपनिषदों, राजनीति, संगीत, कला और साहित्य का पर्याप्त ज्ञान था। उन्होंने इस विशाल संसार की अज्ञात सीमाओं की यात्रा की थी, लेकिन केवल मन में, मिथिला के महल के आँगन और कक्षों में बैठकर, जिसने एक अज्ञात संसार के दूरस्थ क्षितिज को अनदेखा कर रखा था। उन्होंने हालाँकि अपने पिताश्री के साथ सभी सम्मेलनों और धार्मिक समारोहों में

देशभर का भ्रमण किया था और ऐसे संसार का अनुभव प्राप्त किया था, जहाँ किसी अन्य राजकुमारी को जाने की अनुमति नहीं थी, लेकिन उर्मिला और अधिक चाहती थी। वह और अधिक स्थानों पर जाना चाहती थी, उन स्थानों पर, जिनके बारे में वह बचपन से सुनती आई थी..., लेकिन वह जानती थी कि वह भी सीता के स्वयंवर के बाद ब्याह दी जाएगी। विवाह में उर्मिला की अधिक रुचि नहीं थी, लेकिन यह एक सामाजिक रस्म थी, जिसका पालन उसे भी करना पड़ेगा। वह विवाह करने की अपेक्षा ज्ञान अर्जन करना अधिक पसंद करती थी।

स्वयंवर का विचार उर्मिला को वापस वर्तमान में उनके मिथिला के सुंदर रंग-बिरंगे कक्ष में ले आया। उसने आशाभरी दृष्टि से अपनी बड़ी बहन सीता की ओर देखा। वह सदैव की तरह अति सुंदर लग रही थी; छरहरी और कोमल। उसकी लंबी गर्दन शिष्टता से तनी हुई थी, जिससे वह उससे कहीं अधिक लंबी और लोचदार लग रही थी, जितनी वह असल में थी। आकाशीय नीले रंग में – जो कि उर्मिला का पसंदीदा चित्रकारी का रंग था – वह पीली सी दिख रही थी, लेकिन बीमार नहीं लग रही थी। वह अत्यंत गोरी थी। उसकी लगभग पारदर्शी त्वचा उसके गालों के उभारों तक खिंची हुई थी। उसकी मोटी भौंहें उसके कटीले नेत्रों को और भी उभार रही थीं। दिल के आकार का उसका चेहरा सतत शांति और नम्रता से भरा था। उर्मिला जानती थी कि उसकी बड़ी बहन में सौम्यता के अलावा अदम्य इच्छाशक्ति और उद्देश्य पूरा करने का बल था, लेकिन वह अपनी भावनाओं को इतनी आसानी से छिपाकर रखती थी कि उसके माथे पर हल्की सी शिकन भी दिखाई नहीं देती थी।

'सीता क्या तुम अपने विवाह से प्रसन्न नहीं हो?' उर्मिला ने अनायास पूछ लिया। 'तुम इसको लेकर बहुत... बहुत पृथक और निर्लिप्त लग रही हो। यह सामान्य बात नहीं है!'

'तुम क्या चाहती हो कि मैं क्या करूँ, प्रसन्नता से उछलूँ?' सीता ने मंद हँसी के साथ प्रतिप्रश्न किया। 'मैं जानती हूँ कि यह मेरा विवाह है और, निस्संदेह मैं इसको लेकर उत्साहित हूँ...।'

'तो उसे प्रकट करो! तुम बहुत अधिक रोमांचित नहीं दिखतीं... अथवा दूर-दूर तक भी वैसी उत्साहित नहीं लगतीं, जैसी कि अक्सर भावी वधुएँ होती हैं।'

'मैं प्रसन्न हूँ लाडो कि क्या होने वाला है। सब कुछ योजनाबद्ध ढंग से हो रहा है, तो इसमें बहुत अधिक उत्सुकता वाली क्या बात है? जो पुरुष प्रसिद्ध शिव धनुष को तोड़ने में सफल होगा, वही मेरा पति होगा। बस यही तो है।' सीता ने संयत भाव से समझाया।

'शिव धनुष तोड़ेगा?' मांडवी ने सिर हिलाते हुए प्रतिवाद किया। 'मात्र इसलिए कि बचपन में तुम आसानी से उसे उठाकर रख देती थीं, तो ताऊजी चाहते हैं कि कोई महानायक ऐसा ही करे।? वह धनुष आठ हाथों से भी अधिक लंबा है और इतना भारी है कि उसे उठाने के लिए तीन सौ लोग भी कम पड़ते हैं! उसे ढोने के लिए एक विशाल रथ की आवश्यकता होती है और उस रथ को एक पग भी सरकाने के लिए पुन: तीन सौ लोग चाहिए! और ताऊजी ने घोषणा की है कि जो भी सीता से विवाह करना चाहता है, वह केवल धनुष पर प्रत्यंचा चढ़ाने के बाद ही ऐसा कर सकता है। मैं तो किसी के द्वारा उसे उठाना तो दूर, सरकाने की भी कल्पना नहीं कर सकती!'

'यही तो बात है, तुम्हें नहीं लगता?' उर्मिला ने धीरे से पूछा। 'ऐसा कर सकने वाला बहुत ही असाधारण मनुष्य होना चाहिए और निस्संदेह, वह एक असाधारण मनुष्य ही होगा, जो सीता से विवाह करेगा!'

'तुमने अपने प्रश्न का स्वयं ही उत्तर दे दिया, उर्मिला,' सीता ने मधुर स्वर में कहा। 'और यही कारण है कि मैं अपने विवाह को लेकर अत्यंत शांत हूँ! मुझे पिताश्री पर विश्वास है...।'

उर्मिला ने सीता की ओर संक्षिप्त दृष्टि डाली। सीता के हृदय में सदैव शांत स्वीकार्यता का भाव बना रहता था। उर्मिला की तरह सीता कभी भी बात-बात पर विरोध जताने वाली नहीं रही और यद्यपि यह एक स्वयंवर था (स्वयं की पसंद से अपना वर चुनना), लेकिन उर्मिला जानती थी कि इसमें भी सीता, अपने पिताश्री के निर्णय से बँधी रहेगी।

लेकिन कौन होगा वह पुरुष, जो इस अद्‌भुत कार्य को पूरा कर पाएगा? और क्या वह पुरुष उसकी श्रेष्ठ बहन के लिए श्रेष्ठ सिद्ध हो पाएगा? यह विचार उसके लिए तभी से महत्त्वहीन हो गया था, जबसे उसके माता-पिता ने सीता के स्वयंवर की योजना बनाई थी। उर्मिला ने ठंडी साँस ली; वह स्वयं को अपनी बड़ी बहन की चिंता करने से नहीं रोक सकती। उसके लिए सीता संसार की सर्वाधिक विनम्र, दयालु, मधुर व्यक्ति थी; अविश्वसनीय, अकल्पनीय रूप से इतनी भली कि वह पृथ्वी पर अवतरित एक देवी मालूम

होती थी। वह सचमुच देवी थी, उसके पिता सदैव उसे बताते रहते थे। उसका नाम सीता रखा गया – अर्थात वह रेखा, जो हल जोतते समय भूमि पर बनती है – प्रेम और आशा की रेखा – वहीं, तो सीता उसके संतानहीन माता-पिता को रोते हुए मिली थी। यह तब हुआ था, जब वे एक यज्ञ के भाग के रूप में खेत जोत रहे थे। इस कन्या ने उनके हृदय और आत्मा को छू लिया। और विदेह के संतानहीन राजा सीरध्वज जनक और उनकी महारानी सुनयना ने तुरंत ही उसे अपनी प्रथम पुत्री के रूप में स्वीकार कर लिया। जनक एक दार्शनिक-राजा थे। वे मानते थे कि 'सीता, वास्तव में उनकी पुत्री के लिए सर्वाधिक काव्यमयी परिभाषा है – सौभाग्य और समृद्धि की सूचक – और धरती से प्राप्त होने वाला अनंत वरदान। वह धरती की बेटी थी – उष्ण, गहन और जीवनदायिनी।

उर्मिला एक साल बाद पैदा हुई थी। आरंभ से ही वह सीता की प्रतिछाया बनी रही। दोनों बालिकाओं के बीच प्रेम और आपसी समन्वय के बीज पालने में ही पड़ गए थे, जो समय के साथ पुष्पित-पल्लवित होते गए। इस प्रेम और परिहास के वृत्त को और विस्तार मिला दो छोटी चचेरी बहनों मांडवी और कीर्ति के आने से। ये दोनों चंचल कन्याएँ वाराणसी के विधुर राजा कुशध्वज की पुत्रियाँ थीं, जो कि राजा सीरध्वज जनक के छोटे भाई थे।

'... और ऐसा ही इन राजकुमारों के बारे में भी है...' मांडवी ने बोलना जारी रखा, उसके अधिकारपूर्ण स्वर उर्मिला के उद्विग्न विचारों को भंग करते जा रहे थे। 'ज्येष्ठ राजकुमार राम हैं और उनके साथ उनके अनुज लक्ष्मण हैं और वे यहाँ पर ऋषि विश्वामित्र के साथ आए हैं।'

'ऋषि विश्वामित्र?' सीता का स्वर गूँजा, उसके स्वर में आश्चर्य का पुट था।

उर्मिला उत्सुक थी। विश्वामित्र कोई साधारण व्यक्ति नहीं थे, जिनसे हर कोई सरलता से मिल सके। वह देश के एक बहुत ही जाने-माने और सम्मानित ऋषि थे – वे ब्रह्मर्षि थे – एक ऐसे ऋषि, जिन्होंने परम ब्रह्म को जान लिया था और जिन्होंने सर्वोच्च दिव्य ज्ञान, ब्रह्मज्ञान को प्राप्त किया था। उर्मिला को उनके बारे में जो कहानी ज्ञात थी, उसके अनुसार ऋषि विश्वामित्र पूर्व में एक राजा थे। उन्हें राजा कौशिक के नाम से जाना जाता था, जिनका विवाद और कोई नहीं, बल्कि महान ऋषि वशिष्ठ के साथ हो गया था, जो कि ब्रह्मर्षि थे और अयोध्या राजदरबार के राज पुरोहित भी थे। इस विवाद में राजा

कौशिक परास्त हो गए। इस हार के बाद उन्होंने अनुभव किया कि तपस्या से प्राप्त की गई शक्ति सैन्य शक्ति से कहीं अधिक श्रेष्ठ होती है। अपमानित राजा ने राजपाट त्याग दिया और अपने तत्कालीन शत्रु ऋषि वशिष्ठ से अधिक महान ऋषि बनने के लिए सर्वोच्च दिव्य ज्ञान की खोज आरंभ कर दी। उन्होंने अपना नाम विश्वामित्र रख लिया। कई परीक्षाओं, जप-तप और कठिनतम तपस्याओं के बाद ऋषि विश्वामित्र को स्वयं वशिष्ठ के हाथों ब्रह्मर्षि की उपाधि प्राप्त हुई।

यद्यपि विश्वामित्र ने एक ऋषि का चोला धारण कर लिया था, लेकिन वे अपना मूल स्वभाव परिवर्तित नहीं कर पाए थे। जैसे एक गौरवशाली राजा वे पूर्व में थे, ब्रह्मर्षि के रूप में भी उन्होंने वही राजसी अभिमान और अहंकार बनाए रखा था। यही उनसे भयभीत होने का कारण था। शक्तिशाली राजा उनके आगे काँपते थे। उर्मिला को आश्चर्य हुआ कि ऐसे शक्तिशाली ऋषि उसके पिता के राज्य में क्यों आए? और उनके साथ दो राजकुमार कौन थे?

'परंतु वे ऋषि विश्वामित्र के साथ क्यों हैं?' उर्मिला पूछने से स्वयं को रोक नहीं सकी। सीता ने उत्सुकता से सिर हिलाया।

उर्मिला के प्रश्न का त्वरित उत्तर उसकी बातूनी चचेरी बहन मांडवी ने दिया, जो अब भी अयोध्या के युवा राजकुमारों को लेकर रोमांचित थी।

'ऐसा प्रतीत होता है कि ऋषि विश्वामित्र ने अयोध्या के राजा दशरथ से उनके दो पुत्रों राम और लक्ष्मण को सहायता के लिए माँगा था। विश्वामित्र चाहते थे कि राम और लक्ष्मण कुछ राक्षसों का नाश करें, जो दंडक वन में उनकी तपस्या में विघ्न डाल रहे थे। मुझे उनके नाम याद नहीं आ रहे...उसने अपनी भौंहें सिकोड़ीं। 'ओह हाँ, राक्षसी ताड़का और उसके पुत्र सुबाहु और मारीच। ये राक्षस बहुत शक्तिशाली थे और उन्हें कोई भी मार नहीं सकता था, लेकिन इन दो युवा राजकुमारों ने ऐसा कर दिखाया! मारीच भाग निकला, लेकिन उन्होंने भयानक ताड़का और सुबाहु दोनों को मार गिराया।'

'परंतु वे यहाँ क्यों आए हैं? उर्मिला ने सीधे पूछा। क्या उसके पिता की इन प्रभावशाली, क्रोधी ऋषि के साथ कोई समस्या है? क्या उन्होंने इन कुमारों को एक मौन चेतावनी के रूप में भेजा है? क्या मिथिला और अयोध्या के बीच कोई तनाव है? उर्मिला अपने परेशान विचारों को शांत नहीं कर पा रही थी।

'अरे कोई बात नहीं है। वे यहाँ केवल भ्रमण और मनोरंजन के लिए आए हैं!' मांडवी ने चुहल करते हुए कहा। 'ऐसा प्रतीत होता है कि महर्षि

विश्वामित्र अयोध्या के इन राजकुमारों की हमारे ताऊजी अर्थात मिथिला के प्रसिद्ध राजा जनक से भेंट करवाने के लिए आए हैं।'

'इतनी वाचाल न बनो, लाडो!' सीता ने मांडवी को परिहास में डपटते हुए कहा, 'तुमने अपने सूत्रों से अवश्य ही यह पता लगा लिया होगा कि ये लोग यहाँ क्यों आए हैं...।'

मांडवी ने सिर हिलाया, 'किंतु सच बात यह है कि विश्वामित्र मिथिला में ताऊजी के यज्ञ में शामिल होने आए हैं, जिसमें उन्होंने देशभर से ऋषियों को आमंत्रित किया है। तुम उनकी प्रसन्नता का अनुमान लगा सकती हो, जब विश्वामित्र का आकस्मिक आगमन हुआ।'

'तो ऋषिवर के साथ ये दो राजकुमार मिथिला भ्रमण के लिए आए हैं...? कीर्ति ने धीरे से कहा। 'या फिर वे यहाँ सीता के स्वयंवर में शामिल होने आए हैं?' उसने सपाट स्वर में कह डाला।

कीर्ति ने उर्मिला की शंका को ही अपने शब्दों में उजागर कर दिया था, लेकिन वह जानती थी, जितना दिख रहा है, उससे कहीं अधिक है। उसने सीता पर एक दृष्टि डाली, जो व्यग्र दिखाई दे रही थी और लगता था कि अपनी आशंका प्रकट करना चाहती थी।

वह सुबह उनकी सामान्य सुबह की तरह नहीं थी। सीता, जो पिछले कुछ दिनों से असामान्य रूप से शांत थी, उसे मंदिर से आने में कुछ देर हो गई थी। उसकी चचेरी बहनें विवाह की तैयारियों में अपनी माताओं की सहायता करने में जुटी हुई थीं, लेकिन उनके साथ जाने के बजाय, उर्मिला सीता के लौटने की प्रतीक्षा कर रही थी। कहाँ थी सीता, उर्मिला अपनी खीझ को रोक नहीं पा रही थी। उर्मिला ने देख लिया था, वह अपने प्रिय स्थान रसोईघर में भी नहीं थी। पूरे दो घंटे के बाद, सामान्य रूप से शांत रहने वाली सीता ने कक्ष में प्रवेश किया, उसका श्वेत मुख भय से पीला हो रहा था। वह अत्यंत घबराई हुई दिखाई दे रही थी और घबराहट छिपाने के प्रयास में उसे और भी बढ़ा रही थी।

'तुम्हें देर क्यों हो गई?' उर्मिला बड़बड़ाई, 'मैं कब से तुम्हारी प्रतीक्षा कर रही हूँ, जबकि मुझे माता को आभूषण पसंद करने में और पिता को

ऋषियों के स्वागत के लिए छंद रचने में सहायता करने के लिए जाना था। तुम कहाँ अदृश्य हो गई थीं...' उर्मिला का सारा रोष अदृश्य हो गया, जब उसने अनुभव किया कि सीता उसकी बातों पर ध्यान नहीं दे रही थी। उर्मिला सीता को पूरे कक्ष में बेचैनी से टहलते देखती रही और अंतत: उसने उठकर सीता का हाथ अपने हाथ में थाम लिया। सीता के हाथ अत्यंत शीतल थे और काँप रहे थे।

'क्या हुआ?' उर्मिला ने प्रेम से पूछा। ' तुम परेशान थीं। मैंने यह देखा था, लेकिन सोचा कि तुम स्वयं समय आने पर बताओगी। बताओ क्या बात है? तुम्हें इतनी देर क्यों हो गई?'

सीता ने तुरंत कोई उत्तर नहीं दिया, लेकिन शिकारी के जाल में फँसे कपोत जैसी अपने बड़े-बड़े घबराए हुए नेत्रों से उर्मिला को निहारती रही।

'क्या हुआ? उर्मिला ने फिर दोहराया, सीता के भय से उसे भी भय लगना आरंभ हो रहा था, किंतु वह भयभीत नहीं हुई।

'मेरी पुन: उनसे भेंट हुई...!' सीता ने हिचकिचाते हुए कहा।

उर्मिला फटे नेत्रों से सीता को एकटक निहारती रही, मानो उसे कुछ समझ नहीं आया। सीता ने उसको समझाने का एक और प्रयास किया।

'मेरी अभी अयोध्या के राजकुमार राम से भेंट हुई, उपवन में। और उनके भाई लक्ष्मण भी थे।' उसने शीघ्रता से जोड़ा।

'और?' उर्मिला ने प्रेमपूर्वक पूछा।

सीता बहुत ही सुंदर ढंग से अत्यधिक लजा गई। अन्य अवसरों पर वाकपटुता का प्रदर्शन करने वाली सीता, जो कि दक्षता के साथ किसी कविता या छंद का अर्थ बता सकती थी या दोहा सुना सकती थी, उसे सही शब्दों के चयन में कठिनाई अनुभव हो रही थी। वह मात्र अपनी उंगलियों के साथ खेलती रही। उसे स्पष्टीकरण देने की आवश्यकता नहीं रही। उर्मिला ने तुरंत अनुमान लगा लिया। सीता की सतर्क अभिव्यक्तियों और भावनाओं को भाँपकर उर्मिला ने राहत का भाव और उसके बाद प्रसन्नता अनुभव की। क्या अंतत: सीता ने अपने वर से भेंट कर ली थी?

'यह तो अति है,' सीता ने एक गहरी साँस लेकर कहा। 'यह तीन दिवस पूर्व हुआ था। मैं गौरी मंदिर की ओर जा रही थी, जैसा कि मैं सदैव प्रात:काल करती हूँ और तुम मेरे आश्चर्य की कल्पना कर सकती हो, जब मैंने उन्हें देखा...अर्थात उन दोनों को, उपवन में ठीक मेरे सामने खड़े हुए।

मैं स्वयं में खोई हुई थी और लगभग उनसे टकराने ही वाली थी!' सीता ने बनावटी हँसी का प्रयास किया।

उर्मिला की प्रश्नवाचक दृष्टि के प्रत्युत्तर में उसने शीघ्रता से कहा, 'उन्होंने अभिवादन किया और अपना परिचय दिया और कहा कि वे ऋषि विश्वामित्र की पूजा के लिए पुष्प चुनने आए हैं...।'

उर्मिला ने बीच में हस्तक्षेप नहीं किया, बल्कि अपनी बहन को उसके जीवन के सर्वाधिक हृदयस्पर्शी पलों का वर्णन करने के लिए पर्याप्त समय लेने दिया, जिन्होंने लगता था कि उसमें अत्याधिक भावनात्मक उथल-पुथल का संचार कर दिया था।

'...और मैं बस उन्हें निहारते रहने के अलावा कुछ न कर सकी और अंतत: मैंने धीरे से सिर हिलाया और बिना कुछ कहे वहाँ से भाग आई!'

'सीता,' उर्मिला कृत्रिम निराशा से चीखी, 'तुमने कुछ नहीं कहा!'

'हाँ, यही कारण है कि मैं अब स्वयं को बहुत मूर्ख अनुभव कर रही हूँ। उन्होंने मेरे बारे में क्या सोचा होगा? बड़े-बड़े नेत्रों वाली एक मूर्ख लड़की, जिसके पास राजकुमारियों वाला शिष्टाचार भी नहीं है!' सीता स्वयं से बातें करते हुए बड़बड़ाई। 'एक बड़े-बड़े नेत्रों वाली, प्रेम समझने में असफल मूर्ख लड़की' उर्मिला ने चिढ़ाते हुए संशोधन किया।

'रहने दे!' सीता ने याचना की। 'मैंने पहले कभी स्वयं को इतना मूर्ख और अक्षम अनुभव नहीं किया है! और तुम कैसे अनुमान लगा सकती हो कि यह प्रेम था?' उसने क्रोध से पूछा, 'यहाँ मैं अपनी भावनाओं को आत्मसात करने का प्रयास कर रही हूँ और वहाँ पर तुम, पहले ही कूदकर इस हास्यास्पद निष्कर्ष पर पहुँच गईं!'

उर्मिला शांत बनी रही, उसकी मुस्कराहट सीता को आगे और रहस्योद्घाटन करने को प्रेरित कर रही थी। 'ओह उर्मिला, मैं क्या करूँ? 'मैं पिछले तीन दिनों से स्वयं को कुछ भी समझा पाने में अक्षम पा रही हूँ!' उसने भ्रमित दिखाई देते हुए कहा। 'मैंने उन्हें आज फिर देखा और मैं वहाँ से भाग आई और अपनी श्वासों पर नियंत्रण करने और तंद्रा वापस लाने के लिए दालान की सीढ़ियों पर घंटे भर बैठी रही। मुझसे तो ठीक से सोचा भी नहीं जा रहा। वहाँ पर मैंने उनके प्रति एक अनजान, तीव्र खिंचाव का अनुभव किया, जिसे मैं अपने से दूर नहीं कर पाई। वह चुंबकीय, मंत्रमुग्ध करने वाला था... यह एक मायाजाल की तरह है, जिसे में तोड़ नहीं पा रही हूँ!' सीता

ने ऐसे स्वर में कहा मानो उसे बहुत पीड़ा हो रही है, लेकिन उसके मुख पर एक निर्मल आभा थी, उसके नेत्रों में प्रेम चमक रहा था, जो उसके मुख को उज्ज्वल कर रहा था।

उर्मिला को अपनी साँसें थमती हुई अनुभव हुई। वह अपनी बहन को इस अवस्था में देखकर आश्चर्यचकित थी। क्या मात्र एक भेंट इतनी प्रबल हो सकती है? इतनी भाव-विभोर करने वाली? इतनी मोहक, आत्म नियंत्रणहीन कर देने वाली और प्रभावपूर्ण?

'क्या कल तुम मेरे साथ मंदिर चलोगी? सीता ने धीरे से पूछा। 'मैं जानती हूँ तुम्हें प्रतिदिन मंदिर जाने में रुचि नहीं है, लेकिन मैं समझती हूँ कि यदि तुम वहाँ रहोगी, तो मैं स्वयं को अधिक साहसी अनुभव करूँगी...।'

'...संयोग से यदि तुम उनसे फिर टकरा जाओ? उर्मिला ने शरारतपूर्वक कहा। 'इस बार कृपया अभ्यास कर लेना और योजना बना लेना, लिख लेना और याद भी कर लेना कि तुम उनसे क्या कहने वाली हो।'

'नहीं, किंतु मुझे उनसे नहीं मिलना चाहिए, है न?' सीता ने घबराहट भरी आशंका के साथ तुरंत पूछा। 'मुझे नहीं मिलना चाहिए। सप्ताह भर के भीतर मेरा विवाह होने वाला है, और मैं क्या कर रही हूँ, एक अपरिचित के बारे में सोच रही हूँ? मैं उनके बारे में सोचना बंद क्यों नहीं कर सकती?' उसने जैसे आत्मालाप करते हुए कहा। 'यह पागलपन है! मैं क्या सोच रही हूँ?' उसने अत्यधिक निराशा से कहा।

'शांत हो जाओ सीता, तुमने कुछ भी अनुचित नहीं किया है!' उर्मिला ने अपनी बड़ी बहन को धीरे से हिलाया, तुम एक काल्पनिक अपराध के लिए उत्तेजित हो रही हो और स्वयं को दण्डित कर रही हो।'

'तुम मंदिर जाना बंद नहीं कर सकती, क्योंकि इस बात की बहुत कम संभावना है कि तुम्हारी उनसे पुन: भेंट हो, है कि नहीं? तो कल की चिंता मत करो- हम दोनों साथ में मंदिर जाएँगे और मैं तुम्हारे लिए भी प्रार्थना करूँगी!'

अगली सुबह सुनहरी लालिमा लिए हुए थी, जैसे-जैसे शीतकाल का सूरज क्षितिज से ऊपर आता गया, आकाश का रंग अग्नि के समान पीला और नारंगी

हो गया। मांडवी और कीर्ति यह देखकर आश्चर्यचकित थीं कि आज उर्मिला भी उनके साथ मंदिर चल रही थी और उन्होंने उर्मिला से इसका कारण जानना चाहा। उर्मिला को त्वरित रूप से कोई उत्तर नहीं सूझा, जो उसकी चचेरी बहनों की संयुक्त जिज्ञासा को शांत कर सके।

'अपने पापों से मुक्ति पाने के लिए,' उर्मिला ने चतुराई से उत्तर दिया।

'तुम अचानक इतनी धर्मपरायण कैसे हो गई?' मांडवी ने जानना चाहा। 'तुम तो एक स्वतंत्र विचारों वाली लड़की हो, जो परंपराओं और मान्यताओं में विश्वास नहीं करती या तुम्हें भी सीता की तरह वर की खोज वाला रोग लग गया है?'

सीता का मुख लज्जा से गुलाबी हो गया। 'यह बिलकुल व्यर्थ की टिप्पणी है!' उर्मिला ने भड़ककर कहा।

मांडवी घृष्टतापूर्वक मुस्कराई। 'वास्तव में, मैं सोचती हूँ कि अब से हम तीनों को भी सुयोग्य वर के लिए प्रार्थना शुरू कर देनी चाहिए- सीता के बाद शीघ्र ही हमारी बारी आएगी!'

प्रात:काल की प्रार्थना और आरती हो चुकी थी, चारों लड़कियों ने प्रसाद ग्रहण किया और वापस महल की ओर चल दीं। मंदिर की सीढ़ियों से दौड़कर उतरने के बाद, स्वयं को सुबह की शीतलता से बचाने का प्रयास करते हुए उर्मिला ने सुगंधित पुष्पों से आच्छादित उपवन से होकर चलना शुरू किया। वह अचानक रुक गई, जब उसने अपने पीछे सीता की गहरी साँस लिए जाने का स्वर सुना।

उसने ऊपर देखा, तो वे वहाँ थे, लंबे, शांत और स्थिर, उदीयमान सूर्य के विपरीत प्रतिछाया बनाते हुए, जैसे कि वे भी, उनके दृष्टिगत होने की प्रतीक्षा कर रहे थे। और उर्मिला ने अनुभव किया कि क्यों सीता ग्लानि अनुभव कर रही थी। प्रत्येक चरण में गोपनीयता और रहस्यमय प्रत्याशा का एक प्रबल संकेत था, जो कि उन्हें दो प्रतीक्षारत युवाओं की ओर ले गया।

'ओह, ये हैं अयोध्या के दो राजकुमार!' कीर्ति उत्साहपूर्वक चीखी।

'चुप!' मांडवी क्रोध में फुसफुसाई।

अपने पीछे हो रही फुसफुसाहटों से अनजान उर्मिला सीता के हाव-भाव देखने के लिए उत्सुक थी। वह ठिठक गई थी और पीछे लौट आई थी, उसने सिर झुकाकर, दुशाला और पास खींच लिया। उर्मिला ने अनुभव किया कि

वह अपनी बहनों के साथ आगे थी और उनके पीछे परिचारिकाओं का समूह था। अब वह उस पर निर्भर था कि या तो वह उन लोगों को अनदेखा कर दे या पीछे लौट जाए... किंतु यह स्पष्ट रूप से अभद्रता होती। अन्य विकल्प यह था कि रुका जाए और उनका अभिवादन किया जाए। उसने बाद वाले विकल्प का चयन किया।

दोनों कुमारों ने पहले ही अपने सिर झुका दिए थे, उनके हाथ नमस्कार की मुद्रा में जुड़े थे। उसने भी ऐसा ही किया और आशा की कि उसके पीछे की लड़कियाँ भी ऐसा ही कर रही होंगी। 'नमस्कार! मिथिला में स्वागत है!' उसने नम्रता से कहा। 'मैं उर्मिला हूँ, और ये हैं मेरी चचेरी बहनें मांडवी और कीर्ति, और मेरी बहन सीता।'

'आप सभी राजकुमारियों को नमस्कार,' राजकुमार राम ने सौम्य स्वर में कहा और मुस्कराए। 'और आपको पुनः नमस्कार, मिथिलेश कुमारी,' उन्होंने सीधे सीता की ओर देखकर कहा। उर्मिला ने सीता को अत्यंत हर्षित होते हुए देखा। 'मैं राम हूँ और यह मेरा छोटा भाई लक्ष्मण है।'

उर्मिला ने लक्ष्मण की ओर तुरंत एक विनम्र आभार से देखा। लक्ष्मण यंत्रचालित रूप से झुके, और अपने भाई के विपरीत, उनका मुख भावशून्य, एक ठंडे अभिमान से जमा हुआ सा था।

'मैंने सुना था कि मिथिला नगरी संसार के सबसे सुंदर नगरों में से एक है, लेकिन मैंने यह मानने से मना कर दिया था कि संसार में हमारे प्यारे अयोध्या से भी सुंदर कोई नगर हो सकता है, किंतु मैं त्रुटि पर था; मिथिला सुंदर है। और यहाँ के लोग भी सुंदर हैं। साथ ही महाराज और महारानी का उदार आतिथ्य भी,' उन्होंने एक सौम्य मुस्कराहट के साथ स्पष्ट रूप से कहा।

यह केवल विनम्र वार्तालाप या निष्क्रिय क्षणिक चर्चा नहीं थी; वह वास्तविक अभिशंसा के साथ मिथिला की प्रशंसा कर रहे थे। उनकी सौम्यता बनावटी नहीं थी और उनकी सरल, सुशील निष्कपटता हृदयस्पर्शी थी।

राम अपनी ख्याति के अनुरूप ही सुंदर थे। ऊँचे और बलिष्ठ, उनके हाथों में इस समय पकड़ी हुई पुष्पों की डलिया के बजाय धनुष या तलवार उनके व्यक्तित्व पर और अधिक सुशोभित होते। यद्यपि अब भी वे अटपटे नहीं लग रहे थे, उन्होंने डलिया को बड़ी ही शिष्टता और कुशलता से पकड़ा हुआ था, किंतु, यही बात उनके भाई के बारे में नहीं कही जा सकती थी। लक्ष्मण

राम और उर्मिला के बीच हुए संक्षिप्त वार्तालाप के दौरान भावशून्य, सीधे खड़े रहे। वे प्रत्यक्ष रूप से अधीर दिखाई दे रहे थे, हल्की खीझ से उनके होंठ टेढ़े हो गए थे। वे राम जितने ही लंबे, छरहरे, अधिक फुर्तीले और कठोरता की दृष्टि से अपने भाई से अधिक सुंदर थे, लेकिन अपने भाई जैसा आकर्षक और मनोहारी रूप नहीं था। उनका तप्त और तराशा हुआ चेहरा था। पतली और तीखी नाक थी और गहरी सुलगती सी आँखें थीं, लेकिन सदैव चढ़ी हुई त्योरियों ने उनकी सुंदरता को बिगाड़ रखा था। वे उत्तेजना से तने खड़े थे, मानो तनिक सी बात पर लड़ने के लिए तैयार हों। उन्होंने अचानक उर्मिला को अपनी तीखे गहरे नेत्रों से देखा। यह उनकी गहरी काली आँखें नहीं थीं, बल्कि सम्मान था। उनकी तीक्ष्ण दृष्टि सीधे हृदय में उतरती सी प्रतीत हुई। उर्मिला घबरा गई। कितनी विषम, बेमेल जोड़ी थी। उर्मिला ने देखा कि वह पुनः झुक कर अभिवादन की मुद्रा में आ रहे थे, मानो इस व्यर्थ के वार्तालाप से जितनी शीघ्र हो, भाग जाना चाहते हों। उसने भी यंत्रचालित ढंग से अपना सिर और आँखें झुकाईं, और उन दोनों भाइयों के सामने से पलटकर लौट चली, लेकिन इससे पहले उसने देखा कि क्षण भर के लिए सीता और राम की दृष्टि मिली और झुक गई। उर्मिला ने अपनी बहन का हाथ पकड़ कर उसे खींचा और चारों लड़कियाँ महल की ओर लौट चलीं। वे एकदम चुपचाप चल रही थीं, कानाफूसी करती परिचारिकाओं की उपस्थिति में उन्हें वार्तालाप करने में झिझक हो रही थी।

जैसे ही वे आंतरिक कक्ष की सुरक्षित सीमा में पहुँचीं, उनका कोलाहल पुनः आरंभ हो गया।

'तो यह थी तुम्हारी मंदिर में असामान्य उपस्थिति की वजह, तुम राजकुमारों से भेंट करना चाहती थीं! मांडवी ने उर्मिला पर आरोप लगाया।

उर्मिला बिफर पड़ी। छोटे राजकुमार से सामना होने के बाद से ही उसकी मनोदशा अजीब हो रही थी और उस पर मांडवी की टिप्पणी ने अग्नि में घी का काम किया, लेकिन इससे पहले कि वह फट पड़ती, सीता तत्परता से उसके बचाव में आगे आई। 'मैं उसे साथ में ले गई थी – मैं अकेली मंदिर नहीं जाना चाहती थी। मुझे भरोसा नहीं था कि तुम दोनों सुबह समय पर उठ पाओगी, क्योंकि देर रात्रि तक तुम दोनों विवाह में परोसे जाने वाले व्यंजनों की सूची देख रही थीं,' उसने सहजता से कहा।

उर्मिला ने निश्चिंतता की साँस ली, लेकिन यह निश्चिंतता तुरंत समाप्त भी हो गई।

'निर्दोष दर्शाने का प्रयास कर रही हो,' मांडवी ने पुन: मधुर स्वर में कहा। 'किंतु इस प्रकार अंतत: हमारी भेंट उन युवा राजकुमारों से हो ही गई। वे दोनों ही अत्यंत सुंदर हैं...' वह नाटकीयता से रुकी। 'किंतु कीर्ति क्या तुमने भी यह ध्यान दिया कि वहाँ पर वह..., हमारी नाक के नीचे ही कुछ चल रहा था? और हमारी बहनें समझती हैं कि हमने कुछ भी नहीं देखा!'

कक्ष में एक लंबी चुप्पी का वातावरण बन गया, हर कोई एक दूसरे से इस चुप्पी को तोड़ने की आशा कर रहा था। अंतत: सीता ने इस असहजता भरी चुप्पी को तोड़ने की पहल की। 'मुझे नहीं लगता कि मैं वास्तव में राजकुमारों के बारे में वार्तालाप करना चाहती हूँ।' उसने भावहीन स्वर में कहा। 'उनके अभी तक यहाँ रुके रहने से स्पष्ट है कि पिताश्री ने उन्हें मेरे स्वयंवर के लिए आमंत्रित किया है। इसका आशय है कि वे स्वयंवर के प्रतिभागी हैं; तो उत्तम है कि मैं उनके बारे में चर्चा न करूँ,' उसने अपने स्वभाव के विपरीत प्रत्येक शब्द को ज़ोर देकर स्थापित करने का प्रयास किया, किंतु उसने अपनी बात इतने बड़प्पन और औचित्य से कही कि उनकी आक्रामकता धरी की धरी रह गई। यही सम्मोहन तो था सीता में, उर्मिला ने अपनी बहन के शब्दों पर आश्चर्य करते हुए सोचा, हालाँकि वह जानती थी कि वह अंदर से अत्यंत व्यथित थी। उसने सीता को चुपचाप कक्ष से बाहर जाते हुए देखा, जिसके बाद फिर से कक्ष में सन्नाटा व्याप्त हो गया।

'उसे क्या हुआ?' कीर्ति ने धीरे से पूछा। 'और उर्मि, कृपया यह मत कहना कि यह विवाह पूर्व की झुँझलाहट है, बल्कि, सीता इतनी व्यवहार कुशल और रचनात्मक है कि उसे झुँझलाहट आ ही नहीं सकती।'

उर्मिला शांत बनी रही, उसने अपने होंठ भींच लिए। वह सीता के लिए बात नहीं करेगी। मांडवी ने तुरंत उसकी मनोदशा भाँप ली।

'कहने की आवश्यकता नहीं है, उर्मि,' मांडवी ने कहा। 'लेकिन मुझे लगता है कि मैं समझती हूँ कि सीता किस मन:स्थिति का सामना कर रही है। वह स्पष्ट रूप से अपने विवाह को लेकर परेशान है... और हमें उसकी भावनाओं को नहीं छेड़ना चाहिए। जब उसे हम पर भरोसा होगा, वह बता देगी।'

'वह बताएगी अवश्य किंतु... केवल उर्मि को,' कीर्ति ने समझदारी से सिर हिलाते हुए कहा।

'तो यह बात है!' मांडवी ने व्यंग्यपूर्वक टिप्पणी की।

'यह बात नहीं है!' छोटी बहन ने पुनः कहा। 'मुझे पूरा विश्वास है कि कल मंदिर जाते समय पुन: हमारी दोनों राजकुमारों से भेंट होगी। तो, क्या सीता अपने विवाह के दिन तक मंदिर जाना बंद करने पर विचार कर रही है?'

उर्मिला कीर्ति के तिरस्कारपूर्ण प्रश्न का उत्तर जानती थी, लेकिन उसके पास राजकुमारों शब्द के उल्लेख से उपजी असहज मनोदशा का कोई उत्तर नहीं था। और विशेष रूप से सुलगते नेत्रों वाला एक राजकुमार।

पिछली बार जब इसी तरह का वार्तालाप हुआ था, तब की अपेक्षा इस बार सीता अधिक बुरी अवस्था में थी, किंतु इस बार उर्मिला को अपने निजी भय से भी निपटना था और अपनी ओर से यह प्रयास भी करना था कि उसकी भावनाओं का आभास उसकी बहनों को न होने पाए, लेकिन अब वह अपनी बहन के साथ उसकी साझा भावनात्मक अभिव्यक्ति को अच्छे से पहचान सकती थी, हालाँकि सीता, फिलहाल ऐसी स्थिति में थी, जहाँ उसने अपनी छोटी बहन की भावनात्मक उथल-पुथल पर कदाचित ही ध्यान दिया होगा।

'क्या उन्होंने अनुमान लगा लिया है? जैसे ही उर्मिला कक्ष में प्रविष्ट हुई,' सीता ने व्यग्रता से पूछा। 'क्या तुमने उन्हें कुछ बताया?'

'मुझे लगता है कि उन्हें कुछ-कुछ समझ आ रहा है...' उर्मिला ने धीरे से कहा, '...और वे चतुराई से अंततः अनुमान लगा ही लेंगी, लेकिन मैं तुम्हें आश्वस्त करती हूँ, मैंने उन्हें कोई भेद नहीं बताया और न ही बताऊँगी,' उसने वचन दिया।

'मैं जानती हूँ कि तुम नहीं बताओगी! तुम बहुत निष्ठावान और विश्वसनीय हो! किंतु अभी मेरी भावनाएँ न तो... और मैं इनका प्रदर्शन करने के लिए स्वयं से घृणा करती हूँ,' सीता ने दुखी स्वर में कहा। 'लेकिन प्रत्येक दिवस बीतने के साथ मैं अपने स्वयंवर के दिन को लेकर आशंकित हूँ! मैं ऐसे व्यक्ति के प्रेम में पड़ गई हूँ, जिसके बारे में मैं कुछ भी नहीं जानती! और तब क्या होगा, जब मुझे किसी अन्य अनजान से विवाह करना पड़ेगा जो धनुष उठाने में सफल होगा? मैं इस विचार से ही काँप जाती हूँ... मैं कैसे किसी अन्य से विवाह कर सकती हूँ, जबकि मैं दूसरे से प्रेम करती हूँ?'

'तो तुम इसी कारण चिंता से मरी जा रही हो,' उर्मिला ने लापरवाही से हँस कर कहा और बड़ी बहन के पास चली गई। 'अब मेरी बातें गौर से सुनो, जिस आदमी से तुम्हें पहली दृष्टि में ही प्यार हो गया, वह कोई अपरिचित नहीं है, पर अयोध्या का राजकुमार है। सभी लोग उसके अद्‌भुत कार्यों, बहादुरी, अच्छाई और निश्चित तौर पर उसके सुंदर रूप की प्रशंसा कर रहे हैं,' उसने बहन को छेड़ते हुए कहा। उसे आशा थी कि इससे उसकी बड़ी बहन के चिंतित चेहरे पर मुस्कान आ जाएगी। सीता के गाल पर गहरे गड्ढे बन गए। 'सीता, स्पष्ट तौर पर तनिक सोचो, कोई तो कारण होगा कि ऋषि विश्वामित्र उन्हें लेकर मिथिला आए हैं। और अब जबकि उन्हें यहाँ ठहरकर स्वयंवर में भाग लेने के लिए आमंत्रित किया गया है, मुझे पूरा विश्वास है कि वह तुम्हारा हाथ प्राप्त कर लेंगे। वही धनुष भंग करेंगे, राजकुमारी वही तुम्हारे राजकुमार हैं!'

'क्या वे मेरे हैं? क्या वे मेरे हो जाएँगे?,' सीता ने डर से काँपते हुए मुस्करा कर कहा, 'क्या तुम्हारी बातें वास्तव में सही सिद्ध होंगी? मैं नहीं जानती क्या होगा यदि...।'

'श... श'..., उर्मिला ने अपनी बड़ी बहन को शांत किया। 'मेरी बातें सही सिद्ध होंगी, तुम उन्हें पूरा होते हुए देखोगी। इसलिए आज के दिन और आने वाले दिन का आनंद उठाओ। वे सबसे अच्छे दिन आने वाले हैं।'

उर्मिला ने गौर किया कि उसकी बातों का सीता पर वैसा ही प्रभाव पड़ रहा है, जैसा वह चाहती थी। वह शांत हो गई। वह आवक रह गई, जब उसने पाया कि सीता की भुजाओं ने उसे दोनों ओर से घेर लिया और अपने आलिंगन में ले लिया। सीता सदैव अपनी भावनाओं को छुपा कर रखती थी और वह कभी भी रोती नहीं थी।

'ओ उर्मि! मैं तुम्हारे बिना कैसे रहूँगी,' सीता सुबक पड़ी। उसके गालों पर आँसू तीव्रता से लुढ़क पड़े। 'तुम्हारे पास हर बात का उत्तर है।'

सीता को धीरे-धीरे स्थिति का आभास हुआ। उसने पहली बार एक कड़वी सच्चाई को अनुभव किया कि वह शीघ्र ही अपनी छोटी बहनों से दूर हो जाएगी और सबको छोड़ कर बिलकुल अलग दुनिया में चली जाएगी। उर्मिला भले ही उसकी छोटी बहन थी, वह उससे एक साल छोटी थी, पर वह उसके लिए ऐसा सहारा थी, जो उसके अस्तित्व की सच्चाई का पता उसके लिए रखती थी। उर्मिला उसकी जीवन रेखा थी, उसकी सहचरी थी।

दत्तक पुत्री होने के नाते, जनक और सुनयना ने सीता की उपासना करने के समान उस पर स्नेह की वर्षा की थी। सीता इसके कारण शर्मिंदगी अनुभव करती थी। उस पर अनुचित रूप से इतना अधिक स्नेह बरसाया गया था कि वह अब असहज अनुभव करने लगी थी। उसका पालन-पोषण सामान्य ढंग से नहीं हुआ था। उसे ऐसी एक भी घटना याद नहीं थी, जब उसे डाँटा-डपटा गया हो या उसकी बातों का बुरा माना गया हो। उर्मिला ने यह सब कुछ झेला था और अपनी काँपती हुई ठुड्डी पर एक मुस्कान के साथ सहन किया था। सीता को जानकी यानी जनक की बेटी कहा गया था, जबकि जनक की बेटी तो उर्मिला थी और इस पदवी की एक मात्र पात्र वही थी। सीता मैथिली थी, यानी मिथिला की राजकुमारी, जबकि यह राजमुकुट तो उर्मिला के सिर होना चाहिए था, पर यह सारा कुछ जब सीता को दिया गया था और उर्मिला को उन चीज़ों से वंचित कर दिया गया था, तो सीता ने कभी भी उसे अप्रसन्न होते हुए या बुरा मानते हुए नहीं देखा था। सीता को इन सब बातों पर उर्मिला से बात करने की हिम्मत कभी नहीं हुई, उसे यह नापसंद हो सकता था। सीता अपने ऊपर होने वाले इस अपार प्रेम पर चुप रहती थी, उसने अपने मन की बात कभी किसी से नहीं कही कि अब भी ये सभी लोग उसे अपना नहीं मानते थे। वह यह कभी नहीं भूल सकती थी कि वह एक परित्यक्त स्थिति में पाई गई बच्ची थी और वह सदैव सदैव के लिए इन लोगों की ऋणी रहेगी। उसके मन के ऊपर अहसान की यह भावना बहुत ही अधिक थी, वह चुपचाप यह बोझ ढोती रही और इसे कभी उतार नहीं पाई।

उस पर अत्यधिक स्नेह बरसा कर उन लोगों ने उसे यह अनुभव कराया था कि वह कुछ विशिष्ट थी। मात्र उर्मिला ही थी, जो सीता के साथ सामान्य व्यवहार करती थी, जैसा एक बहन दूसरी बहन के साथ कर सकती है। उर्मिला उस पर चिल्लाई थी, उसके बाल पकड़ कर खींचे थे, उसे चिकोटी काटती थी, उससे बुरी तरह उलझ पड़ती थी और हर बार इसके लिए उर्मिला को ही माता-पिता के क्रोध का शिकार होना पड़ा था। दूसरी सभी बहनों से पहले उर्मिला ही वैदिक ऋचाएँ याद कर लेती थी, पर प्रशंसा सदैव ही सीता की होती थी।

सीता को ये सारी बातें याद आ गईं और उसे क्रोध आया, सभी लोगों ने उसकी छोटी बहन के साथ गलत व्यवहार किया था। छोटी बहन... सीता ने मन ही मन इस शब्द को विशेष स्नेह के साथ दोहराया। दरअसल, सदैव

ही उर्मिला उसकी बड़ी बहन की तरह रही, तेज़-तर्रार, सुदृढ़, सदैव उसकी रक्षा में तत्पर जैसे शेरनी अपने बच्चे की रक्षा करती हो, वह सदैव ही उसकी मदद करती थी, साँत्वना देती थी, उसे राह दिखाती थी। माता-पिता का प्रेम सीता को दमघोंटू लगता था और उसके लिए सबसे मधुर स्मृति छोटी बहन की ही थी। उसकी हर भाव-भंगिमा ऐसी थी, मानो मस्तिष्क में प्रेम से उकेरी गया चित्र हो, हर रात सोने के पहले उर्मिला का उसे ज़ोर से पकड़ कर आलिंगन करना, ताकि कोई बुरा सपना न आए, किसी पेड़ से गिर जाने पर उसके आँसुओं को चूम कर पोंछ देना और अब वह जैसी दुनिया देख सकती थी, उससे बेहतर दुनिया उसे दिखाना। सीता यकायक यह सोच कर दुख से काँप उठती थी कि बहन की इस सुखद उपस्थिति से दूर वह कैसे रह पाएगी। यह गहराई से पैठी हुई ऐसी सच्चाई थी, जिससे उसे स्वयं को बाहर निकालना ही होगा।

उर्मिला की आँखें भी भर आईं, पर उसने उन पर नियंत्रण बनाए रखा। सीता को अब स्थिति की विकटता का अनुभव होने लगा था, पर उर्मिला के लिए बहन की होने वाली शादी एक यंत्रणादायक सोच थी, यह एक ऐसी घटना थी, जो दुखद थी, पर जिसका होना तय था। उसकी बहन का विवाह होने वाला था, उसे इस पर बहुत ही अधिक प्रसन्नता नहीं हो रही थी। उसके मन में एक हल्का सा दुख था, जो जाने का नाम ही नहीं ले रहा था। विवाह के अवसर की प्रसन्नता अलग होने के बहुत अधिक कष्ट से अत्यंत कम थी। क्या वह स्वार्थी थी? नहीं, वह केवल हताश थी, उर्मिला ने शीघ्र ही अपनी विवेचना की। यह समय दुख और सुख से एकदम भरा हुआ था। बहन के भव्य विवाह की तैयारियाँ करते हुए वह प्रसन्न थी और मन ही मन दुखी भी थी, पर सुखद यह था कि वहाँ प्रवेश करने वाले राजकुमार की उपस्थिति से उसका ध्यान दूसरी ओर बँट रहा था।

अगले पाँच दिनों तक निरंतर वही हुआ, जिसका कीर्ति ने चतुराई से अनुमान लगा लिया था। वे प्रत्येक सुबह दोनों राजकुमारों से मिलते रहे, किंतु वार्तालाप का स्तर आगे नहीं बढ़ा, उसी प्रकार औपचारिक नमस्कार और हल्की मुस्कान का आदान-प्रदान और तिरछी दृष्टि से एक दूसरे को देखना

चलता रहा। हर बार जब राम मुस्कराते, तो सीता अपने लाल होते मुख को छिपाने के लिए सिर झुका लेती। क्या यह संकोच था, असहजता थी या इस पुरुष के प्रति उसके हृदय में उपजते गुप्त प्रेम के कारण ग्लानि का भाव था?

उर्मिला भी स्वयं को वैसी ही दुखियारी समझ रही थी। वह जब भी सबकी दृष्टि बचा कर एक उड़ती हुई दृष्टि छोटे भाई पर डालती, अपने अटपटेपन को छिपाने के लिए सम्मान दिखाने का बहाना कर अपना सिर पहले से अधिक नीचे झुका लेती। और हर बार वह पाती कि उसकी खुली कठोर आँखें बिना पलक झपके उस पर टिकी रहतीं, मिश्रित भावनाओं का सैलाब उसे सराबोर कर डालता। उर्मिला को इस पर गर्व था कि वह इस पर लज्जित नहीं हो रही थी, पर उसने पाया कि उसकी नसें उसका साथ नहीं दे रही थीं और शब्द उसके मुँह में मानो जम गए थे। उसने पाया कि उसका गला और मुँह सूखने लगते थे और उसकी जीभ अपने आप उसके सूखे होंठों पर फिरने लगती थी। उसने अपने चेहरे के भाव को बदलता देख व्याकुल होकर सोचा कि वह यह क्या कर रही है। उसका चेहरा गर्म हो उठा, उसकी ओर से अपना मुँह फेर लिया और वहाँ से उठ कर चली गई, पर वह उस सच्चाई पर नियंत्रण पाने की कोशिश कर रही थी, जिसे वह अब धीरे-धीरे स्वीकार करने लगी थी।

उसने अपनी ऊपरी बाँह पर आश्वस्त करने वाली पकड़ को अनुभव किया, मांडवी उस पर लगातार दृष्टि जमाए हुई थी। उसे यह पता था।

'क्या राजकुमार राम अद्भुत नहीं हैं, वे कितने दयालु और शालीन हैं?', एक दासी ने अत्यंत प्रसन्नता से कहा।

'पर छोटे राजकुमार की त्योरियाँ सदैव चढ़ी हुई ही क्यों रहती हैं?', एक दूसरी दासी ने हँसते हुए पूछा। 'ऐसा लगता है कि वे सदैव ही क्रोध में और मुँह सिकोड़े रहते हैं।'

मांडवी की कठोर दृष्टि से वहाँ चुप्पी छा गई, उनकी बातचीत पर लगाम लग गई और उन्होंने बात करना बंद ही कर दिया। उर्मिला को लगा कि उसकी (लक्ष्मण) दृष्टि उसे छेद रही हैं, उसकी ओर पलट कर देखने की उसे बेहद इच्छा हुई, पर उसने ऐसा नहीं किया। वह अगली सुबह उसे देखने की प्रतीक्षा करने लगी।

स्वयंवर

उर्मिला के सटीक शब्दों ने सीता पर जादू का काम किया। उसने न तो प्रभावशाली और न ही उदास भाव से, बल्कि दोनों के मिल-जुले रूप से सीता को देखा, जिसमें उसके दुल्हन होने भाव था। उसके उज्जवल चेहरे पर प्यारी सी मुस्कान झलक रही थी।

वह नीचे बैठी थी, उसके कोमल हाथ उसकी गोद में थे। उसने बड़े ही सुंदर ढंग से अपनी भौंहें ऊपर उठाईं, उसके चेहरे पर प्यारी सी मुस्कान थी। उसने उर्मिला के हाथों को अपने हाथों में लेकर फुसफुसाते हुए कहा, 'उर्मि तुमने मुझे नई आशा दी है।' और सीता ने बहुत सावधानी से अपनी बड़े-बड़े नेत्रों से एक विशाल सभा में राम को देखा, जहाँ स्वयंवर की व्यवस्था की गई थी।

भवन वैसा ही था, जैसा उर्मिला ने बरसों पहले देखा था। उसे याद आया कि बहुत पहले उसने इस भवन में प्रवेश करने का साहस किया था, लेकिन उसके बाद उर्मिला ने फिर कभी अंदर जाने का साहस नहीं किया। अब भी उसके चंचल नेत्रों से भवन बहुत सुंदर और विशाल दिखाई दे रहा था। ऊँचे स्तंभों की लंबी-लंबी पंक्तियाँ थीं, जिनकी छत बहुत ही ऊँची थी। भवन की विशाल खिड़कियों से सूर्य की रोशनी आ रही थी। बीचों-बीच छत से लटक रहे झाड़फानूस की चमक की छाया दीवारों पर पड़ रही थी। सभा भवन के बीचों-बीच शिव-धनुष रखा था। इस धनुष को प्रसिद्ध ऋषि परशुराम ने उर्मिला के पूर्वजों को सुरक्षित रखने के लिए दिया था, जब वह तपस्या कर रहे थे। राजा जनक धनुष की पूजा किया करते थे। परशुराम को यह रुद्रधनुष घोर तपस्या और भक्ति के बाद स्वयं शिवजी ने प्रदान किया था।

परशुराम को इसी कारण यह शिवधनुष अत्यंत प्रिय था। इसे ध्यान में रखते हुए उर्मिला के पूर्वजों और कई लोगों ने इस धनुष को कई दशकों से सुरक्षित रख दिया। धनुष को गुप्त शस्त्रागार कक्ष में एक सुदृढ़ लोहे की पेटी में बंद कर दिया, जहाँ किसी को भी प्रवेश करने की अनुमति नहीं थी। एक नियम, जो सीता और उसने तोड़ने की हिम्मत की थी। इसके बाद वे इसे दुस्साहस को भूल नहीं पा रहे थे। यह धनुष साढ़े आठ हाथ लंबा था और इसे आठ पहियों वाले रथ पर मंदिर के रथ की तरह खींचकर भवन में लाया गया। उस दिन इसे सार्वजनिक रूप से प्रदर्शित किया गया था और राजा जनक ने यह घोषणा की कि जो कोई भी इस रुद्र धनुष में तार बाँधेगा, उस वीर का विवाह उनकी बड़ी बेटी सीता के साथ किया जाएगा। उर्मिला को आश्चर्य हो रहा था कि इस महान धनुष को कैसे सीता ने अपनी दस साल की उम्र में छोटी सी कलाई का उपयोग करके उठाने में सफलता पाई थी। यह सोचते हुए उर्मिला अपनी पुरानी स्मृति में खो गई।

उसके पिता की छवि और स्वयं के मस्तिष्क में दौड़ने वाले विचारों ने उर्मिला के भीतर एक विचित्र सी झनकार पैदा कर दी थी। उसे वह दृश्य याद आ रहा था, जब शिव धनुष उठाने पर उसके पिता सीता के समक्ष झुक गए थे। सीता के पास ऐसा कौन सा विशेष रूप था, कौन सी विशेष शक्तियाँ थी? उर्मिला अपने इस संदेह को दूर करने में सक्षम नहीं थी, जिसने उसे कई सालों से परेशान करके रखा था और आज फिर उसे उन्हीं प्रश्नों का सामना करना पड़ रहा था। उसके माता-पिता सीता को सदैव असाधारण और अनोखा मानते थे, लेकिन उर्मिला को लगता था कि सीता को गोद लिया गया है, इसलिए उसका सदैव ध्यान रखा जाता था और अधिक स्नेह दिया जाता था, लेकिन सीता के प्रति उनका प्रेम सदैव कुछ अलग सा था और एक प्रकार से उपासना के समान था। यही कारण था उर्मिला ने कभी भी अपनी बड़ी बहन से ईर्ष्या या क्रोध नहीं किया था, लेकिन उसे सदैव अपने माता-पिता द्वारा बहन सीता के प्रति श्रद्धा जताना आश्चर्यजनक लगता था। उर्मिला को अपने माता-पिता का यह व्यवहार अजीब सा लगता था। वे सामान्य रूप से अत्यधिक ज्ञानी, विचारवान लोग थे और किसी भी अंधविश्वास या बुद्धिहीन क्रूरता से दूर रहते थे, जो कि सामान्य रूप से राजवंशी अहंकार से जुड़े होते थे।

उनके पिता सीरध्वज जनक शक्तिशाली होने के साथ ही लोकप्रिय राजा थे। उन्हें सभी लोग प्रेमपूर्वक राजा जनक कहते थे। यह उस राजवंश का

पारिवारिक नाम था, जो विदेह राज्य में सुंदर राजधानी मिथिला नगरी में कई सदियों से शासन कर रहा था। उर्मिला को अपने पिता की यह लोकप्रियता अत्यधिक प्रसन्नता देती थी और एक बालिका के रूप में उसके भीतर एक आत्मसंतुष्टि की भावना जागृत होती थी, जब राजा जनक के कहीं भी जाने पर भीड़ उनके प्रति सम्मान प्रदर्शित करते हुए जयजयकार करती थी और लोग श्रद्धा से सिर झुकाते थे, किंतु उसके माता-पिता ने उसे विनम्रता का पाठ पढ़ा कर उसके गौरव को और बढ़ा दिया था। विशेषाधिकार का आशय कुछ विशेष होना नहीं होता, बल्कि भाग्यशाली होना होता है। और भाग्य कभी भी बदल सकता है, उन्होंने चेताया था।

जनक का व्यक्तित्व बहुत ही आकर्षक था। वे लंबे-पतले कद-काठी के थे। उनके तीखे नैन-नक्शों से राजसी झलक दिखाई देती थी और उनकी सुंदरता से तराशी हुई श्वेत दाढ़ी उनके उम्र और अनुभव का वर्णन करती थी। उनके माथे पर दिखाई देने वाली रेखाएँ चिंता की नहीं थीं, बल्कि कई वर्षों के ज्ञान और अनुभव का प्रमाण थीं। जनक कोई साधारण राजा नहीं थे। वे प्रसिद्ध ऋषि भी थे। वे शुक्ल यजुर्वेद के लेखक प्रसिद्ध ऋषि याज्ञवल्क्य के प्रिय शिष्य थे, साथ ही ऋषि अष्टावक्र के भी, जिनसे उन्होंने आत्मा और सच्चे आत्मज्ञान के बारे में सीखा था। जनक राजा के रूप में ऋषि यानी राजर्षि थे। वे वेद और शास्त्रों के ज्ञाता थे और आध्यात्मिक रूप से अन्य ऋषियों के समान ही ज्ञानवान थे। वे एक ऐसे राजा थे, जो मानव जाति के लिए निःस्वार्थ परोपकारी सेवा तथा अनुशासन में विश्वास करते थे। वे विनम्रता और दया के साथ विदेह राज्य पर शासन करने के अपने दायित्व से कभी विमुख नहीं हुए। और आज, जबकि यज्ञ अभी भी चल रहा था, जनक एक अलग समारोह का आतिथ्य कर रहे थे। सीता के स्वयंवर में देशभर के सर्वाधिक प्रसिद्ध और वीर राजा उपस्थित हुए थे।

उर्मिला ने अपनी बहन को बड़ी ही सूक्ष्मता से देखा और उसके भीतर छुपी विशेष शक्तियों को पहचानने की कोशिश की। वह अपने दोनों हाथों को बाँधकर एक ओर सिर झुकाकर बैठी थी, जैसा कि वह अक्सर करती थी। अपने प्रिय हल्के नीले रंगों के वस्त्रों के बजाय, उसने चमकदार गहरे पीले रंग के रेशमी वस्त्र पहने थे, जो उसके स्वर्गिक सौंदर्य को स्वर्णिम आभा प्रदान कर रहे थे। अन्य सभी राजकुमारियाँ जहाँ भारी-भरकम चमकदार रत्नों से जड़ित गहनों की दमक में खोई हुई सी दिखाई दे रही थीं, वहीं स्वर्णतंतुओं

से निर्मित सीता के आभूषण उसके सादगीपूर्ण अलौकिक लावण्य के साथ मेल खा रहे थे। यह उस राजकुमारी का स्वयंवर था, जिसका हाथ थामने के लिए देशभर और बाहर के भी राजा, सम्राट और राजकुमार एक दूसरे से प्रतिस्पर्धा कर रहे थे।

सुदूर के देशों के बारे में उर्मिला कुछ सोच ही रही थी कि अचानक उसकी आँखें उस सभा में मौजूद राजाओं के बीच उपस्थित एक लंबे-तगड़े व्यक्ति पर पड़ी। यह लंका का सम्राट रावण था, जिनकी उपस्थिति ने राजसभा में हलचल मचा दी थी। वह जनक के निकट बैठा था। उसने सोचा कि वह पिताश्री के साथ इतनी गंभीरता से क्या बात कर रहा है, किंतु रावण बड़ा विद्वान भी था। उर्मिला ने मांडवी की मदद से स्वयंवर में आए राजाओं के बारे में कई महत्त्वपूर्ण सूचनाएँ एकत्र कर ली थीं।

रावण संपूर्ण कलाओं में पारंगत विद्वान था, जिसे वेदों के अलावा संगीत में भी निपुणता प्राप्त थी, वह वीणा वादन बड़ी ही कुशलता से करता था - और ज्योतिष, वास्तुकला, आयुर्वेद और राजनीतिक विज्ञान जैसे अति गूढ़ माने जाने वाले विषयों का भी महान ज्ञाता था। वह सभी राजाओं में सबसे शक्तिशाली माना जाता था और इस बात का प्रदर्शन भी खुलकर करता था। उसके चमकदार रत्नाभूषणों और दैदीप्यमान मुकुट के सामने उसके पिता का मुकुट अत्यंत साधारण दिख रहा था। रावण अपने रत्नाभूषणों की चमक से स्वयं भी दमक रहा था। वह अत्यधिक लंबा था और अपने आस-पास उपस्थित लोगों के सामने भीमकाय लग रहा था। वह अत्यधिक शक्तिशाली दिखाई दे रहा था और उसके चौड़े कंधे इस प्रभाव में वृद्धि कर रहे थे। वह सुंदर दिखाई दे रहा था, किंतु सामान्य रूप से आकर्षक नहीं। उर्मिला ने सूक्ष्मदर्शी के समान नेत्रों से उसका अवलोकन किया। उसका सशक्त व्यक्तित्व उसे आकर्षण प्रदान कर रहा था और उसे सबसे अलग कर रहा था। वह प्रसिद्ध था- यह उसे स्वयं भी पता था और वह इस बात का दिखावा भी करता था। उसने धृष्टतापूर्वक सभा में घोषणा की कि वही सबसे पहले धनुष में प्रत्यंचा चढ़ाएगा। उसने अन्य विरोधियों और प्रतिस्पर्धियों को शांत कर दिया और प्रतिस्पर्धा की संभावना को ही नकार दिया।

उर्मिला ने सीता को ठंडी-गहरी साँस लेते हुए सुना। उसने सीता का हाथ थपथपाकर उसे आश्वस्त किया। उसने देखा कि सीता की आँखें राम की ओर देख रही हैं, जो सामने की ओर लक्ष्मण और विश्वामित्र के बीच

बैठे थे। उर्मिला ने स्वयं से वादा किया कि वह लक्ष्मण को नहीं देखेगी और अपने दिल को कठोर करेगी, लेकिन उर्मिला अपना वादा नहीं निभा पाई और कुछ ही क्षणों में अपने आप पर संयम नहीं रख पाई और वादा तोड़ दिया।

'समारोह कब शुरू होगा?' वह बुदबुदाई, उसकी व्यग्रता बढ़ती जा रही थी।

उसके बगल में बैठी सीता शांत और संयत दिखाई दे रही थी, लेकिन उसके हाथों का दबाव उर्मिला के हाथों पर बढ़ गया, जब उसने रावण को धनुष की ओर बढ़ते हुए देखा। राम के समान ही रावण भी एक अप्रत्याशित अतिथि था और उसके आगमन से राजा जनक के साथ अन्य राजा और राजकुमार बहुत प्रसन्न नहीं थे, लेकिन विनम्रता के साथ सभी नियमों का पालन किया गया। रावण को सबसे पहले धनुष में प्रत्यंचा चढ़ाने का अवसर दिया गया।

रावण आक्रामकता, अवज्ञा और अहंकार के साथ धनुष की ओर बढ़ा। रावण ने राजा जनक और सीता को देखते हुए पहले अपना सिर झुकाया, फिर अपने दोनों हाथ जोड़े। शांतिपूर्वक उसने अपने नेत्रों को बंद किया। उर्मिला ने देखा कि वह मंत्रों का उच्चारण कर रहा था। उसने सोचा कि वह शिव जी का जाप कर रहा होगा, क्योंकि वह अपने आप को शिव का सबसे बड़ा भक्त समझता था।

संक्षिप्त में अपनी प्रार्थना दोहराकर रावण उस शक्तिशाली धनुष को उठाने के लिए झुका। उसने अपने दोनों हाथों को बड़ी सुदृढ़ता के साथ धनुष पर रखा, लेकिन वह तनिक भी नहीं हिला। सभी लोग चुप थे। उसने और अधिक सुदृढ़ता से धनुष को पकड़ लिया, लेकिन उसे सफलता नहीं मिली। उसने निरंतर प्रयास किए, लेकिन धनुष को हिला तक नहीं पाया। राजसभा के सबसे शक्तिशाली सम्राट को अपने नेत्रों पर विश्वास नहीं हुआ। उसने एक गर्जना के साथ धनुष को फिर पकड़ा। उस जीत के लिए वह कड़ी मेहनत कर रहा था।

उर्मिला का चेहरा अचानक चमक उठा और उसने हेय भरी मुस्कान के साथ सोचा कि रत्नों से जड़ित इतना शक्तिशाली राजा घुटनों के बल बैठा था और उस धनुष को उठाने का प्रयास कर रहा था, जो हिल भी नहीं रहा था। ऐसा प्रतीत हो रहा था कि धनुष ने स्वयं ही हिलने से मना कर दिया हो।

उर्मिला ने अपने होंठ भींच लिए, वह गिरे हुए राजा के दृश्य का आनंद ले रही थी, उसने सभागार में अन्य लोगों पर अपनी दृष्टि घुमाई। अधिकांश लोग व्याकुल दिखाई दिए, उसने देखा कि राम, शांतिपूर्वक देख रहे थे, उनका मुख शांत था, उनकी त्योरियाँ हल्की सी चढ़ी हुई थीं। उनके साथी हालाँकि, स्पष्ट रूप से आनंदित दिखाई दे रहे थे। विश्वामित्र के मुख पर हल्की मुस्कराहट थी, जबकि छोटे राजकुमार लक्ष्मण अपनी शरारती हँसी को दबाने का प्रयास कर रहे थे। हँसी को रोक नहीं पाने के कारण उनके नेत्रों में एक चमक सी उभरी। इसने उन्हें पूरी तरह अलग और भी युवा और सुशील बना दिया। उनका मुखड़ा एक निरंतर आकर्षण और प्रफुल्लता से भर गया था, जिसने उनकी चढ़ी हुई त्योरियों के किसी भी निशान को मिटा दिया था। उर्मिला इस परिवर्तन से अचंभित थी।

मांडवी ने उसे चेतावनीपूर्वक कोहनी से धक्का दिया। उर्मिला ने नीचे देखा, उसका मुखड़ा लाल हो गया, चुलबुली मुस्कान तुरंत तिरोहित हो गई। क्या वह उनकी ओर अत्यंत देर से निहार रही थी? रावण अब तक क्रोध के कारण विक्षिप्त हो चुका था। वह अब भी धनुष से जूझ रहा था और अत्यंत पीड़ादायक एक और लंबे अंतराल के बाद, अंतत: उसने समर्पण कर दिया। उसने ऊपर की ओर देखा और पश्चाताप करने की शिष्टता दिखाने का प्रयास किया, लेकिन उसके अगले शब्दों ने उस क्षणिक शिष्टता को नष्ट कर दिया।

'हाथ जोड़कर, मैं स्वीकार करता हूँ कि मैं पवित्र शिव धनुष को नहीं हिला पाया,' उसने व्यंग्यात्मक ढंग से कहा। 'मेरी भगवान शिव की तपस्या में कुछ कमी रह गई, जिससे मैं यह नहीं कर पाया, लेकिन मैं यह जानता हूँ कि यदि मैं इसे नहीं हिला सकता, तो इस कक्ष में उपस्थित कोई भी इसे नहीं हिला सकता, तो, राजा जनक, क्या आप अपनी कन्या को अविवाहित रखना चाहते हैं? क्योंकि इस कक्ष में उपस्थित कोई भी व्यक्ति इस धनुष पर प्रत्यंचा चढ़ा पाने में सक्षम नहीं है। इसे तो खिसका पाना भी असंभव है। आपने अपनी पुत्री के लिए किस तरह की आत्मघाती स्थिति पैदा कर दी है? क्या आप उसे चिर कुंवारी बनाए रखना चाहते हैं?' उसने उपहास किया। 'महोदय, मैं ऐसा नहीं चाहता और इतना कुछ होने पर भी, मैं उससे विवाह करने के लिए तैयार हूँ।'

उसके दंभ ने उर्मिला का पारा सातवें आसमान पर पहुँचा दिया, मानो उस पर क्रोध का ज्वार चढ़ आया हो। उसकी बहन और पिता का अपमान

करने की रावण की हिम्मत कैसे हुई? क्रोध से भरी उर्मिला ने देखा कि उसकी माता का मुख चिंता और भय से रक्तहीन हो गया था। उसके पिता शांत बने रहे।

'मुझे खेद है कि आप रुद्र के धनुष पर प्रत्यंचा चढ़ाने में सफल नहीं हो सके, हे राजन! लेकिन एक शिवभक्त होने के नाते आप जानते ही होंगे कि मुझे इस स्थिति को निरंतर रखना है, जो मैंने स्थापित की है,' जनक ने सपाट स्वर में कहा। उनका मुख शांत था और आँखें स्थिरता से रावण को देख रही थीं। 'चिंता न करें, महोदय; मेरी पुत्री अविवाहित और एकाकी नहीं रहेगी, क्योंकि वह सचमुच एक असाधारण पुरुष होगा, जो अंतत: उससे विवाह करेगा। मैं उस व्यक्ति के धनुष पर प्रत्यंचा चढ़ाने की प्रतीक्षा करूँगा।'

रावण के चमकदार नेत्रों का क्रोध अचानक ही तिरोहित हो गया और उसका स्थान उपहास ने ले लिया। 'संभवत: आपको अनंतकाल तक या फिर आपकी पुत्री के वृद्ध होने तक प्रतीक्षा करनी होगी! वह ऊँचे स्वर में बोला। 'शीघ्र ही हम देखेंगे... यद्यपि मेरे पास अब अनंत काल तक का समय नहीं है कि मैं आपकी पुत्री सीता का विवाह आपकी असंभव शर्त को पूरा करने वाले किसी सर्वश्रेष्ठ व्यक्ति से होते हुए देखने की प्रतीक्षा करूँ। अब चूँकि मैं इस यात्रा को व्यर्थ नहीं जाने देना चाहता, तो मैं आपकी दूसरी पुत्री से विवाह करने में बिलकुल भी बुरा नहीं मानूँगा; वह भी अपनी वैश्विक ख्याति के अनुसार ही आकर्षक और सुंदर है।'

रावण के इन वचनों को सुनकर सौम्य व्यवहार वाले राजा जनक भी स्तब्ध रह गए; वे भय से जड़ हो गए। स्पष्ट रूप से रावण ने वह अपमानजक वचन अपने खंडित दंभ को बचाने के लिए ही कहे थे। वे एक हताश व्यक्ति के पराजित वचन थे, जो सार्वजनिक रूप से अपनी प्रतिष्ठा और अहंकार को खो चुका था।

उर्मिला ने रावण की कामुक दृष्टि स्वयं पर पड़ती हुई अनुभव की। उसकी आँखें उसके क्रूर, श्यामवर्णीय मुख पर भेड़िये की आँखों के समान चमक रही थीं। उसकी तीक्ष्ण दृष्टि ने उर्मिला को भयभीत कर दिया, किंतु उसने दृढ़तापूर्वक अपना मुख ऊपर ही रखा। उसने भी रावण की ओर तीक्ष्ण क्रोधभरी दृष्टि से देखा। यह पल उसे काफ़ी लंबा प्रतीत हुआ। साथ ही उर्मिला ने अपने नेत्रों के कोने से देखा कि एक क्रोधपूर्ण हलचल हो रही है। यह लक्ष्मण थे, जिसे राम रोक रहे थे। सीता रक्षा की मुद्रा में उर्मिला की ओर बढ़ी। रावण ने सीता की ओर देखा।

'यह अपमान आपके कारण हुआ है, मैं यह दिन कभी नहीं भूलूँगा, सुंदरी,' उसने धीरे से कहा, उसके स्वर में धमकी का पुट था।

धीमे से कहे गए अंतिम शब्दों के बाद वह तीव्रता से वहाँ से निकल गया। उसके बाद वहाँ उदासी भरा सन्नाटा पसर गया। शक्तिशाली रावण परास्त हो चुका था। उसके बाद कई निरुत्साहित राजा उसका अनुसरण करते हुए धनुष पर प्रत्यंचा चढ़ाने का प्रयास किए बिना ही राजसभा छोड़ कर चले गए।

वहाँ उपस्थित दूसरे सभी लोगों से बैठने का आग्रह करने के बाद राजा जनक ने पूछा, 'क्या हम फिर आरंभ करें? जो व्यक्ति इस असाधारण धनुष पर प्रत्यंचा चढ़ा देगा, मैं अपनी पुत्री का हाथ उसी के हाथ में दूँगा,' उनके स्वर में कड़ी चेतावनी का भाव था।

अनेक राजा, राजकुमार और कुलीन सामने आए और इस धनुष को उठाने का प्रयास किया, पर वे उसको तनिक भी आगे नहीं बढ़ा सके। परास्त और अपमानित सब अपने-अपने आसनों पर जा कर बैठ गए। 'मैं तो शुरू से ही कहती आ रही हूँ कि इस स्वयंवर की शर्त कोई पूरी कर ही नहीं सकता,' मांडवी ने क्रोध में तमतमा कर कहा, 'कम से कम तीस राजकुमार अपना भाग्य आज़मा चुके हैं, शक्तिशाली रावण भी इसे नहीं उठा सका।'

कीर्ति ने उत्तर दिया, 'तुमने देखा उसने किस तरह सीता की ओर देखा और उर्मिला वह व्यक्ति राक्षस है।'

'पर इससे हमारा संकट कम नहीं हो जाता, होता है क्या,' उर्मिला ने बीच में ही टोका, 'इस पृथ्वी पर वह कौन है, जो इस धनुष को उठा लेगा?'

'वह कोई भाग्यशाली व्यक्ति ही होगा,' उर्मिला ने तीक्ष्णता से कहा, 'और इस असंभव कार्य को कर देगा, चिंता मत करो, बस देखो।'

उसने अपनी माँ को साँत्वना देने के लिए यह कहा था। जब कोई परास्त होकर थका-माँदा अपने आसन पर जा कर बैठ जाता था, उसकी आँखों में छाई उदासी बढ़ जाती थी। सुनयना की सबसे बड़ी आशंका की अब पुष्टि होती जा रही थी कि कोई भी उनकी पुत्री से विवाह करने योग्य नहीं था।

राजसभा में बैठे लोगों में भी क्रोध और कुंठा के भाव बढ़ते जा रहे थे। "क्या आपकी पुत्री इतनी अनूठी है कि आपने यह असंभव कार्य तय कर रखा है?", एक राजकुमार ने क्रोध में भर कर कहा। "मैं रावण की बातों से सहमत

हूँ, सीता न सही, मैं आपकी दूसरी पुत्री से भी विवाह करने को तैयार हूँ।''

''और हाँ आपकी भतीजियों से भी।''

''हे राजन!, इस स्वयंवर के लिए तय शर्त एकदम निराशाजनक है और यह आप भी अच्छी तरह जानते हैं कि इसे पूरा नहीं किया जा सकता। आप हमारे गौरव, सम्मान और क्षमता का तिरस्कार कर रहे हैं। आपकी बड़ी पुत्री नहीं, तो हमें विवाह के लिए दूसरी राजकुमारियों को चुनने की अनुमति मिलनी चाहिए।''

''हाँ! सहमति में दूसरा स्वर भी आया।

''मैं राजकुमारी उर्मिला से विवाह करना चाहता हूँ!'' भीड़ में से एक स्वर सुनाई दिया।

कठोर स्वर एक क्रोधपूर्ण समूहगान में बदल गए थे, गगनभेदी कोलाहल होने लगा था।

उर्मिला अत्यन्त भयभीत हो गई। स्थिति अचानक अत्यधिक गंभीर हो चली थी। उसे इस अव्यक्त शत्रुता को फैलने से रोकने का कोई मार्ग समझ नहीं आ रहा था; न ही कोई ऐसा उपाय, जिससे वह इन विपक्षी विवाह-प्रस्तावकों से स्वयं की रक्षा कर सके। वह स्वयं को इस संकटपूर्ण स्थिति से किस प्रकार बचा सकती थी? लेकिन अपने पिता के पीले पड़ चुके मुख को देखने के बाद उसकी घबराहट ने तीव्र रोष का रूप ले लिया। वह जानती थी कि उसे इससे अकेले जूझना होगा - स्वयं के लिए और अपनी बहनों के लिए।

वहाँ पर हलचल तीव्र हो गई थी और उर्मिला ने उस पुरुष को धीरे से उठते हुए देखा, जिसने धीरे-धीरे इतने दिनों में उसके हृदय, विचारों और भावनाओं पर अधिकार कर लिया था, उसके हाथ तलवार की मूठ पर थे, और उसके मुख पर गहन क्रोध की झलक दिखाई दे रही थी। वे लक्ष्मण थे।

''यह किस प्रकार का स्वयंवर है, जहाँ बात-बात पर राजकुमारियों का अपमान किया जा रहा है?'' लक्ष्मण ने क्रोध से कहा। लक्ष्मण सामने की ओर आए और शत्रुतापूर्ण बातें करने वाले राजाओं की ओर देखा। वह अपने शिकार को घेरने वाले किसी सिंह की तरह नज़र आ रहे थे।

''हे राजन और राजकुमार, आप राजा जनक द्वारा अपनी ज्येष्ठ पुत्री के स्वयंवर के लिए आमंत्रित सम्मानित अतिथि हैं, किंतु आपकी प्रतिष्ठा कहाँ चली गई, जो आप इस प्रकार अपमानजनक, रुष्टतापूर्वक बात कर रहे हैं?

और इससे पूर्व कि आप कोई घोषणा करें, मैं आपको बताना चाहता हूँ कि यहाँ पर एक और प्रत्याशी है, जिसे अभी तक अपने कौशल का प्रदर्शन करने का अवसर प्राप्त नहीं हुआ है। सम्मानित राजाओं, मैं आप सभी से अपने ज्येष्ठ भ्राता का परिचय कराना चाहता हूँ, ये हैं अयोध्या के राजकुमार राम, राजा दशरथ के ज्येष्ठ पुत्र!''

जैसे ही राम खड़े हुए अकस्मात सभा में सन्नाटा छा गया और राजाओं का विरोध एकदम तिरोहित हो गया। राम ने ऋषि विश्वामित्र से आशीर्वाद लेने के लिए उन्हें प्रणाम किया और धनुष की ओर बढ़े। उन्होंने राजा जनक की आज्ञा प्राप्त करने के लिए उनका अभिवादन किया और अंत में रानी और राजकुमारियों का भी झुककर अभिवादन किया।

कक्ष में भयपूर्ण शांति छा गई और सभी की आशाभरी दृष्टि उस युवा राजकुमार की ओर उठ गई। राम ने संदूक के अंदर झाँका और धनुष को श्रद्धा से छुआ। उन्होंने दाएँ हाथ से धनुष को बीचों-बीच पकड़ा, उसे हौले से खींचा और ऐसे उठा लिया मानो मुलायम फूलों की हल्की माला हो। उर्मिला के मन में छोटी सीता के दाएँ हाथ से धनुष के पकड़ने की छवि कौंध गई।

धनुष को ऊपर उठाते हुए राम ने उसके एक सिरे को पैर के अंगूठे से दबा दिया, उन्होंने इसे झुकाया और उसकी प्रत्यंचा चढ़ा कर टंकार लगाई। उर्मिला ने सीता को बहुत ही प्रसन्न होकर गहरी साँस लेते हुए सुना। और उसने यह भी देखा कि राम ने सीता पर एक दृष्टि डाली। शायद वह थोड़ा भटक गए थे, शायद उसका ध्यान थोड़ी देर के लिए हट गया था या शायद उन्होंने अपनी शक्ति को कम कर आँका था, शीघ्र ही उन्होंने पूरी शक्ति से उसे खींचा। और वह धनुष उसी तरह टूट गया, जैसे कोई सूखी टहनी चटक जाती है या बिजली चमक उठती है।

सीता के चेहरे पर आए भाव का वर्णन उर्मिला नहीं कर सकती थी। उसका चेहरा प्रकाश से भर उठा, आँखों में चमक आ गई और एक छोटी मुस्कान तैरने लगी, वहाँ फैली प्रसन्नता दबाए नहीं दब रही थी।

ऊँची छत वाले राजसभा में प्रसन्नता से शोर होने लगा, प्रसन्न होकर सुनयना पूजा की थाली लेकर आ गई।

उर्मिला जानती थी कि उसकी माँ सुनयना सीता को लेकर बीते कुछ दिनों से बेहद परेशान थी। राजा जनक ने स्वयंवर को लेकर जो शर्तें रखी थीं, उस पर सुनयना के मन में शुरू से ही कई तरह की आशंकाएँ थी, पर उसने

लड़कियों के सामने अपना संदेह कभी प्रकट नहीं किया था। क्या ऐसा कोई असाधारण पुरुष है भी, जो इस भयावह रुद्र धनुष की डोर को बाँध सके और उसकी असाधारण पुत्री से विवाह कर ले? उसे अंत में उत्तर मिल गया। वह उसके सामने खड़ा था-लंबा, गोरा और सुंदर। अयोध्या के राजकुमार राम। उसकी चिंताएँ समाप्त हो गईं और उसे इस पर उत्सव मनाने का मन कर रहा था। उसने उर्मिला के हाथ से पूजा की थाली ले ली और राम के ललाट पर तिलक लगा दिया।

"ईश्वर तुम्हें सुखी रखे," उसने हल्के से बुदबुदाते हुए कहा और उसकी आँखों में आँसू चमक उठे। सुनयना भावुक होने वाली स्त्री नहीं थी, पिछले कुछ समय से जो चिंता उस पर सवार थी, उसके दूर होने की वजह से यह आँसू निकल रहे थे। यह चिंता उसे निरंतर खाए जा रही थी कि सीता को अस्वीकार कर दिया जाएगा, क्योंकि उसे परित्यक्त अवस्था में पाया गया था और वह समाज से खारिज कर दी जाएगी। और इसलिए उसने सीता में राजसी गुण भरने का प्रयास दोगुना कर दिया, उसे जानकी यानी जनक की पुत्री और वैदेही यानी विदेह की राजकुमारी घोषित कर दिया था। उर्मिला ने किसी भी ईर्ष्यालु बच्चे की तरह सीता को मिल रहे विशेष ध्यान का शुरू में विरोध किया था, पर सुनयना ने उसे एकांत में समझाया और जीवन की नई सच्चाइयों के बारे में बताया। सीता गोद ली गई बच्ची थी, उसकी बड़ी बहन थी और सामाजिक या भावनात्मक रूप से उसे किसी भी सूरत में हीनता का अहसास नहीं होने देना था। उसे कभी यह नहीं भूलना था और इसलिए उसे स्वयं भी बहुत ही प्यार करना था, बल्कि दूसरों से बढ़ कर प्रेम करना था। उर्मिला सात साल की थी, तब उसे यह बताया गया था और उसके बाद यकायक उसने बचपना छोड़ दिया और परिपक्व लड़की बन गई थी। सीता उसकी बहन थी, उससे उसकी कोई प्रतिस्पर्धा नहीं थी।

सीता ने ज्योंही राम के सुंदर सिर पर माला डाली, वहाँ एक बड़ी रुकावट आ गई। जिस ओर से तीव्र स्वर आया था, उर्मिला ने सिर घुमा कर उस ओर देखा, तो उसे एक बहुत ही बड़े, लंबे व्यक्ति, एक ऋषि की छाया द्वार के बीच में दिखी। उर्मिला ने दूर से ही देख लिया कि वे न केवल क्रोध में थे, बल्कि तिलमिलाए भी हुए थे। वो जैसे-जैसे उसके पिता की ओर बढ़ रहे थे, उनके हर क़दम में एक तरह की आक्रामकता झलक रही थी। वे बेहद बूढे.हो चुके थे, पर उनकी सीधी पीठ और शक्तिशाली क़दमों से ऐसा लग

नहीं रहा था। वे देखने में डरावने लग रहे थे, उनके केश जटा में तब्दील हो चुके थे, उनके एक कंधे पर धनुष और दूसरे पर फरसा था। वे जब बोलने लगे, तो ऊँची गुंबद वाला कक्ष मानो थरथराने लगा।

"स्वागत है ऋषि परशुराम!", राजा जनक ने श्रद्धा से हाथ जोड़ कर कहा। परशुराम क्रोध का अवतार थे, यह सोच कर उर्मिला का हृदय निराशा से बैठने लगा, ये ऋषि सदैव चिरंजीवी रहने वाले थे और पूरी पृथ्वी पर कोई उन्हें हरा नहीं सकता था। ये ब्रह्मक्षत्रिय थे, यानी पहले ब्राह्मण योद्धा, जिन्हें भगवान शिव ने वरदान के रूप में एक विशेष हथियार परशु यानी फरसा दिया था। इसी से उनका विख्यात नाम भी उन्हें मिला था। क्षत्रिय राजा कार्तवीर्य अर्जुन ने उनके पिता जमदग्नि की व्यर्थ नृशंस हत्या कर दी, तो उसका प्रतिशोध लेने के लिए इन्होंने क्षत्रियों पर 21 बार आक्रमण करके उनकी 21 पीढ़ियों को पूरी तरह नष्ट कर दिया था।

"शिव धनुष को तोड़ने का दुस्साहस किसने किया है," उन्होंने गुर्रा कर राजा जनक से पूछा और उनकी ओर आग्नेय आँखों से देखा। रहस्यमय धनुष को दयनीय अवस्था में दो टुकडों में देख कर उनका क्रोध और बढ़ गया। "यह धनुष मुझे भगवान शिव से मिला था और मैंने इसे आपके पूर्वज देव्रत को सुरक्षित रखने के लिए दिया था," उन्होंने काँपते हुए स्वर में कहा। "पर मैं इसे आज विखंडित और टुकड़ों-टुकड़ों में टूटा हुआ देख रहा हूँ, इसका अपराधी कौन है जनक?"

"अपराधी मैं हूँ महाराज।" राजा जनक ने अत्यधिक विनम्र स्वर में कहा, ताकि ऋषि का क्रोध शांत हो सके। "मैंने अपनी पुत्री सीता का वर चुनने में योग्यता परखने के लिए इस धनुष को रखने का निर्णय किया था। मैंने सबसे कहा कि वे इसे उठाएँ और इसकी डोर बाँध दें। कोई भी इसमें सफल नहीं हो सका, महाशक्तिशाली रावण भी नहीं, पर अयोध्या के राजकुमार राम ने इसे कर दिखाया।"

"पर इसे प्रतिस्पर्धा के लिए रखा ही क्यों गया?, क्या आपको यह ज्ञात नहीं था कि यह धनुष पवित्र है?" ऋषि ने गरजते हुए कहा।

"हाँ, मुझे यह ज्ञात था," जनक ने दृढ़ता से कहा। "पर कई वर्ष पहले जब सीता बच्ची थी, तब अपनी बहनों के साथ खेलते हुए उसने भूलवश बड़ी आसानी से इसे उठा लिया था...।"

"यूँ तो इसे उठाने में महल में सौ लोगों की आवश्यकता होती है" उर्मिला के पिता ने विनम्रता से कहा। "...और मैंने इसे शुभ मानते हुए स्वयंवर में इस धनुष को ही रख दिया। जो व्यक्ति इस धनुष की डोर बाँध देगा, वही सीता से विवाह करेगा, पर यह काम तो कोई अतुलनीय व्यक्ति ही कर सकता था।"

"और मेरे भ्राता वे अद्वितीय व्यक्ति हैं, जिन्होंने उस धनुष को उठा लिया, जबकि दूसरे तो इसे अपनी स्थान से हिला भी नहीं सके," लक्ष्मण ने हस्ताक्षेप करते हुए कहा। और ऋषि को झुक कर प्रणाम किया, किंतु उसमें प्रत्यंचा चढ़ाने की प्रक्रिया में वह बीच से टूट गया, क्योंकि वह पुराना था," उन्होंने बात समझाने की कोशिश करते हुए कहा।

पर लक्ष्मण की बातों से ऋषि का क्रोध कम होने के बजाय बढ़ गया। उनका चेहरा लाल हो गया और आँखें चमकने लगीं। उर्मिला ने उन्हें अपनी अँगुलियाँ घुमाते हुए और फरसा सँभालते हुए पाया। स्थिति के खतरे को भाँपते हुए उसने समझ लिया कि इससे रक्तपात हो सकता है। लक्ष्मण की हत्या करने से परशुराम नहीं हिचकेंगे। उर्मिला ने हस्तक्षेप करने की सोची। ऋषि जब क्रोध से आगबबूला हो जाते थे, तो उन्हें रोकने की हिम्मत किसी में नहीं होती थी, पर लक्ष्मण ने जो कुछ किया, वह कोई सोच भी नहीं सकता था।

उर्मिला को ऐसा लगा मानो डर के मारे उसका गला रुंध गया हो, जिस व्यक्ति से वह प्रेम करती थी, उसके प्रति प्रेम के कारण वह एक तरह के भय से आक्रांत हो उठी। अपने भयावह क्षणों में उसे लगा कि वह अत्यंत डरी हुई थी। उर्मिला का दिल तीव्रता से धड़कने लगा। उसने यह समझ लिया कि परशुराम से युद्ध होने पर लक्ष्मण की मृत्यु तय थी और अपने प्रेम को बचाने के लिए उसे किसी भी स्थिति में ऋषि के क्रोध को शांत करना ही होगा। अंदर ही अंदर डरी हुई पर सधे क़दमों से वह सीधे ऋषि के पास गई और सिर झुका कर खड़ी हो गई, उसकी आँखों में विनयभाव था, हाथ जुड़े हुए थे और वह ऋषि का आशीर्वाद प्राप्त करना चाहती थी।

"हम निश्चित रूप से आपके आगमन से धन्य हुए हैं," उसने विनम्रतापूर्वक कहा, उसकी आँखें स्थिर थीं। "ऋषिवर, आप थक गए होंगे... कृपया आसन ग्रहण करें और विश्राम करें।"

ऐसा कहते हुए, वह ऋषि के चरण छूने के लिए झुक गई, उसे आशा थी कि साधु का ध्यान बँटाने की चाल में वह सफल होगी। ऋषि ने कहा, ''प्रसन्न रहो राजकुमारी। तुम्हारे जीवनपर्यंत तुम्हारा पति जीवित रहे।''

ऋषि के शब्दों के प्रभाव को समझते हुए उर्मिला पीछे हटी, उसे यह आशा बँधी कि अब लक्ष्मण साधु के क्रोध और उनके लहराते फरसे के प्रकोप से बच जाएगा।

ऋषि ने जैसे ही लक्ष्मण की ओर देखा और उसके चेहरे पर अवज्ञा देखी, उनका क्रोध एक बार फिर भड़क उठा। ''धृष्ट युवक! उस धनुष को इतनी उदंडतापूर्वक क्षतिग्रस्त करने की तुम्हारी हिम्मत कैसे हुई? मैं बड़ी आसानी से इस फरसे से तुम्हारी गर्दन काट सकता हूँ,'' उन्होंने क्रोध से चिल्ला कर और फरसा लहराते हुए कहा।

अपने स्वभाव के अनुसार ही क्रोधित लक्ष्मण ने आक्रामक मुद्रा में अपनी तलवार निकाल ली और ऋषि का सामना करने को तैयार हो गए, पर ऋषि जब लक्ष्मण का सामना करने के लिए उसकी ओर मुडे, तो वे अपना फरसा उठा ही नहीं सके। उनकी भुजाएँ नहीं हिलीं। ऋषि ने हैरत से देखा और यकायक उनकी समझ में सब कुछ आ गया। अपने ही वचन से बँधे होने के कारण वे अपनी जगह से नहीं हिल सके थे। तुरंत उनकी समझ में आ गया कि उनके दिए गए वचन का क्या प्रभाव हो सकता है। वे उर्मिला की ओर मुड़े, पर कुछ कह सकें, उसके पहले राम ने उन्हें टोका।

''ओह महानतम ऋषि!, आपके क्रोध का कारण मैं हूँ,'' राम ने सिर झुका कर कहा। ''कृपया मेरे भाई को क्षमा करें, वह निर्दोष है। दरअसल, वह मेरी रक्षा करने की कोशिश कर रहा है, जैसा कि वह सदैव ही करता रहा है, मुझ पर कोई विपत्ति आए, उसके पहले वह अपनी जान देने को तैयार रहता है, पर यह मैं ही था, जिसने धनुष में टंकार की और अपनी लापरवाही से इसे दो टुकड़ो में तोड़ दिया। और ऐसा करते हुए मैंने इस सुंदर राजकुमारी का हाथ जीत लिया। हे ऋषि! कृपया मेरी धृष्टता के लिए मुझे क्षमा करें, कृपया मुझे आशीर्वाद दें।''

महान ऋषि विश्वामित्र अपने आसन से उठे। उन्हें देख ऋषि परशुराम का क्रोध तुरंत शांत हो गया, उन्होंने श्रद्धा से सिर झुकाया और अपने नाना जी के चरण स्पर्श कर लिए। ''हाँ पौत्र! कृपया इस युवक को इसकी लापरवाही के लिए क्षमा कर दो क्योंकि अब यह तुमसे आर्शीवाद माँग रहा है,''

विश्वामित्र ने प्रार्थना की। "तुम एक विख्यात ब्राह्मण हो। तुमने सभी क्षत्रियों का नाश करके अपने पिता और मेरे भांजे यानी मेरी बहन के पुत्र जमदग्नि की मृत्यु का प्रतिशोध ले लिया है। अपने प्रतिशोधक क्रोध से मुक्ति पाने के लिए तुम फिर तपस्या में लीन हो गए थे, जैसा कि स्वाभाविक ही है। ऐसे में इस क्षत्रिय युवक की हत्या कर एक बार फिर क्यों अपने हाथों को रक्तरंजित करने की सोच रहे हो? यह युवक हम सबका प्रिय है, जनक की पुत्री जानकी का भावी पति है, कृपया रुक जाओ।"

परशुराम ने विनय से हाथ जोड़ लिए। "क्षमा करें पितामह! मुझे अब यह ज्ञात हो रहा है कि ये राजकुमार आपके आश्रित हैं। यह आप ही हैं जिन्होंने इन्हें देवास्त्रों और बल व आदिबल जैसे स्वर्ग के अस्त्रों का प्रयोग करना सिखाया है। आपने ही इन्हें दर्शन और धर्म की दीक्षा दी है और आपने ही ताड़का और सुबाहु जैसे भयानक राक्षसों का वध करने का मार्ग दिखाया है।"

"आप इन्हें सीता के स्वयंवर के लिए इस कक्ष में लेकर आए। आपने राम को शिव धनुष दिखाया," विश्वामित्र धीरे से मुस्कराए। "इसके पीछे कारण है।"

लेकिन परशुराम का चेहरा कठोर हो गया, उन पर उनके नाना के अनुनय-विनय का कोई प्रभाव नहीं दिखा। "मैं इस युवा राजकुमार की प्रशंसा सुनता आ रहा हूँ। यदि यह युवक इतना ही अप्रतिम और अद्वितीय है, जैसा कि आप बल देकर कह रहे हैं कि यह शिव धनुष तोड़ सकता है, तो मैं उसे एक दूसरे धनुष की चुनौती दे रहा हूँ। यह विष्णु धनुष है, जिसे स्वयं भगवान विष्णु ने मेरे पिता जमदग्नि को दिया था। पूरे ब्रह्मांड के निर्माता भगवान विश्वकर्मा ने बिलकुल एक समान दो धनुष बनाए थे। उन्होंने एक भगवान शिव को दिया और दूसरा भगवान विष्णु को। यह धनुष उतना ही शक्तिशाली है, जितना वह धनुष, जिसे तुमने तोड़ा है। मैं तुम्हें इस धनुष पर प्रत्यंचा चढ़ाने की चुनौती देता हूँ। इससे तुम्हारे कौशल और तुम्हारी शक्ति की परीक्षा होगी। और यदि तुम इसमें सफल रहे, तो मैं तुम्हें अपने साथ द्वंद्व युद्ध करने का अवसर देकर तुम्हें सम्मानित करूँगा।"

"मैं आपकी चुनौती स्वीकार करता हूँ, मान्यवर। कृपया मुझे अपना धनुष दें।" यह कह कर राम परशुराम के पास धनुष लेने पहुँचे। उन्होंने उनसे विष्णु धनुष लिया और बड़ी आसानी से उस पर डोर बाँध दी। उस पर एक तीर लगाया और सीधा ऋषि की छाती से सटा दिया।

"अब इस प्राणघातक तीर से अपने प्राणों की रक्षा के बदले में कौन सा लक्ष्य आप देंगे," उन्होंने शांति के साथ पूछा।

ऋषि परशुराम स्तब्ध रह गए, उन्हें अपनी आँखों पर विश्वास नहीं हो रहा था, उनकी भुजाएँ शिथिल हो गईं, मानो किसी ने पूरी शक्ति को सोख लिया हो। उनका रहस्यमय फरसा शिथिल अंगुलियों से छूट कर धरती पर जा गिरा और तीव्र ध्वनि हुई। और उसके बाद वहाँ जो दृश्य हुआ, उसे देख कर सभी लोग स्तब्ध रह गए।

वृद्ध ऋषि एकदम बदले हुए व्यक्ति थे। उन्होंने सिर झुका लिया और अपने घुटनों के बल बैठ गए, वे अयोध्या के इस युवा राजकुमार के प्रति अपनी श्रद्धा अर्पित करने लगे। वे एक अधीन किए हुए व्यक्ति की तरह हो गए थे। उनके चेहरे से निकलने वाला गौरव, अहंकार और क्रोध समाप्त हो चुका था और उसकी जगह शांति छाई हुई थी।

"मैं अब समझ पाया हूँ कि आप कौन हैं। आप मेरे आराध्य, वरिष्ठ और पूर्वज हैं," ऋषि ने पूरे सम्मान के साथ बुदबुदा कर कहा। "अब से मैं अपनी तपस्या आपको समर्पित करूँगा। मैं महेंद्र पर्वत पर बनी अपनी कुटिया में लौट जाऊँगा और फिर से तपस्या शुरू कर दूँगा। आपने जो तीर मुझ पर लक्ष्य कर रखा है, वह मेरी पूरी शक्ति, तपस्या और मेरा सब कुछ सोख ले और सब कुछ आपमें मिल जाए।"

इन अंतिम शब्दों के साथ परशुराम ने पूरी श्रद्धा के साथ उस राजकुमार की प्रदक्षिणा की और राजसभा से चले गए। थोड़ी देर पहले जिस नाटकीय शैली से वे राजसभा में आए थे, उसके ठीक विपरीत वे वहाँ से चले गए। राम ने विष्णु धनुष को पूरे सम्मान के साथ हाथ में पकड़ रखा था। उन्होंने तीर को आकाश की ओर छोड़ा, बिजली कड़की और बादल के टुकड़े-टुकड़े हो गए।

सभा कक्ष में उपस्थित सारे लोग चुप थे। सुनयना ने सबसे पहले यह चुप्पी तोड़ी।

"क्या हम उत्सव को निरंतर रखें? उन्होंने मधुर स्वर में कहा, उनके चेहरे की सौम्यता और मुस्कान लौट आई थी। उनका संकेत समझते हुए राम और सीता जोड़ी के रूप में नीचे झुके और सुनयना के चरण स्पर्श कर उनका आशीर्वाद लिया। एक पिता के रूप में जनक बहुत ही राहत अनुभव कर रहे थे। उन्होंने शीघ्र ही घोषणा की, "मेरी प्यारी बच्ची, मेरी पुत्री सीता का विवाह

अयोध्या के राजकुमार राम के साथ होगा।'' उनके घोषणा करते ही राजमहल की दीवारों के बाहर भी हर्षोल्लास और उत्सव शुरू हो गया।

जिस तरह उर्मिला बाल-बाल बची थी, वह अब भी डर से काँप रही थी। उसने चारों ओर दृष्टि दौड़ाई और आशा की कि किसी ने उसके दुस्साहसिक कार्य पर ध्यान नहीं दिया। उसने पागलपन भरे आवेग में आकर राजसभा में अपनी भावनाओं को सबके सामने उजागर कर दिया था। लक्ष्मण ने उसे घोर द्वंद्व के संकट से उबार लिया था, तो उसने भी उन्हें निश्चित मृत्यु के मुँह से बाहर खींच लिया था। उन्होंने एक दूसरे को संकट से उबार कर अनजाने में ही एक दूसरे के प्रति प्रेम प्रकट कर दिया था, ऐसा प्रेम जिसे वे लंबे समय से नकार रहे थे, यहाँ तक कि स्वयं से भी।

क्या किसी ने इस ओर ध्यान दिया था? उसके पिता मुस्करा रहे थे, उसकी माँ भी, उसकी बहनें अत्यंत प्रसन्न थीं और सीता को चारों ओर से घेरे हुए थीं। राम सबके बीच प्रसन्न भाव से खड़े थे, उर्मिला ने उनके पीछे एक दहकती आँखों को स्वयं को घूरते हुए देखा। इन आँखों में क्रोध नहीं था, व्यग्रता थी और उत्पीड़न का भाव था। उसने उन आँखों में अव्यक्त भावना को गहराते हुए देखा। पता नहीं क्यों, पर उसे एक तरह की प्रसन्नता की अनुभूति हो रही थी। उसने घबरा कर बालों का एक गुच्छा अपने कानों के पीछे लगा लिया, पर वे आँखें उसी तरह उसे घूरे जा रही थीं। इस हर्षोल्लास के बीच उसके चारों ओर सारी घटनाएँ घट रही थीं। उन्होंने कोई बातचीत नहीं की, चुप्पी को ही अपने लगाव, अपने संबंध और प्रेम को परिभाषित करने दिया, पर उनके बीच चुप्पी का ही जुड़ाव नहीं था, ऐसा लगता था कि उन्होंने उसके साथ आँखों ही आँखों में बात कर ली थी। ऐसा लगता था कि उन्होंने उसके साथ आँखों ही आँखों में ही प्रणय किया था।

दूर से आई एक ध्वनि ने लंबी और विलंबित अवधि को तोड़ दिया। ''सबसे तीव्र दौड़ने वाले दूत को अयोध्या भेजो, ताकि वह राजा दशरथ को यह सुसमाचार दे और उन्हें विवाह में शामिल होने का निमंत्रण दे।'' उसने अपने पिता को घोषणा करते हुए सुना।

उसके पिता ने मिथिला के राज पुरोहित शतानंद और ऋषि विश्वामित्र के साथ मंत्रणा करके विवाह की तिथि की भी घोषणा कर दी। उत्तर फाल्गुनी नक्षत्र का शुभ दिन तय किया गया। यह तब से ठीक एक पक्ष बाद था।

प्रेमी

राजा जनक के संदेशवाहक को शुभ समाचार देने के लिए अयोध्या पहुँचने में तीन दिन का समय लग गया। राजा दशरथ ने अच्छी घटनाओं पर अपनी प्रसन्नता जताते हुए तुरंत संदेश वापस भेजा। अयोध्या से उत्तरी संदेश लेकर वापस मिथिला पहुँचने में संदेशवाहक को फिर तीन दिन का समय लगा। उर्मिला के जीवन में यह छह दिन का समय शायद सबसे लंबा, अत्यधिक अनिश्चितता भरा रहा। ये छह दिन उर्मिला के जीवन के सबसे निर्णायक दिन थे।

उर्मिला अपनी बहनों के अनेक प्रश्नों से नहीं बच पाई। सीता ने सबके सामने शिकायती शैली में प्रश्न करने शुरू किए। उसने उर्मिला से कहा, ''तुम राम के भाई के लिए अपनी भावनाएँ हमें बताने से बच रही हो।'' सीता ने अप्रसन्नता जताते हुए कहा, ''मैं जहाँ अपने और राम के बारे में अपने दिल की बात खुलकर बता रही हूँ, वहीं तुग कुछ 1ी नहीं बता रही हो और सब कुछ गोपनीय रखना चाहती हो।'' सीता थोड़ी अप्रसन्न दिख रही थी।

उर्मिला ने इस पर मुस्कराते हुए कहा, ''आप स्वयं ही अत्यंत परेशान थीं।'' उसे आश्चर्य हुआ। वह सोचने लगी कि क्या वह लक्ष्मण के प्रति अपनी भावनाओं को लेकर पारदर्शी थी? पिछले कई दिनों से वह लक्ष्मण को लेकर जो कुछ भी सोच रही थी, लगता है कि उसकी बहनों को उसकी भावनाओं के बारे में सब कुछ पता चल गया था। ''लेकिन तुम ऐसा क्यों सोच रही हो,'' उर्मिला ने रोष भरे स्वर में कहा।

सीता ने हँसते हुए उर्मिला से कहा, ''सोच नहीं रहे हैं, विश्वास कर रहे हैं! लक्ष्मण की यह उदासीनता और चुप्पी मात्र दिखावे की है। लक्ष्मण की

आँखें केवल तुम्हें तलाशती हैं। तुम्हारे अलावा हर कोई यह देख सकता है। स्पष्ट रूप से वह तुम्हें पसंद करता है।''

कीर्ति ने दिलचस्पी लेते हुए कहा, ''केवल पसंद ही नहीं करता। लक्ष्मण तुमसे बहुत प्रेम करता है। वह उर्मिला से बहुत अधिक आकर्षित है। स्वयंवर में पूरे समय दोनों एक-दूसरे को ही निहारते रहे। एक पल को भी उनकी दृष्टियाँ एक-दूसरे से अलग नहीं हुईं। दोनों एक दूसरे की रक्षा के लिए भी सामने आए थे। इसको कौन भूल सकता है। अगर यह प्रेम नहीं है, तो फिर क्या है। उर्मि, तुम इससे मना नहीं कर सकती। सीता, उद्यान में जब तुम राम से मिली थीं, तुम दोनों ने एक-दूसरे की उपस्थिति का पूरा आनंद उठाया और तुरंत एक-दूसरे से आकर्षित हो गए। उस समय हम समझ नहीं पाए कि इन दोनों का भी यही हाल था। सीता, स्वयंवर से पहले ही वे मौन रहते हुए भी एक-दूसरे से जुड़ गए। उनके बीच आँखों ही आँखों में आकर्षण पैदा हो गया। हम यह देख पाने में विफल रहे। सीता, हमारा ध्यान पूरी तरह तुम्हारे और राम की ओर था। मेरे विचार से, हम विवाह के बारे में सोचें, उससे पहले दूसरे संभावित युगल उर्मिला और लक्ष्मण हैं।''

मांडवी इस बातचीत में कुछ नहीं बोली। वह उर्मिला को टकटकी लगाकर देखती रही। उर्मिला की हल्की हँसी उसकी आंतरिक भावनाओं के बीच कहीं खो गई, जो वह सबके सामने प्रदर्शित नहीं करना चाहती थी। वह भले ही सब कुछ बताती प्रदर्शित हो रही थी, लेकिन मांडवी जानती थी कि अपने दिल की बात शायद ही कभी बताएगी। आप उसे संकोची कह सकते हैं। उसके मन की बात शायद ही कोई जान पाता था। वह अपनी भावनाओं को गोपनीय रखना अच्छे से जानती थी। उसका यह अंतर्मुखी स्वभाव बचपन से ही था।

वह समझ गई कि उर्मिला शरमा रही थी। नहीं तो उर्मिला खुलकर हास्य-विनोद कर रही होती। इसके विपरीत उसे लगातार छेड़छाड़ सहनी पड़ रही थी। वह थोड़ी परेशान लग रही थी, लेकिन वह इसे दिखाना नहीं चाहती थी।

उर्मिला के बचाव में आते हुए मांडवी ने कहा, ''तुम दोनों को बिलकुल उपयुक्त जीवनसाथी मिला है, लेकिन हमें पीछे मत छोड़ो। हम भी उर्मि की ही उम्र के हैं। विवाह के लिए यह आयु उपयुक्त भी है। मैं इतनी सीधी नहीं हूँ, जो सीता की तरह प्रेम हो जाए। मैं किसी सुंदर राजकुमार को पसंद करूँगी जो

मेरे लिए थाली में रखकर राज्य, महल, हीरे-जवाहरात और हाथी-घोड़े सब कुछ ले आए। उसे मुझसे बहुत प्रेम होना चाहिए। मैं एकदम उपयुक्त राजकुमार के गले में हार पहनाऊँगी। प्यार में पड़ना मेरे के लिए परेशानी भरा काम है। इसमें आँसू भी बहाने पड़ते हैं।''

''हाँ, प्रेम के मामले में तुम तो बहुत सुदृढ़ विचारों वाली हो,'' कीर्ति ने उपहास करते हुए सहमति जताई, लेकिन वह कुछ भी बोल नहीं पाई। कीर्ति ने कहा, ''आशा करती हूँ कि तुम कभी अपने इन शब्दों से पीछे नहीं हटोगी।''

सीता ने उन सभी को थोड़ी अधीरता के साथ देखा। उसने प्रेम से उर्मिला को देखते हुए कहा, ''तो फिर मैं राम और पिताश्री को बता दूँ और उनसे कहूँ कि आगे की बात करें?'' इसके बाद उर्मिला की आँखों में आशा की चमक दिखने लगी। सीता ने कहा, ''अरे यह तो बहुत अच्छा होगा। सोचो, एक साथ दोहरा विवाह। हम सदैव एक साथ रहेंगे। दो बहनें दो भाइयों से विवाह करेंगी। इससे अच्छा तो कुछ भी नहीं हो सकता। अरे, उर्मि, मैं बहुत प्रसन्न हूँ, मैं तुम्हारे लिए और अपने लिए अत्यंत प्रसन्न हूँ। यह मेरे जीवन का सबसे प्रसन्नता भरा दिन है। उर्मि, मैं भयभीत थी कि मुझे तुमसे दूर जाना होगा, लेकिन अब मेरे दोनों प्रिय व्यक्ति सदैव मेरे निकट होंगे।''

अपनी प्रसन्नता व्यक्त करते हुए उसने अपनी छोटी बहन को गले से लगा लिया। वह अत्यंत देर तक उसे कसकर पकड़े रही, जैसे वह उसे स्वयं से अलग नहीं होने देगी। उर्मिला सीता के मन की प्रसन्नता अनुभव कर पा रही थी। उसने भी सीता की प्रसन्नता कम करने का कोई काम नहीं किया। उसे लक्ष्मण से प्रेम था, लेकिन उसे यह नहीं पता था कि लक्ष्मण भी उसके लिए ऐसी ही भावनाएँ रखते थे। जैसा कि उसकी बहनें कह रही थीं। उर्मिला को लक्ष्मण की दृष्टि की ऊष्मा का अनुभव हो रहा था। इससे वह प्रसन्नता के साथ शरमा गई। यह वेग की तरह था, जैसे वह प्रेम के सागर में डूब रही थी और डुबकी लगा रही थी, लेकिन वह अब भी लक्ष्मण को लेकर अनिश्चित थी। शंका और डर के बावजूद वह अपने हृदय के कोने में लक्ष्मण के साथ जुड़ाव मान रही थी।

स्वयंवर के बाद राम परिवार के साथ अच्छे से रहने लगे थे। उनके आकर्षण से बचना मुश्किल था। उनके स्नेह की आभा हर ओर फैल रही थी, लेकिन उर्मिला को लगता था कि उसकी बड़ी बहन और राम एक जैसे थे। उन दोनों की व्याख्या करने के लिए एक ही परिभाषा पर्याप्त थी। दोनों का

स्वभाव बहुत अच्छा था, उनका प्रेम निश्चल था और झूठे अभिमान से परे था। वे सदैव मुस्कान बिखेरते रहते थे। उर्मिला जब उन्हें प्रेम से बात करते, मुस्काराते और हँसते देखती थी, तो उसे बहुत अच्छा लगता था।

क्या वह और लक्ष्मण भी स्वभाव से वैसे ही थे, जैसे राम और सीता थे? सीता जहाँ उदार स्वभाव की थी, वहीं उर्मिला उत्साही और तार्किक स्वभाव की थी। उर्मिला को लगता था कि इसी तरह राम और लक्ष्मण के स्वभाव भिन्न हैं। राम जहाँ मित्रवत और अच्छे स्वभाव के थे, वहीं लक्ष्मण क्रोधी और उत्साही थे। सीता और राम के स्वभाव में अत्यंत समानता थी। इसके विपरीत उसमें और लक्ष्मण में अहंकार और अभिमान एक समान थे। इस वजह से वे एक-दूसरे के प्रति अपनी भावनाएँ व्यक्त नहीं कर पा रहे थे।

उर्मिला को सदैव लगता था कि लक्ष्मण उसके आस-पास ही हैं। उनकी ध्वनि, दिल को भेदने वाली उनकी दृष्टि और महक वह तब भी अनुभव करती थी, जब वह शांत, कठोर और अलग चेहरा लिए किसी दूरी पर खड़े होते थे। इससे उसे चिंता होने लगी। क्या उस गहरी और अथाह चुप्पी के बीच कुछ कहा गया था या नहीं कहा गया था, जिसकी वह कल्पना कर रही थी? क्या उनका ऊष्ण और दिल को हिला देने वाला चेहरा केवल उसके व्यग्र मस्तिष्क की उपज थी? लक्ष्मण के चेहरे से उसकी साँसें कई बार थम सी जाती थीं।

वन की ओर जाते सुनसान रास्ते के निकट उर्मिला ने थोड़ी दूरी से उन्हें अपने भाई से बातें करते हुए देखा था। उन्होंने अपना सिर घुमाया और मुस्कराए। यह अत्यंत दुर्लभ और मनोरम दृश्य था। उनकी मुस्कान अच्छी थी। उर्मिला ने उनकी बातचीत सुनने का अत्यंत प्रयास किया, लेकिन हर बार उन्होंने कुछ भी सुनने नहीं दिया। वह नहीं जानती थी कि वह हँसे या अप्रसन्नता व्यक्त करे।

वह धीरे-धीरे लक्ष्मण की ओर आगे बढ़ी। वह फिर अकेले थे। राम सीता के लिए अपने भाई को छोड़कर चले गए थे। उसने थोड़े क्रोध में अपने होंठों को दबाते हुए, नम्रता के साथ उन्हें नींबू के शर्बत का प्याला दिया और अच्छे आतिथ्य की भूमिका निभाई। उन्होंने प्याला ले लिया। इस बीच, उनके हाथों ने एक दूसरे को स्पर्श किया। उर्मिला को सुखद अनुभव हुआ और अपने काँपते हाथ वापस खींच लिए, लेकिन वह खड़े रहे और उर्मिला की आँखों में देखते रहे। आश्चर्यजनक रूप से इससे वह शांत हो गई और वह बता पाई कि वह स्वयंवर वाले दिन से ही उनसे क्या कहना चाहती थी। चुप्पी को तोड़ते

हुए उर्मिला ने कहा, "आपने जो किया, मैं उसके लिए आपका आभार व्यक्त नहीं कर पाई। दावेदार क्रोधित और अधिक हिंसक ढंग से प्रतिक्रिया दे रहे थे। मुझे नहीं पता कि क्या हो सकता था।"

लक्ष्मण ने संक्षिप्त उत्तर देते हुए कहा, "मैंने कुछ नहीं किया। मैंने उन्हें मात्र यह बताया कि मेरे भ्राताश्री को अवसर मिलना ही चाहिए, जिसके वह अधिकारी हैं। अगर इसके लिए आप आभार प्रकट कर रही हैं, तो इसकी कोई आवश्यकता नहीं है, क्योंकि जो मैंने किया, वह मेरा कर्तव्य था।" लक्ष्मण ने आत्मगौरव और थोड़े व्यंग्य के साथ कहा, "राजकुमारी, आपने मेरे और महान परशुराम के बीच के रक्तपात वाले संघर्ष को चतुराई से रोक दिया। आपने मुझे उनके क्रोध से बचा लिया और मैं जीवित हूँ। आपने मेरे प्राणों की रक्षा की, मैं इसके लिए आपका जीवनभर ऋणी रहूँगा।" वह किसी भी तरह आभार व्यक्त करते नहीं दिख रहे थे। उर्मिला को उनकी बात कतई तार्किक नहीं लगी और उसने आहत अनुभव किया। उसने देखा कि लक्ष्मण कुछ अधिक ही आदर से झुके और आगे की बातचीत को शुष्क ढंग से बीच में ही समाप्त कर दिया।

उन्होंने ऐसा रूखा व्यहार क्यों किया? या फिर वह त्रुटिपूर्ण निष्कर्ष निकाल रही है? क्या उन्होंने जानबूझकर उसे अप्रसन्न किया या फिर उनका ऐसा स्वभाव ही है? उसे इस बात पर दुख था कि वह ऐसे व्यक्ति के साथ प्रेम कैसे कर सकती थी। वह उनके विरोधाभासी व्यवहार को समझ नहीं पाई। क्या वह उससे प्रेम करते हैं? उन्हें देखकर उर्मिला को विश्वास हो गया था। उन दुर्लभ और अमूल्य पलों में उनकी आँखों में उर्मिला ने प्रेम देखा था। वह स्वयंवर के समय उसके शांत चेहरे को भूल नहीं पाई थी। उर्मिला को उनकी भावनाएँ स्पष्ट रूप से दिखाई दे रही थीं, जब रावण ने उन्हें घूरते हुए उर्मिला को अपमानित करने का प्रयास किया था, उस समय उनके अंदर की ईर्ष्या और क्रोध दिखाई दे रहा था। उसे याद था कि जब अप्रसन्न राजकुमारों ने उसे धमकाने का प्रयास किया, तब लक्ष्मण उसके बचाव के लिए आगे आए थे। उसने आश्वस्त होकर सोचा क्या यह प्रेम नहीं है, तो फिर उन्होंने यह भरोसा दिलाने का प्रयास क्यों नहीं किया? क्या उन्हें याद दिलाना उर्मिला की त्रुटि थी? क्या वह प्रेम के मामले में संकोची स्वभाव के थे?

अगली सुबह उसने फिर स्वयं से प्रश्न किया, क्या संतप्त व्यक्ति के लिए उसका प्रेम तर्कसंगत है। दैनिक प्रात:कालीन पूजा के लिए गौरी मंदिर जाने का समय आ गया था, लेकिन सीता के आने में देर हो चुकी थी। दूसरों को प्रतीक्षा कराना सीता के स्वभाव में नहीं था, इसलिए उर्मिला ने बड़ी बहन के कक्ष में जाकर देखने की सोची। कक्ष में बिस्तर सलीके से व्यवस्थित था। सीता वहाँ नहीं थी। उसने अपनी बहनों से सीता के बारे में पूछने का निश्चय किया, लेकिन उनमें से किसी ने भी सीता नहीं को देखा था। उर्मिला को लग रहा था कि सभी बहनें एक साथ होनी चाहिए थीं। उसने परिचारिकाओं से भी सीता के बारे में पूछा, तो उसे बताया गया कि सीता अपनी निजी परिचारिका के साथ मंदिर के लिए चली गई। अब उर्मिला देरी के लिए स्वयं को कोसने लगी और अपनी बहनों का साथ पाने के लिए तीव्र गति से आगे बढ़ी।

वह थोड़ी दूर आगे बढ़ी होगी और उद्यान के घने भाग में पहुँची होगी, तभी उसे सीता दिखाई दी। वह अकेली दिख रही थी। जैसे ही उर्मिला उसे पुकारने जा रही थी, उसी समय उसने राम को थोड़ी दूरी पर सीता की ओर जाते देखा। उनके थोड़ा आगे लक्ष्मण थे। वह सावधानी से चल रहे थे। अचानक उसने देखा लक्ष्मण रुक गए, उन्होंने अपनी दाईं भुजा बढ़ाकर राम को अपने मार्ग में रुकने की चेतावनी दी। उसने देखा, लक्ष्मण चारों ओर चौकन्ना होकर देख रहे थे। तभी उसे सीता आती दिखाई दी, उसी पल उन्होंने बिना किसी हिचकिचाहट के अपने बाण का लक्ष्य उसकी ओर साध लिया।

उर्मिला जड़वत खड़ी रही। वह चीख नहीं पाई। क्रोध, भय और दुख ने उसके गले को सुखा दिया। उसने सीता को रक्त के बीच में गिरते देखा, वह अपने हृदय में धँसे बाण को अपने हाथ से पकड़े थी। उर्मिला चीखी और सीता की ओर दौड़ी, लेकिन लक्ष्मण के बाध्य कर देने वाले स्वर उसे जाने से रोक रहे थे। वह कह रहे थे, "उनके पास मत जाओ।"

लेकिन आवेश में उनकी चेतावनी को अनसुना करके वह अपनी घायल बहन की ओर आगे बढ़ी। उसने पीछे से दौड़ते क़दमों की ध्वनि सुनी। वह उस स्थान पर पहुँच पाती, उससे पहले ही वह शक्तिशाली भुजाओं के जाल में फँस गई थी। उसने निकलने का प्रयास किया, लेकिन लक्ष्मण ने उसे उसके बाएँ हाथ से पकड़ रखा था। उसने उर्मिला को रोका। लक्ष्मण ने उससे पूछा, "क्या उसे उसके स्वर सुनाई नहीं दिए। अपनी बहन से दूर रहो।"

उर्मिला ने देखा, सीता रक्त से लथपथ पड़ी थी।

उसने लक्ष्मण की ओर क्रोध से देखते हुए पूछा, "तुमने उसे मार दिया। क्यों? क्यों?"

उसने लक्ष्मण की कमर से लटकती कटार देखी। वह उसे अब भी पकड़े हुए थे। उर्मिला ने अपने दाएँ हाथ से उनकी कटार छीन ली। उसने कटार से उसके गले, कंधे, पीठ या शरीर पर कहीं भी प्रहार करने का प्रयास किया, ताकि वह लक्ष्मण की पकड़ से छूट सके, लेकिन वह उन पर कटार से प्रहार कर पाती, इससे पहले लक्ष्मण ने उसकी दोनों कलाइयाँ पकड़ लीं। उन्होंने उर्मिला के हाथों को इतनी कसकर पकड़ा कि कटार उसके हाथ से छूट गई। कटार की पैनी धार सुबह की किरणों में चमक रही थी। उसने लक्ष्मण की घूरती हुई काली आँखों की ओर देखा। उनका सुदृढ़ चेहरा उर्मिला के चेहरे से कुछ ही दूर था। वह उनकी साँसों की ऊष्मा को अनुभव कर पा रही थी। वह उसकी घृणा व क्रोध को समझ पा रहे थे।

वह लक्ष्मण पर चिल्लाना चाहती थी, लेकिन शब्दहीन चीख उसके गले में ही फँसकर रह गई। बजाय चीखने के वह सिसकने लगी। सिर झुकाकर वह रोने लगी।

उसने नरम स्वर में लक्ष्मण को बोलते हुए सुना, "यह सीता नहीं हैं, मिला!" उसकी आँखें में नरमी का भाव था। उर्मिला की आँखें आश्चर्य से देखने लगीं। उसने लक्ष्मण की ओर देखकर पूछा, "क्या सीता के वेश में यह कोई और है?" वह रोने लगी। लक्ष्मण ने उसकी कलाइयाँ छोड़ते हुए कहा, "मैं आपको जाने दूँगा, अगर आप मुझ पर इस कटार से दोबारा हमला न करने का वचन दें, ताकि मैं मालूम कर सकूँ कि किसने यह सब किया है।" इसके साथ ही उर्मिला मुक्त हो गई। वह सीधी खड़ी हो गई और कलाइयों में खरोंचों पर उंगलियाँ फेरने लगी। उसने देखा वह नक़ली सीता के शरीर के पास खड़े थे और उसे देख रहे थे।

उसने कठोर स्वर में पूछा, "तुम कौन हो?"

उसे घर्राए स्वर में उत्तर मिला। लक्ष्मण ने उत्तर की प्रतीक्षा नहीं की। उन्होंने कोई नरमी दिखाए बिना उस व्यक्ति के शरीर पर बाण से फिर से निशाना लगाया। उर्मिला तीव्र धवनि सुनकर डर गई। उसे मरते पशु की चीख सुनाई दी।

उर्मिला को पदचाप सुनाई दी और उसने अपनी ओर सीता को आते हुए देखा, उसके पीछे उसकी बहनें भी आ रही थीं। उसने राहत की साँस ली कि

वह सीता थी। लक्ष्मण ने चेतावनी देते हुए अपनी भुजा उठाई और लड़कियों ने दौड़ना बंद कर दिया। वे राम के निकट खड़ी हो गईं, जो वहाँ खड़े हुए चुपचाप पूरी घटना को देख रहे थे। वे सभी सीता जैसी दिखने वाली आकृति को देख रहे थे। वह बुरी तरह हाँफ रही थी। वह वास्तव में एक राक्षस था। एक भयानक राक्षस।

उसकी अंतिम चीख से सुरक्षा प्रहरी और राजा जनक त्वरित रूप से वहाँ पहुँच गए। राजा जनक ने राक्षस को पहचान लिया। उन्हें कोई आश्चर्य नहीं हुआ।

उर्मिला ने तुरंत पूछा, "पिताश्री, यह कौन है। वह यहाँ क्या कर रहा है?"

राजा जनक कुछ भी कहने से हिचकिचा रहे थे। वह कुछ भी बताने से बचना चाहते थे, लेकिन अनगिनत नेत्रों में उत्सुकता थी और प्रश्नों के बीच उन्हें बताना ही पड़ा। उन्होंने धीरे-धीरे बताना शुरू किया, "यह पुरुष बाणासुर है। उसने मुझे सीता का स्वयंवर न करने के लिए चेतावनी दी थी। कल ही उसने फिर से संदेश भेजकर विवाह कार्यक्रम रोकने को कहा था। मेरा अनुमान है, राक्षस का परिवार सीता का विवाह होने नहीं देना चाहता, लेकिन मैंने इसे अनदेखा कर दिया, क्योंकि यह मात्र धमकी थी। हमने सोचा भी नहीं था कि वह सीता का अपहरण करने के लिए यहाँ आ जाएगा। वह सीता या राम या दोनों की हत्या भी कर सकता था।"

राम ने इस बीच कहा, "लक्ष्मण के रहते हुए यह मुश्किल था।" वह बातचीत से माहौल बदलने का प्रयास कर रहे थे। सदैव की तरह आज भी मेरे छोटे वीर भ्राता ने कुछ भी अनहोनी होने से रोक दी और सबको बचा लिया।

राजा जनक कृतज्ञता जताने लगे। वह लक्ष्मण की ओर मुड़े और उनके आगे झुके। "तुमने न केवल मेरी पुत्री और मेरे दामाद की जान बचाई है, बल्कि मुझे नया जीवन भी दिया है। मैं दुनिया का, मेरे परिवार का और स्वयं का सामना कैसे करता। युवक, तुमने दुखद घटना को होने से बचा लिया। मैं जीवन भर तुम्हारा आभारी रहूँगा।"

लक्ष्मण थोड़े शर्मिंदा दिखाई दे रहे थे, लेकिन राजा को आभार प्रकट करते देखकर उन्होंने उन्हें आश्वासन दिया। उन्होंने आदरपूर्वक कहा, "मैंने वही किया, जो करना चाहिए था।" वह राजा को शांत करने का प्रयास कर रहे थे। उन्होंने राजा के आगे आदरपूर्वक झुकते हुए कहा, "अब हम एक

परिवार हैं और एक–दूसरे का ध्यान रखना हमारा कर्तव्य है।'' लेकिन लक्ष्मण ने उर्मिला को उपहासपूर्वक देखा। वह समझ गई और अब लज्जित होने की उसकी बारी थी। कुछ क्षण पहले हुए संघर्ष के बाद वह राहत अनुभव कर रही थी। उसने त्रुटिपूर्ण अनुमान लगाया। अनायास जो कुछ भी हुआ, उसमें लक्ष्मण ने तुरंत सही स्थिति भाँप ली। उसके निर्णायक क़दम से वह संकट टल गया, जो कोई अनहोनी का रूप ले सकता था।

राम ने कहा, ''श्रीमान, आपको इन धमकियों के बारे में हमें बता देना चाहिए था। अब आपको अपनी पुत्रियों की चिंता नहीं करनी चाहिए। अब आपके परिवार को सुरक्षा देने का दायित्व हमारा है। मैं न केवल सीता, बल्कि आप सभी का ध्यान रखने का वचन देता हूँ।''

उनकी बातचीत के बीच किसी ने भी घायल राक्षस की ओर ध्यान नहीं दिया। जब तक सभी समझ पाते, अंतिम प्रयास करते हुए वह घने वन की ओर भाग गया। उर्मिला को आशा थी कि लक्ष्मण उसे भागने से रोकेंगे या उसे और घायल कर देंगे, लेकिन वह स्थिर खड़े रहे, उनकी दृष्टि एक जगह टिकी हुई थीं। उर्मिला ने उनकी ओर प्रश्न पूछने की शैली में देखा।

उसने पूछा, ''आपने उसे बचकर भागने क्यों दिया?''

लक्ष्मण ने नम्रतापूर्वक कहा, ''राजकुमारी, मैं सोचता हूँ कि उसे सही पाठ मिल गया, जो वह अपने लोगों को बता देगा। औरों की तरह नहीं ...।''

उन्होंने जानबूझकर अपने वाक्य को अधूरा छोड़ दिया। उनके अधूरे शब्द आरोप लगाते प्रतीत हो रहे थे। वह रुककर झुके और घास में गिरी अपनी कटार को उठाया और उसे कमर में सँभालकर रखा। लक्ष्मण ने उसे देखा और धीरे से कहा, ''तो तुम मुझे इस छोटी सी कटार से मारने को तैयार थीं। तुमने क्या सोचा?'' कोमलता से यह कहते हुए वह दूर चले गए।

उनके चेहरे पर प्रश्नवाचक भाव था।

यह सुनकर उर्मिला उदास हो गई और उसने अपनी मुट्ठियाँ भींच लीं। वह शक्तिशाली पकड़ के प्रभाव से मुश्किल से उबर पाई थी, क्योंकि लक्ष्मण ने उसे अत्यंत सुदृढ़ता से पकड़ा था। इस सबके बीच उर्मिला ने अनुभव किया कि लक्ष्मण को उससे प्रेम है। 'मिला', यह शब्द नेत्रों में चमक के साथ उन्होंने बुदबुदाया था। वह उर्मिला को ही संक्षिप्त में 'मिला' कह रहे थे। यह सब उसे अच्छा लगा।

लेकिन उनके बीच बातचीत में लक्ष्मण के अधूरे शब्दों से वह उलझन में पड़ गई। वह उससे क्या कहने का प्रयास कर रहे थे? क्या यह कि वह अपनी बहनों के लिए उन्हें मारने को तैयार थी? वह इस सोच से उबर नहीं पाई कि क्या उसने लक्ष्मण से अधिक अपनी बहनों को महत्त्व दिया?

उर्मिला ने अपनी कलाइयों में अधिक चूड़ियाँ पहनकर उन्हें लाल गोटे से छिपा लिया था। उसकी किसी भी बहन को इसका पता नहीं चला, लेकिन वह जब भी लक्ष्मण से मिली, हर बार उसने अनजाने में खरोंच को छू लिया। एक बार लक्ष्मण ने उसकी खरोंच देख ली। वह उपहास में ही पूछ रहे थे कि वह उसके लिए कैसी भावनाएँ रखती है, हालाँकि वे दूर भागने का प्रयास कर रहे थे। वह उससे गरिमामय दूरी बनाए रखने का प्रयास करते थे, फिर भी वह उनका प्रेम अनुभव कर पा रही थी। वह दूर से ही उसे निहारते रहते थे। वह उससे बच नहीं पा रहे थे।

छह दिन बाद अयोध्या से संदेशवाहक वापस आ गया और जनक ने बातचीत के लिए चारों लड़कियों को तुरंत बुलाया। मिथिला के महल में यह कोई असामान्य बात नहीं थी। जनक कोई महत्त्वपूर्ण निर्णय करने से पहले सदैव न केवल अपनी पत्नी और छोटे भाई से, बल्कि अपनी पुत्रियों और भतीजियों से भी विचार-विमर्श करते थे। यह उनके परिवार की परम्परा थी कि वे सभी एक-दूसरे को महत्त्व देते थे और सम्मान करते थे।

उर्मिला जब कक्ष में पहुँची, तब वह चिंतित होते हुए बड़ों के मनोभाव समझने लगी। वे बहुत कठोर नहीं दिख रहे थे। सामने आने वाला समाचार बुरा प्रतीत नहीं हो रहा था, लेकिन उसकी माँ थोड़ी चिंतित प्रतीत हो रही थीं। शायद समाचार अच्छा न हो।

जनक ने बोलना शुरू किया, ''राजा दशरथ ने राम के साथ सीता के विवाह पर प्रसन्नता प्रकट की है।'' अपनी आदत के अनुरूप वह रुके। वह बातचीत के बीच में इतनी देर तक चुप हो जाते थे कि उसकी बेचैन माँ क्रोधित हो उठती थी।

उन्होंने कहा, ''लेकिन उनका एक आग्रह भी है, जो वैसे तो अत्यंत अच्छा है, लेकिन उसने मुझे असमंजस में डाल दिया है।'' इसके बाद वह

थोड़ी देर के लिए रुके, फिर उन्होंने बोलना शुरू किया, ''राजा दशरथ ने अपने तीन अन्य पुत्रों के लिए हमारी दूसरी तीन पुत्रियों का हाथ माँगा है। क्रम के अनुसार लक्ष्मण का विवाह उर्मिला से हो सकता है।'' वह फिर रुके और उर्मिला के चेहरे के भाव पढ़ने का प्रयास करने लगे। उन्हें लगा कि उनकी कठिनता से मानने वाली पुत्री से लक्ष्मण का विवाह संभव है। वह थोड़ा मुस्कराए और उर्मिला को जताया कि वह लक्ष्मण के लिए उसकी भावनाओं के बारे में जान चुके थे।

उन्होंने बात को आगे बढ़ाया, ''इसी तरह मांडवी के लिए भरत और श्रुतकीर्ति के लिए शत्रुघ्न का प्रस्ताव है। चूँकि अन्य दोनों राजकुमारों को हमने देखा नहीं है, इसलिए दशरथ ने उनके चित्र भेजे हैं। तुम सभी उन्हें देख सकते हो।'' उन्होंने लड़कियों को बड़ी आशा के साथ देखते हुए पूछा, ''राजकुमारियों बताओ, तुम्हें क्या कहना है?'' उन्होंने अपनी बात में थोड़ा दुलार दिखाते हुए, लेकिन स्वर में दृढता के साथ कहा, ''मैंने अभी कोई उत्तर नहीं भेजा है। उत्तर भेजने से पहले मैं तुम लोगों के विचार जानना चाहता हूँ। तुम लोगों पर कोई दबाव नहीं है, तुम अपनी इच्छा के बारे में मुझे बताओ। इसके बारे में तुम्हें स्वयं ही निर्णय करना है। यह कोई अनिवार्य नहीं है कि तुम हमारी इच्छाओं के अनुसार निर्णय करो।''

उर्मिला ने संक्षेप में पूछा, ''क्या यह आपकी इच्छा है कि हम इन राजकुमारों से विवाह करें?''

जनक ने उत्तर देते हुए कहा, ''ईमानदारी से बताएँ तो मैं उनके विरुद्ध नहीं हूँ। ये राजकुमार अच्छे कुल के हैं, बहादुर और दयालु भी हैं। लक्ष्मण की वीरता को हम सभी देख चुके हैं। प्रिय पुत्री, स्पष्ट रूप से मुझे तुम्हारे लिए उससे बेहतर कोई नहीं मिला। अगर मैं सही हूँ, तो लक्ष्मण तुम्हारे लिए एक से अधिक बार आगे आए।'' जनक का स्वर कोमल था, लेकिन उनकी आँखों में शरारत थी। वह अपनी पुत्री को शर्म से लजाते हुए देख रहे थे। उन्होंने आगे कहा, ''ऐसे में लक्ष्मण मेरा दामाद होने के योग्य है। निश्चित ही वह उन राजकुमारों से बेहतर है, जो तुम पर अधिकार जमाना चाहते थे! उर्मिला, क्या तुम सहमत हो कि लक्ष्मण तुम्हारे लिए उपयुक्त वर हो सकता है?''

उर्मिला जानती थी कि उसके पिता भले ही मुस्करा रहे थे, लेकिन वह बात पूरी गंभीरता से कर रहे थे। उसके पिता उसकी भावनाओं के लिए बहुत संजीदा थे। उसने धीरे से अपनी सहमति जताई और प्रसन्नता से शरमाने लगी।

उसने सावधानीपूर्वक कहा, "हाँ, मैं आपके निर्णय को मानूँगी।" लेकिन वास्तव में उसका मन प्रसन्नता से पागल हो रहा था। उसे अपने माता-पिता से अनुमति मिल गई थी। उसके दिल ने कहा कि इससे अधिक बेहतर नहीं हो सकता था।

जनक ने उर्मिला के निकट की खड़ी अपनी भतीजियों की ओर रुख किया और पूछा, "अब तुम बताओ, मांडवी? और कीर्ति?।"

कीर्ति नक्काशीदार मेज़ पर रखे राजकुमारों के छोटे चित्रों की ओर आगे बढ़ी। उसने शत्रुघ्न के चित्र को उठाया और अत्यंत देर तक टकटकी लगाकर उसे देखती रही। कुछ समय बाद उसने चित्र को मेज़ पर रख दिया और उसके लिए अपनी सहमति दे दी।

कीर्ति ने दृढ़ स्वर में कहा, "मुझे इसमें कोई कमी नहीं दिखाई देती है। मुझे इस राजकुमार से विवाह करने में कोई आपत्ति नहीं है।"

मांडवी ने तुरंत टोका, "क्या तुम निश्चय कर चुकी हो। तुम तो उससे मिली भी नहीं हो!"

उसकी छोटी बहन ने बुद्धिमानीपूर्वक उत्तर दिया, "कहानियों में मैंने अयोध्या के चारों राजकुमारों के बारे में जो कुछ भी सुना है, उसके अनुसार वे सभी 'वीर और बुद्धिमान' हैं। इससे भी बढ़कर वे दयालु और सम्मानित हैं। मुझे नहीं लगता कि मुझे इससे बेहतर विवाह प्रस्ताव मिलेगा। इसलिए मैंने इसे स्वीकार कर लिया है।"

मांडवी के स्वर में थोड़ी अनिश्चितता झलक रही थी। उसने पूछा, "ताऊजी, क्या यह अशिष्टता तो नहीं होगी अगर मैं थोड़े समय बाद उत्तर दूँ? मुझे कोई भी निर्णय करने के लिए थोड़ा समय चाहिए। ईमानदारी से कहूँ तो मैं थोड़ी भ्रमित हूँ।"

उसके पिता राजा कुशध्वज ने नरमी दिखाते हुए उसे विश्वास दिलाया, "तुम सोचने के लिए समय ले लो। विचार करने के लिए तुम्हारे पास एक दिन का समय है। तुम्हारा जो भी निर्णय होगा, हम उसे मानेंगे।"

जनक ने भी सहमित जताते हुए कहा, "हाँ, प्रिय पुत्री, निर्णय तुम्हारा होना चाहिए। कल प्रातः तक तुम हमें अपने निर्णय के बारे में बता देना।"

सुनयना के पास बोलने के लिए शब्द नहीं थे। विस्मय के कारण उसकी भृकुटि तन गई। वह सुदृढ़ विचार की स्त्री थी, जो अपनी बात कहने से संकोच

नहीं करती थीं। उनके पति ने पुत्रियों को सम्मान दिया है और प्राय: सहमति भी। इतने महत्त्वपूर्ण विषय पर विचार-विमर्श के बीच भी उनका एक शब्द न बोलना केवल असामान्य नहीं था। यह चिंता की बात थी। क्या परिवार के बड़े उनसे कुछ छिपा रहे थे?

उर्मिला ने इस पर आगे बढ़कर बात छेड़ने का निश्चय किया और अपनी माता की ओर देखते हुए स्पष्ट रूप से पूछा, ''माँ, क्या आप मेरे निर्णय से प्रसन्न नहीं हैं?

सुनयना का चिंतित चेहरा मुस्कान से भर गया। ''अरे नहीं, प्रिय पुत्री, ऐसा कुछ भी नहीं है। मुझे अपने दामाद के रूप में जितना राम पर गर्व है, उतनी ही लक्ष्मण पर। और इसी तरह भरत व शत्रुघ्न भी पात्र राजकुमार हैं, जिन्हें कोई भी राजकुमारी अस्वीकार नहीं कर सकती।''

मांडवी ने अपने होंठ कसकर बंद कर लिए। अप्रसन्नता के भाव दिख रहे थे।

उर्मिला ने फिर कहा, ''लेकिन आप जैसे प्रसन्न होने की बात कह रही हैं, वैसा दिख नहीं रहा है। मुझे लग रहा है कि आप कुछ हिचकिचा रही हैं। क्या बात है माँ? क्या कोई परेशानी है?''

उसकी माँ ने असहाय होकर देखा और उसका संदेह सुदृढ़ होने लगा। जनक ने समझाते हुए लेकिन चिंतित होकर कहा, ''तुम्हारी माँ को इस प्रस्ताव से कुछ परेशानियाँ हैं। यद्यपि चारों राजकुमार तुम सभी के लिए उपयुक्त हैं। मेरी प्यारी राजकुमारियों, तुम्हारी माँ एक ही परिवार में चारों का विवाह करने की इच्छुक नहीं हैं। इससे तुम बहनों या तुम्हारे पतियों में व्यक्तिगत जटिलताएँ पैदा हो सकती हैं।''

उर्मिला ने तुरंत याद करके लक्ष्मण के आरोपों के बारे में बताया। लक्ष्मण ने आरोप लगाया था कि उर्मिला ने अपनी बहन के लिए उस पर हमला करने की चेष्टा की। वह समझ गई कि उसकी माँ क्यों चिंतित हैं। उर्मिला जानती थी कि उसकी माँ भावनाओं से नियंत्रित सामान्य स्त्री नहीं हैं, बल्कि अत्यंत संकट के समय में भी वह धैर्य और चतुराई से काम लेने वाली हैं। वह अपनी माँ की आशंकाओं से सहमत होती दिख रही थी, हालाँकि सीता इससे सहमत नहीं थी।

सीता ने प्रश्न किया, ''माँ, इससे अच्छा क्या हो सकता है कि हम सभी बहनों का विवाह एक ही परिवार में हो रहा है? इसका अर्थ है कि हम

सभी बहनों और जेठानी-देवरानियों के रूप में सदैव एक साथ रहेंगे। मुझे जिस बात का डर लग रहा था, आश्चर्यजनक रूप से वैसा नहीं होगा। मुझे अपने नए परिवार में जाने के लिए अपनी बहनों से दूर जाने की आवश्यकता नहीं होगी। अरे माँ, किसी पुत्री के लिए सबसे विदारक क्षण तब होता है, जब वह अपने माता-पिता और अपने घर से विदा होती है। वह सदैव के लिए अलग हो जाती है। अगर मैं अपने साथ अपनी बहनों को भी साथ ले जाती हूँ, तो मैं उन सभी लड़कियों में सबसे भाग्यशाली होऊँगी! आपको और पिताश्री को छोड़ने की बात से मैं अभी से ही उदास हो जाती हूँ।'' सीता ने प्रश्न किया, हम सभी का एक साथ रहना कैसे हानिकारक हो सकता है? क्या विवाह हम बहनों का आपसी प्रेम कम कर देगा? नहीं, ऐसा नहीं होगा, बल्कि हमारा प्रेम और बढ़ेगा। हमसे बेहतर हम सभी को कोई नहीं जानता है। हम एक दूसरे से अत्यंत प्रेम करते हैं। इसके बीच में कोई नहीं आ सकता है।''

सुनयना ने तुरंत प्रश्न किया, ''तुम्हारे पतियों के बारे में सोचो? प्रिय, अगर किसी दिन, किसी समय तुम में से किसी के सामने यह स्थिति आई कि तुम्हें अपने पति और बहनों में से किसी एक को चुनना हुआ, तो तुम किसे चुनोगी?''

सीता आश्चर्य से देखने लगी। उसने कहा, ''ऐसा होगा ही क्यों? मेरी बहनों और मेरे पति के लिए मेरे प्रेम में कभी टकराव नहीं होगा। इसके विपरीत दोनों को ही यह अहसास होगा कि मैं प्रत्येक से कितना प्रेम करती हूँ। दोनों को मालूम होगा कि मैं उनसे बिना शर्त प्रेम करती हूँ, बल्कि मेरा मानना है कि दोनों ही इस स्थिति से मुझे बचाने का प्रयास करेंगे। दोनों एक-दूसरे को आहत करने से पहले दस बार सोचेंगे। यदि कोई अपरिचित लड़की मेरी देवरानी होगी, तो मैं उससे इतनी आश्वस्त नहीं रहूँगी, जितनी अपनी बहन से रहूँगी। देवरानी-जेठानी के रूप में बहन का होना तो एक तरह से वरदान होता है! अरे माँ, चिंता करने की आवश्यकता नहीं है। हम सभी एक-दूसरे का अच्छे से ध्यान रख लेंगे। मैं आपको आश्वस्त करती हूँ और वचन देती हूँ।''

सुनयना मुस्कराने लगी। ''मुझे तुम्हारे वचन की कोई आवश्यकता नहीं है, प्रिय। मैं तुम लोगों के आपसी प्रेम पर संदेह नहीं कर रही हूँ। मैं दूसरी स्थितियों की बात कर रही हूँ। समय की आवश्यकता के अनुसार क्या तुम अपनी बहनों या अपने पति के लिए संतुलित व्यवहार कर पाओगी। संकट की स्थितियों में क्या तुम्हारे लिए उचित चयन कर पाना कठिन नहीं होगा?''

सीता थोड़े उच्च स्वर में बोली, ''माँ! अपशकुन की बातें मत करो।'' उसने याचना के स्वर में कहा, ''आप ऐसी काल्पनिक घटनाओं का उल्लेख कर रही हो, जो शायद हों या शायद न हों। मुझे पूरा विश्वास है कि ऐसा कुछ नहीं होगा, हम ऐसा कुछ भी नहीं होने देंगे। क्यों उर्मि? मैंने सही कहा? तुम कुछ कहो।''

उर्मिला को इस विषय में कुछ भी कहने के लिए शब्द नहीं सूझ रहे थे। वह अवश्य कुछ कहना चाहती थी, उसके हृदय कई प्रश्नों से घिर गया। उसे लगा कि वह दोनों से ही सहमत है। जैसा सीता कहती है, निश्चित ही उसे आपसी प्रेम पर विश्वास था, लेकिन वह उसके बारे में सोचकर डर गई, जैसा उसकी माँ कह रही थी। जैसा सीता कह रही थी, वैसी केवल आदर्श स्थिति थी, क्या पुरुष ऐसी स्थितियों को समझ पाएँगे? भाई एक-दूसरे के साथ खड़े होंगे और अपनी पत्नियों की अनदेखी करेंगे या फिर वे अपनी पत्नियों के साथ प्रेम का रिश्ता निभाएँगे? भाई आपस में अपने अतीत का प्रेम दिखाएँगे, क्या उनकी पत्नियों के रूप में बहनें नया केंद्र और शक्ति बन जाएँगी? कुछ दिनों पहले ही उसके सामने ऐसा ही चयन करने की स्थिति पैदा हो गई थी। उसने बिना सोचे-समझे सीता का पक्ष लिया, उसने लक्ष्मण पर विश्वास नहीं किया। एक पल में उसने लक्ष्मण को बुरा मान लिया। उस निर्णायक पल में लक्ष्मण के प्रति उसका प्रेम अदृश्य हो गया और उसका मन घृणा से भर गया। यहीं नहीं, उसने कटार से लक्ष्मण की हत्या तक करने में कोई संकोच नहीं किया था। उन डरावने पलों में उर्मिला ने वह मुश्किल भरा अनुभव किया था, जिसके लिए उसकी माँ भयभीत हो रही थी। अपनी माँ की तरह उर्मिला भी भविष्य में ऐसी कोई कठिन समस्या नहीं चाहती थी।

उसने राहत की साँस ली। ''आगे क्या होगा, बाद में पता चल जाएगा। अगर जानबूझकर कुछ नहीं किया जाए, तो भविष्य में क्या होगा, इसके बारे में हम कुछ भी नहीं कर सकते। अभी हमें काल्पनिक स्थितियों का विश्लेषण नहीं करना चाहिए। हमें अपने प्रेम की शक्ति पर संदेह नहीं करना चाहिए। मैं केवल प्रार्थना करती हूँ कि हमारे सामने कठित परिस्थिति आने पर उनसे निपटने और सही निर्णय करने की हमें शक्ति मिले। अगर हमारे पास यह शक्ति होगी, तो हम किसी भी स्थिति का सामना करने में सक्षम होंगे!''

उसकी माँ ने उसे अजीब तरह देखा, लेकिन उर्मिला ने उनके चेहरे की उदासी पढ़ ली। उन्होंने कहा, ''मैं तुम्हें उन स्थितियों के लिए सचेत करने का

प्रयास कर रही हूँ, जो तुम्हारे सामने आ सकती हैं। मैंने एक माँ की तरह और उससे भी बड़ी बात, एक स्त्री के रूप में रिश्तों में बदलाव आने का अनुभव किया है। लड़कियों, मैं तुम लोगों को अच्छी तरह जानती हूँ। तुम संवेदनशील हो, समझदार हो और हमें तुम पर गर्व है! मैं जानती हूँ कि तुम सही निर्णय लेने की शक्ति रखती हो और साथ रहना और प्रेम करना जानती हो।''

लेकिन इन उत्साहजनक बातों के बावजूद उर्मिला अपने और अपनी बहनों के भविष्य की स्थिति को लेकर बहुत आश्वस्त नहीं थी।

अस्वीकृति

मांडवी दिखावे के लिए चाहे जो कहे, पर वह उस चित्र से अपनी आँखें नहीं हटा पा रही थी। उसकी पारखी आँखों ने यह समझ लिया कि वह चित्र भले ही कोई महान चित्रकला न हो, पर उसमें उकेरा गया वह व्यक्ति निश्चित रूप से महान था। कीर्ति शत्रुघ्न के जिस छोटे चित्र पर ध्यान लगा कर अपना समय नष्ट कर रही थी, उस पर एक दृष्टि डाल उर्मिला इस निष्कर्ष पर पहुँची कि सभी भाइयों में भरत सबसे सुंदर हैं। उसका ललाट उन्नत था, आँखों में गहराई थी, सुंदर होंठ थे और तराशी हुई नाक थी। वह इतना सुंदर थे कि एक बार विश्वास ही नहीं होता था। यह ऐसा गुण था, जिसे अस्वीकार करना किसी भी लड़की के लिए कठिन था। मांडवी भी स्वयं को देर तक इससे दूर नहीं रख सकी और उर्मिला ने यह अनुमान लगा लिया कि इस विवाह प्रस्ताव को स्वीकार करने में वह अधिक देर नहीं लगाएगी। राजा दशरथ ने जब अपने पत्र के साथ चित्र भी भेजे थे, तो बहुत ही होशियारी से यह समझ लिया था कि वे इस विवाह प्रस्ताव से क्या अर्जित करने जा रहे थे। जनक के हाथों सुंदर लिपि में लिखा पत्र मिलने के पहले ही उन्होंने अपनी चिट्ठी का उत्तर समझ लिया था। पहले से तय तिथि को कोसल के चार राजकुमारों का विवाह मिथिला की चार राजकुमारियों के साथ होगा। केवल एक सप्ताह बाद कोसल और मिथिला के दोनों शहरों में अत्यंत उत्साह और खुशियाँ होंगी।

उर्मिला को बेहद आश्चर्य लग रहा था कि कुछ दिनों पहले तक वह अपनी बहन के विवाह की तैयारियाँ कर रही थी और अब उसकी भी शादी होने जा रही थी! प्रतिदिन के कार्यों से इधर-उधर दौड़ती-फिरती बहनें अब भावी वधुएँ बन चुकी थीं। इनका लालन-पालन बडे. लाड़-प्यार से किया

गया था, बहुत ही स्नेह दिया गया था, गुड़ियों की तरह सजा कर रखने और स्नेह देने की भावनाएँ ऐसी थीं कि इन सभी को इससे प्रसन्नता मिल रही थी, उर्मिला इसका भरपूर आनंद उठाना चाहती थी। इसमें बुरी बात केवल इतनी थी कि वह शीघ्र ही जिस युवक से विवाह करने वाली थी, उसकी एक झलक भी उसे नहीं मिल रही थी। वह उससे एक बार मिलना चाहती थी और औपचारिक मंगनी के बारे में खुल कर बात करना चाहती थी, पर विवाह के पहले की रस्मों और तैयारियों के कारण उसे इसका अवसर नहीं मिल रहा था। उसने भी मिलने की कोई कोशिश नहीं की थी। यह एक व्याकुल करने वाला भाव था, पर उर्मिला ने इसे विवाह के पहले की परेशानी कहकर प्रसन्नतापूर्वक टाल दिया था।

उस दिन सुबह पिता ने चारों बहनों से कहा कि वे ऋषि विश्वामित्र से आशीर्वाद लें। यह ऋषि विश्वामित्र ही थे, जिन्होंने चुपचाप और बहुत ही शांत ढंग से इन चारों विवाहों की बात सोची थी और उसे संभव किया था। जब उर्मिला उनके सामने गई, तो उसने उनमें एक नई तरह का प्रकाश देखा। वे आश्चर्यजनक ढंग से सुंदर थे, पर क्रोध के कारण दुर्जेय दिख रहे थे, उनकी आँखें तीक्ष्ण थी, वे बिलकुल लक्ष्मण की तरह थे, उर्मिला मन ही मन सोच कर हँसी। वे लंबे और गठीले थे, उनकी लंबी और दुबली-पतली काया पर कसी हुई मांसपेशियाँ स्पष्ट दिखाई दे रही थीं, पर ये उनकी आँखें थीं, जो सबसे अधिक बोल रही थीं, वे आँखें शांत थीं और रह-रह कर उनमें क्रोध और विनोद के भाव कौंध जाते थे। यह ध्यान में रखते हुए कि उन्होंने किस तरह उसके प्रेम की घटना को परिश्रम से निष्कर्ष तक पहुँचाया, उर्मिला ऋषि की अविश्वसनीय प्रेम कहानी को अब अच्छी तरह समझ पा रही थी। जब ऋषि की तपस्या से तीनों लोक-पृथ्वी, आकाश और पाताल डोलने लगे, देवों के राजा इंद्र ने स्वर्ग से सुंदरी अप्सरा मेनका को उतारा, ताकि विश्वामित्र की साधना को भंग किया जा सके। उसने उनकी तपस्या भंग तो कर दी, पर स्वयं ऋषि से प्रेम कर बैठी और वे भी उससे प्रेम करने लगे। उन्होंने विवाह भी कर लिया, पर उसके बाद प्रसन्नतापूर्वक रह नहीं सके।

पर अब उनमें दूर-दूर तक कुछ भी प्रणयास्पद नहीं बचा था -वेशभूषा, चाल-ढाल, आचरण कुछ भी तो प्रणयास्पद नहीं था। उर्मिला ने अपनी बहनों का अनुसरण किया और आशीर्वाद लेने के लिए उनके चरण स्पर्श किए। ''तुमने जिस तरह महर्षि परशुराम का आशीर्वाद ले लिया, मुझे भय लगता है

और मैं अपने शब्दों को लेकर अत्यंत सावधानी बरत रहा हूँ'' उन्होंने अपनी हँसी दबाते हुए कहा।

उर्मिला लजाई, जब-जब एक विशिष्ट रंगत उसके चेहरे पर आती थी, तो उसकी प्रतिक्रिया स्पष्ट हो उठती थी, उसे यह बुरा लगता था। ऋषि की उपहास उड़ाती बातों से उस दिन की याद जीवंत हो उठी, जब वह आशा और दुख, भय और प्रसन्नता के बीच झूलती रही थी। ''तुम एक बहादुर बच्ची हो, तुम जो चाहोगी, अपनी विनम्र और सबको प्रिय लगने वाले ढंग से अर्जित कर लोगी, पर यह आसान नहीं होगा, प्रिय। तुम चारों बहनों में सबसे सुदृढ़ हो।''

उर्मिला उलझन में पड़ गई। ये क्या कहना चाहते हैं? वह विस्तार से बताने का आग्रह करती, उसके पहले ही उन्होंने अपनी बात निरंतर रखी, ''मैं मिथिला आया, इसका एक कारण था, मैं यहाँ रुका रहा, इसका भी एक कारण था और मैंने यह चाहा कि तुम चारों बहनों का विवाह अयोध्या के चारों राजकुमारों से हो जाए, इसका भी एक कारण है, सब कुछ समय ही बताएगा,'' ऋषि ने सोच-विचार कर कहा, हालाँकि उनके स्वर में एक तरह के अंहकार का पुट भी था। ऐसा लगता था मानो जो कुछ हो रहा था, वह समय और भाग्य संचालित नहीं कर रहा था, वे ही कर रहे थे। उर्मिला के माथे पर बल पड़ गए। क्या यह आशीर्वाद था, आत्म प्रशंसा थी या आने वाली घटनाओं के प्रति एक तरह की सूक्ष्म चेतावनी थी?

उसने निर्विकार भाव से कंधे उचकाए। वह अंधविश्वास नहीं मानती थी, न ही वह रस्मों और रिवाज़ों में अधिक विश्वास करती थी, हालाँकि उसके पिता के जीवन दर्शन और पारिवारिक परंपरा में यह सब था। क्या उससे यह आशा की जाती थी कि वह किसी क्रोधित भगवान का क्रोध शांत करने के लिए कोई यज्ञ करेगी, उसने अनमने ढंग से सोचा और हँसी। मानो उसके विचारों को ऋषि ने पढ़ लिया हो, ऋषि ने शांत स्वर में कहा, ''तुम्हें यज्ञ नहीं करना है, पर धर्म का पालन सदैव करना होगा, तुम कितनी सफल होगी, यह इस पर निर्भर करेगा कि तुम संबंधों का निर्वाह कैसे करती हो और क्या काम करती हो। तुम सबको प्रसन्नता प्रदान करोगी, तुम्हारा प्रेम अंत में सफल होगा!'' उर्मिला ने ऋषि के चेहरे पर उड़ती हुई उदासी की रेखा देखी। क्या वे अपने खोए हुए प्रेम को याद कर रहे थे?

उर्मिला यह नहीं समझ पा रही थी कि ऋषि के विचित्र कथन से उसकी उलझन बढ़ गई या उसे डर लगने लगा, पर ऋषि के चेहरे पर आए दया भाव

से उसने यह समझा कि जो कुछ होगा, अच्छा ही होगा और वह आश्वस्त लग रही थी। खैर, जब वे वहाँ से उठे और महल से बाहर चले गए, तो उसने और उसकी बहनों ने राहत अनुभव की। चारों बहनें वहाँ से धीरे-धीरे निकलीं और शीघ्र ही दौड़ने लगीं।

''वे थोड़े डरावने हैं।'' ''नहीं क्या?, विचित्र''... कीर्ति ने हँस कर कहा।

''असम्मान मत दिखाओ,'' सीता ने डाँटा।

''मैं उनके प्रति रूखा व्यवहार नहीं कर रही हूँ, पर उन्होंने तो मुझे डरा ही दिया, और मैं यह सोच रही हूँ कि क्या ऐसे आदमी से विवाह करके मैं सही कर रही हूँ, जिससे मैं आज तक मिली नहीं हूँ,'' कीर्ति ने व्यंग्य से कहा। ''अब तक सब कुछ अच्छा जा रहा है, बहुत ही अच्छा जा रहा है और इसलिए इस तरह की आशंकाओं से मन व्यथित हो रहा है।''

''और उनके शब्द आश्वस्त करने वाले नहीं थे। क्या वे हमें किसी आशंका की चेतावनी देना चाह रहे थे?,'' मांडवी ने उलझन में पड़ कर पूछा। ''पर वे ऐसा क्यों करेंगे, उन्होंने ही तो यह सारी व्यवस्था की है!''

''चुप रहो, लड़कियों। इसके अच्छे पक्ष की ओर भी तो देखो...। उनके प्रति कृतज्ञ रहो कि उन्होंने हमें जीवनसाथी चुन कर दिया है और हमें एक साथ रहने में मदद की है, विवाह के बाद भी हम अलग-अलग नहीं होंगे,'' सीता ने मुस्करा कर कहा और प्रसन्न हो गई। उसने निराशा और आशंकाओं के बादलों को दूर कर दिया।

वे चुपचाप चलती रहीं और अपने-अपने विचारों में खो गईं। उसी समय अचानक एक तीव्र और क्रोध से भरे स्वर ने वहाँ की शांति को भंग कर दिया।

''यह हम सबके प्रति अन्याय है, वे यह समझते क्यों नहीं हैं?''

यह किसी पुरुष का स्वर था और उर्मिला के चौकन्ने कानों ने इसे पहचान लिया कि यह लक्ष्मण का ही स्वर था।

''शांत हो जाओ, लक्ष्मण!'', उन्होंने राम को अनुनय करते हुए सुना। स्पष्ट था कि वह अपने क्रोधित भाई को शांत करने का प्रयास कर रहे थे। भाइयों के बीच तीव्र चर्चा चल रही थी और पास से निकल रही लड़कियाँ ऊपर की खिड़की से आ रहे स्वरों को स्पष्ट सुन पा रही थीं। भद्रता की माँग तो यह थी कि ये लड़कियाँ वहाँ से दूर चली जाएँ और उनकी बातें छुप कर न

सुनें। पर अगले शब्द लक्ष्मण के थे और उर्मिला उन्हें सुन कर आश्चर्यचकित हो गई।

"मैं शांत कैसे रह सकता हूँ, जब मैं यह लगातार बल देकर कह रहा हूँ कि मैं विवाह करना नहीं चाहता? मुझे बाध्य क्यों किया जा रहा है?," उसने क्रोध में पूछा।

"तुम यदि विवाह नहीं करोगे, तो यह हम सबके लिए लज्जा की बात होगी। तुम इतना हठ क्यों कर रहे हो?"

वे लोग उसके बारे में ही बात कर रहे थे। उर्मिला ने अपने हृदय में एक तरह की पीड़ा का अनुभव किया, और हर शब्द के साथ पीड़ा और अधिक कठोर और भारी होती जा रहा थी।

"मेरा विवाह झूठ होगा, हालाँकि यह आकर्षक झूठ होगा," उसने लक्ष्मण को कहते हुए सुना। "सबसे अच्छा होगा कि मैं विवाह न करूँ, मैं ऐसा करके सभी लोगों को उनके दुख से बचा लूँगा, आप समझते क्यों नहीं मेरे भ्राता?"

"तो उससे कह दो, शायद वह समझ जाए," स्पष्ट था कि राम उसकी बातों से सहमत नहीं थे।

"मैं उससे यह कैसे कह दूँ कि मैं उससे विवाह नहीं कर सकता?", लक्ष्मण के स्वर में कुंठा स्पष्ट झलक रही थी।

उर्मिला इससे अधिक नहीं सुन सकी। वह इसके बाद की उद्घोषणाओं को सहन नहीं कर सकती थी। उसने अपने हृदय में तीव्र पीड़ा अनुभव की और उसका मन हुआ कि वह शीघ्र से शीघ्र यहाँ से दूर चली जाए... वह इस दुनिया के असभ्य क्रूर लोगों से बहुत दूर चली जाए। वह तीव्रता से जाने लगी, उसके पैर के नीचे की सूखी पत्तियों से खड़खड़ाहट की ध्वनि हुई और उसने पाया कि बातचीत बंद हो गई। उसने ऊपर देखा और पाया कि लक्ष्मण नीचे उसी की ओर देख रहे थे। उनके चेहरे पर अविश्वास के भाव थे...। पर उसने जानने की परवाह नहीं की। वह वहाँ से मुड़ी और त्वरित गति से जाने लगी, मांडवी उसके पीछे-पीछे आई और उसने उसे रोकने का प्रयास किया।

"कृपया, नहीं, मुझे जाने दो," वह मुश्किल से बोल पाई।

"मिला! रुको," लक्ष्मण ने ऊपर से ही कहा।

उसने उनका स्वर सुना, पर अपने क़दम तेज़ कर दिए और वन की ओर पागलों की तरह भागी। वन वह जगह थी, जहाँ वह बचपन से ही चली जाया करती थी। जब कभी उसे एकांत और शांति की आवश्यकता होती थी, वह वन ही जाया करती थी। वह ऐसी स्थिति में थी, जहाँ वह किसी को भी नहीं, अपनी बहनों भी नहीं देखना चाहती थी। वह दुख से उद्विग्न हो रही थी और उसकी आँखों से आँसू गिर रहे थे, पर वह उस दुख को नहीं धो पा रही थी, जिससे वह आहत हुई थी। उसने पूरी तरह त्रुटिपूर्ण समझा था, उन्होंने उसे कभी प्यार किया ही नहीं था। वह उसे नहीं चाहते थे, वह उससे विवाह करना नहीं चाहते थे। अस्वीकार किए जाने के दंश से वह आहत थी। और अस्वीकृति के उनके शब्द उसके कानों में गूँज रहे थे, उसके मस्तिष्क, उसकी आत्मा, उसके अस्तित्व को छेद किए जा रहे थे। उसे लगा कि उसे अस्वीकृत कर दिया गया है, उसे घृणा और विद्वेष के साथ छोड़ दिया गया है।

वह देर तक दौड़ती रही और वन के बीचों-बीच पहुँच गई, पर उसे अपना रास्ता पता था। उसकी माँ ने उसे वन के जोखिमों से कई बार सावधान कराया था, पर वन के बीच बनी यह घाटी उसकी शरणस्थली थी, उसके छुपने की जगह थी, जहाँ वह स्वयं से अपने मन की बात कह सकती थी। उसे ऐसा लग रहा था, मानो वह अंदर से बिलकुल रिक्त हो चुकी है, उसकी सारी ऊर्जा बाहर निकल गई, वह टूट गई, वह सिसकती रही और निढाल होकर धरती पर बैठ गई। अपने उफनते हुए आँसुओं के बीच वह यह नहीं समझ पा रही थी कि उसके इतने अधिक दुख का क्या कारण है कि उसे अस्वीकृत किया जाना, उसका खोया हुआ प्रेम, उसके टूटे बिखरे सपने, दुख मिश्रित क्रोध या अपमान। वह उन्हें क्षमा नहीं कर सकती थी, इससे बढ़ कर वह स्वयं को क्षमा नहीं कर सकती थी। किस पागलपन में वह उनके प्रेम में पड़ गई, उन्हें चाहा, उन पर भरोसा किया, उनकी लालसा की। यह तथ्य कि वह उसे पा नहीं सकती और इससे भी कटु सत्य तो यह था कि वह उसे नहीं चाहते, उसे संताप में जलाने लगा और यह संताप मोहभंग की जलती हुई ज्वाला से अधिक कष्टदायी था। उसे बड़ी ही निर्ममता से त्याग दिया गया, अज्ञात कारणों से छोड़ दिया गया। उसे आत्म पीड़ा के आँसुओं से घृणा थी, लेकिन परित्याग करने के इतने तीक्ष्ण और अंदर ही अंदर तोड़ देने वाले कष्ट का सामना उसे कभी नहीं करना पड़ा था। उसने स्वयं को इससे अधिक अकेला, रिक्त और सूना कभी नहीं पाया था।

उसे पता ही नहीं चला कि वह वहाँ इस तरह कितनी देर तक बैठी रही। अब तो दोपहर हो गई, वह निश्चित तौर पर यहाँ कई घंटों से बैठी हुई थी। उर्मिला जानती थी कि उसकी अनुपस्थिति पर खलबली मचे, इसके पहले उसे लौट जाना होगा, पर यह विचार मन में आते ही वह खिन्न हो गई कि उसे अपने माता-पिता को यह बताना होगा कि वह लक्ष्मण से विवाह नहीं कर सकती। वह जब ये बातें स्वयं को ही नहीं समझा सकती, अपने माता-पिता को भला कैसे समझाएगी?

अचानक हुई खड़खड़ाहट की ध्वनि से वह दूसरी दुनिया की सच्चाई में लौट आई। क्या कोई पशु था? उसने अनुभव किया कि उसके पास कोई शस्त्र नहीं था, जिससे वह अपनी रक्षा कर सके। उसने बड़ी ही बेसब्री से अपने चारों ओर देखा कि कहीं कोई सुदृढ़ डंडा या कठोर पत्थर मिल जाए, और उसे वह आने वाले पशु की ओर फेंक सके। उसने दौड़ते हुए क़दमों की आहट सुनी और स्वयं खड़ी होकर भागे, इससे पहले ही देखा कि लक्ष्मण न जाने अचानक कहाँ से आ गए। लक्ष्मण को सामने देख वह असहज हो गई। उन्होंने उसकी ओर स्तब्ध होकर देखा।

वे दोनों ही स्तब्ध और नि:शब्द थे। लक्ष्मण राहत अनुभव कर रहे थे, वह आश्चर्यचकित थी। उनके चेहरे से स्पष्ट था कि वे घबराए हुए थे और उर्मिला को इस तरह झाड़ियों के बीच बैठा देख राहत अनुभव कर रहे थे। वह चाहते थे कि दौड़ कर उसका कंधा पकड़ लें और पास खींच लाएँ, पर उन्हें अपने भाई को कही बातों की याद आईं और उन्होंने अपने आप पर नियंत्रण रखा, हालाँकि लक्ष्मण ने अपने भाई से जो बातें कही थीं, वे उर्मिला के लिए नहीं कही गईं थीं, पर उसने सुन तो लिया ही था और उसके बाद घायल हिरणी की तरह वहाँ से भाग गई थी, वन में गुम हो गई थी, उसने एकांत में बैठ कर उन घावों को सहलाना चाहा था, वे घाव जो लक्ष्मण ने अपनी संवेदनहीनता और अदूरदृष्टि के कारण उसे दिए थे। लक्ष्मण ने चाहा कि राम के साथ हुई, जो बातें उसने सुन ली थीं, वह उसके पहले ही उससे कह देते। उन्होंने सोचा कि काश! वह ये बातें वापस ले पाते।

वह उसके इतना निकट खड़े थे कि वह उनके हृदय की तीव्र धड़कनें सुन सकती थी। उस पर दृष्टि पड़ते ही वह उनकी उपस्थिति की ऊष्मा में सब कुछ भूल जाना चाहती थी, मानो वह पूरी तरह पिघल गई हो, पर उसे याद आया कि वह यहाँ कैसे और क्यों है। वह अपने पागल सपनों के पीछे फिर

नहीं भागेगी। वह अपने आप से जूझती रही, क्रोध और कष्ट एक बार फिर तीव्रता से उसकी ओर आने लगे, उसके अंदर हर तरह की कोमल भावना को बाहर कर दिया। लक्ष्मण ने उसे घूर कर देखा। वह अब भी दुखी दिखाई दे रही थी, पीड़ा के भाव उसकी आँखों में बार-बार आ रहे थे, आँसू सूख कर काले धब्बे बन गए थे, इससे उसके चेहरे की सुंदरता अदृश्य हो गई। उसकी इस यंत्रणा के लिए उन्होंने स्वयं को कोसा।

''आपने यह रास्ता कैसे खोजा?'', उसने मूर्खतापूर्ण प्रश्न किया।

''मैं तुम्हें ढूंढता और अंत में खोज ही निकालता, मिला!'', उसने 'मि' और 'ला' के बीच के अंतर पर बल देकर शांत स्वर में कहा।

उर्मिला तुरंत चिढ़ गई, ''नहीं, आप मुझे यह कह कर न बुलाएँ, आप फिर ऐसी धृष्टता न करें, आपको ऐसा कहने का कोई अधिकार नहीं है,'' उसने बल देकर कहा, उसे फिर से क्रोध आ गया। ''आप बाहरी दिखावा करना बेहतर जानते हैं, आपमें वह कहने का साहस नहीं था, जिसे सुनना मेरा अधिकार था, कायर!'', उसने क्रोध में तमतमा कर कहा। आपने क्या कहा, आह, विवाह तो एक आकर्षक झूठ है। लज्जाजनक इच्छाओं वाला एक अनैतिक व्यक्ति। क्रोध उसके गले में तीव्रता से ऊपर उठा, उसका गला रुंध गया और वह इसके आगे कुछ नहीं बोल सकी, उसके मुँह से एक भी शब्द नहीं निकला।

''मैं केवल यह जानता हूँ कि मेरा उद्देश्य तुम्हें चोट पहुँचाना नहीं था।'' उन्होंने बहुत ही सामान्य ढंग से कहा, उनके चेहरे पर सौम्यता झलक रही थी। ''तुमने जो कुछ सुना, वह पूरी कहानी का एक भाग मात्र है और मैं तुम्हें ईमानदारी से सच्चाई कह देना चाहता था, पर।''

''पर क्या? आप अपनी चेतना खो बैठे?'' उसने तिरस्कारपूर्वक कहा। ''सच कहूँ तो मैं यह जानना ही नहीं चाहती, मुझे आपके स्पष्टीकरण की आवश्यकता नहीं है। आप जो हैं, वो हैं, यह मैं ही थी, जिसने ठीक से चीज़ों को नहीं देखा। मैं मूर्ख थी।''

''मैं भी वैसा ही था,'' उन्होंने गंभीर होकर कहा। ''मैंने हिम्मत नहीं हारी, मैं अपना दिल दे बैठा... तुम्हें और इसी से स्थितियाँ इतनी मुश्किल हो गईं। मैं तुमसे प्रेम करता था और तुम्हें व्यग्रता से चाहता था...लेकिन फिर भी तुम्हें पा नहीं सकता था।''

उर्मिला कटुता से हँसी। ''रुक जाइए!, आप मुझे फिर एक बार मूर्ख नहीं बना सकते, मैंने आपकी बातें सुन ली हैं। आप मुझे नहीं चाहते और इसलिए मुझसे विवाह करना भी नहीं चाहते।''

''इस पर कभी संदेह मत करना,'' उन्होंने भारी गले से कहा। ''मैं तुमसे प्रेम करता हूँ 'मिला'। और मैं अब इसलिए कह रहा हूँ कि मुझे कहने में कोई डर नहीं है। तुम्हें खोने का डर ही था, जो तुम्हें यह शब्द कहने से मुझे रोके था। तुम इतनी अच्छी हो, इतनी सुंदर हो कि मैं यह आशा नहीं करता था कि मैं तुम तक पहुँच सकूँगा या तुम मेरे प्यार को स्वीकार कर लोगी। मैं तुमसे प्रेम उसी सुंदर क्षण से करता हूँ, जब मैंने तुम्हें उद्यान में हाथ में पूजा की थाली लिए हुए अभिमान से मेरी ओर देखते हुए देखा था। और उसके बाद से कुछ भी वैसा ही नहीं रहा, न मैं, न मेरे मन की शांति, न मेरे सिद्धांत, न मेरे दिए हुए वचन। तुमने मेरा हृदय, मेरा गौरव, मेरा सब कुछ मुझसे छीन लिया, अब मैं तुम्हें क्या दे सकता हूँ, केवल दुख और हृदय की पीड़ा। मैं तुम्हें सुख देने का वचन नहीं दे सकता। और इसी कारण मैं तुमसे विवाह नहीं कर सकता, मुझे तुमसे विवाह नहीं करना चाहिए और मैं राम से यही कह रहा था।''

उर्मिला की व्यंग्य भरी मुस्कान और कटु शब्द अधरों पर ही समाप्त हो गए। जो व्यक्ति उसके सामने खड़ा था, वह भावनाओं से भरा था, उसके नियंत्रण में था, वह अपने मस्तिष्क और हृदय के द्वंद्व में फँसा हुआ था, वह अपने विचारों और तर्क, प्रेम और आदर्श के बीच संघर्ष में फँसा था।

''यही मेरा धर्मसंकट है, मैं तुम्हें पागलपन की हद तक प्यार करता हूँ, पर तुमसे विवाह नहीं कर सकता। मैं अंदर ही अंदर टूटा हुआ व्यक्ति हूँ मिला,'' उन्होंने निराश होकर कहा। ''मुझे तो विवाह करने की कोई इच्छा ही नहीं है, मेरे लिए मेरे भाई के साथ रहना ही मेरा जीवन है, वे ही मेरे लिए सब कुछ हैं। वे ही मेरे मित्र, मेरे गुरु, मेरा जीवन, मेरी आत्मा हैं, मैं उनके बिना रह ही नहीं सकता, मैं इसी तरह बड़ा हुआ हूँ, मैं इसी तरह बना हूँ।''
''लोगों का कहना है कि मैं राम के प्रति इतना समर्पित, उनके सामने इतना दब्बू इसलिए हूँ कि मेरी माँ रानी सुमित्रा राजसी वंश की नहीं हैं, वे परिचारिका की श्रेणी की हैं। मुझे इसकी परवाह नहीं है। मैं जितना जानता हूँ, वे सबसे बुद्धिमान स्त्री हैं और उन्होंने मुझे बचपन से ही यह सिखाया है कि राम मेरे लिए भगवान हैं और यह कि मेरे अस्तित्व का उद्देश्य ही राम की सेवा करना और उसकी सुरक्षा करना है। कुछ लोग मानते हैं कि मैं राम का सेवक हूँ,

पर मैं इसका बुरा नहीं मानता। वे मेरे होने की वजह हैं। मैं यही सोचता रहा कि मैं यह हूँ यानी एक ऐसा भाई जो अपने भाई के प्रति पूरी तरह समर्पित है। यह मेरे जीवन का उद्देश्य था... पर तुमसे मिलने से पहले तक,'' उन्होंने भरे गले से कहा।

उन्होंने उसकी ओर ऐसी दृष्टि से देखा, जो अब भी उसे पिघलाने की क्षमता रखती थी। ''मैं इस बात पर बहुत ही गर्व करता था कि मैं कभी किसी स्त्री की ओर आकर्षित नहीं हो सकता। इससे मुझे यह निर्णय लेने में आसानी हुई कि मैं विवाह ही नहीं करूँगा। मैंने यह सोचा ही नहीं था कि मैं कभी प्रेम में पड़ूँगा, पर मैं पड़ा और बुरी तरह पड़ा।''

बुरी तरह - प्रेम प्रदर्शित करने का यह बेहद अस्वाभाविक ढंग था। या वह वास्तव में ऐसा था, उर्मिला ने सोचा। वह यह नहीं सोच पा रही थी कि किस पर भरोसा करे और क्या बोले।

''तुम वह सब हो, जो मैंने नहीं सोचा था - प्यारी, बुद्धिमान, छेड़ने वाली, विनोदी स्वभाव की और सबसे बढ़ कर - अपनी बहनों के प्रति इस तरह समर्पित। मैंने तुम्हारे प्रति निकटता को अनुभव किया, क्योंकि जो मेरे साथ सच है, वही तुम्हारे साथ भी है, तुम अपनी बहनों की सुदृढ़ आधार हो। तुम अपनी बहनों की जिस तरह रक्षक हो, वह मुझे अच्छा लगा, चुनौती दिए जाने पर तुम्हारी आँखों की चमक मुझे अच्छी लगी, तुम्हारी हँसी मुझे प्यारी लगी, त्योरियाँ चढ़ाने पर तुम्हारे ललाट का सिकुड़ जाना मुझे अच्छा लगा, तुमने जब-जब दृष्टि घुमाई, तुम्हारे चेहरे का तीव्रता से बदलता हुआ रंग मुझे अच्छा लगा। मैं स्वयं भँवर में डूबता हुआ व्यक्ति था, और तब मैंने पाया कि मैं तुम्हारे प्रति अत्यधिक प्रेम में हूँ, मुझे विचित्र डर लगा, क्या तुम्हारे प्रति मेरा प्रेम अपने भाई के प्रति समर्पण से मुझे दूर कर देगा?''

''क्या आपकी अप्रसन्नता का कारण यही था?'', उसने आश्चर्य से पूछा।

''हाँ, शर्मिंदगी की सीमा तक। मैंने जब-जब तुम्हें देखा, मैं पागल हो गया।'' ''मैं तुम्हें केवल अपने लिए अर्जित करना चाहता था, हर बार मैंने अनुभव किया कि मैं अपने आप को पूरी तरह तुम्हारे प्रति समर्पित नहीं कर सकता। जब रावण ने तुम्हारी ओर देखा, तब मुझे बहुत क्रोध आया था और मैं उसकी हत्या कर सकता था। जब स्वयंवर में तुम्हारा हाथ पाने के लिए राजकुमारों ने शोरगुल मचा रखा था, मेरे मन में अत्यधिक क्रोध और ईर्ष्या

थी, तुम्हें खोने का डर मेरे मन में समा गया था। मैं उन जैसे सभी राजुकमारों और रावण जैसे लोगों से तुम्हारी रक्षा करना चाहता था। इस अहसास ने तुम्हारे प्रति मेरी अनुभूतियों को स्वीकार करने को मुझे बाध्य किया, लेकिन जब मैं इसे अपने काम और शब्दों से तुम्हारे सामने प्रकट नहीं कर सकता था, तो स्वयं भी यह स्वीकार नहीं कर सकता था।'' उन्होंने उसके चेहरे पर दर्द की रेखाएँ देखीं। ''इस क्रोध और कुंठा के कारण मैं तुमसे दूर रहा, मैं यह अच्छी तरह जानता था कि तुम्हें किसी भी स्थिति में नहीं पा सकता।''

''नहीं, मैं आपकी हूँ,'' उसने बिलकुल शांत होकर अपनी भावनाओं को बेरोकटोक प्रकट करते हुए, ''आप मेरे नहीं हैं।''

''मैं हूँ, मैं हूँ। मैंने कभी किसी को इस तरह अनुराग से, अंधे हो कर, इस तरह की असगंति से प्रेम नहीं किया है।'' उन्होंने आहें भर कर कहा और दर्द के साथ लंबी साँस खींची। ''जब मैं कहता हूँ 'मिला' कि मैं तुमसे प्रेम करता हूँ, मैं तुम्हारे प्रति निश्चिंत हूँ, अपने प्रति नहीं। यह 'मैं' मुझ पर व्यंग्य करता है कि क्या मैं तुम्हें सचमुच और पूर्णता के साथ प्यार करता हूँ?, क्या मैं इतना सशक्त हूँ कि बदले में तुम्हें प्रेम कर सकूँ? क्या मैं इस योग्य हूँ कि प्रेम करूँ? क्या मैं तुम्हें कभी प्रसन्न रख सकता हूँ? क्या मैं तुम्हारे प्रेम के योग्य हूँ? मुझमें कमी है, मैं ऐसा व्यक्ति हूँ, जो फँस गया है।''

''आप स्वयं की अपेक्षाओं में फँस गए हैं, स्वयं की थोपी गई कमियों के कारण फँस गए हैं,'' उर्मिला ने बहुत ही कोमल शब्दों में बिना विचलित हुए अपना तर्क आगे रखा। उसका क्रोध और आहत होने की भावना यकायक कम हो गई। ''प्रेम का अर्थ देना भी होता है, आप प्रेम में स्वयं को मुझे देना नहीं चाहते, पर आप यह नहीं देख रहे कि मैं आपका पूर्ण समर्पण नहीं चाहती। मैं आपसे प्रेम करती हूँ, पर इसका अर्थ यह नहीं कि मैं आप पर, आपकी निष्ठा और विश्वास पर स्वामित्वपूर्ण अधिकार रख सकती हूँ। मैं यह आश्वस्त करती हूँ कि मैं कभी भी आपके परिवार और भाई के प्रति आपकी निष्ठा के बीच नहीं आऊँगी। ठीक इसी तरह, मैं आपके प्रति अपने प्रेम को अपने परिवार और बहनों के प्रति प्रेम के बीच नहीं आने दूँगी। आपको प्रेम करने के कारण उनके प्रति मेरा प्रेम कभी नहीं रुकेगा, न ही आपका अपने लोगों के प्रति।''

''पर इनके बीच टकराव तो होगा, हमारा विवाह परिवार के बीच हो रहा है,'' उन्होंने अधीर हो कर कहा।

वह बहुत कुछ उसकी माँ की तरह ही व्यवहार कर रहे थे, उर्मिला ने शुरुआती बातचीत को याद करते हुए अनुभव किया। ये दोनों एक ही तरह के अनावश्यक डर और घबराहट के बोझ से दबे थे।

''पर इसका अर्थ यह नहीं कि आप एक के लिए दूसरे से प्रेम करना छोड़ दें,'' उसने बल देकर कहा, ''या एक के लिए दूसरे का त्याग कर दें, यह कोई बलिदान देना नहीं है।''

''मुझे इसी बात का डर है कि इस तरह के असमजंस की स्थिति में मैं ऐसा ही करूंगा। मैं हर बार अपने भाई को ही चुनूँगा।''

उन्होंने उस पर दर्द का भाव देखा, पर अपनी बातें सतत रूप से जारी रखीं। ''और मैं तुमसे इस विषय पर बात करना चाहता हूँ। यदि हमारा विवाह होता है, तो मैं तुम्हें वह प्रसन्नता और ध्यान नहीं दे पाऊँगा, जिसकी तुम पात्र हो। यह तुम्हारे साथ उचित नहीं होगा और मैं तुम्हें आहत करना नहीं चाहता। ऐसे कई अवसर आएँगे, जब मुझे तुम्हें और अपने भाई के बीच किसी एक को चुनना होगा और मैं तुम्हारे बदले अपने भाई को ही चुनूँगा। मेरे जीवन में वे सदैव ही सर्वोपरि रहेंगे, तुम नहीं। और यही कारण है कि मैं तुमसे विवाह नहीं करूँगा।''

लक्ष्मण निष्ठुरतापूर्वक ईमानदारी बरत रहे थे और वह यह नहीं समझ पा रही थी कि इसके लिए वह उनसे घृणा करे या उनकी प्रशंसा करे, पर यह सच था कि वह उससे उतना ही प्रेम करते थे। उन्होंने अपना जीवन भाई को समर्पित कर रखा था और उसे इसमें जगह नहीं दे सकते था। क्या यह भाव-भंगिमा उसे अस्वीकृत करने की थी या अपने भाग्य को स्वीकार कर लेने की थी? या अपनी कमियों को स्वीकार करके वह उसके मन में सम्मान की जगह बना रहे थे और उसे जीत रहे थे? या यह विवशता थी कि वह उन्हें छोड़ नहीं सकती, बल्कि थोड़ी-बहुत आशा के साथ अपना सकती थी? वह इस व्यक्ति के प्रेम में पागल थी, पर जो कुछ उन्होंने अभी स्वीकार किया था, उसे देखते हुए क्या वह इतनी पागल थी कि उनसे विवाह कर ले?

''मैं तुम्हें ये सारी बातें बता देना चाहता था, पर पिताश्री के पत्र ने स्थिति को और बिगाड़ दिया,'' वह बेचैन दिख रहे थे। ''उन्होंने यह मान लिया कि मैं विवाह कर लूँगा और अब जब उन्होंने इसकी घोषणा कर दी है, तो मैं समझ नहीं पा रहा हूँ कि इससे बाहर कैसे निकलूँ,'' उन्होंने उदास मुस्कान के साथ कहा। ''पर ऐसा करना किसी के लिए उचित नहीं होगा,

विशेष कर तुम्हारे लिए और मैं ऐसा नहीं कर सकता, यह अक्षम्य होगा।''

''पर आप अभी बिलकुल वही कर रहे हैं, आप मेरा परित्याग कर रहे हैं,'' उर्मिला रो पड़ी। ''आप जिस स्थिति से निकल रहे हैं, जिस असमंजस में हैं, मैं जानती हूँ,'' उर्मिला ने कहा, ''पर आप मेरे पिता को, पूरी दुनिया को क्या कहेंगे?''

''मैं कभी भी तुम्हें आहत नहीं करूँगा, तुम्हें अपमानित नहीं करूँगा, इसके बजाय मैं स्वयं मर जाऊँगा। मैं उन्हें भी सच बता दूँगा।''

''क्या आप उन्हें यह बताएँगे कि मैं आप दो भाइयों के बीच न आऊँ, इस डर से आप मेरा परित्याग कर रहे हैं?''

उसने यह बात इतने हास्यास्पद ढंग से कही कि लक्ष्मण भी विद्रूप हँसी से स्वयं को न रोक सके। उन्होंने सिर हिलाया। ''जैसा कि तुम्हारा नाम है, तुम बहकाने वाली हो और तुमने मेरा हरण सचमुच कर लिया है। अब तुम अपने शब्दों और विनोद भाव से मुझे फँसा रही हो,'' लक्ष्मण ने आह भरी। ''पर मुझे इस बात का डर है कि मैं तुम्हारे पिताश्री से यह नहीं कह सकता कि मैं तुमसे विवाह नहीं करूँगा, क्योंकि मैं तुम्हारे या तुम्हारे प्रेम के योग्य नहीं हूँ, पर मुझे कहना ही होगा और वे इसे समझ जाएँगे। दुनिया मुझ पर अंगुली उठाएगी और मैं इसे स्वीकार कर लूँगा, पर 'मिला', मैं तुमसे तुम्हारी प्रसन्नता अपने आदर्शों के लिए नहीं छीन सकता।''

''और?''

''पत्नियाँ अपने पति की महत्वाकांक्षा की तलाश करती रहती हैं, वे कई बार उनकी महत्वाकांक्षा को ही अपनी महत्वाकांक्षा समझती हैं,'' उन्होंने व्यंग्य से कहा। ''और तो और, कोई भी राजकुमारी रानी बनना चाहती है, और यदि तुमने मुझसे विवाह किया, तो कभी रानी नहीं बनोगी। अंतत: तुम राजा जनक की पुत्री हो, अपने आप में बड़ी विदुषी हो, और कोई साधारण राजकुमारी नहीं हो, जबकि मैं कभी भी राजा नहीं बन पाऊँगा, मैं राजा को पीछे से समर्थन देने वाला ही बनूँगा और राजा मेरे भाई राम बनेंगे।''

''और आप समझते हैं कि आप एक साधारण राजकुमार हैं,'' उसने व्यंग्य से पलट कर प्रश्न किया। ''या तो आप स्वयं को लेकर संशय में हैं या मुझ पर संदेह कर रहे हैं और ये दोनों ही स्थितियाँ मेरे लिए अपमानजनक हैं। क्या यह मुझे विवाह नहीं करने के लिए तैयार करने का एक उपाय है?''

''मैं तुम पर संदेह नहीं करता 'मिला', पर मुझसे विवाह करने से तुम्हारी सामाजिक स्थिति पर प्रतिकूल प्रभाव पड़ेगा। मैं तुम्हारी पसंद नहीं हो सकता।''

''नहीं। आपकी अनिच्छा के बावजूद अब भी आप मेरी पसंद हैं,'' उसने शांत स्वर में उत्तर दिया। ''पर आपके पास चुनने का अवसर है, आप या तो सब कुछ तोड़ कर निकल जाएँ और मुझे मेरे भाग्य पर छोड़ दें या अपने भाई के प्रति निष्ठा के बावजूद मुझसे विवाह करें।'' ''मैं आपको अपना पति मानती हूँ। क्या आप मुझे पत्नी स्वीकार करते है?''

''इतनी चंचल न बनो 'मिला'। तुम जानती हो कि मैं तुम्हें भाग्य के सहारे छोड़ कर नहीं जा सकता, पर तुमसे विवाह करके क्या मैं तुम्हें प्रसन्न रख पाऊँगा।'' उन्होंने उसके चेहरे को अपने दोनों हाथों में लेते हुए कहा। उसे यह भंगिमा बेहद आत्मीय लगी। यह पहला अवसर था, जब उन्होंने उसके चेहरे को इस तरह जानबूझ कर स्पर्श किया था और लड़ाई के कारण नहीं, बल्कि आत्मीयता से स्पर्श किया था। उन्होंने उर्मिला को अपने पास खींच लिया और उसे यह अत्यंत अच्छा लगा। ''तुम नहीं जानती कि तुम क्या कह रही हो। मैं तुम्हें खो दूँगा। मुझे तुमसे प्रेम है और इस बात का डर है कि मैं अपने कारणों से तुम्हें खोऊँगा।''

''आपने मुझसे विवाह नहीं किया, तो मुझे इसी समय खो देंगे,'' उसने धीरे से कहा। ''ओह लक्ष्मण! क्या आप नहीं देख पा रहे हैं कि आप भविष्य में होने वाली घटना के डर से अभी ही वैसा कर रहे हैं?'', उसने अपना हाथ उनके हाथ पर रख दिया। उन्होंने उर्मिला का हाथ पकड़ लिया और उसकी कलाइयों के अंदर सहज ही अपना अंगूठा रगड़ दिया। यह कामोत्तेजक था और उसका ध्यान बातचीत से भटकाने वाला था। ''आप आने वाले समय से इतना डरे हुए हैं कि वर्तमान समय को ही हाथ से निकल जाने दे रहे हैं, आप भविष्य बचाने की कोशिश में वर्तमान ही ख़राब होने दे रहे हैं। आप इतने डरे हुए हैं कि हमें एक अवसर नहीं देंगे? मुझे पता है कि आप मुझे प्यार करते हैं और इसी तरह मैं आपसे प्रेम करती हूँ, इसलिए नहीं कि आप भविष्य में क्या होंगे, बल्कि इसलिए कि आप अभी क्या हैं। मैं जानती हूँ कि आप राम के प्रति पूरी तरह समर्पित हैं। मैं आपको उनसे अलग नहीं करूँगी। मैं जानती हूँ कि आप नर और नारायण की तरह हैं-दोनों को एक दूसरे से शक्ति मिलती है। मैं इसे स्वीकार करती हूँ, यदि मैं आपको पाना चाहती हूँ, तो मुझे यह

स्वीकार करना ही होगा। और मैं वचन देती हूँ कि मैं आप दोनों के बीच कभी नहीं आऊँगी। मैं यह भी जानती हूँ कि सीता भी कभी आप दोनों भाइयों के बीच नहीं आएगी। बस, इतनी सी बात है।''

''नहीं 'मिला'!, इतनी सी बात नहीं है, तुम्हें ऐसा लगता है,'' उन्होंने तर्क दिया। ''और तुम्हें अपने शब्दों से ऐसा लगता है और इसका विरोध करना मुश्किल है।''

''और मेरे शब्द इसे अर्थवान भी बनाते हैं,'' उसने मुस्करा कर कहा। ''और समय और अवसर आने पर मैं अपने सही आचरण से इसे सही सिद्ध कर दिखाऊँगी। ''फिलहाल अयोध्या के राजकुमार आपके पास इसका कोई विकल्प नहीं है कि आप मिथिला की इस राजकुमारी से विवाह कर लें और उसके बाद हम प्रसन्नता से रहें,'' उर्मिला ने कहा।

उर्मिला शब्दों से खेलना जानती थी, पर उसने यह कभी कल्पना नहीं की थी कि वह अपने इस कौशल का उपयोग करके किसी पुरुष को यह समझाने में सफल होगी कि वह कितनी अच्छी पत्नी हो सकती है, या वह कितना अच्छा पति बन सकता है, उसने गंभीरता से मुस्कराते हुए सोचा। महल में लौटते हुए उसने मांडवी की चढ़ी हुई त्योरियाँ देख समझ लिया कि उसे एक बार फिर अपने इस कौशल का प्रयोग करना होगा। उसकी बहनों ने भी सब कुछ सुन लिया था और यह मान लिया था कि उसके साथ बहुत ही बुरा हुआ है। उसे अपनी बहनों को यह आश्वस्त करना था कि उसका निर्णय बिलकुल सही है।

अपने अंत:कक्ष में प्रवेश करते ही उसके ऊपर शब्दों की बौछार शुरू हो गई।

''अब तुम ठीक हो?'', सीता ने परेशान होकर पूछा।

''क्या तुम्हारी उनसे भेंट हुई?'', मांडवी ने कुछ खोजते हुए पूछा।

कीर्ति ने उसका हाथ अपने हाथों में लेकर उसे बैठाया, ''तुम भाग गई उसके बाद वह तुम्हारे पीछे-पीछे गए थे। वह बेहद उदास लग रहे थे। तुम दोनों के बीच सब कुछ ठीक तो है न?''

तीनों को इतना परेशान और चिंतित देख कर उर्मिला भावुक हो उठी, उसे लगा कि सभी लोग उसे कितना दुलार करते हैं। ये तीन बहनें थीं और वह उनसे झूठ नहीं बोल सकती थी। उसे उन्हें सच बताना ही होगा, पूरे विस्तार में तो नहीं पर, उसने याद किया और शरमा कर मुस्कराई।

''तुम मुस्करा रही हो, इससे सिद्ध होता है कि सब कुछ ठीक है'' मांडवी के स्वर में राहत का भाव था। ''पर जो कुछ भी हुआ हो, वह तुमसे विवाह करना क्यों नहीं चाहते थे। उन्होंने जो कुछ कहा और तुम्हें आहत किया, मैं शपथ लेकर कहती हूँ मैं उनकी हत्या करने को तैयार थी,'' उसने तमतमा कर कहा।

उर्मिला ने उसे आश्वस्त करने के लिए उसका हाथ पकड़ कर भींच लिया। अकेलेपन के मुखौटे के पीछे वह बहुत ही उग्र थी, अपनी बहनों से बहुत प्रेम करती थी। आवश्यकता पड़ने पर वह उनकी आँखें भी निकाल सकती थी। इसलिए यह आवश्यक था कि वह स्थिति स्पष्ट कर दे ताकि उसका खोया सम्मान लौट आए।

''मैंने मान लिया था कि सबसे बुरा ही होगा, और तुम लोगों ने भी यहा मान लिया,'' उर्मिला ने शांत भाव से कहा। ''वह मुझसे प्रेम करते हैं, इस पर मैं संदेह नहीं करती, पर वह मुझसे विवाह करना नहीं चाहते, क्योंकि वह मुझे हृदय के दुखी और मोहभंग होने की स्थिति से बचाना चाहते हैं।''

''मोहभंग?'', मांडवी ने तीव्रता के साथ बीच में ही उसे टोका।

''क्योंकि उन्हें डर है कि वह मुझे अपना सब कुछ नहीं दे सकते। वह अपने और राम के बीच प्रेम या विवाह कुछ भी नहीं आने देना चाहते।''

उसने इस पर सीता को चकित होते हुए देखा, पर देखकर भी अनदेखा कर दिया। ''वह मुझे सब कुछ स्पष्ट कर देना चाहते थे और बता देना चाहते थे कि उनके जीवन में मैं क्या हूँ। दूसरा विकल्प निश्चित रूप से विवाह नहीं करना है, वह मुझे भविष्य में मिलने वाले दुखों से बचाने के लिए इस विकल्प पर विचार कर रहे थे।''

वहाँ थोड़ी देर की चुप्पी छाई रही, फिर मांडवी क्रोध में उठ खड़ी हुई।

''भावनाओं की इस प्राथमिकता में तुम सदैव दूसरे स्थान पर रहोगी, क्या?'', मांडवी ने क्रोध से भर कर पूछा। ''और तुमने मान लिया?'', उसे इस बात पर विश्वास नहीं हो रहा था।

"हाँ," उर्मिला ने शांत होकर कहा, "मैं उन्हें इतना प्यार करती हूँ कि उन्हें जाने नहीं दे सकती। मैं उन्हें बहुत प्यार करती हूँ और उन्हें उनकी सारी शर्तों के साथ स्वीकार करती हूँ। और मैं स्वयं से इतना प्रेम करती हूँ कि उन्हें छोड़ कर जाने देने से जो कष्ट होगा, वह मैं स्वयं को नहीं होने दूँगी। मैं उनके बिना कुछ भी नहीं हूँ और उनके साथ होने पर मुझे जो कुछ मिल जाए, मैं उसे ही अपनाने को तैयार हूँ। वह एक क्षण जब मैंने सोचा था कि उन्होंने मुझे छोड़ दिया, मेरे लिए सबसे दुखदायी था और मैं वह क्षण दुबारा नहीं चाहती, भले ही इसके लिए मुझे उनके सामने आत्मसमर्पण ही क्यों न करना पड़े," दुख की याद आते ही उसकी आँखों के सामने धुँधलका छा गया। "इससे गौरव, प्रतिष्ठा, सम्मान, भरोसा, इच्छा और आशा सब कुछ समाप्त हो जाता है और बच जाता है मात्र एक उदासी भरा प्राणघातक दर्द। मैं इसे दुबारा अनुभव नहीं कर सकती, मैं बस उनके बिना नहीं रह सकती, मैं उन्हें छोड़ नहीं सकती," उसके कंधे पराजय से झुक गए।

"तुम एक गौरवमयी स्त्री हो उर्मि !", कीर्ति ने कहा। "क्या तुम्हारा प्रेम तुम्हारे आत्म सम्मान, आत्म संरक्षण पर प्रभाव नहीं डालेगा? क्या तुम अपने आप में जी सकोगी? क्या तुम एक ऐसे व्यक्ति के साथ रह सकोगी, जिसने स्वयं को किसी और पर न्योछावर कर रखा है? यह तुम्हें कहाँ का छोड़ेगा?"

"कहीं नहीं। बस, मुझे उस व्यक्ति के साथ छोड़ दो, जिसे मैं प्रेम करती हूँ और जो मेरा नहीं है। यदि प्रेम में यह अपेक्षा की जाती है कि किसी के अंदर का सबसे अच्छा तत्व बाहर निकल कर आता है, तो मैं अपना उदाहरण समक्ष रखती हूँ।" अनेक प्रश्नों का उर्मिला के पास केवल यही उत्तर था।

"अपना आत्मसम्मान गँवा कर!," मांडवी ने उपहास से कहा। "तुम उनके जीवन में अपने लिए गौण श्रेणी कैसे स्वीकार करोगी?"

"मैं सदैव से यह जानती रही हूँ कि गौण श्रेणी क्या होती है, मैं इसके साथ ही बड़ी हुई हूँ," उर्मिला ने पलट कर उत्तर दिया, लेकिन ये शब्द कहते ही उसे पछतावा हुआ। सीता का चेहरा पीला पड़ गया, उसका चेहरा इतना पारदर्शी था कि उर्मिला की कही बातों से उसे कितनी चोट पहुँची, इसे छिपाना संभव नहीं था।

"सीता! मुझे दुख है। जिस तरह से ये बातें सामने आईं, मेरा अर्थ यह नहीं था," उर्मिला हकलाई। वह बार-बार क्षमा माँगती रही। "मैं तो यह स्पष्ट करना चाहती थी कि...।"

''किसी के अधीनस्थ होना कैसा लगता है,'' सीता ने वाक्य पूरा किया। ''मैं जानती हूँ कि इतने वर्षों से तुम पर क्या बीतती रही है, मेरे कारण तुम्हारी सदैव अनदेखी की गई है। मुझे बहुत ही अधिक प्यार मिलता रहा है, जिसके योग्य मैं नहीं हूँ।''

''ऐसा कभी मत कहना,'' उर्मिला ने उत्तर दिया। ''तुम सारे स्नेह, सारी प्रशंसा की पात्र हो, तुम इतनी अच्छी हो प्रिय कि तुम्हारे सामने हम तो कुछ भी नहीं हैं। हम यह जानते हैं, मुझे इसका कोई मलाल नहीं है।''

''मै जानती हूँ, और इससे स्थिति बदतर ही हुई है, तुम मुझे इससे दोगुना प्यार करती हो,'' सीता ने रोते हुए कहा। ''मैं पिताश्री, माँ और तुम्हें बहुत चाहती हूँ, पर हम चारों के बीच प्रेम का विभाजन समान नहीं हुआ है। क्या हुआ है? वे मुझे तुमसे भी अधिक प्यार करते हैं, जबकि तुम उनकी सगी पुत्री हो। तुमने कभी बुरा नहीं माना, कभी विरोध नहीं किया और यह अपराध बोध मुझे मार डालता है।''

उर्मिला आश्चर्यचकित रह गई। क्या उसने अपनी बहन के साथ ऐसा किया है? क्या किसी को बहुत अधिक प्रेम करना अनुचित है?

''ऐसा मत करो सीता!'', उर्मिला ने प्रतिवाद किया। ''तुम स्वयं को उसके लिए दोषी मत ठहराओ, जो तुमने किया नहीं है, जो घटना हुई ही नहीं है। तुम्हें तुम्हारी अच्छाइयों के लिए, गुणों के लिए अधिक प्रेम किया गया है, इसलिए नहीं कि तुम्हारा जन्म पहले हुआ था या इसलिए कि तुम गोद ली गई थी।''

''और मेरी किसी तरह अनदेखी नहीं की गई और न ही कोई उपेक्षा हुई। मैं तो यह कहना चाहती थी कि मैं जन्म के क्रम में दूसरे स्थान पर आई।''

''नहीं!,'' सीता ने अपना सिर ज़ोर से हिलाया। ''गौण श्रेणी का अर्थ कम महत्त्व का होना होता है। पहले हमारे माता-पिता थे और अब यह लक्ष्मण हैं, यह बिलकुल अनुचित है!''

उर्मिला हल्के से हँसी। ''नहीं, प्रिय, तुम दोनों विषयों को मिला रही हो। लक्ष्मण मेरे सामने यह स्पष्ट कर देना चाहते थे कि उनकी पूर्ण निष्ठा उनके बड़े भाई के प्रति है और वह मुझे दोनों के रिश्तों के बारे में समझाने की कोशिश कर रहे थे। और यह मेरे हित में ही है कि मैं इसे समझ लूँ और स्वीकार कर लूँ,'' उसने व्यंग्य से कहा।

‘‘नहीं, जैसा कि मैं तुम्हें जानती हूँ, तुम बड़े ही संवेदनशील ढंग से दोनों तरह के प्रेम को अलग-अलग खाँचों में रखोगी और एक को दूसरे पर हावी नहीं होने दोगी,’’ सीता ने तर्क दिया।

‘‘मुझे तो प्रेम को इस तरह श्रेणी में बाँटने और उसका क्रम तय करने की पूरी अवधारणा ही कुत्सित लगती है,’’ मांडवी ने कहा, ‘‘इससे प्रतिष्ठा कम होती है।’’

‘‘नहीं, यह एक सच्चाई को जानना है, समझना है कि आपकी स्थिति कहाँ और कैसी है,’’ उर्मिला ने कंधे उचका कर कहा। ‘‘माँ हम लोगों को यह समझाने की कोशिश कर रही थीं, जिससे लक्ष्मण पूरी तरह सहमत हैं। यह प्रेम की श्रेणी तय करना नहीं है, यह स्थिति और परिस्थिति है। हर समय हमें उन्हें चुनना चाहिए, जिनसे हम प्रेम करते हैं। यह लगातार चलने वाला संघर्ष है, पर इसका अर्थ यह नहीं कि हम एक को दूसरे से कम प्यार करते हैं।’’

‘‘मैं समझती हूँ तुम क्या कहना चाहती हो उर्मि,’’ कीर्ति ने बहुत ही शांत भाव से कहा। ‘‘तुम उन्हें सदैव के लिए खोने के बदले उन्हें उसी रूप में प्राप्त करना चाहती हो, जिस रूप में वह हैं, वह जो कुछ भी तुम्हें दे सकते हैं, पर मैं उनकी इस बात की प्रशंसा करती हूँ कि उन्होंने सब कुछ स्पष्ट कह दिया। मैं तो कहूँगी कि वह निष्ठुरता की सीमा तक ईमानदार हैं। कोई उन पर यह आरोप नहीं लगा सकता कि उन्होंने भ्रामक आशाएँ दीं या गुमराह किया। उनकी मंशा पूरी तरह सम्मानजनक है, पर सदैव अच्छा उद्देश्य ही सब कुछ नहीं होता। खैर, तुम समझती हो कि क्या अपेक्षा कर सकती हो।’’

उसका अंतिम वाक्य विचित्र रूप से गूढ़ था। उर्मिला ने यह कई बार देखा था कि उसकी सबसे छोटी बहन कीर्ति अपनी आयु से अधिक परिपक्व थी।

‘‘क्या अपेक्षा?’’, मांडवी ने दोहराया।

‘‘जो कुछ उन्होंने कहा, वह मात्र तुमसे संबंधित नहीं है उर्मि, मुझे लगता है कि वह हम सब पर लागू है,’’ कीर्ति ने धीमे से कहा, जैसे एक नई अनुभूति उस तक छन कर आ रही थी।

‘‘और वह है?’’ मांडवी ने अधीर हो कर कहा।

‘‘इन भाइयों के बीच का असाधारण अटूट संबंध, हम बहनों के रिश्तों की तरह ही तो है, हम भी तो एक-दूसरे के बिना नहीं रह सकते,’’ कीर्ति ने

कहा। "तो क्या इसलिए ही ऋषि विश्वामित्र ने राजा दशरथ को सलाह दी थी कि वे चारों हम चारों बहनों के लिए बिलकुल सटीक जोड़ीदार होंगे? नहीं क्या? ऋषि के गूढ़ शब्द, जो हमें पहेली प्रतीत हो रहे थे, वे वास्तविकता में आने वाले समय के बारे में हमें सतर्क कर रहे थे। हम सभी भविष्य में ऐसी स्थिति का सामना कर सकते हैं।"

"तुम मुझे डरा रही हो कीर्ति, तुम कह क्या रही हो?", मांडवी ने बेचैन होकर झुँझलाहट के साथ कहा।

"चारों राजकुमारों के बीच का प्रेम निष्ठा की सीमा तक है, विशेष रूप से छोटे भाइयों का राम के प्रति अनुराग," उसने कहा। "वे राम के लिए कुछ भी कर सकते हैं और वह भी उन सबके लिए वैसा ही करेंगे। लक्ष्मण की निष्ठा अधिक स्पष्ट है, अधिक दिखाई देती है, क्योंकि वह इसे प्रतीक के रूप में अपने साथ लेकर चलते हैं। मैं निश्चय के साथ कह सकती हूँ कि परिस्थिति आने पर दूसरे भी वैसा ही करेंगे। वे सभी निष्ठा के अटूट धागे से बँधे हैं, और अब जबकि लक्ष्मण ने उर्मिला को चेतावनी दे ही दी है, मांडवी, यह हम सबके साथ भी हो सकता है," कीर्ति ने उदास होकर कहा। "यदि ऐसी स्थिति कभी आती है कि किसी भी भाई को पत्नी और दूसरे भाई के बीच किसी एक को चुनना पड़े तो वह भाई को ही चुनेंगे। यह अच्छा होगा कि हम अभी ही यह समझ लें।"

वहाँ थोड़ी देर तक चुप्पी छाई रही, सब बहनें एक नई सच्चाई का सामना कर रही थीं।

चार विवाह

उर्मिला को कीर्ति के विषादपूर्ण शब्दों में नया अर्थ मिल गया था। वह आशंका की निराशाजनक भावनाओं में उलझ गई। विवाहों में उत्साह और आनंद का वातावरण होता है, लेकिन उनके विवाहों से उथल-पुथल आती दिख रही थी। उर्मिला मुश्किल से उसे कुछ स्पष्ट बता पाई कि अब अगली बारी सीता की थी।

जब हर कोई अपने विवाह की कल्पनाओं में खोया हुआ था, उसी समय राज पुरोहित शतानंद कुछ अशुभ समाचारों के साथ आए। चारों राजकुमारों और राजकुमारियों की जन्म कुंडलियों का गहन अध्ययन करने के बाद उन्होंने बताया कि सब कुछ ठीक है, लेकिन एक कमी दिखाई दे रही थी। राम की जन्म कुंडली में मंगलदोष दिखाई दिया था। मंगल ग्रह के प्रभाव से यह विवाह शुभ नहीं रहेगा। अत्यंत विद्वान और अनुभवी पुरोहित ने शुष्की के साथ घोषणा की कि इस विवाह को निरस्त करना बेहतर होगा। उन्होंने चेतावनी दी कि यह विवाह सीता के लिए सबसे अधिक दुखदायी होगा। जैसी संभावना थी, उनके शब्दों से राजपरिवार स्तब्ध रह गया।

उर्मिला ने इससे पहले अपने पिता को इतना दुखी नहीं देखा था, जनक को अपने कानों पर विश्वास नहीं हो रहा था। वह अपने राज पुरोहित का अत्यंत सम्मान करते थे और उन्हें पुरोहित की भविष्यवाणी पर कोई संदेह भी नहीं था, लेकिन राजा जनक भगवान शिव के धनुष की राम द्वारा प्रत्यंचा चढ़ाए जाने की असाधारण विजय को भी अनदेखा नहीं कर सकते थे। उन्होंने मान लिया था कि सीता के भाग्य में राम ही हैं। वैसे ही जैसे सीता राम के लिए है, लेकिन नक्षत्र अचानक उनके विरुद्ध जाते दिख रहे थे। उर्मिला दुखी

होकर सोचने लगी। सुनयना विवाह कार्यक्रम निरस्त करने पर अड़ गई। जनक इस बात को लेकर अत्यंत व्याकुल होने लगे कि वर के पिता और भाई अगले सुबह मिथिला पहुँचने वाले थे। वह किस मुँह से उनका स्वागत करेंगे?

"ऋषि शतानंद ने जो कुछ भी कहा, उसके बाद मैं अपनी पुत्री के भविष्य के साथ कोई दुर्भाग्य नहीं चाहती हूँ", सुनयना ने उन्हें दृढ़ता के साथ बताया। उनके चेहरे से उनकी अप्रसन्नता स्पष्ट दिखाई दे रही थी। यही आदत उनकी पुत्री में भी आ गई थी। उन्होंने फिर कहा, "हमें उन्हें सत्य बता देना चाहिए। मुझे विश्वास है कि राजा दशरथ हमारी असमर्थता को समझेंगे। वह अपने पुत्र के लिए भी अच्छा चाहेंगे।"

उनके पति ने भय के साथ त्योरियाँ चढ़ाते हुए प्रतिरोध किया, "राम के लिए सीता सर्वश्रेष्ठ है, प्रिय," "भगवान शिव का धनुष इस बात का प्रमाण है। क्या तुमने नहीं देखा? तुमने देखा कैसे अनेक राजकुमारों और राजाओं ने धनुष की प्रत्यंचा चढ़ाने का प्रयास किया, जबकि यह असाधारण वीरतापूर्वक कार्य केवल राम ही कर पाए। दोनों एक दूसरे के लिए ही हैं!"

उनकी पत्नी ने तर्क दिया, "तो क्या फिर जन्म कुंडली त्रुटिपूर्ण है? क्या आपको अपने पुरोहित पर विश्वास नहीं है? वह कभी त्रुटि पर नहीं होते हैं! आप कैसे जोखिम उठा सकते हैं?"

"पुजारियों का दावा है कि अगर सीता के स्वयंवर की तरह विवाह से पूर्व कोई शर्त रखी जाती है, तो माँगलिक दोष का प्रभाव नहीं होता है। इसके बाद कोई आशंका नहीं बचती है, प्रिय," जनक ने उन्हें समझाते हुए कहा। उन्हें आशा थी कि इन शब्दों से उनकी पत्नी की चिंता दूर होगी और वह सहमत हो जाएँगी।

सुनयना तर्कसंगत विचारों वाली स्त्री थी, लेकिन ऐसी स्थितियों में अत्यंत तार्किक व्यक्ति भी संदेहों में घिर जाते हैं। मिथिला की रानी भी कोई अपवाद नहीं थीं। अतार्किक भय ने उसे कठोरचित्त माँ बना दिया था, जो अपने बच्चे को किसी भी दृश्य या अदृश्य क्षति से बचाना चाहती थी। वह किसी के भी तर्क, आग्रह, अनुरोध से समझने को तैयार नहीं थीं। शायद सीता के तर्कों से भी नहीं। उनकी आशंकाओं का सबसे कड़ा विरोध सीता ने ही किया।

"मैं किसी अन्य के साथ विवाह के बारे में सोच भी नहीं सकती हूँ। मैं राम को अपना पति और जीवनसाथी मानती हूँ," सीता ने शांत स्वर में

कहा, लेकिन उसका स्वर दृढ़ था। लग नहीं रहा था कि वह इस प्रसंग में कोई समझौता करेगी या कोई तर्क सुनेगी।

उर्मिला मुस्कराते हुए सोचने लगी कि सीता स्वभाव से दृढ़ और निर्णायक है। उर्मिला जानती थी कि उसकी बहन की विनम्रता केवल दिखावे की थी। सीता रतालू के फल की तरह ऊपर से कोमल और नाजुक दिखती थी, लेकिन वह अंदर से अत्यंत दृढ़ थी। सीता ने दृढ़ संकल्प के साथ अपनी माँ से कहा, ''अगर तुम कहोगी कि मैं राम से विवाह न करूँ, तो मैं विवाह बिलकुल नहीं करूँगी। मैं अविवाहित रहूँगी।''

सीता ने बिना किसी संकोच दृढ़ता के साथ सभी आपत्तियों को एक ओर करते हुए कहा। उसकी माँ अविश्वास के साथ देखती रह गई। सीता उनकी दुबर्लता थी और उन्हें उस पर गर्व था। सीता कुछ भी त्रुटिपूर्ण नहीं कर सकती थी, उसकी सोच और विचारों में कोई कमी नहीं थी।

उसकी माँ ने कहा, ''जैसा राज पुरोहित ने कहा है, वह सत्य हो गया तो? उन्होंने यह भी कहा है कि राजकुमारी होने के बावजूद तुम्हें अपने वैवाहिक जीवन का अधिकांश समय वन में बिताना होगा। इसका क्या अर्थ है? क्या तुम राम से विवाह करके दुखी नहीं रहोगी? और संकट नहीं उठाने होंगे?''

''मैं उनसे प्रेम करती हूँ,'' सीता ने सपाट शब्दों में कहा। मानो अपनी माँ के सभी प्रश्नों या संदेह का उसके पास यही उत्तर था। ''अगर मैं उनके साथ नहीं रह पाई, तो मैं प्रसन्न नहीं रह पाऊँगी। मुझे अकल्पनीय दुख झेलने होंगे। मुझे उनके साथ विवाह अपने लिए करना होगा, ताकि मैं प्रसन्न रह सकूँ।''

उर्मिला अपनी बहन के शब्दों से प्रभावित हुई। उसे वही भाव और तर्क सुनाई दिए, जो उसने लक्ष्मण से विवाह करने के अपने निर्णय के लिए अपनी बहनों को दिए थे। दोनों बहनों को प्रेम था, वे उन पुरुषों से विवाह करना चाहती थीं, जिनसे वे प्रेम करती थीं। क्या वे अनुपयुक्त रास्ता नहीं चुन रही थीं?

प्रेम में पड़ना प्रेम में बने रहने से अधिक सरल होता है। उर्मिला उन कठिनाई और जोखिम भरे दिनों को याद करने लगी, तो फिर अपने प्रेम के साथ रहना कठिनाई भरा होगा या उल्लास भरा?

उर्मिला ने अपनी माँ को लक्ष्मण के साथ हुई अपनी वार्ता के बारे में नहीं बताया था। उसे अच्छी तरह मालूम था कि अगर वह बताती, तो उसकी माँ की प्रतिक्रिया कैसी होती। अपनी पुत्रियों की प्रसन्नता और भलाई के लिए सुनयना उनके विवाह प्रस्तावों को तोड़ देतीं। वह परंपराओं में विश्वास नहीं करती थीं। वह सामाजिक बंधनों को किसी के ऊपर थोपने को तैयार नहीं थीं। वह व्यक्तिगत सोच और निजी स्वतंत्रता में विश्वास करती थीं। इसी वजह से सीता ने उन्हें व्यक्तिगत स्वतंत्रता की उनकी ही सोच में उलझा दिया। अब सुनयना नहीं हट सकती थीं।

सुनयना धीरे से मुस्कराई। वह धीरे से बोली "तुम्हारा यही निर्णय है।" यह एक कथन था, न कि प्रश्न, जिसका संभावित उत्तर वह जानती थीं। "तो ठीक है। ईश्वर करे जैसा तुम कहती हो, उस पर दृढ़ रहने की प्रतिबद्धता और सफल होने का नैतिक बल तुम्हें प्राप्त हो।"

उर्मिला शांतिपूर्वक अपनी माँ से सीख लेती रही, हालाँकि उसकी माँ को पता नहीं था कि वह भी उससे शिक्षा ले रही थी। उर्मिला जानती थी कि सीता के लिए उसकी माँ के शब्द उसके लिए भी प्रासंगिक थे।

अगली सुबह दशरथ अपने दोनों छोटे पुत्रों के साथ मिथिला पहुँच गए। मांडवी और कीर्ति अपनी दिनचर्या के अनुसार मंदिर गईं, लेकिन वे स्पष्ट रूप से उत्साहित दिख रही थीं। वे अगले दिन विवाह से पूर्व भरत और शत्रुघ्न को स्वयं देखना चाहती थीं। भगवान ने उनके मन की प्रार्थना शीघ्र ही सुन ली। उन्हें दोनों भाई वहीं दिखाई दिए, जहाँ सीता और उर्मिला की अपने भावी जीवनसाथियों से भेंट हुई थी।

दैनिक पूजा से लौटते चारों भाइयों की झलक पाने के बाद सीता हँसते हुए बोली, "यह उद्यान तो हमारी प्रेम लीला का सुंदर स्थल बन गया है।" वे भी पूजा के लिए फूल चुनने का बहाना कर रहे थे। राजा दशरथ महल में जनक के साथ थे। दोनों छोटे राजकुमार अपने भाइयों के साथ थे और प्रातःकालीन पूजा में उनकी सहायता कर रहे थे।

परंतु राजकुमारियाँ विलंब से पहुँचीं, सुनयना हल्दी का उत्सव प्रारंभ करने के लिए उनकी मंदिर से लौटने की प्रतीक्षा कर रही थीं। हल्दी उत्सव

में उनकी काया पर हल्दी लगाई जाने वाली थी। अगले दिन शुभ मुहूर्त पर एक-दूसरे को माला पहनाने से पहले भावी वर-वधुओं के बीच उद्यान में क्षणिक भेंट भी हो गई थी।

उर्मिला को दोनों छोटे राजकुमारों को देखने का समय ही नहीं मिल पाया, उसकी आँखें सदैव की तरह लक्ष्मण को ही खोज रही थीं। वह अपने भाइयों और एक स्त्री के साथ था। वह उस पर हँस रही थी। थोड़ा दूरी से उर्मिला ने देखा कि वह स्त्री प्रफुल्लित होकर हँस रही थी। उसकी आँखें असाधारण रूप से सुंदर थीं। वह कौन थी? दोनों को एक-दूसरे के लिए मुस्कराते देखकर उर्मिला की आँखें सिकुड़ने लगीं। उसने एक अजीब की वेदना अनुभव की, यह ईर्ष्या थी। उसे समझ नहीं आ रहा था कि वह इस पर कैसे नियंत्रण रखे। वह जितना नियंत्रण पाने का प्रयास कर रही थी, उतना ही उसे क्रोध आ रहा था। वह अतार्किक विद्वेष और क्रोध से जल रही थी।

वह कौन थी, वह लगातार स्वयं से यह प्रश्न कर रही थी। उर्मिला जानती थी कि वह अस्वाभाविक रूप से अनुचित सोच रही थी। तार्किक रूप से वह सोचने लगी कि वह स्त्री उसकी रिश्तेदार हो सकती है। उनकी चचेरी बहन हो सकती है, लेकिन उसके मन पर हावी असुरक्षा की भावना कम होने का नाम नहीं ले रही थी। वह उनके हँसते चेहरों और रहस्यमय मेलजोल को भुला नहीं पा रही थी। इसने उसकी शांति, उसकी निद्रा और उसकी सोच को भंग कर दिया था।

इस बीच, ऋषि वशिष्ठ और राजा दशरथ ने जनक से भेंट की। विश्वामित्र और शतानंद ने विवादास्पद मुहूर्त के बारे में आगे विचार किया। तीनों ऋषियों ने दोनों राजाओं को चेतावनी दी कि यद्यपि उत्तरा फाल्गुनी नक्षत्र का मुहूर्त युगलों के लिए शुभ है, किंतु सितारे इस तरह हैं कि अगर एक पल की भी देरी होती है, तो ग्रह अपनी स्थिति बदल लेंगे और चारों वर और वधुओं के लिए सौभाग्य दुर्भाग्य में बदल जाएगा।

भविष्यवाणियों से अनभिज्ञ चारों राजकुमारों ने शीतकालीन दिवस की प्रातः बेला में उठकर विवाह के वस्त्र धारण कर लिए। सूरज निकल आया था, लेकिन उर्मिला को अब भी चंद्रमा दिखाई दे रहा था। वह दिन रात जैसा

दिखता था। सूरज छिपा हुआ था, जिससे दिन की ऊष्मा थोड़ी कम हो गई थी। प्रत्येक वधु ने भिन्न रंग के वस्त्र धारण किए थे। सीता अपनी पसंदीदा रुपहली किनारी वाले नीले, उर्मिला गहरे लाल रंग, मांडवी हरे और कीर्ति पीले रंग के परिधान में थीं। चारों को सौभाग्यशाली वस्त्रों में देखकर शतानंद ने राहत की साँस ली। सौभाग्य से एक बार तो रानी रूढ़िवादी हुईं। शतानंद ने स्वयं से कहा। वह चारों राजकुमारियों को लाल रंग के शुभ परिधान में देखना पसंद करते। लाल रंग उर्वरता का प्रतीक है, लेकिन केवल उनकी प्रिय शिष्या उर्मिला ने ही गहरे लाल और सुनहरे रंग का परिधान धारण किया। गुरु को लगता था कि वह सदैव बुद्धिमान और सही होती थी। यद्यपि वह राजकुमारियों के लिए थोड़े चिंतित थे। चारों राजकुमार सर्वोत्तम थे, लेकिन व्यक्तिगत वैवाहिक जीवन का आनंद लेने के लिए उनके भाग्य भी उनके साथ उलझे हुए थे। शतानंद ने आसमान की ओर देखा, वह ठंडा, उदासीन और सूर्य रहित था। लगता था जैसे समय ठहर गया था, वह विवाह की रीतियाँ होते देख रहे थे और अब विवाह के अंतिम चरण का समय आ गया। वधुएँ वरों के गले में मोगरा और गुलाब की माला पहना रही थीं, जैसा उन्होंने निर्दिष्ट किया था। समय काल अत्यंत महत्त्वपूर्ण था, शेष सब कुछ ठीक से हो जाएगा।

उर्मिला का परिचय उसके ससुर राजा दशरथ से कराया गया। वह उसके पिता से अधिक झुर्रीदार और पुरातन दिख रहे थे। पहली दृष्टि में उनकी दयालुता झलकती थी, लंबे कद वाले, सुंदर पुरुष, जिनके श्वेत घने बालों में कहीं-कहीं काले बालों की झलक भी मिल जाती थी, उनकी आँखें गर्मजोशी और दया से भरी थीं, तथापि उनमें कोई दुबर्लता वाली बात नहीं थी। दृढ़ता न केवल उनकी पतली और हल्की झुकी हुई काया में, बल्कि उनके चेहरे पर भी दिखाई देती थी। सधे हुए सपाट जबड़े, नुकीली नाक और विनम्र स्वर। उर्मिला ने उड़ती अफवाहें सुनी थीं कि यह शक्तिशाली राजा अपनी प्रिय व सुदंर पत्नी कैकेयी का दास है, लेकिन उन्हें देखकर ऐसी बातों पर विश्वास करना मुश्किल हो रहा था। वह संयमी पुरुष, अपने राज्य के शक्तिशाली राजा, चार सुंदर पुत्रों के गौरवान्वित पिता दिखाई दे रहे थे।

और उनका प्रत्येक पुत्र अत्यंत सुंदर था। भरत अपने पिता से सबसे अधिक मेल खाते दिखाई दे रहे थे। वह अपने बड़े भाई राम से भी अधिक धीर-गंभीर थे। राम की तरह उनकी भी आँखें स्पष्ट, शांत, अधिकार संपन्न थीं। जुड़वाँ भाई लक्ष्मण और शत्रुघ्न में ऐसी कोई समानता नहीं थी लेकिन

उनके स्वभाव और आचरण में अत्यंत समानता थी। यद्यपि शत्रुघ्न अपने जुड़वाँ भाई से कम क्रोधी स्वभाव के थे, लेकिन वह कुछ अधिक ही मुस्करा रहे थे। वास्तव में वह अपनी आँखों से नटखट दिखाई दे रहे थे और अपने भाइयों से उपहास कर रहे थे। धीर गंभीर कीर्ति यह सब कुछ देख रही थी, उर्मिला उसकी शरारतों के बारे में सोचकर आनंद ले रही थी।

शत्रुघ्न ने पूछा, ''यह सामूहिक विवाह है, क्या हमें आयु, लोकप्रियता या लंबाई के हिसाब से पंक्ति में खड़े होना होगा?'' ''लंबाई को छोड़कर राम अन्य सभी तरीके से सबसे आगे हैं। मेरा अनुमान है कि हम जुड़वाँ भाई विजेता हैं!'' उसने मुस्कराते हुए लक्ष्मण को प्रतीक्षा की पंक्ति में आगे बढ़ने को कहा। ''आगे आओ भ्राता, हमें सबसे पहले और शीघ्र विवाह कर लेना चाहिए।''

इस पर कोई भी नहीं मुस्कराया, लेकिन शत्रुघ्न ने अपने एक वाक्य से पूरे समारोह के बोझिल वातावरण को हल्का बना दिया। उसके हास्य-विनोद पर हँसते हुए उर्मिला उस अनजान नारी को घूरने लगी, जो भाइयों के आस-पास मँडरा रही थी। उस सुंदर स्त्री को जैसे ही उर्मिला ने देखा, उसकी मुस्कराहट लुप्त हो गई, जिसे उसने कल प्रात: लक्ष्मण के साथ खुलकर हँसते देखा था। उसने रेशमी गुलाबी परिधान धारण किया हुआ था। यह चटख रंग उसकी काया पर खूब खिल रहा था। उर्मिला ने गौर से उसे देखा, तो वह अधिक सुंदर और बड़ी दिखाई दे रही थी। वह चाँदी की थाली और दीया लेकर चारों राजकुमारों के समीप खड़ी थी और अत्यंत व्यस्त थी। वह निश्चित ही कोई रिश्तेदार होगी, उर्मिला यह सोचकर अत्यंत राहत अनुभव कर रही थी। इसके बाद वह प्रसन्नचित हो गई, लेकिन वह कौन हो सकती है? उर्मिला को इस पर कोई आशंका नहीं थी। कल प्रात: जिस ईर्ष्या और असुरक्षा की भावना ने उसे घेर लिया था, आज उसने स्वयं पर हावी नहीं होने दिया। यह जानकर कि वह उनकी बहन है, उर्मिला आनंदित होने लगी। यह सोचने के बाद आज उसके चेहरे पर पहली वास्तविक मुस्कराहट आ गई। यह भावना पहले सूक्ष्म विचार के रूप में थी, लेकिन धीरे-धीरे वह बढ़ने लगी, क्योंकि उर्मिला ने ईर्ष्या की मूर्खतापूर्ण पिछली बातों के बारे में सोचना शुरू कर दिया था। वह स्वयं को मुस्कराने और प्रफुल्लित होने से रोक नहीं पाई, उसकी आँखें प्रसन्नता से चमकने लगीं। वह लक्ष्मण को देखने लगी, जो गर्व से अपनी दुल्हन को देख रहे थे। वह अत्यंत सुदंर और निश्चित ही सबसे प्रसन्न दिखाई दे रही थी।

वह सुंदर स्त्री राम की बड़ी बहन और दशरथ और रानी कौशल्या की सबसे बड़ी पुत्री शांता थी। उसने मिथिला की राजकुमारियों के सुरक्षित जीवन के विपरीत उथल-पुथल से भरा जीवन जिया था। अयोध्या में राजकुमारी के रूप में जन्म होने के बावजूद शांता को कौशल्या की बड़ी बहन वर्शिणी और उनके पति अंगदेश के राजा रोमपद ने गोद ले लिया था, जो राजा दशरथ के अभिन्न मित्र भी थे। वे संतानहीन थे। एक बार हास्य-विनोद के बीच सलहज ने अपने छोटे बहनोई से कहा, "वह अत्यंत दयालु और वचन के पक्के व्यक्ति हैं। क्या वह अपनी नवजात पुत्री को उन्हें दे सकते हैं, क्योंकि वह संतानहीन है?" रघुवंश क्षत्रिय होने के नाते अपना वचन निभाने के लिए राजा दशरथ अपनी एकमात्र पुत्री, जो शिशु थी, अपने सबसे अच्छे मित्र और सलहज को देने के लिए तैयार हो गए। इसके बाद शांता का लालन-पालन अयोध्या में अपने माता-पिता से दूर अंगदेश में हुआ था। वेद, कला, हस्तशिल्प और संगीत में निपुण शांता विदुषी बन गई। इस सुंदर राजकुमारी का विवाह किसी राजकुमार से नहीं, बल्कि विद्वान ऋषि ऋष्यश्रंग से हुआ। कहा जाता है कि ऋषि ऋष्यश्रंग ने एक बार उसके राज्य को भयानक अकाल से बचाया था।

कई वर्षों तक शांता के बाद दशरथ के किसी बच्चे का जन्म नहीं हुआ। उन्होंने अपने राजवंश को आगे बढ़ाने के लक्ष्य से पुत्र प्राप्ति के लिए एक बार फिर यज्ञ करने का निर्णय किया। उन्होंने अपने दामाद ऋषि ऋष्यश्रंग को पुत्र कामेष्ठी यज्ञ का आयोजन करने के लिए आमंत्रित किया। और इस प्रकार कोसल के चार राजकुमारों राम, भरत और जुड़वाँ लक्ष्मण और शत्रुघ्न का जन्म हुआ।

ऋषि ऋष्यश्रंग भी विवाह समारोह में उपस्थित थे। उर्मिला के पिता उनसे मिलकर अत्यंत प्रसन्न हुए। जैसा कि वह किसी भी विद्वान से मिलकर होते थे। यह सोचकर उर्मिला मुस्कराने लगी। वह दुबले और तपस्वी दिख रहे थे, लेकिन उनके अंदर एक अग्नि भी थी, जो उनकी आँखों के माध्यम से चमक रही थी। उनकी आँखों में ज्ञान और बुद्धिमत्ता भी दिखाई दे रही थी। अब वह विश्वामित्र के साथ वार्ता कर रहे थे। उर्मिला थोड़े आश्चर्य और डूबते हृदय के साथ सोचने लगी, वे दोनों क्या बातचीत कर रहे हैं, लेकिन उसका भय शीघ्र ही समाप्त हो गया, क्योंकि शीघ्र ही ऋष्यश्रंग के चेहरे के भाव नरम दिखने लगे। उन्होंने अपनी पत्नी को आते देखा, तो वह स्वयं ही उनके पास पहुँच गए। इन दोनों की प्रेम कहानी भी उनकी तरह ही अत्यंत रोचक थी।

शांता से भेंट होने से पूर्व ऋष्यश्रृंग ने एकांत जीवन व्यतीत किया था। शांता से पूर्व वह कभी किसी स्त्री के साथ नहीं रहे। यहाँ तक कि अपनी माता अप्सरा उर्वशी के साथ भी नहीं रहे। जो उन्हें और उनके पिता ऋषि विभांदका को छोड़कर चली गई थी। पुत्र को जन्म देने के बाद ही वह चली गई थी। इंद्र ने उर्वशी को ऋषि विभांदका की तपस्या भंग करने के लिए पृथ्वी पर भेजा था। इससे क्रोधित होकर ऋषि विभांदका के मन में संसार की सभी स्त्रियों के प्रति घृणा हो गई। उन्होंने अपनी यह भावना अपने पुत्र में भी भरने का प्रयास किया। वह चाहते थे कि उनका पुत्र कभी किसी स्त्री के निकट न जाए। वह अपने पुत्र को घने वन में ले गए, ताकि वे एकांत और ध्यानमय जीवन व्यतीत कर सकें।

जब रोमपद ने अपने राज्य को भयानक सूखे और अकाल से त्रस्त पाया तो उन्हें सलाह दी गई कि इस संकट में उन्हें केवल वह व्यक्ति सहायता प्रदान कर सकता है, जो विद्वान ब्राह्मण हो और जिसने लंबे समय तक कठिन ब्रह्मचर्य का पालन करके विशेष शक्तियाँ प्राप्त की हों। ऋष्यश्रृंग ही थे, जिनके पास ये शक्तियाँ थीं, लेकिन उन्हें अंगदेश में आकर यज्ञ करने के लिए आमंत्रित करने घने वन में कौन जाएगा? उनके पिता जंगल का सुरक्षित स्थान छोड़कर जाने के लिए उन्हें कभी अनुमति नहीं देंगे।

ऐसे कठिन समय में शांता आगे आई और एक युक्ति तैयार की। अपनी एक गणिका के साथ राजकुमारी स्वयं ही युवा ऋषि को मनाने के लिए चल दी, ताकि वह अंगदेश में आकर यज्ञ करें और राज्य के नागरिकों को सूखे व अकाल से बचाने में उनके पिता की सहायता करें। गणिका आवश्यकता पड़ने पर अपनी सुदंरता का उपयोग करने वाली थी। ऋष्यश्रृंग से भेंट के लिए शांता अत्यंत सतर्क थी और ऐसे समय में उनसे मिलना चाहती थी, जब उनके पिता लकड़ियाँ बीनने के लिए वन में गए हों। उसे भय था कि अगर उनके पिता ने उसे देख लिया, तो वे उसे बाहर निकाल देंगे और हो सकता है कि उसे और उसके राज्य को श्राप दे दें। और जैसी संभावना थी, जब युवा ऋषि, जिसने जीवन में पहले कभी किसी स्त्री को नहीं देखा था, दो सुंदर कन्याओं गणिका और राजकुमारी को देखा तो वह राजकुमारी के प्रेम में पड़ गए। राजकुमारी ने उनसे नगर में आकर अग्निहोत्र यज्ञ करने का आग्रह किया। राजकुमारी के रूप पर मोहित ऋषि यज्ञ करने के लिए तुरंत तैयार हो गए। अपने पिता के क्रोध से बचने के लिए वह शांता के साथ नगर में आ गए। उन्होंने अपनी शक्तियों

का उपयोग करके शुष्क और बंजर भूमि पर भारी वर्षा करा दी। जैसे-जैसे यज्ञ आगे बढ़ा, आकाश घना होता चला गया। इसके साथ ही क्रोध से भरे विभांदका भी नगर की ओर आने लगे, ताकि वह अपने पुत्र को वापस ले जा सकें। जैसे ही नगर और पूरे राज्य में भारी वर्षा हुई, विभांदका नगर में पहुँच गए। उन्होंने अपने पुत्र को सुंदर राजकुमारी से विवाह करते हुए देखा। राजकुमारी के प्रयास और साहस के बारे में सोचकर वह तुरंत शांत हो गए। अपने ससुर के क्रोध के लिए स्वयं को तैयार कर चुकी शांता ने उन्हें प्रसन्न करने के लिए पूरी योजना बना ली थी। उसने उन्हें उपहारों की भेंट देकर बताया कि वह उनके पुत्र से निश्चल प्रेम करती है। इससे ऋषि विभांदका संतुष्ट हो गए और उन्होंने नव युगल को लंबे, सुखी और फलदायी विवाह का आशीर्वाद दिया।

ऐसी थी शांता। उर्मिला ने रेशमी परिधान और चमकते आभूषणों से सुसज्जित और मोहिनी रूप वाली शांता को एक बार फिर से देखा, लेकिन इस बार उसकी आँखों में उसके लिए सम्मान था। शांता अपने भाई राम के पीछे खड़ी थी। विवाह की रस्में पूरी होने वाली थीं। उर्मिला ने अपनी कनखियों से सीता को राम के गले में माला पहनाते हुए देखा। वह बड़ी बहन थी, इसलिए उसे ही सबसे पहले रस्में पूरी करने का अधिकार था। संकेत पाकर उर्मिला और उसके बाद मांडवी और कीर्ति ने रस्में पूरी कीं। उर्मिला के पैर थोड़े काँप रहे थे, लेकिन हाथ सधे हुए थे। उसने लक्ष्मण के गले में सुगंधित माला डाल दी। उसने प्रफुल्लित चेहरा उनकी ओर उठाया, उसके नेत्र ओस की नई बूँदों की भाँति चमक रहे थे। लक्ष्मण ने अपने नेत्र उसके चेहरे से हटाए बिना अपना सुंदर मुख झुकाया। उनके होंठों पर मुस्कान दिखाई दे रही थी।

उन्होंने उर्मिला के कानों के पास धीमे से कहा, ''तुम सभी दुल्हनों में सबसे प्रफुल्लित दिखाई दे रही हो और अत्यंत ही सुंदर हो।'' ''या फिर वह मैं हूँ, जिसने तुम्हें ऐसा बना दिया है?'' उन्होंने शरारत से कहा, उनका स्वर कोमल और भारीपन से भरा था, जब उन्होंने उर्मिला को वरमाला पहनाने के लिए अपना सिर आगे बढ़ाया।

''नहीं, तुम्हारी बहन सबसे प्रफुल्लित है,'' उर्मिला ने अवज्ञापूर्वक उत्तर दिया।

उनकी भृकुटि आश्चर्य में उठ गई, लेकिन उर्मिला अपने अधर्मी विचारों को अधिक प्रकट करने वाली नहीं थी। शांता बोली, ''सौमित्र, मेरे प्रिय भ्राता, यही तुम्हारी उर्मिला है, है न?''

लक्ष्मण को दूसरे नाम से संबोधित करने पर उर्मिला आश्चर्य में पड़ गई। सुमित्रा का पुत्र होने के नाते उसे सौमित्र के नाम से पुकारा गया। शांता उससे बात करती रही। ''मैंने सुना है तुमने कैसे गुरु परशुराम के विध्वंसकारी क्रोध से सौमित्र के जीवन की रक्षा की। इससे मुझे स्मरण आ गया कैसे मैंने अपने क्रोधित ससुर को शांत किया था।''

उर्मिला ने अपने चेहरे के बदलते भावों को छिपाते हुए प्रसन्नता दिखाई, लेकिन उसे चिंतित होने की कोई आवश्यकता नहीं थी।

शांता ने प्रशंसा करते हुए कहा, ''सौमित्र, मैंने पहले कभी इतनी मोहिनी दुल्हन नहीं देखी। मैं तुमसे भी अधिक प्रसन्न हूँ। तुम उत्तम हो, तुम सदैव प्रसन्न रहो।''

'''मिला', यह मेरी प्रिय बहन शांता है, तुम्हारे कारण ही मेरी दुल्हन इतनी सुंदर लग रही है!'' लक्ष्मण ने अपने अंगूठे से धीरे-धीरे उसकी कलाई को छूते हुए सबके सामने उर्मिला का हाथ पकड़कर परिचय कराया। लक्ष्मण के स्पर्श से उर्मिला को सुखद अनुभूति हुई। उसने अपना हाथ हटाने का कोई प्रयास नहीं किया।

शांता ने उलझन में पूछा, ''मैं?''

लक्ष्मण ने भोलेपन से पूछा, ''हाँ, बहन, तुमने मेरी दुल्हन पर क्या जादू कर दिया है?''

अपनी कलाई पर भावपूर्ण उत्तेजना से प्रभावित उर्मिला और अधिक शरमाने लगी। इससे भी अधिक वह ईर्ष्या के भाव से शर्मिंदगी अनुभव करने लगी। वह पिछले पूरे दिन ईर्ष्या से जलती रही थी, लेकिन उसने मुस्कान से अपनी ननद के प्रति आदर प्रदर्शित करने का प्रयास किया।

''मैं नहीं, प्रिय भ्राता, मैं सोचती हूँ कि तुम्हारे जादू के कारण तुम्हारी 'मिला' चमक रही है! तुम्हारे प्रेम की स्पष्ट छाप उस पर दिखाई दे रही है।'' उन दोनों के हाथों की ओर देखते हुए मुस्कराकर शांता ने कहा। और वह अपनी दूसरी भाभियों की ओर देखने लगी।

उर्मिला लक्ष्मण से बोली, ''कृपया मुझे लज्जित करना बंद करिए।''

लक्ष्मण ने उत्तर में फुसफुसाते हुए कहा, ''मैं समझ गया, क्या हुआ है... क्या तुम फिर से कल्पना करने लगी...?'' उसकी आँखों में शरारत स्पष्ट रूप से दिखाई दे रही थी। उन्होंने कहा, ''मैंने कल प्रात: इस सुंदर स्त्री को उद्यान में देखा था।''

उर्मिला ने याचना के स्वर में फुसफुसाते हुए कहा, "कृपया।" उसका मुख लज्जा से लाल हो गया, वैसे ही जैसे उसने रेशमी लाल वस्त्र पहने थे।

"... और वह तुम थीं। 'मिला', तुम ईर्ष्या क्यों कर रही थी?" अचानक गंभीर होते हुए उन्होंने पूछा। "यह अत्यंत अविवेकपूर्ण है, ऐसी असुरक्षा की भावना। क्या तुम मेरे बारे में अनिश्चित थी? तो मैं आशा करता हूँ मैं कभी तुम्हें परेशान नहीं करूँगा, जिससे तुम्हें कोई असुरक्षा अनुभव हो। मैं तुम्हारा हूँ, सदैव के लिए।" उन्होंने भारी स्वर में कहा।

उर्मिला अभिभूत हो गई। उसने उनकी मृदुलता से चमकते नेत्रों की ओर देखा। वह उसे विवाह वाले दिन वचन दे रहे थे। वह उनकी दृष्टि और उनकी घोषणा की गहराई को अनदेखा नहीं कर पाई। लक्ष्मण ने हल्के से उसकी कलाई से उसे पकड़ा और उनके माता-पिता की ओर बढ़ने लगे। उर्मिला ने उन्हें देखा और शीघ्र से झुककर उनका आशीर्वाद लिया। उसके पति ने भी आदरपूर्वक उनसे आशीर्वाद लिया। उनके चेहरे पर गंभीरता दिखाई दे रही थी।

चारों दुल्हनों ने चार राजकुमारों से विवाह कर लिया और मिथिला नगर उत्सव के माहौल में डूब गया। राजा दशरथ ने सोचा, अयोध्या में भी ऐसा ही माहौल होगा। उनकी थकी काया में अनायास उत्साह का संचार हो गया। वह अत्यंत प्रसन्न थे। वह आज अपने चारों पुत्रों और चारों पुत्र वधुओं के साथ अपने घर वापस जाने के लिए प्रस्थान करेंगे।

उन्होंने अपने कंधे पर स्पर्श अनुभव किया। वह मुड़े और मुरझाए हुए जनक को देखा। उनके साथ सुनयना, वशिष्ठ, विश्वामित्र, शतानंद और उनके दामाद ऋष्यश्रृंग को भी चिंतित मुद्रा में पाया।

"मेरे पास कुछ अशुभ समाचार है," परेशान दिख रहे मिथिला नरेश ने कहा। "उत्तरा फाल्गुनी नक्षत्र का तय मुहूर्त निकल गया है। हमें नहीं मालूम यह कैसे हो गया। गणना में कदाचित कुछ त्रुटि हो गई।"

दशरथ का हृदय बैठ गया। "आपका अर्थ है कि हम उस पावन नक्षत्र से चूक गए?" उन्होंने अविश्वास के साथ पूछा, उन्हें किसी उत्तर की अपेक्षा नहीं थी। उन्हें उन लोगों की उदासी से अपने प्रश्न का उत्तर मिल गया। इसका परिणाम अवश्यंभावी था। उन्होंने अपने राजसी पुरोहित वशिष्ठ की ओर किसी

समाधान की आशा में देखा, लेकिन उन्होंने निराशा में अपना सिर हिला दिया।

पुरोहित ने कहा, ''लगता है ईश्वर भी इस नक्षत्र के पक्ष में नहीं थे, जिससे राम और सीता के विवाह की सफलता सुनिश्चित होती।''

दशरथ ने प्रश्न किया, ''लेकिन ऐसा क्यों?'' ''अंतत: क्यों कोई व्यक्ति या भगवान नहीं चाहते कि मेरा पुत्र और पुत्र वधू आनंदपूर्वक विवाहित जीवन व्यतीत करें? इन युवा, निर्दोष आत्माओं के नए जीवन के प्रारंभ से किसी को कैसे कोई क्षति हो सकती है। यह कैसा दुर्भाग्य है?'' वह क्रोधित होते हुए चिल्लाए।

वह क्रोधित दिखाई दे रहे थे और उनका स्वर औरों से तीव्र होता चला गया। चारों नव विवाहित जोड़ों ने राजा की बातें सुन लीं। चारों दुल्हनों के चेहरे की मुस्कान अचानक लुप्त हो गई, सुनयना भी अधीर और क्रोधित होने लगी। उसके मन में भय पैदा होने लगा। विवाह से पूर्व की आशंकाएँ सत्य होने लगीं। वह सोचने लगी, जब उसे अपने अंतर्मन में आशंकाओं ने जन्म लिया था, बेहतर होता, तभी वह चारों विवाह प्रस्तावों को अस्वीकार कर देती। उसकी इच्छा थी कि उसकी आशंकाएँ गलत सिद्ध हो जाएँ। अब सुनयना जानती थी कि वह संसार में सबसे प्रिय अपनी चारों पुत्रियों के लिए प्रार्थना ही कर सकती थी।

वशिष्ठ ने बताया, ''देवतागण चाहते थे कि राम और सीता का विवाह स्थगित हो जाए। अगर ठीक उत्तरा फाल्गुनी नक्षत्र में यह विवाह हो जाता तो विवाह सफल और भाग्यशाली होता।'' उनका चेहरा गंभीर था, क्योंकि वह जानते थे आगे क्या होने वाला था। ''ज्ञानी नारद ने चंद्र देव को भेजने के लिए देवताओं को सुझाव दिया था। विवाह मुहूर्त से पूर्व एक अप्सरा के रूप में नृत्य करने के लिए। अप्सरा के वेश में चंद्र देव ही पूरे विवाह समारोह में उपस्थित रहे और हर किसी को अपनी धुन पर नृत्य कराया। उन्होंने हमें धोखा दिया और भ्रमित कर दिया। मौसम बदला और इस बीच ग्रहों की भी स्थिति बदल गई। अब देवतागण प्रसन्न हो रहे हैं कि वे अपनी योजना में सफल हो गए।'' दशरथ ने क्रोधित होते हुए फिर से पूछा, ''लेकिन क्यों?''

''क्योंकि यही उनके भाग्य में लिखा है।'' ऋष्यश्रृंग ने शांत स्वर में बताया। ''राम और सीता के सुखद विवाह से वे घटनाएँ नहीं हो पातीं, जिनका होना तय है। यह भविष्य में होने वाली घटनाओं का ही पूर्व नियोजित क्रम है। राजन, यह होने दीजिए। इस क्षण का यही महत्त्व है।''

उर्मिला चारों तपस्वियों के गंभीर चेहरों को देख रही थी। वह जानती थी कि वे जितना बता रहे थे, वे उससे कहीं अधिक जानते थे। वह आशंकाओं में घिर गई, उसके और उसकी बहनों के भविष्य में क्या होने वाला था? क्या उनके भविष्य में ऐसा कुछ होने वाला था, जो उनके नियंत्रण से बाहर होगा? उसने अपने पति की सुदृढ़ पकड़ को अनुभव किया और वह स्वयं को सुरक्षित अनुभव करने लगी। वह फिर से चिंताओं से मुक्त हो गई और उसका विश्वास बढ़ने लगा। उर्मिला अपनी माता को खोजने लगी। दूरी से ही उसे माता चिंतित प्रतीत हो रही थी। वह अपनी माता के पास चली गई और उनके कंधे को हल्के से स्पर्श किया।

"माता, प्रसन्नता का दिन भविष्य के किसी दुर्भाग्य की बात नहीं बताएगा," उसने धीरे से कहा। उसकी माता के चेहरे पर दुर्बल मुस्कान आ गई। उर्मिला ने उन्हें कसकर पकड़ लिया और वह अपनी माता के आँचल में समा गई। उसे अत्यंत शांति मिली और माँ के सौम्य नेत्रों से उसे ज्ञान मिल रहा था। उसने अपनी माता को भी साँत्वना देने का प्रयास किया। वे एक-दूसरे के लिए सहारा बनी हुई थीं।

सुनयना ने धीमे से कहा, "हाँ, कुछ भी हो, तुम सब कुछ सँभाल सकती हो।" उसने प्यार से अपनी पुत्री के मस्तक का चुम्बन ले लिया। "तुम मेरी चिंता मत करो। वहाँ तुम्हें अपनी बहनों का भी ध्यान रखना है। मुझे कोई चिंता करने की आवश्यकता नहीं है। तुम्हारा मस्तिष्क क्या कहता है, उसे सुनो और अपने हृदय की बात मानो। तुम्हारा मस्तिष्क और हृदय तुम्हें सत्य बता देंगे। और सबसे महत्त्वपूर्ण, मेरी सबसे प्रिय पुत्री, सीता और अपनी चचेरी बहनों का ध्यान रखना। याद रखना कि तुम चारों बहनें हो, अब भी और विवाह के बाद भी। इस संबंध के प्रति तुम्हारे प्रेम और हृदयों में कभी कोई अंतर नहीं आना चाहिए। उर्मिला, शायद तुम्हें ज्ञात न हो, लेकिन तुम उनकी शक्ति हो, उन्हें रास्ता दिखाने वाली हो। मैंने भी तुमसे सीखा है। मैं तुम्हें याद करूँगी, लेकिन हर बार गर्व के साथ। मुझे तुम पर गर्व है कि मैं तुम्हारी माता हूँ। पीछे मुड़कर मत देखो, आगे की सोचो, जाओ, मेरी प्रिय पुत्री।"

उर्मिला ने अपने गले को रुंधा हुआ पाया। उसके होंठ थरथराने लगे। वह अपनी माता के दुलार भरे आँचल से अलग हो गई और उसके पीछे अपने जीवनसाथियों के साथ खड़ी बहनों की ओर मुड़ गई। सीता गुरु की भविष्यवाणी के बावजूद शांत दिखाई दे रही थी। उसके होंठों पर मुस्कान

थी। शांत भावहीन मांडवी गंभीर दिखाई दे रही थी। और कीर्ति के चेहरे पर आश्चर्य के भाव थे। वह स्तब्ध थी। उसकी स्तब्धता आशंकाओं को जन्म दे रही थी। अपने प्रेम के प्रति उत्साहित चारों बहनें क्या अपने भविष्य के लिए भी तैयार हो रही थीं? अभी तक जीवन अत्यंत सरल था, प्रेम और प्रसन्नता के साथ। क्या उनका भविष्य बदलने जा रहा था और क्या बेहतर होगा या..., उर्मिला ने दृढ़ता के साथ अपना सिर झटका। उसने निश्चय किया कि वह निराश नहीं होगी।

भविष्य में आने वाली सभी स्थितियों का सामना करने के लिए चारों भाइयों के चेहरे पर आँतरिक स्थिरता और बुद्धिमत्ता का भाव था। उनमें एक-दूसरे से जुड़ाव का एक समान भाव था, जिस पर चारों भाइयों को विश्वास था। यहाँ तक कि अति उत्साही और अस्थिर स्वभाव के लक्ष्मण भी अनिष्टकारी आशंकाओं से अप्रभावित दिखाई दे रहे थे। उसने उर्मिला की ओर सहमित जताई। उसकी आँखों में चमक दिखाई दे रही थी। वह इसे साँत्वना देने के साथ आश्वस्त करता दिख रहा था। यह सब कुछ आसानी से होने वाला नहीं था, लेकिन उसका भाव था कि वे ऐसा करके ही रहेंगे।

अयोध्या नगरी

दूर से ही उसकी दृष्टि अयोध्या की स्वर्णिम गुंबदों पर पड़ी। चार गुंबद ऐसे लग रहे थे, मानो कमल के फूल उलट कर रख दिए गए हों। वे धूप में चमक रहे थे। निकट आने पर अयोध्या का महल अपनी पूरी भव्यता, चमक और विस्तार के साथ दैदीप्यमान दिख रहा था। उर्मिला और उसकी बहनों ने इतना भव्य महल इसके पहले कभी नहीं देखा था। यह इतना बड़ा था कि चारों बहनों में अंदर ही अंदर एक तरह का डर समा गया। उर्मिला मन ही मन सोचने लगी कि इतने बड़े महल को अच्छी तरह से देखने में उसे कितने दिन लग जाएँगे। यह उसके मिथिला के महल की तरह नहीं था। इसके सामने मिथिला का महल तो शांत पहाड़ी के नीचे फूल पत्तियों से भरे उद्यान के बीचों-बीच बनी बड़ी सी कुटिया की तरह था। उसे अभी से ही मिथिला की याद सताने लगी। अयोध्या पहुँचने में उसे तीन दिन लग गए। बड़े, भव्य और दूर तक फैले हुए महल के सामने वह स्वयं को बौना अनुभव कर रही थी। उसे ऐसा लग रहा था, मानो अपने ही घर में वह अपरिचित हो। महल की भव्यता के सामने वह स्वयं को खोई हुई और अत्यंत साधारण अनुभव कर रही थी।

उर्मिला ने स्वयं को झिड़कते हुए सोचा कि यह तो घबराहट मात्र है, लेकिन इस समय उसे एक ही चीज़ दिलासा दे रही थी और वह थी लक्ष्मण की देह की ऊष्मा। उसके हाथ लक्ष्मण के हाथ को छू रहे थे। लक्ष्मण ने उसे ज़ोर से थाम रखा था, मानो उसे नि:शब्द साँत्वना दे रहे हों। उसने अपनी बहनों की ओर देखा। क्या वे भी उसी तरह घबराई हुई थीं? उसे यह पता नहीं चला, पर वह एक बात से आश्वस्त थी कि सभी बहनें एक साथ थीं।

उनके स्वागत की तैयारियाँ मुख्य द्वार से प्रतिबिंबित हो रही थीं। तैयारियाँ व्यापक और राजसी ठाठ वाली थीं, लेकिन पूर्ण शीतलता के साथ। उर्मिला शीघ्र ही तीनों रानियों के सम्मुख थी, जो एक दूसरे से बिलकुल अलग थीं। सबसे पहले उनका स्वागत कैकेयी ने किया, जो स्वाभाविक रूप से पटरानी थीं। उर्मिला को उसी समय उन चर्चाओं पर विश्वास हो गया कि राजा दशरथ इस रानी के रूपजाल में पूरी तरह बँधे हुए थे और लगभग उनके दास थे। कैकेयी अत्यंत सुंदर थीं, युवा थीं और इतनी प्यारी थीं कि उनसे दृष्टि हटाना अत्यंत ही कठिन था।

पर उनकी सुंदरता में एक छोटी कमी थी। कैकेयी के दाहिने हाथ की छोटी अंगुली विचित्र रूप से टेढ़ी थी। वह उनके गोरे और सुंदर हाथ पर टूटी हुई और व्यर्थ की चीज़ जैसी थी, पर इसके पीछे प्रेम और बहादुरी की कथा छिपी थी। यह प्रसिद्ध कथा थी कि कैकेयी राजा संबरासुर से हुए युद्ध में अपने पति का साथ देने के लिए युद्ध क्षेत्र गई थीं। यह अनूठी बात थी। संबरासुर के तीर से राजा दशरथ के रथ के एक पहिए की धुरी टूट गई, दूसरे तीर ने उनके कवच को तार-तार कर दिया, उनकी छाती में तीर जा लगा। दशरथ बुरी तरह घायल हो गए और अत्यधिक रक्त बहने लगा। कैकेयी अपने पति के रथ की सारथी बन गईं, टूटे पहिए की धुरी की जगह अपनी अंगुली लगा दी और कुशलतापूर्वक रथ चला कर उसे युद्ध क्षेत्र से बाहर निकाल ले गईं। दशरथ की सेवा सुश्रुषा की और उन्हें वापस युद्ध के मैदान में ले आईं। टेढ़ी अंगुली इस दिन की याद दिलाती थी। रानी को अपनी इस अपंगता पर शर्म नहीं थी, बल्कि वे इसे गौरव से लोगों को दिखाती थीं।

स्वागत-सत्कार के नियमों के अनुसार सबसे पहले राम और सीता की आरती उतारी गई। कैकेयी ने आरती इस तरह उतारी कि सीता को छोड़ ही दिया। राम को पूरा सत्कार मिला, पर सीता का स्वागत ठंडे ढंग से हुआ।

''घर में आपका स्वागत है युवराज राम। आप पर सूर्य सदैव चमकता रहे'', कैकेयी ने अत्यंत प्रेम से यह कहा। राम के लिए उनकी आँखों से स्नेह बरस रहा था, पर उन्होंने सीता पर ठंडी दृष्टि डाली। वातावरण बोझिल हो उठा, सीता की मुस्कान जैसे अदृश्य हो गई। सभी बहनें द्वंद्व की दृष्टि से देख रही थीं, उन्हें समझ नहीं आ रहा था कि आगे क्या होने वाला था।

उर्मिला इस भेदभावपूर्ण स्वागत से इस तरह सकते में थी कि अविश्वास भरी दृष्टि से सब कुछ देखती रही। उसने अनुभव किया कि उसके बगल में

खड़े लक्ष्मण तमतमाए हुए थे और उनकी मुट्ठियाँ भिंची हुई थीं। उर्मिला बस यही सोचती रही कि सीता के अपमान की जो घटना उसने देखी है, वह कल्पना मात्र नहीं थी।

अब उसकी बारी थी। उसने अपने हाथ में लक्ष्मण के हाथ की ऊष्मा अनुभव की। उन्होंने कलाई का अंदरूनी हिस्सा और अंगूठा पकड़ रखा था। यह उसे आश्वस्त करने के लिए था, उसकी घबराहट को कम करने के लिए था, उसने अपनी राजमाता सास से रूखे व्यवहार के लिए स्वयं को तैयार कर लिया, जानबूझ कर आक्रामक ढंग से अपने कंधों को चौड़ा कर लिया और रानी की आँखों में आँखें डाल कर देखा। वहाँ उसे ऊष्मा और स्वागत के भाव दिखे।

"उर्मिला, तुम्हारे नाम का अर्थ है, वह जगह जहाँ हृदय आत्मा से मिलता हो, तुम दोनों की जोड़ी कितनी अच्छी है," रानी ने कहा। "मैंने सुना है कि तुम संसार की सबसे सुंदर राजकुमारी हो। प्रिय! मैंने तो यह भी सुना है कि तुम भी सौमित्र की तरह ही क्रोधी स्वभाव की भी हो," उन्होंने मुस्करा कर कहा और दोनों को गले लगा लिया, पर उन्होंने लक्ष्मण की ओर तिरछी दृष्टि से देखा। "राजा जनक की बेटी जानकी, मिथिला की राजकुमारी मैथिली! तुममें राजकुमारी, नहीं, नहीं! रानी होने के सभी गुण विद्यमान हैं।"

"नहीं नहीं। मैं इनमें से कुछ भी नहीं हूँ माता जी," उसने बल देकर कहा। "सीता को जानकी कहा जाता है और वही मिथिला की राजकुमारी है" उसके सुर में विद्रोह का पुट था।

"शायद, पर इस पर तुम्हारा अधिकार है," कैकेयी ने कहा और स्नेहपूर्वक मांडवी की ओर मुड़ गई। "मेरे भरत की वधू! तुम संगमरमर की तरह गोरी हो और संगमरमर की तरह ही शांत भी।"

सूक्ष्म व्यंग्य को उर्मिला ने ताड़ लिया। यह तो स्पष्ट था कि रानी शब्दों का उपयोग जानती थीं। मांडवी ने निर्विकार भाव से अपनी सास की ओर देखा। उसका चेहरा सपाट था, वह मुस्करा नहीं रही थीं, उनके मन में किसी तरह की भावना नहीं थी। कीर्ति का स्वागत भी इसी तरह लापरवाही से हुआ, पर वह उतना चोट करने वाला नहीं था, जैसा सीता का स्वागत था। सीता से अधिक बुरा उर्मिला को लगा था। उसने ऐसा क्या किया था कि सबसे अधिक स्नेह उसे ही दिया गया था। यह अत्यंत उलझन में डालने वाला और भेदभावपूर्ण था। क्या यह बहनों के बीच दरार पैदा करने के लिए किया गया

था या ऐसा अपनी अपनी शक्ति दिखाने के लिए किया गया था या एक तरह का सत्ता का खेल था?

इस पूरे कार्यक्रम के दौरान कैकेयी के अमर्यादित व्यवहार पर किसी ने कुछ नहीं कहा, न ही दोनों रानियों ने और न ही राजा ने, जो चुपचाप मुस्कराते हुए सब कुछ देखते रहे। या तो वे अंदर ही अंदर चल रही बातों को अच्छी तरह जानते थे या जानबूझ कर उसकी अनदेखी कर रहे थे। उर्मिला की माँ ने स्पष्ट समझाया था कि निष्पक्ष होने का अर्थ न्यायसंगत होना नहीं होता। और पक्षपातपूर्ण व्यवहार को बढ़ावा देना, तो और बुरी बात है। अयोध्या के राजा इसके जीते-जागते उदाहरण थे। यह तो स्पष्ट था कि पुत्रों में राम और पत्नियों में कैकेयी दशरथ को विशेष प्रिय थीं। पर वे प्रिय बेटे और प्रिय रानी में किसे चुनेंगे? या अपनी प्रिय रानी के पक्षपातपूर्ण रवैए को देखते हुए यह मान लिया था कि इसकी कभी नौबत ही नहीं आएगी। यह खतरा तो सामने ही था। केवल राम को बुरा लगना था और अपनी पत्नी की रक्षा में आगे आने भर की देरी थी।

उर्मिला ने शीघ्र ही यह भाँप लिया कि जिस तरह वह अपने नए परिवार के हर सदस्य को अच्छी तरह देख रही थी, उस पर भी लोगों की सूक्ष्म दृष्टि होगी। जटाओं वाले बाल और लालच भरी, किंतु सुंदर और तीक्ष्ण आँखों वाली एक बूढ़ी स्त्री कैकेयी के आगे-पीछे हो रही थी, हालाँकि वह राज परिवार की नहीं थी, पर राजकुमारियाँ उसके साथ विशेष व्यवहार कर रही थी। क्या वह रानी की विशेष दासी थी? वह दूसरी नौकरानियों के साथ जिस तरह ऊँचे स्वर में बोल रही थी और आदेश दे रही थी, उससे यह तो स्पष्ट था कि उसका स्थान दूसरों से ऊपर था। उसकी चौड़ी कमर और मोटी बाँह को देख कर उर्मिला ने सोचा कि निश्चय ही उस बूढ़ी स्त्री का कुछ महत्त्व होगा और उसके मन में उसके प्रति तुरंत घृणा के भाव आ गए। उर्मिला को शीघ्र ही पता चल गया कि उस स्त्री का नाम मंथरा था और उसकी पीठ पर एक कूबड़ निकला हुआ था, जिस वजह से वह थोड़ रुक रुक कर चलती थी। अपनी मालकिन की ही तरह वह भी लंबी और एकदम गोरी थी। जैसी मालकिन, वैसी सेविका, अपने-अपने सीमित अधिकारों में ही अभिमान से भरी हुई।

छोटी रानी ने जानबूझ कर नई बहुओं के साथ जो कुछ किया था, कौशल्या ने उसे दूर करने की कोशिश की। वे प्रेम की ऊष्मा और दया से भरी थीं और उन्होंने धीरे-धीरे बहुओं का तनाव दूर कर दिया। वे राजसी गरिमा से

भरी थीं और उनमें छोटी रानी जैसा दर्प नहीं था। कौशल्या मोटी थीं, उनकी उम्र कुछ अधिक थी और वे छोटी रानी की सुंदरता और कम उम्र को किसी हाल में चुनौती देने की स्थिति में नहीं थीं और उन्हें यह पता था। कौशल्या गरिमामय स्त्री थीं, वे अपने जीवन और छोटी रानी के यौवन और सुंदरता का सामना अपनी मुस्कान से ही करती थीं।

पर उर्मिला को जिस व्यक्ति से तुरंत आत्मीयता हो गई, वे सबसे छोटी रानी सुमित्रा थीं। वे चुप रहती थीं और उनकी उपस्थिति भी बिना किसी शोर-शराबे की थी। उनमें कैकेयी की राजसी सुंदरता नहीं थी और न ही कौशल्या का उल्लास था, पर उनमें गंभीरता थी, जो लोगों को छू लेती थी। वे सुंदर और गोरी थीं, देखने में पारलौकिक लगती थीं, उनकी आँखें सुंदर और लंबी थी और उनमें ज्ञान झलकता था। उनकी गाल की हड्डी उभरी हुई थी और ऐसा लगता था मानो वे ज्ञान और शांति की देवी हों। उन्होंने चारों राजकुमारियों को प्रेम से गले लगा लिया कि उर्मिला ने इस नई जगह पहली बार प्रेम, चाहत और लगाव अनुभव किया और उसे लगा कि वह अपने ही घर में है।

घर, उर्मिला को पहली बार इस शब्द के खोखलेपन का अहसास हुआ और वह एक अजीब किस्म की घबराहट से भर गई और उसे लगने लगा कि वह खतरे में है। यह एक ऐसी भावना थी जिसे वह ठीक से समझ नहीं पा रही थी।

अयोध्या नगरी ने चारों बहुओं का स्वागत हर्ष और उल्लास से किया, पर उर्मिला को कुछ ठीक नहीं लग रहा था। वह वहाँ के लोगों के प्रेम के उत्तर में मुस्करा रही थी, पर उसे ऐसा लग रहा था, मानो इस महल की दीवारें उसे और उसकी बहनों को चारों ओर से दबोचने आ रही हैं। कैकेयी ने विशेष रूप से सीता के साथ जैसा अशिष्ट व्यवहार किया था, उसके बाद से उर्मिला उसे लेकर अधिक चिंतित थी। वह किसी कोने में एकांत में सीता के साथ बैठ कर कुछ बातें करना चाहती थी, पर इसके लिए उपयुक्त न जगह थी और न ही अवसर था। उसने फिर अपने आप को समझाया कि जिस तरह उसके साथ लक्ष्मण हैं, उसी तरह सीता की रक्षा के लिए उसके साथ राम हैं।

जिस समय सीता का अपमान किया गया था, उस समय राम की आहत दृष्टि को लक्ष्मण ने देख लिया था, पर राम ने शांत रहना ही बेहतर समझा था और वे चाहते थे कि उनकी पत्नी भी शांत रहे। लक्ष्मण को अपनी पत्नी से यह आशा नहीं थी। वे दोनों ही मन ही मन अपमान से उबल रहे थे, क्रोध से दोनों ही भरे हुए थे, पर बाहर से दोनों ही चुप थे और दोनों निशब्द निगाहों से देखते हुए एक दूसरे को आश्वस्त कर रहे थे। क्रोध और परिवार के प्रति परम निष्ठा के अलावा उनमें धैर्य और सहनशीलता भी थी, जो एक दूसरे को बाँधे हुए थी। उनमें यह धैर्य और सहनशीलता अपने लिए न थी, बल्कि एक दूसरे के लिए थी और अपने भाई-बहनों के लिए थी। लक्ष्मण यह कल्पना कर सकते थे और अच्छी तरह समझ सकते थे कि उनकी पत्नी पर क्या बीत रही होगी। उर्मिला की बहन का अपमान उसका भी तिरस्कार था और इससे उसकी अप्रतिष्ठा और कष्ट दोगुने हो गए थे। लक्ष्मण उसे साँत्वना देना चाहते थे। उन्हें इसका अपराध बोध था कि वह नए घर में उर्मिला का पहला दिन उसके अब तक के जीवन का सबसे प्रसन्ननुमा दिन नहीं बना सका। वह उर्मिला के कुम्हलाए चेहरे की ओर देख रहे थे और उसकी तुलना मिथिला में विवाह के दिन उसके चेहरे की कांति से नहीं कर सकते थे। उनकी इच्छा हुई कि वह उसके चेहरे की चमक को वापस ले आए। वह जानते थे कि उर्मिला उनसे बात करने को व्याकुल है, पर बुद्धिमत्ता और शिष्टता उन दोनों को ऐसा करने से रोके हुए थी।

"राजमाता सीता से इतनी अप्रसन्न क्यों हैं," उसने पूछा।

"वे शीघ्र ही शांत हो जाएँगी, चिंता मत करो, प्रसन्न रहो, जाओ," लक्ष्मण ने फुसफुसा कर उत्तर दिया और अपनी ठुड्डी उठा कर दूसरी ओर देखने लगा। उसके पिता उसे बुला रहे थे और वह तुरंत अपने पिता की ओर चल पड़े। ज्यों ही दिन ढला और गोधूलि बेला आई, उर्मिला बेसब्री से झिलमिलाते तारों वाली रात की प्रतीक्षा करने लगी।

वह रात देर से आई। देर शाम जब सभी अनुष्ठान पूरे हो गए, वधुओं को अपने अपने अंत:पुर ले जाया गया, या महलों में ले जाया गया, उर्मिला ने सूखी हँसी के साथ अपनी त्रुटि सुधारते हुए सोचा। मुख्य महल के अंदर कई महल थे, हर भाई और हर रानी को अलग-अलग महल मिले हुए थे। विवाह के उत्सव के देखते हुए हर महल को फिर से सजाया गया था, इसमें शांता की पारखी दृष्टि और उसकी मेहनत का कमाल था। मुख्य महल की

तरह ही इस हिस्से को, जो उन्हें दिया गया था, विशेष रूप से तोरण द्वारों, सीढ़ियों और फव्वारों से सजाया गया था।

खैर, उर्मिला को स्थापत्य की भव्यता को निहारने में कतई रुचि नहीं थी, उसकी आँखें तो बस लक्ष्मण को ढूँढ रही थीं। वहाँ अत्यंत कटुता थी और उर्मिला बस यह चाहती थी कि यह रात बेहतर रात हो, उसकी सबसे अच्छी रात हो। लंबे, कष्टपूर्ण दिन में उसने यह केवल यह चाहा था कि वह उनसे मिले, उनके पास बैठे, उनके निकट जाए, उन्हें अनुभव करे। उर्मिला को वह अवसर अपने शयनकक्ष में मिल रहा था। उसके शयनकक्ष में सफ़ेद रेशमी चादर पर गुलाब की पंखुड़ियाँ बिखेरी गई थीं।

लक्ष्मण उसकी राह ही देख रहे थे। उन पर दृष्टि पड़ते ही उर्मिला अनियंत्रित हो उठी, दौड़ कर गई और उनकी भुजाओं में स्वयं को झोंक कर लिपट गई। किसी शर्मीली नववधू ने ऐसा नहीं किया होगा। उर्मिला उनसे लिपट गई और उनकी अंगुलियाँ लक्ष्मण की चौड़ी पीठ में धँसने लगीं। उसने लक्ष्मण की काली दहकती आँखों में झाँका और उनके गाल, नाक, चंचल मुस्कान और होंठों को हल्के से चूम लिया। वे होंठ परिपूर्ण थे, ऊष्मा से भरे हुए थे और उनके बीच की गर्मी से वे दोनों झुलस रहे थे। उसने लक्ष्मण की गहरी आहें सुनीं और उनके हाथ को अपने कोमल अंगों पर अनुभव किया। उन्होंने उर्मिला के सिर में अपनी अंगुलियाँ डाल दीं और केशों को खोलने लगे, ताकि वे उनके कंधों पर गिर जाएँ। उन्होंने उर्मिला के केश काँटे से नीचे गिरा दिए।

"मैं तुम्हें इसी रूप में चाहता हूँ," उन्होंने गहरी साँस लेते हुए कहा।

"मैं तुमसे प्रेम करती हूँ, मैं तुमसे प्रेम करती हूँ, प्रेम करती हूँ,"...वह उन्मत्त होकर बुदबुदाई, "यह कहने दो कि मैं तुमसे प्रेम करती हूँ।"

"मैं भी तुमसे प्रेम करता हूँ मेरी मिला," उन्होंने उत्तेजनापूर्वक कहा। उन्होंने अपना सिर उर्मिला के गले में डाल दिया, उसकी अनावृत्त त्वचा की सुगंध अपनी साँसों में भरने लगे। उसके लंबे घुँघराले बाल लक्ष्मण को पागल बना रहे थे। यही वह लड़की थी,मिला,जिससे वह प्यार करते थे और जिसकी कामना करते आए थे। उन्होंने उर्मिला की पतली कमर को पकड़ कर अपनी ओर खींचा और स्वयं से सटा कर ज़ोर से दबा दिया, यह थी उसकी कामुक, उत्तेजक मोहिनी। और वह अब उसकी भुजाओं में थी। उर्मिला के होंठ भूखे और अंगारे की तरह थे और वह उसे बेतरतीब तरीक़े से चूमे जा रहे थे। आख़िरकार यह उनकी अपनी थी, उनकी वधू थी, उनकी पत्नी थी। लक्ष्मण

ने अपना हाथ उसके कमनीय पतली देह पर अधिकारपूर्वक फिराया और उसे अनुभव करते रहे और पागलपन से थपथपाते रहे। अपनी ढंकी हुई आँखों से छुप कर लक्ष्मण ने देखा कि किस तरह उर्मिला ने अपने आप को बढ़ती हुई उत्तेजना के ज्वार के हवाले कर दिया है। उनकी भुजाएँ, उनकी देह एक दूसरे के साथ गुँथी हुई थीं और वे दोनों ही बढ़ते हुए चरम सुख की ओर तीव्र गति से जा रहे थे। लक्ष्मण ने उर्मिला के मुँह पर अपने होंठों को रख ज़ोर से दबा दिया ताकि स्वयं को उन्मुक्त छोड़ देने के सुख को वह पूरी तरह पी सके।

ऐसा लगा मानो समय लंबा खिंच गया हो, बाद में संतोष का सुख मिलने के बाद लक्ष्मण ने पाया कि उर्मिला उन्हें देख रही थी। उर्मिला मुरझाई हुई सुंदरता के साथ दिख रही थी, उसकी साँसें अब भी तीव्र गति से चल रही थीं, उसके केश रेशमी चादर पर बिखरे हुए थे, उसके कोमल अंग तेज़ी से ऊपर नीचे हो रहे थे, उसके होंठ सूजे थे और उसके चेहरे पर चमक फैली हुई थी। उसके चेहरे की भाव भंगिमा में कोमलता, उत्तेजना, इच्छा और प्रेम की भावनाएँ थीं। लक्ष्मण के अंदर भावनाएँ उठीं, उसने उसकी पीठ को कोमलता के साथ पकड़ कर उठा लिया ताकि उसकी मधुरिमा का रसास्वादन कर सके, लेकिन यह सावधानी भी रखी कि वह उसे कुचल न दे। उन्हें परम आनंद का अनुभव हो रहा था, उन्होंने उर्मिला के केश को थपथपाया और उसकी पीठ पर अंगुलियों से स्पर्श करने लगे। वह सोचने लगे कि वह उससे प्रेम करते थे, उसे चाहते थे, उन्होंने उसे हासिल कर लिया और इतने प्रसन्न वह कभी नहीं थे।

वे एक दूसरे की भुजाओं में देर तक रहे, उनकी देह आपस में गुँथी हुई थी और वे एक दूसरे के हृदय की धीमी पड़ रही धड़कनें सुन रहे थे।

''रानी के मन में सीता के विरुद्ध क्या है,'' उर्मिला ने आलस्य से बुदबुदा कर पूछा।

वह अपनी मुस्कान नहीं रोक सके कि यह छोड़ने वाली नहीं थी। उन्होंने अनुभव किया कि उर्मिला उसकी ओर सीधे देख रही थी।

''सीता को कोई नापसंद नहीं कर सकता। वह सबसे अच्छी है, सबसे प्यारी है। उसने ऐसा क्या किया कि कोई उसे नापसंद करे,'' वह अपनी बात पर अड़ी रही, उसने लक्ष्मण की छाती पर अपनी ठुड्डी रख दी और चाँदनी रात के अंधेरे में उन्हें घूरती रही।

लक्ष्मण ने अपनी आँखों पर अपना हाथ फेरा और एक लंबी साँस लेकर कहा, ''तुम्हारी बहन के विरुद्ध कोई निजी बात नहीं है,'' उन्होंने कहना शुरू

किया, ''यदि मैं माता कैकेयी और उस समय की स्थिति को ठीक से समझ रहा हूँ, तो वे इस बात से चिढ़ी हुई हैं कि तुम्हारी बहनें सबसे अच्छी बहुएँ नहीं हैं, जैसा कि वे स्वयं चुन कर लाती। वे बहुओं की तलाश लंबे समय से कर रही थीं और हम सबके विवाह की विशेष योजना बना रही थीं, विशेष रूप से राम के लिए वे सबसे अच्छी बहू लाना चाहती थीं।''

''लेकिन सीता तो सबसे अच्छी है ही,'' उर्मिला ने थोड़े तीखेपन के साथ कहा।

''माँ कैकेयी सीता को इसलिए अस्वीकार करती हैं, क्योंकि वे यह जानती हैं कि सीता अनाथ थी, वह तुम लोगों की तरह मिथिला की असली राजकुमारी नहीं है। इसलिए उन्होंने यह बिलकुल स्पष्ट कर दिया कि वे किसे अधिक पसंद करती हैं। आदर्श स्थिति के अनुसार तुम्हारे लिए राम अधिक उपयुक्त थे, मैं नहीं। मैं तो बस युवराज की सेवा करने वाला राजकुमार हूँ,'' उन्होंने अपनी आँखों की चमक खोए बिना कहा। ''इसलिए तुम पर कटाक्ष किया गया कि तुम रानी होने के अधिक योग्य हो,'' उन्होंने हँस कर कहा।

''ओह! मैं रानी बनना नहीं चाहती। मैं आपको चाहती हूँ,'' उसने ज़ोर देकर कहा, ''यह सबसे अधिक कष्ट की बात है।''

पर लक्ष्मण को और कुछ कहना था। ''मेरे पिता के पास इतना समय नहीं था और न ही उन्हें इसका अवसर मिला कि वे शादी के अंतिम निर्णय में माता कैकेयी को शामिल कर सकें और निश्चय ही यह उन्हें बुरा लगा होगा। उनकी राय नहीं ली गई। चिंता मत करो। वे मान जाएँगी। वे भावनाओं के मामले में अत्यंत ही पारदर्शी स्त्री हैं और यह मानती हैं कि उनकी भावनाओं की जानकारी सबको हो। मैं आश्वस्त हूँ कि तुम्हारी बहनें अपने-अपने गुणों से उनका मन मोह लेंगी, जैसा कि तुम अब तक कर चुकी हो,'' उन्होंने अपनी हँसी दबाते हुए कहा। ''और मेरी प्यारी, तुम चाहो तो सम्मोहन का प्रभाव मुझ पर एक बार फिर कर सकती हो या तुम इस मधुर रात्रि को पूरे समय मुझसे चर्चा ही करती रहोगी,'' और लक्ष्मण ने और चर्चा का अवसर दिए बिना उसे खींच कर नीचे लेटा दिया, फिर उसके होंठों पर अपना चेहरा डाल ज़ोर से दबा दिया।

पर लक्ष्मण ने कैकेयी के क्रोध को कम करके आँका था। अगले दिन स्थिति एकदम ख़राब हो गई। अपमान की बात कम सूक्ष्म और अधिक मुखर हो गई। यह स्पष्ट हो गया कि ज्ञात–अज्ञात कारणों से कैकेयी ने सीता को राम की बहू मानने से मना कर दिया। उन्होंने प्रस्ताव रख दिया कि राम के लिए नई दुल्हन ढूँढी जाए और उसका पुनर्विवाह करा दिया जाए। प्रत्यक्ष रूप से दशरथ ने इस प्रस्ताव को मान भी लिया।

उर्मिला हैरत में थी। वह दौड़ कर अपनी बहन के अंत:कक्ष में गई। सीता कक्ष में अकेली थी। उस सूने कक्ष की तरह ही वह भी चुप और शांत थी। राम को उनके पिता ने कुछ विषयों पर मंत्रणा करने के लिए बुलाया था। किस विषय पर मंत्रणा हो सकती थी, इसका उर्मिला बिलकुल सही अनुमान लगा सकती थी, सीता और उसका विवाह।

बहन के त्रस्त चेहरे के देख कर उसका क्रोध फिर भड़क उठा। ''उनकी तुम्हारे साथ ऐसा करने की हिम्मत कैसे हुई?'', उसने क्रोध से बोलना शुरू किया, ''तुम इस बार अपने साथ ऐसा नहीं होने दोगी सीता! कटाक्ष ही अत्यंत घटिया थे और उन्हें उसी समय रोका जाना चाहिए था। अब उनका दुस्साहस इतना हो गया है कि वे पुनर्विवाह की सोच रहे हैं, मानो तुम पुरस्कार में पाई गई कोई वस्तु हो, जिसे आसानी से बदला जा सकता है। मैं इसे सहन नहीं करूँगी सीता!''

''मैं भी नहीं करूँगी,'' सीता ने गंभीरता से उत्तर दिया। ''मैंने राम से विवाह किया है और जिस व्यक्ति से मैंने प्रेम किया है, मैं उसे जानती हूँ। वे मुझे किसी स्थिति में नहीं छोड़ेंगे।''

उर्मिला ने अनिश्चय के साथ उसकी ओर देखा, ''वे इस समय अपने माता–पिता से बात कर रहे हैं। क्या होगा यदि वे उनके दवाब में आकर दूसरी पत्नी स्वीकार करने पर सहमत हो जाएँ? इस परिवार में तो ऐसी परंपरा रही है,'' उसने याद दिलाया। ''हमारे ससुर संतान पाने के बहाने ऐसा कर चुके हैं। कौशल्या से शांता का जन्म होने के बाद उन्हें कोई अधिकार नहीं था कि वे सुमित्रा या कैकेयी को दूसरी रानी के रूप में ले आते, पर उन्होंने ऐसा किया और दूसरी रानियों ने इसे चुपचाप स्वीकार भी कर लिया।''

''हाँ। ऐसा कई राज परिवारों में होता है, पर मेरे साथ नहीं होगा,'' सीता ने कहा। ''मैं ऐसा नहीं होने दूँगी, कभी नहीं,'' उसने त्योरियाँ चढ़ा कर

कहा। ''राम अपने माता-पिता को क्या उत्तर देंगे मैं जानती हूँ, पर यदि वे सहमत हो भी गए, तो मैं ऐसा नहीं होने दूँगी। वे किस आधार पर ऐसा करेंगे। क्या इस पर कि विवाह शुभ मुहूर्त में नहीं हुआ या इस आधार पर कि राम को मंगलदोष है, फिर तो सबसे तीव्र विरोध मुझे करना चाहिए। उस दिन चार विवाह हुए थे। क्या वे चारों विवाह निरस्त कर देंगे और हमें अपने घर वापस भेज देंगे। क्या वे यह आशा करते हैं कि हम अपने-अपने पति को नई बहुएँ लाते हुए शांत होकर देखते रहेंगे?'' उसने तिरस्कार से कहा।

''क्या वे वाकई हमें ऐसी दब्बू लड़कियाँ समझते हैं, जो बिना कुछ कहे उनके आदेश का पालन करेंगी?'', उर्मिला ने सहमति में कहा। ''क्या वे नहीं जानते कि हम जनक और सुनयना की बेटियाँ हैं, जिन्हें अपना गौरव बनाए रखने और हिम्मत से काम लेने की शिक्षा दी जाती है?'' ''इस महल में एकतंत्र रहा है, जहाँ हर आदेश का पालन होता रहा है। राजा ने कहा कि इन चार राजकुमारियों से विवाह कर लो और पुत्रों ने बिना किसी विरोध के आज्ञा का पालन करते हुए ऐसा कर लिया,'' उसने कहा। ''अब राजा राम को आदेश देंगे कि पुनर्विवाह कर लो और वे ऐसा भी कर लेंगे। यह तो अत्याचार है।''

राम और उनके पीछे लक्ष्मण के आने से उर्मिला रुक गई। राम ने चारों ओर देखा, पर अविचलित रहे। आश्वस्त करती उनकी मुस्कान से सारे भ्रम दूर हो गए। उन्होंने सीधे अपनी पत्नी की ओर देखा। उर्मिला उठ कर जाने लगी, ताकि इस जोड़े को एकांत मिल सके, पर राम ने उसे रोक लिया।

''रुको और मुझे जो कहना है, वह सुनो। मैं जानता हूँ कि तुम अपनी बहन और हम सबको लेकर चिंता में होगी,'' राम ने शांत भाव से कहा। ''मेरे पिता ने मुझसे पूछा कि क्या मैं पुनर्विवाह करना चाहता हूँ? मैंने सीधे कह दिया कि नहीं, इसका तो कोई प्रश्न ही नहीं उठता। मैं सीता से प्रेम करता हूँ और उसे नहीं छोड़ सकता, किसी दूसरी स्त्री के लिए या किसी के लिए भी नहीं। तुम्हें यह शंका है कि मैं सीता को छोड़ देता या भविष्य में छोड़ दूँगा?''

उर्मिला इस सीधे सपाट और कठिन प्रश्न के लिए बिलकुल तैयार नहीं थी। उसने उसी तरह उत्तर दिया। ''अपनी पत्नी को प्यार करने वाले एक व्यक्ति के रूप में आप ऐसा नहीं करते, पर आपकी दूसरी भूमिकाएँ भी हैं, सबसे बड़े बेटे, कोसल के राजकुमार और सिंहासन के उत्तराधिकारी के रूप में आप दूसरी तरह भी सोच सकते थे।''

उसका उत्तर भी बिलकुल सीधा था, पर राम ने सहमति में सिर हिलाया। ''सीता के पति के रूप में मैं कभी उसका परित्याग नहीं करूँगा, भले ही तीनों भूमिकाएँ जो भी हों और उनमें से एक पर तो अभी प्रश्नवाचक चिह्न लगा ही हुआ है। मैं कभी पुनर्विवाह नहीं करूँगा,'' राम ने बलपूर्वक कहा। ''मैं कभी ऐसा कर ही नहीं सकता, विशेष रूप से तब, जब हमारा पालन-पोषण माता कैकेयी ने इस विश्वास के साथ किया है कि दूसरा विवाह एक तरह से पाप है। यह अपनी पत्नी और प्रिय लोगों पर किया गया अपराध है, जो अनुचित है और जिसे किसी स्थिति में न्यायसंगत नहीं ठहराया जा सकता। उन्होंने हमें सिखाया था कि किसी स्त्री का सम्मान कैसा किया जाता है। हमें इस महल में एक से अधिक पत्नी लाने के विरुद्ध कड़ी चेतावनी दी गई थी। अतीत में मेरे पिता ने ऐसा किया था और उनके इस निर्णय की वजह से उनकी तीनों पत्नियों को अत्यंत कष्ट उठाना पड़ा था। इसे उनकी इन तीनों पत्नियों से बेहतर कौन समझ सकता है?''

''बेटे होने की वजह से हमने उनके निशब्द कष्ट को समझा है। उन्होंने सहनशीलता नहीं, बल्कि राजसी मर्यादा के कारण यह कष्ट चुपचाप सहा। लेकिन यह माता कैकेयी थी, जिन्होंने हमें सिखाया कि हम दूसरों से, विशेष रूप से अपने जीवन साथी से, कैसे प्रेम करें, उनका सम्मान करें और उनके प्रति निष्ठावान रहें।''

उर्मिला को इस बातों पर आश्चर्य हो रहा था, पर वे अब भी पूरी तरह इसे मान नहीं रही थी। ''फिर पुनर्विवाह की बात ही क्यों उठी? सीता ने ऐसा क्या किया कि उसे इस तरह का अपमान झेलना पड़ा?'' उसने बल देकर पूछा। ''स्वागत करते समय उसके साथ इस तरह का अमर्यादित व्यवहार क्यों किया गया?''

''ऐसा इसलिए कि माता कैकेयी को यह चिंता थी कि मेरे मंगलदोष और मुहूर्त में देर होने का मुझ पर बुरा प्रभाव पड़ सकता था। मेरी मृत्यु तक हो सकती थी,'' राम से शांत भाव से कहा। ''वे चिंता में थीं और इस संवादहीनता के कारण घटनाएँ अत्यंत तीव्र गति से घटीं। यह एक परेशान, चिंतित माँ की प्रतिक्रिया थी, उर्मिला। तुम उनके प्रति किसी तरह की दुर्भावना मन में न रखो। वे आवश्यकता से अधिक प्रतिक्रिया कर बैठीं और अपना क्रोध सीता पर उतार दिया, जो उनकी दृष्टि में स्वाभाविक रूप से सभी समस्याओं की जड़ है। मैं सीता ही नहीं, तुम और तुम्हारी बहनों से क्षमा

याचना करता हूँ, क्योंकि अनजाने में तुम लोगों को आहत करने और कष्ट पहुँचाने का कारण मैं ही हूँ।''

''नहीं प्यारे बेटे, मेरी ओर से तुम्हें क्षमा याचना करने की आवश्यकता नहीं है,'' एक तीव्र स्वर ने सबको बीच में रोक दिया। द्वार पर कैकेयी खड़ी थी, सुंदरता और राजसी रौब से भरपूर, अपराध बोध और पश्चाताप से उनका चेहरा शांत हो गया था, जिस पर उर्मिला को विश्वास नहीं हो रहा था। ''मैंने ही अपने अहंकार और क्रोध के कारण कई चीज़ों को त्रुटिपूर्ण रूप में पेश किया और एक माँ के रूप में, रानी के रूप में, परिवार के बड़े सदस्य के रूप में यह अक्षम्य है। राम ने मेरे दायित्वहीन और असंवेदनशील व्यवहार की अत्यंत प्रेमपूर्ण व्याख्या की है, पर मैं यह समझती हूँ कि मैंने जो क्षति पहुँचाई है, उसका बचाव नहीं किया जा सकता।'' वह सीता की ओर मुड़ गई, ''मैं जानती हूँ कि मैंने अपने विवेकहीन व्यवहार से तुम्हें अत्यंत आहत किया है, क्षमा याचना या पश्चाताप का कोई भी शब्द तुम्हारे घावों को नहीं भर सकता, पर मेरी प्यारी पुत्री! संभव हो तो इस बुढ़िया को उसकी त्रुटियों लिए क्षमा करना।''

ऐसा कह कर उन्होंने अपने हाथ जोड़ दिए। यह सीता को बेहद बुरा लग रहा था और उर्मिला को भी। यह अजीब स्थिति थी और अर्थहीन ही खिंच रही थी।

यह असहज चुप्पी सीता के शब्दों से टूटी। ''आप उन्हें सुरक्षित और प्रसन्न देखना चाहती थीं, आप चाहती थीं कि वे किसी तरह के संकट में न पड़ें और इसलिए आप उनका पुनर्विवाह चाहती थीं। आपका हमसे क्षमा माँगने का कोई प्रश्न ही नहीं उठता है,'' सीता ने कहा। ''कोई माँ यह नहीं चाहती कि उसकी संतान पर किसी तरह की आँच आए और आपने जो कुछ किया, राम की सुरक्षा के लिए ही किया। कृपया आप हमारी वजह से किसी तरह की परेशानी में न पड़ें।''

उर्मिला चुपचाप देखती रही, उसे ज़ोर का झटका लगा था, वह आश्चर्य में थी और रानी के प्रति न चाहते हुए भी एक तरह के सम्मान का भाव उसके मन में आ गया था। यदि कैकेयी उर्मिला के प्रति पूर्वाग्रह से ग्रस्त थी, तो यही आरोप उस पर भी लग सकता था। अपने से छोटी स्त्री से कैकेयी के क्षमा माँगने के कारण उर्मिला के मन में उनके और राम के प्रति पूर्वाग्रह रखने

की वजह से एक तरह का पश्चाताप का भाव आया। क्षमा याचना करने की बारी अब उसकी थी।

पर राम के शब्दों ने उसे रोक दिया। ''तुम ऐसा सोचो भी नहीं, उर्मिला। मेरे और मेरी माँ के उद्देश्यों पर प्रश्न उठाने का अधिकार तुम्हें है। तुम अपनी बहन का बचाव कर रही थीं। और मुझे पता है कि तुम उसकी रक्षा करने के लिए किस सीमा तक जा सकती हो। क्या मैं भूल सकता हूँ कि तुमने किस तरह लक्ष्मण को मारने के लिए उसका चाकू उससे छीन लिया था। तुमने तो उसे ही नहीं छोड़ा, फिर मैं क्या चीज़ हूँ,'' राम ने बनावटी डर से कहा। मिथिला के उद्यान में हुई घटना को याद करते हुए राम की आँखों में प्रसन्नता की वास्तविक चमक थी।

सीता और रानी उलझन में पड़ गईं, पर उर्मिला की रंगत और लक्ष्मण की बढ़ती मुस्कान को देख कर रानी ने केवल इतना कहा, ''ओह! तो क्या वह चाकू लहराने वाली रक्त की प्यासी वीरांगना भी है?'', रानी ने अपनी हँसी दबाते हुए पूछा। ''क्या हुआ था, यह जानने की मेरी बहुत अधिक इच्छा नहीं है, पर यह लड़की मेरे सौमित्र के होंठों पर हँसी ला सकती है। और इससे अच्छी बात क्या हो सकती है कि आपका जीवन साथी आपके अंदर के सबसे बड़े गुण को बाहर ला दे?''

तनाव दूर हो गया और वातावरण हल्का हो गया। सारे लोग सामान्य हो गए और एक बार फिर सबके चेहरे पर मुस्कान थी। कैकेयी ने उर्मिला को गौर से देखा और मुस्कराती रही, उन्होंने स्नेह से कहा, ''उर्मिला! तुमने मुझे बहुत साल पहले की मेरी स्वयं की याद दिला दी। शायद तुम न मानो, पर तुम्हारे और मेरे बीच अत्यंत समानता है। घर में तुम्हारा एक बार फिर स्वागत है राजकुमारी!''

यह प्रशंसा थी या एक तरह का पछतावा, उर्मिला के मन का संशय बढ़ता ही जा रहा था। इस प्रश्न का उत्तर, तो उसे चौदह साल बाद ही मिल सका था।

बहनें

“सारे लोग भरत की बजाय राम को प्राथमिकता क्यों देते हैं?” मांडवी ने यह प्रश्न सीधे-सीधे पूछ लिया। उसकी बहनें इस सीधे-सपाट और असंवेदनशील प्रश्न पर आश्चर्यचकित रह गईं, पर वे न तो इसका उत्तर देने के लिए तैयार थीं, न ही इस पर विचार करने के लिए। अब वे कोसल के चार राजकुमारों पर बात करने वाली चार बहनें नहीं थी, वे चार देवरानियाँ-जेठानियाँ थीं, जो चार देवरों-जेठों पर बात कर रही थीं। मांडवी सदैव अव्यावहाँरिक रही थी।

वे सभी उर्मिला के आँगन में बैठी थीं। उसने अपने मायके की तरह ही यहाँ भी वन में पेड़ों की छाँव के बीच खुली जगह बनवा ली थी। इसे मिथिला में दूर-दूर तक फैले बड़े उद्यान जैसा बनाने की यह उसकी छोटी कोशिश थी। उसे उन उद्यानों की बहुत याद आती थी। शयनकक्ष और सुबह-सुबह बैठने वाले कक्ष के बीच स्थित यह जगह ऊपर से खुली थी और इन बहनों को वहाँ बैठ कर बात करने में आत्मीयता होती थी। शीघ्र यह उनके मिलने की पसंसदीदा जगह बन गई। अवसर मिलते ही थोड़े समय के लिए ही सही, वे यहाँ आकर मिलती थीं। यह एक ऐसी सहमति थी, जिसका पालन वे सब बहनें कर रही थीं।

अपने स्वभाव के अनुसार ही उर्मिला ने अपनी चचेरी बहन के प्रश्न का उत्तर अपनी जिज्ञासा से दिया। “यह बात कहाँ से आ गई? इससे हमें क्या अर्थ? या कोई इस पर बहुत अधिक बात करता है?”

मांडवी ने उसके स्वर की कटुता को भाँप लिया। “जब से हम लोग यहाँ आए हैं, इतने दिनों में मैंने यह पाया है,” उसने कंधे उचकाते हुए कहा मानो लापरवाही से कह रही हो, “वे सबके लिए श्रद्धेय हैं।”

"वे इसके पात्र हों या न हों, तुम शायद यह कहना चाहती हो," कीर्ति ने चालाकी से पूछा।

"वे निश्चित रूप से इसके पात्र हैं, वे सदैव ही इतने विनम्र, स्नेहपूर्ण, दयालु, मित्रवत और निश्चय ही कर्तव्यनिष्ठ हैं," मांडवी ने बल देकर कहा। कीर्ति के साथ ही उर्मिला को भी लगा कि उसकी बहन दुर्भावना से ग्रस्त थी। इससे अनजान सीता मुस्करा रही थी, वह यह सोच कर प्रसन्न हो रही थी कि उसके पति की प्रशंसा की जा रही थी। "ऐसा लगता है कि वे सब के पसंदीदा हैं, पिता से लेकर तीनों माताएँ, बहन, कुलीन समाज, दरबार के लोग, नौकर-चाकर और प्रजा - सारे लोग।"

"पर मंथरा को नहीं। वह उन्हें नापसंद करती है - विष की तरह," उर्मिला ने समझदारी से कहा। मांडवी को जबड़ा भींचते हुए देख उसका संदेह पक्का हो गया।

सीता हँस पड़ी। "नहीं! वह कितने दिन पहले की बात है। ऐसा लगता है कि राम जब एक नटखट बच्चे थे, उन्होंने एक तीर मंथरा के कूबड़ पर मार दिया था। हाँ, मंथरा ने इस पर उनकी पिटाई भी की थी।"

"और उसके बाद से अब तक वह इस बात को भूल नहीं सकी है," उर्मिला ने उत्तर दिया। "और दिलचस्प बात तो यह है कि इस घटना के बाद राम और उनके भाइयों को अनुशासन सिखाने के लिए दूर एक विद्यालय भेज दिया गया।"

"पर वह इतनी अच्छी स्त्री है उर्मि। उसने मुझे एक व्यंजन बनाना सिखाया, जो राम को बेहद पसंद है," सीता ने कहा। "उसे यह जान कर बहुत प्रसन्नता हुई कि मुझे खाना बनाना पसंद है। उसने अपना पसंदीदा व्यंजन बनाना मुझे अच्छी तरह बता दिया और मैं इस महीने उसमें

सिद्धहस्त हो जाऊँगी। वह पाक कला की जादूगरनी है। तुम क्यों कहती हो कि वह राम से घृणा करती है, जबकि उसकी कोशिश रहती है कि हर दिन राम का पसंदीदा खाना बने?"

"और तुम इससे प्रभावित हो!" कीर्ति ने हँस कर कहा। "सीता! तुम या तो बहुत ही अच्छी हो या बहुत ही भोली। तुम किसी में बुराई नहीं देख सकती, और यह अच्छी बात नहीं है, विशेष रूप से तुम्हारे लिए! उर्मि सही कह रही है। मंथरा राम से चिढ़ती है।"

"तुम बार-बार यह क्यों कह रही हो?", मांडवी ने पूछा। "ऐसा लगता है कि मंथरा अच्छी स्त्री है, वह बहुत ही अधिक बोलती है, पर वह मन से अच्छी है।"

"वह बकबक नहीं करती है, मांडवी। वह गप्पें हाँकती है। वह अफ़वाह फैलाने वाली कुटिल स्त्री है," उर्मिला ने त्योरियाँ चढ़ा कर प्रतिवाद किया। "वह अपने आप में एक मुसीबत है और उपद्रव की जड़ है।"

"तुम और तुम्हारी ऊटपटांग कल्पना!", मांडवी ने चिढ़ कर कहा। "यह अनावश्यक रूप से बढ़ाचढ़ा कर कही गई बात है।"

"वह तुमसे क्या कह रही थी?" उर्मिला ने संदेह से पूछा।

"इधर-उधर की बातें कह रही थी, बैठी ठाली नौकरानियों वाली व्यर्थ की बातें," मांडवी ने हल्के से कहा। "पर तुम इस तरह मित्रवत पूछताछ क्यों कर रही हो?", वह थोड़ा आक्रामक हो उठी।

उर्मिला हालाँकि उसकी उग्रता से आश्चर्यचकित हुई, पर उसने इसका कोई प्रभाव अपने पर नहीं दिखने दिया। "बस, मैंने देखा है कि मंथरा माता कैकेयी से अधिक समय तुम्हारे साथ रहती है," उसने सामान्य होकर कहा। "तो वह तुमसे क्या कह रही थी मेरी प्यारी सखी। हमने कुछ समय से आपस में गप्पें नहीं हाँकी हैं, नहीं क्या?"

मांडवी शांत हो गई। "ओह! वही चारों भाइयों के बचपन की कहानियाँ, निश्चय ही भरत के बारे में विशेष रूप से। वहीं ढेर सारी घटनाएँ, छोटी छोटी बातें। वह बूढ़ी हो चुकी है और विषय से हट कर बोलती है, इधर-उधर की ढेर सारी व्यर्थ की बातें करती रहती है, मसलन, कैसे राम अपने छोटे भाइयों पर रौब जमाते थे, हालाँकि वे सभी उनका बहुत ही आदर करते थे।"

"ओह! वे ऐसा करते थे?" सीता ने आश्चर्यचकित होकर कौतूहल से पूछा। "मैंने तो समझा था लक्ष्मण ऐसा करता होगा। बुरा मत मानना उर्मि। वह अत्यंत आक्रामक और क्रोधी रहा है। मैं जानती हूँ कि अधिकतर यह अंदर के शांत स्वभाव को छुपाने के लिए होता है। उसके क्रोध के आगे सारे लोग काँपने लगते हैं और कोई पलट कर उत्तर देने की हिम्मत नहीं करता है। कैकेयी समेत महल के सारे लोग डर कर उनके सामने चुप रहते हैं। वे जब आस-पास होते हैं, कैकेयी भी कुछ बोलने के पहले दो बार सोचती है।"

उर्मिला शांत भाव से मुस्कराती रही। दो माह में वह समझने लगी थी। वह मन ही मन हँसती रही कि किस तरह लोग उसके पति के बारे में सोचते हैं और उससे डरते भी हैं। वह ख़तरनाक ढंग से चुप रह सकते हैं, अत्यंत कम बोलते हैं। पर किसी की बात का उत्तर देते हैं तो उनकी बातें चाबुक की तरह पड़ती हैं। वह बहुत कुछ उर्मिला की तरह है, पर उर्मिला आवश्यकता पड़ने पर शब्दों को कोमलता के साथ रखना अच्छी तरह जानती है। लक्ष्मण बहुत ही बुरा राजनयिक हो सकता है, पर साथी के रूप में उसकी प्रतिबद्धता बेजोड़ होगी।

ये दोनों स्वभाव और प्रकृति में अनोखे ढंग से एक समान हैं। वे दोनों बहुत हद तक एक समान थे। जिस तरह सीता राम के लिए पूर्ण थीं, वैसे ही मांडवी भरत के लिए पूर्ण थी : वे इतने चुपचाप रहते थे, इतने शांत थे कि लगता था मानो वे सबसे पूरी तरह निष्पक्ष और उदासीन थे। कीर्ति की चतुराई भरी चुप्पी शत्रुघ्न की कोलहाल भरी चपलता के ठीक उलट थी। शत्रुघ्न का कभी विनोदी, तो कभी गंभीरता वाला हास्यबोध कीर्ति के औपचारिक या गंभीरता वाले स्वभाव से भी मेल नहीं खाता था। वे हालाँकि परिवार में सबसे छोटे थे, पर उनका मानसिक विवेक और दोनों की बुद्धिमत्ता और ज्ञान उनकी उम्र के हिसाब से कहीं अधिक था।

शत्रुघ्न कई मामलों में अपने जुड़वाँ भाई से बिलकुल अलग थे, पर दोनों में एक समानता थी और वह थी अपने अपने बड़े भाइयों के लिए अत्यधिक स्वामिभक्ति: राम के प्रति लक्ष्मण की और भरत के प्रति शत्रुघ्न की स्वामिभक्ति। उर्मिला को यह विचित्र लगता था कि भरत और शत्रुघ्न एक दूसरे के उतने निकट नहीं थे, जितने जुड़वाँ भाई होते हैं, और उर्मिला ने यह निष्कर्ष निकाला कि हालाँकि दोनों रानियों के बीच सभी विषयों पर सहमति नहीं थी, पर इसका दोनों भाइयों पर कोई प्रभाव नहीं पडता था। उनके बीच का प्रगाढ़ संबंध अत्यंत गहन था, खुला था और वे इसे लेकर अत्यंत मुखर और प्रखर भी थे।

मांडवी ने लक्ष्मण के बारे में सीता की राय पर अपनी प्रतिक्रिया एक विशेष तरह की ईर्ष्या के साथ जताई। उसने सिरे से अस्वीकृत करते हुए कहा, "ना! लेकिन लक्ष्मण में नेतृत्व का गुण नहीं है। वे केवल राम का अनुसरण करते हैं और अपने बड़े भाई के आदेश का पालन भर करते हैं। वे तो उनकी छाया मात्र हैं। ठीक वैसे ही जैसे शत्रुघ्न भरत के हैं। यह विस्मयकारी है कि

दोनों अपने आप को क्रमश: राम और भरत के साथ जोड़ कर देखते हैं। उनका अलग व्यक्तित्व नहीं है। मैं यह कहना चाहती हूँ कि राम और भरत जन्मजात नेतृत्वकर्ता हैं।''

उर्मिला ने फिर चिड़चिड़ाहट अनुभव की और अप्रसन्नता के साथ अपने होंठ सिकोड़ लिए।

''यह कहना अधिक भद्रतापूर्ण और सही होगा कि वे दोनों ऐसे साथी हैं, जिन्हें एक दूसरे से अलग नहीं किया जा सकता है,'' कीर्ति ने बीच में टोका, ''वे दोनों एक दूसरे के दास की तरह नहीं हैं, जैसा तुम्हारी बातों से लगता है, सीधी बात यह है कि दोनों एक दूसरे के बहुत ही निकट हैं।''

''तुम क्यों इस तरह राम और भरत के बारे में कहे जा रही हो?'' सीता ने कठोरता से पूछा, ''तुम क्या कह रही हो, मांडवी?''

''वह वही कह रही है, जो मंथरा उससे कहती रहती है,'' उर्मिला ने शांत स्वर में तमतमाहट छिपाते हुए कहा।

''यही कारण है कि उसने भरत के बजाय राम को प्राथमिकता देने के प्रश्न के साथ अपनी बात शुरू की थी,'' कीर्ति ने चीख कर कहा। ''यह मंथरा है, जो प्रतिदिन उसके मस्तिष्क में विष भरती है, जैसे प्रतिदिन किसी को दवा खिलाई जाती हो, लेकिन यह बातचीत उतनी मधुर नहीं है, जितनी दिखती है।''

''मैं भी इतनी समझदार हूँ और मेरे पास भी मस्तिष्क है। या इस सत्य से तुम लोग आहत हो गई हो?'', मांडवी ने क्रोध में कहा।

उर्मिला को अपनी बहन के क्रोध से झटका लगा। वातावरण एक ऐसी शत्रुता से बोझिल हो गया, जिसकी व्याख्या नहीं की जा सकती थी। यह कोई सामान्य बातचीत नहीं थी। वे आपस में लड़ रही थीं। उर्मिला ने निराशा के साथ इसका अनुभव किया।

''सच क्या है?'' सीता ने पूछा, उसका चेहरा पीला पड़ चुका था।

''यह कि राम और भरत के बीच निश्चित रूप से एक तरह की प्रतिस्पर्धा है और जब निर्णय की घड़ी आएगी, तो लक्ष्मण राम को चुनेंगे और स्पष्ट है कि शत्रुघ्न भरत के साथ जाएँगे।''

सीता सकते की स्थिति में थी। कीर्ति ने घृणा दबाने के लिए अपने होंठ सिकोड़ लिए।

''पर दोनों भाई अलग-अलग क्यों होंगे? तुम किस प्रतिस्पर्धा की बात कर रही हो मांडवी?'' उर्मिला सचमुच उलझन में पड़ गई, पर वह अत्यंत सावधानी से बात कर रही थी, ताकि उसके अंदर का बढ़ता हुआ क्रोध फूट कर बाहर न आ जाए। मांडवी सचमुच निम्न स्तर पर उतर रही थी, पर उसे अपनी माँ की बात याद आई। बात यह थी कि बहनों के बीच के समीकरण में किसी एक ओर झुकने में समय नहीं लगता।

''मैं अगले सप्ताह चारों भाइयों के बीच होने वाले धनुर्विद्या की प्रतिस्पर्धा के बारे में नहीं कह रही हूँ,'' मांडवी ने व्यंग्य से कहा। ''यह राम और भरत के बीच अनकही और अप्रत्यक्ष प्रतिस्पर्धा है, जो उनके बीच जन्म के समय से ही चली आ रही है।''

''यह कैसे है? और विशेष रूप से राम और भरत के ही बीच क्यों है?'' सीता ने उत्सुक होकर पूछा।

''क्योंकि राम सबसे बड़ी रानी कौशल्या के पुत्र हैं और भरत राजा की सबसे प्यारी रानी कैकेयी के बेटे हैं और दोनों ही राज सिंहासन के समान अधिकारी हैं,'' मांडवी ने बात स्पष्ट करते हुए कहा। ''जुड़वाँ भाइयों की कोई गिनती ही नहीं है, क्योंकि वे सबसे छोटी रानी से जन्मे हैं और उन्हें कोई परवाह ही नहीं है, उन्होंने सब कुछ दोनों भाइयों पर छोड़ दिया है।''

मांडवी चारों राजकुमारों के जन्म की कहानी सुना रही थी, लेकिन थोड़ा तोड़-मरोड़ कर। कौशल्या ने शांता को जन्म दिया, लेकिन दशरथ ने अपने मित्र और बहनोई रोमपद को वह बच्चा गोद दे दिया। उसके बाद अगले कई साल तक वे संतानहीन ही रहे। वे एक बार शिकार पर निकले तो युवा उल्लास से भरी कैकेयी से उनकी भेंट हुई और वह उससे प्रेम कर बैठे। वह कैकेय राज्य की राजकुमारी थी। उन्होंने उससे विवाह इस शर्त पर कर लिया कि उनका पहला बच्चा अयोध्या का राजा बनेगा, पर उन्हें कई साल तक बच्चा नहीं हुआ। अंत में उन्होंने मगध की राजकुमारी सुमित्रा से विवाह इस आशा से कर लिया कि उन्हें संतान होगी, पर अगले कई वर्षों तक ऐसा नहीं हुआ, वे संतानहीन ही रहे। राजा को एक बार फिर निराशा ही हाथ लगी। व्यग्र राजा ने ऋषि वशिष्ठ की सलाह पर और अपने दामाद ऋष्यश्रृंग की मदद से दो यज्ञ करवाए – अश्वमेध यज्ञ और पुत्रकामेष्ठि यज्ञ। यज्ञ के अंत में यज्ञकुंड से अग्निदेव प्रकट हुए और उन्होंने राजा को एक खीर से भरा पात्र दिया। उन्होंने कहा कि यह खीर वे अपनी तीनों पत्नियों को खिलाएँ तो उन्हें पुत्र की प्राप्ति

होगी। राजा ने खीर कौशल्या और कैकेयी को दी और कहा कि वे इसमें से सुमित्रा को भी दें। सुमित्रा को दोनों रानियों से एक-एक कौर खीर मिली, इसलिए उन्हें जुड़वाँ बच्चे हुए। कौशल्या ने राम और कैकेयी ने भरत को जन्म दिया। इस तरह चारों भाइयों का जन्म हुआ।

''राजसिंहासन!'' सीता ने सकते में आकर पूछा, ''तुम कह रही हो कि दोनों भाई राजसिंहासन हासिल करना चाहते हैं और इसलिए आपस में लड़ रहे हैं? असंभव! वे ऐसा सोच भी नहीं सकते।''

''उन्हें सोचने की आवश्यकता नहीं है। यह ऐसी सच्चाई है, जिसका सामना उन्हें आज नहीं तो कल करना ही होगा,'' मांडवी ने सपाट स्वर में कहा। वे राजकुमार हैं और उनमें से एक राजा बनेगा, चुनाव मोटे तौर पर राम और भरत के बीच ही होगा,'' उसने कंधे उचका कर कहा।

''तो यह बात है, जो तुम्हें शुरू से खाए जा रही है?, यही बात है जिसके कारण तुमने बहुत ही धृष्टतापूर्ण प्रश्न किया था कि लोग राम और भरत में राम को अधिक पसंद क्यों करते हैं?'', कीर्ति ने आरोप लगाया। ''चलो, मैं तुम्हें बताऊँ कि राम को राजा बनना चाहिए, इसलिए नहीं कि वे सबसे बड़ी रानी के बेटे हैं, बल्कि इसलिए कि वे हर मामले में चारों में सबसे अच्छे हैं- व्यक्ति के रूप में, राजकुमार के रूप में, योद्धा के रूप में, और सबसे बड़ी बात - वे लोगों में जितने लोकप्रिय हैं, भरत उतना लोकप्रिय होने के बारे में सोच भी नहीं सकते। यह कहने में मुझे दुख हो रहा है प्यारी बहन!, पर अधिकतर लोग उन्हें अत्यंत नीरस मानते हैं और ढीला-ढाला समझते हैं!'', उसने बहुत ही क्रोध से कहा। उसने अपने शब्दों को सौम्य बनाने का बिलकुल प्रयास नहीं किया।

मांडवी अध्यधिक क्रोधित हो गई। उसके नेत्र हिम के समान हो गए। ''नहीं प्रिय! भरत ही राजा बनेंगे। जैसा कि मंथरा कहती है, तुम दोनों के पति तो प्रतिस्पर्धा में ही नहीं हैं, क्योंकि वे निहायत ही दब्बू हैं और शायद इसलिए भी कि तुम्हारी सास मगध की असली राजकुमारी नहीं हैं, जैसा कि वे दावा करती हैं। उनके माता-पिता कौन थे, इस पर संदेह है।'' अपनी बहनों की क्रोधपूर्ण चुप्पी को अनदेखी करती हुई वह लगातार बोलती गई। ''मैं फिर कहती हूँ, राजा भरत बनेंगे, राम नहीं। माता कैकेयी के पिता अपनी बेटी का विवाह राजा दशरथ से इसी शर्त पर करने को सहमत हुए थे कि कैकेयी का पुत्र ही कोसल का राजा बनेगा,'' उसने अत्यंत रूखेपन से घोषणा की।

"और इस रघुकुल में वचन पूरा करने को बहुत ही महत्त्व दिया जाता है। राजा दशरथ अपने वचन से मुकर नहीं सकते, उन्हें भरत को राज सिंहासन पर बैठाना ही होगा।"

"और तुम बनोगी रानी, निश्चय ही?," उर्मिला ने संयत होकर सपाट स्वर में पूछा, वह अपनी माँ की चेतावनी को नहीं भूली थी। "क्या तुम यही सारा कुछ कहना चाहती हो? क्या मंथरा ने तुम्हें यह सब समझाया है, मांडवी?"

"हाँ, पर प्रिय तुम तो कुछ और चाहती हो। नहीं क्या?," मांडवी ने कपटपूर्ण मधुरता के साथ कहा। "तुम तो चाहोगी कि तुम्हारी चचेरी बहन नहीं, बल्कि तुम्हारी बड़ी बहन रानी बने, और जो लोग कहते हैं, वह कितना त्रुटिपूर्ण है। रक्त का संबंध दूसरे रिश्तों से अधिक प्यारा नहीं होता है।"

डर से उर्मिला की साँसें तीव्र चलने लगीं। सीता ऐसी लग रही थी मानो किसी ने उसे शारीरिक चोट पहुँचाई हो, उसका चेहरा श्वेत पड़ गया। उर्मिला अब तक मांडवी के अंदर की बात उगलवाने के लिए स्वयं बात आगे बढ़ाती जा रही थी, पर उसने यह नहीं सोचा था कि वह इतना सारा विषवमन कर देगी। ऐसा लगा कि मंथरा उसकी बहन पर अपना प्रभाव छोड़ने में सफल रही थी।

"बस करो मांडवी, यह अत्यंत अपमानजनक है," क्रोध से आगबबूला होकर कीर्ति ने चीखते हुए कहा। तुमने हमारे पतियों के बारे में लगातार तिरस्कारपूर्ण बातें कहीं, और अब इतना नीचे गिर गई कि इस तरह की दुष्टतापूर्ण बात कह रही हो। तुम ऐसा कैसे कर सकती हो?"

इससे पहले कि मांडवी अपनी बहन का उत्तर देने के लिए और विष भरी बातों से हमला करती, उर्मिला ने हस्तक्षेप किया। "ऐ लड़कियों! कृपया ऐसा मत करो, हम लड़ रहे हैं," उर्मिला ने क्रोध से कहा और दोनों बहनों को मानो होश आया। "हम पहले भी लड़ चुके हैं, पर इस बार तो बहुत बुरे ढंग से प्रतिशोध लेने वाली बात हो गई।"

उर्मिला ने रोते हुए कहा, "हम किस बात पर लड़ रहे हैं कि कौन रानी बनेगी, कौन वरिष्ठ है, कौन किसके ऊपर है? इससे क्या अंतर पड़ता है? क्या हमने कभी इस तरह सोचा था? हम सदैव बहनें रही हैं, चचेरी बहन नहीं, रानी या राजकुमारी नहीं। यह क्या हो गया है?"

उर्मिला के ऐसा कहने के बाद चर्चा रुक गई। मांडवी अंदर से विचलित लग रही थी। यही हाल सीता और कीर्ति का भी था। यह एक पल की पागलपन भरी क्रूरता थी। सबने एक-दूसरे पर प्रहार किया था।

"मंथरा हमारे लिए बुरी है," उर्मिला ने अधिक शांत स्वर में कहा। "मैं तुम पर संदेह नहीं कर रही थी, मांडवी! मैं यह चेतावनी देने का प्रयास कर रही थी कि मंथरा संकट उत्पन्न करने वाली है। उसके उद्देश्य और तौर-तरीक़ों पर प्रश्न उठते हैं, वह विष से भरी है। अपने मीठे विष से वह हमारे अंदर की सबसे बुरी बातों को बाहर ला रही है – हमारी असुरक्षा की भावना, हमारा छिपा हुआ डर, हमारी तुच्छ ईर्ष्या। वह जानबूझ कर हमें क्षति पहुँचा रही है, हमारे बीच अविश्वास और दुर्भावना के बीज बो रही है। तुमने देखा कि उसने हमारे बीच क्या कर दिया। मुझे इसी बात की चिंता थी। इसलिए मैं तुमसे पूछ रही थी। मुझे आशा है कि अब हम यह समझ चुके होंगे कि उसके विष का हमारे ऊपर कितना प्रभाव पड़ चुका है।"

मांडवी बहुत दुखी लग रही थी, वह सीता की ओर मुड़ी। "अपनी अच्छाइयों के कारण तुम मुझे क्षमा कर सकती हो, पर मैंने जो कुछ कहा, उसके कारण से मैं अपने आपको क्षमा नहीं कर सकती।"

सीता का चेहरा पीला पड़ गया था। "नहीं! तुम्हारा जो मानना है, वह कितना दुख देने वाला है? दत्तक पुत्री के रूप में मैं तुम लोगों के बीच सदैव ही बाहरी रही हूँ।"

"सीता! मंथरा ने मांडवी की तरह ही तुम्हारे ऊपर भी अपना प्रभाव छोड़ा है, क्या तुम यह मानती हो?", उर्मिला ने कोमल स्वर में कहा। "उसने हम सबको भड़का कर हमें एक दूसरे के विरुद्ध कर दिया है।"

"उसने सचमुच मुझे कभी यह नहीं भूलने दिया कि मैं किस तरह की अभागन अनाथ थी और मेरा पालन-पोषण मेरी स्वार्थी बहनों के बीच हुआ" सीता ने सूखी हँसी के साथ कहा।

मांडवी ने धीरे से सिर हिलाया। "उसने मुझे यह अहसास कराया कि चूँकि मेरा विवाह सबसे अच्छे व्यक्ति से हुआ है, इसलिए मैं सबसे अच्छे की पात्र हूँ – वाराणसी की राजकुमारी होने से लेकर कोसल की रानी होने तक – मैं अपने स्वार्थ में इतनी अंधी कैसे हो गई?"

"क्या तुम रानी बनना चाहती थी?" कीर्ति ने आश्चर्य से पूछा।

"हाँ। मांडवी ने स्वीकार किया, उसका स्वर यकायक धीमा हो गया। मैंने सदैव यह आशा की थी कि मेरा विवाह एक राजा से होगा और मैं उसकी रानी बनूँगी, मैं जीवन भर राजकुमारी नहीं बनी रहूँगी। और इसलिए मैं भरत से विवाह करने से हिचक रही थी।"

"और तुम विवाह को तैयार तब हुई, जब तुम्हें यह विश्वास दिलाया गया कि भरत के राजा बनने की प्रचुर संभावना है," उर्मिला अपने स्वर में अविश्वसनीयता को नहीं छुपा पा रही थी। मांडवी उनके बीच शुरू से ही अति महत्वाकांक्षी रही है, वह तेज और राजनीतिक रूप से कुशाग्र बुद्धि की भी रही है, पर उर्मिला को यह विश्वास नहीं हो रहा था कि वह इतनी अधिक भौतिकतावादी होगी या इतनी कुटिल और चालाक होगी।

"तुम मुझे अपराधी समझ रही होगी," मांडवी ने अपनी बहन की भावनाओं को ताड़ते हुए स्पष्ट रूप से कहा। "मुझे इस समय अपने आप पर बहुत गौरव नहीं हो रहा है। हाँ! मेरी इच्छा थी कि मैं एक दिन रानी बनूँ, पर अपनी बहनों की प्रसन्नता के मूल्य पर नहीं। मैं जानती हूँ कि तुम लोग इस समय मुझ पर विश्वास नहीं कर रही हो, पर मेरा मानना यही है जो मैं कह रही हूँ। मैं ग़लत थी, पर मुझे यह आशा थी और मैंने अपने आपको यह अपेक्षा करने दिया कि मेरे भाग्य में एक दिन भरत की रानी बनना लिखा है।"

"हमें तुम पर विश्वास है, मांडवी। अपने आप के प्रति इतनी निष्ठुर न बनो," सीता ने कहा। "मुझे भी अत्यंत आसानी से बेवकूफ बना दिया गया और मैंने सबसे त्रुटिपूर्ण निष्कर्ष निकाला।"

मांडवी उसकी ओर मुड़ी और उसे गौर से देखा। वह उठी और तेज़ी से चलती हुई आँगन के बाहर निकल गई। सीता ने पुकारा और रोकने की कोशिश की, पर वह रुकी नहीं, चली गई।

"मैंने उसे क्या त्रुटिपूर्ण कहा?," सीता ने आश्चर्य से पूछा।

"उसे थोड़ा समय दो," उर्मिला ने शांत होकर कहा। "वह परेशान है और हम भी तो परेशान हैं।"

एक के चले जाने के बाद तीनों बहनें बहुत देर तक चुप रहीं, एक दूसरे से साँत्वना लेती रही। वे अब भी मंथरा की कुटिलता पर सकते में थीं। वे इस पर आश्चर्यचकित थीं कि किस तरह उनकी निजी बातों से उनकी कुटिलता भी सामने आ गई थीं। उर्मिला यह नहीं समझ पा रही थी कि मंथरा की दुष्टतापूर्ण बातों में अब कौन आने वाली है। उसे अधिक प्रतीक्षा नहीं करनी पड़ी।

चारों राजकुमारों के बीच युद्ध कौशल की प्रतियोगिता की घोषणा हुई तो मंथरा बेहद प्रसन्न हुई, लेकिन उसे अत्यंत निराशा हाथ लगी, जब भरत ने प्रतियोगिता में भाग लेने से यह कह कर मना कर दिया कि वह अपने ही भाइयों से प्रतिस्पर्धा नहीं कर सकता। राम के अत्यंत समझाने-बुझाने और अनुनय-विनय करने पर भरत खेल की भावना का सम्मान करने के लिए प्रतियोगता में भाग लेने को सहमत हो गए।

प्रतियोगिता का दिन जितना स्पष्ट था, उसका होने वाला परिणाम भी उतना ही स्पष्ट था। सभी लोग राम के पक्ष में थे। राजा दशरथ बहुत प्रसन्न थे। उनकी तीनों रानियाँ अत्यंत उत्सुकता के साथ उनके साथ ही खड़ी थीं, हर एक को चारों राजकुमारों पर समान रूप से गौरव था, या ऐसा दिख रहा था। कौशल्य का चेहरा आशा और अपेक्षा से चमक रहा था, ऐसा लग रहा था कि उनका पुत्र उन्हें निराश नहीं करेगा। सुमित्रा एकदम शांत थीं मानो उन्हें पता हो कि क्या होने वाला है। केवल कैकेयी उत्साह और प्रसन्नता से लबालब थीं, वे प्रतियोगिता का भरपूर आनंद उठा रही थीं।

सभी बहनें हर जगह साथ-साथ थी, लेकिन मांडवी थोड़ा उखड़ी-उखड़ी लग रही थी। वह उनके साथ थोड़ी देर रही और उसके बाद अपनी सास के पास जा बैठी। क्या प्रतियोगिता उसे उसके कड़े शब्दों की याद दिला रही था? उस भयानक दिन के बाद बहनों से उसकी बात नहीं हुई थी। उर्मिला बहनों के बीच ठंडे पड़ रहे रिश्तों से चिंतित हो रही थी। वह निष्पक्ष लग रही थी और सदैव की तरह भावशून्य और शांत थी।

जहाँ तक प्रतियोगिता की बात है, वह हास्यास्पद ढंग से बिना किसी रंगत के थी। ऐसा लगा कि सभी भाइयों ने बड़ी उदासीनता से भाग लिया और प्रतियोगिता शुरू होते ही समाप्त भी हो गई। सौम्य प्रकृति के भरत ने सबसे अच्छा प्रदर्शन किया और वे ही प्रथम भी आए, पर सबको आश्चर्य हुआ और प्रसन्नता भी, जब राम को विजेता घोषित किया गया। वशिष्ठ ने शीघ्र ही कथित विसंगति के बारे में लोगों को बताया। चारों राजकुमारों की परीक्षा स्पष्ट रूप से ली गई थी। गुरु ने अपने एक शिष्य को वेश बदल कर सामान्य परेशान नागरिक के रूप में वहाँ खड़ा कर दिया था, जिसने ऐन प्रतियोगिता के बीच सहायता की गुहार लगाई। राम ने प्रतियोगिता बीच में छोड़ दी और उस पीड़ित व्यक्ति की मदद करने दौड़ पड़े और पहला स्थान अपने भाइयों के लिए छोड़ दिया। इस कारण राम को विजेता घोषित किया गया। उर्मिला

मुस्कराते हुए सोच रही थी कि यह प्रतियोगिता तो राज सिंहासन के लिए होने वाली प्रतिस्पर्धा की पूर्व सूचना है। उसने राम के लिए बजने वाली तालियों की गड़गड़ाहट के बीच मंथरा के चेहरे पर छाई अति निराशा भी देख ली। इस सच्चाई के सामने आने से मंथरा अत्यंत डरी हुई थी और क्रोध में थी।

उस शाम उर्मिला अपने पति को प्रतियोगिता में उसके औसत प्रदर्शन पर ताने मारने से स्वयं को नहीं रोक सकी। ''यह सब दिखावा था, तुम सब भाई किसे मूर्ख बनाने की कोशिश कर रहे थे।?'' उसने हँस कर पूछा। ''अपने माता-पिता को,'' उन्होंने हँसी दबाते हुए कहा। ''हम सब, विशेष रूप से भरत, इस प्रतियोगिता के एकदम विरुद्ध थे, पर मंथरा ने इसका आयोजन कराने के लिए पिताश्री को सहमत कर लिया। मेरा अनुमान है कि वह अयोध्या के लोगों को यह दिखाना चाहती थी कि हममें सबसे अच्छा कौन है। और हाँ, तुम सही कह रही हो। यह हमारे माता-पिता के लिए एक पहेली थी और मंथरा को इससे लाभ हुआ,'' लक्ष्मण ने कहा। उन्होंने उर्मिला के गले के पीछे बँधे हुए जूड़े को खोल दिया और बालों को स्पर्श करने लगे। लक्ष्मण ने कई बार उसके जूड़े को इसी तरह खोला था। वह जब-जब उसके घने बालों को खोल कर नीचे गिरते हुए देखते, उन्हें ऐसा लगता था, मानो वह उसकी त्वचा को अनुभव कर रहे हों। उर्मिला इससे बेखबर थी, पर फिर यकायक उसके मन में मंथरा की बात आई। उसी ने तो इस आयोजन की पूरी योजना बनाई थी, हालाँकि इसका अंत वैसा नहीं हुआ, जैसा उसने चाहा था।

उर्मिला इससे अधिक नहीं सोच सकी, क्योंकि वह पति का स्पर्श अनुभव कर रही थी।

अगली सुबह उर्मिला ने मंथरा को अपने महल के सामने के सभागृह में खड़ी पाया।

''राजकुमारी! सीता की बनाई कुछ मिठाइयाँ लेकर आई हूँ,'' उसने सिर झुका कर कहा। ''वे शाही रसोई में मेरे बताए इस व्यंजन को परोसने में व्यस्त हैं और ठीक उसी समय मुझे यहाँ भेज दिया। थोड़ा चख कर देखें,'' उसने विनय किया।

''स्वादिष्ट,'' उर्मिला ने लापरवाही से एक कौर मुँह में रख कर कहा, ''पर ऐसा तो सदैव ही होता रहा है। सीता तो सदैव से ही अच्छा बनाती है।''

''हाँ! वे तीव्र बुद्धि की हैं और कुछ भी शीघ्र सीख लेती हैं। वे धैर्यवान भी हैं,'' बूढ़ी सेविका ने प्रसन्न होकर कहा।

''आप भी कभी शाही रसोई में क्यों नहीं आतीं राजकुमारी? मैं आपको भी सिखा दूँगी।''

''क्योंकि मुझे खाना बनाना पसंद नहीं है,'' उर्मिला ने हँस कर कहा, ''मैं चित्रकारी पसंद करती हूँ।''

''वे रंगों के छीटें! बहुत अच्छे, निश्चित तौर पर! लेकिन जब भूख लगी हो, तो इसे देख कर किसी पुरुष को प्रसन्नता नहीं होती है। होती है क्या?'' मंथरा ने हँस कर कहा। ''मैं तो कहूँ, पुरुष के दिल का मार्ग सदैव उसके पेट से होकर गुज़रता है। आप राम के चेहरे की चमक नहीं देखतीं? इसकी वजह वह खाना है, जो सीता प्रतिदिन बना कर उन्हें देती हैं। कितनी प्रतिभावान लड़की है और कितनी अच्छी और प्यारी भी। वह हमारे प्यारे राम के लिए बिलकुल सही पसंद है। वे भाग्यशाली हैं कि उन्हें इतनी अच्छी पत्नी मिली है और हमारी होने वाली रानी हैं,'' उसने कुटिलता से कहा।

मंथरा ने उर्मिला की चुप्पी को उसकी सहमति मान लिया और दाँत दिखा कर मुस्कराती रही। ''वह लड़की सचमुच भाग्यवान है। अनाथ लड़की जो और किसी को नहीं स्वयं मिथिला के राजा को मिली और इस तरह एक परित्यक्ता लड़की का पालन-पोषण आपकी तरह एक राजकुमारी के रूप में हुआ, पर आपके उलट उनका विवाह राम के साथ हुआ और वे रानी बनेंगी, तेज़ लड़की।''

उर्मिला मंथरा की कुटिलता से अनजान नहीं थी। उसकी बातें सीता और उर्मिला दोनों के लिए अपमानजनक थीं। उसके कहे अनुसार सीता अवसरवादी थी और उर्मिला को जो कुछ मिला, वह उसे अपने पास नहीं रख सकी। उसे याद आ गया कि मांडवी ने उससे कहा था कि लक्ष्मण और उसकी माँ सुमित्रा निहायत ही दब्बू हैं। उसे एक बार फिर बहुत अधिक क्रोध आया। उर्मिला ने क्रोध को किसी तरह दबाया और कोई उत्तर देने के बजाय मंथरा को बीच ही में रोक दिया। ''ठीक है, धन्यवाद,'' उसने दासी से कहा।

रुखाई से विदा करने का वही प्रभाव हुआ, जो उर्मिला चाहती थी, उसका अनुमान सही सिद्ध हुआ। मंथरा क्रोध से लाल हो गई। ''इस तरह के

सुर का प्रयोग मेरे ऊपर मत कीजिए,'' वह उच्च स्वर से चिल्लाई, उसका झुर्रीदार चेहरा क्रोध से तमतमा उठा। ''मैं रानी की मुख्य दासी हूँ और उनकी परिचारिका तब से हूँ, जब वे छोटी बच्ची थीं। इसलिए मेरे साथ सम्मान से पेश आइए, मैं आपकी उन दासियों की तरह नहीं हूँ, जो आपके चारों ओर दौड़ती रहती हैं और छोटा-मोटा काम करती रहती हैं। आपको किस बात का घमंड है? कोई आश्चर्य नहीं कि हर कोई आपसे अधिक पसंद सीता को करता है, घमंडी राजकुमारी! आप राजा जनक की असली बेटी हो सकती हैं, पर सीता आपसे अधिक पसंद की जाने वाली और आपसे अधिक लोकप्रिय मिथिला की राजकुमारी हैं। क्यों! मैंने तो सुना है कि माता-पिता भी आपसे अधिक उन्हें प्यार करते हैं।''

मंथरा के हठात विस्फोट से उर्मिला सकपका गई, पर उसने उसे उत्तर देने योग्य नहीं समझा। मंथरा की बातों का प्रभाव नहीं पड़ने देने के लिए उसने कैसी भी तैयारी की हो, पर उसकी बातें उर्मिला को चुभ गई थीं। दुष्ट मंथरा उर्मिला को वहीं चोट करने में सफल हुई, जहाँ उसे सबसे अधिक दर्द होता है। क्या इसका यह अर्थ है कि उसमें भी एक तरह की असुरक्षा का भाव है, जिस ओर उसका ध्यान ही नहीं गया है? क्या वह भी मन ही मन अपनी बड़ी बहन से ईर्ष्या करती है?

मंथरा ने उसकी दुखती रग को छू दिया था। उसे यकायक वे सभी घटनाएँ याद आने लगीं, जब उसके माता-पिता ने सीता का पक्ष लिया था, उसका नहीं, पर आश्चर्यनजक ढंग से उसे क्रोध सीता पर नहीं बल्कि अपने माता-पिता पर ही आता था। वह कभी भी अपना क्रोध सीता पर नहीं उतार पाई थी, क्योंकि हर बार उसने देखा था कि सीता ही परेशान हो जाया करती थी। बचपन की हर अप्रिय घटना के बाद यह सीता ही थी, जो उससे क्षमा माँग लेती थी, उसे समझाती-बुझाती थी और उसके क्रोध को शांत कर देती थी। और यह स्त्री उसे एक बार फिर उस दुनिया में धकेल देना चाहती है, जिससे वह बहुत पहले ही बाहर निकल आई है। उसके परेशान मन में यादों का ज्वार उमड़ पड़ा।

उर्मिला ने अनुभव किया कि उसने एक ऐसा शत्रु पाल लिया है, जिसे किसी स्थिति में शांत नहीं किया जा सकता है। ऐसा इसलिए नहीं कि वह स्त्री किसी की मित्र है, बल्कि इसलिए कि उसका अपना स्वार्थ है।

"तुम भी मेरे साथ इस सुर में बात नहीं कर सकती मंथरा," उसने निहायत ही ठंडे लहजे में उत्तर दिया। "तुमने स्वयं कितने अच्छे से बताया है कि तुम कौन हो-रानी की दासी। मैं कौन हूँ, यह तुम्हें याद दिला दूँ- मैं राजकुमारी हूँ और इस पूरे महल में लोग जिस व्यक्ति से सबसे अधिक डरते हैं, उसकी पत्नी हूँ। कृपया बिना पूर्व अनुमति के मेरे महल में पैर मत रखना। अब तुम जा सकती हो, इसी समय।"

मंथरा को क्रोध में जाते देख उर्मिला ने सोचा कि वह अब उस पर कोई चालाकी नहीं करेगी। उसने अभी राहत की साँस ली भी नहीं थी कि उस बहुत बड़ा कोलाहल सुनाई दिया।

"यह क्या नरक बना रखा है!" उसने लक्ष्मण को क्रोध से चीखते हुए सुना। "तुम यहाँ क्या कर रही हो? मैंने तुमसे पहले ही कह रखा है मंथरा कि मैं तुम्हें अपने महल या अपनी पत्नी के आस-पास नहीं देखना चाहता। मैं आशा करता हूँ कि मैं तुम्हें यहाँ अंतिम बार देख रहा हूँ, अब जाओ।"

उर्मिला को यह देख आश्चर्य हुआ कि मंथरा बुदबुदाती हुई लक्ष्मण को समझाने की कोशिश कर रही थी कि वह तो किसी छोटे काम से यहाँ आई थी और वह उसे और कुछ कहता उसके पहले ही वहाँ से चुपके से निकल गई।

"वह चुड़ैल यहाँ क्या कर रही थी मिला?" लक्ष्मण ने सीधे उर्मिला से तीखे स्वर में पूछा। उर्मिला ने उसके तीखे स्वर का कोई विरोध नहीं किया। यह स्पष्ट था कि जिस तरह वह उस बूढ़ी दासी को नापसंद करती है, उसका पति भी उसे उतना ही नापसंद करता है।

"जैसा कि उसने कहा, वह सीता के बनाए कुछ व्यंजन मुझे चखाना चाहती थी।" "और?" लक्ष्मण ने अंदर ही अंदर कुछ सोचते हुए पूछा। "वह कोई छोटी सेविका नहीं है, जो किसी को कोई संवाद या मिठाई पहुँचाने कहीं जाए। उसके मस्तिष्क में कुछ अधिक ही चलता रहता है।"

"और उसकी जीभ भी," उर्मिला लक्ष्मण के साथ ही हँस पड़ी। "जब मैं उसकी कपटपूर्ण चिकनी-चुपड़ी बातों में नहीं आई, तो उसने मुझे अपना पंजा दिखाया और क्रोध में पैर पटकती चली गई और आपने उसे भगा दिया। यह दृश्य तो देखने योग्य था।" इतना कह कर वह हँसने लगी।

"ओह!" अच्छा। लक्ष्मण ने राहत की साँस ली। "मैंने सोचा था कि उस आफ़त की पुड़िया को लेकर तुम्हें चेताना होगा, पर तुमने अच्छा किया और लगता है कि उसे अच्छी तरह समझ लिया, मेरी प्यारी होशियार

उर्मिला'', लक्ष्मण ने स्नेह से कहा। उनकी आँखों में गौरव चमक रखा था। ''पर गंभीरता से कहूँ तो उस राक्षसनी से दूर रहना।''

''पर वह दूर नहीं रहेगी। वह बीच-बीच में हस्तक्षेप करेगी, पैंतरा लगाएगी और चालाकी से चीज़ों को तोड़-मोड़ कर प्रस्तुत करेगी। वह इतनी भयानक इसलिए ही है, जो वह कर सकती है।'' वह डर गई और लक्ष्मण के पास चली गई।

''निश्चिंत रहो, वह तुम्हारा कुछ नहीं बिगाड़ सकती,'' लक्ष्मण ने निश्चिंत होकर से कहा। उर्मिला उससे ज़ोर से लिपट गई।

''मैं उससे निपट लूँगी,'' उसने सिर उठा कर देखा और प्रसन्न होकर कहा। ''पर वह यहाँ इतने दिन टिक कैसे गई?''

''क्योंकि वह माता कैकेयी की माँ की तरह है, उसने उन्हें पाल-पोस कर बड़ा किया।''

और लक्ष्मण ने उसे एक विचित्र कहानी सुनाई। ''रानी कैकेयी का बचपन एक पहेली की तरह था, जैसी कि रानी स्वयं थीं,'' उन्होंने कहा। ''एक छोटी बच्ची के रूप में और सात भाइयों के बीच एक बहन के रूप में उनका पालन-पोषण उनकी माँ के बिना हुआ, उन्हें दूध पिलाने वाली धाय माँ मंथरा ने उनका लालन-पालन किया और वह उनके प्रति पूरी तरह समर्पित थी। उनके पिता राजा अश्वपति ने उनकी माँ को अपने राज्य कैकेय से बाहर कर दिया था। यह बात पहले किसी ने सुनी तक नहीं थी, लेकिन यह अकारण भी नहीं हुआ था।''

''अश्वपति को एक विचित्र वरदान प्राप्त था। वे पक्षियों की चहचहाट समझ सकते थे, पर किसी को यह यह बता नहीं सकते थे और यदि उन्होंने किसी को यह बात बताई, तो उसी क्षण उनकी मृत्यु हो जाती। एक दिन जब राजा अपनी रानी के साथ महल के उद्यान में टहल रहे थे, उन्होंने रति क्रीड़ा में लीन हंसों के एक जोड़े का स्वर सुन लिया। अश्वपति यह सुनकर इतने प्रसन्न हुए कि उच्च स्वर से हँसने लगे। उनकी पत्नी की जिज्ञासा अस्वाभाविक रूप से बढ़ गई और पूछने लगी कि आख़िर अश्वपति ने क्या सुन लिया कि वे इतने उच्च स्वर से हँस रहे हैं। वे बार-बार बल देने लगीं कि उन्हें बताया जाए कि उन्होंने क्या सुना है और वह भी तब जब वे अच्छी तरह जानती थी कि ऐसा करने से राजा की मृत्यु हो जाएगी। रानी की संवेदनहीनता से दुखी और कुपित राजा अश्वपति ने उन्हें अपने महल और राज्य से बाहर कर दिया।

छोटी बच्ची राजकुमारी कैकेयी ने अपनी माँ को फिर कभी नहीं देखा, दासी मंथरा ने उन्हें पाल-पोस कर बड़ा किया और उनके साथ अयोध्या आ गई और तब से यहीं रह रही है।"

"उसने कम समय में ही सीता और मांडवी दोनों के मस्तिष्क में विष भर दिया है, मैं तो कल्पना भी नहीं कर पा रही हूँ कि उसने इतने लंबे समय में अब तक कितनी क्षति पहुँचाई होगी," उर्मिला ने कहा।

"इसका कारण यह है कि तुम्हारी बहनें अभी यहाँ नई हैं," लक्ष्मण ने कहा। "सौभाग्यवश यहाँ हर कोई उसके कुटिल स्वभाव और कृत्रिम आकर्षण से परिचित है, वह किसी को मूर्ख नहीं बना सकती। सच तो यह है कि सभी लोग उस बेचारी से घृणा करते हैं, पर उसे माता कैकेयी के कारण झेल रहे हैं।"

रानी के ऊपर भी मंथरा का अविचल प्रभाव है और उसने अपने बुरे स्वभाव का प्रभाव उन पर भी डाला ही होगा। उन्होंने किस तरह अपना दर्ज़ा दूसरी पत्नी से बढ़ा कर पटरानी का कर लिया होगा, जिस पद पर अब तक कौशल्या का अधिकार था? आख़िर किस तरह वे राजा की पसंदीदा बन गईं? उर्मिला ने जो कुछ देखा था, उससे स्पष्ट था कि दोनों रानियों के बीच के मधुर संबंध में एक तरह का ठंडापन था। दोनों में अंदर ही अंदर वैमनस्य का भाव था। स्पष्ट है कि दोनों के रिश्ते मंथरा की वजह से कई जगहों पर टूटे हुए भी थे। इसमें कोई संशय नहीं था।

मंथरा जैसे लोग चुप नहीं बैठते। वे ऐसे परजीवी होते हैं, जो अपने मेज़बान के ही डर और परेशानियों पर फलते-फूलते हैं और उन्हें नष्ट कर देते हैं। तो उसका अगला शिकार कौन होगा?

युवराज

महीन जाली के काम से सजे बरामदे से उर्मिला को महल के चारों ओर फैले करीने से सजाए हुए उद्यान-उपवन दिख रहे थे। यह वैसा ही लग रहा था, जैसा प्रकृति का मनोरम चित्र, जो वह बना रही थी। आस-पास की सभी चीजें. ऐसे बनाई गई थीं, ताकि वे पूर्णता का अहसास दिलाएँ-उद्यान की हरीतिमा के बीच बहुत ही करीने से छाँटे हुए पौधे, एक पंक्ति में लगाए गए पेड़ और सबके बीचों-बीच बना भव्य राज प्रासाद। उर्मिला जानती थी कि यह सच नहीं है। सामने के हिस्से में बन आए कुरूप छेदों को भी उसने बीते कई महीनों में देख लिया था। ये गहरे और बड़े गड्ढे थे, जो जितना दिखाते थे, उससे अधिक छिपाते थे। सुदंर महल में बहुत सारे षड्यंत्र रचे गए थे, जो उतने सुंदर नहीं थे। बूढ़ी दुष्ट स्त्री मंथरा थी, जो अपना विष चारों ओर फैला रही थी, राजा बूढ़े हो गए थे और वे कुछ बहुत ही भयावह दुस्वप्नों को लेकर परेशान रहते थे, पर चारों राजकुमार बिलकुल निश्चिंत थे और उन पर इन अफ़वाहों का कोई प्रभाव नहीं कि उनमें से कौन युवराज बनाया जाएगा। वे सदैव की तरह ही प्यारे थे, हंसते रहते थे, अपने आप में मस्त थे और पिताश्री के राजसी कामकाज और प्रशासन में हाथ बँटाते थे। वे पूरे महल को प्रसन्न रखे हुए थे।

पूरे महल में सबसे दुखी व्यक्ति कौशल्या लग रही थी... वह अपनी बुरी अवस्था के बारे में बताने का कोई अवसर नहीं छोड़ती थीं, वह अपने दिल का हाल उर्मिला को बताती रहती थीं। वह एकांत में अपने अंत:पुर में चुपचाप पड़ी रहती थीं, उनका अंत:पुर भी उन्हीं के जैसा था, अंधेरा और शांत। उनका कक्ष एकांत में था, घुप अंधेरा था, काल कोठरी की तरह था जिस पर काले रंग के परदे लगे हुए थे, जिससे रोशनी, धूप या उजाला भी

अंदर नहीं जा सकता था। कौशल्या के कक्ष में एक विचित्र पालतू पशु था, यह था एक भद्दा दिखने वाला तोता, जो उनके शयनकक्ष में छत से लटकने वाले सोने के पिंजड़े में बंद था। उसने एक ही बात कहना सीखा था, ''शत्रु को धिक्कार है!'' यह उसने अपनी मालकिन से सीखा था। लाल चोंच वाला यह बातूनी पक्षी तीक्ष्ण स्वर में बार-बार यह दोहराता रहता था और कौशल्या के महल में यह विचित्र लगता था। यह एक व्यंग्य था, जो उसकी प्रतिद्वंद्वी कैकेयी को सुनाने के लिए था, वह रानी, जिसने उनका अधिकार छीन लिया था और राजा के दिल में जगह और शयन कक्ष भी हथिया लिया था।

उर्मिला महल के इस भाग में जाने से परहेज़ करती थी, वह इसके बजाय सुमित्रा के कमरों की ओर अधिक आया-जाया करती थी। वह स्वयं को सुमित्रा के अधिक निकट पाती थी, वह उसकी माँ की तरह थी, जिसकी याद उसे प्रतिदिन आती थी। वह दयालु स्वभाव की थी और कौशल्या की तरह व्यर्थ कमियाँ भी नहीं निकालती थीं। कौशल्या उस पर अत्यंत अधिकार जताती थीं और वह उस मुर्गी की तरह थीं, जो अपने बच्चे के इर्द-गिर्द मँडराती रहती हो और सदैव उसकी सुरक्षा को लेकर चिंतित रहे। वह अधिक नहीं बोलती थीं और यह मानती थीं कि कुछ बोलने के बजाय कुछ कर दिखाना चाहिए। वह सदैव चुप रहती थीं, पर उनके शांत स्वभाव को उनकी दुबर्लता समझने की त्रुटि किसी को नहीं करनी चाहिए। यह उनकी शांत बुद्धिमत्ता ही थी, जिस ओर उर्मिला खिंची चली जाती थी।

उस अप्रिय पहली भेंट के बाद से कैकेयी के साथ उसके रिश्ते अत्यंत सुधर गए थे। उर्मिला ने उनके बारे में कभी जैसा सोचा था, वह उससे एकदम अलग थीं। लक्ष्मण ने उनके बारे में बिलकुल सही अनुमान लगाया था, वह निष्कपट थीं - अपने विचारों में एकदम स्पष्ट थीं, उनका तौर-तरीक़ा एकदम सीधा था और वह बिना किसी लाग-लपेट के बोलती थीं। इसका परिणाम यह था कि लोग उन्हें बहुत पसंद करते थे, वह महल के अंदर और प्रजा के बीच भी बहुत ही लोकप्रिय थीं, हालाँकि उन्हें क्रोध बहुत ही अधिक आता था, पर वह अत्यंत उदार स्त्री थीं, विशेष रूप से चारों राजकुमारों के मामले में। कौशल्या की पूरी दुनिया राम के इर्द-गिर्द ही घूमती रहती थी। इसके उलट कैकेयी अपने बेटे भरत के प्रति प्रेम को लेकर बहुत मुखर नहीं थीं। उनका मानना था कि चारों राजकुमार उनके और उनके पति के बेटे हैं और वह सबको समान रूप से चाहती थीं। वह उनमें से हर एक को अच्छी तरह

जानती थीं और उनके साथ उसके अनुकूल ही व्यवहार भी करती थीं। वह राम से खुले तौर पर भरत से अधिक स्नेह करती थीं, लक्ष्मण के साथ वह थोड़ी सावधानी बरतती थीं, क्योंकि वह कई बार धृष्टता कर बैठते थे, पर राम के प्रति उनकी अटूट निष्ठा के कारण उनका सम्मान करती थीं। भरत शांत और मृदुभाषी व्यक्ति थे, वह उनके साथ अधिक नरमी से पेश आती थी और उनकी सुरक्षा में लगी रहती थीं। राम की तरह ही वह शत्रुघ्न से भी स्नेह करती थीं और उनके प्रति अत्यंत उदार थीं। शत्रुघ्न और कैकेयी का हास्यबोध एक समान था, वह उनसे ख़ूब हास्य-विनोद करती थीं और अपनी चिर-परिचित शैली में उनके साथ ठहाके लगाया करती थीं, पर उर्मिला की पारखी दृष्टि में वह राम के प्रति पक्षपातपूर्ण थीं, उनकी ओर झुकी हुई थीं। शायद इसलिए कि वह चारों भाइयों में सबसे अधिक आकर्षक थे या शायद इसलिए कि वह जानती थीं कि उनके पति दशरथ, राम को सबसे अधिक चाहते थे और उनके बिना एक पल भी नहीं रह सकते थे। कैकेयी अपने पति को बेहद प्यार करती थी और इसलिए हर उस चीज़ को उन्होंने उदारता से स्वीकार कर लिया, जो दशरथ की थी।

दशरथ, कैकेयी को लेकर अत्यंत आसक्त थे, तो वह भी उन पर जान छिड़कती थीं। और कौशल्या अपने से कम उम्र की इस स्त्री को इसी कारण क्षमा नहीं कर सकती थीं, क्योंकि उसने अनजाने में दशरथ को उनकी दूसरी पत्नियों से दूर कर दिया था। बड़ी रानी को यह कई बार कहते हुए सुना गया था कि भले ही कैकेयी राजा की सबसे प्रिय पत्नी हो, वे सबसे अधिक प्रेम तो राम से ही करते थे। इस समीकरण से रानियों के बीच की असमानता को संतुलित तो कर लिया गया था, पर इससे उनके बीच के असंतोष की अग्नि नहीं बुझ सकी थी। इसके बदले राम को राजमुकुट दिलाने की महत्वाकांक्षा की अग्नि कौशल्या के हृदय में कई वर्षों में बढ़ती ही गई।

उन चार बहनों के बीच भी स्थिति कोई बहुत अच्छी नहीं थी। मांडवी ने शेष बहनों से एक विशेष प्रकार का ठंडापन लिए हुए दूरी बना ली थी। उर्मिला ने उससे बात करने की कई बार कोशिश की, पर वह दृढ़ता के साथ अलग-थलग ही रही, बस एक तरह का सौहार्द बनाए रखा। उसने उस सुबह के बाद कभी भेंट नहीं की और संपर्क करने का कोई प्रयास नहीं किया। इससे उर्मिला ने यह दृढ़ निश्चय कर लिया कि वह हाल में ही फूटे, लेकिन गहराई तक जाने वाले मतभेदों को जितनी शीघ्र हो, दूर करके रहेगी। ग़लतफ़हमियाँ असाध्य

होती हैं, वे फैलती हैं और रिसती रहती है, वे मस्तिष्क का क्षय करती रहती हैं और भावनाओं को नष्ट करती रहती हैं। उनके बीच के मुकाबले ने और बुरा रूप ले लिया, इसका प्रभाव पहले से भी अधिक बुरा और फैला हुआ था। मांडवी पहुँच से बाहर हो गई, उसने उर्मिला को मिल कर अपनी बात कहने या दुख व्यक्त करने का कोई अवसर नहीं दिया। वह एक दीवार की तरह थी, जिसे कोई भेद नहीं सकता था।

उर्मिला भी चार बहनों की तुलना चार भाइयों से किए बिना नहीं रह सकती थी। उनके बीच भी इस तरह की मिथ्याबोध हुई ही होगी। उन्होंने कैसे मामला सँभाला होगा? वे कैसे एक साथ रहे होंगे? उर्मिला के पास इन प्रश्नों का अनकहा उत्तर मौजूद था। उनके बीच आपस का गहरा विश्वास था। जिस चीज़ ने उन सबको बाँध कर एक साथ रखा होगा, वह केवल प्रेम ही नहीं था, सबसे ऊपर एक दूसरे के प्रति सम्मान और भरोसे की भावना थी। क्या इन मामलों में इन लोगों ने एक दूसरे का विश्वास तोड़ा होगा। उर्मिला को बहुत ही बुरा लग रहा था। वह और मांडवी एक दूसरे के कितने निकट थे, क्या एक मूर्खतापूर्ण और अहंकार से भरी लड़ाई की वजह से उनके बीच का इतना गहरा संबंध बिखर जाएगा? वह यह जानती थी कि अहं नहीं, किसी और वजह से उनके बीच दीवार बन गई है, पर वह क्या चीज़ है, यह नहीं समझ पा रही थी। उर्मिला दुख से भरी थी और अपने महल के ऊपरी कक्ष में चुपचाप चित्र बनाती रही। उसे इस बात की कोई सूचना नहीं थी कि कैकेयी का दूत उसके महल में आया हुआ था।

वह हाल ही में शुरू किए गए चित्र को पूरा करने में तल्लीन थी। यह उसके विवाह का चित्र था। उसने बहुत बड़े स्तर पर चित्र बनाने की योजना बनाई थी और यह चित्र उतना बड़ा हो सकता था, जितना भव्य उसका विवाह था, पर वह इस दिशा में अधिक आगे नहीं बढ़ पा रही थी, ये चिंताजनक बातें उसे परेशान किए हुए थीं और उसका ध्यान चित्रकारी में नहीं लग रहा था। कुछ लोगों के लिए चित्रकला संसार की चिंताओं से ध्यान हटाने का माध्यम हो सकता है, पर उसके लिए नहीं। वह जब परेशान रहती थी, चित्र नहीं बना सकती थी। वह केवल ये कर सकती थी कि खाली पट्टिका को शून्य निगाहों से चुपचाप देखती रहे, उसके मन में तरह-तरह के विचार टकराते रहते थे।

"तुम क्यों मुँह बना रही हो?" उसने इस पर ध्यान नहीं दिया था कि उसके पति कक्ष में पहुँच चुके थे। उसने चौंक कर देखा।

"क्या तुमने बुरा समाचार सुना है?"

"बुरा समाचार?" उसने दोहराया। उसके समझ में कुछ नहीं आया।

"माता कैकेयी के पिता राजा अश्वपति अस्वस्थ हैं और इस कारण वे विवाह में भी नहीं आ सके थे। वे भरत शत्रुघ्न और उनकी बहुओं को देखना चाहते हैं।" "इससे भी अधिक बुरा समाचार यह है कि शत्रु ने उनके राज्य पर आक्रमण कर दिया है और भरत के मामा राजकुमार युद्धजीत चाहते हैं कि उनका भांजा उनकी मदद करे। इसलिए वे लोग वहाँ जा रहे हैं। मैं अभी अभी भरत से मिल कर आया हूँ।"

"मांडवी और कीर्ति मुझसे मिले बिना जा रही हैं," उसने चीख कर कहा।

"बहुत समय नहीं बचा था, सारा सब कुछ तेज़ी से और अनपेक्षित ढंग से हुआ, वे तो अब तक जा चुकी होंगी।"

"ओह! लेकिन मुझे उनसे मिलना ही होगा, मुझे उनसे मिलना है... वे इस तरह नहीं जा सकतीं।" उसने हड़बड़ा कर कहा, तेज़ी से उठी और तूलिका ज़ोर से धरती पर फेंक दी, जिससे ज़ोर की ध्वनि हुई।

"मिला! रुको।"

पर तब तक वह कक्ष से बाहर निकल चुकी थी। शीघ्र से सीढ़ियाँ उतरती हुई महल के बाएँ भाग की ओर दौड़ी, जिस तरफ मांडवी का आवास था। वह अब दौड़ रही थी, लोग उसे आश्चर्य से देख रहे थे, उसने बरामदा और गलियारा पार कर लिया था। उसे यकायक अपनी बहन के महल का रास्ता अत्यंत लंबा लगने लगा। उसके मस्तिष्क में एक ही बात थी कि उसकी बहनें अयोध्या से हज़ारों मील दूर बसे कैकेय जाने के लिए विदा हों, उससे पहले वह किसी तरह उनसे एक बार मिल ले। अब वह उनसे कई महीनों तक नहीं मिल पाएगी। जब वह भरत के महल के ड्योढी में पहुँची, उसकी साँसें फूलने लगी थीं, पर वे वहाँ नहीं दिख रहे थे। क्या वे जा चुके हैं, क्या मैं बहुत देर कर चुकी हूँ

उसने बदहवासी से चारों ओर देखा, उसे राज्यमंत्री सुमंत्र दिखे।

"राजकुमारी! छोटे राजकुमार हमारे सबसे तेज़ घोड़े पर सवार होकर कैकेय के लिए रवाना हो चुके हैं," उसने कर्मठता से उसे जानकारी दी।

"और राजकुमारियाँ?," उसने आशा के साथ पूछा।

"वे उसके तुरंत बाद रथों में बैठ कर सैनिकों के साथ रवाना हो गईं।"

उसका दिल बैठ गया, वह मुड़ी और धीरे-धीरे चलती हुई अपने कक्ष तक पहुँच गई, उसकी दुनिया अंधेरी और धूमिल हो चुकी थी। वह रोना चाहती थी, उसके मन में कुंठा के भाव अधिक थे। वह अपनी चचेरी बहनों से जाने के पहले मिल नहीं सकी थी और यह भी नहीं जानती थी कि वह अब ऐसा कब कर सकेगी। इस सोच के कारण उसके मन में एकाकीपन और निराशा की भावनाओं का प्रवाह उठा। वे इसके पहले भी अवकाश बिताने अपने पिता और उसके चाचा कुशध्वज के पास वाराणसी जाती रहती थीं, पर इस बार बात अलग थी। वे उससे मिले बिना चली गईं। मांडवी के साथ हुई अप्रिय बातचीत को वह नहीं भूली थी और इस कारण से उसे बहुत ही बुरा लग रहा था, उसने अपनी आँखों के कोरों पर आँसुओं को अनुभव किया।

अपने अंत:कक्ष के बाहर गलियारे में उसे लक्ष्मण मिल गए।

"मिला! क्या बात है?"

उसके मुरझाए चेहरे को एक बार देख कर लक्ष्मण ने अनुमान लगा लिया कि क्या हुआ होगा। वह अपनी बहनों को विदा नहीं कर पाई। और उसे इसका बुरा लगा है।

उसे देख कर और उसके स्वर में व्यग्रता भरी हड़बड़ाहट भाँप कर उर्मिला अपने पर नियंत्रण नहीं रख सकी। उसे लगा कि पिछले कई दिनों की परेशानी आँसू बन कर निकल पड़ेगी। उसके कंधे झुक गए और वह उनकी भुजाओं में समा गई, अपना सिर उनकी छाती पर टिका दिया।

लक्ष्मण अपनी भुजाओं के घेरे में उसे अत्यंत देर तक आराम से रखे रहे, आँसुओं से भीगा हुआ उसका चेहरा उनकी छाती में दबा रहा। उर्मिला कई बार रोने लगती थी, पर वह अधिकतर क्रोध या कुंठा में रोती थी। वह दुखी होकर या आहत होकर विरले ही रोती थी, ये उसके निहायत ही निजी क्षण थे और वह उसे सबके सामने प्रकट नहीं कर सकती थी। वह बड़ा संकट सँभाल सकती थी, पर छोटी-छोटी बातों पर क्रोधित होकर रोने भी लगती थी। लक्ष्मण को उसके निशब्द आँसुओं से उसके रोने की याद आई जब उसने वन में उर्मिला के प्रस्ताव को निर्दयता से ठुकरा दिया था। ठुकराए जाने के कारण क्रोध और दुख की वजह से जो आँसू उसके निकले थे, इस समय हृदय और चेतना के आहत होने पर भी वैसे आँसू नहीं निकल रहे थे। स्पष्ट था, यह उसकी बहनों से जुड़ा मामला था।

"अरे वे शीघ्र ही लौट आएँगी, सदैव के लिए तो नहीं गई हैं न।" उसने उर्मिला के केश में लगे केश काँटे को खोल दिया। कंधे से लटकते हुए लंबे बड़े बालों को स्पर्श करते हुए उन्होंने कहा, "यह सच है कि कैकेय दूर है, पर वे एक महीने में लौट आएँगी।"

"मुझे लगता है कि मैं कुछ अधिक ही प्रतिक्रिया कर गई, मैं देख सकती हूँ कि आपने क्या किया है।" वह सहज हो गई और थोड़ी सी शर्मिंदा भी अनुभव करने लगी थी। "हालाँकि जितना मूर्खतापूर्ण लगता है, उतना नहीं है, पर कुछ दिनों पहले हमारे बीच तीखी झड़प हो गई थी और उसके बाद स्थिति बिगड़ती ही चली गई, अब जब वे जा चुकी हैं, मुझे लगता है कि यह मामला लंबे समय तक नहीं सुलट पाएगा।"

"झड़प!" उन्होंने आश्चर्य से कहा। "लेकिन मैं तुम्हें जितना जानता हूँ सुलह करने की कला में तो तुम निपुण हो और क्षमा माँग कर मामला निपटा ले सकती थी।" उन्होंने कहा, "और यह कोई प्रशंसा नहीं है।"

उन्होंने उर्मिला को प्रसन्न होकर मुस्कराते हुए देखा।

"और तुम यह मामला नहीं सँभाल सकी, यह चिंता की बात है। क्या तुम मुझे यह बताना चाहती हो कि हुआ क्या था," उन्होंने शांत होकर पूछा।

उसने अत्यंत सोच-विचार के बाद लक्ष्मण को वह सब कुछ बता दिया, जो बहनों के बीच हुआ था। सब कुछ सुनने के बाद वह भी गंभीर हो गए।

"मैंने यहीं पर पिछली बार मंथरा को पकड़ लिया था, तुमने उसके पहले मुझे यह सब क्यों नहीं बताया?"

उसने असहाय स्वर में प्रतिवाद किया, "आप क्या कर लेते?, मैंने तो समझा था कि यह हम बहनों के बीच की बात है और शीघ्र ही हम इसे आपस में सुलझा लेंगे। मैं छोटे-छोटे झगड़े और समस्याएँ लेकर आपके पास नहीं जाना चाहती थी।"

"यह गंभीर बात है," उन्होंने सिर हिलाया। "यह बूढ़ी दासी अपने पुराने ढर्रे पर लौट आई है, यह स्पष्ट है कि जितना लोगों ने सोचा उसने, उससे अधिक क्षति कर दी है। मैं इसे देखता हूँ, पर निश्चित तौर पर मिथ्याबोध होने पर तुरंत बात कर उसे दूर कर लेना चाहिए।"

"पर वह तो हम लोगों से बात करने से इंकार करती रही है, वह तो हम लोगों से लगातार कतराती रही है।"

''उसने ऐसा व्यवहार इसलिए किया कि किसी ने अपने धूर्त तरीक़े से उसे बहला-फुसला कर दूसरे तरह से सोचने को बाध्य कर दिया।''

''बिलकुल! उसे इस बात का अहसास हो गया और वह अपने आप से घृणा करने लगी। और शायद इस कारण वह हम लोगों का सामना नहीं करना चाहती।''

उर्मिला की त्योरियाँ ढीली पड़ गईं और उसके चेहरे पर हल्की सी मुस्कान आ गई। चीज़ों के तह तक जाने की अपनी क्षमता पर स्वयं उसे ही अचरज हो रहा था। लक्ष्मण मांडवी को अच्छी तरह नहीं जानते थे, पर उन्होंने स्थितियों का सही आकलन कर लिया। उर्मिला को उनका नया पक्ष देखने को मिला। उनकी दृष्टि, बुद्धिमत्ता और किसी स्थिति का आकलन कर उस पर उचित निष्कर्ष निकालने की उनकी क्षमता का पता उसे चला। और उनका वह पक्ष भी समझ सकी, जिसके तहत उसने अपने अंदर की असुरक्षा की भावना और स्वयं को ख़तरनाक स्थिति में पाने की बात को उन्हें स्वेच्छा से बताया था। वह ऐसा किसी और के साथ नहीं कर सकी थी। एक दर्द के साथ वह जानती थी कि वह उन्हें पूरी तरह प्यार करती थी। जितनी भी देर वह उनके पास रहती थी और उनके साथ गुज़ारती थी, वह अपने आप में पूर्ण होता था।

''मिला! अब मैं आशा करता हूँ और तुमसे प्रार्थना करता हूँ कि तुम इस बात पर दुख नहीं करोगी कि तुम्हारा पति कभी भी राजा नहीं बनेगा'' लक्ष्मण ने हँस कर कहा। वह उर्मिला की गंभीरता से दुखी हो गए थे और उसे छेड़ कर इससे दूर करना चाहते थे। उन्हें आशा थी कि इससे वह एक बार फिर मुस्कराने लगेगी।

आप जानते हैं कि यदि आप राह चलते भिखारी होते तो भी मैं आपको इतना ही प्यार करती,'' उसने उनके कंधे पर हल्के से चपत लगाते हुए कहा। ''आपके बुद्धिमत्तापूर्ण व्यंग्यों से ऐसा लगता है कि आप विधि व न्याय विभाग अच्छी तरह सँभाल लेते या आप उन लोगों की रक्षा करते, जिनका पक्ष कोई नहीं रखता, आप भावनाओं के बजाय शब्दों से खेलने में बेहतर हैं,'' उसने हँसते हुए उत्तर दिया। ''क्या आप भाइयों में भी इस तरह की असहमतियाँ हुई हैं?,'' उसने पूछा। यह एक ऐसा प्रश्न है, जिसका उत्तर जानने के लिए वह अत्यंत उत्सुक रही थी।

''निश्चित रूप से, हम भी असहमत होते हैं,'' लक्ष्मण ने कहा, ''पर, हाँ! यह पूरी तरह हमारे ही बीच रहता है। इस पर हमारे बीच सहमति तब

से है, जब हम उधमी बच्चे थे। मैं और शत्रुघ्न एक ही पौधे से निकले होने के कारण किसी संकट के क्षण में एकदम क्रोधित हो उठते थे, हम अधिक भावनाओं में बहने वाले हैं। राम विचारक हैं, वह किसी भी विषय पर उसके परिणामों और प्रभावों को लेकर सदैव ही उचित और न्यायपूर्ण ढंग से सोचते हैं, पर वह कारणों की तलाश नहीं करते। भरत हम भाइयों में सबसे अधिक शांत और भद्र है, पर वह कभी हार न मानने वाला शत्रु हो सकता है। वह न कभी कुछ भूलता है, न ही किसी को किसी सूरत में क्षमा करता है। हम दोनों ही किसी विषय पर अलग-अलग ढंग से सोचते हैं, पर हमारे बीच जो विश्वास और आदर है, उस कारण कोई भी तनाव हो, वह अपने आप दूर हो जाता है।''

उर्मिला समझ गई। इन भाइयों के बीच की निकटता संवेदना, आपसी समझदारी और बुद्धिमत्ता के आधार पर विकसित विवेक के कारण है। उसने यह मान लिया कि लक्ष्मण राम के चिर स्थायी साथी हैं, उनका अंतरंग मित्र हैं, लेकिन दोनों भाइयों को देख कर सीता और उर्मिला ने भी यह मान लिया कि राम लक्ष्मण के बिना कुछ नहीं कर सकते। ऐसा लगता था कि लक्ष्मण दरअसल राम का ही विस्तार हैं, वह उनका मित्र, भाई, सखा और विश्वासपात्र है। उर्मिला को कई बार लगता था कि राम लक्ष्मण पर सबसे अधिक भरोसा करते थे, उन्हें सबसे अधिक प्यार करते थे, शायद सीता से भी अधिक। उर्मिला की तरह सीता भी यह जानती थी और उसने उसे पूरे सम्मान और शालीनता के साथ स्वीकार कर लिया था।

''हाँ, पर मेरा मानना है कि यह स्थितियों पर भी निर्भर करता है,'' लक्ष्मण ने शांत स्वर में कहा। ''हमारा पालन-पोषण एक साथ हुआ, जिस कारण हमारे परिवार में विघटन हो सकता था, उस कारण वह और सुदृढ़ हुआ है, मंथरा और उसका कपट इनमें एक है। उसने हमारे बीच दरार पैदा करने की भरपूर कोशिशें कीं, पर हमने यह पहले ही समझ लिया था। ऐसा हमारी माताओं के कारण हुआ, क्योंकि वे आपस में इससे ठीक से नहीं निपट सकती थीं।''

अब लक्ष्मण उदास लग रहे थे, वह बात करना चाह रहे थे, पर कोई रहस्य उजागर करने से हिचक रहे थे। उर्मिला ने अपना हाथ धीरे से उनके हाथ में डाल दिया और वह बोलने को सहमत हो गए। वह धीरे से कुछ पूछने के बजाय अपनी बात पर बल दे रही थी, वह समझ गई कि वह अब बोलने

वाले थे, वह उसे पहली बार अपने अंदर का ऊहापोह बताने वाले थे। लक्ष्मण ने उसका हाथ पकड़ लिया और अपना अंगूठा उसकी कलाई के अंदरूनी हिस्से से स्पर्श करने लगे।

"हमारे लिए समस्या यह थी कि हम ऐसी माताओं के बीच बड़े हो रहे थे, जो एक दूसरे के विरुद्ध थीं," उन्होंने लंबी साँस लेकर यह स्वीकार किया। "माँ कौशल्या और माँ कैकेयी के बीच स्थिति अधिक विस्फोटक थी, मेरी माँ उन दोनों के बीच मध्यस्थता करती रहती थी और इसका परिणाम यह हुआ कि वे कहीं की न रहीं। वे अब निष्पक्ष रहना चाहती है, वैसे भी उनके विचारों का कोई महत्त्व नहीं है," लक्ष्मण ने शुष्क मन से कहा। "दोनों रानियों के सत्ता संघर्ष में राम और भरत फँस गए और अब भी फँसे हुए हैं। मंथरा मांडवी के मन में यह भरना चाहती थी कि यह मामला राम और भरत के बीच का है। दुखद है कि वास्तव में ऐसा है।"

"और उन पर इसका प्रभाव नहीं पड़ा?"

"नहीं। यह उनके मस्तिष्क में नहीं है, यह उनकी माताओं और शायद दूसरे कुछ लोगों के मस्तिष्क में है। माँ कौशल्या अपने बेटे को राजा बनाना चाहती हैं और पिताश्री भी यही चाहते हैं, पर अश्वपति को दिए वचन से वे बेचैन हो उठते हैं। इसके अलावा माँ कैकेयी उनकी सर्वाधिक प्रिय पत्नी हैं, पर राम उनका पसंदीदा पुत्र है। पिताश्री उन दोनों को ही बहुत चाहते हैं। इस पर निर्णय करना आसान नहीं होगा – इसलिए यह उनके लिए दुखद स्वप्न की तरह है और वे इतने बेचैन रहते हैं कि सो नहीं पाते हैं। वे उलझन में हैं, पर हम में से कोई कभी भी किसी स्थिति में एक दूसरे के विरुद्ध नहीं जाएगा," उन्होंने गहरी भावना से कहा। "हमने अपनी माताओं के साथ ऐसा होते देखा है, हम अपने साथ ऐसा नहीं होने देंगे, हम स्वयं इससे नहीं गुज़रेंगे।"

वह यह नहीं जानते थे कि उनकी कल्पना से अधिक स्थिति बदतर हो जाएगी।

मांडवी और कीर्ति को कैकेय गए एक सप्ताह व्यतीत हो चुका था और उर्मिला को उनकी अनुपस्थिति खलने लगी थी। सीता अधिकतर समय कौशल्या के साथ बिताती थी या रसोई में रहती थी। कैकेयी और मंथरा दोनों ही पाक कला

में निपुण थीं और सीता उन दोनों से कुछ न कुछ पकाना सीखती रहती थी। लक्ष्मण का अधिकतर समय राम के साथ ही बीतता था, शीघ्र ही होने वाली राजसभा की तैयारियों में राम व्यस्त रहते थे और लक्ष्मण भी उसके साथ ही व्यस्त रहते थे। सभी मंत्रीगण, पड़ोसी राजा और राजनीतिक सहयोगियों को उस राजसभा में भाग लेने आना था।

इससे उर्मिला को अपने दो प्रिय काम- चित्रकला और अध्ययन में लगे रहने के लिए समय मिल गया। अपनी बहन सीता के साथ रसोई घर में समय बिताने की उसकी कोई इच्छा नहीं थी। उसे कलछुल के बजाय तूलिका चलाने में अधिक मन लगता था, यह एक ऐसी बात थी, जिसे समझने वाले लोग यहाँ अधिक नहीं थे। रसोईघर में गर्मी बहुत थी, शोरगुल रहता था और वहाँ गप्पबाजी बहुत ही अधिक होती थी। और मंथरा के आस-पास मँडराते रहने की वजह से वे गप्पें अत्यंत मसालेदार भी हुआ करती थीं। वह वहाँ मुँह बनाती रहती थी, इधर-उधर की बातें करती रहती थीं और अपने काम पर ध्यान नहीं दे पाती थी। लक्ष्मण उसके कक्ष में घुसे, तो उर्मिला ने प्रसन्नता से अपनी तूलिका दूर रख दी।

वह उसके पास गए और शीघ्र ही तेल लगे उसके जूड़े में लगा केश काँटा खोल दिया, जिससे उसके घने लंबे बाल खुल कर नीचे लहराने लगे। ऐसा करना उनकी आदत में शामिल हो गया था, उर्मिला समझ चुकी थी कि वह इसके जरिए उसके प्रति प्रेम प्रदर्शित करते हैं। वह ऐसा अत्यंत ही आत्मीय और अंतरंग ढंग से करते थे और उनकी आँखें उसके केश पर ऊपर से नीचे फिसलती रहती थीं। ''आप जानते हैं कि मैं खुले केश में यहाँ नहीं घूम सकती, ऐसा करना यहाँ सामाजिक रूप से स्वीकार्य नहीं है,'' उसने गहरी साँस लेकर कहा। वह काँटा उठा कर अपने बालों में फिर लगाने लगी, पर लक्ष्मण ने उसे रोक दिया।

''ऐसा मत करो। जब कभी मैं दिन की भाग-दौड़ के बीच समय निकाल कल तुम्हें देखने आता हूँ, मैं चाहता हूँ कि तुम्हारे केश खुले रहें और बिखरे हुए लहराते रहें। यह वह समय होता है, जब मेरी मिला मुझे फिर से मिल जाती है, दुनिया की उर्मिला नहीं।''

उर्मिला ने कोई उत्तर नहीं दिया, वह मुस्कराती रही। ''पिताश्री ने अभी-अभी राजसभा में घोषणा की है कि राम युवराज होंगे, निश्चय ही यह सर्वसम्मति से लिया गया निर्णय है। इस पर उत्सव कल होगा।''

''क्या?'' उर्मिला को विश्वास नहीं हुआ। ''इतनी शीघ्र! पर यह अपूर्व जल्दबाजी क्यों भला?'' उसने हैरत में पूछा और वह अचरज से भरी हुई लग रही थी।

''यह पिताश्री का कहना है, वे ज़ोर दे रहे हैं कि यह कल ही हो जाना चाहिए। यह चैत्र महीना है और वे नहीं चाहते और देर हो।''

''लेकिन भरत और शत्रुघ्न दूर गए हुए हैं, और क्या उन्हें राजा अश्वपति, मेरे पिता और शांता को इतने महत्त्वपूर्ण कार्यक्रम में आमंत्रित नहीं करना चाहिए? जल्दबाजी किस बात की है?,'' उसने बल देकर पूछा। ''या भरत और शत्रुघ्न की अनुपस्थिति का भरपूर लाभ उठाया जा रहा है,'' उसने चालाकी से पूछा।

''हाँ। वैसे ही जैसे उन्होंने यहाँ से ही बूढ़े राजा को बीमार कर दिया'' उसने कटाक्ष किया।

''आप अपना कटाक्ष मुझ पर व्यर्थ न करें, केवल मुझे यह बताएँ कि क्या हो रहा है।''

''मिला! बहुत समय नहीं बचा है, सब कुछ जल्दबाजी में हो रहा है और तुम मुझसे ऐसे प्रश्न कर रही हो, जैसे इसके पीछे कोई षड्यंत्र है,'' उन्होंने चिढ़ कर क्रोध में कहा।

''मैं तुम्हें यह सूचित करने आया हूँ कि तुम्हें शीघ्र उत्सव के लिए सीता को तैयार कराना है। राम और सीता आज व्रत रखेंगे और बहुत सारी औपचारिकताएँ पूरी करनी हैं।''

''यह हो जाएगा,'' उसने उत्तर दिया, वह अब भी उलझन में थी। ''जैसा कि आपको संशय हो रहा है, ऐसा नहीं है कि मैं इससे प्रसन्न नहीं हूँ, पर जिस तरह हठात यह हुआ है, वह वाकई आश्चर्यजनक है।''

''पिताश्री को पिछले कई सप्ताहों से बुरे-बुरे सपने आ रहे थे, वे उन सपनों से डरे हुए हैं और बहुत ही चिंतित हैं,'' लक्ष्मण परेशान दिख रहे थे। ''तुम्हें लग रहा है कि यह जानबूझ कर योजना बना कर किया गया काम है, पर ऐसा नहीं है। वे इतने चिंतित हैं कि बीमार पड़ गए हैं। उन्हें डर है कि शीघ्र ही उनकी मृत्यु हो सकती है और चाहते हैं कि कोई दुखद बात हो, उसके पहले ही वे राम को युवराज के पद पर आसीन कर दें। यह एक बूढ़े, परेशान पिता की चिंता है, मिला, कोई षड्यंत्र नहीं है। क्या तुम्हें लगता है कि राम राजा बनने योग्य नहीं हैं?''

''आप ऐसा कैसे सोच सकते हैं,'' उसने क्षोभ से कहा। ''इस जल्दबाजी ने मुझे सकते में डाल दिया, किसी बाहरी व्यक्ति को यह गहरा षड्यंत्र ही लग सकता है। क्या माता कैकेयी को इसकी जानकारी है,'' उसने धीमे से कहा।

''नहीं, अब तक नहीं।'' राम ने अभी अभी मुझे और माता कौशल्या को यह जानकारी दी है। मेरी माँ और सीता भी उस समय वहाँ उपस्थित थीं। यह जल्दबाजी अप्रत्याशित तो लगती है, पर मैं पिताश्री से इस बात पर सहमत हूँ कि युवराज को गद्दी पर तुरंत बैठा दिया जाना चाहिए, मैं चाहता हूँ कि यह काम जितनी शीघ्र हो सके, हो जाए।''

''लेकिन क्यों? क्या आपको भरत पर भरोसा नहीं है?''

''मुझे भरत पर भरोसा है, पर वह अपनी माँ का पुत्र है और मंथरा को कम कर मत आँको,'' उन्होंने सपाट स्वर में उत्तर दिया। ''जिस तरह वह इतने वर्षों से सबके साथ करती आई है, उसने अवश्य भरत के मस्तिष्क में भी अपने विचार भरे होंगे। तुमने गौर किया है, वह उसे सदैव युवराज कह कर बुलाती है, कभी भरत नहीं कहती। वह कम आयु के हैं, उनके मस्तिष्क को आसानी से प्रभावित किया जा सकता है, वह आसानी से अपने नाना या माँ की बातों में आ सकते हैं। माँ कैकेयी खतरनाक रूप से जिद्दी हो सकती हैं और भरत उनके ज़ोर देने पर उनकी बातें मान सकते हैं।''

''पर वे चाहती हैं कि राम राजा बने, भरत नहीं,'' उन्होंने रानी के बचाव में चीख कर कहा।

''वे ऐसा कहती हैं, पर क्या वे ऐसा ही चाहती भी हैं? कुल मिला कर यह राजनीति है, सत्ता और पद का खेल है। वे यह नहीं छोड़ना चाहेंगी। और इसकी थोड़ी संभावना है कि भरत इस निर्णय पर प्रश्न करें और विद्रोह कर दें। पिताश्री यह जोखिम टालने चाहते हैं। मेरा अनुमान है कि इसी कारण वे उसकी अनुपस्थिति का लाभ उठाना चाहते हैं और वे बुरी तरह भयभीत हैं।''

''पर यह धूर्ततापूर्ण लगता है, भले ही सच में ऐसा नहीं हो। यह अनुचित लगता है। भरत के लौटने पर आप उन्हें क्या कह कर समझाएँगे? क्या वे आहत नहीं होंगे? मेरी समझ में नहीं आता कि मैं क्या कहूँ, पर मेरी भावनाएँ मिलीजुली हैं। मुझे प्रसन्नता है कि राम राजा बनने जा रहे हैं, पर बवाल तो होगा।''

"बिलकुल। और हम उसी से तो बचना चाहते हैं। शीघ्र करो, उन्होंने अधीरता से कहा। अपनी बहन को शीघ्र तैयार करो। अनुष्ठान शुरू होने ही वाला है।"

थोड़ा चिढ़ कर लक्ष्मण कक्ष से बाहर निकल गए, पर एक बड़ी चिंता उर्मिला के सामने मुँह बाए खड़ी थी : कैकेयी को इस निर्णय की जानकारी अब तक नहीं है, उसने परेशान हो कर स्वयं से कहा और सीता के कक्ष की ओर बढ़ गई। क्या राजा दशरथ ने निर्णय लेने से पहले कैकेयी से मंत्रणा की, क्योंकि उन्होंने उनके पिता को भरोसा दिलाया था कि उनका पुत्र ही अयोध्या का राजा बनेगा। और उन्होंने कैकेयी को बताए बिना और उनकी सहमति के बिना ही यह निर्णय ले लिया। पिछली बार जब उन्होंने उनकी उपेक्षा कर उनसे पूछे बिना ही राजकुमारों के विवाह का निर्णय ले लिया था तो कैकेयी ने अपने राजसी नखरे दिखाए थे और नई बहुओं और महल की सुख शांति को संकट में डालने की धमकी दे दी थी। उर्मिला को आशा थी कि बूढ़े राजा या राम ने रानी को इसकी जानकारी अब तक दे दी होगी। और भगवान न करे, यदि ऐसा नहीं किया होगा, उर्मिला ने रुक कर सोचा और अंदर से काँप गई कि फिर तो सर्वनाश हो जाएगा।

ज्यों ही उर्मिला सीता के कक्ष में पहुँची, तो सीता ने राहत की साँस ली। "मैं सोच रही थी कि क्या करूँ। मैं इस समय तुम्हारे कक्ष की ओर ही जा रही थी और राम ने मुझे जो कुछ बताया, वह तुमसे कहने ही जा रही थी। उन्हें कल युवराज का मुकुट दिया जाने वाला है," उसने ज़ोर से कहा, पर उसके स्वर में प्रसन्नता की उत्तेजना नहीं थी।

"वे कहाँ हैं?"

"अपनी माँ के साथ।"

"माता कैकेयी!"

"नहीं, माता कौशल्या"

उन्होंने अब तक छोटी रानी से भेंट क्यों नहीं की, उर्मिला ने घबराते हुए सोचा। यह अच्छा हुआ होता यदि उन्होंने स्वयं यह समाचार रानी को दिया होता और प्रसन्न बेटे ने अपनी गौरवमयी माँ को यह बताया होता। उर्मिला

के मन में इस पर कोई संदेह नहीं था कि कैकेयी भी इस समाचार से उतनी ही प्रसन्न होंगी। इस व्यर्थ की देरी से बिना कारण ऐसा लगता था कि कुछ लुका-छिपी चल रही है, कोई छल किया जा रहा है। उर्मिला यह आशा कर रही थी कि कैकेयी को यह समाचार पिता देंगे या स्वयं पुत्र, सेविका नहीं। उर्मिला यह सोच कर काँप उठी।

सीता ने परेशान होते हुए पूछा, ''तुम इतनी ठंडी क्यों हो रही हो? मौसम तो गर्म है। खैर मैं प्रसन्न हूँ कि तुम यहाँ आ गई हो। माता कौशल्या ने मुझे बहुत सारे काम बताए हैं। मुझे वो सब काम करने हैं, लेकिन यह समझ नहीं आ रहा कि शुरुआत कहाँ से करूँ!''

उर्मिला ने प्रेम भरे शब्दों में कहा, ''बस एक काम, वह यह कि तुम्हें आज राजतिलक से पूर्व का उपवास रखना होगा। शेष काम मैं कर दूँगी। तुम्हें आज रात घास के बिस्तर पर सोना होगा। नारायण पूजा शीघ्र ही होने वाली होगी, इसलिए हमें तुमको तैयार भी करना होगा। तुम क्या पहनोगी? अपना पसंदीदा पीला रंग? यह बेहद शानदार रंग है।''

उर्मिला की बात को बीच में काटते हुए सीता ने कहा, ''मुझे मांडवी और कीर्ति की कमी खल रही है। काश! हम उनकी प्रतीक्षा कर सकते और हमें उनकी प्रतीक्षा करनी ही चाहिए...।''

उर्मिला ने उसकी बात को टालते हुए कहा, ''अब इस सब में मत उलझो। हमारे पास बातचीत का समय नहीं है, बहुत सारा काम करना है।''

''बिलकुल। मैं यही सोच रही हूँ कि इतनी जल्दबाजी में निर्णय क्यों?'' सीता ने प्रश्न उठाया। ''राम के पास मेरे इन प्रश्नों का कोई उत्तर नहीं था, लेकिन उन्होंने कुल मिलाकर यही बताया कि वे पिताश्री की आज्ञा का पालन कर रहे हैं। सब कुछ बहुत तीव्र गति से हो रहा है। और मैं स्वयं को मांडवी के शब्द याद आने से नहीं रोक पा रही हूँ। उसे पूरा विश्वास था कि भरत ही राजा बनेंगे। हमारे ससुर जी ने अपने ससुर को यही वचन दिया था। राजा दशरथ को माता कैकेयी से विवाह के लिए उनके पिता ने अनुमति इसी शर्त पर दी थी कि माता कैकेयी का पुत्र ही राजा बनेगा। तब फिर राम युवराज कैसे बनाए जा सकते हैं?''

''तुम्हें उत्तर पता है सीता, क्योंकि राम आदर्श चुनाव हैं। वे सबसे बड़े पुत्र हैं और सबके बीच लोकप्रिय भी हैं। वे अच्छे हैं, दयालु हैं, धर्मात्मा हैं, वीर हैं और कुलीन हैं। उन्हें उनकी प्रजा प्रेम करती है। और इन सबके अतिरिक्त उनके

पिता चाहते हैं कि वे राजा बनें। यह मंत्रियों, गुरुओं और प्रजाजनों का निर्विरोध निर्णय है। सबको पता था कि एक दिन यह होना है। और वह दिन कल का है,'' उर्मिला ने समझाया, लेकिन उसके शब्द खोखले लग रहे थे।

''काश! वे सब यहाँ होते!'' सीता ने फिर यही बात दोहराई। ''बातें और सुलझी हुई होतीं। जब मांडवी वापस आएगी, तब मैं उसका सामना कैसे करूँगी। मैं स्वयं को अपराधी अनुभव कर रही हूँ, यह ऐसे लगता है कि जिसकी आकांक्षा वह कर रही थी, मैंने उसे छीन लिया...।''

''व्यर्थ की बात मत करो!'' उर्मिला ने कठोरता से बात काटते हुए कहा। ''सीता, मैं मानती हूँ कि तुम अचानक हुए इन घटनाक्रमों से परेशान हो, लेकिन इस तरह के निरर्थक विचार मन में मत लाओ। तुम राम की पत्नी हो और इसलिए तुम रानी बनोगी। सीधी सी बात है।''

''हम बहनें अधिक समय तक साथ रहती नहीं प्रतीत हो रही हैं। क्या हम साथ रह जाएँगे? सीता निराश दिख रही थी। ''इस टकराव के बाद परिस्थितियाँ पहले जैसी नहीं रह जाएँगी... मांडवी हमसे पूरी तरह कट जाएगी। वो और कीर्ति हम में से किसी को बताए बिना कैकेय चली गईं और अब वे दोनों मेरे जीवन के सबसे महत्त्वपूर्ण अवसर पर यहाँ नहीं हैं। उन्हें यहाँ होना चाहिए था उर्मि।''

''अब इस बात को छोड़ देते हैं। मांडवी क्या मानती है या क्या चाहती है, अब उसका कोई अर्थ नहीं है। और दूसरी बात, ये उसके शब्द नहीं थे, उसे मंथरा ने थोड़ा सा भरमा दिया था। अब यह बात हम सब जानते हैं।''

मंथरा, यह नाम सोचते ही उर्मिला ने अपने शरीर में सिहरन का अनुभव किया। वर्तमान परिस्थितियाँ उसके लिए कुछ कुटिल करने के लिहाज़ से बहुधा अनुकूल हैं। वो है कहाँ?

''तुमने मंथरा को देखा है?'' उसने बहुत सामान्य भाव से पूछा। वह सीता के मन में कोई संदेह नहीं आने देना चाहती थी। ''उनसे थोड़ी सहायता मिल जाएगी। उन्हें निश्चित रूप से सभी प्रक्रियाओं और क्रियाकलापों का पता होगा।''

सीता ने सिर हिलाते हुए कहा, ''नहीं, मैंने उन्हें सुबह से ही नहीं देखा है। वह निश्चित रूप से माता कैकेयी के पास होंगी।''

उर्मिला ने सोचा कि काश! वह वहाँ नहीं हो।

निर्वासन

अभी सुबह हुई भी नहीं थी, आकाश अब भी काला और बादलों से रहित था, लेकिन महल की खिड़कियों के ऊपर से उर्मिला देख पा रही थी कि अयोध्या की गलियाँ जगमगा रही थीं, लोग शहर में जमा हो रहे थे और पतली गलियाँ तीव्रता से भर रही थीं। उसकी तरह वे सब भी समारोह प्रारंभ होने की प्रतीक्षा कर रहे थे – वे सब अपने राजा की प्रतीक्षा कर रहे थे। महाराज अब तक अपने कक्ष से बाहर नहीं आए थे।

सब कुछ तैयार था – पात्र में पवित्र जल, दही, शहद और स्वर्ण पात्रों में शुद्ध मक्खन, सुगंधित भुने चावल, पवित्र घास और पुष्प भी सोने और चाँदी की तश्तरियों में सुंदरता से सजाए गए थे। बाहर श्वेत ध्वज के साथ घोड़े, बैल, हाथी और रथों की शोभायात्रा तैयार थी, जिसके आस-पास प्रसन्नचित्त लोग जमा थे; नगाड़ों, झाँझ और तुरही से निकल रहा संगीत उस उत्सव की शोभा को और बढ़ा रहा था। महल पर विविध रंगों की फूल मालाओं से बने तोरण लगे थे। हर गली और मुहाने पर टिमटिमाते दीये उस उल्लास को चमक प्रदान कर रहे थे। महल की सभी सीढ़ियों और गलियारों में हाथ से बनी रंगोलियाँ सजी थीं। नींद से जलती अपनी आँखों पर हाथ फेरते हुए उर्मिला आश्चर्य से सोच रही थी कि कैसे उसने और बड़ी रानियों ने हर बात और सजावट को अंतिम रूप दिया। न वह और न ही अन्य कोई रात को सो पाया था।

सभी तैयार थे। राम ने श्वेत रेशम के वस्त्र पहने थे, जिसमें वह राजसी और गंभीर दिख रहे थे। अपनी भारी, गहरे पीले रंग की रेशम की साड़ी, और

उसके साथ भारी सोने के आभूषणों के साथ सीता पूरी तरह से एक रानी दिख रही थी। पहले सीता को ये आभूषण पहनना बिलकुल पसंद नहीं था। उर्मिला ने अपनी ओर देखा – उसने एक गुलाबी रंग की कढ़ाई वाली रेशम की साड़ी पहनी थी। उसने माता सुमित्रा को धन्यवाद भी किया, जिन्होंने उसे सीता के पास से हटने और उत्सव के लिए तैयार होने का आदेश दिया था।

वशिष्ठ अपने शिष्यों के साथ महापूजा के लिए महल पहुँच चुके थे। वह अपने साथ स्वर्ण पात्रों में सभी पवित्र नदियों का पवित्र जल लेकर आए थे। दरबार के अधिकारी, मंत्री और अन्य गणमान्य लोग भी पहुँच चुके थे। गर्व और अप्रतिम प्रसन्नता से भरी कौशल्या और सदैव की भाँति गंभीर सुमित्रा यज्ञ पर बैठी महाराज की प्रतीक्षा कर रही थीं। दोनों महारानियाँ समारोह के अनुरूप श्वेत और हल्के सुनहरे वस्त्रों से सजी थीं... लेकिन तीसरी महारानी कहाँ हैं? उर्मिला को मन ही मन बहुत असहज लगा। कैकेयी अब तक कहीं नहीं दिखाई दी थीं और न ही मंथरा कहीं दिखी थी। उसने अपने पति की ओर देखा। लक्ष्मण ने मुश्किल से स्वयं को तैयार करने का समय निकाला था और अपने राजसी नील वर्ण वस्त्रों में तैयार हुए थे। लक्ष्मण वही सुंदर, कठोर और गंभीर चेहरे वाले राजकुमार थे, जिनसे उर्मिला को प्रेम हो गया था। उर्मिला देख पा रही थी कि वर्तमान परिस्थितियों को देखते हुए लक्ष्मण भी कुछ चिंतित थे। महाराज और महारानी को उपस्थित होने में इतना समय क्यों लग रहा है?

राम और सीता राज्याभिषेक के लिए तैयार थे। कौशल्या पवित्र अग्नि में घी डाल रही थीं और अपने पुत्र के लिए आशीर्वाद माँग रही थीं। वशिष्ठ ने राज्य मंत्री सुमंत्र को बुलाया और कहा, ''सभी तैयारियाँ हो चुकी हैं। पवित्र अग्नि प्रज्ज्वलित हो चुकी है। कृपया जाइए और महाराज को बुलाइए। लोग उनकी प्रतीक्षा कर रहे हैं।''

थोड़ी ही देर में बिना राजा के श्वेत पड़े चेहरे के साथ वापस आते सुमंत्र को देखकर उर्मिला और अन्य सभी आश्चर्य में पड़ गए। उनके पास राम के लिए महाराज का एक संदेश भी था। उन्हें महाराज ने कक्ष में बुलाया था।

वहाँ अब भी शांति थी, क्योंकि लक्ष्मण के साथ राम त्वरित गति से सुमंत्र के पीछे चले गए। सभी यह सोचकर आश्चर्यचकित थे कि क्या हो रहा है, लेकिन कोई पूछने का साहस नहीं कर पा रहा था। सीता ने अपना हाथ उर्मिला के हाथ पर रख दिया था और किसी संदिग्ध व प्रतिकूल परिणाम की

आशंका में दोनों ने एक-दूसरे को कसकर पकड़ लिया। उनका भय बढ़ता जा रहा था। उर्मिला ने देखा कि कौशल्या चिंतित हो रही थीं। सुमित्रा उनके पास शांतचित्त बैठी मंत्र जाप कर रही थीं।

अप्रत्याशित देरी के कारण बाहर जमा भीड़ भी अधीर और बेचैन हो रही थी। क्या अनुष्ठान को सामान्य से अधिक समय लग रहा है? क्या उत्सव अधिक व्यापक होना है? महल के अंदर हो रहे घटनाक्रमों का उन्हें ज़रा सा ही अंदाजा था।

राम लगभग आधे घंटे बाद वापस आए। उर्मिला ने ध्यान दिया कि राम अपने कोई भी राजसी प्रतीक नहीं धारण किए हुए थे। युवराज के साथ रहने वाला श्वेत छत्र और अनुचर अनुपस्थित थे। राम के मुख पर एक शांत सी दृढ़ता थी, लेकिन उनके नेत्रों में अस्वाभाविक सा दुख था। वहीं उर्मिला के पति का मुख रोष से श्वेत पड़ गया था। उसका हृदय तेज़ी से धड़कने लगा – कुछ बहुत बुरा हुआ है।

कौशल्या व्याकुलता से उठीं और राम को युवराज के लिए बने आसन पर बैठाने लगीं। वह थोड़ी दूरी पर रुककर स्पष्ट और मधुर शब्दों में बोले, ''यह आसन बहुत ऊँचा है और मैं इसके योग्य नहीं हूँ माता। मैं पिताश्री की ओर से यह आज्ञा लेकर आया हूँ कि उनकी इच्छा है कि भरत को सिंहासन मिले और मैं तत्काल चौदह वर्ष के लिए दंडक वन प्रस्थान करूँ। मैं युवराज नहीं हूँ माता, अपितु शीघ्र ही वन के लिए प्रस्थान करने वाला संन्यासी बन जाऊँगा।'' उन्होंने कहा, ''मैं यहाँ आपको यही बताने आया हूँ। अपना आशीर्वाद दीजिए माता।''

कौशल्या हतप्रभ सी रह गईं, उनका चेहरा पीला पड़ गया था। वह मूर्च्छित होकर गिर पड़ी होतीं, यदि राम और लक्ष्मण ने उन्हें नहीं सँभाला होता। सुमित्रा उनकी ओर दौड़कर आईं। सीता और उर्मिला भी वहाँ पहुँच गईं। लक्ष्मण ने नम्रता से अन्य सभी लोगों से प्रस्थान करने का आग्रह किया और कहा कि कार्यक्रम में कुछ बदलाव हुआ है, जिसकी घोषणा बाद में की जाएगी।

''तुम क्या कह रहे हो पुत्र?'' कौशल्या ने हताश स्वर में कहा। ''हो क्या रहा है? तुम हमें कैसे छोड़ सकते हो? मैं तुम्हारे बिना कैसे रहूँगी?''

''ये पिताश्री की इच्छा है, मुझे उनकी आज्ञा का पालन करना होगा।'' राम ने शांत स्वर में कहा, उनका मुख दृढ़ और भावशून्य था। ''और मेरा

मानना है कि यही मेरा धर्म, मेरा कर्तव्य है। मैं अपने पिता के वचनों की अवहेलना कैसे कर सकता हूँ?''

उर्मिला देख सकती थी कि राम अपनी भावनाओं के आवेग को रोकने का प्रयास करते हुए अपने व्यवहार को सहज दिखा रहे थे। क्या अपनी माता को और व्यग्र होने से बचाने के लिए वह ऐसा कर रहे थे? वह अपने पीछे एक ऐसी माँ को छोड़कर जा रहे थे, जो वृद्ध और दुर्बल थी और राम जहाँ तक सोच सकते थे, वह एक अंधेरी दुनिया में रह रही थीं। उनका हृदय दर्द, निराशा, रोष और प्रतिशोध से भरा था। वह केवल इसी आशा पर जी रही थीं कि एक दिन जब राम राजा बनेंगे, तब वह राजमाता बनेंगी। और लक्ष्मण स्पष्ट रूप से रोष में दिखाई दे रहे थे। वहीं उर्मिला ने देखा कि राम अपने दर्द को सँभाले हुए थे और उसे अपनी हल्की मुस्कान में छिपाने का प्रयास कर रहे थे।

''चौदह वर्ष का निष्कासन!'' लक्ष्मण ने रोष भरे शब्दों में कहा। ''आपने ऐसा कौन सा अपराध किया है कि आपको इस तरह का कठोर दंड मिल रहा है, जो बेहद घृणित अपराध में ही दिया जाता है? या फिर यह केवल भरत को राजा बनाने के लिए आपको रास्ते से हटाने का माध्यम है?''

राम ने सामान्य ढंग से अपने सिर को हिलाकर अपने क्रोधित भाई को शांत करने का प्रयास किया, लेकिन वह शांत होने को तैयार नहीं थे। ''मेरे वृद्ध पिता अपनी युवा रानी के कारण अपनी मति नष्ट कर चुके हैं! केवल एक दुर्बल इच्छाशक्ति वाला व्यक्ति ही ऐसा कर सकता है, जो उन्होंने किया है!'' वह तिरस्कार से उबल रहे थे। वह अपनी माँ की ओर मुड़े। ''क्या आप जानती हैं कि उन्होंने अचानक यह निर्णय क्यों लिया? क्योंकि उन्हें वे दो वचन पूर्ण करने के लिए बाध्य किया गया, जो उन्होंने संबरासुर के विरुद्ध युद्ध में अपने प्राण बचाने पर कैकेयी को दिए थे!''

उर्मिला जड़वत थी। घटनाक्रमों में अचानक हुए बदलाव से उसका मस्तिष्क काम नहीं कर रहा था। उसने बड़ी मुश्किल से उस घटनाक्रम को याद किया, जिसके बारे में लक्ष्मण कह रहे थे। लक्ष्मण जिस युद्ध की बात कर रहे थे, उसमें प्रभावी ढंग से अपने प्राण बचाने पर राजा दशरथ ने रानी कैकेयी को दो वचन दिए थे। उस समय रानी कैकेयी ने कहा था कि वे फिर कभी ये दो वचन माँग लेंगी। वह दिन आज का था। उन्होंने असंभव से वचन माँग लिए थे – अपने पुत्र के लिए सिंहासन और राम के लिए वनवास।

लक्ष्मण अब भी कारण नहीं समझ पा रहे थे। ''मेरे पिता कैसे राजा के रूप में अपना धर्म भूलकर दरबार के मामले में केवल अपनी पत्नी की बात सुनने वाले पति बन सकते हैं? उनके व्यक्तिगत निर्णय राज्य के मामलों को प्रभावित नहीं कर सकते,'' उन्होंने कहा। ''राम, आप कहते हैं कि आप पुत्र के रूप में अपने कर्तव्य का पालन कर रहे हैं, लेकिन मैं उनकी भूमिका पर प्रश्न उठा रहा हूँ। राजा के रूप में उनका पद और उनके अधिकार, पिता या पति के रूप में नहीं। किस आधार पर वे आपको दूर भेज रहे हैं? आपने कोई अपराध नहीं किया है, बल्कि युवराज बनने का आपका अधिकार छीनकर और आप जैसे एक निरपराध व्यक्ति को चौदह वर्ष का वनवास देकर वे स्वयं अपराध कर रहे हैं! आप हमारे पिताश्री द्वारा उनकी पत्नी को दिए किसी वचन को निभाने के लिए बाध्य नहीं हैं। अयोध्या और कोसल के राजकुमार होने के नाते, अपनी प्रजा के प्रिय राजकुमार होने के नाते, वीर, दयालु व निष्पक्ष होने के नाते, उनके प्रति भी आपके कर्तव्य हैं। आप जानते हैं कि आप इस आदेश का विरोध कर सकते हैं और आपको दरबारियों, मंत्रियों, सेना और लोगों का समर्थन मिलेगा। कहो भाई, क्या हमें ऐसा करना चाहिए!''

लक्ष्मण थोड़ा ठहर गए, उनका क्रोध यथावत था, लेकिन स्वर शांत हो गया था। ''आप कर सकते हैं, लेकिन प्यारे भाई आप करेंगे नहीं, करेंगे क्या?'' उन्होंने क्रोध में कहा। ''आप इस अन्याय को स्वीकार कर लेंगे और वन चले जाएँगे, क्योंकि आपके लिए पिताश्री की आज्ञा का पालन सबसे ऊपर है। आप कभी अपने पिताश्री के वचन की अवहेलना नहीं करेंगे। यह हमारे परिवार की परंपरा है। है ना?'' उन्होंने तीखे शब्दों में कहा। ''और कैकेयी और भरत दोनों जानते हैं कि आप पिता के आदेश की अवहेलना करने का स्वप्न भी नहीं देख सकते। यह बहुत चतुराई वाली योजना थी और वे जीत गए!''

लक्ष्मण के क्रोध भरे वचन सुनते हुए राम शांत रहे और उन्हें उनके दर्द व अंदर जल रही अग्नि को बाहर निकालने का अवसर दिया। ''यदि यह सब तुम्हारे साथ हुआ होता, तो तुम अब की तुलना में आधे भी क्रोधित या दुखी नहीं होते। मुझे ज्ञात है कि ऐसा क्यों होता, यह तुम भी जानते हो प्यारे भाई, तुम भी हमारे पिताश्री की आज्ञा का शांति से पालन करते,'' राम ने शांत स्वर में कहा। ''मेरे प्रति तुम्हारे अगाध प्रेम के कारण तुम इतने क्रोधित हो। तुम मुझे कष्ट में नहीं देखना चाहते। लक्ष्मण, तुम मेरे ही दूसरे स्वरूप हो, दूसरे

शरीर में मेरी ही आत्मा हो – तुम मुझसे अलग प्रतिक्रिया कैसे दे सकते हो? अंततः मेरी ओर से यह निरर्थक क्रोध और आवेश क्यों? मुझे सिंहासन या शक्ति की कोई इच्छा नहीं है। मैंने उनके निर्णय को अपने लिए नया अवसर माना है। राजा की तरह नहीं, तो संन्यासी की तरह, मुझे वन में जाने और वहाँ बसे लोगों की सेवा करने का अवसर मिलेगा।''

''लेकिन यहाँ हम लोगों का क्या – तुम्हारी माँ, तुम्हारी पत्नी, तुम्हारे भाई?'' राम की बात को बीच में काटते हुए कौशल्या ने कहा। भावावेग में उनका गला रुंध रहा था। ''तुम्हारे बिना हम कैसे रहेंगे? और क्यों? केवल इसलिए कि तुम्हारे पिता अपनी महत्त्वाकांक्षी पत्नी को दिए किसी वचन से बँधे हैं!,'' उन्होंने रोष भरे शब्दों में कहा। ''मैं इसकी अनुमति नहीं दे सकती! मैंने वर्षों बहुत कुछ सहा है, किंतु अब और नहीं! मैं अपने पुत्र से अलग नहीं हो सकती! मैं तुम्हें हम सब को छोड़कर जाने की अनुमति नहीं दे सकती... तुम अपनी माँ की आज्ञा की अवहेलना भी नहीं कर सकते!'' उन्होंने सुबकते हुए कहा। उनकी बातों से राम अधीर हो उठे। ''दया करो पुत्र, मुझ पर दया करो... यह बूढ़ी माँ अपने पुत्र के बिना कैसे रहेगी? मुझे भी अपने साथ ले चलो!''

यह सब कुछ बहुत भयावह और विचलित करने वाला दृश्य था : माँ अपने पुत्र को गले से लगाए थी, अपनी भावनाओं का अंतिम आवेग उड़ेलते हुए। व्यग्र उर्मिला ने सीता की ओर देखा। वह सीधी और भावशून्य खड़ी थी। उसकी आँखें पथराई हुई थीं। वह शांत थी और उसकी हथेलियाँ कसी हुई थीं।

''माँ, आपको अपने पति यानी मेरे पिताश्री के साथ रहना होगा। उन्हें दर्द और दुख की इस घड़ी में आपकी सबसे अधिक आवश्यकता है।'' राम ने प्रेम से अपनी माँ के चेहरे से आँसू पोंछे। ''उन पर दया करो माँ, जो उन्होंने किया है, उनके पास उनके अतिरिक्त कोई विकल्प नहीं था। मैंने उन्हें देखा है, वे असहाय हैं और वह बिस्तर पर पड़े हैं, निराश और विलाप करते हुए। वे मेरे ईश्वर हैं माँ और मैं कभी उनकी अवज्ञा नहीं कर सकता। उनके वचन और आदेश ही मेरा भाग्य हैं। माँ, यही भाग्य है, अन्यथा माता कैकेयी जैसी प्रेम करने वाली माता इस समय वे वचन क्यों माँगती? उनसे भी घृणा मत कीजिए। वह वही कर रही हैं, जो उनसे नियति करा रही है...।''

''इतनी सहजता से नियति को दोषी मत ठहराओ भाई!'' लक्ष्मण ने कठोरता से कहा। ''हम इसे नियति कहें या माता कैकेयी की मूढ़ता, लेकिन

क्या हम इतने असहाय हैं कि इसे नियति मान लें? इस अन्याय की अनदेखी करते हुए इसे स्वीकार कर लें? अन्याय को सहना भी अपराध है भाई। राजकुमार और योद्धा होने के नाते हमारा धर्म है बुराई को नष्ट करना और न्याय स्थापित करना। मैं केवल यही करने जा रहा हूँ। क्या हमारे कंधे केवल धनुष, बाण एवं तलवार को दिखाने के लिए हैं? मैं उन सभी से प्रतिशोध लूँगा, जिन्होंने आपके विरुद्ध षड्यंत्र किया है! चाहे शस्त्र से या शब्द से। क्या कोई महाराज और महारानी से नहीं पूछेगा कि हम क्यों उनके अन्यायपूर्ण आदेश का पालन कर रहे हैं? उन्होंने निराशा में कहा। "कोई कुछ क्यों नहीं कहेगा? अगर उनकी इच्छा है तो भरत राजा बने, लेकिन मैं एक अंतिम प्रयास अवश्य करूँगा कि राम को वन नहीं भेजा जाए। मैं जाऊँगा और उनसे प्रार्थना करूँगा, आवश्यकता हुई तो उनके चरणों में गिर पड़ूँगा..."

कोई उन्हें रोक पाता, उससे पहले ही वह भवन से बाहर की ओर चल पड़े, लेकिन तभी एक अप्रत्याशित और मधुर अनुरोध ने उन्हें रोक लिया।

"क्या इससे कोई अंतर पड़ेगा प्रिय?" नरम और सहज स्वर में सुमित्रा ने पूछा। "मेरे पुत्र, मुझे तुम पर गर्व है और मेरा यह पुत्र अपने भाई के लिए अपने स्वाभिमान को नीचा करते हुए उनके चरणों में पड़कर दया का अनुरोध करेगा, लेकिन क्या वे सुनेंगे? क्या वे हममें से किसी की भी बात सुनेंगे? क्यों सुनेंगे? राम सही कह रहा है, यह सब नियति का किया है। तुम अपने भाई के लिए जो दर्द और क्रोध का अनुभव कर रहे हो, इसमें उससे कहीं अधिक दर्द छुपा है। तुम उनके लिए लड़ना चाहते हो, उन्हें न्याय दिलाना चाहते हो, लेकिन वे स्वयं अस्वीकार कर चुके हैं। ऐसे में जो वह चाहते हैं, उसमें उनका समर्थन करो। वह मत करो, जो तुम उनके लिए चाहते हो...।"

वह चुप हो गईं और लक्ष्मण उनकी बात पूरा होने से पहले ही समझ गए। "तुमने मेरा मन पढ़ लिया माँ, जैसा तुम सदैव करती हो..." उन्होंने शांत शब्दों में कहा। अचानक क्रोध उनके चेहरे से चला गया। बदले हुए भावों के साथ वह अपने भाई की ओर मुड़े। "मैं अपने पिता के प्रति क्रोध व अपमान के शब्दों के लिए क्षमाप्रार्थी हूँ, लेकिन जब आपको कोई हानि होती है, तो मैं सहन नहीं कर पाता हूँ। और अब मुझे अनुभव हुआ है कि आप दुखी नहीं हो, अपितु आप नई दुनिया देखने के इस अवसर का स्वागत कर रहे हो। इस स्थिति में आप इस अद्भुत यात्रा में मुझे भी अपने साथ ले चलो। हम सदैव साथ रहे हैं और जैसा आपने कहा कि हम दो शरीर, एक

आत्मा हैं। इसलिए मना मत कीजिएगा राम, क्योंकि मैं हर स्थिति में आपके पीछे चलूँगा। आप मुझे रोक नहीं सकते।''

उर्मिला स्तब्ध रह गई। लक्ष्मण के शब्दों का उस पर तीव्र प्रभाव हुआ। वह चौदह वर्ष के लिए उसे छोड़कर अपने भाई के साथ जा रहे थे।

राम को लक्ष्मण की बात से आश्चर्य नहीं हुआ, लेकिन उन्होंने अपने भाई की बातों को स्वीकार नहीं किया। उन्होंने चिंतित होते हुए अपने भाई और उर्मिला की ओर देखा। लक्ष्मण ने उसकी ओर मुड़कर नहीं देखा। उनकी पीठ उर्मिला की ओर थी। वह सीधे और स्थिर खड़े थे। उसे स्पष्ट संदेश मिल गया था – उसकी सहमति हो या असहमति, वह वन अवश्य जाएँगे।

''नहीं, तुम नहीं चलोगे,'' राम ने कठोरता से विरोध किया। ''मेरे यहाँ नहीं होने पर तुम और सीता परिवार की देखभाल करोगे। उन्हें तुम्हारी अधिक आवश्यकता है। तुम्हारी जगह महल में है, वन में नहीं। यह मेरा दंड है, जिसे मैं अकेले भोगूँगा।''

''हे, धर्म के महान पालक, आपने बहुत अच्छा संबोधन दिया!'' सीता के कठोर स्वर ने उनकी बात को काट दिया। ''पत्नी के रूप में मैं भी आपको अपना धर्म याद दिला देती हूँ। मुझे वहीं रहना होगा, जहाँ मेरा पति है; मुझे आपका प्रेम और आपकी प्रसन्नता ही नहीं, अप्रसन्नता, कर्तव्य और दुर्भाग्य भी साझा करने का अधिकार है। मैं आपके साथ सब कुछ साझा करने के लिए हूँ। पत्नी अपने पति की पहली और सबसे महत्त्वपूर्ण साथी होती है, जो सदैव उसके साथ खड़ी होती है, प्रेम करती है, समर्थन देती है और उसका मार्गदर्शन भी करती है। इसलिए इस संदर्भ में विमर्श का कोई विकल्प नहीं है; मैं आपके साथ वन जाऊँगी। और कृपया यह बोलकर मेरा अपमान नहीं करें कि मैं एक राजकुमारी हूँ और मेरे लिए महल का आराम ही मेरी दुनिया है। वन भी मेरे लिए उतना ही आरामदायक होगा। आप मुझे मना नहीं कर सकते। कदापि नहीं। मैं आपकी पत्नी हूँ और जहाँ भी आप जाएँगे, मैं आपके साथ रहूँगी। आपसे अलग होना, मृत्यु से अधिक पीड़ादायक होगा।''

सीता की बात में कोई याचना नहीं थी; यह संक्षिप्त, लेकिन दृढ़ बात थी, लेकिन उर्मिला भयभीत थी। सीता वन में? वह उन लोगों के अभियान में एक भार की तरह होगी और इससे भी बुरा यह है कि वह स्वयं को अनजान खतरों में डाल सकती है। उर्मिला विरोध करने ही वाली थी, लेकिन अंतिम क्षणों में स्वयं को रोक लिया : वह पति और पत्नी के बीच हस्तक्षेप नहीं

कर सकती। यह उनका निर्णय होगा। उसने दोनों महारानियों की ओर देखा कि शायद उनमें से कोई सीता को रोक ले, लेकिन, रोकना तो दूर, बल्कि कौशल्या सीता के निर्णय से प्रसन्न दिख रही थीं। ''एक अच्छी पत्नी को ऐसा ही होना चाहिए!'' उन्होंने गर्व से कहा। ''मेरा आशीर्वाद तुम्हारे साथ है प्रिय। राम के अभियान में उसकी सहायता करो।'' उर्मिला को यह सोचकर आश्चर्य हो रहा था कि वन में सीता उन लोगों के लिए किस प्रकार सहायक हो सकती है, बल्कि क्या वह स्वयं के लिए और दोनों भाइयों के लिए हानि, आघात और संकट का कारण नहीं बन जाएगी?

लक्ष्मण और सीता, दोनों ने अपना विचार स्पष्ट कर दिया था : वे राम के साथ जाएँगे और इस मामले में चर्चा का कोई विकल्प नहीं था। लक्ष्मण ने उसे त्याग दिया था और सीता राम के साथ महल त्यागने जा रही थी। दो व्यक्ति, जिन्हें वह सबसे अधिक प्रेम करती थी, उन्होंने पलभर भी हिचके बिना उसे छोड़ दिया। उसका हृदय विरोधाभासी भावनाओं के साथ दर्द से विचलित हो रहा था। अचानक वह स्वयं को अनचाहा और निरर्थक अनुभव कर रही थी। उर्मिला चुपचाप उस कक्ष से बाहर निकल आई, हालाँकि जैसा वह सोच रही थी कि किसी ने ध्यान नहीं दिया, वैसा था नहीं।

पति और बहन द्वारा प्रस्ताव स्वीकार नहीं किए जाने पर उर्मिला पहले तो बहुत दुखी और उदास हो गई और फिर बाद में उसे बहुत क्रोध आया। उसने इस बात पर विचार ही नहीं किया, हर कोई वही करना चाहता था, जो उसे करने की इच्छा थी। वह स्वयं को ठगा अनुभव करते हुए वहाँ से चली गई और फूट-फूट कर रोने लगी। उसकी अप्रसन्नता सीता से अधिक लक्ष्मण से थी। उसके पति ने भी उसे साथ ले जाने के प्रस्ताव को ठुकरा दिया। जिन लोगों के प्रति उसके मन में अटूट विश्वास और भरोसा था, उनके प्रति अपने मन में संशय का भाव पैदा होने पर वह अपराधबोध से ग्रसित हो गई। वह सोचने लगी कि उसके मन में उन लोगों के प्रति ऐसा भाव क्यों आया? और उसके बाद उसके अंत:करण में ज्वालामुखी फूट पड़ा, वह सोचने लगी कि जिस व्यक्ति से वह बहुत अधिक प्रेम करती है, उनके बिना और उनसे दूर होकर वह कैसे 14 वर्ष तक कैसे रह सकेगी? वह बहुत दुखी हो गई और सोचने लगी

कि जिन व्यक्तियों से वह प्यार करती है, वे उसे प्यार नहीं करते, उन्होंने उसे धोखा दिया और एक बार फिर उसे त्याग रहे हैं। यह सोचकर उसका दिल रो उठा कि उन्हें उसकी आवश्यकता नहीं है।

''मिला, ऐसा मत करो'' यह कहते हुए उनका भर्राई स्वर उसे सुनाई पड़ा। ''कृपया मुझसे ऐसे घृणा मत करो!''

अपने प्रियतम का स्वर सुनकर वह उनकी ओर मुड़ी, वह अपनी आँखों में छाई निराशा को छिपा नहीं पाई। वह चौंक गए।

उन्होंने पुन: अपना वाक्य दोहराते हुए कहा कि वह जो कर रहे हैं उसके लिए वह उनसे घृणा न करे। ''अगर कर सकती हो तो, मुझे क्षमा कर दो। मुझे पता है मैंने तुम्हें निराश किया है।''

उसका गला रुंध गया; उसके कंठ से स्वर नहीं निकल पाए। वह बोलना नहीं चाहती थी; उसे अपने आप पर भरोसा नहीं रह गया था। उनका दर्शन अमूल्य हो गया था... शीघ्र ही उनका दर्शन मुश्किल होने वाला था, नहीं, वह उन्हें वर्षों तक नहीं देख पाएगी। वह एकटक उन्हें देखे जा रही थी। उसकी आँखों में न कोई क्रोध था, न कोई अभिलाषा, बस वह तो एकटक अपने प्रियतम को देखे जा रही थी, उन्हें वह अपनी आँखों में बसा लेना चाहती थी। उन्होंने उन्हें छूने के लिए डरते-डरते अपनी भुजा फैलाई, उन्हें डर था कि वह शीघ्र ही वहाँ से चले जाएँगे। वह उनकी आँखों में आँखें डालते हुए उनके शरीर की मुलायम त्वचा को सहलाने लगी। अपने जीवन में दो लोगों के प्रति अपने प्रेम के चलते वह भी बहुत दुखी और संतप्त थे। उसे यह बात कचोटने लगी कि उनके पास बहुत अधिक समय नहीं है। वह शीघ्र ही चले जाएँगे। इसलिए क्रोध और द्वेष, दर्द और पश्चाताप, घृणा या क्षमा के लिए समय नहीं था। वह उनसे केवल प्रेम कर सकती थी।

उसने धीरे से कहा, ''मैं आपसे प्रेम करती हूँ''। आप जाइए।

उन्होंने कहा, ''हाँ, मुझे जाना होगा, लेकिन तुम साथ नहीं होगी, यह सोचकर मुझे बहुत दुख हो रहा है। मिला, मैं तुमसे प्रेम करता हूँ, लेकिन तुम्हें लगता है मैं तुम्हें प्रेम नहीं करता।'' उनकी उंगलियों की पकड़ उसकी गर्दन पर ढीली पड़ गई, वे उसके बालों से केश काँटा निकलकर उसके पैरों पर गिर पड़े। उन्होंने बहुत ही दुखी मन से धीरे-धीरे कहा, ''कभी नहीं, मिला, कभी भी ऐसा मत सोचना, मैं सिद्ध नहीं कर पाऊँगा कि मेरे दिल में तुम्हारे लिए क्या जगह है, मेरी निंदा मत करो। क्या तुम अनुभव कर सकती हो कि

तुम मेरे दिल में बसी हो, तुम मेरा अस्तित्व हो, तुम मेरी आत्मा हो। तुम मेरे अंत:करण में बसी हो। अगले 14 वर्षों तक जब मैं तुमसे दूर रहूँगा तब यही मेरे साथ रहेगा।''

उसने दुखी मन से पूछा, ''फिर, आप मुझे अपने साथ क्यों नहीं ले सकते।''

उसने यह बात तो कह दी, लेकिन फिर तुरंत रुक भी गई, क्योंकि उसे इस प्रश्न का उत्तर मालूम था। यह एक विफल अनुरोध था। लक्ष्मण अपनी इच्छा से राम के साथ जा रहे थे, वह निर्वासित नहीं हुए थे। वह अपने भाई के साथ उनके सैनिक के रूप में, उनके अंगरक्षक के रूप में जा रहे थे और एक सैनिक अपनी पत्नी को युद्ध के मैदान में नहीं ले जाता। उर्मिला जानती थी कि उसे अपने और अपने पति के लिए अपने हृदय को सुदृढ़ बनाना होगा। उसने अपने महल की खिड़की से अंधकार के आगोश में समाते आकाश को देखा, जो काला और बेरंग दिखाई पड़ रहा था, प्रकाश को आने से रोक रहा था, एक नए दिन के आने की प्रतीक्षा में था।

लक्ष्मण, उर्मिला की कलाई को अपने हाथों में पकड़कर अपने अंगूठे से उसकी कलाई को सहलाते हुए धीरे-धीरे बोल रहे थे, ''मैं तुम्हें अपने साथ नहीं ले सकता, क्योंकि जैसा तुम समझती हो, वैसा नहीं है, मैं तुम्हें बहुत अधिक प्यार करता हूँ।'' उन्होंने कहा, ''वन में जीवन आसान नहीं है। राम अपने साथ सीता को ले जा रहे हैं, क्योंकि वह जानते हैं कि वह सीता की सुरक्षा कर सकेंगे। मैं उनके रक्षक के रूप में जा रहा हूँ, फिर मैं कैसे तुम्हारी देखभाल कर पाऊँगा या तुम्हारी सुरक्षा कर सकूँगा? और सबसे महत्त्वपूर्ण तथ्य है कि तुम यहाँ महल में पूरी तरह से सुरक्षित हो। वन सुरक्षित स्थान नहीं है, और यह केवल शारीरिक कठिनाइयों की ही बात नहीं है, जिसके बारे में मैं बात कर रहा हूँ। मुझे पता है शारीरिक कष्टों को तुम प्रसन्नतापूर्वक सहन कर जाओगी। दंडक वन बहुत खतरनाक है, वहाँ दुष्ट राक्षस रहते हैं, ऋषि मुनियों को पकड़ लेते हैं, उनकी हत्या कर देते हैं, उनकी तपस्या भंग कर देते हैं। और तुमने देखा है कि वे कितने कपटी हो सकते हैं, मिला! क्या तुम्हें याद नहीं कि किस तरह वे मिथिला के महल में घुस गए थे और सीता का रूप धरकर सबको मूर्ख बना दिया था। यहाँ तब तुम भी नहीं पहचान पाई थी! फिर मैं कैसे तुम्हें ऐसी जगह ले जाऊँ और तुम्हें ख़तरे में डाल दूँ।'' उन्होंने दुखी मन से कहा, ''मैं तुम पर किसी तरह के कष्ट के बारे में ही सोचकर अपना

आपा खो देता हूँ! नहीं, मिला, मैं तुमसे इतने वर्षों तक अलग रहना सहन कर सकता हूँ, लेकिन तुम्हें एक पल भी कष्ट में नहीं देख सकता! संभवतः, जैसा कि राम ने कहा है, हमारे भाग्य में वन में राक्षसों से युद्ध करना लिखा है, अयोध्या की राजगद्दी पर बैठना नहीं।''

उनके चेहरे पर तनाव था, और आँखों में गहरा दुख। उन्होंने उसे देखा। उसने उन्हें स्नेह और लाचारी से देखा। उसकी चुप्पी ने उन्हें व्यग्र कर दिया। वह उसके दिल के दर्द को, उसकी खामोशी को भूला नहीं सकते थे, दर्द में डूबे उसके चले जाने के अनुरोध से उनका दिल तार-तार हो गया था, वह मर्माहत हो गए थे। ''मैं यह कभी भूल नहीं सकता कि स्वयंवर में किस तरह रावण और दूसरे राजकुमार तुम्हें घूर रहे थे, मैंने तो उनके उतावलेपन के लिए उनमें से प्रत्येक का वध कर दिया होता! वन में अगर किसी स्त्री को सुरक्षा नहीं मिले, तो हर कोई उस पर झपटता है। वन में पशुओं का साम्राज्य है, जहाँ कोई नियम, कोई विधि नहीं है, नैतिक या सामाजिक बंधन भी नहीं है, मैं तुम्हें कैसे वहाँ ले जा सकता हूँ?''

उर्मिला, उनके हाथ को पकड़ लेती है, और दुखी मन से कहती है, ''जाओ, लक्ष्मण, मैं आपको रोकूँगी नहीं...'' इतना कहते-कहते उसका गला भर आता है।

लक्ष्मण प्यार से उसे समझाते हैं, ''यहाँ तुम अकेली नहीं रहोगी उर्मिला।'' वह उर्मिला के साथ ही अपने आपको भी साँत्वना देते हैं। ''मांडवी और कीर्ति शीघ्र ही तुम्हारे पास आ जाएँगी, और तुम तो बहुत सुदृढ़ हो-मैं जितनी भी महिलाओं को आज तक जानता हूँ, तुम उनमें सबसे अधिक सुदृढ़ इरादों वाली हो।'' वह प्यार और स्नेह से कहते हैं, ''तुम तो उर्मिला हो, जहाँ दिलों का मिलन होता है...'' वह विनती करते हैं, ''यह तुम ही थी, जिसने अपने धैर्य और बुद्धिमता से अपनी बहनों को एकजुट रखा था, कृपया वही काम मेरे लिए करो। मेरे बिखरे हुए परिवार की देखभाल करो। मुझे वन में प्रस्थान करने दो, मैं समझता हूँ कि तुम्हारा पति होने के नाते मैं तुम्हारी सुरक्षा नहीं कर सकूँगा। मेरा कार्य और लक्ष्य अपने भाई और अयोध्या के महाराज और महारानी की रक्षा करना होगा। मेरा कर्तव्य अयोध्या के भविष्य की सुरक्षा करना है। मैंने इसी काम के लिए ही जन्म लिया है...।''

वह व्यग्र होकर यह पूछना चाहती थी, ''मेरे भविष्य के बारे में क्या सोचा है,'' लेकिन उसकी वाणी में अनुरोध था। ''मेरा तो आपके सिवाय

और कोई नहीं है, लक्ष्मण, मुझे आपकी आवश्यकता है।''

उर्मिला ने ऐसा कहा नहीं, लेकिन उसकी नम आँखों ने उसकी निराशा को प्रदर्शित कर दिया।

वह इसे अब सहन नहीं कर सकते थे। उन्होंने उसे अपनी ओर खींच लिया। उसके शरीर की ऊष्मा वह अनुभव कर रहे थे। उन्होंने अपने सिर को बालों से ढके उसके कंधे पर रख दिया और अपना दुखी चेहरा उसके काले घने केशों में छिपकर दुनिया की दृष्टि से ओझल हो गया। जैसा कि उसके नाम से प्रतीत होता है, वह उर्मिला थी, उनकी भानुमति थी, उनके दिल की धड़कन थी।

वह उनसे ज़ोर से लिपट गई, जैसे वह चाहती ही नहीं थी कि वह कभी उससे दूर जाएँ। उसने उनके सुडौल शरीर को अनुभव किया, उनके तपते होंठों की गर्मी अपनी त्वचा पर अनुभव की। उसने उन्हें ज़ोर से उन्हें अपनी भुजाओं में जकड़ लिया। वह उनके शरीर के एक-एक अंग से संसर्ग को बहुत निकट से अनुभव कर रही थी। वह बहुत दीर्घ साँसे ले रहे थे। उसने उनके अंदर उठ रहे तूफ़ान को अनुभव किया, उनके अपने आपसे संघर्ष को जाना और उनके अपने आप पर नियंत्रण को भी पहचाना।

उन्होंने काँपते स्वर से कहा, ''यह हमारे लिए बहुत कठिन है। मिला, मेरे लिए इसे आसान बना दो, आसान बना दो। तुम मेरी शक्ति के साथ ही साथ दुबर्लता भी हो।''

वह मौन खड़ी रही, उनके दिल की तेज़ धड़कन उसे स्पष्ट सुनाई दे रही थी। उनके निराशा और दुख भरे शब्दों ने उसे फिर कड़वी सच्चाई से रूबरू करा दिय। उन्हें जाना होगा। उसे उन्हें जाने देना होगा। वह उनसे दूर हट गई। उन्होंने धीरे से अपना हाथ हटाया, उनका चेहरा उदास था। उसे सुदृढ़ बनना था, उनके लिए सबसे सुदृढ़ बनना था। उसे अहसारा हो गया कि उसकी एक त्रुटि से उनकी ख़ुशियाँ समाप्त हो जाएँगी।

उसने उनकी उदास और भावशून्य आँखों में गहराई से देखते हुए धीरे से कहा, ''प्रेम और घृणा में बहुत मामूली अंतर है, प्रेम के घृणा में बदलने में अधिक देर नहीं लगती।'' उसने अपने एक-एक शब्दों पर ज़ोर देते हुए कहा, ''मैं आपसे प्रेम करती हूँ... लेकिन मैं आपको अब याद नहीं करूँगी। मैं कर नहीं सकती, लेकिन अपने लिए आपसे घृणा करूँगी। आपने किसी और के लिए, किसी और कारण से मुझे ठुकरा दिया। आप कहते हैं कि आप

मुझसे प्यार करते हैं, लेकिन यहाँ महल में मेरे साथ नहीं रह रहे हैं, बल्कि मुझे छोड़कर अपने भाई के साथ 14 वर्षों के लिए वन में जा रहे हैं।'' उसने अपनी बात निरंतर रखते हुए कहा, ''उन्हें वनवास मिला है, आपको नहीं। आपको उनके साथ क्यों जाना चाहिए। उनके साथ सीता है, वह नेक दिल और कर्तव्यपरायण पत्नी हैं। वह बलिष्ठ हैं और अपनी और सीता की रक्षा करने में सक्षम हैं। आपको उनके साथ जाने की क्या आवश्यकता है।''

लक्ष्मण ने कोई उत्तर नहीं दिया, बस चुपचाप उसे एकटक देखते रहे। उसने बड़े ही रुखे स्वर में अपनी बात निरंतर रखते हुए कहा, ''मैं कैसे आपके मार्ग को आसान बना सकती हूँ, जबकि निर्णय आपने लिया है। मेरे बारे में तो विचार ही नहीं किया गया, क्या विचार किया गया था? मुझे यह तभी से पता था, जब मैंने आपसे प्यार किया, आपसे विवाह किया और आपके साथ यहाँ आई। मैं जानती थी, मेरे लिए आपके हृदय में कोई स्थान नहीं है, आपके लिए आपके भाई सर्वोपरि हैं। अब भी क्या मैं ऐसा कुछ माँग रही हूँ, जो असंभव है? मैं तो यही चाहती हूँ कि आप मुझे यहाँ अकेले मत छोड़िए। अब यह मत कहिए कि आपके माता-पिता की देखभाल करने के लिए मेरा महल में रहना आवश्यक है। उनकी देखभाल करने के लिए भरत और शत्रुघ्न, मांडवी और कीर्ति हैं। या तो आप मुझे अपने साथ वन लेकर चलिए या फिर आप भी मत जाइए, यहीं मेरे साथ रहिए।''

वह जानती थी कि वह उनसे असंभव चीज़ माँग रही है। उसने उन्हें गहरी साँस लेते हुए देखा। उन्होंने कहा, ''तुम जानती हो, मैं दोनों में से कुछ भी नहीं कर सकता।''

उसने सपाट शब्दों में कहा, ''मुझे पता था आप मुझे फिर ठुकरा देंगे। यही आपका प्यार है-दुख देने वाला और अस्वीकार करने वाला। आप मुझसे प्यार ही नहीं करते। लक्ष्मण, आप प्यार कर ही नहीं सकते। आप सही थे। अपने केवल विवाह किया है। आपने मुझसे कभी प्यार नहीं किया था। यहाँ तक कि आपने दबाव में मुझसे विवाह किया था। यह एक सुविधापूर्ण व्यवस्था थी कि दूसरी बहनों की शादी भी शेष भाइयों से कर दी जाए। मैं ही मूर्ख थी, जो कुछ और समझ बैठी थी। मुझे लगता था कि आप मुझसे प्रेम करते हैं...।'' उसने बीच में ही अपनी बात को रोक दिया था। उसे लगा कि इससे आगे कहने की आवश्यकता नहीं है।

उर्मिला रुकी नहीं, आगे बोलती चली गई। उसका चेहरा भट्टी की तरह दहक रहा था। उसने कहा, ‘‘और वैसे भी, मैं वह नहीं कर सकती, जैसा कि मेरी बहनों ने किया है। मैं राहत अनुभव कर रही हूँ कि मुझे आपके साथ नहीं जाना है, मैं आपकी आभारी हूँ कि आपने मुझे अपने साथ चलने को भी नहीं कहा है। मेरी ओर देखिए, लक्ष्मण।’’ रेशमी साड़ी और रत्नों से सजी संवरी उर्मिला ने बहुत ही कठोरता से यह बातें कही। उसने कहा, ‘‘मैं एक राजकुमारी हूँ, पैदा होने के बाद से ही आराम का जीवन जी रही हूँ। आप मुझसे क्या आशा करते हैं कि मैं यह सब छोड़कर अपके साथ वन में नंगे पैर इधर-उधर भटकती फिरूँ और आप और आपके भाई के लिए खाना पकाती रहूँ।’’ उसने उपहास उड़ाते हुए यह बातें इस आशा में कही कि उसने अपने शब्दों से अपनी अप्रसन्नता के साथ ही अपनी घृणा को भी कड़े शब्दों में जता दिया है।

उसने उन्हें आँखें चुराते हुए देख लिया और उसे लगा कि उसका तीर निशाने पर लगा है और उसे अनुभव हुआ कि उसने उन्हें वैसे ही दुख पहुँचाया है, जैसे उन्होंने उसके प्रति बेपरवाही दिखाकर दुख पहुँचाया था। उसने कटाक्ष करते हुए कहा, ‘‘आप मेरे लिए यहाँ नहीं रुक सकते, क्योंकि आपके लिए आपकी पत्नी से अधिक प्यारा आपका भाई है। आप अपने पिता की तरह नहीं हैं, जो अपनी पत्नी की बात सुने, क्या आप वैसे हैं? क्या अपनी पत्नी को त्यागने और अपने भाई की सेवा करने से आप महान बन जाएँगे? यदि ऐसा है तो मैं आपसे घृणा करने के लिए तैयार हूँ, मैं आने वाले 14 वर्षों तक, जो खाई आपने हमारे बीच बना दी है, आपसे घृणा करूँगी। मैं आपसे उसी तरह घृणा करूँगी, जैसे आपसे प्रेम करती हूँ।’’ यह कहते हुए वह उनकी ओर से विमुख हो गई और कहा, ‘‘अब आप जाइए।’’

पर वह तुरंत वहाँ से नहीं गए। उर्मिला को अनुभव हुआ कि लक्ष्मण उसको पीछे से देख रहे हैं, जैसे उसके पीछे मुड़ने की प्रतीक्षा में थे। वह नहीं मुड़ी, उनकी आँखों में अपने लिए तिरस्कार का भाव देखने की उसकी हिम्मत नहीं हुई।

‘‘ठीक है उर्मिला,’’ उर्मिला ने तुरंत गौर किया कि उन्होंने उसे मिला कहकर नहीं पुकारा था। पहली बार उन्होंने एकांत में उसका पूरा नाम लिया था – उर्मिला-जिसका अर्थ मोहिनी, दिलों का मिलन होता है। उर्मिला से उत्साह का बोध होता है, लेकिन उसे लग रहा था कि उसका उत्साह समाप्त

हो रहा था, उसकी भावना शून्य हो गई था, उसे निराशा ने घेर लिया था, उसे कुछ भी अच्छा नहीं लग रहा था, वह बिलकुल भावशून्य हो गई थी। ऐसा लग रहा था कि उसके शरीर से उसकी आत्मा अलग हो गई थी। बिना जान और आत्मा के उसका शरीर भर गया है, वह उनकी ओर मुड़ी।

उन्होंने उसकी भुजा को पकड़ लिया और जमीन पर गिरी उसकी कंघी को उठाकर उसकी सुन्न हथेली में पकड़ा दिया। उसका चेहरा नीचे की ओर झुक गया और उसने अपनी आँखों उनकी तरह से हटा ली, वह नहीं चाहती थी कि वह उसकी आँखों की वेदना को देखें।

उसने उन्हें दूसरे कक्ष में जाते हुए सुना। तत्काल ही वह उसके कक्ष में वापस आ गए। उन्होंने अपने रेशमी वस्त्रों, रत्न जड़ित आभूषणों और मुकुट को उतार दिया था। बिना सजे धजे, सादे कपड़ों में भी उनका बलिष्ठ शरीर राजकुमार की तरह चमक रहा था। अब दोनों बिलकुल एक-दूसरे से अलग दिख रहे थे, वह जहाँ गहनों और आकर्षक वस्त्रों में सजी धजी थी, वहीं वह सादे लिबास में थे। उन्होंने उसे मुश्किल से पल भर के लिए देखा, वह उन्हें आखिरी बार अच्छे से देख लेना चाहती थी। वह बिना कोई शब्द कहे वहाँ से चले गए।

''मैंने अभी जो कुछ भी कहा, उससे आप मुझसे घृणा कर सकते हैं।'' उसको आशा थी कि उसने उनके लिए राह आसान कर दिया है, वह सोचने लगी कि शायद हम दोनों के लिए ही अब अलग रहना आसान हो गया है। अगले 14 वर्षों तक एक दूसरे से अलग रह कर हम एक दूसरे से घृणा करते हुए रह लेंगे। उसने सोचा क्या प्रेम करने से घृणा करना अधिक आसान है।

विदाई

उसके कानों में एक बहुत ही मधुर स्वर सुनाई दिया, ''क्या तुम अपने पति और बहन को विदा करने नहीं जा रही हो।''

उर्मिला स्वर की ओर मुड़ी, तो सामने सुमित्रा खड़ी मिलीं।

उन्होंने उर्मिला को प्यार से पकड़ते हुए कहा, ''आओ बेटी, मुझे पता है, यह बहुत कठिन है, आओ हम कैकेयी के भवन में चलते हैं, जहाँ तीनों जाने से पहले अंतिम बार महाराज से मिलने गए हैं। हमें अपने आपको सुदृढ़ रखना होगा।''

उर्मिला अपने आप रोक नहीं सकी और सुमित्रा के साथ कैकेयी के रत्न जड़ित स्वर्णिम महल की ओर चल दी। पति से बिछड़ने के गम में दुखी उर्मिला वहाँ की स्थिति को देखकर आश्चर्यचकित रह गई। तत्काल वह उन्हें बड़ी मुश्किल से देख पाई। कक्ष में घुप अंधेरा था, एक कोने में कुछ दीये प्रकाश फैला रहे थे। कुछ देर बाद उसे कुछ-कुछ दृष्टि में आने लगा तो उसने देखा कि कक्ष की खिड़कियों पर मोटा पर्दा डाला गया है, जिससे सूर्य का प्रकाश अंदर नहीं आ पा रहा था।

महाराज आलीशान पलंग पर लेटे थे। वह बहुत दुर्बल लग रहे थे। उनकी आँखों में आँसू थे। वह बहुत उदास और दुखी दिखाई दे रहे थे। वह लगातार रोये जा रहे थे, उनकी आँखों में दर्द का भाव था, न लज्जा का। यह देखना बड़ा दुखद था कि एक शक्तिशाली राजा शक्तिहीन बनकर अपने पुत्र की भुजाओं में आकर क्रंदन कर रहा था।

वहीं, इससे उलट, कैकेयी बगल में खड़ी थीं, उनके चेहरे पर दुख के भाव नहीं थे, वह सजी सँवरी और गर्व से तनी खड़ी थी, हालाँकि, उनके वस्त्र परंपरागत नहीं थे, उन्होंने न गहने पहन रखे थे और न ही उनके शरीर पर राजसी वेशभूषा थी, हालाँकि, बिना गहने और साज श्रंगार के भी वह बहुत सौंदर्य की मूर्ति लग रही थीं। उनके चेहरे पर तनाव और क्रोध स्पष्ट दृष्टिगोचर हो रहा था। उनके चेहरे का कोमल भाव, मुस्कान और उनकी आँखों में शरारत के भाव अदृश्य थे। वह पहचान में नहीं आ रही थीं।

राम अपने पिता से आलिंगनबद्ध थे और उन्हें ढाँढस बँधाने की कोशिश कर रहे थे। उन्होंने और लक्ष्मण ने अपने वस्त्र बदल लिए थे, दोनों ने वनों में रहने वाले तपस्वियों जैसे वस्त्र धारण कर लिए थे, लेकिन दोनों इन वस्त्रों में भी राजकुमार की तरह ही दिख रहे थे, उनके चेहरे पर चमक थी।

बूढ़े महाराज ने रोते हुए कहा, ''मत जाओ, मेरे बच्चों।'' उन्होंने कहा, ''तुम दोनों को मेरी प्रतिज्ञा मानने की आवश्यकता नहीं है, जो मैंने अपनी कपटी पत्नी से की थी, जिसे तुम अपनी माँ बुलाते हो और जिसका तुम बहुत सम्मान करते हो।'' ऐसा कहते हुए वह क्रोधित दृष्टि से कैकेयी को घूरे जा रहे थे। ''राजकुमार के नाते तुम मेरी सत्ता को चुनौती दे सकते हो और सिंहासन पर अधिकार जमा सकते हो, ऐसा ही करो मेरे पुत्र।''

यह सुनकर कैकेयी ने तिरस्कारपूर्ण वाणी में कहा, ''यह एक राजा और पिता की नेक सलाह है, जो अपने एक पुत्र के साथ कुछ अनर्थ करने के बदले अपने अधिकारों को रौंद डालना चाहता है। आप किस अधिकार की बात कर रहे हैं? क्या राम सिंहासन पर बैठ कर आपको और मुझे कारागार में डाल दे, जबकि भरत राज्य से बाहर है?'' उपहास उड़ाते हुए कैकेयी ने फिर कहा, ''रघुवंश कुल में किस तरह की बहादुरी, किस तरह की साहस की बातें हो रही हैं।''

लक्ष्मण उद्वेलित हो गए। उन्होंने कठोरता से बोला, ''आप शिष्टता की बातें न करें माता। यह हमारी शिष्टता है कि आप जो चाह रही हैं, वह कह रही हैं और कर रही हैं। आप जानती हैं राम अपने पिता की इच्छा के विरुद्ध जाकर कुछ भी नहीं कर सकते, फिर भी आप उन्हें वन में भेजना चाहती हैं। यह बहुत ही कायरतापूर्ण और भीरुतावाला कृत्य है। हम जब यह महल छोड़कर चले जाएँगे तो आपको इसका मूल्य चुकाना पड़ेगा, आप मेरे शब्द याद रखिएगा।''

महारानी क्रोध से आगबबूला होकर लक्ष्मण की ओर मुड़ी और कहा, "तुम्हारी ऐसा कहने की हिम्मत कैसे हुई?" फिर द्वेषपूर्ण होकर कहा, "परंतु, मैं तुम्हें सदैव से एक नौकर ही समझती रही हूँ–वन में भी तुम अपने भाई के नौकर बनकर ही जा रहे हो। राम की समर्पित पत्नी कहाँ है। सीता, तुम अभी तक राजसी वस्त्रों में क्यों हो, क्या तुम अपने पति और देवर के वस्त्रों को नहीं देख रही हो, तुम्हें भी ऐसे ही वस्त्रों में होना चाहिए।"

वृद्ध महारानियाँ इन शब्दों को सुनकर स्तब्ध रह गईं, लेकिन उर्मिला ने तुरंत हस्तक्षेप किया और कहा, "वस्त्रों के बदलने से सीता पर कोई प्रभाव नहीं पड़ने वाला, वह वन में भी राम की रानी ही रहेंगी।" ऐसा कहते हुए कैकेयी के प्रति उर्मिला के मन में अप्रसन्नता के भाव थे, जिसकी वजह से उसे अपने पति, जिससे वह अत्यधिक प्रेम करती है, उससे 14 वर्षों तक के लिए अलग रहना होगा। क्रोध में उर्मिला कहती चली गई "माता, वह वन में क्या पहनती हैं इससे क्या अंतर पड़ता है, हम तो यहाँ महल में आराम का जीवन व्यतीत करेंगे।" इस आलीशान और वैभवशाली महल में एक माँ एक वृद्ध पिता को उसके पुत्र से, एक पति को उसकी पत्नी से अलग कर रही है। इससे कोई अंतर नहीं पड़ता कि वह कैसा वस्त्र धारण करती है, वह अपने पति के साथ रहेगी, सारे कष्टों को मुस्करा कर सह लेगी। वैसा ही उनके भाई भी सभी दुखों को हँसकर सह लेंगे, वह कोई नौकर नहीं हैं। माता, यह अप्रतिम निष्ठा, सर्वोच्च प्रेम की शक्ति है। वन में राम के साथ सीता और लक्ष्मण होंगे। माता, हमारे साथ यहाँ कौन होगा, इस आलीशान महल में हम अकेली चार महिलाओं के पास धन दौलत, वैभव और अधिकार सब कुछ होगा, और आपके साथ कौन होगा? आपकी बूढ़ी और विश्वासपात्र दासी मंथरा।"

क्रोध में लाल कैकेयी कुछ कहती, उससे पहले ही राम ने बीच में रोकते हुए कहा, "माता, मुझे किसी तरह से राज सिंहासन या सत्ता की कोई चाह नहीं है। मैं यहाँ जाने से पहले अपने पिता का आशीर्वाद लेने आया हूँ, उर्मिला, कृपया सीता को ले जाओ और सादे कपड़े पहना दो।"

उर्मिला क्रोध में मंथरा के हाथों से वानप्रस्थ वाले वस्त्र तेज़ी से झटक लेती है और जाते-जाते मंथरा को घूर कर देखती है। वह छाल के वस्त्र को हाथ से उलट-पुलट कर देखती है। वस्त्र अत्यंत कड़ा, मोटा और चुभनेवाला है, वह सोचने लगती है कि उन लोगों के आगे का जीवन कितना संघर्षपूर्ण होगा।

सीता ने संकोच के साथ पूछा, "मैं कैसे इन वस्त्रों को धारण करूँगी, न तो उर्मिला को, न ही मुझे यह वस्त्र धारण करने आते हैं?"

सीता की इस मासूमियत ने राम का मन मोह लिया, और वह मुस्कराए। उन्होंने उर्मिला के हाथों से वस्त्र ले लिया और स्वयं दोनों को यह दिखाया कि उसे किस तरह से पहना जाएगा। उर्मिला सीता को बगल के कक्ष में ले गई और छाल के वस्त्र को उनके कंधे पर रखकर दिखाया, जिस तरह से राम ने पहनने के लिए बताया था। आभूषण उतारे जाने के बाद भी वह अति रुपवान लग रही थीं, उनका चेहरा चमक रहा था, हार के बिना उनकी लंबी गर्दन और भी सुंदर लग रही थी, उनके कान भी कांति बिखेर रहे थे, उनकी कलाइयाँ भी सोने और हीरे की चूड़ियों के बिना और आकर्षक लगती थीं। उनका नंगा पैर अत्यधिक कोमल और सुंदर लगता था, जिन्हें देखकर उर्मिला यह अनुभव कर सकती थी कि वन में नंगे पैर चलने में उन्हें कितना कष्ट उठाना पड़ेगा।

उर्मिला यह सोचकर अंदर ही अंदर बेहद आहत थी कि किस तरह अब से थोड़ी देर पहले ही उन्होंने सीता के बारे में क्या-क्या सोचा था। सीता के साथ तो राम होंगे, उनके साथ तो न लक्ष्मण होंगे और न ही सीता। अब के बाद से वो यहाँ एक-दूसरे के लिए नहीं होंगे। यह सोचकर उर्मिला का दिल भर आया।

"तुम मुझको लेकर चिंतित हो उर्मि, क्या नहीं हो?" सीता ने उर्मिला के चेहरे के भाव देखकर ये शब्द कहे। "मुझे तुम्हारा पक्ष लेना चाहिए था और राम और लक्ष्मण से तुम्हें भी अपने साथ ले जाने के लिए कहना चाहिए था, लेकिन मैं राम को मनाने और समझाने में ही इतनी उलझी रही कि मुझे लगा ही नहीं कि मैं तुम्हारी अनदेखी कर रही हूँ। तुम्हारी बड़ी बहन होने के नाते मुझे तुम्हारा पक्ष रखना चाहिए था...।"

उर्मिला ने दुखी मन से धीरे से कहा, "अब इस बात का कोई अर्थ नहीं है। इससे अब कोई लाभ नहीं होने वाला। जिस तरह तुम राम के साथ वन जाने के हठ पर अड़ी रही, उस तरह लक्ष्मण के मस्तिष्क को कोई बदल नहीं सकता।" उसने हल्की मुस्कान के साथ कहा, "इससे यह तो हुआ कि हम दोनों यह जान गए कि दोनों अविभाज्य हैं। हम और तुम कुछ ज़्यादा कर भी नहीं सकते थे। और यह सब अच्छाई के लिए ही हुआ, कम से कम मुझे तुमको लेकर तो कोई चिंता नहीं है, राम और लक्ष्मण तुम्हारी अच्छे से देखभाल करेंगे।"

"और तुम? तुम्हारा क्या होगा? यही चिंता मुझे परेशान किए जा रही है... हालाँकि, मांडवी और कीर्ति यहाँ पर होंगी..."

"चुप! चिंता मत करिए। महल खतरनाक स्थान नहीं है।" उसने हँसते हुए तुरंत कहा, "यहाँ पर मेरे साथ सभी होंगे...।"

सीता ने तुरंत कहा, "सिवाय लक्ष्मण के।" "यही वह बात है, जिससे मैं दुखी हूँ। मैं लक्ष्मण को रोक नहीं सकती या तुम्हें अपने साथ नहीं ले चल सकती, उन्होंने निराशा के स्वर में कहा। "तुम मुझसे यह छिपाने की कोशिश कर सकती हो, उर्मि, लेकिन मैं अनुभव कर सकती हूँ कि तुम किस मनःस्थिति का सामना कर रही हो। क्या तुम्हें पता है कि लक्ष्मण इतना कठोर निर्णय क्यों ले सके? क्योंकि उन्हें तुम पर विश्वास था। मैं जानती हूँ उन्हें अपने आप से अधिक तुम पर भरोसा है। तुम तो उनकी शक्ति हो, जैसे तुम अनजाने में ही हम बहनों के लिए संबल हुआ करती थी। मैं तुमसे बड़ी हो सकती हूँ, लेकिन वह तुम थी, जिस पर हम सहयोग और समर्थन के लिए आश्रित रहते थे। लक्ष्मण के साथ भी ठीक वैसा ही है। वह इस मुश्किल स्थिति में कभी भी महल छोड़कर नहीं जाते, अगर तुम यहाँ नहीं होती। उन्हें पता है कि तुम न केवल महल को सँभाल लोगी, बल्कि परिवार को भी एकजुट रखोगी...।"

"नहीं, ऐसा तब तक नहीं होगा, जब तक आप लोग लौट के नहीं आओगे..." उर्मिला ने सिर को हिलाते हुए यह बात कही, "जब आप लोग लौट आओगे, तब सब कुछ सही हो जाएगा। यह चौदह साल हम में से प्रत्येक के लिए परीक्षा की घड़ी बनने जा रहा है। दर्द और परेशानी तो अपरिहार्य हे, लेकिन यह मूल्यवान होगा, इससे हमें बहुत कुछ सीखने को मिलेगा।" उर्मिला ने यह बातें व्यंग्यपूर्ण लहजे में कहीं। उर्मिला ने आगे कहा, "सीता, मेरा एक अनुरोध है, लक्ष्मण के समक्ष कभी मेरा उल्लेख मत करना, कभी ऐसा कुछ नहीं करना, जिससे लक्ष्मण को मेरी याद आए।" स्थिर नयनों और दृढ़ स्वर के साथ उसने आगे कहा, "आप और राम दोनों से मेरा यह करबद्ध अनुरोध है।"

सीता बेचैन हो गईं। वह अपनी बहन के और निकट पहुँच गई और उनके हाथों को अपने हाथों में सुदृढ़ता से पकड़ लिया, और कहा, "मुझे शर्मिंदा मत करो, उर्मि कि मैं आईने में अपना चेहरा भी देखने की हिम्मत न कर सकूँ। तुम जो कर रही हो, उससे तुमने मेरे वनवास को आसान बना दिया

है। तुम केवल अपने पति से 14 साल अलग ही नहीं होने जा रही है, बल्कि तुम यह भी चाहती हो कि तुम्हारे पति को तुम्हारी याद तक नहीं आए, ताकि उनका ध्यान अपने भाई की सेवा से विमुख न होने पाए। तुम धन्य हो बहन, मैं तुम्हारे इस वनवास के आगे नतमस्तक हूँ, महल में रहते हुए भी तुम्हारा ये एकाकीपन मेरे वन में रहने से भी अधिक कठोर होगा। तुम मुझे अपनी शक्ति प्रदान करो, क्योंकि मैं जानती हूँ इससे मैं अपने लक्ष्य में सफल रहूँगी।''

सीता ने उर्मिला को गले से लगा लिया, उर्मिला की आँखों में आँसू भर आए और उनकी आँखें लाल हो गई और जलने लगीं। उर्मिला ने सोचा वह अभी हिम्मत नहीं हार सकती। अपने 18 साल के जीवन में यह पहला अवसर था कि वह एक-दूसरे से अलग होने जा रही थीं और बिछड़ने का दर्द फिलहाल अचिंतनीय था।

उर्मिला ने भी उन्हें गले से लगाते हुए कहा, ''सदैव अपना ध्यान रखना, सीता। तुम बहुत ही भोली हो और किसी पर भी तुरंत भरोसा कर लेती हो। तुम किसी की वेशभूषा पर मत जाना, कृपया ऐसा मत करना। वन में अनेक मंथरा हैं, राम और लक्ष्मण को आगे-आगे चलने देना, जितना निकट हो सके, तुम उतना ही इन दोनों लोगों के पीछे-पीछे रहना। यहाँ से वह अलग ही दुनिया होगी।''

सीता ने धीरे से अपना सिर हिलाया और उर्मिला ने फिर कहा, ''सुरक्षित जाओ और सुरक्षित लौट आओ।''

राम और लक्ष्मण सीता की प्रतीक्षा कर रहे थे। लक्ष्मण ने उर्मिला को किसी अपरिचित की भाँति देखा। उर्मिला को तुरंत अपने वे कड़वे शब्द याद आ गए, जो उसने लक्ष्मण के लिए बोले थे।

उर्मिला ने जब सीता को लाकर राम के समक्ष खड़ा कर दिया, तो राम ने कहा, ''उर्मिला, मैं तुम्हारा बहुत आभारी हूँ।'' उन्होंने हँसते हुए कहा, ''इसलिए नहीं कि तुमने सीता को ढंग से कपड़े पहनवा दिए। मैं अपने बुजुर्ग माता-पिता को तुम्हारी निगरानी में छोड़कर जा रहा हूँ और मैं जानता हूँ उन्हें किसी बच्चे के हाथों में नहीं सौंप कर जा रहा हूँ। तुम एक अद्वितीय स्त्री हो- असाधारण बहादुर और दृढ़ हो। हाँ, यह मैं हूँ जो तुम्हें तुम्हारे पति, तुम्हारी ख़ुशियों से वंचित कर रहा हूँ, और इसके लिए मैं अपने आपको क्षमा नहीं कर सकता।''

राम के शब्दों से उर्मिला का सिर शर्मिंदगी से झुक गया, उन्होंने जितना उस पर भरोसा किया है, उसमें उतनी सामर्थ्य नहीं है। उर्मिला ने हँसते हुए कहा, "नहीं, यही ईश्वर की इच्छा है, एक अच्छे अभियान के लिए आप मेरे पति को ले जा रहे हैं। वह वहाँ सदैव आपकी सेवा में रहेंगे। अच्छे और बुरे समय में आपके साथ रहेंगे।" उर्मिला ने यह बातें हँसते हुए अवश्य कही, लेकिन राम ने उसके स्वर में स्पष्ट क्रंदन अनुभव किया।

अब उनके प्रस्थान का समय आ गया था। पौ फटने लगी थी और उसके साथ ही अगले दिन की निराशा छाने लगी थी। लोग सड़कों पर जमा हो गए थे, वह जो सुन रहे थे, उससे दुखी और निराश के साथ ही साथ क्रोधित भी थे। राम उनके युवराज थे, भरत नहीं। वे दुखी थे कि उनके प्यारे युवराज को 14 साल के लिए वनवास क्यों दिया जा रहा है?

बुजुर्ग महाराज ने दुर्बल और काँपते स्वर में सुमंत्र से कहा, "इन्हें रथ पर बैठाकर साम्राज्य की सीमा तक छोड़ आएँ। सेना नायकों से कहिए वह सेना के साथ पैदल सैनिक, घोड़े, हाथी और जंगल में रहने के लिए आवश्यक सामान ले लें। जन और धन की कमी नहीं होनी चाहिए...।"

राजा को बीच में टोकते हुए कैकेयी ने क्रोध में कहा, "क्या आप मेरे पुत्र को कंगाल साम्राज्य सौंपना चाहते हैं, बिना सेना के अपने लोगों की सुरक्षा करने के लिए उसे राज्य दे रहे हैं। क्या आप वन में आमोद-प्रमोद की व्यवस्था कर रहे हैं।"

कैकेयी के तीखे शब्दों से दरबारी, ऋषि और राजघराने के सदस्यों समेत कक्ष में मौजूद सभी लोग एकबारगी स्तब्ध रह गए। लक्ष्मण क्रोधित नज़र आने लगे, तो कौशल्या भयभीत हो गईं।

सदैव की तरह राम शांत बने रहे और उन्होंने उस समय के तनावपूर्ण माहौल को हल्का करने की कोशिश की और कहा, "मुझे इस शाही ताम-झाम की कोई आवश्यकता नहीं है।" उन्होंने दृढ़तापूर्वक मना करते हुए कहा, "सिंहासन का त्याग करने के बाद मुझे सत्ता, धन-दौलत और ऐशो-आराम के सामान की कोई चाह नहीं है। मैंने यह छाल धारण कर ली है और संन्यासी की तरह न्यूनतम सुख-सुविधाओं के साथ वन में रहूँगा, जैसा कि मुझसे आशा की गई है। मुझे यहाँ से जाने की आज्ञा और आशीर्वाद दीजिए पिताश्री। मैं यहाँ अपनी माँ कौशल्या, लक्ष्मण की माँ सुमित्रा और उसकी पत्नी उर्मिला को आपकी देखरेख में छोड़ जा रहा हूँ। ये तीनों निःस्वार्थ स्त्रियाँ इस अलगाव

से सबसे ज़्यादा दुखी और कष्ट में हैं। हम यहाँ नहीं रहेंगे, तब इनके प्रति आप दया का भाव रखिएगा।''

इतना कह कर राम ने अपने पिताश्री के चरण स्पर्श करके उनका आशीर्वाद लिया। सीता और लक्ष्मण ने अनुसरण करते हुए उनका चरण स्पर्श किया, फिर उनके ललाट और सीने पर हाथ रखकर उनकी तबीयत देखी और उनके आशीर्वाद के लिए प्रतीक्षा में खड़े हो गए।

महाराज ने टूटे स्वर में कहा, ''मेरे प्रिय राम, मैं जानता हूँ कि तुम वन में भी हमारे राजसी पूर्वजों का गौरव बढ़ाओगे। तुम उसी मर्यादा के साथ लौटोगे भी, लेकिन उससे पहले, मुझ वृद्ध को उसकी त्रुटि और पाप के लिए क्षमा कर देना। मेरे वचन को पूरा करने के लिए तुम, मेरे आज्ञाकारी पुत्र, मेरे नाम पर कलंक नहीं लगने दोगे और यही हमारे कुल की मर्यादा है। मुझे तुम पर गर्व है मेरे पुत्र, लेकिन कृपया मेरे कारण से शर्मिंदा मत होना।''

राम ने न केवल स्नेह से, बल्कि साँत्वना देने के लिए भी अपने पिताश्री को ज़ोर से अपनी भुजाओं में भर लिया। एक वृद्ध महाराज की अंतिम इच्छा थी कि उसके पुत्रों की दृष्टि में उसका सम्मान कम न हो, क्योंकि वह यह सहन नहीं कर सकते थे। राम ने ऐसा ही किया, अपने पिता के प्रति प्यार और सम्मान उनकी आँखों में झलक रहा था। उनके हर हाव-भाव में दिखाई पड़ रहा था।

कौशल्या ने रस्म के तौर पर विदाई से पहले राम और सीता की आरती उतारी और सुरक्षित वापस आने का आशीर्वाद दिया। वह अपने पति की तरह ही अचानक वृद्ध दिखाई देने लगी थी। दुख और चिंता उनके चेहरे पर स्पष्ट झलक रही थी। उन्होंने बिलखते हुए कहा, ''क्या मेरा हृदय पत्थर का बना है कि मैं यह दिन देखने के लिए अब तक जीवित हूँ। अपने पिता की आज्ञा का पालन करो और उसी यश और गौरव के साथ वापस लौटो जैसे तुम यशस्वी पुत्र हो।''

छाल के वस्त्र धारण किए राम और सीता कैकेयी के पास गए। उनका मुख शांत बना हुआ था। राम ने मधुरता से कहा, ''विदा, माता, मैं प्रसन्न हूँ कि मैं आपकी इच्छा पूरी कर सकता हूँ।'' ऐसा कहते हुए वह झुके और उनके पैर छुए। युवा महारानी ने होशियारी से उनके सिर पर हाथ रखकर आशीर्वाद दिया। सीता ने भी राम का अनुसरण किया, लेकिन लक्ष्मण अपनी जगह पर खड़े रहे। उन्होंने प्रणाम करने से मना कर दिया और दूसरी रानियों की ओर

मुड़ गए। कैकैयी क्रोधित हो गई। राम ने अपना सिर हिलाकर संकेत किया और फिर लक्ष्मण मुँह बनाते हुए कैकेयी का आशीर्वाद लेने के लिए झुके और उनके पैर छुए।

सुमित्रा बहादुरी और मुस्कान के साथ स्थिति का सामना कर रही थीं। वह आशा की मूर्ति थीं, मृदु वचन बोलने वाली और दयावान। वह कोमल शब्दों से सभी के साथ बात कर रही थीं।

लक्ष्मण ने आशीर्वाद लेने के लिए झुककर उनके पैर छुए। उनके मुख से केवल एक शब्द निकला, ''माँ''। उन्होंने लक्ष्मण को सीने से लगा लिया और उनका ललाट चूमकर कहा, ''मुझे सदैव तुम पर गर्व रहा है, लेकिन आज मेरे प्रिय पुत्र, मेरा मस्तक ऊँचा हो गया है। तुमने जो किया है, किसी भाई ने अपने भाई के लिए नहीं किया है और आज से तुम आने वाली पीढ़ियों के लिए भाई के प्रति प्रेम और निष्ठा के प्रतीक बन गए हो। यह कर्तव्य नहीं, बल्कि तुम्हारा प्रेम था कि तुम अपने भाई के साथ जा रहे हो और जब प्रेम कर्तव्य से बढ़कर हो जाता है, तो मुक्ति मिल जाती है। तुमने इसे अपना धर्म बना लिया है। राम और सीता की देखरेख सतर्कता से करना, ईश्वर ऐसा करने के लिए तुम्हें शक्ति प्रदान करें। आने वाले दिनों के लिए वन ही अयोध्या है, प्रसन्नता से जाओ, सौमित्र, ईश्वर की तुम पर कृपा बनी रहे।''

उर्मिला अपने सामने यह दृश्य देखकर स्वयं को तुच्छ समझने लगी। इनका प्यार, गर्व, सम्मान, बलिदान, और सबसे बढ़कर ख़ुशियों से भरा था। भावुकता, पछतावा या व्यर्थ की संवेदनाओं के लिए वहाँ कोई जगह नहीं थी। यह काव्यात्मक, उदात्त,उच्च अभिव्यक्ति और अनुभवों से आया व्यवहार था।

सुमित्रा ने दीया, फूल, पान पत्ता, सुपारी और सिंदूर से भरी आरती की थाली उर्मिला को पकड़ाई। इसका अर्थ था कि लक्ष्मण की आरती उतारने की अब उसकी बारी थी। उसने थाली को दृढ़ हृदय और सुदृढ़ हाथों से पकड़ा। उसे डर लगने लगा कि क्या वह उनकी आँखों में तिरस्कार को सहन करने में सफल हो पाएगी। उसने हिम्मत की कि उनकी आँखों नहीं देखे, लेकिन उसे देखना पड़ा। उनकी आँखें काली, तीक्ष्ण और कोमल थीं या क्या दीये की लौ की वजह से उनके भावों में कोमलता और आँखों में नमी दिखाई दे रही थी। उसे उनकी आँखों में यही दिखाई देने की आशा थी?

उन्होंने धीरे से कहा, ''क्या तुम सोचती हो कि मैं तुम्हारी बातों की भूलभुलैया में उलझ जाऊँगा।'' उर्मिला थोड़े समय के लिए स्तब्ध रह गई।

उन्होंने धीरे से कहना जारी रखा, "हम कभी एक दूसरे से घृणा नहीं कर सकते। अलगाव के अगले 14 वर्षों में भी हमारे बीच घृणा रह नहीं सकती। रहेगा तो केवल प्रेम रहेगा, मिला।" उनके शब्द मुश्किल से उसे सुनाई पड़े। "हमारे प्रेम, सतत प्रेम की स्मृतियाँ हमें कभी अकेला अनुभव ही नहीं होने देगी। तुम सदैव मेरे साथ रहोगी और मैं तुम्हारे साथ, मेरी मिला, मेरी उर्मिला, मेरी अनादि मोहिनी, मेरी राग, मेरी शक्ति।"

उसे उनकी कोमल दृष्टि की ऊष्मा से सुखद अनुभव हुआ। वह धीरे से मुस्कराई। उसके अंग-अंग से प्यार की झलक मिल रही थी। उन्हें उसे जताने की आवश्यकता नहीं थी। प्यार उनकी आँखों में था, हर ओर था। उनके अनादर से उसकी हँसी और बढ़ गई थी और इससे लक्ष्मण को पवित्र आरती के समय उर्मिला से चर्चा करने की इच्छा हुई।

उन्होंने हँसते हुए कहा, "और यह हँसी, तुम्हारी ख़ूबसूरत हँसी ही है जो दुनिया को और मुझे हर बार तुम्हारे प्यार में जकड़ लेती है। मैं तुम्हारा यह मुस्कराता चेहरा अपनी यादों में संजो लेना चाहता हूँ, क्रोध वाला चेहरा नहीं। मुझसे वादा करो कि सदैव मुस्कराती रहोगी और कभी दुख के आँसू नहीं बहाओगी।"

उसने हाँ में सिर हिलाया। उसने उनके माथे पर तिलक लगाते हुए गर्व और प्रेम पूर्वक कहा, "मेरे प्रिय योद्धा, आप सुरक्षित, बिना क्षति यश के साथ और अजेय रह कर युद्ध से वापस आना।"

रिवाज के अनुसार वह उनके चरण स्पर्श करने के लिए नीचे झुकी, लेकिन उन्होंने उसकी भुजा को सुदृढ़ता से पकड़कर ऐसा करने से रोक दिया। उन्होंने धीमे नहीं, बल्कि इतने उच्च स्वर में कहा कि सभी सुन सकें। उन्होंने कहा, "ऐसा मत करो, मैं इस योग्य नहीं हूँ।" वह दूसरों की ओर मुड़े और उन्हें संबोधित करते हुए कहा, "भाई के प्रति निष्ठा के लिए मेरी इतनी प्रशंसा की जा रही है, लेकिन जीवनसाथी के रूप में मैं विफल रहा हूँ, जो अपनी जीवनसंगिनी को छोड़कर जा रहा हूँ।" उन्होंने रुककर पीछे मुड़कर उसकी ओर देखा और आँखों में दिखाई रहे अनुराग के साथ गंभीरता से कहा, "ओह उर्मिला, क्या संसार यह कभी जान पाएगा कि तुम आंतरिक परेशानियों का सामना कर रही हो, क्या संसार तुम्हारे पवित्र बलिदान को कभी समझ पाएगा? लेकिन शर्म और ग्लानि से भरा मेरा हृदय, यह जानता है कि मौन रहकर बहादुरी से हँसते हुए, कोमल हृदय के साथ तुम क्या कर

रही हो। तुम्हारा लक्ष्मण सदा तुम्हारा आभारी रहेगा और तुम पर गर्व करेगा। मैं अब तुम्हें अकेला छोड़कर जा रहा हूँ, लेकिन मेरी आत्मा, मेरा हृदय यहीं तुम्हारे पास रहेगा।''

उर्मिला का गला भर आया और वह भावुक हो उठी। लक्ष्मण ने अपनी बात निरंतर रखते हुए कक्ष में उपस्थित लोगों से कहा, ''पति होने के नाते मुझे उनका खय़ाल रखना चाहिए, उनकी देखभाल करनी चाहिए, उनके साथ रहना चाहिए और उनकी सुरक्षा करनी चाहिए। मैंने ऐसा कुछ भी नहीं किया, बल्कि इसके विपरीत अपने वृद्ध माता-पिता की देखरेख करने के लिए उन्हें यहाँ छोड़ कर जा रहा हूँ, जबकि एक सुपुत्र होने के नाते मुझे यह सब करना चाहिए। मैं पति और पुत्र के रूप में विफल रहा हूँ। मैं अपनी माँ और पत्नी के आगे नतमस्तक होकर अपने कर्तव्य और निष्ठा को पूरा करने में विफल रहने के लिए क्षमा माँगता हूँ।''

उर्मिला की आँखों में आँसू थे, वह सुबक-सुबक कर रोने वाली थी। उसका दिल अविश्वसनीय प्रसन्नता और दुख से भर आया था। उनकी माँ अभिभूत दिखाई पड़ती थीं और वहाँ उपस्थित हर व्यक्ति उनसे प्रभावित दिखाई देता था। कक्ष में छाई निःशब्द स्तुति के बीच उर्मिला ने अनुभव किया कि उन्होंने अपने हाथों से उसकी कलाई पकड़ी ली थी। दूसरे ही पल वह अपनी हथेली पर उनके नरम और कोमल अंगूठे के स्पर्श को अनुभव कर रही थी। वन में जाने से पहले यह स्पर्श अंतिम बार था। उन्होंने उसके हाथों को मुक्त कर दिया और तुरंत खड़े हो गए। बिना पीछे देखे वह अपने भाई और सीता के साथ रथ में सवार हो गए, जो उन्हें राज्य की सीमा तक ले जाकर छोड़ने वाला था। उनका 14 वर्ष का वनवास आज से शुरू हो गया था।

कौशल्या यात्रा के लिए कुछ सामान और खाने-पीने की वस्तुएँ लेकर आई थीं, जिसे सीता ने रथ पर धनुष और तरकश के बीच शीघ्रता से रख लिया।

सीता ने विस्मय से पूछा, ''हमें इसकी क्यों आवश्यकता है?'' ''हम संन्यासी बनकर वन में जा रहे हैं, योद्धा बनकर नहीं! हमें हिंसा और हिंसा वाले समान क्यों स्वीकार करने चाहिए? हे राम, क्या आप एक वैरागी बनकर जा रहे हैं या क्षत्रिय?''

वन के लिए यात्रा शुरू होने से पहले सीता ने राम से नैतिक प्रश्न किया था, उर्मिला को अपनी बहन पर गर्व अनुभव हो रहा था। यह कितना न्यायसंगत प्रश्न है; क्या अहिंसा एक बेहतर विकल्प नहीं हो सकती?

राम ने अपनी पत्नी को आदर और आसक्ति के साथ देखा। उन्होंने मुस्करा कर कहा, ''मैं इससे सहमत हूँ, लेकिन असहायों की रक्षा करना क्षत्रिय का धर्म है और हम वन में जहाँ जा रहे हैं, वहाँ ऋषि दानवों की हिंसा के आगे असहाय हैं। यह धनुष और बाण उनकी रक्षा करने के लिए और आवश्यकता पड़ने पर अपनी सुरक्षा के लिए हैं।''

इस बीच, सड़क पर जमा भीड़ उच्च स्वर में नारे लगाने लगी और जिस रथ से राम, सीता और लक्ष्मण जा रहे थे, उसके पीछे-पीछे चलने लगी। प्रजा चिल्लाई, ''तीव्र गति से आगे मत बढ़ो।'' लोगों ने अनुरोध किया, ''कृपया रथ को धीरे हाँकें, हम अपने प्रिय युवराज को अंतिम बार पूरी तरह से निहार लेना चाहते हैं।''

उर्मिला ने देखा कि राम ने रथ रोकने को कहा। उसका दिल प्रसन्नता से उछलने लगा। उसने सोचा कि क्या वह लक्ष्मण और सीता के साथ वापस घर लौट आएँगे? तभी उनके कान में राम का उच्च स्वर सुनाई पड़ा, जिसमें वह रथ के आस-पास जमा लोगों से कह रहे थे, ''मैं अपने पिता के आदेश पर सीता और लक्ष्मण के साथ वन जा रहा हूँ। मेरे लिए मेरे पिता के वचन अनमोल हैं, इसलिए हे अयोध्या के निवासी, कृपा करके आप मुझे रोकिए मत।'' वह एक-एक शब्द को स्पष्ट और दृढ़ता से कह रहे थे। उन्होंने कहा,'' मेरे लिए आपके दिल में जो प्यार और सम्मान है, उसे मैं जानता हूँ और अब के बाद से आपके दिल में यही प्यार और सम्मान मेरे भाई भरत के लिए होगा, तो मैं प्रसन्न और आपका आभारी रहूँगा। मेरे पिता ने उसे आपका राजा बनाया है...'' वहाँ विरोध में कोलाहल मच गया, लेकिन राम के अगले शब्द से लोग शांत हो गए। उन्होंने कहा, ''वह मेरा अनुज है, लेकिन वह अच्छा, बुद्धिमान और दयालु है, एक अच्छा राजा बनने की उसमें सारी विशेषताएँ हैं। वह बहादुर और सुदृढ़ है और सदैव आपकी सुरक्षा करेगा। वह आपका राजा है, इसलिए आप उसे अपना प्यार दीजिए और उसके प्रति निष्ठावान रहिए। मैं आप लोगों के आशीर्वाद से अब वन के लिए प्रस्थान कर रहा हूँ। कृपया आप मेरे दुखी और बुजुर्ग पिता और मेरे भाई भरत को भी आशीर्वाद दीजिए।''

इन्हीं शब्दों के साथ राम ने सुमंत्र से आगे बढ़ने के लिए कहा। उर्मिला ने देखा कि रथ धीरे-धीरे आगे की ओर बढ़ रहा था, लेकिन प्रजा अपने युवराज को किसी भी क़ीमत पर आगे जाने नहीं दे रही थी। वे उनके पीछे भाग रहे थे। कई रथ के पीछे-पीछे दौड़ रहे थे। अपने महल की खिड़की से उर्मिला ने देखा कि रथ की गति धीरे-धीरे तीव्र होती जा रही थी और प्रजा पीछे छूटती जा रही थी, इसके साथ ही आकाश में एक निराशा और उदासी छा गई, काले बादल छा गए। उसने देखा कि रथ धीरे-धीरे आँखों से ओझल होता जा रहा था और क्षितिज में धूल का गुब्बार उठ रहा था। इस बीच, महल के अंदर से अचानक विलाप का स्वर सुनाई दिया।

उसके ससुर गिरे पड़े थे। उन्होंने अपने हाथों से अपना चेहरा ढका हुआ था, जैसे वह दुनिया से अपना चेहरा छिपाना चाहते हों या फिर अभी-अभी उन्होंने जो देखा था, उसे देखना नहीं चाहते हों। उनका प्रिय पुत्र उन्हें छोड़कर चला गया था, जिसे वह सहन नहीं कर पा रहे थे। कैकेयी आगे बढ़ीं और खड़ा होने में उनकी मदद की।

उन्होंने क्रोध में कहा, ‘‘मुझे स्पर्श मत करो, द्वेषी स्त्री! इसी क्षण से मैं तुम्हारा त्याग करता हूँ! मैं तुमसे घृणा करता हूँ और विमुख होता हूँ। हे पापिन पत्नी। अब से तुम मेरी पत्नी नहीं हो, मैं तुम्हें छोड़ता हूँ!’’

कैकेयी का चेहरा श्वेत पड़ गया, जैसे कि उन्होंने उसे मारा हो, उसने उनसे अपना हाथ हटा लिया।

उन्होंने दर्द से ज़ोर से चिल्ला कर कहा, ‘‘कौशल्या मुझे इसके महल से ले चलो! तुम कहाँ हो?’’ कौशल्या दौड़ कर वहाँ आई। उन्होंने ज़ोर-ज़ोर से विलाप करते हुए कहा, ‘‘मुझे अपने कक्ष में ले चलो, मेरे प्राण वहीं निकलने दो, अब मुझे पता है, मैं बचूँगा नहीं... हे कौशल्या तुम कहाँ हो? तुम कहाँ हो, मेरे राम?’’ वृद्ध महाराज की आँखों से अश्रु की धारा बह रही थी, वह अपनी आँखों को ज़ोर-ज़ोर से कभी बंद करते थे तो कभी खोलते थे। ‘‘अब यह दुनिया मेरे लिए इतनी अंधियारी क्यों हो गई, यह मेरे राम के कारण हुआ है, मेरे जीवन का उजाला चला गया?’’ वह हताशा में बार-बार इन शब्दों को कहते हुए विलाप कर रहे थे।

वह संगमरमर के फर्श पर गिरने ही वाले थे कि उर्मिला ने उन्हें पकड़ लिया। तीनों रानियों ने उन्हें पकड़कर सीधा किया, लेकिन वह अचेत हो गए। उनके कहे अनुसार उन्हें कौशल्या के महल में ले जाया गया और वह घंटों

वहाँ मौन और बेसुध पड़े रहे, ऐसा लग रहा था, जैसे दिन गुजर ही नहीं रहा था, दिन के पहर बढ़ते ही जा रहे थे।

उर्मिला को विश्वास ही नहीं हो रहा था कि इतनी अल्प अवधि में इतना कुछ हो गया। अभी कुछ ही पहर पहले तो वह अपनी बहन को राज्याभिषेक के लिए सजा-संवार रही थी। कुछ ही समय पहले वह लक्ष्मण के साथ उनकी बाहों में थी... अचानक उनके मस्तिष्क में अब की तसवीर घूमने लगती है, जिसमें सब कुछ बदला नज़र आता था, सब कुछ वैसा ही दिखाई पड़ता था, लेकिन कुछ भी पहले की तरह नहीं दिखाई देता था।

वह पहले भी कौशल्या के कक्ष में आ चुकी थी, लेकिन वैसे नहीं जैसे सीता आती रहती थीं। यह उतना आलीशान तो नहीं था जितना कि कैकैयी का कक्ष था, लेकिन मिथिला के महल से बड़ा अवश्य था। वहाँ अंधेरा और सन्नाटा था, लेकिन अब तो यह मलिन और हताशा भरा लग रहा था। यहाँ तक कि उस महल के तोतों ने भी कर्कश शब्दों को निकालना बंद कर दिया था। अब उन्हें बाहर निकाल दिया गया था, क्योंकि महाराज की नींद में उनसे खलल पड़ने का डर था। कौशल्या पूरी तरह से हताश और दुखी नज़र आ रही थीं। वह महाराज के पलंग पर उनके सिरहाने बैठी थीं, उनके चेहरे पर निराशा और हताशा स्पष्ट दिखाई पड़ रही थी, उनकी आँखें भावशून्य और गम में डूबी हुई थीं।

दिन के समय में कई घंटे के बाद महाराज की नींद टूटी। वह अचेत जैसे ही दिखाई पड़ रहे थे। वह कातर स्वर में बोले जा रहे थे, ''राम कहाँ हैं? तुम कहाँ हो कौशल्या? मैं तुम्हें देख नहीं पा रहा हूँ... मुझे तुम्हें स्पर्श करना है, तुम कहाँ हो?'' वह अपनी आँखें खोलकर देखना चाहते थे, लेकिन देख नहीं पाते थे।

कौशल्या ने चीख कर कहा, ''हे भगवान, इन्हें कुछ दिखाई नहीं दे रहा, और क्या-क्या देखना और सहना पड़ेगा?'' इतना कह कर कौशल्या ने राजा के झूलते बाजुओं को सुदृढ़ता से पकड़ लिया, दुख की इस घड़ी में दोनों एक बार फिर निकट आ गए और एक-दूसरे से शक्ति पाने लगे। राजा के आँखों की रोशनी राम के जाते ही चली गई थी।

उन्होंने दुखी मन से कहा, ''जब मैं स्वयं धैर्य नहीं रख पा रही हूँ, तब कैसे उन्हें धैर्य बँधाऊँगी। राम के बिना मैं कैसे जीवित रह पाऊँगी? और किन शब्दों से मैं अपने पति को ढाँढस दूँगी।''

एकमात्र सुमित्रा ने कौशल्या को धीरज बँधा सकती थीं। उन्होंने कहा, ''तुम मातम क्यों मना रही हो, कौशल्या? किस बात को लेकर दुखी हो?'' ऐसा कहते हुए सुमित्रा की वाणी कोमल, परंतु दृढ़ थी। ''आप सदैव अपने पुत्र पर गर्व करती थीं, अत: अब भी आप अपने पुत्र पर गर्व करिए। वह सदैव एक राजा ही रहेगा, भले ही अभी नहीं, बाद में ही होगा, लेकिन वन में जाकर तपस्वी का जीवन जीते हुए वह जो कर रहा है, किसी भी राजकुमार ने पहले ऐसा नहीं किया है। यही बातें तो राम को विशिष्ट बनाती हैं। उसका अर्थ ही महानता से है। इसे पहचानो और इस बात पर गर्व करो कि आपने ऐसे पुत्र को जन्म दिया है। कौन ऐसा पुत्र है, जो अपने पिता के वचन को पूरा करने के लिए राजपाठ का त्याग करता है? राजा के वचन की रक्षा करने के लिए कौन राजकुमार सिंहासन को त्यागता है? राम एक नायक है, उस पर गर्व कीजिए, उसके लिए दुखी मत होइए। वह यश और महानता और उच्च आदर्शों के लिए पैदा हुआ है। लक्ष्मण ने उसमें यह देख लिया और मुश्किल घड़ी में उसके पदचिह्नों पर चलने का निर्णय किया। वह इस बात का ध्यान रखेगा कि राम और सीता को किसी तरह की हानि नहीं पहुँचे। मुझे अपने नायक पुत्र पर गर्व है, और मैं उनके लिए आँसू बहाकर अपना समय नहीं बर्बाद करूँगी, बल्कि उस दिन की प्रतीक्षा करूँगी जब वो यश और अपराजित होकर घर लौटेंगे, जैसा कि मेरी बहादुर बहू उर्मिला ने कहा है। आप उसे देखिए, उसे भी दुखी होना चाहिए। ये अभी-अभी विवाह के बंधन में बँधे थे और 14 साल के लिए अलग हो गए... क्या आप उसके दुखों को नहीं देख सकती, फिर भी यह अपने स्वार्थ के लिए आँसू नहीं बहा रही है।''

उर्मिला को शर्मिंदगी का अहसास हुआ। उसे यह अनुभव ही नहीं हुआ था कि उसने बड़ी कुशलता से कार्यों को पूरा किया है। उसे लगता था कि वह और बेहतर और सम्मानपूर्ण ढंग से हालात को सँभाल सकती थी।

उसने सुना कि फिर उसकी सास कौशल्या को चतुर करार देते हुए ढाँढस बँधाने की कोशिश कर रही थीं। उन्होंने कहा, ''कौशल्या आप एक असाधारण पुरुष की माँ हो, उसके अनुसार व्यवहार करो। आपको अपने वृद्ध पति और महल की दूसरी महिलाओं को संबल प्रदान करना चाहिए, परंतु, इस तरह दुखी होना एक महारानी को शोभा नहीं देता, न ही ऐसा करना एक नायक की माँ को शोभा देता है।''

सम्राट की स्थिति पूरे दिन ख़राब ही बनी रही, वह थोड़ी-थोड़ी देर में अचेत हो जा रहे थे। उनका स्वास्थ्य लगातार गिर रहा था, उनकी चाह और दृष्टि समाप्त हो गई थी, लेकिन अपनी सबसे कनिष्ठ रानी के प्रति उनकी घृणा और अप्रसन्नता दूर नहीं हो सकी थी। उन्होंने उनसे मिलने से मना कर दिया था और उनके प्रति जितना कठोर हो सकता था, उतने कठोर शब्दों का प्रयोग कर रहे थे।

कैकेयी ने सम्राट के आराम के लिए उनके सिर के नीचे तकिए को सही से रखने की कोशिश की, तो उन्होंने उनके हाथों को झटक दिया और क्रोध में कहा, "दूर हो जा, दुष्ट स्त्री, तुमने मेरे पुत्र और परिवार को बर्बाद कर दिया! मैं कैसे तुमसे प्रेम कर बैठा और तुम्हारे कुचक्र में फँस गया? मैं अवश्य पागल या नशे में था। मैं भी कितना मूर्ख था और अब यह पूरा जगत उस मूर्खता के लिए मेरे ऊपर हँस रहा होगा! तुम एक मायावी, नागिन, एक चुड़ैल और नरपिशाचिन हो!"

उन्होंने फिर अत्यधिक क्रोध में कहा, "जब तुम अपने पुत्र के लिए गद्दी माँग रही थी, तब क्या तुमने परवाह की, मैं, चक्रवर्ती सम्राट, एक सुपुत्र का पिता, तुम्हारे पैरों पर गिरकर तुमसे अपने वचन वापस लेने की भीख माँग रहा था, तब तुमने एक नहीं सुनी और आत्महत्या कर लेने की धमकी दी। और अब तुम धीरे-धीरे मुझे सुनिश्चित मौत के मुँह में ले जा रही हो...या फिर यह तुम्हारे कुटिल षड्यंत्र का ही एक हिस्सा है? ताकि मेरी मृत्यु हो जाए और तुम माता और पुत्र दोनों राज सिंहासन और राजमुकुट का उपभोग कर सको।" उन्होंने और भी क्रोध में कहा, "तुम एक वृद्ध पिता के साथ उसके आख़िरी दिनों में ऐसा बर्ताव कैसे कर सकती हो? तुम कौशल्या और सुमित्रा के साथ ऐसा कैसे कर सकती हो कि वे दोनों अपने पुत्रों से अलग रहें और तुम अपने पुत्र के साथ सत्ता और वैभव का आनंद भोगो? तुम नई नवेली दुल्हन को उसके पति लक्ष्मण से कैसे अलग कर सकती हो, जो राम के प्रति अपने प्रेम के चलते उनके साथ 14 वर्षों के लिए वन को प्रस्थान कर गया? क्या तुम अपने चारों ओर निस्वार्थ प्रेम और स्नेह को नहीं देख सकी, मेरे परिवार में कितना प्यार था, क्या तुम्हें प्यार नहीं था... मैं तुम्हें और तुम्हारे पुत्र को कभी क्षमा नहीं करूँगा, लेकिन इसमें बेचारे भरत का क्या दोष है? जहाँ तक मैं भरत को जानता हूँ, उसे भी हम लोगों की तरह ही तुम्हारे कुटिल इरादों से घृणा होगी। वह तुमसे घृणा करेगा और उसे तुम पर शर्म आएगी। हे मूर्ख स्त्री!

वह राम को सच्चा प्यार करता है, जैसा तुम भी कभी करती थी! मुझे विश्वास नहीं है कि वह तुम्हारी शर्तों को मानने को तैयार होगा, अगर वह सिंहासन को स्वीकार कर लेता है, तो कौशल्या और सुमित्रा, तुम दोनों यह सुनिश्चित करना कि ये दोनों मेरी अर्थी को हाथ न लगाएँ। मैं नहीं चाहता कि वह मेरा अंतिम संस्कार करे। अगर वह मुझे मुखाग्नि देता है तो मेरी आत्मा और उसे कभी स्वीकार नहीं कर सकती–इसलिए, ख़ुशदिल विधवा मुझसे दूर हटो।''

कैकेयी ने उनके क्रोध को अपने ढंग से लिया, उसने स्वयं को इससे तनिक भी प्रभावित नहीं होने दिया।

उलटे, उन्होंने सुमंत्र को भरत को शीघ्र से शीघ्र अयोध्या लौटने के लिए संदेश भिजवाने और राज्याभिषेक की तैयारी करने का आदेश दिया। उन्होंने कड़े शब्दों में यह भी कहा कि राज्याभिषेक की व्यवस्था शानदार होनी चाहिए, उस तरह नहीं, जैसे राम के राज्याभिषेक की हड़बड़ी थी।

उन्होंने बिना किसी संवेदना के साथ कहा, ''मैं कैसी हूँ या मुझे कैसी होना चाहिए, इसका कोई अर्थ नहीं है, आपको जो करना है, करिए।'' उन्होंने आगे कहा, ''आपने मुझे दो वचन दिए थे, जिसकी मुझ मूर्ख को वर्षों तक याद ही नहीं आई, मैंने वर्षों बाद आपके दिए वचन को माँगा और उसे अथक प्रयास, नाटक और संघर्ष के बाद अर्जित किया। इस कड़ी में मुझे अन्य लोगों के क्रोध और घृणा का शिकार होना पड़ा।'' कैकेयी ने यह बात कौशल्या की ओर देखते हुए कही। ''इसलिए आप को जो कुछ कहना है कहिए, महान सम्राट, आप इसे कुटिल षड्यंत्र कहिए, लेकिन मैं इसे आत्म संरक्षण कहूँगी। आप राम को कैसे युवराज बना सकते हैं, जबकि आपने मेरे पिता को वचन दिया था कि आपका उत्तराधिकारी मेरा पुत्र होगा? भरत को सुविधानुसार क्यों कैकेय भेज दिया गया और उसकी अनुपस्थिति में राज्याभिषेक की घोषणा कर दी गई? और राम के राज्याभिषेक की योजना गुपचुप ढंग से क्यों बना ली गई, मुझे इसके बारे में सूचित तक नहीं किया गया?'' यह कहते हुए उनकी आँखें अंगार की तरह धधक रही थीं। उन्होंने बड़ी निष्ठुरता के साथ कहा, ''आपने मुझे ही नहीं, मेरे भरोसे को भी तोड़ा है, हे महान सम्राट, मुझे नैतिकता और आदर्शों का पाठ मत पढ़ाइए, सही समय पर मेरे द्वारा उठाए गए सही क़दम से मैं और मेरा पुत्र आपकी राजनीतिक साजिश का शिकार होने से बच गए। भरत की माँ होने के नाते मैंने अपने पुत्र के अधिकारों की रक्षा की है, जिससे आप अपने पक्षपातपूर्ण प्रेम और दयालुता के कारण उसे वंचित

कर रहे थे। मैंने अपने पुत्र के साथ अन्याय होने से बचाया है, और यदि राम पर इसका असर पड़ा है, तो ठीक है और यह एक विडंबना है।''

उदास और दुखी मनोदशा में भी उर्मिला को महारानी के व्यवहार में आए इस कठोर बदलाव पर विश्वास नहीं हो रहा था। उन्हें कोई पहचान ही नहीं पाया था–उनका प्यार, उनका लगाव और उनकी आत्मीयता सब सत्ता के लिए थी? किसने उन्हें यह सब सिखाया-पढ़ाया? उसके मस्तिष्क में चल रहे इन प्रश्नों का अंत होता, उससे पहले ही उर्मिला को उसका उत्तर भी मिल गया। वहाँ केवल एक ही व्यक्ति ऐसा था, जिसने अपनी कपटी चालों और बातों से कोमल हृदय महारानी को ऐसा बना दिया होगा और वह और कोई नहीं, दुष्ट मंथरा ही थी।

निराशा

मंथरा ने कैकेयी को क्या बताया था कि वह अकल्पनीय करने के लिए सहमत हो गई? वह वृद्ध, कपटी स्त्री बीमार राजा की शय्या के पास कहीं नज़र नहीं आई। राजा को अन्न-जल त्याग किए चार दिन बीत चुके थे, और उनकी अवस्था तेज़ी से बिगड़ रही थी। बजाय, मंथरा कैकेयी के साथ थी, जिसका कक्ष में प्रवेश निषिद्ध था। वह भरत के राज्याभिषेक समारोह की तैयारी में व्यस्त थीं। संदेशवाहकों को भरत को बिना सही कारण बताए समय से पहले वापस लाने को कैकेय भेजा जा चुका था।

उर्मिला को शीघ्र ही मंथरा से मिलना पड़ा। या, बल्कि, उस पुरानी दासी ने इसे आने और उससे मिलने का मुद्दा बना दिया। "रानी कैकेयी ने तुम्हें राज्याभिषेक पूजा की व्यवस्था देखने को बुलाया है," मंथरा ने घोषणा की। "तुम्हें अच्छी तरह से पता होगा हाल ही में तुमने राम के लिए ऐसा किया है," उसने घृणास्पद रूप में कुत्सित ढंग से जोड़ा।

"मुझे हर घंटे राजा की दवा की जाँच करनी है, इसलिए कृपया रानी को बता दो कि मैं किसी भी तैयारी में उनकी मदद करने में सक्षम नहीं हूँ" उर्मिला ने प्रतिवाद किया, उसके स्वर कठोर थे। "साथ ही, माता कौशल्या का मनोभाव भी अच्छा नहीं हैं, तो मुझे उन्हें भी देखना है। और जबकि तुम स्वयं देखती हो, मंथरा, दासी मृगनयनी को कहो कि वे पानी गर्म करे न कि इधर उधर टाल-मटोल करे, बकवास और दुर्भावनापूर्ण झूठ फैलाए," जानबूझकर उस बूढ़ी स्त्री की ओर पीठ करके, उर्मिला सुचारु रूप से कहती रही।

उर्मिला ने साँस की फुफकार सुनी। मंथरा की आँखें अविश्वासी टकटकी में जम गईं, उसके विचित्र चेहरे पर क्रोध चढ़ आया। "अभिमानी लड़की!

तुम अब भी मुझसे अपने उच्च और प्रबल तरीक़े से बात करने का साहस करती हो!'' मंथरा रुकी। ''तुम हो कौन, अहंकारी स्त्री? रानी कैकेयी और भरत की दया पर केवल एक परित्यक्त पत्नी। तुमको उनकी आज्ञा माननी होगी, न कि तुम्हारी दूसरी सासों को, जो मरने वाले राजा की देखभाल कर रही हैं। वे तुम्हारी रक्षा नहीं कर सकतीं या तुम्हारा अनुपस्थित पति जिसका तुम्हें अभिमान था! कहाँ है वह? उसने तुम्हें अपने भाई के लिए छोड़ दिया! और यह एक परिहास है कि लक्ष्मण वे हैं जिससे महल में सबसे ज़्यादा डर लगता है, जिसका तुमने एक बार बड़े गर्व से दावा किया था! उह! कहाँ हैं वे अब? अपने प्रिय भाई के थके पैरों को दबा रहा होगा?'' उसने पूछा। उसके दंत विहीन मुख से निकले हर शब्द से द्वेष टपक रहा था।

उर्मिला अक्षुब्ध रही, गुप्त रूप से प्रसन्न हुई कि वह कुटिल बूढ़ी स्त्री को क्रोधित करने और उसकी दंभी कूटनीति से व्याकुल करने में कामयाब रही। ''मैं अपने निजी जीवन में दासियों से विचार-विनिमय करने के स्वभाव में नहीं हूँ,'' जितना अभिमान वह इकठ्ठा कर सकी इकठ्ठा करके उर्मिला ने शुष्कता के साथ कहा, ''न ही मैं माता कैकेयी हूँ जो अज्ञानता से वे सब मान लेती हैं, जो तुम तोड़ती-मरोड़ती हो। तुम केवल एक बूढ़ी, असंतुष्ट स्त्री हो, जो दूसरों को दुख में देखकर प्रसन्न होती हो। और तुम अच्छी तरह से जानती हो कि कैसे प्रसन्नता को अप्रसन्नता में बदले। तुम जा सकती हो, मंथरा। अभी। अपनी मंदबुद्धि गुप्तचर मृगनयनी के साथ – वह कुछ भी नहीं है। तुमने उन्हें सब जगह स्थापित किया है, तुमने नहीं किया? कामिनी को मांडवी के महल में, प्रांजलि को माता कौशल्या के यहाँ, तुमने उन्हें अच्छे से सिखाया है, सभी तुम्हारी तरह तेज़ और वीभत्स हैं।''

मंथरा श्वेत पड़ गई, उसकी कुटिलता जाहिर हो चुकी थी, लेकिन उसने अपनी धृष्टता यथावत रखी, उसने अपनी वाणी की कर्कशता बढ़ाई, उसके नेत्रों में एक विचित्र, प्राणघाती चमक थी, ''आखिरी बार तुमने और तुम्हारे अभिमानी पति ने मुझे इसी कक्ष से बाहर निकाला था,'' उसने विवाद किया, ''इस समय तुम मुझे सुनोगी। तुमने मांडवी, कीर्ति और सीता से क्या कहा कि उन्होंने मुझे टालना शुरू कर दिया? वे मुझे सम्मान दिया करती थीं, जिसकी मैं पात्र थी, फिर तुमने उनके मस्तिष्क में मेरे लिए गंभीर विचार भरे। क्या तुम सोचती हो कि तुम बहुत समझदार हो कि तुम अपनी बहनों के बीच अग्रणी हो? तुम मुझे कभी नहीं हरा सकती!'' ''मैं अपने ढंग से कार्य करूँगी... देखो

किस तरह से सब कुछ सही जगह पर व्यवस्थित हो रहा है। जैसे मैंने सुनिश्चित किया था कि रानियों के बीच में द्वेष हो, मैं यह भी सुनिश्चित करूँगी कि तुम बहनें भी महल में कई वर्षों तक लड़ती रहें। मांडवी लौटेगी और रानी बनेगी, जैसा वह चाहती है, और ये उसे तुमसे और कीर्ति से दूर कर देगा। सीता पहले से बाहर है और मैं तुम्हें कीर्ति से अलग कर सकती हूँ। तुम केवल एक दुखी, अकेली आकृति हो, जिसके पास जाने के लिए कोई नहीं होगा, न ही तुम्हारी बहनें न ही तुम्हारा अनमोल पति! प्रतिशोध मेरा है, प्रिय!'' मंथरा ने क्रूर प्रसन्नता में कहकहे लगाए, उसके नेत्रों में द्वेष और प्रसन्नता चमक रही थी।

उर्मिला ने शांत भाव से उत्तर दिया, ''तुम किस प्रतिशोध की बात कर रही हो, मंथरा? प्रतिशोध किसके विरुद्ध? हमारे या कैकेयी? क्योंकि, तुमने उन्हें ही सबसे अधिक हानि पहुँचाई है। और तुम अपने आप को उनका हितैषी बताती हो!'' उर्मिला ने उपहास किया। ''तुम उनकी सबसे बड़ी शत्रु हो। क्या तुम्हारा साँठगाँठ करने वाला मस्तिष्क अब भी नहीं समझता कि तुम्हारे पास केवल कुछ दिन शेष हैं अपनी जीत को सुनाने के लिए? उस दिन से डरो, जब भरत वापस आएगा। न केवल वह राजगद्दी को अस्वीकार करेगा, बल्कि वह तुम्हें बाहर कर देगा और आजीवन अपनी माता से घृणा करेगा। तुम आत्मसंतुष्ट हो कि भरत अपनी माता की आज्ञा मानेगा और राजा बनेगा, लेकिन इससे पता चलता है कि तुम भरत को बिलकुल नहीं जानती। वह तुम्हारा प्रिय हो सकता है, लेकिन वो तुम्हारा पक्ष नहीं लेता। वह केवल अपनी माता के कारण तुम्हें सहन करता है। उसी तरह जैसे महल के सारे लोग करते हैं। तुम्हारे भाग्यवश, भरत भी उतना ही सज्जन है, जितने कि राम और वह तुम्हें क्षति नहीं पहुँचाएगा, लेकिन सचेत रहो,'' उर्मिला ने आगाह किया। ''और, मेरे पास तुम्हारे लिए केवल एक प्रश्न है – तुम रानियों और हम बहनों के बीच दरार तैयार करने की बात करती हो, लेकिन क्या तुम भाइयों के साथ ऐसा कर सकती हो?''

उर्मिला मंथरा के प्रत्युत्तर में ठहरी। मुरझाई वृद्ध स्त्री अपने व्यवहार के विपरीत शांत थी, लेकिन उसके नेत्रों में एक धुंधली चमक थी, अंधेरी सुरंग में बहुत दूर एक क्षीण प्रकाश।

''तुम नहीं कर सकती। तुम वहाँ असफल हो। तुमने बहुत बार प्रयास किया होगा; इसलिए भरत के प्रति तुम्हारा प्रबल पक्षपात है – केवल इसलिए नहीं कि वह माता कैकेयी का पुत्र है,'' उर्मिला ने कोमलतापूर्वक अपनी

बात को निरंतर रखी, "परंतु राजकुमारों को आघात पहुँचाने के लिए तुम्हें उसकी आवश्यकता थी एक अस्त्र की तरह। और तुमने उसकी शांति को मौन सम्मति माना। वह तुम्हारे सम्मानवश शांत था, मंथरा, जैसे तुम उसके लिए एक पितामयी हो जिनका उसे अभाव था। और तुमने उसके भरोसे के साथ भी विश्वासघात किया। ठीक उसी तरह जैसे तुमने माता कैकेयी के साथ किया। तुमने उनसे उनके वरदान माँगने को कहा। समय पहले भूल चुके राजा दशरथ के उनके पिता को दिए वचन का भी स्मरण करवाया।"

"मेरी कैकेयी सुंदर, तरुण, दक्ष थी, देश की सबसे योग्य राजकुमारी – वह एक वृद्ध राजा से विवाह क्यों करती? लेकिन उसने किया, क्योंकि मूढ़ युवती उसके साथ बुरी तरह प्रेम में पड़ गई। और मैंने कैकेयी के पिता को स्थिति की रक्षा करने के लिए अंतिम उपाय के रूप में उस शर्त को रखने को बाध्य किया नहीं होता, तो वह प्रसन्नता से कुछ भी मान जाती!"

"यह तुम थी, जिसने अश्वपति पर प्रभाव दिखाया!" उर्मिला ने कहा। "तुमने राजा दशरथ को वचन देने को विवश किया और उन्होंने राजकुमारी कैकेयी से पुत्र की आशा में इसे सहर्ष स्वीकार किया।"

"हाँ," मंथरा ने क्रूरतापूर्वक कहा। "उन्होंने केवल पुत्र की अभिलाषा में उससे विवाह किया। और जब कैकेयी उन्हें एक पुत्र नहीं दे पाई, तो वह निर्दयतापूर्वक आगे बढ़ गए और सुमित्रा को अपनी तीसरी पत्नी के रूप में स्वीकार कर लिया। यह आघात बेचारी कैकेयी सहन नहीं कर पाई और इसलिए मुझे नई दुल्हन की पदवी को कमज़ोर करना पड़ा। भाग्यवश, वह, भी, बच्चे को जन्म नहीं दे पाई और मैंने सुमित्रा के वंश के बारे में अफ़वाह फैलाना शुरू किया... इसने मुख्यत: काम किया क्योंकि वह अत्यधिक शांत थी, डरपोक बच्ची," मंथरा अवज्ञापूर्वक हँसी। "अत्यधिक शुष्क और मूक – एक पीली छाया निस्वार्थ भाव से बड़ी रानियों की सेवा करती हुई बिना अपनी और अपने पुत्रों की भलाई के बारे में सोचते हुए। क्यों, वह इतनी मूढ़ थी कि अपने जुड़वाँ पुत्रों को भी राम और भरत की सेवा करने को उसी प्रकार प्रोत्साहित किया जैसे उसने रानियों का किया।"

उर्मिला ने मुट्ठिया बाँध लीं, उसका चेहरा बढ़ते क्रोध से लाल हो गया; उसे उस स्त्री की नृशंस दुष्टता पर विश्वास नहीं हो रहा था।

"लेकिन राजा की पहली पत्नी होने की वजह से वह कौशल्या थी, जो सदैव कैकेयी की सबसे बड़ी प्रतिद्वंद्वी थी और कैकेयी को जितनी शीघ्र हो

सके उस पदवी को हड़पना था और भाग्यवश, वैजयंती के संबारा के विरुद्ध युद्ध कैकेयी के पक्ष में गया,'' हर स्मृति को सँवारते हुए मंथरा ने याद किया। ''मैंने कैकेयी को युद्ध में भाग लेने को उकसाया - क्योंकि वह अच्छी योद्धा थी - फिर से राजा को लुभाने के लिए। उसने युद्ध में उत्कृष्ट प्रदर्शन किया और राजा के प्राणों की रक्षा की। उस एक उपकार के कारण, उसने राजा को सदैव के लिए अपना दास बना लिया। कौशल्या को अंततः मुख्य रानी होने का अपना अधिकार छोड़ना पड़ा। कैकेयी शीघ्र ही राजा की सबसे प्रिय सहचरी बन गई, जैसी मेरी योजना थी। और राम का जन्म होने तक सब कुछ ठीक था...।''

राजा ने जिस दिन से राम को देखा था, वह उनके प्रिय थे, हालाँकि राजा के तीन और पुत्र थे, जिन्होंने मंथरा को चिंतित किया होगा; और यह वही असुरक्षा की भावना थी, जिसने मंथरा को राम पर प्रबल रूप से क्रोध करने को बाध्य किया होगा। और वर्षों में, द्वेष विषैली घृणा में परिवर्तित हो गया, एक बढ़ते हुए कष्टदायक डर के साथ कि यही केवल वह व्यक्ति था, जो उसकी सुनियोजित योजनाओं को पलट सकता था।

मंथरा ने दुखपूर्वक अपने हाथ फैलाए, लेकिन उसकी मुस्कराहट मक्कारी भरी थी। ''हर कोई राम से प्यार करता था - उसके पास उसके बारे में कोई जादू था और सभी उसके वशीभूत थे - कैकेयी भी, मूढ़ रूप से!'' कपटी स्त्री ने क्रोध किया। ''कैकेयी पूर्ण रूप से उसके दुलार में पड़ गई, सदैव ओह सदैव! यह भूल कर कि भरत उसका पुत्र है! उसका पुत्र, जिसे राजा बनाया जाना था, लेकिन उस मतिहीन प्यार ने वह वचन भुला दिया जो उसके पति ने एक बार उसके पिता को दिया था। राजा ने भी सुविधापूर्वक उस वचन को एक ओर रख दिया, बेचारे भरत को अधिकतर कैकेय भेजकर ताकि उसका मोह अयोध्या के लिए न बढ़े। मैं उसे अक्सर याद दिलाती, उसे उसके पुत्र को अनदेखा करने और अपने पिता के यहाँ बार-बार भेजने पर डाँटती, लेकिन वह कहती उसे राम के राजा बनाए जाने से कोई समस्या नहीं हैं क्योंकि ज्येष्ठ पुत्र होने के कारण वही राज्य का उत्तराधिकारी है। मूढ़ स्त्री, पहले राजा के प्यार में अंधी हुई और फिर राम के!''

वृद्ध स्त्री अब खुलकर पेश आ रही थी, अपनी भवनाओं को छुपाने की परेशानी के बिना। मंथरा ने अपने भरे हुई स्वर में कहा, ''और तब, बहुत सोच-विचार करके मुझे प्यार के उस कवच में एक दरार मिली-पुरुषों के प्रति

कैकेयी का अविश्वास। भला हो उसके पिता का, जिसने बहुत वर्षों पहले अपनी पत्नी को छोड़ दिया था, कैकेयी सदैव अपने पति के प्रेम के प्रति संदेही और शंकालु थी। इस तरह मैंने उसे कौशल्या और सुमित्रा के विरुद्ध किया, उन्हें प्रतिद्वंद्वी के रूप में खड़ा करके,'' मंथरा चालाकी से मुस्कराई। ''मुझे केवल सही समय पर उस अविश्वास को हवा देनी थी। और शीघ्र में होने वाला राज्याभिषेक बिलकुल सही बहाना था कैकेयी की उस दबी असुरक्षा को जगाने के लिए।''

उर्मिला ने देखा मंथरा ने अपनी योजना कितने सही ढंग से परिकल्पित और निर्दिष्ट की थी और उसने स्वयं को शारीरिक रूप से अस्वस्थ अनुभव किया।

मंथरा सब देख रही थी और आह्लादित थी। ''कैकेयी सदैव से भावनात्मक रूप से भोली रही थीं। उन्हें राम पर पूर्ण विश्वास था; उस विपुल विश्वास और प्रीति को तोड़ने के लिए, मुझे उनमें फिर से डर जगाना पड़ा, वह गहरा, बुदबुदाता डर कि अगर राम को राजा बनाया जाता है, तो कौशल्या पुन: अपना बल और पद पा जाएगी। तब कौशल्या, जो कैकेयी से घृणा करती हैं, पहला अवसर पाते ही वार करेगी। वो कर सकती है, और स्वेच्छा से करेगी, संभव है वह कैकेयी और उसके पुत्र को कारागार में डाल दे, या और भी बुरा, कैकेयी को अपनी अनुसेवी बना ले। उस विचार ने कैकेयी को भयाक्रांत कर दिया और कैकेयी वह सब करने को तैयार हो गई जो मैंने उसे उस अकल्पनीय दुर्दशा से बचाने के लिए कहा।'' अपनी सोने की मुठिया चढ़ी छड़ी को व्यवस्थित करते हुए जिस पर उसका शरीर टिका था, मंथरा ने स्पष्ट रूप से कहा।

''और तब मैंने उस भय को ये बताते हुए बढ़ा दिया कि किस प्रकार राजा ने भरत की सुगम अनुपस्थिति में राम के राज्याभिषेक की तत्परता दिखाई है, राजा के उद्देश्यों के बारे में संदेह का बीज बो दिया,'' मंथरा मक्कारी से मुस्कराई, ''और किस तरह राजा ने उन्हें इस बारे में बताने की आवश्यकता नहीं समझी। मैं उन्हें बताती रही कि राजा और कौशल्या ने उन्हें मूर्ख बनाया है और कैकेयी और उसके पुत्र भरत के विरुद्ध षड्यंत्र रचा है...। और उस क्षण के पश्चात, कैकेयी मेरी बच्ची कैकेयी हो गई जिसे मैं जिस तरह चाहती ढाल सकती थी।'' मंथरा कृत्रिम रूप से मुस्कराई, उसका चेहरा सपाट, श्वेत मुस्कराहट से मुदित था।

चालाकी उसके झुर्रियों वाले चेहरे पर दिखाई दी। "कैकेयी ने मुझसे उन्हें इस जाल से बाहर निकालने की विनती की, जो उन्हें घेर रहा था। और मैंने उन्हें कुस्वप्न से बाहर का रास्ता दिखाया – राजा से अपने दो वरदान माँगो जो उन्होंने तुम्हें एक बार दिए थे।" मंथरा उचकी। "और मैंने उन्हें यह भी बताया कि ये कैसे करना है – झुंझलाना, उदास होना, अपने आप को मारने की धमकी देना और वह सब अभिनय, जो राजा को विवश करने के लिए आवश्यक था। ओह, उन्होंने ख़ूबसूरती से प्रदर्शन किया। और सब कुछ वैसा ही हुआ, जैसा हम लोग चाहते थे। नि:संदेह, मुझे ये अंदेशा नहीं था कि सीता और लक्ष्मण भी साथ जाएँगे – इसने इसे और बेहतर बना दिया, क्योंकि, स्पष्ट रूप से प्रिय, जैसा तुमने कहा, मुझे लक्ष्मण की कठोर मनोवृत्ति और उसकी स्वामिभक्ति का डर था। उन्होंने सारी योजना बर्बाद कर दी होती और भरत, राजा, या कैकेयी के विरुद्ध विद्रोह कर दिया होता। राम ने सपने में भी ऐसा नहीं सोचा होता! लक्ष्मण राम के साथ चला गया ये एक आशीर्वाद था।"

सब कुछ वैसा ही हो रहा था, जैसा मंथरा ने परिकल्पना की थी – केवल एक को छोड़कर यानी भरत। क्या वह कभी मंथरा द्वारा संचालित अपनी माँ के प्रस्ताव से सहमत होगा?

राजा का स्वास्थ्य तेज़ी से बिगड़ रहा था। जिस दिन से राम राजमहल से बाहर गए थे, राजा निराशा और मायूसी में फँस गए थे। ज्वरग्रस्त और अर्धमूर्च्छित, वह आपने पुत्र के लौटने के लिए शोकाकुल थे। सभी चिंतित थे और ये सुमित्रा थी, जिन्होंने एक क्षणिक निर्णय लिया था। "शांता को शीघ्र से बुलाओ," उन्होंने वशिष्ठ से कहा, क्योंकि सुमंत्र अभी तक वन से नहीं लौटा था। "मुझे लगता है कि शांता को अभी अपने पिता के साथ होना चाहिए। वह बहुत अच्छे नहीं लग रहे हैं।"

सुमंत्र छह दिनों बाद वन से लौटा। उसकी वापसी ने अयोध्या को उदासी में डाल दिया, अब भी एक मद्धिम आस शेष थी कि वे लौट आएँगे। सुमंत्र के लौटने और उसके वृत्तांत से कि राजकुमार कैसे हैं, राजा की अंतिम

आशा भी समाप्त हो गई। राम के साथ बिताये दिनों को याद करके वह अचल और उदासीन हो गए, उनका मस्तिष्क मंद पड़ गया।

कौशल्या टूट गई, दुख और निराशाजनक क्रोध के बीच में झूलते लगीं, और उन्होंने हँसते हुए राजा की ओर असभ्यता से देखा। "तुम अपने मंत्री से वृत्तांत जानने के लिए परेशान क्यों हो, जबकि वो तुम थे, जिन्होंने मंत्री को अपने पुत्र को छोड़ कर आने को कहा था? कौशल्या भड़कीं।" वह तुम हो, जिन्होंने मेरे निरपराधी पुत्र को चौदह वर्षो के वनवास पर जाने का आदेश सुनाया है – सबसे बुरे अपराधी के लिए आरक्षित एक सजा। यह तुम थे जिन्होंने कोमलता वश अपनी पत्नी की इच्छा मानी, यह अच्छी तरह से जानते हुए कि वह आपराधिक रूप से अनुचित और... नृशंस थी। यह तुम हो, जिन्होंने मुझसे मेरा पुत्र लिया। "यह तुम हो..." उनका स्वर टूट गया। ..."और ये सब अपनी प्यारी रानी के प्रति उस उन्मत्त प्यार में। तुम किस प्रकार के राजा हो, जो अपनी पत्नी को वरदान देते हो कि उसका पुत्र मेरे पुत्र की जगह राजगद्दी का अधिकारी होता है – स्पष्ट उत्तराधिकारी – जिसे राज्य से बाहर कर दिया जाता है वन में रहने की लिए। कुछ खोखले वचनों के लिए जो तुमने अपनी महत्त्वाकांक्षी पत्नी को दिए थे, एक योग्य पुत्र और योग्य राजा को जाने दिया। यही सारी दुनिया कह रही है और तुम पर हँस रही है, और मैं केवल इतना कर सकती हूँ अपने खोए पुत्र के लिए रो सकूँ। क्यों? क्यों, मुझे ये सहना पड़ रहा है?" कौशल्या ने अपनी व्यथा को व्यक्त किया।

सभी की तरह, उर्मिला भी कौशल्या की प्रचंडता से चकित थी। कौशल्या का विस्फोटक क्रोध निःसंदेह अत्यधिक गहरा और निरंतर होगा, जिसने एक मरने वाले राजा की परवाह नहीं की। सुमित्रा ने निष्ठुर शब्दों के प्रवाह को रोकने का प्रयास किया, लेकिन राजा ने अपना सिर सबसे बड़ी रानी की ओर मोड़ लिया, उनके नेत्र गीले और शून्यचित्त थे। "प्रिय तुम यह सह रही हो, मेरी ग़लतियों की वजह से, मेरी मूर्खता की वजह से... और मेरे पापों की वजह से, वह श्राप जो अब सत्य हो रहा है..." राजा ने डरते हुए कहा, "मुझ पर दया करो...।"

राजा के थरथराती स्वर ने कौशल्या को पुनः विवेक याद दिलाया। उन्होंने त्वरित पश्चाताप में राजा के निर्बल हाथों को पकड़ लिया। "मुझे क्षमा करें, मेरे कुपित शब्दों के लिए मुझे क्षमा करें... आपने कोई पाप नहीं किया हैं। यह वह स्त्री है, जिसने पहले आपको मुझसे चुरा लिया और अब

मेरे पुत्र को।" कौशल्या रोने लगी। "मेरे पास कुछ भी नहीं बचा है, सिवाय इस दुख के, जिसे हमें मिलकर सहन करना है। वह राज-मुकुट और अपने पुत्र के साथ प्रसन्नता से रहे।"

कौशल्या का दुख कैकेयी के लिए घृणा की धार के साथ धड़क रहा था जो निष्ठुर हैं। राजा ने अपना सिर हिलाया। "नहीं, यह कैकेयी का भी दोष नहीं हैं, यह मेरा दोष है। मैंने पाप किया है। क्यों एक स्त्री अचानक राम के विरुद्ध निर्दयी हो जाएगी, जो उसे बहुत पसंद करती थी। यह वह श्राप है, जो अब हमारे ऊपर आया है," राजा ने निष्ठापूर्वक कहा। "श्रवण कुमार के वृद्ध माता-पिता का वह श्राप अब मेरे ऊपर आया है..."

"आप किस श्राप की बात कर रहे हैं? किस पाप की?" अत्यधिक बुरे परिणाम से घबराते हुए कौशल्या ने डरते हुए पूछा। क्या राजा का भटकने वाला मस्तिष्क उन्हें असंबंद्ध निरर्थक बात करने वाला बना रहा है?

"मैं देख रहा हूँ कि मृत्यु मेरे निकट आ रही है और इन अंतिम क्षणों में मैं केवल उस पाप के बारे सोच सकता हूँ, जो मैंने उस समय किया था, जब मैं जवान, भंगुर और अपरिपक्व था," उन्होंने आह भरी, उनकी साँस उनके गले में कोलाहल कर रही थी। "मैं केवल स्वर को सुनकर गतिमान और अदृश्य लक्ष्य पर बाण चलाने के अपने कौशल के लिए प्रसिद्ध था। एक बारिश की शाम, मैं अपने इस कौशल का अभ्यास करने सरयू नदी के किनारे वन में शिकार पर गया था, इस आशा में कि कोई प्यासा पशु नदी में पानी पीने आएगा। मैंने पानी पीने का स्वर सुना और मैंने अपना निशाना गड़गड़ाहट के उस स्वर पर लगाया। बाण ने सही निशाना साधा, लेकिन वह एक दोषपूर्ण लक्ष्य था। एक घायल पशु के मरने की चिल्लाहट की जगह, मैंने एक तीव्र, हृदय विदारक, मनुष्य की चीख सुनी, जिसने रात की शांति को भंग कर दिया और मेरी आत्मा को विषादपूर्ण कर दिया। मैं अब भी उसे सुन सकता हूँ।" राजा ने लंबी साँस भरी। "मैं तीव्रता से अपने शिकार को देखने उस जगह पहुँचा; वह एक पशु नहीं, बल्कि एक युवक था, अपने ही खून में लथपथ, उसकी छाती मेरे विचारहीन बाण से विदीर्ण थी। मैं कभी भी वह भीषण दृश्य नहीं भूल पाया। वह मुश्किल से साँस ले पा रहा था, उसके मुख से रक्त बह रहा था। मैं उसकी मदद करने और उससे क्षमा माँगने उसके पास गया, लेकिन वह केवल एक प्रार्थना कर सका कि उसके वृद्ध, अंधे माता-पिता के लिए पानी ले जाइए, जिन्हें उसने एक वृक्ष की छाया में वन में छोड़ा है। तब जाकर

मैंने वहाँ पड़े उल्टे घड़े पर ध्यान दिया। उसके माता-पिता बहुत प्यासे थे और अतिशीघ्र उन्हें पानी की आवश्यकता थी और बार-बार यह दोहराते हुए वह मेरी भुजाओं में मर गया।''

राजा रो रहे थे, उनके आँसू चुपचाप उनके धँसे गालों की रेखाओं से बह रहे थे।

''यह एक दुर्घटना थी।'' सुमित्रा ने धीरे से कहा; ''आपका अभिप्राय उसे मारने का नहीं था।''

''यह कोई साँत्वना नहीं हो सकती, मेरी प्रिय सुमित्रा। तुम एक मरते व्यक्ति को राहत पहुँचाने के लिए यह कह रही हो, मैं जानता हूँ, लेकिन...''
''लेकिन मैंने एक होनहार लड़के को मार दिया था – उतना ही बड़ा जितना मेरा राम है – अपने माता-पिता के प्रति निष्ठावान... और उस समय मैं केवल इतना ही सोच पा रहा था कि मैं उसके माता-पिता का सामना किस तरह करूँगा। मुझे पानी का घड़ा उनके पास ले जाना था– मैं उस नीचतापूर्ण सच्चाई से भाग नहीं सकता था। और तब, भयातुर, मैं उनके पास गया। जैसा उसने कहा था, वे वृक्ष के नीचे उसकी प्रतीक्षा कर रहे थे। मैंने उन्हें पानी दिया, पर कहने का साहस नहीं जुटा पाया। और अंत में, मैंने अपना संपूर्ण नैतिक बल इकठ्ठा कर, उन्हें अपने जघन्य अपराध के विषय में बताया। मैंने उनसे क्षमा याचना की, हालाँकि उस घोर पाप के लिए कोई क्षमा नहीं थी। वे अपने दुख से नि:शब्द थे, शोकाकुल रोते हुए अंत में वह वृद्ध व्यक्ति मेरी ओर मुड़ा और उसने मुझसे आग्रह किया कि मैं उन्हें वहाँ ले जाऊँ, जहाँ उनके मृत पुत्र का शव पड़ा है...'' वृद्ध राजा ने अधीर होकर कहना जारी रखा, उसकी अप्रत्यक्ष आँखें अपने अतीत में देख रही थीं, जो उसे यातना देने के लिए वापस लौटी थीं।'' वे मृत शरीर के बगल में बैठ गए, उन्होंने छूकर उसके रक्त से सने शरीर को अनुभव किया और टूट गए – दो असहाय अंधे माता-पिता अपने युवा पुत्र के शव के ऊपर रो रहे थे। मैं अपराध और आत्म घृणा से भर गया और मैंने चाहा कि वृद्ध माता-पिता मुझे कुछ दंड दें, कोई पश्चाताप। मेरी सहायता से, उन्होंने अपने पुत्र का अंतिम संस्कार किया। वृद्ध पिता ने मुझसे कहा, ''तुमने अनभिज्ञता में यह अपराध किया है, लेकिन फिर भी यह एक अपराध है। जो दुख तुमने हमें दिया है, वह असहनीय है। हम अपने पुत्र बिना जीवित नहीं रह सकते। और यद्यपि तुम जीओगे, लेकिन तुम भी उसी दुख को सहोगे, जिससे हम गुज़रे हैं और अपने प्रिय पुत्र के विछोह में उसी

दुख से मरोगे।'' और यह कठोर शब्द कहते हुए, उसने और उसकी पत्नी ने अपने पुत्र के साथ जाने के लिए उसकी चिता में छलांग लगा दी। मेरा पाप अब मेरा साथ पकड़ रहा है। उनका श्राप सत्य हो रहा है। मुझे अपने पुत्र के विछोह में रोते हुए मरने दो।''

वृद्ध राजा के रेखाओं वाले चेहरे पर आँसू सूख और टूट चुके थे, उनके चेहरे की रेखाएँ वृद्धावस्था से अधिक पीड़ा की थीं। वे तेज़ी से साँस ले रहे थे, उनकी साँसें भारी हो रही थीं, जिससे उन्हें बोलने में पीड़ा हो रही थी।

''और अधिक मत बोलो। आराम करो।'' सुमित्रा ने उनके सूखे, फटे होंठों को पानी से गीला करते हुए कहा। ''हे राजन, तुम क्यों विलाप कर रहे हो? राम लौटेगा, विजयी और प्रसिद्ध, पहले से और भी अधिक। आपने ऐसा गर्व का क्षण पहले कभी नहीं देखा होगा। इसलिए, प्रिय राजा, इस निष्ठुर दुख में मत जलो और स्वयं को नष्ट मत करो। शुभ दिन की प्रतीक्षा करो- वह आने वाले चौदह वर्षों के दुख की प्रतिपूर्ति कर देगा।''

''चौदह वर्ष?'' राजा ने अनमने ढंग से मुस्कराने के एक व्यर्थ प्रयास में मुँह बनाया, उनका चेहरा दर्द से भर उठा। ''मैं अपने राम के बिना एक और दिन भी नहीं रह सकता, मैं देख नहीं सकता, लेकिन मैं मृत्यु को बहुत निकट देख सकता हूँ, और मैं उसका स्वागत करता हूँ। राम के बिना जीने से अच्छा मरना है। वही मेरा जीवन है, मेरी आत्मा...।''

निराश पिता के उस दुख से भरे पागलपन से दूर होते हुए, उर्मिला का गला भर आया। कैकेयी उस दुख को देखने के लिए वहाँ नहीं थीं, जो उन्होंने अपने पति को दंड स्वरूप दिया था; उनको उस कक्ष में आने की मनाही थी। बिना कुछ सोचे, उर्मिला तेज़ी से राजा के कक्ष से बाहर निकल गई और उसने अपने आप को कैकेयी के महल की ओर जाता पाया। राज्याभिषेक समारोह के उत्सव की तैयारी चल रही थी। भरत एक या दो दिन में आने वाला था।

उर्मिला रानी के अंत:पुर में प्रवेश कर गई। कैकेयी चमकदार नारंगी रंग के गेंदे के फूलों की टोकरियों से घिरी हुई थी, जिनका प्रयोग महल को सजाने में होना था।

''आप यहाँ इतनी शोभा से कैसे बैठ सकती हैं, जबकि आपके पति वहाँ मर रहे हैं?'' उर्मिला ने बिना चिंता और सतर्कता के उच्च स्वर से बोला। ''आप किस माटी की बनी हैं, संगदिल रानी? कि आप इन सभी मिष्ठानों और सुगंधित वस्तुओं के बारे में सोच पा रही हैं...'' उर्मिला ने अधीरतापूर्वक

मिठाइयों की बंद टोकरियों की ओर देखा। "...जब आपके पति ने छह दिनों से अन्न-जल त्याग रखा है? वह मर जाएँगे, वह मर रहे हैं..." उसका दम घुटने लगा। "और आप जानती हैं केवल आप ही इस कुस्वप्न को रोक सकती हैं... आप अब भी सुमंत्र को राम को वापस लाने को कह सकती हैं। राजा केवल उसी आस से जीवित रह सकते हैं। कृपा माते, मेरी धृष्टता के लिए मुझसे घृणा करिये, लेकिन कृपा करके इस त्रासदी को टाल दीजिए। राजा को बचाइए। राम को वापस लाइए... भरत को राजा बनने दें, लेकिन कृपा कर राम को वन से ले आएँ।"

"राजा बचपना कर रहे हैं... ये उनके अप्रसन्न होने का तरीका है" कैकेयी आग्रह ठुकराने की मुस्कराहट के साथ हँसी। "यह उनके यह दिखाने का तरीक़ा है कि वे मुझसे अप्रसन्न हैं। वे मान जाएँगे।"

"क्या आपने उन्हें देखा है? उनकी अवस्था तेज़ी से बिगड़ रही है..., ओह, माँ, कृपा करके, उनके पास जाओ,उन्हें यह विश्वास दिलाओ कि तुम राम को वन से वापस लाने को किसी को भेज रही हो और वह जी जाएँगे... मुझे विश्वास है वे रहेंगे, कृपा, माते, कृपा, इस त्रासदी को रोक दो। यह हमारे परिवार को बर्बाद कर देगी।" उर्मिला ने प्रार्थना की।

उर्मिला अपने हाथ जोड़े हुए थी, उसका सर झुका हुआ था। यह पूर्ण प्रार्थना का एक कृत्य था, उसका न्यायपरायण क्रोध केवल निराशा में परिवर्तित हो गया था।

परंतु रानी तनिक भी नहीं हिली, कैकेयी का चेहरा द्वेषभाव से उदासीन हो गया, "क्या तुम्हें रानियों ने मेरे पास भेजा है?" उन्होंने शुष्कता से पूछा।

उर्मिला ने कैकेयी को न समझ पाने के भाव से देखा। "रानियाँ?" उसने अपना सिर हिलाया। "वे क्यों भेजेंगी? वे तो स्वयं ही दुख के साथ अपने पति को मरता हुआ देख रही हैं। यह तो मैं हूँ और मेरा नादान, विश्वासी दिल जो मुझे आपके पास लेकर आया है...।"

"या तुम ये इसलिए कह रही हो कि अपने पति को फिर से पा लो? कैकेयी ने तिरस्कृत भाव से मुस्कराते हुए पूछा।

उर्मिला बहुत क्रोधित हुई, उसके क्रोध की ज्वाला फिर से भभक उठी थी। "आप ऐसा कैसे कर सकती हैं? क्या आपको महत्त्वाकांक्षा ने अंधा बना दिया हैं?" वह फिर से बरसी। "मैं आप को वह दिखाने का प्रयास कर

रही हूँ, जो आप नहीं देख सकतीं यानी एक त्रासदी को टालने का प्रयास, जो हम सभी को बर्बाद कर देगी। लक्ष्मण गए क्योंकि वे अपने भाई को प्यार करते हैं। ठीक उसी तरह जिस तरह भरत निष्ठापूर्वक करता है। वह कभी राजसिंहासन स्वीकार नहीं करेगा। जो आपने किया है, उसके लिए वह आप से घृणा करेगा... वह आपको अपने पिता की मृत्यु का दोषी ठहराएगा और विश्व आपको अपने पति का हत्यारा बुलाएगा।''

''उर्मिला तुम्हें डरा रही है, रानी। उसकी हिम्मत कैसे हुई कि वह तुमसे इस अनुपयुक्त लहजे में बात करे?'' मंथरा तेज़ी से बीच में धमकी। ''इसके कहे एक शब्द का भी विश्वास मत करो। आखिरकार ये सुमित्रा की बहु है और लक्ष्मण की पत्नी, वह आदमी जो सबसे पहले तुम्हारे और भरत के विरुद्ध विद्रोह करेगा।''

''चुप रहो! तुम नीच स्त्री।'' उर्मिला मंथरा की ओर मुड़ती हुई बोली। ''मैं राम की माता से बात कर रही हूँ, रानी कैकेयी से, और रीति किसी के हस्तक्षेप से मना करती है। तो, चुप रहो।''

उर्मिला पुन: रानी कैकेयी की ओर मुड़ी, उसकी आँखें याचना कर रही थीं। ''मैं यहाँ आप से विवाद करने नहीं आई हूँ और मैं अपनी सभी अशिष्टता के लिए क्षमा माँगती हूँ।

क्या आप नहीं देख सकती, माँ, यह इसके योग्य नहीं है? आप किस तरह से मंथरा पर विश्वास कर सकती हैं कि कोई भी आपको और भरत को कष्ट पहुँचाने की हिम्मत करेगा अगर राम राजा बन जाते हैं तो? क्या आप राम को नहीं जानतीं? क्या वह कभी किसी को भी, उसकी अपनी माँ को भी, आपसे अभद्रतापूर्वक बात करना स्वीकार करेगा? यह वही बात है, जिससे आप डरती हैं, क्या यह नहीं है कि माँ कौशल्या राजमाता बन जाएँगी अगर राम राजा बनते हैं तो? उर्मिला ने पूछा, कैकेयी के ठंडे चेहरे को अच्छी तरह देखते हुए। ''राम ने इस परिवार में कोई भी अन्याय स्वीकार नहीं किया होता। आप ये जानती हैं। उन्होंने हम सभी को प्यार और संरक्षित किया होता, जैसी उनसे अपेक्षा है। आपने देखा कि किस तरह भरत राम के विरुद्ध प्रतियोगिता में भाग लेने के विरुद्ध था, तो आपने कैसे सोचा कि वह राजमुकुट ग्रहण करने को मान जाएगा, जो न्यायपूर्वक राम का है? ओह, राजमाता, सोचें। और तत्काल आपको राजा के प्राण बचाने हैं... वह अपने राम के बिना मर जाएँगे। जाइए और उन्हें आश्वासनपूर्ण शब्द बोलिए कि आपने राम को वापस

लाने की किसी को भेजा है। कृपा, ओह कृपा करें, इससे पहले कि बहुत देर हो जाए।'' उर्मिला ने निराशा और एक अंतिम हताश प्रार्थना में अपने हाथ फैलाए।

कैकेयी उसकी ओर बढ़ी, उसके कठोर चेहरे पर गुजरती भावनाओं की एक हलकी झिलमिलाहट थी। उर्मिला को आशा की एक हिलोर अनुभव हुई। वहाँ पर दौड़ते पदचापों का एक शोर था, दोनों उस स्वर की ओर मुड़े। वह एक दासी थी, उसका चेहरा पसीने और गिरते आँसुओं से भीगा हुआ था। उसने रोते हुए कहा, ''महाराज नहीं रहे!''

दुष्चक्र

अराजकता का भय अयोध्या पर छाया हुआ था – राज्य और महल दोनों में। रानी कौशल्या हिम्मत हार गईं, अश्रुओं के सागर में टूट कर, अपने पति के अंतिम संस्कार में स्वयं भी जलने का आग्रह करने लगीं, लेकिन यहाँ तब तक कोई अन्त्येष्टि नहीं होगी, जब तक भरत और शत्रुघ्न लौट नहीं आते। दोनों एक सप्ताह पहले कैकेय छोड़ चुके थे और उनका अयोध्या पहुँचना ठीक आज के दिन या कल अपेक्षित था। राजा की मृत देह को तेल में रखना था, जब तक दोनों पुत्र उनके अंतिम कर्म के लिए आ नहीं जाते।

लक्ष्मण को राजमहल छोड़े एक सप्ताह से अधिक हो चुका था, और उर्मिला को आभास हुआ कि उसके पास उनकी अनुपस्थिति का शोक मनाने का समय भी नहीं था। वह खोई हुई थी – यह अनभिज्ञता और कष्टदायी स्थिति भ्रान्ति के विषम परिदृश्य में भटकने जैसी थी। वह एक गृहकार्य से दूसरे के लिए भाग रही थी, उसका मस्तिष्क रिक्त, परंतु उथल-पुथल से भरा था। उर्मिला ने अपने आप को सारे समय कौशल्या के महल में व्यतीत करता हुआ पाया। प्रारम्भ में राजा की बीमारी की वजह से और अब जब अधेड़ रानी ने स्वयं को भी व्याधिग्रस्त कर लिया था। कौशल्या बिस्तर पर लेटी थीं, एकांतर कभी लंबे क्रंदन के दौरे से तो कभी अपूर्ण, अस्थिर निद्रा से, निरन्तर राम और राजा के लिए विलाप करते हुए। संयोग से शांता अयोध्या आ गई, और अपनी बीमार माँ के पास पहुँची। सुमित्रा और उर्मिला निष्ठापूर्वक उसके साथ खड़ी थीं, भयभीत कि कही वह गिर न पड़े। अधीरतापूर्वक भरत के आने की प्रतीक्षा करते हुए, कैकेयी ने आपने आप को अपने महल में पृथक कर रखा था। शुक्र था, भरत के राजतिलक की तैयारी रोक दी गई थी।

"महल क्यों सजाया जा रहा था?", शांता ने क्रोधवश पूछा। "यहाँ राजमहल में एक मृत्यु हुई है, न कि कोई उत्सव!"

"यह भरत के स्वागत के लिए था, उसके होने वाले राज्याभिषेक..." सुमंत्र ने दुर्बलतापूर्वक कहना शुरू किया।

शांता क्रोध से श्वेत पड़ गई, "उसका साहस कैसे हुआ? वह मेरे भाई के राजसिंहासन पर कैसे बैठ सकता है?"

वशिष्ठ चिंतित थे। "साम्राज्य एक राजा के बिना है। मुझे अराजकता का भय है, विशेषत: उस परिस्थिति में जब जनता में राम और लक्ष्मण के वनगमन से पहले ही अप्रसन्नता व्याप्त है, उनके पास सहायता माँगने को कोई भी नहीं है," वह व्यग्र दिखाई पड़े। "और यह सीमाओं पर शत्रुओं पर विचार करने के लिए भी एक अच्छा समाचार नहीं है। वे आक्रमण कर सकते है, ये जानकार कि हम कितने भेद्य हैं।"

उर्मिला ने दृढ़ता से अपना सिर हिलाया, "अभी हम भावनात्मक रूप से भेद्य हैं, लेकिन हमें युद्ध के लिए अप्रस्तुत नहीं होना है। सेना को तैयार रखें। और यह केवल एक या दो दिन की बात है" उर्मिला ने शांत भाव से उत्तर दिया। "भरत किसी भी क्षण अब लौट सकता है। एक बार जब वह अन्त्यकर्म कर लेगा, वह दायित्व ले सकता है, तब तक हमें दुर्बल नहीं होना हैं और असावधान भी नहीं।"

वे एक कटु विस्मयादिबोधक भाव से बाधित हुए। "यह थोड़ा असामान्य है कि मंत्रीगण और राजगुरु राज्य और उसके होने वाले नए महाराज के भविष्य के विषय में एक युवती से विचार विमर्श करें, जबकि राज की विधवा अब भी जीवित है?" कैकेयी ने पूछा, सोने और सफेद में दैदीप्यमान। कैकेयी सुंदर और दुर्जेय थी।

"यह परंपरागत है कि शोकाकुल विधवा को बोझ न दें," गुरु ने सहजता से उत्तर दिया, कैकेयी के तीक्ष्ण कटाक्ष से अप्रभावित। "अन्य रानियाँ गहरे शोक में हैं और अब केवल उर्मिला ही वह व्यक्ति हैं, जिसके पास हम सहायता के लिए आ सकते हैं, प्रज्ञ जनक की प्रज्ञ पुत्री। और राज वधु के रूप में, उर्मिला को राजकाज की जानकारी होनी चाहिए, मुख्यत: जब कोई भी पुत्र और उनकी पत्नियाँ अयोध्या में उपस्थित नहीं हैं। एक विधवा के रूप में, आपके शोक में होने की आशा हैं," वशिष्ठ ने स्पष्ट रूप में जोड़ा।

रानी लज्जित हुई। ''मुझे सूचित किया जाए कि भरत अभी कहाँ हैं और वे कब तक अयोध्या पहुँच रहे हैं!'' कैकेयी ने उदासीनता पूर्वक कहा और अपने संपूर्ण राजसी अभिमान के साथ राजसभा से बाहर चली गई। राजसभा में क्षणिक सन्नाटा छाया रहा, जब सुमंत्र और दूसरे मंत्रियों और राजसभा के प्रज्ञ लोग– जाबालि, मार्कण्डेय, गौतम, कश्यप और कात्यायन – उर्मिला की ओर मुड़े। ''हे प्रज्ञ राजऋषि जनक की पुत्री, कृपया कर राजदरबार के मामलों को देखें, क्योंकि हम सत्ता के खेल या अन्यथा आरोप नहीं लेना चाहते हैं,'' सुमंत्र ने नरमी से कहा, अपने सिर को गहराई से झुकाए हुए। ''हम जो कुछ भी घटित हो रहा है, उससे आप को अवगत कराएँगे –और परिस्थितिवश आपसे वैसी ही आशा रखते हैं।''

एक झटके के साथ, उर्मिला को अहसास हुआ कि उसके ऊपर अब कौन सा दायित्व है – राजदरबार के कार्य और साथ ही साथ राजनीतिक चिंताएँ। वह दूसरा व्यक्ति केवल शांता थी, जिससे उर्मिला सहायता ले सकती थी, लेकिन उसने राज्य या राजदरबार के मामले में हस्तक्षेप करने से मना कर दिया। शांता निरंतर अपनी माँ के बिस्तर के पास थी, वह भयभीत थी कि उसकी माँ भी शीघ्र ही उसके पिता का अनुकरण न कर ले, लेकिन उसने कैकेयी और भरत के विरुद्ध अपना क्रोध बहुत स्पष्ट कर दिया।

अनुचित निष्कर्ष पर मत आना, प्रिय, सुमित्रा ने आगाह किया। ''हम नाज़ुक परिस्थिति में हैं; सब कुछ टूटकर गिरने में कुछ अधिक समय नहीं लगेगा।''

''कैसे यह और भी बुरा हो सकता है? जो पहले घटित हो चुका है उसके बाद नहीं!'' शांता ने कटुता से कहा। मुझे सदैव से ज्ञात था माँ और माता कैकेयी के बीच हालात अच्छे नहीं हैं; लेकिन इतना नीचे गिरना!'' शांता चिल्लाई। ''किस तरह से वह मेरे भाई को राजमहल और राज्य से बाहर कर सकती हैं? वह कैसे कर सकती हैं?''

उदास पुत्री को उसकी माँ के पास छोड़ते हुए, उर्मिला धीरे से अपने महल की ओर बढ़ी और उसे अहसास हुआ कि वह अकेली थी। और उसे इसने और अचंभित किया कि पिछले कुछ दिनों से वह जादुई ढंग से परिवार और औपचारिक दायित्वों को आसानी से निभा रही थी। संभवत: क्योंकि वह मिथिला राजदरबार के विषयों को अपने पिता से साझा करती आई थी। उन्होंने सदैव उर्मिला को राज्य के मामलों में शामिल होने के लिए प्रोत्साहित

किया था, लेकिन इसका अर्थ यह नहीं था कि वह अपने घरेलू दायित्वों से मुक्त हो जाए। "अगर तुम अपना घर सुचारू रूप से चला सकती हो, तो तुम विश्व जीत सकती हो!" उर्मिला की माँ ने उसे एक बार कहा था। वह अनुभव आज अच्छे काम आया, उर्मिला ने रूखे भाव से सोचा, अपनी माँ को सप्रेम याद कर हँसते हुए। उर्मिला ने लंबी साँस भरी, उसने अपनी माँ की कमी अनुभव की।

उर्मिला ने ऊपर देखा और अपने नेत्रों पर विश्वास नहीं कर पाई। उसकी माँ मूर्त रूप में उसके कक्ष में खड़ी थीं। उर्मिला का चेहरा प्रफुल्लित हो उठा, जब वह अपनी माँ की ओर दौड़ी। उसने एक शब्द भी नहीं कहा, केवल अपनी माँ के आगोश में पहुँची। यह परमानंद था, यह एक राहत थी और उर्मिला देर तक सुखदायक आलिंगन में रही। सुनयना ने मृदुलता से अपने आप को अपनी पुत्री के दृढ़ आलिंगन से अलग किया और उसके चेहरे को जानना चाहा। उर्मिला का चेहरा थका हुआ और पतला था, उसके चेहरे की गोलाई तीक्ष्ण कोणीय रेखाओं को जगह दे रही थी।

"आप कब आईं?" उर्मिला ने उत्साह से कहा। "पिताश्री कहाँ हैं?"

"तुम्हारे पिता अंतिम संस्कार के लिए यहाँ होंगे। मैंने तत्क्षण मिथिला छोड़ दिया, जिस क्षण मुझे ज्ञात हुआ सीता और लक्ष्मण वनगमन के लिए राम के साथ जा रहे हैं," सुनयना ने शांतिपूर्वक उत्तर दिया।

"अंतिम संस्कार तब तक नहीं होगा, जब तक भरत लौट नहीं आता।"

"मैं तुम्हारे लिए आई हूँ," उर्मिला की माँ ने सरलता से कहा। "तुम अपने सबसे बुरे समय में भी, मुझसे कुछ नहीं कहोगी मैं जानती थी, बल्कि तुम सब कुछ अपने तक ही रखोगी। यह सदैव उचित और साहसपूर्ण नहीं है, जैसा तुम सोचती हो।"

"तुम किस प्रकार से सहायता कर सकती थीं, माँ? सीता ने अपना निर्णय लिया और मुझे अपना लेना पड़ा।"

"सीता राम के साथ के लिए गई। तुम नहीं। तुम यहाँ अगले चौदह वर्षों के लिए लक्ष्मण के बिना अकेली हो... यह एक जीवन काल होने वाला है। तुम्हारी माँ के तौर पर क्या मैं पूछ सकती हूँ कि तुमने ऐसा निर्णय क्यों लिया?"

"माँ, लक्ष्मण जा चुके हैं, अब यह प्रश्न कौन सा बदलाव लाने वाला है?"

"तुम्हारे पास भी कहने को बहुत कुछ नहीं था, क्या था? वह तुम्हें यहाँ अपने भाई के साथ रहने को छोड़ गया।"

उर्मिला चौंक उठी, ये शब्द उसे कठोरता से भेद रहे थे, "माँ!" उर्मिला ने अपनी वाणी को रोकते हुए कहा। "नहीं! तुम नहीं जानती कि तुम क्या कह रही हो!"

"मैं जानती हूँ। और मुझे पछतावा है कि मैंने तुम्हें एक निर्बल आदमी से विवाह करने की आज्ञा दी, जिसने अपनी पत्नी को त्याग दिया। वह तुम्हें अपने साथ क्यों नहीं ले गया?" सुनयना ने प्रश्न किया। "और तुमने मृदुलता से यह स्वीकार क्यों किया?"

"माँ, तुम अच्छे से जानती हो कि मैं नम्र नहीं हूँ। मुझे यह मानना पड़ा," उर्मिला ने उग्रता से उत्तर दिया।

"स्वीकारना एक अति अनुरक्त, विनीत बहू की तरह?" सुनयना ने प्रश्न किया, उसका क्रोध उसकी आँखो में छा रहे चिंता के बादल को नहीं छुपा पा रहा था। "तुम चौदह वर्षों के लिए लक्ष्मण से अलग रहने वाली हो," सुनयना ने जानबूझ कर अंकों पर बल दिया। "तुम इसे कैसे अनुमति दे सकती हो? तुम अब शांत और सबल बन रही हो – जैसा तुम्हें प्रतीक्षा के उन लंबे वर्षों के लिए बनना है। वियोग की वेदना तीव्र है, ये अनंत प्रतीत होती है। लक्ष्मण जा चुका है, पर क्या तुम आगे आने वाले भावनाओं के कष्ट के विषय में जानती हो? मुझे संदेह है। तुमने सीता की तरह अपनी तर्क शक्ति का प्रयोग क्यों नहीं किया और लक्ष्मण के साथ गई? या उसे रोका क्यों नहीं? क्या किसी और ने लक्ष्मण के निर्णय के विरुद्ध उससे बात करने की कोशिश की? या क्या वे सभी आपसी भव्य प्रेम की महिमा करने की क़ुलीनता में सलाह देना भूल गए? क्या कोई तुम्हारे साथ खड़ा था, उर्मिला?"

उर्मिला दुखपूर्वक हँसी, "माँ, बहुत सारे प्रश्न और तुम सभी उत्तर जानती हो।"

"मैं तुम्हें इस तरह देख कर सहन नहीं कर सकती!" सुनयना उत्तेजित हो चीखी। "मैं नहीं कर सकती! यह कष्ट, सरासर बर्बादी, इतना सब अन्याय... तुम मेरी उत्कृष्ट पुत्री हो, मेरी बहादुर राजकुमारी, लेकिन यह सब वह नहीं है, जिसके लिए मैंने तुम्हें बड़ा किया। शांति से कष्ट सहना साहस नहीं है; यह दुबर्लता है। तुम अपने अधिकार के लिए क्यों खड़ी नहीं हुईं?"

''एक पत्नी के रूप में? मैंने किया। और मैं लक्ष्मण के निर्णय में साथ खड़ी रही,'' उर्मिला ने उत्तर दिया। ''यहाँ रुकना अपने अधिकार को छोड़ देना नहीं था। माँ, एक वास्तविकता, एक दायित्व को स्वीकार करना था। सीता और मैंने समान नियम का पालन किया, यद्यपि उसका परिणाम और अनुभव बहुत अलग हैं – हमने अपने धर्म का पालन किया। राम को वन जाना पड़ा और सीता उनके साथ गई। लक्ष्मण ने अपने भाई की सेवा करने का धर्म माना तो वह अपने भाई के साथ गए और मैं यहाँ रुकने को तैयार हो गई, तथापि इसने मेरा हृदय तोड़ दिया। पिताश्री और आपने हमें शिक्षा दी है, माँ कि हमारा धर्म अपने पतियों का समर्थन करना है – कदापि नेत्रों पर पट्टी बाँध कर नहीं, लेकिन उनका साथ देना जब वह न्यायोचित हैं और उन्हें संशोधित करना जब वह ग़लत हैं। तो, क्या लक्ष्मण ने कुछ ग़लत किया? क्या उन्हें मेरे साथ महल में रुकना चाहिए था और अपने भाई को अकेले ही उनके वनगमन को जाने देना चाहिए था?'' उर्मिला ने लंबी साँस भरी।

उर्मिला ने अपनी माँ का हाथ पकड़ा, ''मैंने लक्ष्मण के निर्णय का समर्थन किया। उसके साथ जाकर, मैं केवल अपने आप को उसके ऊपर अधिरोपित करती। मैं मात्र एक विकर्षण होती। मैंने लक्ष्मण को उनके हृदय का और वृहत्तर उपयोग करने में उनकी सहायता की। जिस प्रकार से मैं इसे देखती हूँ, लक्ष्मण ने देखा उनके भाई को वन में उनकी आवश्यकता एक पति के रूप में मेरे साथ महल में रहने से अधिक है। यह केवल एक दायित्व निर्वाह करना नहीं था, या सहायक कर्तव्य निर्वाह, माँ, यह प्रेम था। और मैं उस प्रेम को स्वीकार करती हूँ– मैं उसे इसके लिए अधिकता से प्रेम और सम्मान करती हूँ। यह लक्ष्मण का परिभाषित गुण है। मेरे लिए, यह इस तरह है कि वह अपने भाई के साथ युद्ध पर गए हैं और विजयी होकर लौटेंगे और...।''

''लेकिन उसे तुम्हें कष्ट पहुँचाना क्यों पड़ा? वह तुम्हें अपने साथ ले जा सकता था।''

उर्मिला ने मंथर गति से अपना सिर हिलाया। ''यह उद्देश्य की हत्या कर देता। क्या एक योद्धा अपनी पत्नी को युद्ध में साथ ले जाता है, माँ? और बदतर, मैं मूर्खतावश विषय को खतरे में डालती और अपने आप को और उन्हें संकट में डालती, उर्मिला ने आग्रहपूर्वक कहा। ''और क्या धर्म केवल देना नहीं है? धर्म कभी भी लेना या माँगना नहीं हो सकता। हमारा कर्तव्य केवल परिवार और प्रिय लोग नहीं हो सकते – समाज और विश्व के प्रति

हमारे उत्तरदायित्व का क्या? जो वचन माँगे गए, वे असामान्य थे जिसने राम को वन की कठिनाई और चुनौतियों के लिए राजसी सुख छोड़ने को विवश किया। निश्चय ही राम का भाग्य वृहत्तर कर्मों को करना है – मैं नहीं जानती कि वे क्या हैं, लेकिन मैं इतना जानती हूँ कि लक्ष्मण को उनका आभास हुआ और वह उस अपेक्षित समय अपने भाई के साथ वहाँ मौजूद रहना चाहते थे। सभी ने यहाँ अपने धर्म का पालन किया। और मैं भी अपने धर्म का पालन कर रही हूँ।''

सुनयना अब भी आश्वस्त नहीं थी। ''यह मुझे खाए जा रहा है कि तुम्हें इतने कष्टों को सहने के लिए बाध्य किया गया। मुझे और अधिक दृढ़ होना चाहिए था और तुम्हें लक्ष्मण से विवाह करने की अनुमति नहीं देनी चाहिए थी।''

''वैसा ही जैसा लक्ष्मण चाहते थे,'' उर्मिला ने धीरता से कहा, ''वह भी मुझसे विवाह नहीं करना चाहते थे।''

मिथिला की महारानी निरुत्तर रह गई, उनका क्रोध और रोष कम हो गया।

''वह भी मुझसे विवाह नहीं करना चाहते थे। वह विवाह ही नहीं करना चाहते थे,'' उर्मिला ने निर्दिष्ट किया। ''और लक्ष्मण ने मुझे ये बताया था। उन्होंने मुझे चेतावनी दी और हतोत्साहित किया, ये कहते हुए कि उनसे विवाह करना पुष्पों से सुशोभित ख़ुशियों और हर्षोउल्लास भरा पथ नहीं, बल्कि ठीक उल्टा है। यह एक समझौता होगा, एक विपत्ति।''

सुनयना कुछ समय के लिए कोई भी उत्तर नहीं दे पाई थी, बड़ी मुश्किल से उसे आत्मसात करते हुए, जो उसकी पुत्री ने ठीक अभी उजागर किया था। उसके दामाद के प्रति उसके क्रोध की जगह बढ़ते, अनिच्छुक सम्मान और परिस्थिति की एक स्पष्ट समझ ने ले ली, पर वह अब भी व्यग्र थी।

''लेकिन तुमने मुझे यह उस समय क्यों नहीं बताया?'' सुनयना से प्रश्न किया। ''अगर वह तुमसे इतना निष्कपट हो सकता है, तुम मुझसे क्यों नहीं? मैं उसे या परिस्थिति को ग़लत नहीं समझती।''

''आप मुझे कभी भी उनसे विवाह नहीं करने देती!'' उर्मिला ने तर्क किया। ''आपने प्रश्न किए होते कैसे और क्यों मैं एक ऐसे व्यक्ति से प्रेम कर सकती हूँ और मुझे विरत करने की चेष्टा की होती...।''

"नहीं, प्रिय, मैंने ऐसा नहीं किया होता। ठीक इसके विपरीत..."

किंकर्तव्यविमूढ़ होने की बारी अब उर्मिला की थी।

"मैं देख सकती थी तुम दोनों किस तरह प्यार में थे और दोनों एक दूसरे के लिए बिलकुल ठीक हो," उर्मिला की माँ ने कहा। क्यों मैं तुम्हें एक सम्मानित और निष्कपट व्यक्ति से विवाह न करने को हतोत्साहित करती? ओह, प्रिय, अगर तुमने मुझे पहले स्पष्ट किया होता तो मैं तुम्हारे साथ इतना कठोर न होती," सुनयना ने आह भरी।

सुनयना ने उर्मिला का हाथ कसकर पकड़ा, "परंतु मैं सदा से तुम्हारे साथ कठोर रही हूँ, क्या मैं नहीं रही हूँ?" सुनयना अनमने ढंग से मुस्कराई। "संभवत:, क्योंकि मैंने सदैव तुमसे अत्यधिक की आशा की है। और, चूँकि मैंने ये अनुभव किया कि तुम मेरी हो, मेरी देह और मेरे रक्त की पुत्री, सीता, या मातृहीन मांडवी और कीर्ति से भिन्न। और संभवत: इसीलिए मैं उनके लिए अधिक रक्षात्मक रही, और तुम्हारे लिए निष्ठुर। मैंने सदैव यह माना कि मेरा तुम पर अनकहा अधिकार है, जो कि सीता, मांडवी, या कीर्ति पर नहीं। और, इसके अतिरिक्त, तुम सदैव अपनी देखभाल करने में सक्षम थीं- तुम कठोर, संवेदनापूर्ण, सामर्थ्यवान और तीव्रबुद्धि थीं - ये चार गुण जो दुनिया में जीवित रहने के लिए आवश्यक हैं। इसी कारण, कदाचित, तुमने अपने ढंग से उनका भी ध्यान रखा और उन्हें कभी विफल नहीं किया।"

उर्मिला अपनी माँ की इस अप्रत्याशित निष्कपट स्वीकृति से आश्चर्यचकित थी। इसका उर्मिला के लिए बहुत अर्थ था, उसने अपनी माँ को भी समझाया। "माँ, मैं जानती हूँ। तुमने यह सब कुछ मुझे एक बच्चा समझकर बताया है, अति धैर्य से, आश्वस्त ढंग से। और मैं समझ गई। मैं कभी भी तुम्हारी प्रीति पर संदेह नहीं कर सकती।"

"हाँ, तुमने बहुत अच्छे से समझा है। तुमने कभी भी हमारे ध्यान या प्रीति के लिए कोई भी उच्छृंखल प्रयास नहीं किया। क्या यह क्रम-विकास-संबंधी अनिवार्य तथ्य है, जो कमज़ोर बालक को अधिक महत्त्व देते हैं? क्या यह वही था, जो मैं उन तीनों के प्रति अधिक रक्षात्मक थी? और क्या यह मेरे मातृत्व में कमी थी? या उपरोक्त सभी?"

"आप इस विषय पर अधिक सोचती हैं, और व्यर्थ में, माँ।"

"जबसे तुम गई हो, मेरे पास पुनरावलोकन के लिए ढेर सारा समय रहा है," मिथिला की रानी मुस्कराई, "मातृ प्रेम डगमगा सकता है। यह हृदय की

निश्चय ही एक अंधी अवस्था थी; तुम मुझे देख सकती थीं, लेकिन मैं तुम्हें नहीं देख पाई जो तुम थीं – एक बच्ची जो मांडवी जितनी बड़ी थी और सीता से एक साल छोटी, लेकिन ये वे थीं जिन्हें मैं देख रही थी और कदाचित तुम। इसे अपराध कहो या अपमान, लेकिन किसी समय यह सहायक हो सकता है, यह बहुत से बचाव को समाहित करता है। और संभवत: यह तुम्हारी जन्मजात परिपक्वता है कि तुम मेरे प्रति उससे ज़्यादा उदार हो जितने की मैं अधिकारी हूँ, क्योंकि तुम सदैव से प्रज्ञ रही हो – बच्चे के रूप में भी। मैं चिंतित और क्रोधित थी...'' सुनयना ने स्पष्टता से कहा, ''और अत्यधिक उत्तेजित कि मैं तुम्हें अपने साथ तत्क्षण मिथिला वापस ले जाने को भी तैयार थी!''

''माँ!'' उर्मिला अपनी हँसी नहीं रोक पाई। ''तुम वह हो, जिसने हमें लचीला और आत्मनिर्भर बनाया?''

सुनयना ने लंबी साँस भरी। ''लेकिन सदैव नहीं, मैं इस विचार को सहन नहीं कर पाई कि तुम केवल अपने आप पर निर्भर रहो, एकाकी और अनाथ और अपने पति से दूर, जिसने मैंने माना कि तुम्हें त्याग दिया है। अब जब तुमने मुझे विश्वास दिलाया है कि तुमने एक योग्य व्यक्ति से विवाह किया है, मैं एक भारमुक्त माता होकर मिथिला लौट सकती हूँ!'' सुनयना ने एक हलकी मुस्कान दी। ''परंतु मैं अब भी विरोध करती हूँ कि तुम्हें मुझे यह पहले बताना चाहिए था। मैं लक्ष्मण को तुम्हें त्यागने का दोषी नहीं मान सकती। उसका एक कर्तव्य था और उसे जाना पड़ा। इसी तरह अब मैं इसे देखती हूँ,'' सुनयना ने विराम लिया, एक लंबी साँस भरते हुए। ''और मैं यह भी देखती हूँ कि मेरी छोटी पुत्री इस उत्कृष्ट स्त्री के रूप में बड़ी हो गई है, जो आशाहीनता और निर्जनता में भी सुंदर ढंग से वीरांगना के समान खड़ी होती है, जो अँधियारा नहीं, बल्कि आने वाली रौशनी देखती है। जो कभी नहीं के स्थान पर अभी की सराहना करती है।''

''अब आप मुझे शर्मिंदा कर रही हैं!'' उर्मिला ने अपनी माता को एक आश्वासनपूर्ण विक्षोभ देते हुए कहा। ''कभी भी मेरे विषय में चिंता मत करिये। और यह नहीं है कि मैं अप्रसन्न हूँ, माँ, और मैं जानती हूँ कि यही आपको चिंतित कर रहा है। मैं उससे संतुष्ट हूँ जो मेरे पास है लक्ष्मण के साथ बिताए वे दो तृप्तिदायक महीनों की यादें। वे मेरे साथ जीवनपर्यन्त रहेंगे। मैं उनके साथ जी लूँगी और मैं किसी भी उदास विचार को सोचकर उसे नष्ट करने से इंकार करती हूँ। निसंदेह, मुझे उसकी याद आती है, लेकिन वे सदैव

यहाँ मेरे साथ हैं – उनकी स्मृति, उनकी वाणी... वे मेरे साथ हैं, माँ, सदैव के लिए।''

सुनयना अश्रुपूरित नेत्रों से मुस्कुराई, उसे अपनी पुत्री पर गर्व और स्वयं पर थोड़ी लज्जा का अनुभव हो रहा था।

उर्मिला की माँ ने निश्चय किया कि वह अंत्येष्टि क्रिया के बाद मिथिला लौटेंगी जो, संभवत:, उसी दिन होने वाली थी, क्योंकि भरत और शत्रुघ्न लगभग अयोध्या पहुँच चुके थे। अब यह केवल कुछ समय की बात थी, जब भरत राजधानी और राजमहल पहुँचने वाले थे।

उर्मिला आश्चर्यचकित थी कि कौन उसे यह समाचार देगा; वह अब भी अपने पिता की आकस्मिक मृत्यु को नहीं जानता, और न अपने भाई के निर्वासन को, न ही इसके कारण को।

''यह सर्वोत्तम है कि उसे इसकी जानकारी अपनी माँ से मिले,'' सुमित्रा ने धीमे स्वर में कहा, ''एक शब्द मत कहना।''

''क्या आपको लगता है कि वह उतना अनभिज्ञ है, जितना आप सोचती हैं? उसकी माँ ने उसके लिए इतना बड़ा मंसूबा संजोया और आप अब भी उसके निर्दोष होने का दावा कर रही हैं? शांता ने अविश्वासी रूप से कहा। ''वह अपराध में उनका सहभागी होगा!''

सुमित्रा उसके कथनों पर प्रत्यक्षत: हैरान थी। ''माता के अपराध का आरोप पुत्र पर मत लगाओ, प्रिय,'' रानी ने कहा। ''अगर मैं भरत को भलीभाँति जानती हूँ तो, न केवल वह निरपराधी है, बल्कि वह भी इसका उतना ही विरोधी होगा, जितने हम सब हैं।''

''वह इससे एक क़दम आगे जाएगा,'' उर्मिला ने कहा, अपने मस्तक को हल्का हिलाते हुए। ''वह केवल विरोधी नहीं होगा, वह अपनी माता के विरुद्ध विद्रोह करेगा।

उर्मिला ने शांता के अविश्वास की साँस सुनी।

''शांता, भरत तुम्हारा भाई है, तुम्हें उसे भली प्रकार जानना चाहिए,'' उर्मिला ने उसे मृदुलता से याद दिलाया। ''क्यों तुम उसके बारे में निकृष्टतम

सोचोगी – केवल इसलिए कि परिस्थिति बदल गई हैं, जहाँ वह अभियुक्त और परिकल्पित अपराधी है?''

''हाँ, जैसी माता, वैसा पुत्र। हमारे परिवार में जो घटित हुआ है, उसके बाद, मैं किसी पर कोई विश्वास नहीं करती!'' शांता ने प्रतिवाद किया। ''कौन जानता है कौन कितना सक्षम है? किसने सोचा होगा माँ कैकेयी वह करेंगी जो उन्होंने किया?''

''शांता, मुझे यहाँ से दूर ले चलो!'' कौशल्या ने अपने हाथों से संकेत से प्रार्थना की। ''भरत शीघ्र ही आ जाएगा और राजगद्दी पर बैठेगा, मैं उसकी और कैकेयी की अनुकम्पा पर हूँ। मैं हारी हुई हूँ; वह जिसने अपना पुत्र और अपना पति उनकी क्रूर महत्त्वाकांक्षा से खोया है। मैं भयभीत हूँ अभी के बाद इस राजमहल में मेरा भविष्य क्या होगा!''

''नहीं, बहन, भरत हमारा पुत्र है। उस पर इस विश्वासघात का संदेह तुम कैसे कर सकती हो?'' सुमित्रा ने निवेदन किया।

''क्योंकि वह अपनी माता का पुत्र है,'' कौशल्या ने कटुता से उत्तर दिया।

उनसे तर्क करना व्यर्थ था, उर्मिला ने स्वीकार किया जब उसने अपने आपमें थोड़ी शांति की तलाश में रानी के कक्ष को छोड़ा। कदाचित शांता और उसकी माँ को खोया हुआ विश्वास प्राप्त करने में समय लगेगा।

बाद में शाम को, उर्मिला ने देखा जब दोनों भाई आए; उनके स्वागत के लिए कोई नहीं था। उसने उन्हें तेज़ी से राजा के महल की ओर जाते और शीघ्र ही लौटकर कैकेयी के महल की ओर जाते देखा, अपूर्ण फूलों की सजावट प्रत्याशित राज्याभिषेक और राजा के अंतिम संस्कार के अनुस्मारक थी।

''उर्मि, क्या हुआ? क्यों सब कुछ भयावह रूप से शांत है?''

उर्मिला खिड़की से तेज़ी से पीछे मुड़ी। यह कीर्ति थी, व्यग्र उसके कक्ष के द्वार पर खड़ी, शत्रुघ्न उसके पीछे। कीर्ति की उलझन और बढ़ गई, जब उसने अपनी चाची सुनयना को वहाँ देखा।

अपनी चचेरी बहन को देखकर उर्मिला एक परिचित, न भूलने वाले भावनाओं के ज्वार से भर उठी। उसकी बहनें वापस आ गई थीं। उर्मिला को उन्हें देखे हुए एक महीने से अधिक का समय बीत चुका था, लेकिन उसे यह युगों सा लगा।

“मांडवी कहाँ है?”, उर्मिला ने कोमलता से पूछा, जब कीर्ति उसके आलिंगन को आगे बढ़ी।

“भरत के साथ। वे माता कैकेयी से मिलने गए हैं,” कीर्ति ने उत्तर दिया। “लेकिन हुआ क्या है? राज्य निरानंद और वीरान था और हमने जिसे भी देखा, उसने हमें त्यौरी चढ़ा कर देखा मुख्य रूप से भरत और मांडवी को। वहाँ राम के लिए चीखती एक क्रोधित भीड़ थी। वह कहाँ हैं? सीता कहाँ हैं? और क्यों लक्ष्मण तुम्हारे साथ नहीं हैं? सभी कहाँ हैं? कीर्ति ने अश्रुपूर्ण नयनों से पूछा। “कोई भी हमारे स्वागत के लिए नहीं था...।”

उर्मिला ने संक्षेप और जितना वो हो सकी भावहीन तरीके से उनकी अनुपस्थिति में राजमहल में क्या हुआ बता दिया। कीर्ति सुन्न हो गई; शत्रुघ्न क्रोध से श्वेत पड़ गए, उसका चेहरा विवर्ण हो गया, आँखें भयानक रूप से चमकने लगीं। उसे ऐसा देखकर, उर्मिला को आश्चर्यजनक रूप से लक्ष्मण की याद आ गई!

“यह सब केवल उस मंथरा की वजह से है! वह कहाँ है? आनंद ले रही है? अपने शब्दों को उग्रता से पीसते हुए,” शत्रुघ्न ने कहा। “मैं उसे खोज लूँगा, और मैं उसे छोडूँगा नहीं!”

इससे पहले की उर्मिला या कीर्ति शत्रुघ्न को रोक पाते, वह दूर जा चुका था और उर्मिला को बूढ़ी दासी के लिए हल्का बुरा अनुभव हुआ। मंथरा के दिन अब गिने-चुने थे... कम से कम इस महल में तो।

“उर्मि!”

कक्ष की क्षणिक नि:शब्दता एक कर्कश पुकार से टूट गई। मांडवी-शांत और उत्तेजनाहीन ही नहीं थी, बल्कि डरी हुई मांडवी थी। अश्रु उसके चेहरे पर बह रहे थे, उसने उर्मिला का हाथ तत्काल पकड़ा। “कृपया शीघ्र चलो! भरत उनके बगल में हैं! माता कैकेयी ने अभी ही उन्हें जो हुआ वह बताया है...” मांडवी अनियंत्रित रूप से सिसकियाँ भर रही थी।

उर्मिला ने एक क्षण भी बर्बाद नहीं किया; उसने मांडवी को अपना हाथ पकड़ने दिया और उसके पीछे चली। मांडवी के डरे हुए चेहरे को केवल एक बार देख कर, उर्मिला अनुमान लगा पाई कि कैकेयी के महल में क्या हुआ होगा।

जो दृश्य उसके नेत्रों ने कैकेयी के कक्ष में प्रवेश करते हुए देखा उसने उसे अत्यंत भयभीत कर दिया था। भरत ठंडे संगमरमर के फर्श पर पड़ा हुआ

था। उसके हृदय ने एक बारगी धड़कना छोड़ दिया। उर्मिला तेज़ी से भरत की ओर बढ़ी, वैसा ही मांडवी ने किया।

''तुम दोनों लड़कियाँ यहाँ क्या कर रही हो?'' क्रोध में आई रानी ने पूछा। ''तुम्हारी हिम्मत कैसे हुए हमें बीच में टोकने की! जाओ! मैं कहती हूँ! मैं अपने पुत्र से बात कर रही हूँ!''

''माँ, भरत के साथ क्या अनहोनी हुई?'' उर्मिला ने चिंतित स्वर में पूछा। उसने भरत को एक बार फिर देखा। वह श्वेत पड़ गया था; वह अस्वस्थ दिख रहा था। मांडवी उसे उठने में सहायता कर रही थी।

''मैंने उसे बस अभी यहाँ का हाल बताया है। वह शोक मना रहा है...'' कैकेयी सकुचाई। चिंता मत करो, मैं ध्यान रख लूँगी। मैं उसकी माँ हूँ।''

''तुम एक हत्यारिन हो, मेरी माँ नहीं!'' भरत ने दुर्बलता से कहा, मंथर गति से उसके चेहरे की आभा लौट रही थी। ''एक निर्दयी हत्यारिन!'' भरत ने कठोरता से दोहराया। यह एक कलंक है। एक धब्बा है, जिसे मुझे सारे जीवन ढोना है – मैं अपमान से मर सकता हूँ। ओह, स्त्री, तुमने क्या किया?

और भरत ने अपनी माँ की ओर क़दम बढ़ाया। कैकेयी डर के मारे एक क़दम पीछे हट गई। उर्मिला ने फुर्ती से हस्तक्षेप किया और अपने आपको उन दोनों के बीच ले आई, मांडवी ने भरत को पीछे रोका।

''तुमने कभी भी ये कैसे सोचा मैं तुम्हारी इस घृणित योजना में पड़ जाऊँगा? तुमने राम को निर्वासित किया यह सोचकर कि मैं उसका राजसिंहासन ग्रहण करूँगा, उसका राजसिंहासन, उसका राज्य?'' भरत चिल्लाया। ''तुमने अपनी तरह मुझे एक खलनायक बना दिया – वह जो एक सत्ता के लिए व्याकुल है, एक भाई जो राज-द्रोही है, वह जो अपने बड़े भाई का राजसिंहासन छीनता है। तुमने मुझे अपने समान दंडनीय बना दिया है, दुष्ट स्त्री!''

उसकी माँ विमुख हो गई, उसका चेहरा कठोर था। ''तुम जो चाहो मुझे बोल सकते हो, पुत्र, लेकिन तुम्हारे विरुद्ध एक षड्यंत्र था – तुम्हें तुम्हारे अधिकार से वंचित करने के लिए। मैंने यह तुम्हारे लिए किया है।''

''मेरे लिए? बिना मुझसे पूछे?'' भरत ने प्रश्न किया। ''और तुम किस अधिकार की बात कर रही हो? जो वचन मेरे पिता ने मेरे नाना को दिया था?

क्यों? बदली हुई परिस्थिति को जानकर अब मेरे नाना भी उसे नहीं माँगेंगे। मेरे पिता ने वह वचन तब दिया था, जब वह संतानहीन थे, लेकिन हम चारों के पैदा होने के बाद, वह सदैव राम ही थे, सबसे बड़े होने से, जो उत्तराधिकारी थे। तुमने भी इसे सदैव माना, और बहुत प्रसन्न होकर। तो किस चीज़ ने तुम्हें अचानक हमारे विरुद्ध कर दिया? क्यों? लोभ?!''

''मैं सही समय पर होश में आ गई!'' कैकेयी ने प्रखरता के साथ कहा। ''इसी कारण मैंने अपने वरदान माँगे, क्योंकि सभी – सुंदर सम्मोहन में थे कि सब कुछ ठीक है, पर ऐसा नहीं था, क्या ऐसा था? क्यों उस समय राम का राज्याभिषेक आयोजित किया जा रहा था, जब तुम्हें मेरे पिता के यहाँ अकेला भेजा गया था? क्या यह विचित्र नहीं है, भरत? सब कुछ चुपचाप और शीघ्र था। मुझे इसके विषय नहीं बताया गया... क्यों?''

''तुम्हें केवल इतना करना था कि मेरे पिता से पूछना था और वह तुम्हें एक आसान उत्तर दे देते। वह एक भयातुर व्यक्ति थे, माँ, अपने

वृद्धावस्था से भयातुर, अपनी आकस्मिक मृत्यु से भयातुर और कुस्वप्नों से भयातुर जो उन्हें पीड़ित कर रहे थे। उन्होंने एक आवेगी निर्णय लिया, जो हम सभी जानते थे। उनकी पत्नी के रूप में, कैसे तुमने उन पर अविश्वास किया? निश्चय ही उन्हें उस दिन का पश्चाताप होगा, जिस दिन वह तुमसे मिले और तुमसे विवाह किया... तुमने उन्हें धोखा दिया, तुमने उनका हृदय तोड़ा, तुमने उन्हें उनके अंतिम समय कष्ट में बिताने को विवश किया, एक पुत्र के लिए एक पिता की मृत्यु झेलना... तुमने एक ऐसी उथल-पुथल का निर्माण किया कि जिसने सबको तहस-नहस कर दिया... किस प्रकार मैं कभी भी तुम्हारा एक माता के रूप में सम्मान कर सकता हूँ? मैं तुमसे घृणा करता हूँ! तुम मेरी माता नहीं हो!''

कैकेयी श्वेत पड़ गई। ''भरत'' उर्मिला ने कहा, उसकी निष्ठुरता पर हैरान होकर। ''तुम अपनी माता के लिए ऐसे कठोर वचन नहीं बोल सकते। वह तुम्हारी माँ हैं, कोई शत्रु नहीं, जो तुम्हारा अहित सोचें।''

''इन्होंने मेरा अहित किया है, मेरे नाम का, मेरे चरित्र का, मेरी प्रतिष्ठा का, मेरे आदर्शों का!'' भरत ने आलोचना की। ''इन्होंने मुझे उतना ही अपराधी बना दिया, जितनी ये स्वयं हैं। मैं दुनिया का सामना कैसे कर सकता हूँ? मैं अपनी दोनों माताओं का सामना कैसे कर सकता हूँ, जिनके पुत्रों के निर्वासन के लिए ये दोषी हैं? मैं किस प्रकार उनका दुख देख पाऊँगा, जब

मेरी माँ अपने पुत्र के साथ सत्ता के फल का आनंद ले रही होगी? किस प्रकार वह इतने सारे लोगों को दुखी करके प्रसन्न रह सकती है? अब मैं कैसे तुम्हारा सामना कर पाऊँगा, ओह उर्मिला, जिसे उसके पति से अलग कर दिया गया है चौदह वर्षों के लिए, केवल इस स्त्री की स्वार्थी, मूर्खतापूर्ण महत्त्वाकांक्षा के लिए? इसे देखो, मेरी दुष्ट माँ, किस प्रकार तुम इसकी विपत्ति का आनंद उठा सकती हो?''

उर्मिला दुखी थी, और अधिक अपने जेठ के चेहरे पर शोक देखकर दुखी थी। भरत दुखी दिख रहा था, अपने आप पर अपनी माता से अधिक घृणा करके, अपने तिरस्कार में असहाय था।

''किस प्रकार तुम मेरे दो भाइयों को दूर भेज सकती हो और मुझसे उनके बिना राज्य करने की आशा करती हो? मेरे पिता को भी उनकी आवश्यकता थी – वे उनकी दो भुजाएँ थीं, उनकी दो आँखें। वे अपरिहार्य थे! तुमने राम को निर्वासित किया, तुम पैशाचिक स्त्री, मगर वो तुम हो जिसे विश्वासघात के लिए निर्वासित किया जाना चाहिए था! तुमने गंभीरतापूर्वक विश्वास किया कि मैं अपने भाई का राजमुकुट लूँगा? कभी नहीं! लक्ष्मण की तरह, मैं भी राम के पीछे वन जाऊँगा...''

''नहीं!'' कैकेयी भयभीत होकर चिल्लाई। यह पीड़ा की एक चीत्कार थी, जो उसके हृदय से निकली। ''तुम अयोध्या नहीं छोड़ सकते!''

''हाँ, मेरी प्रिय माँ, मैं कर सकता हूँ और करूँगा,'' भरत ने उदासीन विवेचना से कहा। ''मैं तुम्हें उसी दुख से दंड दूँगा जो तुमने मेरे परिवार को दिया है। मैं चाहता हूँ तुम वही दुख भोगो, जो ये शांतिपूर्वक सह रहे हैं।''

कैकेयी का शरीर काँप रहा था, जैसे हर एक अशिष्ट शब्द उसके शरीर को भेद रहा हो। वह अविवेकी और टूटी हुई खड़ी थीं, परंतु उर्मिला उनके शोक में सांत्वना नहीं खोज सकती थी। वह मुश्किल से पहचान पा रही थी, उस शांत, मृदु भाषी, अल्प शिष्ट पुराने भरत को। उसके सामने खड़ा ये पुरुष क्षमा नहीं करने वाला, घृणा और दर्द, प्रतिशोध और कोप से भरा था। उर्मिला को लक्ष्मण द्वारा अपने भाई का किया विश्लेषण याद आ गया – वह शांत और मीठे स्वाभाव का था, लेकिन अपनी निष्ठुरता में वह प्राणघातक हो सकता था। और वह कभी क्षमा नहीं कर सकता।

''यह किस उद्देश्य को प्राप्त करेगा? क्या अयोध्या छोड़ना तुम्हारे भाई को वापस ले आएगा?'' उर्मिला ने धैर्यपूर्वक पूछा, उसके सुर सांत्वना दे रहे

थे। ''और अपनी माता को ठेस पहुँचाने के क्रम में, तुम अपनी पत्नी को भी ठेस पहुँचाओगे। कृपा करके मांडवी को भी उसी प्रारब्ध को झेलने को विवश मत करो, जिसे मैं झेल रही हूँ...।'' उर्मिला ने विराम लिया, अपनी चचेरी बहन के घायल चेहरे को देखते हुए। ''नहीं, भरत, अपनी माता से इतनी घृणा मत करो, और उन्हें इतनी निर्दयता से दंडित मत करो, उन्होंने यह बुरी सलाह के कारण किया है, इस आशा में कि वह तुम्हारी रक्षा कर रही हैं। उन्होंने यह प्रेमवश किया।''

''और यह वही प्रेम है, जो मुझे प्रेरित कर रहा है वैसा ही करने को जैसा लक्ष्मण ने किया- अपने भाई की आवश्यकता के समय उसके साथ रहने को...'' ''और राज्य का शासन कौन चलाएगा?'' उर्मिला ने उसे सौम्यता से याद दिलाया। ''पहले ही राज्य में अराजकता का भय है। राज्य के उत्तराधिकारी राजकुमार के रूप में, तुम्हारा राज्य के प्रति कर्तव्य पहले है। तुम इसे एक अनाथ की तरह नहीं छोड़ सकते। अगर तुम जाओगे, शत्रुघ्न भी यहाँ नहीं रुकेगा। ये कैसा होगा कि कोसल के चारों राजकुमार वन में संन्यासी की तरह रहेंगे और राज्य होगा राजा विहीन, शत्रुओं की दया और अव्यवस्था का शिकार? तुम्हें यहाँ रहना होगा, भरत, जैसी तुम्हारे पिता ने आज्ञा दी थी, और राज्य का शासन करना होगा।''

कैकेयी ने उर्मिला की ओर कृतज्ञता से देखा, उसके होंठ काँप रहे थे। उर्मिला को याद आया कैसे राजा, बड़ी रानी, और उसका स्वाभिमानी लक्ष्मण भी, कैकेयी के चरणों में गिरकर गिड़गिड़ाने को तैयार थे, उसकी अनुकंपा की भीख माँग रहे थे कि वह कुछ दया दिखाए, लेकिन रानी संगदिल बनी रही, उन्होंने अपने पति को मंथर, अतिदुखद मृत्यु की ओर धकेल दिया, कौशल्या को बदहवास दुख की ओर अग्रसर किया, और सुमित्रा और उर्मिला को मौन पीड़ा से स्तब्ध कर दिया। अब भी उर्मिला इस स्त्री से घृणा नहीं कर पा रही थी, वह उसके लिए खेद अनुभव कर रही थी। उर्मिला ने एक करुण दृश्य देखा; एक माता जिसका पुत्र उससे घृणा करता था, जिसने उसे त्याग और अस्वीकृत कर दिया था। उसी व्यक्ति ने उसे त्याग दिया, जिसके लिए कैकेयी ने इतना जघन्य कुकर्म किया। एक क्षीण योजना। और कैकेयी के रोने में उर्मिला को उसकी पराजय सुनाई पड़ी। उर्मिला को वह स्त्री दिखी, जो अपने पर व्यर्थ आँसू बहा रही थी, एक अपराध के लिए जो बढ़कर व्यर्थ हो गया, जो सदैव कलंक के रूप में दंडित होगा। एक रानी बिना राजसत्ता के और माता बिना पुत्र के।

भरत ने उर्मिला को शांतिपूर्वक सुना, उसका चेहरा अब भी कठोर और घृणा से भरा था, लेकिन वह उर्मिला के अनुनय के वचनों से पिघलता हुआ प्रतीत हुआ। ''मेरे पिता ने मुझे राज्य करने का आदेश दिया, और उन्होंने मेरे भाई को चौदह वर्षों का निर्वासन। और मैं यह मानूँगा? लेकिन अपने ढंग से,'' भरत ने शांतिपूर्वक कहा। ''मैं इस राज्य पर शासन नहीं कर सकता, जिसका अधिकारी मैं नहीं हूँ। मैं पहले ही अपने लोगों की घृणा अर्जित कर चुका हूँ। वो मेरा सम्मान या विश्वास नहीं करते, तो किस तरह से मैं राजा बन सकता हूँ? मैं इसके योग्य नहीं हूँ, मेरा इस पर कोई नैतिक अधिकार नहीं है। केवल राम ही न्यायोचित राजा बन सकते हैं, क्योंकि उन्हें उनकी प्रजा और राजदरबार का समर्थन प्राप्त है। तो अब, केवल एक ही उपाय है कि राम को वन से वापस लाया जाए और उन्हें उनका राज्य दिया जाए। मैं अपने विनीत पिता का अंतिम संस्कार करूँगा, और वन के लिए जाऊँगा, वो करने को जो उनकी कामना थी – राम को वापस लाने और राजगद्दी लौटाने की।''

उर्मिला को अपने ऊपर आशा की एक किरण पड़ती अनुभव हुई। उसका चेहरा, सहज ही, एक उज्ज्वल मुस्कान से कोमल पड़ गया, एक आकस्मिक आभा लाते हुए। ''भरत, तुम इससे दयालु और समझदार वचन नहीं बोल सकते थे। यह परिवार और राज्य में प्यार और शांति वापस ले आएगा। जाओ, प्रिय भ्राता, हम सभी की शुभकामनाएँ तुम्हारे साथ हैं।''

''हाँ, प्रिय पुत्र, यह सबसे उत्तम उपाय है,'' रानी ने माना। ''इस तरह तुम लोगों का खोया हुआ सम्मान और विश्वास अर्जित कर लोगे। यह सबसे उत्तम कार्य होगा।''

''... तुम्हारा विश्वास करूँ, रानी कैकेयी, जो इस समय भी राजनीति सोच रही हैं!'' भरत ने ताना मारा। ''मैं यह खोए हुए सम्मान को अर्जित करने के लिए नहीं कर रहा हूँ– यह कभी भी पुनः प्राप्त नहीं किया जा सकता – न ही सौ वर्षों में, और न ही सज्जनतापूर्ण सौ भावों के द्वारा। मैं स्वयं के लिए यह कर रहा हूँ। मैं अपनी माताओं को अपने साथ ले जाऊँगा राम को वापस लाने के लिए...।''

कैकेयी तैयार होने को उठी। ''मैं भी चलूँगी, पुत्र।''

''नहीं, तुम नहीं!'' भरत बोले। ''तुम वही हो, जिसने उन्हें वहाँ भेजा। किस चेहरे से तुम उन्हें वापस लाओगी? दूसरों के नेत्रों में दिखावे का सम्मान पाने के लिए? क्या तुम्हारा कोई और करतब है? यह हृदय परिवर्तन नहीं हो

सकता, क्योंकि कुछ समय पूर्व ही, तुम मेरे मस्तिष्क में राम के विरुद्ध विष भर रही थी। नहीं, मैं तुम्हें मेरे साथ आने से मना करता हूँ। मैं तुम पर किसी रूप में विश्वास नहीं करता। मैं अकेला ही जाऊँगा। मुझे तुम्हारे पाप के लिए पश्चाताप और प्रायश्चित करना होगा, रानी कैकेयी, क्योंकि मेरा दुर्भाग्य है कि मैं तुम्हारे पुत्र के रूप में पैदा हुआ हूँ। और न ही तुम कभी वो प्यार, सम्मान और विश्वास अर्जित कर पाओगी, जो कभी मैं तुम पर करता था। मैं तुम्हें त्यागता हूँ!''

भरत की माँ मंथर गति से धरती पर गिर गई और रोने लगी, उनके हाथ उनके रोते हुए चेहरे छुपाए हुए थे, आँसू गहरी पीड़ा में गिर रहे थे। यह एक दयनीय दृश्य था– उच्च और पराक्रमी रानी का पतन, उसका स्वाभिमान और सम्मान छिन गया था, और इससे भी बुरा, उसका प्रिय पुत्र।

लेकिन भरत अभी शांत नहीं हुआ था, उसने भावशून्यता से कहना जारी रखा, ''तुम इतनी घृणित व्यक्ति बन गई हो, एक कुत्सित नाम कि अब से कोई भी, अपनी पुत्री का नाम कभी भी कैकेयी नहीं रखेगा!'' भरत ने श्राप दिया।

उनका चेहरा धूसर था, उनकी आँखें विनती कर रही हैं। भरत के शब्द ज़हरीले कांटे के सामान थे, जो कैकेयी को क्रूरतापूर्वक सूक्ष्मता से भेद रहे थे।

''मेरी माँ कौशल्या और सुमित्रा हैं, भद्र महिलाएँ, जिनको मैं अपनी माँ कह सकता हूँ। और मैं वह अभागा पुत्र हूँ जिसे उनके पास जाना है और उनसे क्षमायाचना करनी है। और अपने पापों की मुक्ति खोजो, रानी कैकेयी, उन सभी विपत्तियों के लिए जो उनके ऊपर पड़ी हैं केवल तुम्हारे अहितकर इरादों की वजह से। अब मैं अपनी माताओं से मिलने जाऊँगा। मुझे उनसे क्षमा की भीख माँगनी है।''

इन कठोर, अंतिम शब्दों के साथ, भरत ने कक्ष छोड़ दिया, क्षतिपूर्ति की आशा में। कर्तव्यनिष्ठ व्यक्ति ने संकल्प लिया कि वह अन्याय के शिकार राम को वापस लाएगा। उर्मिला ने आशा की कि शांता अपने इस भाई पर पुन: विश्वास करना सीख जाएगी।

शोक

दर्द भरी तेज़ कराह ने उन्हें पीछे मुड़ने को मजबूर किया। एक और चीत्कार। मंथरा उनकी ओर आ रही थी, उसके नेत्रों में डर समाया हुआ था, लंगड़ाते हुए जितनी तीव्र चल सकती थी, चल रही थी। भरत को देखते ही वह उनके पैरों में गिर पड़ी और फूलती साँसों से वह उनसे क्षमा याचना करने लगी। शत्रुघ्न उसकी ओर तेज़ी से बढ़े, उनका चेहरा प्राणघाती था। भरत ने आगे बढ़ कर शत्रुघ्न के हाथ पकड़ लिए और उन्हें उस बूढ़ी स्त्री को मारने से रोक दिया।

''नहीं! तुम एक स्त्री को नहीं मार सकते।'' भरत चिल्लाए। ''यह मर्यादा नहीं है।''

''यह एक राक्षसी है, स्त्री नहीं। यह वही है, जिसने हमारे परिवार को बर्बाद किया है। इन वर्षों के लिए हमारी भरोसेमंद सेविका और वह जो भी सेवा करती थी, वह हमारे लिए घृणा थी- और विशेष रूप से राम के लिए।'' शत्रुघ्न ने कहा, उसके माथे पर विषाद की रेखा थी। ''क्या तुम्हें वो दिन याद है, भरत? हम बच्चे आँगन में खेल रहे थे और आपके और राम के बीच में चीज़ें थोड़ी बिगड़ गईं। इसने हस्तक्षेप किया और राम पर चिल्लाई। और राम ने क्रोध में इसके कूबड़ पर अपने लकड़ी के बाण से मारा और इसे कुरूप कहा था। क्रोधित हो इसने हमारे पिता से शिकायत कर दी, और राजा ने हमें दंड के रूप में अनुशासित करने के लिए शिक्षालय भेज दिया। राम ने स्वीकार किया था, लेकिन यह इसकी प्रतिक्रिया थी जिसने उन्हें अंदर तक व्यथित किया। उन्होंने कभी नहीं सोचा था कि उनके क्रोधित अपशब्द बूढ़ी स्त्री को इतना दुख देंगे। और उसी दिन उन्होंने निश्चय किया कि वह भविष्य

में किसी को अपशब्द नहीं कहेंगे, परंतु यह स्त्री – इसने प्रतिशोध लिया। अंततः इसने अपने प्रतिशोध में – राम को राज्यसिंहासन से वंचित कर दिया और बिना किसी अपराध, दोष के राम को राज्य से निर्वासित करा दिया। यही इस कुटिल षड्यंत्र की सूत्रधार है, भरत, और इसे इसके अपराध का दंड अवश्य मिलना चाहिए।''

''मंथरा को उसके अपराध का दंड मिलेगा, लेकिन अभी इसे मुक्त करो... अगर राम को ज्ञात हुआ कि तुमने एक स्त्री पर हाथ उठाया है, तो वह तुम्हें कभी क्षमा नहीं करेंगे, और क्या यह इस अपराध के लायक है?''

''अगर मेरी चले तो मैं इसे यहीं मार डालूँगा; मेरी तलवार मेरे हाथों में है'' शत्रुघ्न उत्तेजित हुए।

मंथरा गिड़गिड़ाई। भरत के पैरों में एक दयनीय आकृति बैठी हुई थी, केवल कैकेयी के अलावा मंथरा से यहाँ किसी को सहानुभूति नहीं थी, जो उसकी सहायता को आगे बढ़ीं, भरत ने उन्हें रोक दिया।

''नहीं, कृपा करो, शत्रुघ्न नहीं! मंथरा मेरी पुरानी दाई है, यह मेरी माता के समान है।''

''माता? क्या माता अपने बच्चे को मीठा विष देकर उसे एक अपराधी बनाती है?'' शत्रुघ्न ने घृणावश पूछा। ''तुमने इसके झूठ पर विश्वास किया, तुमने इसके तुम्हारे परिवार के विरुद्ध बोले अर्ध सत्य पर विश्वास किया। क्या तुम्हें इस पर हमसे ज़्यादा विश्वास है? क्या तुमने इससे हमसे ज़्यादा प्यार किया है, हे माते, तुमने इतना दर्द और त्रासदी गढ़ी और राम को राज्य से निर्वासित कराया? किसी को राज्य से निर्वासित होना है, तो वह मंथरा है! भरत तुम ऐसा ही करो, अन्यथा मैं इसे मार डालूँगा।''

कैकेयी ने तर्क करने का प्रयास किया। ''भरत, इस बूढ़ी स्त्री पर दया करो, इस बुढ़ापे में यह किधर जाएगी?'' रानी ने अनुरोध किया। ''यह पश्चातापी है, इसे क्षमा करो! मंथरा तुम्हारी नानी की तरह रही, जिनका तुम्हें अभाव था जैसे वह मेरी माता के समान थी, जिनका मुझे अभाव था। स्मरण करो कितने लाड़-प्यार से यह तुम्हें खिलाया करती थी...।''

''अरे हाँ, ठीक उसी तरह न जिस तरह तुम अपनी गोद में बैठाकर राम को खिलाया करती थीं? क्या वो मातृत्व था रानी कैकेयी?'' भरत ने तिरस्कारपूर्ण रूप में पूछा, उसका क्रोध पुनः जागृत हुआ, संताप उसे खाए जा रहा था।

लेकिन उनकी माँ के आग्रह ने अपना काम कर दिया। उर्मिला ने इसे देख लिया कि भरत मंथरा के प्रति संवेदी हो रहे थे; वह उस आया को नुक़सान नहीं पहुँचा सकते, जिसने बचपन में उनकी देखभाल की थी। वह हृदय से इतने पवित्र थे कि किसी को दुख या चोट नहीं पहुँचा सकते थे और मंथरा इस बात को भली प्रकार जानती थी। मंथरा कुटिलता से उसी व्यक्ति से क्षमा याचना कर रही थी, जो उसे क्षमादान दे सके।

"इसे बाहर फेंक दो, भरत!" उर्मिला ने दृढ़ता से कहा। "राम ने ताड़का का वध किया - वह एक स्त्री थी, एक राक्षसी और तुम्हारे पैरों में बैठी यह वृद्ध डायन भी वही है जो तुमसे क्षमा याचना कर रही है। इस पर कोई दया न दिखाओ। यह विष है, जो धीरे-धीरे कलंकित, दूषित और भ्रष्ट कर रही है और देखो कितनी सफलतापूर्वक!" उसने व्यंग्य से कहा। "इसने यही तुम्हारी माता के साथ किया है। कुछ समय पूर्व जो सारे अपशब्द तुमने अपनी माता के विरुद्ध कहे हैं, वो इस धूर्त स्त्री के विरुद्ध हैं। इस षड्यंत्र के पीछे इसी का मस्तिष्क है। यह लंबे समय से राजमहल में सभी का मस्तिष्क भ्रष्ट कर रही है।"

मांडवी क्रोध में लाल थी और बोली। "हाँ, भरत, इसे यहाँ से बाहर निकालो। यह मृदुभाषी है, पर अत्यंत घातक। इसने मुझे अपनी बहनों के प्रति कटुशब्द कहने को प्रेरित किया और जिससे मेरे अंदर उनके प्रति एक शांत शत्रुता लगी। इसे अब यहाँ और मत रखो! मैं काँपने लगती हूँ जब मुझे याद आता है कि मैं कितनी शीघ्र बातों में आ जाती हूँ, और कितनी आलोचनीय हूँ - यह एक राक्षसी है, जो हम पर अपनी मीठी बातों और मस्तिष्की खेल से जादू करके वह सब करवा सकती है, जो यह चाहती है।"

"मंथरा ने यही हमारे साथ किया, यही इसने तुम भाइयों के साथ किया," उर्मिला ने धीरे से कहा, "और यही मंथरा ने तीन रानियों के साथ किया, उनके बीच के पहले से कमज़ोर रिश्ते को तोड़ने का। पर मंथरा की सबसे बड़ी सफलता तुम्हारी माँ के सहारे राम को दुख पहुँचाने की थी, जो मंथरा की एक शिकार थी, एक मोहरा। क्या आप ये नहीं समझ रही हैं, क्या आप अब भी नहीं देख पा रही हैं कि इसने क्या किया, माँ कैकेयी?" रानी की ओर मुड़ते हुए उर्मिला ने पूछा, जो उसके सामने विवर्ण घबराई हुई खड़ी थीं। "क्या यही एक माँ अपनी पुत्री के साथ करती है? उसका इस्तेमाल उसके अपने ही घर को तोड़ने के लिए?"

वहाँ एक असहज सन्नाटा था, जब रानी कैकेयी धीमी गति से उस बूढ़ी स्त्री की ओर बढ़ी, और उन्होंने मंथरा को उसके कुरूप कंधों से सहारा देकर ऊपर उठाया। मंथरा ने उन्हें क्षणिक देखा, उसकी मोतियाबिंद नेत्रों में एक आशा विचरण कर रही थी। रानी ने ध्यानपूर्वक उसे ऊपर से नीचे तक देखा।

''दुनिया ने तुम्हें कुरूप कुबड़ी कहा, तुम्हारा परिहास किया, तुम्हें चिढ़ाया और तुम्हें ताने मारे, लेकिन मैंने सदैव तुम्हें उनके विरुद्ध समर्थन दिया, क्योंकि मैंने तुमसे प्रीति रखी जो तुम थी – एक स्त्री जिसने मेरी देखभाल की और मुझे ढाला, बचपन से मेरी परवरिश की,'' रानी कैकेयी ने धीरे से कहा, उनके नेत्र बिन गिरे आँसुओं से भरे थे। ''मुझे मातृत्व की प्रीति का कोई ज्ञान नहीं – मेरी माँ हमें छोड़ गई और तुमने उनका स्थान ले लिया – और मैंने वही मातृत्व प्रेम तुमसे चाहा। तुम्हारी गोद ही मेरी छोटी सी दुनिया और स्वर्ग थी। विवाहोपरांत भी, मैं तुम्हें यहाँ ले आई, क्योंकि मैंने तुमसे अनुराग रखा और मैं तुमको यहाँ बहुत याद करती। राजा और इस राजमहल के सभी लोगों ने तुम्हें वही सम्मान दिया, जो मैंने तुम्हारे प्रति चाहा, पर तुमने मुझे क्या दिया मंथरा? दूषित सलाह, अपमान, ईर्ष्या और घृणा जिसका कलंक मैं कभी नहीं धो सकती? मैंने अपनी प्रसन्नता का नाश कर दिया, अपने परिवार का नाश किया; मेरे पति व्यथित हृदय से मर गए, मेरा पुत्र आज मेरे विरुद्ध खड़ा है... मैंने तुम्हारे कुरूप में केवल प्रीति देखी थी। आज मैं तुम्हें वैसा देख रही हूँ, जैसी तुम हो। घृणित, कुरूप कूबड़ जितनी धूर्त तुम दिखती हो।'' कैकेयी के नेत्रों में क्रोध उतर आया, पर उस क्रोध में पश्चाताप की जली चिंगारी और मोहभंग था। ''तुम मेरे पतन का कारण हो, मेरी माता नहीं – जाओ, दुष्ट स्त्री, चली जाओ इससे पहले तुम्हारा खून मेरे हाथों हो।''

''नहीं, माँ कैकेयी, यह इतनी आसानी से नहीं बच सकती। उर्मिला ने आवेगपूर्ण खंडन किया।'' इसे मृत्यु नहीं मिलेगी, यद्यपि यह उसी लायक है। इसे बाहर भी नहीं भेजा जाएगा – नहीं तो यह और लोगों को भ्रमित करेगी, उनके हर्षोल्लास में विष घोलेगी, और रुग्णता फैलाएगी। नीचे स्थित कालकोठरी इसके लिए सबसे उपयुक्त है। ये मूषकों और मकड़ियों के जालों के बीच अपने षड्यंत्र बुनेगी। और जब राम चौदह वर्षों बाद आएँगे, तो मुझे पूरा विश्वास है वह इसे क्षमा कर देंगे। मंथरा तब अपनी स्वतंत्रता पाएगी।

मंथरा के श्वेत और झुर्रीदार चेहरे से पसीना नीचे की ओर बह रहा था। वह अत्यंत भयभीत और अपराधबोध से ग्रस्त दिख रही थी। "नहीं, भगवान नहीं! काल कोठरी नहीं!" अपने आप को उर्मिला के चरणों में गिराते हुए बूढ़ी स्त्री चीखी। "मुझे अपने सभी कुकृत्यों का खेद है, दुष्ट शब्दों का खेद है, सारे षड्यंत्रों का खेद है...। क्षमा करो। आह, कृपा करो क्षमा करो!"

उर्मिला ने निर्ममता से कहा, "जैसा मैंने तुमसे एक बार कहा था, मैं मातहतों के साथ व्यर्थ की बातों में समय व्यर्थ नहीं करती।" पहरेदार, इस स्त्री को सबसे अँधेरी, सबसे छोटी काल कोठरी में डाल दो, जहाँ यह अपने गुज़रने वाले चौदह वर्षो का हर क्षण गिने! और इसके साथ ही इसके गुप्तचरों की छोटी मंडली को भी डाल दो, जिसे इसने कपटी ढंग से राजमहल में फैला रखा है– मृगनयनी, कामिनी, प्रांजलि... और कोई है? चिंता मत करो, वो शीघ्र ही चीखेंगी और चिल्लाएँगी! पहरेदार इसे साथ ले जाओ!" उर्मिला ने निर्दयता से आज्ञा दी, जिसके बारे में मांडवी को आभास तो था, पर अभी तक कभी देखा नहीं था। सभी चकित दिखे, मानो उसके द्रुत और निर्मम निर्णय से संतुष्ट न हों।

रोती हुई मंथरा को पहरेदार जब ले जा रहे थे, तब उर्मिला गंभीर भरत की ओर फिर मुड़ी। "भरत, जाओ और राजमाताओं से मिलो," उर्मिला ने कहा, सहजता से अपने भाव को कठोर से सौम्य करते हुए। "राजमाताएँ व्यग्रतापूर्वक तुम्हारी प्रतीक्षा कर रही हैं। पहले ही बहुत से अनावश्यक व्यवधान हो चुके हैं और तुम पहले से बहुत विलंबित हो। और शत्रुघ्न, कृपया गुरु विश्वामित्र को सूचित करो कि अन्त्येष्टि क्रिया आज ही होनी है। इसे अब और विलंबित नहीं किया जा सकता।"

मृत राजा की अन्त्येष्टि क्रिया उनके दोनों छोटे पुत्रों द्वारा संपन्न हुई। दोनों अपने पिता की मृत्यु और भाइयों के विछोह से शोक संतप्त थे। शांता ने दोनों को ढाँढस बँधाया और भरत उसकी बाहों में एक छोटे बच्चे की तरह रोए। उर्मिला ने तनिक राहत की साँस ली; बहन फिर से अपने भाइयों से मिल गई थी। राजसिंहासन को ठुकराकर भरत ने उसकी नजरों में विश्वास अर्जित कर लिया था और अपने पिता की अन्त्येष्टि क्रिया संपन्न करने का भी अधिकारी

हो गया था। पुत्र ने अपने मृत पिता को निराश नहीं किया; भरत ने अपने पिता की संतप्त आत्मा को अंततः शांति प्रदान की।

भरत राजकाज में व्यस्त हो गए, लेकिन अपनी माता से मिलने से इंकार कर दिया। कैकेयी वैरागी हो गई, विरले ही अपने महल से बाहर आतीं। कौशल्या मुखर निराशा और अवसाद में घिर गईं, वह सदैव सुमित्रा की देख-रेख में रहतीं, जो उसके दुर्बल स्वास्थ्य की देखभाल करतीं। सभी अपने दुख से ग्रसित थे, उनके कक्ष ही उनके आश्रय स्थल थे। उर्मिला भी अपने में ही खोई रहती, अक्सर अपने चित्रफलक को देखते रहती। लक्ष्मण के जाने के बाद शायद ही उसने कूची को हाथ लगाया हो। उसने लक्ष्मण को याद कर गहरी साँस भरी।

''उर्मि?''

सम्मोहन टूटा, उर्मिला ने मांडवी और कीर्ति को देखा, जो उससे मिलने आई थीं। वह उन्हें देख कर असामान्य तरीके से प्रसन्न थी, कृपावश वे अब उसके साथ थीं, जो उसे साँत्वना दे सकती थीं। वो दोनों उसके लिए किसी तप्त धरती पर मेघ की तरह थीं, जो उसे प्रीति और साँत्वना से भिगो रहे थे।

''अंदर आओ! हम लोगों ने लंबे समय से एक साथ कोई बातचीत नहीं की है, क्या किया है?'' उर्मिला ने उनके लिए शय्या पर बैठने के लिए जगह बनाते हुए उत्कंठित मुस्कान के साथ कहा।

अपनी उँगलियों को बालों में घुमाते हुए, मांडवी चिंतित दिख रही थी। ''हम क्या बीता उसके अतिरिक्त क्या बात कर सकते हैं? मैं अब भी उससे उबर नहीं पाई हूँ... सब इतनी शीघ्र में हुआ, इतना खौफ़नाक। मेरे होशोहवास गुम हो गए हैं।'' सब खो गया लगता है!'' मांडवी चिल्लाई। ''अगर तुम नहीं होती तो मुझे नहीं पता मैं भरत को कैसे सँभालती। वो हिम्मत हार चुका था, और टूट चुका था।''

''यह उसकी दुनिया का उसके ऊपर टूटना था।'' कीर्ति ने कहा। ''विकराल सच का सामना करना कि उसकी माता ऐसी हैं और वह उनका पुत्र है।''

उर्मिला चौकी; रानी कैकेयी के विरुद्ध जो खीझ है, उसे समाप्त होने में थोड़ा समय लगेगा। उसने तुरंत ही मांडवी में बढ़ रही भावोत्तेजक पीड़ा को पहचान लिया। ''तुम ये सब इतने सहज भाव से कैसे ले सकती हो, जो उसने

तुम्हारे साथ किया, उर्मि।'' और तुम किस परिस्थिति से निकल रही होगी? मांडवी चिल्लाई। ''तुम वहाँ अकेले ही सब कुछ सहन कर रही थी... संत्रास, तनाव, आघात, और इन सब की डरावनी सच्चाई।'' और उर्मि, कैसे तुमने इसे सहन किया उन दो लोगों लक्ष्मण और सीता के साथ, जिन्हें तुम सबसे ज्यादा चाहती हो? और फिर भी तुम कितनी शांत और अडिग हो... तुम ऐसा कैसे कर सकती हो, उर्मि।''

''विपत्ति उत्तर खोजती हैं पर हम सदैव उसे नहीं पाते। हम केवल उसका सामना कर सकते हैं।'' उर्मिला शिथिल रूप में मुस्कराई। ''चलो किसी रुचिकर विषय पर बात करते हैं। मैंने सोचा तुम यहाँ किसी प्रिय विषय में बात करने आई हो...'' वह दुर्बलता से मुस्कराई।

मांडवी उर्मिला की मानसिक व्यथा को देख नहीं सकी, पर वह उसे और समय तक नहीं देख पाई। वह अपने आप को और बात करने से नहीं रोक पाई। वह अपने दुख से भी ग्रस्त थी।

''मैं सीता को कभी नहीं देख पाई।'' मांडवी घायल दिखी। ''जब मैंने सीता और तुम्हें- वो भीषण शब्द कहे, उसके बाद मुझे तुम लोगों से मिलने का साहस ही नहीं हुआ। ये मुझे उसी दिन से अंदर ही अंदर खाए जा रहा है जब हम लोग शीघ्र में कैकेय के लिए निकले...। मैं तुम लोगों से क्षमा भी नहीं माँग पाई... उर्मि, क्या तुम मुझे क्षमा कर पाओगी।''

उर्मिला ने मांडवी की बातों को समझने में कुछ समय लिया। उनका झगड़ा उसे कई वर्षों पुराना प्रतीत हुआ, यह उसके मस्तिष्क से इन सब त्वरित घटनाओं के कारण निकल गया था, जिसने उनके जीवन को सदैव के लिए बदल दिया था। उसने उस अविस्मरणीय दिन को याद किया और उसके बाद के उन खाली दिनों को याद किया, जब उसकी चचेरी बहनें एकाएक कैकेय के लिए चली गई थीं और किस तरह लक्ष्मण ने उसे अपने तर्कसंगत विचारशील शब्दों से साँत्वना दिलाने का प्रयास किया था।

उर्मिला मांडवी पर हँसी। ''ओह, प्रिय, मैं तो उसे भूल ही गई थी, और उसमें ऐसा क्या था, जिसे क्षमा किया जाए? तुम केवल अकेली नहीं हो, जिसे उस घटना पर दुख और संताप करना चाहिए – हम सभी को उस पर लज्जा करनी चाहिए। हमने एक दूसरे को कुछ कटु वचन कहे, लेकिन उसने यह बात उद्घाटित की कि उसके पीछे कौन था... वह एक कटु सीख थी, जिसे हम सबने सीखा, क्या हमने नहीं सीखा?''

"हाँ, लेकिन ये किसने सोचा होगा कि मंथरा हमसे जीत जाएगी। वह एक घातक पीड़ा पहुँचाने में सफल हो गई," कीर्ति ने कहा। "यह एक राहत है कि अब वो महल में नहीं है, लेकिन उसने एक स्थायी घाव दिया है, जो कभी नहीं भरेगा...।"

"... और एक स्मरणपत्र," मांडवी कांपी, "हम सभी में रहने वाली क्षुद्र बुराई का..."

"अब वह हमें कभी परेशान नहीं करेगी," उर्मिला ने कठोरता से कहा। "अभी दूसरी और समस्याएँ हैं, मांडवी, भरत का खयाल रखो, उसे तुम्हारी आवश्यकता है। वह टूट गया है और भ्रमित है।"

"वह मुझसे अधिक कुछ नहीं कहते, वो शांत रहते हैं और सोच कर व्यथित होते हैं। वह अधिकतर समय उदास रहते हैं, या चिड़चिड़े या क्रोधित। मैंने उन्हें ऐसे कभी नहीं देखा। यह दिल दहलाने वाला है।"

"मेरे कहने का तात्पर्य यही है, प्रिय, तुम मेरे या सीता के बारे में चिंतित न हो। उसका खयाल रखो," उर्मिला ने कहा। "अभी उसके साथ तुम्हारे अलावा कोई नहीं है। उसे लगता है कि उसकी माँ ने उसे धोखा दिया है। राम उसके गुरु थे, उसके पिता, उसके ईश्वर...। वह अपने भाइयों के वन गमन और पिता की मृत्यु का दोषी स्वयं को मानता है।" उसने अपनी माता के अपराध का बोझ स्वयं पर ले रखा है और अपने आप को ही दोषी मानकर दोनों के लिए पश्चाताप कर रहा है। ये उसके लिए कठिन समय होने वाला है और तुम्हारे लिए भी, लेकिन तुम्हें स्वयं को सुदृढ़ करना होगा कि तुम उसे इस विपदा की घड़ी से उबार सको। नहीं तो वह टूट जाएगा। "ये हम सभी के लिए कठिन परीक्षा की घड़ी है और एक बार शोक का समय बीत जाने के बाद हमें बहुत कुछ करना है...।"

इसी तरह चौदह दिन बीत गए और शत्रुघ्न ने राजकाज में उर्मिला की सहायता की। राजा की मृत्यु के शोक के अंतिम दिन, उर्मिला ने सभी मंत्रियों और गुरुओं को राजसभा में बुलवाया।

"यह भरत के राजगद्दी सँभालने का समय है जैसा उसके पिता का आदेश था। राजतिलक की तैयारियाँ पूरी हो चुकी हैं," उर्मिला ने कहा। "भरत, नगरवासी, मंत्रीगण, और गुरुगण तुम्हारे राजगद्दी पर बैठने की प्रतीक्षा कर रहे हैं। राज्य बिना राजा के कार्य नहीं कर सकता। यह तुम्हारे पूर्वजों की विरासत है। यह सही है कि आपका राजतिलक होना है।"

वशिष्ठ ने सहमति जताई, ''राजगद्दी और राज्य तुम्हें तुम्हारे पूर्वजों, पिता और भाई राम ने सौंपा है। यह तुम्हारा कर्तव्य है कि तुम अपनी सामर्थ्य के अनुसार इस भूमि पर राज करो।''

भरत लंबे समय तक अनुष्ठानिक वस्त्रों और अभिषेक के आभूषणों को देखते रहे। ''मैं यह सब नहीं धारण कर सकता,'' भरत ने दृढ़ता से कहा। ''मैं इन सब के लायक नहीं हूँ। कृपया मुझसे राजसिंहासन ग्रहण करने का आग्रह न करें; यह मेरा नहीं है। मैं इसे एक बार ठुकरा चुका हूँ और फिर से वही करता हूँ। क्या आप मेरी निरपराधता पर विश्वास नहीं करते? क्या ये इसलिए है कि मैं अपराधी रानी कैकेयी का पुत्र हूँ, जिसने राम को वनवास दिया? क्या यह मुझे भी उसके षड्यंत्र का हिस्सेदार बनाता हैं? मैं आपसे निवेदन करता हूँ मैं निरपराध हूँ। आप प्रजा और मंत्रीगण के विषय में बात करते हैं, जो सभी यही सोचते हैं कि मैंने अपने भाई से राजगद्दी छीनी है। वे सोचते हैं कि मैं षड्यंत्रकारी हूँ, अधर्मी भाई, पितृहन्ता पुत्र जो अपने पिता की अकाल मृत्य का कारण बना। मुझे पुनः उनका अनुराग और विश्वास जीतना होगा। और यह केवल तभी हो सकता है, जब राम को वन से वापस लाया जाए और उन्हें न्यायसम्मत राजगद्दी दी जाए। वह एक सुयोग्य राजा हैं, मैं नहीं। परंपरा के अनुसार, ज्येष्ठ पुत्र राजसिंहासन पर बैठता है और राम भी बैठेंगे। इसलिए, इस अनुष्ठानिक वस्त्रों को अलग रखो और इसे राम को पहनने देना, जब मैं उन्हें वापस लाऊँगा।''

प्रशंसा से भरा ज़ोरदार गर्जन हुआ। भरत ने अपने मंत्रीगण को जीत लिया, उर्मिला ने राहत के साथ सोचा। सभी मंत्रीगण भी पिछले कई सप्ताह से राजपरिवार की संदिग्ध साजिशों से व्यथित थे। अपनी सरल सच्चाई, हार्दिक विशुद्धता और पश्चाताप भरी ईमानदारी से, भरत से सिद्ध कर दिया कि वह निर्दोष थे।

भरत सुमंत्र की ओर मुड़े, ''शीघ्रता से चलने की व्यवस्था करो, हम कल निकलेंगे। मैं सभी गुरुओं और तुमसे साथ चलने का आग्रह करता हूँ। मैं अपने साथ दोनों वरिष्ठ राजमाताओं को भी ले चलना चाहता हूँ, तो उनके लिए भी पर्याप्त व्यवस्थाएँ कर लो। रानी कैकेयी राजमहल में ही रहेंगी,'' भरत ने संक्षेप में कहा।

निर्देश मिलने के तुरंत बाद सभा स्थगित हो गई, सभी में एक नया विश्वास उमड़ रहा था। भरत उर्मिला के पास पहुँचे जब वह दिन के क्रिया-

कलाप से लौटकर अपने महल की ओर जा रही थी। ''मुझे आशा है कि अब आप निराश नहीं होंगी,'' भरत ने कहा। उसकी आँखें खिन्न थीं।

उर्मिला पूर्ण रूप से अचंभित थी, भरत की दृढ़ता के कारण पूर्ण रूप से हैरान। ''लेकिन भरत।'' ''क्या मैंने कभी तुमको इसका आभास दिया क्या? मैंने एक क्षण के लिए भी तुम पर या तुम्हारे इरादों पर संदेह नहीं किया। कृपा करके अपने को अनावश्यक अपराध के लिए कष्ट मत दो– तुम्हारा इस षड्यंत्र से कुछ भी लेना देना नहीं है। मुझे यह बात ज्ञात है और शीघ्र ही विश्व भी इस बात को समझ लेगा। तुम अत्यंत सरल हृदय हो किसी भी षड्यंत्र को अंजाम देने के लिए। तुम सदैव से राम के प्रति निष्ठावान हो, तुम उन्हें या किसी और को नुक़सान नहीं पहुँचा सकते।''

''लेकिन तुम्हें मेरी माँ द्वारा नुकसान पहुँचाया गया है, और बहन, मैं इसे न तो भूल सकता हूँ और न ही इसे क्षमा कर सकता हूँ।''

''नहीं, भरत, तुम्हारी माता का लक्ष्मण के राम के साथ वनगमन के निर्णय से कुछ लेना–देना नहीं हैं। यह निर्णय केवल लक्ष्मण का था। इसका दोष माता कैकेयी पर मत डालो।''

''वह मेरी माता नहीं हैं,'' भरत ने बलपूर्वक कहा। ''सीधे तौर पर उन्होंने भाई लक्ष्मण को वनगमन को नहीं कहा, लेकिन आज उन्हीं की वजह से मेरा भाई तुम्हारे साथ नहीं है। वह लक्ष्मण को जाता देख अत्यंत प्रसन्न हुई होंगी, क्योंकि वही एक था, जो उनके विरुद्ध खड़ा हो सकता था। लक्ष्मण ने निश्चित तौर पर ध्यान रखा होता कि राम को उनकी राजगद्दी वापस मिले, उसने विद्रोह किया होता, मंत्रियों को उकसाया होता और प्रजा को मनाता कि वो अन्याय के विरुद्ध खड़ी हो और राम के अधिकार के लिए लड़ा होता, विशेषकर क्योंकि राम कुछ नहीं कहते, लेकिन वन जाकर उसने भी माता कैकेयी के दुराचरण के सामने समर्पण कर दिया। मैं उसे कभी क्षमा नहीं कर सकता, उर्मिला, नहीं कर सकता! हर बार जब मैं तुम्हें, माता कौशल्या और माता सुमित्रा को देखता हूँ तो स्वयं को एक तुच्छ चोर अनुभव करता हूँ। मैंने तुम्हारी ख़ुशियाँ, तुम्हारी शांति, तुम्हारा प्यार चुराया है। किस प्रकार मैं कभी भी प्रसन्न रह सकता हूँ? माता कौशल्या शोक से लगभग पागल सी हो गई हैं – उन्होंने अपना पुत्र और अपना पति खोया है। उसी तरह माँ सुमित्रा हैं, लेकिन वो भद्र स्त्री, वह यह कभी नहीं दिखातीं। वह मेरे साथ सबसे ज़्यादा दयालु हैं जो मुझे और दोषी बनाता है। मैं केवल इतना कर सकता हूँ कि जो

भी क्षति हुई है उसे किसी भी तरह से ठीक करने का प्रयास कर सकता हूँ। यही मेरा प्रायश्चित हैं। राम और लक्ष्मण को वापस लाना ही अब मेरा एकमात्र ध्येय है। और अगर वे वापस आने से मना करेंगे तो मैं संकल्प लेता हूँ कि वहीं पर अपना प्रायश्चित करूँगा और कभी राजमहल में वापस नहीं आऊँगा।''

उर्मिला उसकी आत्म-आलोचना से व्याकुल और भयातुर हो गई। ''भरत अपने प्रति इतने निष्ठुर न बनो। और प्रायश्चित किस लिए? तुमने कोई पाप नहीं किया है, न ही तुमने कोई अपराध किया है...।''

''न ही राम, लक्ष्मण और आपकी बहन सीता ने,'' भरत ने दुखपूर्वक कहा। ''हम सभी किसी दूसरे के पापों का दंड भुगत रहे हैं। और नहीं तो आपको आपके पति से क्यों अलग होना पड़ता? और दोनों माताओं को राम लक्ष्मण से? मुझे उन्हें वापस महल लाकर इसकी प्रतिपूर्ति करनी है। क्या आप हम लोगों के साथ उन्हें वापस लाने नहीं चलेंगी?''

उसका हृदय ज़ोरों से धड़कने लगा। इस विश्वास ने कि उसे लक्ष्मण को फिर से देखने का अवसर मिलेगा, उसके रोम-रोम को आनंद मिश्रित रोमांच से भर दिया। इससे पहले कि ये उसे अत्यधिक आनंद के आवेग से अभिभूत करता, उर्मिला तीव्रता से चेतना में लौट आई। यह एक मृगतृष्णा थी, उसने इससे अधिक इसे देखने का प्रयास नहीं किया।

''नहीं,'' उर्मिला ने धीरे से कहा। ''यह लक्ष्मण के साथ न्यायपूर्ण नहीं होगा। और मेरे साथ भी नहीं। अगर तुम उन्हें वापस ला सकते हो तो मैं इसके लिए आभारी रहूँगी।''

''यह न्यायपूर्ण नहीं होगा? क्यों? जीवन तुम दोनों के साथ न्यायपूर्ण नहीं है। क्या मेरा भाई अपनी अर्धांगिनी को देखकर प्रसन्न नहीं होगा?''

''हाँ,, वह होगा। इसलिए तुम्हें उन्हें वापस लाने का प्रयास करना चाहिए, लेकिन कृपया मुझे अपने साथ चलने को न कहो।'' उर्मिला ने इतनी अशिष्टता से कहा कि भरत और आगे तर्क न कर सके।

''... परंतु कृपा करके माता कैकेयी को अपने साथ ले जाओ, भरत,'' उसने सौम्यता से कहना जारी रखा। ''तुम उनके साथ निर्दयी हो रहे हो। मैं मानती हूँ वह इस त्रासदी के लिए उत्तरदायी हैं, पर यह एक त्रासिक भूल थी। उन्हें इसका अहसास है, और तुम्हारी तरह, वह भी पछता रही हैं। उन्हें एक अवसर दो...''

"... और संकट खड़े करने को? मैं उन पर अब विश्वास नहीं करता।" उसने तन कर कहा। "मैं किस तरह से उन्हें अपने साथ ले जा सकता हूँ जबकि यह वही थीं जिन्होंने राम को निर्वासित किया?"

"उन्हें साथ ले जाओ। पछतावे के आँसुओं से अधिक गतिमान कुछ भी नहीं हैं," उर्मिला ने दक्षता से कहा। "हो सकता है यह राम के कठिन प्रण को डगमगा दें। केवल वही एक मात्र हो सकती हैं, जो राम को वापस आने के लिए समझा सकें।"

भरत के विकल भाव को समझते हुए, उर्मिला मुस्कराई। "भरत, क्या तुम्हें यह आसान लगता है कि राम को अयोध्या वापस आने को समझाया जा सकता है?" उसने गहरी साँस भरी। "तुम एक भाई की तरह उन्हें कितना भी मनाओ, वह अपने को अपने पिता के वचनों से अलग नहीं कर पाएँगे। उनके पिता ने एक वचन दिया और उनके पुत्र होने के नाते; ये उनका गौरव है कि वो उनके वचनों का मान रखें। वो उन वचनों से कभी नहीं डिगेंगे।"

"लेकिन क्यों? अब यह क्या अच्छा होगा? हम पहले ही अपने पिता को खो चुके हैं; राम को यह मालूम भी नहीं हैं। हम सभी उन्हें वापस लाना चाहते हैं मैं उनसे प्रार्थना करूँगा, भीख माँगूँगा, निवेदन करूँगा, उनके चरणों में गिर जाऊँगा... आवश्यकता पड़ी तो मृत्यु तक अनाहार रहूँगा।" उसने दृढ़ता से कहा।

"निरर्थक वचन मत बोलो।" उर्मिला ने शीघ्रता से कहा। "क्या हमने पहले ही कम त्रासदी झेली है कि तुम एक और चाहते हो? अपने और मांडवी के साथ न्याय करो।"

"फिर मैं तब तक नहीं लौटूँगा जब तक वह स्वीकृति नहीं देते।"

"और मांडवी को उसी पीड़ा को झेलने को बाध्य करोगे, जिससे मैं निकल रही हूँ?" उर्मिला ने प्रत्योत्तर माँगा। "भरत, पूरा परिवार अब तुम पर आश्रित है। तुम केवल अपने बारे में नहीं सोच सकते, न तुम स्वयं को आत्मकरुणा और पश्चाताप के कीचड़ में खींच सकते हो। तुम्हें सामर्थ्यवान और न्यायोचित बनना होगा।"

उर्मिला आश्चर्य में थी कि उसके वचनों का भरत पर कोई प्रभाव पड़ भी रहा था या नहीं। भरत जानबूझकर आवेश में लग रहा था। वह परिणाम के लिए चिंतित थी। दोनों भाई अपने निर्णयों पर अडिग होंगे और उसने प्रार्थना की कि राम, लक्ष्मण और सीता के साथ अयोध्या लौटने को मान जाएँ। वह

हृदय से चाहती थी कि ऐसा हो, लेकिन उसकी हिम्मत ऐसी आशा करने की नहीं हुई।

"इसीलिए तुम माता कैकेयी को अपने साथ ले जाओ," उसने कहना जारी रखा। "हो सकता है राम अपनी माता की न सुनें, लेकिन वह माता कैकेयी की अवश्य सुनेंगे, जिन्होंने शर्त रखी है।"

भरत ने उसकी सलाह में सच्चाई का अनुभव करते हुए धीरे से सिर हिलाया। उसे आपने भाई को मनाने के लिए सभी नैतिक प्रोत्साहनों की आवश्यकता होगी।

अंतत: यह निश्चित हुआ कि वशिष्ठ, सुमंत्र और तीनों राजमाताएँ भरत और शत्रुघ्न के साथ वन जाएँगे। कौशल्या हर्ष से प्रसन्नचित्त थीं- कठिन प्रयाण के लिए वह आशा और ऊर्जा से भरी, बेहतर होती दिखाई दे रही थीं। कैकेयी आभारी थीं कि उन्हें राम से मिलने दिया गया है, और वह उर्मिला थी, जिसने उसे इस समाचार से अवगत कराया था। भरत ने अब भी अपनी माता से बात करने को मना कर दिया। सुमित्रा इस शर्त पर चलने को मानीं कि उर्मिला भी उनके साथ चलेगी। उर्मिला ने अपने आप को एक और आशंका में पाया; उसने दुविधा से बाहर निकलने का पूरा प्रयास किया।

"मेरी आवश्यकता राजमहल में है। मैं मांडवी और कीर्ति के साथ यहीं रहूँगी," उसने व्यावहारिक स्पष्टीकरण देने के एक दुर्बल प्रयास में कहा। "हम यहाँ आपके लौटने की प्रतीक्षा करेंगे...।"

"प्रिय बहाना मत करो," उसकी सास ने कहा। "मैं अब तुम्हें बहुत अच्छी तरह से जानती हूँ। क्यों तुम हमारे साथ राम को घर वापस आने के लिए मनाने नहीं चलना चाहतीं?"

उर्मिला ने अपने सामने खड़ी स्त्री का, अपने आप का और अपने भीतर चल रही उथल-पुथल का सामना करने का निश्चय किया। अब मैं अपनी भावनाओं पर विश्वास नहीं करती। "मुझमें आशा करने हिम्मत नहीं है। मुझे इस शब्द और इस भावना से घृणा है। यह तुम्हें ऊपर की ओर ले जाता है और क्रूर शिखर से नीचे फेंक देता है। मैं एक और विदाई सहन नहीं कर सकती। मैं उतनी बहादुर नहीं हूँ कि उन्हें फिर जाते हुए देख सकूँ... मैं नहीं कर सकती!" अपनी टूटती हुई निराशा को फिर से सँभालने के लिए वह रुकी। "मुझे फिर से उन परिस्थितियों में मत ले जाइए।"

"अगर तुम्हें विश्वास है कि यह फिर से एक विदाई होने वाली है, तो वहाँ केवल उससे मिलने के लिए जाओ; यह तुम्हें संतुष्टि देगा," सुमित्रा ने उर्मिला की बंद मुठ्ठियों को अपने हाथों में लेते हुए धीरे से कहा। सुमित्रा का हृदय अपने दुख से ज़्यादा संकोच से भरा है, इस जवान युवती के लिए रो रहा है, जो अभी भी एक नववधु है। "यह तुम्हें तोड़ेगा नहीं, अगर तुम इस बात को लेकर आशंकित हो। यह तुम्हें आगे आने वाले वियोग के लंबे वर्षों के लिए साहस प्रदान करेगा। लाडो, मेरे लिए, चौदह साल जीवन का काफी लंबा समय है, मुझे ज़्यादा विश्वास नहीं है कि मैं इसे देख पाऊँगी, यह मेरा सौमित्र को देखने का अंतिम अवसर हो सकता है," सुमित्रा ने ठंडी साँस भरी। "उसके लिए क्यों व्यथित होना जिस पर तुम्हारा कोई वश नहीं? बल्कि एक बेहतर दिन, एक बेहतर जीवन, स्वयं को बेहतर बनाने के प्रत्येक अवसर को हाथ से जाने न दो। क्या तुम उससे मिलकर ज्यादा प्रसन्न नहीं होगी अपेक्षा इसके कि राजमहल में दुर्बलता को प्राप्त करो? इसे पुनर्जीवन की तरह मानो– यह तुम्हें जीवन जीने के लिए नया साहस प्रदान करेगा। तुम बहुत कुछ से गुजर चुकी हो, मेरी बच्ची अपने साथ संवेदनापूर्ण बनो। इस बेरंग समय में अपने आप को सच में प्रसन्न होने का एक अवसर दो। मुझे विश्वास है यह भेंट - हालाँकि छोटी, हालाँकि अंतिम - होगी, लेकिन तुम्हें खुशी देगी। मैं तुम्हें मजबूर नहीं करुँगी, लाडो, लेकिन कभी भी ख़ुशियों से भागो नहीं, चाहे वह जितनी भी कम समय के लिए हो।"

सुमित्रा के शब्दों ने अंतर्मन पर प्रहार किया; उर्मिला का अपने हिस्से की पूर्णता पर अधिकार था, भले ही वह क्षणिक और अल्पकालिक था, लेकिन आजीवन उसका हौसला बनाए रखने के लिए पर्याप्त सुदृढ़ था।

उर्मिला लक्ष्मण से फिर से मिलने के लिए तैयार थी।

मिलन

लक्ष्मण को पहली नज़र देखते ही उर्मिला के मन में भावनाओं का ज्वार उमड़ पड़ा। वह फूस की बनी एक कुटिया के बाहर हाथों में धनुष और बाण लिए खड़े थे। उनके चेहरे पर उग्रता का भाव दिख रहा था। उनकी निगाह चित्रकूट की पहाड़ी वाले रास्ते की ओर थी। उर्मिला दूर से भी उनके चेहरे की गंभीरता का अनुभव कर रही थी। वह मन ही मन तनिक मुस्करा उठी, लक्ष्मण के चेहरे पर सदैव दो ही भाव दिखाई देते थे। या तो वह क्रोध में होते थे या फिर बहुत अधिक क्रोध में होते थे। अभी वह किस बात पर क्रोधित थे? इस प्रश्न का उत्तर भी उर्मिला को ज्ञात था। वह समझ सकती थी कि कुटिया की ओर बढ़ते काफ़िले को देखकर लक्ष्मण ने क्या अनुमान लगाया होगा। घोड़े, हाथी, पालकी पर सवार दलों और पैदल सैनिकों तथा भरत के रथ के ऊपर लहराते राजध्वज को देखकर उनके मन का संदेह गहरा हो गया होगा। उनके मन में विचार आया होगा कि भरत राज्य से निर्वासित किए गए दोनों भाइयों का अंत करने के लिए वन की ओर अपनी सेना के साथ आ रहे होंगे। भरत को पहले की ही तरह इस बार भी ग़लत समझा जा रहा था। उर्मिला का चेहरा यह सोचकर अचानक स्याह पड़ गया कि क्या भाइयों में अब रक्तपात होगा? लेकिन यह एकदम निरर्थक विचार था। जितनी तेज़ी से यह विचार उसके मन में आया था, उसने उतनी ही तेज़ी से उसे झटक दिया। दोनों भाइयों पर राम के प्रभाव के रहते ऐसा कभी नहीं हो सकता। राम ऐसा कभी नहीं होने देंगे।

इस बीच, उनकी पालकियाँ पहाड़ी के ऊपर आ चुकी थीं। भरत का रथ तेज़ी से चल रहा था, इसलिए वह उस कुटिया के द्वार पर आ गया, जहाँ राम और सीता थे। जब उर्मिला महारानियों के साथ पहुँची, उस समय भरत

गुरु वशिष्ठ, सुमंत्र और शत्रुघ्न के साथ उस छोटी सी स्पष्ट कुटिया के अंदर जा चुके थे। जब उर्मिला कुटिया की ओर पहुँची, उस समय लक्ष्मण अपने स्थान पर नहीं थे। निश्चित तौर पर वह भी अंदर अपने भाइयों के साथ होंगे।

जब उन्होंने कुटिया के अंदर प्रवेश किया तो वहाँ वातावरण में शांति छाई हुई थी और उर्मिला ने अनुभव किया कि पक्षियों ने चहचहाना भी बंद कर दिया था। उसके व्यग्र नेत्रों ने लक्ष्मण को खोज लिया। वह जड़वत थे, चेहरा सफेद हो गया था और नेत्रों में नमी थी, उनका हाथ राम के कंधे पर था, मानो उन्हें सांत्वना दे रहे थे। राम का चेहरा दुख से क्लांत था और उनके नेत्र भरे थे। उर्मिला ने विचार किया कि भरत ने निश्चित रूप से महाराज की मृत्यु का समाचार सुना दिया होगा। तीनों विधवा महारानियों को देखते ही सीता की सुबकियाँ उर्मिला को सुनाई पड़ रही थीं। महारानियाँ अपनी श्वेत साड़ियों की तरह ही तेजहीन और रंगहीन लग रही थीं। अपने बेटे को देखते ही कौशल्या का धैर्य टूट गया, ज़ोर से रोते हुए वह राम की ओर दौड़ीं, उनकी बांहें फैली हुई थीं। वह तेज़ी से उनकी ओर आ रही थीं और इससे पहले कि वह मूर्छित हो जातीं, राम ने उन्हें थाम लिया। वह लगातार रोये जा रही थीं और राम ने उन्हें गले से लगा लिया था।

लक्ष्मण चुपचाप अपनी माँ की ओर बढ़े और उनके पैर छुए। उन्होंने बेहद आत्मीयता से अपनी माँ को गले लगाया और सुमित्रा ने पहली बार अपने नेत्रों से अश्रु बहने दिए। वह धीरे-धीरे और देर तक रोती रहीं, इस दुख की घड़ी में भी उन्होंने अपनी मर्यादा नहीं छोड़ी थी।

वशिष्ठ ने कहा, ‘‘ज्येष्ठ पुत्र होने के कारण राम का कर्तव्य है कि वह स्वर्गीय महाराज की अस्थियाँ मंदाकिनी नदी में प्रवाहित करें।’’

भरत ने सहमति जताते हुए कहा, ‘‘हाँ भाई, हमारे पिता की अंतिम इच्छा भी यही रही होगी। अपने निस्तेज नेत्रों में आपकी ही छवि के साथ उन्होंने अपने प्राण त्यागे थे। ऐसा करने से उनकी आत्मा को शांति मिलेगी।’’

चारों भाई नदी के तट पर पहुँचे और पिता की आत्मा की शांति के लिए तर्पण किया। यह अद्‌भुत दृश्य भी था कि चारों भाई फिर साथ दिख रहे थे। इन क्रियाकर्मों के बाद सभी कुटिया की ओर लौटे, सभी पर दुख की छाया नज़र आ रही थी।

उर्मिला सीता के पास आई। कमज़ोर और सांवली सीता, हालाँकि इस स्थिति में भी वह अधिक सुंदर लग रही थी। बहनों ने एक-दूसरे को गले

लगाया। सीता ने प्रेम से उर्मिला के गाल पर चुंबन किया। "मेरी छोटी बहादुर बहन," वह धीरे से बुदबुदाई। "तुम वहाँ बिलकुल अकेली हो, लेकिन सुदृढ़, शांत और सहयोगी भी। यहाँ तक कि यदि मैं उस स्थिति में होती तो तुम्हारी बहादुरी और धैर्य की बराबरी नहीं कर पाती। मैं कभी तुम्हारे जितनी सुदृढ़ नहीं हो पाती उर्मि। मुझे सिखाओ उर्मि और अपनी कुछ शक्ति मुझे भी दो।"

उर्मिला ने धीमे स्वर में कहा, "देखो यह बात कौन कह रहा है, वह राजकुमारी जो घास के कठोर बिस्तर पर सो रही है? वह जो मीलों नंगे पैर चलती है और वह जो खाना बना रही है – वह राजकुमारी धैर्य की बात कर रही है!"

सीता ने कहा, "मैं उस आंतरिक सुदृढ़ता की बात कर रही हूँ उर्मि, जिसने तुम्हें भावनात्मक रूप से इतनी सुदृढ़ता दी है। यहाँ राम हर तरह से मेरा ध्यान रखते हैं। लक्ष्मण मुझे कोई भी कठिन कार्य नहीं करने देते – वन से लकड़ियाँ लाने से लेकर खाना बनाने तक! यह कुटिया भी उन्होंने बनाई है! मैं यहाँ वन में बहुत प्रसन्न हूँ उर्मि। मुझे तुम्हारी चिंता होती है... तुम्हें अनावश्यक रूप से कष्ट झेलना पड़ रहा है...।"

वह सीता के साथ थी, लेकिन उसके नेत्र लक्ष्मण पर ही टिके थे, जो किनारे शांत खड़े थे। यह दृश्य दोनों के शुरुआती प्रेम के दिनों जैसा था, लेकिन इस बार उर्मिला के मन में भय था, जो उस पर हावी हो रहा था। क्या लक्ष्मण को देखने के लिए वन आने का उसका निर्णय ग़लत था? अन्य सब कहीं ना कहीं राम को अयोध्या वापस चलने के लिए मनाने के उद्देश्य से आए थे, लेकिन वह यहाँ केवल लक्ष्मण को देखने आई थी।

वह लक्ष्मण को वहाँ शत्रुघ्न से बातें करते हुए देख रही थी। वह कमज़ोर हो गए थे, उनकी पसलियाँ बाहर दिख रही थीं, लेकिन उसकी सख्त मांसपेशियों में सुदृढ़ता थी। सीता ने बताया था कि कैसे लक्ष्मण हर सुबह नदी से पानी लाते हैं, लकड़ियाँ काटते हैं, ईंधन के लिए लकड़ी इकट्ठा करते हैं। किस तरह उन्होंने इस कुटिया का निर्माण किया और उससे कुछ दूरी पर अपने लिए भी एक छोटी कुटिया बनाई। उन्होंने अपनी तलवार से अधिक कुल्हाड़ी का प्रयोग किया था।

पिछली बार लगभग एक महीने पहले रथ में कभी न वापस देखने के लिए सवार होते समय उर्मिला ने लक्ष्मण को देखा था। क्या वही उनकी अंतिम विदाई थी? क्या वह उर्मिला से नहीं मिलना चाहते? क्या वह उसे यहाँ वन

में देखकर असप्रन्न हैं? यह सोच और असहजता उसके अंदर बढ़ती जा रही थी, लेकिन फिलहाल उसके पास अपने अंतर्मन के अतिरिक्त कोई नहीं था, जिससे वह बात कर सकती थी। लंबे समय से जिस भावनात्मक दबाव हो उसने झेला था, वह अब इस बात को लेकर सुनिश्चित नहीं थी कि वह इस अस्वीकृति को सँभाल पाएगी।

सीता कह रही थी, ''...और उर्मि यहाँ बहुत अच्छा है। मुझे वास्तव में इस स्थान से प्रेम हो गया है। मुझे यहाँ महल की कमी भी अनुभव नहीं होती। धरती पर नंगे पैर चलने का वह सुंदर अनुभव, नरम मिट्टी या गीली घास या कठोर पत्थरों को पैरों के नीचे अनुभव करना... यह सब सुकून देने वाला है!''

उर्मिला ने कहा, ''तुम सीता हो, धरती की पुत्री और प्रकृति तुम्हारे अंदर चमक ला रही है। सीता, मैं तुम्हें प्रसन्न देखकर बहुत प्रसन्न।''

सीता ने कहा, ''उर्मि, मैं इन छोटी-छोटी चीज़ों से बहुत प्रसन्न हूँ। वन मुझे अपना घर प्रतीत हो रहा है। और, निस्संदेह, यहाँ राम मेरे साथ हैं...।'' अचानक सीता को अनुभव हुआ कि उसने भावनाओं में बहकर कुछ अनुचित बोल दिया है। उसने सँभलते हुए कहा, ''क्षमा करना उर्मि, मेरा वह अर्थ नहीं था...''

सकुचाते हुए उर्मिला ने कहा, ''तुम क्यों क्षमा माँग रही हो? तुमने वही कहा, जो है।''

सीता ने उठते हुए कहा, ''वह देखो, लक्ष्मण तुम्हारी ओर आ रहा है। मुझे जाना चाहिए। मुझे जाकर माता कैकेयी से मिलना होगा, उन्होंने मुझसे मिलने की इच्छा जताई है।''

तब तक लक्ष्मण निकट आ गए थे और सीता तेज़ी से कुटिया के अंदर चली गई। अब वह उर्मिला की ओर देख रहे थे, एकटक – जैसा वे सदैव करते थे। वह सहम गई। क्या वह उसे यहाँ देखकर परेशान है, यह सोच फिर उसके अंदर हावी हो गई।

लक्ष्मण ने अपनी दाढ़ी पर हाथ फेरते हुए धीमे स्वर में कहा, ''तुम इतनी भयभीत क्यों लग रही हो मिला? क्या में अचानक इतना डरावना हो गया हूँ?''

वह सकुचा गई। उसे इस बात पर क्रोध भी आ रहा था कि उसके मन के भाव कितनी आसानी से उसके मुख पर आ जाते हैं। उर्मिला ने कहा,

"भयभीत नहीं हूँ, हाँ, थोड़ा सा संकोच है कि शायद तुम नहीं चाहते थे कि मैं यहाँ आऊँ। क्या मुझे यहाँ नहीं आना चाहिए था?" उर्मिला का दिल लक्ष्मण के बोल सुनने के लिए व्याकुल था।

लक्ष्मण ने हैरानी भरे स्वर में कहा, "निस्संदेह मैं तुम्हें यहाँ देखकर प्रसन्न हूँ। मैं प्रसन्न क्यों नहीं होता? मिला, मैंने पहले भी कहा है कि तुम अपनी कल्पनाओं को स्वयं पर हावी कर लेती हो, लेकिन मैं अब भी समझ नहीं पा रहा हूँ कि तुम सब यहाँ क्यों आए हो? कुछ ही समय में हमें गुरु वशिष्ठ से मिलना है, राम और भरत को भी... यह सब क्या है?"

उर्मिला ने हल्के स्वर में कहा, "यह सब राम को घर वापस ले जाने के लिए है। इसके पीछे ऐसा कुछ नहीं है, जैसा तुमने सोचा कि भरत यहाँ हमला करने आए हैं?"

लक्ष्मण ने कुछ झिझकते हुए कहा, "हाँ, लेकिन परिवार में जो कुछ भी हुआ, उसके बाद से मुझे किसी पर भी विश्वास करने में डर लगता है। मैं सदा से कुछ संशय करने वाला रहा हूँ – आदत के कारण मैं संदेह करता हूँ!"

उर्मिला ने मुस्कुराते हुए कहा, "हाँ, मैंने भी देखा है कि तुम आसानी से बहुत से लोगों को नापसंद करने लगते हो। तुम्हारी यह सोच थोड़ी चिंताजनक है, लेकिन तभी इस तरह की मीठी बातें बोलकर मेरे अनुमान गलत सिद्ध कर देते हो।" उर्मिला ने थोड़ी चुहलबाजी करते हुए कहा।

लक्ष्मण ने चिहुंकते हुए कहा, "क्या तुम मुझे ऐसा समझती हो?" "मैंने पहली बार तुम्हारे बारे में जो ध्यान दिया था, वो तुम्हारी सुंदरता और प्रसन्नता थी और यह भी कि कैसे तुम इन दोनों ही बातों से लोगों को अपनी ओर खींच लेती हो।" यह कहकर लक्ष्मण मुस्कुरा उठा और उर्मिला शरमा गई। उर्मिला फिर लक्ष्मण का ध्यान भंग कर रही थी। तभी लक्ष्मण ने पूछा, "तब फिर, सब यहाँ क्यों आए हैं?"

उर्मिला ने उत्तर दिया, "राम से वापस अयोध्या चलने का निवेदन करने। भरत का एकमात्र प्रयास है कि राम के साथ जो भी ग़लत हुआ है, उसे सही किया जाए। उन्होंने सिंहासन लेने से अस्वीकार कर दिया है और राम को राजा बनाना चाहते हैं, जो उनका अधिकार भी है।"

लक्ष्मण कुटिया की ओर एकटक देखते हुए शांत थे। अंत में उन्होंने कहा, "वह नहीं मानेंगे। वह कभी वचन नहीं तोड़ सकते, विशेष रूप से वह वचन जो हमारे पिता ने दिया था...।"

उर्मिला ने सकुचाते हुए कहा, ''माँ कैकेयी कहें, तब भी नहीं?''

लक्ष्मण ने कटु शब्दों में कहा, ''नहीं। क्या इसीलिए वह यहाँ आई हैं?'' क्षमा माँगने? और क्या हमें क्षमा करते हुए सब भूल जाना चाहिए? निस्संदेह, राम उन्हें तुरंत क्षमा कर देंगे। वास्तव में वह उनसे अप्रसन्न ही नहीं हैं! यहाँ तक कि वह इन घटनाक्रमों से निराश भी नहीं हैं। ऐसा प्रतीत होता है कि वह यहाँ आनंद ले रहे हैं और यह वनवास उनके जीवन का नया अध्याय है, जिसे भाग्य ने खोला है, ताकि वह नया कुछ सीख सकें। क़ुछ ऐसा जो अयोध्या का राजा बनकर महल में बैठे रहने से वह नहीं सीख सकते थे।''

उर्मिला ने नरम शब्दों में पूछा, ''और तुम?''

लक्ष्मण ने कहा, ''मुझसे ऐसा प्रश्न मत पूछो मिला, जिसका उत्तर मेरे पास नहीं है। मैं प्रसन्न हूँ कि तुम यहाँ हो – और मैं केवल इसी बात के लिए इस क्षण का आभारी हूँ। मुझे पहले अपने नेत्रों पर विश्वास नहीं हुआ! लेकिन तुम यहाँ हो, इसलिए मुझे अच्छी तरह से तुम्हें देख लेने दो...।'' लक्ष्मण की आत्मीय नज़रें उर्मिला को देख रही थीं। वह उसके चेहरे को देख रहे थे, उनके नेत्र उर्मिला के थकान भरे नेत्रों को देख रहे थे, उसके मुरझाए गालों को देख रहे थे, उसके सूखे होंठ देख रहे थे, गरदन पर करीने से बंधे उसके बालों का जूड़ा देख रहे थे। वह शरमा गई और अनचाहे ही उनकी अंगुलियाँ बालों की लट को छूने लगीं। वह यहीं नहीं रुक सकते थे। और उर्मिला एक बार फिर अपने चेहरे के भाव नहीं छिपा पाती। लक्ष्मण ने उसके नेत्रों में देखते हुए कहा, ''तुम बहुत सुंदर हो, बहुत सुदृढ़ हो, बहुत बुद्धिमान हो। मुझे तुम पर इतना गर्व है कि स्वयं पर लज्जा आती है। मैं तुम्हारे योग्य नहीं हूँ? मुझे भरत से, शत्रुघ्न से और माँ से सब जानना है। इन जटिल परिस्थितियों में तुम कैसे सुदृढ़, स्थिर और किसी शक्तिशाली शेरनी की तरह अपने परिवार की रक्षा करती हो। एक कर्तव्यपरायण पुत्री, चतुर प्रशासक, बुद्धिमान शांतिदूत की भूमिका एक साथ निभा लेती हो... ओह, मेरी प्रिय पत्नी, इतने कम समय में मैंने तुम्हें कितने कष्ट दिए हैं?''

उर्मिला ने रुंधे गले से कहा, ''तुम इस सबके लिए स्वयं को जिम्मेदार क्यों मान रहे हो? तुम्हें क्या पता कि तुम्हारे जाने के बाद हम सब के साथ क्या हुआ? तुमने अपना कर्तव्य निभाने के लिए महल छोड़ा और मैंने अपना कर्तव्य निभाया, फिर स्वयं पर यह दोषारोपण क्यों? तुम कह रहे हो कि राम प्रसन्न हैं। सीता भी कह रही है इतनी प्रसन्न वह कभी नहीं रही। और यह सब

तुम्हारे कारण है। तुम उनके साथ एक चट्टान, एक रक्षक की तरह हो और अपने दर्द को देखे बिना निस्वार्थ उनकी सेवा कर रहे हो। लक्ष्मण, मेरे लिए इससे अधिक गर्व की क्या बात हो सकती है। तुम ऐसा कैसे कह सकते हो कि तुम मेरे योग्य नहीं हो? आज मैं जो हूँ, तुमने ही बनाया है। हम दोनों एक ही सिक्के के दो पहलू हैं... क्या तुम्हें ऐसा नहीं लगता? हम दोनों इसे अपने-अपने तरीके से कर रहे हैं। हम अपने ही चुने हुए रास्तों पर चल रहे हैं।''

लक्ष्मण ने अपने माथे का पसीना पोंछते हुए हताश स्वर में कहा, ''मैं टूट गया हूँ। अजीब सी त्रासदी हुई है, हम सबके साथ अन्याय हुआ है, केवल एक व्यक्ति के कारण। मेरे पिता इस कारण अपना प्राण त्याग चुके हैं। और क्या मूल्य चुकाना होगा?'' फिर सकुचाते हुए लक्ष्मण ने अपनी बात दोहराई, ''लेकिन मैं बहुत प्रसन्न हूँ, मिला कि तुम यहाँ आई। मुझे अब भी विश्वास नहीं हो रहा है, क्या यह स्वप्न है? तुम सदैव मेरे स्वप्न का हिस्सा होती हो, यह विचित्र है, लेकिन ऐसा सदैव होता है! मैं पूरे दिन किसी यंत्र की तरह काम करता हूँ, पूरा प्रयास करता हूँ कि तुम्हारी याद से बाहर निकल सकूँ, लेकिन मैं तुम्हारे बारे में सोचना नहीं बंद कर पाता। ऐसा लगता है, जैसे तुम सदैव मेरे साथ हो। कभी-कभी तो मैं तुम्हें अपने निकट अनुभव करता हूँ, लेकिन अब मुझे इस सोच से और नहीं जूझना पड़ेगा। तुम यहाँ मेरे साथ हो और मैं उस सोच से बचा हुआ हूँ।''

उर्मिला ने मुस्कराते हुए कहा, ''ऐसा लगता है जैसे हम कभी अलग ही नहीं हुए, क्या तुम्हें नहीं लगता? तुम सदैव मेरे साथ होते हो और मैं यहाँ तुम्हारे साथ...।''

लक्ष्मण ने सहमति में सिर हिलाया और हल्की उदासी के साथ मुस्करा दिया। तभी शत्रुघ्न के आने से दोनों का ध्यान भंग हुआ। शत्रुघ्न ने बताया कि कुटिया में किसी विशेष उद्देश्य से सभी को एकत्र होना है।

दोनों साथ ही अंदर गए। छोटी सी कुटिया में सभी गुरु, मंत्री और राजपरिवार के सदस्य बैठे हुए थे। उर्मिला ने पहली बार ध्यान दिया कि वहाँ एक ओर दीवार के सहारे कई धनुष, बाणों से भरे तरकश और तलवारें रखी थीं। एक कोने में बहुत सी लकड़ियाँ भी रखी थीं, जो संभवत: ईंधन के लिए थीं।

सबसे पहले राम ने बोलना शुरू किया, ''भरत, तुम राजा के रूप में अपने कर्तव्यों की अनदेखी क्यों कर रहे हो और यहाँ वन में क्यों चले आए?

और वह भी इतनी बड़ी सेना के साथ! क्या यह सब केवल मुझे हमारे पिता की मृत्यु का समाचार देने के लिए है?''

भरत ने हाथ जोड़कर कहा, ''हाँ, और इसके अतिरिक्त भी कुछ है। आपने राजा के रूप में मेरे कर्तव्यों की बात की, लेकिन मेरे भाई, मैं राजा नहीं हूँ। आप राजा हैं। मैं यहाँ आपसे निवेदन करने आया हूँ और आपसे प्रार्थना करता हूँ कि आप हमारे साथ अयोध्या वापस चलें और राजा के रूप में अपने कर्तव्यों का निर्वहन करें। सिंहासन पर बैठें और इक्ष्वाकु वंश का राज्य सँभालें। आप इसी के लिए जन्मे हैं और यह आपका अधिकार है।''

राम ने कहा, ''नहीं, यह मेरा अधिकार नहीं है। मेरे पिता को यह अधिकार था कि वह अपनी इच्छा से किसी को भी सिंहासन दे सकते थे। उन्होंने तुम्हें चुना। और मैं...''

भरत ने बीच में रोकते हुए कहा, ''लेकिन यह उनकी इच्छा के विरुद्ध था!'' ''आपको पता है, उन्होंने अपने किए पर पश्चाताप करते हुए अपने प्राण भी त्याग दिए। हृदयाघात के कारण उनका निधन हो गया। आप यह कैसे कह सकते हैं उन्होंने मुझे चुना, जबकि उन्होंने आपके राजतिलक की घोषणा कर दी थी और आपको युवराज बनाने का एलान भी कर दिया था? क्या यह केवल एक षड्यंत्र नहीं था, जहाँ बहुत चालाकी से उनसे दो वचन माँग लिए गए, अन्यथा आप राजा होते। भाई, कृपया मुझे अपराधबोध से मुक्त कर दीजिए, इस के सिंहासन के बोझ से भी और द्रोही होने के बोझ से भी। जो आपका है, उसे ले लीजिए। फिर से हमें वही परिवार बन जाने दीजिए, जहाँ आप शासन करें और सभी भाई आपकी सहायता करें, जैसा सदैव करते रहे हैं। मैं यह ज़िम्मेदारी नहीं चाहता।''

भरत के हर शब्द के साथ राम की दृढ़ता बढ़ती हुई दिख रही थी। राम ने कहा, ''भरत, तुम अपनी जिम्मदारी से नहीं हट सकते। अब राज्य पर शासन करना तुम्हारा कर्तव्य है और इसी तरह वन में रहना मेरा। वहाँ सहायता के लिए तुम्हारे पास शत्रुघ्न है, जैसे यहाँ वन में मेरे साथ लक्ष्मण है। हमें हमारे सम्मानित मार्गों पर बढ़ना चाहिए।''

कुछ समय के लिए वहाँ शांति छा गई और सब एक-दूसरे को देखते रहे। अंततः वशिष्ठ ने कहा, ''राजकुमार, राजगुरु के रूप में मेरा मानना है कि सर्वश्रेष्ठ यही होगा कि तुम वापस अयोध्या चलो और सिंहासन को स्वीकार करो। राजकुमार के रूप में और लोगों के प्रतिनिधि के रूप में यह तुम्हारा

कर्तव्य है। वे तुम्हें बहुत प्रेम करते हैं और तुम्हारी वापसी चाहते हैं। इस प्रेम के बदले में तुम्हें उनकी रक्षा करनी होगी और उनके लिए राज्य पर शासन करना होगा। तुमने अपने पिता की आज्ञा का पालन किया, किंतु अब अलग परिस्थिति आ चुकी है। उनकी मृत्यु से गतिरोध पैदा हो गया है। जिस पुत्र को उन्होंने सिंहासन दिया, वह राजा नहीं बनना चाहता और तुमसे पुन: राज्य स्वीकार करने का अनुरोध कर रहा है। वह तुमसे सहायता माँग रहा है और भाई के नाते तुम्हें उसे मना नहीं करना चाहिए।''

राम पर इन बातों का कोई प्रभाव नहीं पड़ा और उनके चेहरे पर पहली बार कुछ कठोरता दिखी। उन्होंने कहा, ''गुरुवर, मैं अपने पिता के शब्दों के विपरीत नहीं जा सकता। मुझे उनके वचन का पालन करना होगा।''

तभी कैकेयी ने धीमे, लेकिन स्पष्ट स्वर में पूछा, ''एक वचन जो उन्होंने मुझे दिया, इसलिए क्या मैं उसे वापस नहीं ले सकती हूँ ?''

हर कोई उनकी ओर देखने लगा। वह अपने कथन पर अडिग थीं। वह एक तिरस्कृत स्त्री और परित्यक्त माता थी और वह मुक्ति चाहती थी। वह अपने ज्येष्ठ पुत्र की ओर देखने लगी, जिसके साथ उन्होंने अन्याय करने का सबसे बड़ा अपराध किया। उन्होंने कहा, ''मेरे पास स्पष्टीकरण देने के लिए शब्द नहीं हैं। मैंने पाप किया है, जिसके लिए मैं क्षमायाचना करने के लिए भी साहस नहीं कर सकती हूँ। इसका मात्र पश्चाताप हो सकता है, परंतु मैं उन लोगों से क्षमायाचना करती हूँ, जिन्हें मैंने दुख दिया है। तुम घर वापस आ जाओ तो सब कुछ अच्छा हो जाएगा।''

''माता, मेरे मन में आपके लिए कोई दुर्भावना नहीं है।'' राम ने विनम्रता के साथ कहा। ''आपने जो सर्वोत्तम विचार किया, वह किया। अब मुझे वह करने दीजिए, जो मेरे पिता ने निर्णय किया। मैं किसी को भी दोष नहीं देता हूँ। न तो आपको, न ही भरत को और न ही किसी अन्य को। आपसे प्रार्थना है कि आप अपने हृदय से किसी भी अपराधबोध या ग्लानि को मिटा दें। जो कुछ भी हुआ, उसके पीछे कोई प्रयोजन अवश्य होगा, वह प्रयोजन पूरा होने दें। अंतत: उसका परिणाम ज्यादा मधुर और फलदायी होगा। और यह भी कि आप उस व्यक्ति से वचन वापस कैसे ले सकती हैं, जो अब इस संसार में नहीं है?''

राज दरबार के विद्वान पुजारी ऋषि जबाली ने कहा, ''आपके पिता अब इस संसार में नहीं हैं। बदली परिस्थितियों को देखते हुए आपको उनके आदेश

का पालन करने की कोई आवश्यकता नहीं है। कोई भी नहीं चाहता है कि आप वन में जीवन व्यतीत करें। वापस आ जाओ और राज्य पर शासन करो, क्योंकि एक राजकुमार के लिए यही उचित कर्तव्य है।''

राम के शांत चेहरे पर क्रोध की रेखाएँ स्पष्ट दिखाई देने लगीं। उर्मिला ने पहली बार उनके चेहरे पर ऐसे भाव देखे थे। वह इतने क्रोधित उस समय भी नहीं थे, जब वह अयोध्या से चौदह वर्ष के लिए वनवास को निकले थे।

''गुरु के रूप में आप कैसे ऐसी सलाह दे सकते हैं कि मैं अपने पिता के वचन का तिरस्कार कर दूँ। अगर कोई पुत्र अपने माता-पिता की इच्छाओं को पूरा नहीं कर सकता है, तो यह उसके लिए अत्यंत लज्जा और विषाद का कारण होगा। मैं ऐसा पाप करने से मृत्यु का वरण करना बेहतर समझूँगा। अब आप मुझे अपने ध्येय से भटकाने और क्रोध दिलाने का प्रयास न करें। मैं अपने वनवास को जारी रखूँगा।''

''अगर आप राजा के रूप में अयोध्या वापस नहीं आते हैं, तो मैं आमरण व्रत करूँगा।'' भरत ने कठोर स्वर में ज़ोर देकर कहा।

''अपरिपक्व मत बनो, यह कोई क्रीड़ा नहीं है। यह आवेश व क्रोध करने का भी समय नहीं है...'' राम ने उसकी बात काटते हुए कहा।

अनुनय विनय भरे स्वर में भरत ने कहा, ''यह न तो मेरा क्रोध है और न ही चेतावनी। यह मेरी अंतिम प्रार्थना है। आपको घर वापस ले जाने के लिए आखिरी प्रयास।''

भाई की प्रार्थना ने राम को और ज़्यादा कठोर बना दिया। ''तुम ऐसा नहीं कर सकते हो। यह क्षत्रिय धर्म के विरुद्ध है। जाओ भरत, वापस अयोध्या जाओ और उत्तम प्रकार से शासन करो।''

भरत दुखी प्रतीत होने लगा। उसके नेत्र अपने बड़े भाई से प्रार्थना कर रहे थे, लेकिन वह अपनी बात पर अडिग थे।

भरत ने विनम्रता के साथ कहा, ''अगर हमारे पिता के वचन का मान रखने का प्रश्न है, तो क्या मैं आपके स्थान पर वन में नहीं जा सकता हूँ और आप अयोध्या के सिंहासन पर विराजमान हों? आपका स्थान लेने में मुझे अति प्रसन्नता होगी।''

''मैं ऐसा नहीं करूँगा'' मुस्कराते हुए राम ने प्रत्युत्तर में कहा। ''मैं तुम्हारी भावनाओं को समझता हूँ, भ्राता, लेकिन मैं तुम्हें आश्वस्त करता

हूँ, निस्संदेह, तुम्हारे मन निर्मल और आत्मा पवित्र है। सिंहासन तुम्हारे लिए अनिच्छा के बावजूद दायित्व है। यह तुम्हारा है।''

दोनों भाइयों के मध्य लंबा वार्तालाप चलता रहा। समस्या का कोई समाधान न निकलते देख गुरु वशिष्ठ ने दोनों भाइयों के मध्य ऐसा रास्ता निकालने का सुझाव दिया, जिस पर दोनों सहमत हो सकें। उन्होंने कहा, ''भरत, अगर तुम सिंहासन स्वीकार करना उचित नहीं समझते हो, तो तुम राम के कनिष्ठ बनकर शासन क्यों नहीं करते? उनके अधीन शासन चलाओ। इससे तुम्हें कम अपराधबोध होगा और राम राजा बने रहेंगे, फिर भी वह वनवास के लिए स्वतंत्र रहेंगे। जैसी उनकी इच्छा है।''

यह उचित समाधान था, जिस पर सभी की सहमति हो सकती थी, हालाँकि भरत निराश दिखाई दे रहा था, क्योंकि वे राम को घर वापस लाने में सफल नहीं हो पाए।

राम ने कहा, ''उचित कहा, गुरुदेव। हमारी शंकाओं और चिंताओं के समाधान के लिए यह सर्वोत्तम उपाय है। प्रिय भरत, यह उचित मार्ग है। मैं अपना राज्य तुम्हें मेरे वनवास की अवधि में शासन चलाने के लिए सौंपता हूँ। इसे स्वीकार करो और उसी तरह से शासन चलाओ, जैसे हमारे पूर्वज चलाया करते थे।''

भरत ने अपने भाई के समक्ष झुकते हुए शांत मन से कहा, ''मैं आपका यह उपहार स्वीकार करता हूँ, प्रिय भ्राता। भरत के नेत्रों में अलग तरह की चमक दिखाई दे रही थी। उसने कहा, 'मैं आपके लिए राज्य का शासन चलाऊँगा, लेकिन प्रतीक के रूप में मुझे आपकी खड़ाऊँ की आवश्यकता है। अयोध्या के सिंहासन पर आपके प्रतीक के रूप में आपकी खडाऊँ रखूँगा। प्रतीक के माध्यम से आप शासन चलेगा। नगर के बाहरी स्थान नंदीग्राम से मैं आपके नाम पर प्रशासन का संचालन करूँगा। मैं आपके वापस लौटने की प्रतीक्षा करूंगा और कर्तव्यों का पालन करूँगा। चौदह वर्ष के आपके वनवास की अवधि में मैं सरयू नदी के किनारे नंदीग्राम में संन्यासी की भाँति तपस्या करूँगा।''

यह सुनकर वहाँ सन्नाटा छा गया। किसी के पास बोलने के लिए शब्द नहीं थे। आख़िर राम ने शांति को तोड़ते हुए कहा, ''तो फिर ऐसा ही करो।'' सहमति के स्वर उभरने लगे और समस्या का समाधान निकलता प्रतीत होने लगा।

इस धीमे वार्तालाप का स्वर उर्मिला के लिए चीख के समान था। उसे क्रोध आने लगा। अब मांडवी भी उसके समान अपने पति का विछोह झेलेगी? सीता अपने स्वभाव के अनुरूप शांतिपूर्वक सहमत हो गई, लेकिन अब मांडवी की बारी है, क्या अब उसे अपने हिस्से का दुर्भाग्य झेलना होगा? उर्मिला के भीतर क्रोध का ज्वालामुखी धधकने लगा। इतना क्रोध उसने पहले कभी अनुभव नहीं किया था। वह क्रोध से सफ़ेद पड़ गई। वह अंदर से सुलग रही थी। उसका क्रोध उसके नेत्रों से स्पष्ट रूप से दिखाई दे रहा था।

"तो फिर ऐसा ही करो, भरत। अपने भाइयों राम और लक्ष्मण की तरह तुम भी संन्यासी का जीवन जियो, प्रेम के बंधन और सांसारिक दायित्वों से मुक्त होकर। अगर तुम्हारी पत्नी और परिवार के साथ कुछ भी घटता है, उसका दायित्व कौन सँभालेगा, इस पर विचार करने की कोई आवश्यकता नहीं है।" उर्मिला ने आगे कहा, "आज इस कक्ष में हमने सभी तरह के धर्म व दायित्वों पर विचार किया। पिता, पुत्र, राजा, राजकुमार, ब्राह्मण और क्षत्रिय, यहाँ तक कि अपने पति के प्रति पत्नी के धर्म पर विचार किया गया, लेकिन क्या अपनी पत्नी के प्रति पति का कोई धर्म नहीं होता है? अपनी माता के लिए पुत्र का कोई धर्म नहीं होता है? पिता, पुत्र और भाइयों के लिए ही धर्म होता है क्या?"

गुरु कश्यप ने रुष्ट होकर उसकी बात को काटते हुए कहा, "राजकुमारी, तुमने इस तरह कठोर शब्दों में बोलने का साहस क्यों किया?" "तुम क्या सोचती हो, यह तुम्हारे पिता राजा जनक का दरबार है, जो दार्शनिक गार्गी को बेशर्मी के साथ तर्क करने जैसी महिलाओं की मुक्त सोच को प्रोत्साहन देता हो। यहाँ ऐसा नहीं होता है। यह अयोध्या के महान विचारकों के मध्य विचार-विमर्श है।"

उर्मिला ने कठोरतापूर्वक उनकी ओर देखा। उसके क्रोध की तपिश उसके चेहरे पर दिखाई दे रही थी। "मुझे महान विचारकों की विद्वत्ता पर कोई संदेह नहीं है, गुरुदेव। मात्र राजा जनक की पुत्री के रूप में नहीं, बल्कि प्रसिद्ध इक्ष्वाकु वंश के रघुकुल की पुत्रवधु होने के नाते मैंने सामान्य सा प्रश्न पूछा है। अपनी पत्नी के प्रति किसी व्यक्ति का धर्म क्या है? उत्तर देने की कृपा करें।

ऋषि कश्यप निःशब्द रह गए। वह आवेश में थे। उन्होंने वशिष्ठ की ओर देखा लेकिन वयोवृद्ध मुख्य पुजारी शांत थे। उर्मिला ने आशाभरी नज़रों से

उनकी ओर देखा। "हम राज्य के मामलों में विचार कर रहे हैं, जहाँ व्यक्तिगत संबंधों पर विचार नहीं किया जाता," उन्होंने अनिच्छापूर्वक कहा।

"क्या सचमुच?" उर्मिला ने विनम्रतापूर्वक पूछा। "क्या यह उस समय व्यक्तिगत नहीं था, जब राजा दशरथ अपनी पत्नी की इच्छा को सुन रहे थे? अपनी पत्नी की इच्छा पर ही उन्होंने राम का राज्याभिषेक रोक दिया और उन्होंने चौदह वर्षों का वनवास दे दिया। क्या वह उस समय व्यक्तिगत नहीं था, जब रानी कैकेयी ने राम के स्थान पर अपने पुत्र को राजा बनाने का आग्रह किया?"

उसने कक्ष में हल्के विरोध का स्वर सुना, लेकिन उसने उसे अनसुना कर दिया। "क्या वह व्यक्तिगत नहीं था, जब लक्ष्मण राज आज्ञा के विरुद्ध और जनता की सहानुभूति के अनुरूप विद्रोह कर सकते थे, लेकिन उन्होंने अपने भाई के साथ वनवास पर जाने का निर्णय किया।" वह बिना रुके बोलती रही। "और भरत राम को वापस ले जाने के लिए समझाने के लिए यहाँ आए, क्या यह व्यक्तिगत नहीं है? गुरुदेव, यहाँ प्रत्येक राजनीतिक निर्णय व्यक्तिगत है। सब कुछ पिता, भाई और पुत्रों के लिए विचार किया गया, लेकिन माता और पत्नियों के बारे में क्या? लेकिन हाँ, उनके लिए अपने पति और कर्तव्यों का पालन करना उनका धर्म है।"

"लेकिन तुमने देखा, जब एक पति अपनी पत्नी की सुनता है तो क्या हो सकता है।" भरत ने तीखे स्वर में बीच में टोकते हुए कहा। मौजूदा विषम स्थिति ईश्वर का कृत्य नहीं है, बल्कि एक स्त्री का कृत्य है!"

राम ने बीच में टोकते हुए कहा, "भरत! उर्मिला! तुम लोग इस तरह असंगत बातें कैसे कर सकते हो। यह सब क्या है?"

इस पर उर्मिला ने कहा, "मैं अब कोई असंगत या राजनीतिक बात नहीं करूँगी, लेकिन व्यक्तिगत बात करूँगी।" उसने कहा, "मैंने केवल एक प्रश्न किया है कि अपनी पत्नी के लिए एक पति का धर्म क्या है, लेकिन मुझे इस प्रश्न का उत्तर नहीं मिला। हमारे माता-पिता ने हमें सिखाया है कि एक पत्नी का धर्म अपने पति का अनुसरण करना और उनके कर्तव्यपालन में उनकी सहायता करना है। आपके साथ वन जाकर सीता ने अपने धर्म का पालन किया। मैंने महल में रुककर अपने कर्तव्य का पालन किया। मैंने वन में अपने पति का अनुसरण नहीं किया। ऐसा करने से आपके प्रति कर्तव्यपालन में लक्ष्मण का ध्यान भटकता और इसी भय से मैंने ऐसा किया।"

''उर्मिला!'' उसने अपने पीछे भावुक कौशल्या की चीख सुनी, लेकिन वह पलटी नहीं।

''नहीं, माता, उसे अपने विचार प्रस्तुत करने दो,'' राम ने कहा।

''... और अब मांडवी भी महल में अकेली रुककर अपने पत्नी धर्म का पालन करेगी, जब आदर्श भ्राता भरत नंदीग्राम में रहकर तपस्या करेंगे और संन्यासियों का जीवन व्यतीत करेंगे। बिलकुल आपकी भाँति, एक आदर्श पुत्र जो वन में रहेगा और लक्ष्मण एक अन्य आदर्श भ्राता आपको कर्तव्य पालन में सहायता के लिए आपका अनुसरण करेगा।''

वह लक्ष्मण की ओर टकटकी लगाकर देखने लगी। उसका मुख भावशून्य था लेकिन उसके नेत्रों में क्रोध और विचार दिखाई दे रहे थे। उसका मुख तना हुआ था।

प्रतिरोध को नकारते हुए वह बोलती रही, ''मैंने एक शब्द भी अनुचित अथवा असत्य नहीं बोला है। उसे अपनी बहन को वैसे ही दुर्भाग्य से बचाना है। वह ऐसा करेगी।''

''मैंने मात्र पूछा है कि क्या किसी पुरुष का अपनी पत्नी और माता के प्रति कोई धर्म नहीं होता है?'' वह किसी अन्य स्त्री को पत्नी के रूप में स्वीकार नहीं करेगा, केवल यही उसके धर्म का आशय है?

सीता ने आहत स्वर में कहा, ''उर्मि, यह अशिष्टता है। तुम ऐसा कैसे कर सकती हो।''

''मैं ऐसा कर सकती हूँ, क्योंकि मैं इसे और सहन नहीं कर सकती हूँ।'' उर्मिला चीखी। ''मुझे दुख है, क्योंकि मैं स्वयं अपनी स्थिति में उलझ गई हूँ। मैं अपने शब्दों, अपने ख़ुद के निर्णय और अपने पति के प्रति अपने प्रेम के कारण फंस गई हूँ।'' यद्यपि उन्होंने मुझे स्पष्ट रूप से चेतावनी दी थी, लेकिन मैंने संकटों का सामना करने का निर्णय किया और वास्तविकता को स्वीकार किया। सीता, यही तुम्हारे साथ हुआ है। यह फिर से होगा। इस बार मांडवी है। क्यों, सीता। हमारे जीवन में ऐसा होता रहेगा, फिर भी हमारे पास कोई उत्तर नहीं है। मैं पुन: पूछती हूँ, क्या किसी पुरुष के अपनी पत्नी और माता के प्रति कोई कर्तव्य नहीं होते हैं? आख़िर रानियों को अपने पुत्रों से विछोह का दुख क्यों झेलना पड़ा? क्या कोई माता कौशल्या के पीड़ा और संताप को दूर कर सकता है? क्या कोई माता सुमित्रा के मौन अश्रुओं को देख सकता है? और क्या कोई केवल माता कैकेयी की दुष्टता को ही देखता है, उनके पश्चाताप

और अकेले में बह रहे अश्रुओं को नहीं देखता? दो अन्य माताओं की तरह वह भी उस कष्ट और पीड़ा का अनुभव कर रही हैं। आपकी तपस्या के क्या मायने हैं, भरत! अपनी माता को क्षमा मत करो, लेकिन तुम अपनी पत्नी को क्यों दंड दे रहे हो? उसका क्या पाप है? क्या उसका यही अपराध है कि वह आपकी पत्नी है? अपनी पति के निर्णय के परिणाम पर विचार किए बिना पत्नी को पति के निर्णय का पालन करना होता है, यही उसका अपराध है?''

कश्यप चिल्लाए, ''यह अनुचित है।'' ''आप सभी इस अवज्ञा, राजा और राजपरिवार के विरुद्ध इस अनुचित आचरण को कैसे सहन कर सकते हैं?''

''क्योंकि मैं भी राजपरिवार से हूँ,'' उर्मिला ने शांत स्वर में उन्हें स्मरण कराया। मैंने स्वर उठाया है ''क्योंकि यहाँ यह पारिवारिक परंपरा है कि जब कोई न्याय का स्वर उठाता है तो सभी चुप रह जाते हैं। जब बात जनता और राज्य की होती है तो यह राजपरिवार अपनी न्यायप्रियता के लिए प्रसिद्ध है, लेकिन वह अपने ही परिवार के सदस्यों के लिए सबसे अधिक निर्दयी है। तब न्याय न केवल अंधा हो जाता है, बल्कि गूंगा और बहरा भी हो जाता है। अब उनका तिरस्कार करना आसान है, लेकिन तब किसी ने विरोध क्यों नहीं किया जब रानी कैकेयी ने दो वरदान माँगे थे। तब वरिष्ठजन, दोनों अन्य रानियाँ, मंत्री और राज पुरोहित और गुरुजी, आप क्या कर रहे थे। उनके स्वयं के पुत्र के वापस आकर उनकी अवज्ञा करने से पहले किसी ने प्रश्न करने का साहस क्यों नहीं दिखाया। क्या किसी ने राजा के निर्णय का विरोध किया, जबकि उन्हें उसके लिए बाध्य किया गया। क्या किसी ने राम को घर से जाने से रोकने का प्रयास किया। और क्या किसी ने सीता को वन जाने से रोका, जबकि वन उसके लिए सुरक्षित स्थान नहीं है।''

उर्मिला ने देखा सीता ने कुछ बोला चाहा। ''नहीं, सीता, तुम तर्क दोगी कि वह तुम्हारा स्वैच्छिक निर्णय था। जैसी लक्ष्मण की इच्छा थी। और जैसी राम की। लेकिन आप में से किसी ने विचार किया कि आप अपने कर्तव्यपालन के लिए जा रहे हो। आपकी वृद्ध माताएँ जो अगले चौदह वर्षों तक आपको देख नहीं पाएँगी। उन्हें प्रति दिन अत्यंत निराशा के बीच बिताना होगा। क्या उनके प्रति आपका कोई कर्तव्य नहीं है। अगर आप अपनी पत्नियों को दिए वचन का पालन करने में असमर्थ हैं तो आप भाइयों ने विवाह क्यों किया? आप सर्वश्रेष्ठ राजकुमार हो सकते हैं, आदर्श पुत्र हो सकते हैं। उत्तम भ्राता हो सकते हैं और संभवत: आदर्श राजा भी होगे, लेकिन आदर्श पति नहीं हैं।''

उसने लक्ष्मण के चेहरे पर दर्द देखा और सीता को भय से काँपते हुए देखा। राम आहत प्रतीत हो रहे थे।

उर्मिला ने कर्कश स्वर में कहा, ''आपने सत्य कहा, गुरु कश्यप, अयोध्या मिथिला नहीं है।'' मिथिला अपने यहाँ की महिलाओं के साथ इतना अन्यायी नहीं होता है। मेरे पिता के दरबार में मनीषी गार्गी जैसा सम्मान यहाँ नहीं है। मुझे मेरे प्रश्नों का उत्तर नहीं मिला है। मुझे इसकी कोई अपेक्षा भी नहीं है।

उर्मिला ने उन सभी के नेत्रों में देखा और तुरंत कुटिया से निकल गई। उसका कंठ सूख गया, क्रोधित उर्मिला के चेहरे पर पीड़ा स्पष्ट रूप से दिखाई दे रही थी। उसके अश्रुओं का प्रवाह रुक गया और वे क्रोध की अग्नि में वाष्पित हो गए।

''मिला, मुझसे दूर मत भागो।''

वह क्रोध में पीछे मुड़ी, वह उसका सामना करने को तैयार थी। उसने स्मरण किया, उसने बहस के दौरान एक भी शब्द नहीं कहा था – न तो विरोध में और न ही पक्ष में। पीछे लक्ष्मण खड़ा और... मुस्करा रहा था। उर्मिला अपमान, विरोध, क्रोध, विवाद के लिए तैयार थी, किंतु इस सौम्यता के लिए नहीं – लक्ष्मण के मुख पर विभिन्न भाव क्षणिक रूप से आ–जा रहे थे, जिन पर उसकी चौड़ी मुस्कराहट एक सौम्यता प्रदर्शित कर रही थी।

''अगर मैं तुमसे रुकने के लिए अनुरोध करता, तो तुम मेरे अनुरोध को भी अनदेखा कर सकती थी। तुम्हें मार्ग में रोकने के लिए यह सर्वोत्तम माध्यम था, ठीक है न। हालाँकि अगर तुम्हें असंतोष प्रकट करना है, तो ऐसा टहलना काफी उत्तम है।'' उसे एक ढाल पर चढ़ता देख लक्ष्मण ने चुटकी ली। ''मुझसे दूर मत जाओ, मिला, स्मरण रखो, तुम मुझसे पृथक नहीं हो पाओगी।'' वह उनके हास्य और मनोभाव को समझ नहीं पाई, लेकिन वह सदैव चंचल रहता है।

''तुम क्यों मुस्करा रहे हो। यह कोई हास्यापद बात नहीं है। मैंने जो भी कहा, उसका मुझे कोई खेद नहीं है। मैंने यह मांडवी के लिए कहा यद्यपि मुझे ज्ञात है कि यह सब व्यर्थ है,'' उसने कहा।

उन्होंने अपना सिर हिलाया। ''मैं तुम्हें राहत मिलने से प्रसन्न हूँ। आख़िर वह गुबार बाहर आ गया। तुम्हारा क्रोध निकल गया। मैं जानता था

कि तुम वही कहोगी जो तुम कहना चाहती थी, लेकिन स्पष्टत: मैं तुमसे ज़्यादा अपने क्रोध को लेकर ज्यादा चिंतित था। मुझे भय था कि तुम्हारे अक्षम्य कठोर शब्दों के लिए मैं तुमसे घृणा करने लगूँगा,'' उसने तीखे नेत्रों से उसकी ओर देखा। ''लेकिन मैं तुम्हारी कही प्रत्येक बात को सुनता रहा। मैं तुम्हारी कोई सहायता नहीं कर पाया, लेकिन तुम्हारे, अपनी वीर पत्नी के प्रत्येक तर्क को मैं पसंद करता हूँ। इसके बाद एक बार फिर मैं तुमसे अत्यंत प्रेम करने लगा हूँ। तुम क्रोध में यहाँ से चली जाओ, उससे पहले मैं तुम्हें यह बताना चाहता हूँ।''

उसका क्रोध कम होता प्रतीत हो रहा था। भ्रमित स्वर में उसने पूछा, ''तुम मुझसे रुष्ट नहीं हो...?''

''एक ही समय में हम दोनों का क्रोध?'' वह काँप उठा। ''भगवान ने रोक दिया। अगर ऐसा होता हो बहुत विनाश हो जाता, लेकिन तुमने जो कहा, वह सत्य था। केवल तुम में यह कहने का साहस दिखाया। राजतिलक वाले दिन हुए विवाद के समय से ही मैं इसका अनुमान लगा रहा था।''

वह उसे निहारती रही और उसकी महक से आनंदित होती रही। वह प्रत्येक घटना का स्मरण करने लगी। उसने अपने हृदय में प्रेम भाव अनुभव किया। वह उससे इतना अधिक प्रेम करती है, लेकिन वह पुन: चला जाएगा। यह एक और विदाई होगी।

''हाँ, संभवत: मैं अगले चौदह वर्ष के विछोह के लिए क्रोध, असंतोष, चिंता और निराशा से मुक्त हो गई हूँ। मैं थक गई हूँ,'' उसने गहरी साँस लेकर कहा। वह सिसकने लगी। ''मुझे आशा है कि मैं अब मुक्त हो चुकी हूँ। मैं केवल अपने नेत्र बंद करना चाहती हूँ। पीड़ा और गार्गभेदी दुख अनुभव नहीं करना चाहती हूँ। मैं दीर्घ निद्रा लेना चाहती हूँ ...।''

वह थकी हुई और पराजित अनुभव कर रही थी। उसने अपने नेत्र बंद कर लिए और उनके शरीर की सुगंध और उनके स्वर की गर्मी और सुदृढ़ता अनुभव करने लगी। उसने खुद्र से फुसफुसाकर कहा, ''इसके साथ अपनी निद्रा ले लो।'' उसने अपने नेत्र खोले और उनकी ओर देर तक देखती रही, अंतिम बार। ''तो तुम अपने भ्राता और मेरी बहन की सुरक्षा के समय जागते रहोगे और सतर्क रहोगे। इसके बदले में मैं तुम्हें अपना विश्राम, सुख और निद्रा देती हूँ, मेरे प्रियतम!''

उसने उसे प्रेमवश देखते हुए मधुर स्वर में कहा, "ठीक है।" "मैंने निद्रा की आवश्यकता को सदैव के लिए विमुख कर दिया है। मनीषियों के लिए यह बहुत पीछे छूट जाती है।"

उर्मिला को हँसी आने लगी। वह मुस्कराने से स्वयं को रोक नहीं पाई।

"प्रियतमा, तुम इसी तरह मुस्कराती रहो। मैं तुम्हें इसी तरह हँसते हुए स्मरण रखना चाहता हूँ।" वह फुसफुसाते हुए बोले। और उन्होंने अपना सुंदर, लेकिन संतप्त मुख दूसरी ओर से मोड़ा और वहाँ से चले गए।

उसका स्वर प्रेम से परिपूर्ण था। उसने उसका स्पर्श नहीं किया, लेकिन वह अपने अंग-प्रत्यंग में उसे अनुभव कर पा रही थी। उर्मिला ने अपने नेत्र बंद कर लिए और अपने आशाविहीन भविष्य को अंधकार में धंसते हुए देखने लगी। उसकी दीर्घ निद्रा शुरू हो गई थी...

बिछोह

उर्मिला एक बार फिर से चित्र बना रही थी, उसकी तूलिका तेज़ और दक्षतापूर्वक चल रही थी, किंतु मस्तिष्क एक क्षण भी लक्ष्मण को भूल नहीं पा रहा था। वह अपने पीछे उसकी उपस्थिति को भाँप नहीं पाई थी। उसकी गर्म साँसें गर्दन के पिछले भाग को प्यार से सहला रही थीं। छोटी-छोटी बारीकियों पर नज़र डालते हुए उसकी भौंहें सिकुड़ गईं थी। उत्कृष्ट, बिलकुल तुम्हारे जैसा। उर्मिला का ध्यान पीछे से आते इस हल्के किंतु भारी स्वर पर भी नहीं गया। तुम यह कैसे करती हो?

"बस अपने आप," उर्मिला ने स्वयं से कहा।

"वह सुंदर और बुद्धिमान है। सुंदर स्त्री, विशेष रूप से वह जो बुद्धिमान भी हों, कुछ बेचैन कर देती हैं। इससे मेरे अंदर गहरी भावनाएँ उमड़ आती हैं..."

"और क्या ये हीनभावनाएँ हैं?" उर्मिला ने कुछ कड़क स्वर में पूछा।

उसने प्रति उत्तर में समझाते हुए स्पष्ट किया कि उसका आशय यह नहीं था।

उर्मिला ने सामने रखी भोजन की थाली पर अरुचिपूर्वक ढंग से निगाह डाली। उसे एक कौर भोजन करने की इच्छा नहीं हो रही थी। मध्याह्न भोजन किए हुए अत्यंत समय बीत जाने के बावजूद वह बिलकुल भी भूखी नहीं थी। यही सिलसिला पिछले कुछ महीनों से चला आ रहा था। उसकी ही तरह परिवार के अन्य सदस्यों ने भोजन लगभग त्याग सा दिया था। एक साथ भोजन करना अब बीते समय की बात हो चुकी थी। प्रत्येक व्यक्ति ने एक

ऐच्छिक एकांतवास की तरह, दुनिया से दूर, स्वयं को राजभवन में बंद कर लिया था। भरत को नंदीग्राम गए हुए तीन माह बीत चुके थे और राजभवन अब भी सूनेपन की चादर ओढ़े हुए था। शोक में डूबा परिवार, दरबारी, पहरेदार और दासियाँ, इसके कारण यह जगह अप्रसन्नता और अकेलेपन से ग्रस्त लोगों का घर बनकर रह गई थी।

निराशा के बादल दम घोंट रहे थे। भरत के निर्णय ने मांडवी को अत्यधिक आहत किया था और भरत के नंदीग्राम जाते ही उसे उदासी ने अपनी चपेट में ले लिया था। भरत द्वारा सिंहासन पर राम की पादुकाएँ विराजित करने के दौरान मांडवी की अनुपस्थिति से शाही दरबार में तरह-तरह की चर्चाएँ होने लगी थीं। यह एक छोटा और औपचारिक समारोह था, जिसके तत्काल बाद भरत नंदीग्राम के लिए प्रस्थान कर गए थे। त्याग की भावना और संन्यासी का भेष धारण कर उन्होंने माँ के सिवाय अन्य सभी लोगों से विदा ली। मांडवी ने अविश्वास और शून्यभाव से भरत की ओर देखा। उर्मिला को ठीक से नहीं पता था कि उन दोनों के बीच क्या बातें हुई थीं। उस दिन के बाद से मांडवी ने विक्षुब्ध कर देने वाला मौन धारण करते हुए स्वयं को दुनिया से दूर कर लिया था। कीर्ति और उर्मिला ने मांडवी को इस चिंताग्रस्त उदासी से बाहर निकालने के भरसक प्रयास किए थे, लेकिन मांडवी ने स्वयं को अपने ही बनाए हुए अनियमित निद्रा और घोर उदासी के भयानक नर्क में कैद कर लिया था।

शत्रुघ्न सबसे ज़्यादा व्यस्त था। वह दिन में दरबार के कामों और देर रात तक शहर के चक्कर लगाने में व्यस्त रहता था, लेकिन इसके बावजूद वह प्रतिदिन तीनों रानियों से मिलने का समय निकालता था। चित्रकूट में राम से मिलकर आने के बाद कौशल्या की स्थिति पहले से भी बदतर हो चली थी। लंबी उदासी के कारण उनकी अपर्याप्तता की भावना और गहरी हो गई थी। सुमित्रा ज़्यादातर उनका साथ देतीं और दोनों रानियों के बीच मध्यस्थता का काम करती थीं। कैकेयी के साथ अब भी एक अछूत जैसा व्यवहार किया जाता था। उन्होंने स्वयं को एकांतवासी बना लिया था और यदा-कदा ही बाहर निकलती थीं।

दुख हमें आत्मलीन बना देता है। इस स्थिति में मनुष्य केवल अपने कष्ट के बारे में ही सोचने लगता है। उर्मिला इस दम घोंटने वाले दुख से थक चुकी थी। उसे किसी भी तरह इससे बाहर निकलना था। इसीलिए उसने इस

उदासी भरे अकेलेपन में एक तरीक़ा खोज निकाला। राजपुरोहितों और गुरुओं, विशेष रूप से गुरु वशिष्ठ जिनकी शिष्या होने पर उसे गर्व था, की देख-रेख में सुबह का उसका ज़्यादातर समय वेद और उपनिषदों के अध्ययन में व्यतीत होता था। अन्य समय में वह अत्यंत देर-देर तक चित्र बनाती रहती। यही वह समय होता था, जब वह अपने विचारों का चित्रण करती और उनमें रंग भरती थी। वह एक बार फिर अपने विवाह के दृश्य का चित्रण कर रही थी। यह एक विशाल कार्य था और उर्मिला को पता था कि इसे पूरा करने में महीने लग जाएँगे। खाली सफ़ेद जगह में रंग भरते-भरते, आकृतियों का रेखांकन, संतुलित हाथ और अपने चंचल विचारों के पीछे न भागते हुए उसने स्वयं को सहज रूप से निपुण होते पाया।

उर्मिला ने एक बार फिर बड़ी सी चाँदी की थाल पर नज़र डाली, उसका भोजन मलमली कपड़े से आदरपूर्वक ढका गया था। भोजन तो बहुत पहले ही ठंडा हो चुका था। ठीक बिलकुल उनके दैनिक जीवन की तरह। ठंडा और स्वादहीन। पचाने में मुश्किल और हर निवाले को निगलने में कठिनाई। यह ऐसे ही जारी नहीं रह सकता था। उसे कुछ न कुछ करना ही होगा। उसने एक बार फिर भोजन पर निगाह डाली और एक धुँधला विचार धीरे-धीरे प्रवाहित होने लगा।

उस चित्र के समान एक परिस्थिति अस्पष्ट रूप से उसके मस्तिष्क में आ गई। उनके विवाह के कुछ दिन बाद...

दासी जैसे ही भोजन की दो थालियाँ उनके सामने रखकर कक्ष से बाहर गई, तो उसने लक्ष्मण से हठीले स्वर में पूछा, ''क्या आप लोग कभी साथ में भोजन नहीं करते हैं?'' आत्मघोषित भोजनप्रेमी, उर्मिला स्वयं को यही बुलाती थी। उसने चमकदार कटोरियों में सजे पकवान देखने के लिए फुर्ती के साथ मखमली रुमाल हटा दिया।

लक्ष्मण ने निश्चिंततापूर्वक कहा कि ''हम अपने-अपने राजभवनों में भोजन करते हैं या फिर महाराज माँ के साथ भोजन ग्रहण नहीं करते हैं, तो मैं उनके पास भोजन ग्रहण करने चला जाता हूँ। महाराज सामान्यत: प्रत्येक रानी

के साथ अलग-अलग दिन भोजन करते हैं। वे इसे एक महत्त्वपूर्ण बात बताते हैं,'' लक्ष्मण ने कुछ रूखेपन से उत्तर दिया।

खीरे का टुकड़ा चबाते हुए भौचक्की उर्मिला ने पूछा, ''तो आप कहना चाहते हैं कि आप लोग कभी साथ में भोजन नहीं करते? क्या यह ऐसे ही जारी रहने वाला है?'' ''मुझे अकेले भोजन करना पसंद नहीं है। यह अवसादी और निश्चित रूप से स्वास्थ्य के लिए नुक़सानदायक है।''

लक्ष्मण ने प्रति उत्तर में कहा कि ''मैं यहाँ हूँ, तो तुम अकेली कैसे हुई?'' लक्ष्मण ने प्रेमभरी हँसी के साथ कहा ''और मैं तुम्हें सब कुछ दे सकता हूँ।'' ''या तुम मुझसे यह कह रही हो कि तुम उन प्रतापी योद्धा की बहू हो, जो अपने प्रताप से इस नए घर में तत्काल परिवर्तन करने निकली है।''

''ओह, कुछ गंभीर हो जाइए,'' उसने मुँह बनाते हुए कहा। ''मैं कहीं भी, कभी भी, कुछ भी खाने को तैयार हूँ। उर्मिला ने दाँत दिखाते हुए कहा, ''शायद आपने गौर नहीं किया कि मुझे खाना पसंद है।'' उर्मिला ने पाया कि उसे देखते हुए लक्ष्मण के भाव बदल रहे थे। लक्ष्मण की आँखें उसके शरीर की बनावट का अवलोकन कर रहीं थीं और एक ही जगह पर घूम रही थीं, लेकिन उसने इसे अनदेखा कर दिया। उर्मिला ने कुछ शरमाते हुए कहा, ''क्यों न मैं नाश्ते और चायकाल के समय आपका मनोरंजन करूँ। फिर नाटकीय रूप से कुछ देर के लिए रुकी और आगे कहा, ''और बाकी समय का भोजन परिवार के अन्य सदस्यों के साथ किया जाए?''

लक्ष्मण ने तेज़ी से अपना सिर हिलाते हुए कहा, ''हमने इतने वर्षों में कभी ऐसा नहीं किया है।'' लेकिन अपनी पत्नी के चेहरे पर विरोधी भाव देखते हुए वह कुछ रुके और फिर धैर्य के साथ पूछा, ''तो क्या यह तुम्हारा अगला लक्ष्य है।''

''हाँ!'' उर्मिला ने चिड़चिड़ाते हुए कहा। ''और मैं शीघ्र ही इसकी चर्चा छेड़ने वाली हूँ...।''

अगली ही सुबह जब सब लोग सत्यनारायण भगवान पूजा के लिए एकत्रित हुए, तो उर्मिला ने इसकी चर्चा शुरू कर दी। लक्ष्मण के साथ वह अपने ससुर जी से आशीर्वाद लेने के लिए झुकी और उठकर दशरथ की ओर देखते हुए कहा, ''हमें एक परिवार के रूप में सदा साथ रहने और भोजन करने का आशीर्वाद दें।''

दशरथ कुछ हैरान ज़रूर हुए, लेकिन उसकी माँग को मानते हुए, उर्मिला के सिर पर हाथों का हल्का स्पर्श कर आशीर्वाद दिया। ''ऐसा ही होगा – तथास्तु।''

लक्ष्मण ने गहरी साँस लेते हुए कहा, ''तुम यह युक्ति सदैव ही उपयोग करती आई हो।'' इसके साथ ही उसके होंठों पर मुस्कान आ गई।

महाराज उर्मिला की माँग का आशय नहीं समझ पाए थे, लेकिन कैकेयी ने इसे भलीभाँति समझा और इसके साथ ही उनके चेहरे पर भी मुस्कान आ गई। कैकेयी ने उत्साहपूर्वक कहा कि ''यह बहुत ही प्यारा सुझाव है। हमें आज मध्याह्न भोजन से ही इसकी शुरुआत करनी चाहिए। मैं तत्काल ही इस पर गौर करती हूँ।''

कैकेयी द्वारा तैयार किया गया दोपहर का भोजन बहुत ही स्वादिष्ट था। लेकिन इस नई व्यवस्था से कौशल्या अप्रसन्न थीं, क्योंकि बेटे के साथ अकेले मिलने वाले समय से वे वंचित हो गईं थी। इसके अलावा राम के कहने पर वे कई बार कैकेयी के साथ भी भोजन किया करती थीं। कैकेयी का पाक कला में निपुण होना, पिछले कई वर्षों में दोनों रानियों के बीच मनमुटाव की वजह बनता गया था। सबको साथ में लाने के बाद उर्मिला को आशा थी कि इस तनाव में कमी आएगी। उर्मिला ने गौर किया सभी लोग निश्चिंत बैठे हैं, लेकिन उस लंबी मेज़ पर सभी को बड़े चाव के साथ भोजन करते हुए देखना अत्यधिक संतोषप्रद प्रतीत हो रहा था। उर्मिला को लगा कि सब लोग कुछ ज़्यादा ही शांति से भोजन कर रहे थे, जबकि इस दौरान कुछ बोलचाल भी तो होनी चाहिए। उसे ही कोई बात छेड़नी होगी।

उसने बात शुरू करने के अंदाज़ से अपने बगल में बैठी रानी की प्रशंसा करते हुए कहा ''माँ कैकेयी, भोजन बहुत ही स्वादिष्ट है!'' कैकेयी मुस्कराते हुए उर्मिला की बहन की ओर मुड़ी और बोलीं ''सीता बहुत ही अच्छा खाना बनाती है। उसे मसालों से लेकर खाना पकाने के विभिन्न तरीक़ों की विविधित जानकारी है। और कीर्ति सबसे बढ़िया अचार बना सकती है।''

''और तुम क्या कर सकती हो बच्ची?'' दशरथ ने चमकते नेत्रों के साथ उर्मिला से पूछा।

''अच्छे से खा सकती हूँ!'' उर्मिला ने तुरंत उत्तर दिया। ''इसी तरह आप अच्छे भोजन और इसे तैयार करने वाले के प्रति सम्मान प्रकट करते हैं।''

भोजन मेज़ के चारों ओर बैठे सभी लोग ठहाका मारकर हँसने लगे और जैसे-जैसे लस्सी बँटने लगी, बातचीत भी आगे बढ़ गई। अगले कुछ क्षण मिठाई के साथ मधुर बातों में बीत गए।

"शाबाश, प्यारी लड़की।" कैकेयी ने उर्मिला के कान में धीरे से कहा। "पिछले पच्चीस वर्षों में जो मैं नहीं कर पाई, वह तुमने कर दिखाया। पूरे परिवार का एक साथ भोजन करना देखने योग्य दृश्य है।"

उर्मिला के कानों में अब भी उन प्रसन्ननुमा दिनों के हँसी-ठहाके गूँज रहे थे, यहाँ तक कि भोजन का स्वाद अब भी उसकी जीभ पर था, लेकिन वह अब ज़्यादा दिनों तक इन यादों का स्वाद नहीं ले सकती थी। वे दिन अब बीते समय की बात हो चली थी। उसने अनुभव किया कि उन दिनों को अब शीघ्र से शीघ्र वापस लाने की आवश्यकता थी, लेकिन केवल उसकी चाहत और निर्णय कर लेना ही पर्याप्त नहीं था। उसे दृढ़ संकल्प की आवश्यकता थी। तेज़, लेकिन नरम स्वर में उर्मिला ने अपनी दासी कस्तूरी को बुलाया और सभी लोगों को अगले दिन दोपहर में अपने राजभवन आने का न्योता देने को कहा।

अगले दिन दोपहर में सभी लोग राजभवन में एकत्रित हुए। यहाँ तक कि व्यस्त रहने वाले शत्रुघ्न और एकांतवास में चली गई कैकेयी भी आईं। सभी एक दूसरे को देखकर चकित ज़रूर हुए, लेकिन सभी ने शांति का परिचय दिया। आखिरकार जैसे ही उर्मिला ने नींबू का शरबत परोसा, तो कौशल्या ने बड़ी नम्रता के साथ पूछा "बेटी, तुमने हम सब को यहाँ क्यों बुलाया है। क्या कोई विशेष अवसर है?"

"अवसर यह है कि हम सभी आज से साथ भोजन किया करेंगे।" उर्मिला ने शांतिपूर्वक उत्तर दिया। जैसा कि पहले किया करते थे।

कौशल्या ने कड़क स्वर में कहा, "तुम उन दिनों को कभी वापस नहीं ला सकती हो।" उस कठोर टिप्पणी को सुनते हुए उर्मिला ने कौशल्या को बड़े ध्यान से देखा। रानी ने अब भी उसे चित्रकूट में उसकी स्पष्टवादिता के लिए क्षमा नहीं किया था। उसके बाद से ही दोनों के बीच दूरियाँ आ गई थीं।

"नहीं, लेकिन सदैव उदासी और दुख के साथ भी तो नहीं जी सकते, क्या रह सकते हैं? क्या हमें रहना चाहिए?" माँ आप थोड़ा सब्जियों का रस

और लीजिए, ताकि जब राम वापस आएँ, तो आप उनके स्वागत के लिए पूरी तरह से स्वस्थ रहें। चलिए भोजन करते हैं। मुझे डर है कि भोजन कैकेयी माँ के भोजन जितना स्वादिष्ट नहीं होगा। उर्मिला ने अनिश्चित ढंग से उसकी बगल में बैठी शांत कैकेयी की ओर मुड़ते हुए कहा, माँ अब मुझे क्षमा करें और रसोई की ज़िम्मेदारी आप सँभाल लें। मुझे आशा है कीर्ति को आपकी मदद करके प्रसन्नता होगी। और हाँ कीर्ति, कृपया हरी मिर्च का अचार ज़रूर बनाना। खाए हुए एक अरसा बीत गया है।

''हाँ, कैकेयी,'' सुमित्रा ने उर्मिला की बात को आगे बढ़ाते हुए कहा। ''तुम्हारे हाथ का भोजन किए हुए कई दिन हो गए हैं। क्यों न कल तुम अपने मायके से लाए हुए विशेष मसालों वाला मांस का व्यंजन बनाओ। और उर्मिला भोजन उतना भी खराब नहीं है, जितना की तुम बता रही हो। वास्तव में यह अत्यंत स्वादिष्ट है।''

''ओह, उर्मि यह तुम्हारे लिए है। तुम सदैव स्वयं को पीछे रखते हुए सभी प्रशंसा अपनी बहन के लिए बचा लेती हो।'' मांडवी ने अचानक कहा, ''जो अब तक इतनी देर से बिलकुल चुप बैठी थी। उसके स्वर में अपनी बहन के लिए स्नेह स्पष्ट झलक रहा था। वास्तव में वह अपने मुरझाए चेहरे में जान फूँकते हुए मुस्करा उठी थी।

कीर्ति ने देखा कि मांडवी ने बातचीत में हिस्सा लिया था और मेज़ पर सबकुछ अच्छा चल रहा है, तो उसने भी चहचहाते हुए कहा कि ''क्या दिखावे का कुछ विपरीत है,'' ''क्योंकि उर्मिला के लिए उससे बेहतर परिभाषा नहीं मिलेगी। और हाँ माँ कैकेयी कृपया मुझे स्वादिष्ट भुने हुए बैगन बनाना सिखाइए। मैंने प्रयास किया थी और बुरी तरह असफल रही थी। शत्रुघ्न अब भी उसे लेकर मेरी हँसी उड़ाते हैं।''

शत्रुघ्न ने मुस्कराते हुए कहा, ''लेकिन तुममें अत्यंत सुधार आया है। पिछली मर्तबा वे कम जले हुए थे।''

सभी ठहाका मारकर हँसने लगे। कीर्ति ने सहजता के साथ अपनी बात रखनी जारी रखी। उसने थोड़ा ज़ोर देते हुए कहा ''माँ कैकेयी, चलिए आज शाम ही इसे बनाते हैं।'' ''शत्रुघ्न को ग़लत सिद्ध करने में मेरी मदद कीजिए। और कल के लिए देखते हैं...।''

कैकेयी ने हल्की मुस्कान के साथ सिर हिलाते हुए हामी भरी और अन्य सभी ने बातों-बातों में भोजन जारी रखा। उर्मिला ने हाथ का स्पर्श अनुभव

किया। यह कैकेयी के कोमल हाथों का स्पर्श था। वे अपनी रानी की ओर मुड़ी। उनकी आँखें कृतज्ञता से भर आईं थी। उर्मिला ने उनके हाथ पर अपना हाथ रख दिया।

उसने सहजतापूर्वक मुस्कराते हुए कहा, ''चलिए भोजन करते हैं।'' अंततः वे सब एक बार फिर साथ में भोजन कर रहे थे।

उर्मिला सबको एक साथ भोजन के लिए तैयार करने में सफल रही थी, लेकिन वह अब भी मांडवी को कमलाकार गुंबद वाले कैकेयी के भवन में चलने के लिए सहमत नहीं कर पाई थी। भरत को नंदीग्राम गए हुए एक वर्ष से ज्यादा का समय बीत चुका था, लेकिन मांडवी ने अपनी सासू माँ को उनके कृत्य के लिए अब भी क्षमा नहीं किया था। कुछ प्रमुख मुद्दों को छोड़कर वह विरले ही उनसे बात करती थी। पत्नी ने भी पति जैसी दृढता कायम रखी थी, लेकिन दोनों के लिए कारण अलग-अलग थे। भरत के लिए यह प्रतिकार, आत्मग्लानि और पश्चाताप था, जबकि मांडवी के लिए यह कोप की वजह थी। मांडवी ने कैकेयी पर अपने पति भरत को उससे अलग करने का आरोप लगाया था और उसके अनुसार भरत द्वारा लिए गए इस निर्णय की एकमात्र वजह कैकेयी थीं।

''उर्मिला, तुम इन कृत्यों के लिए उन्हें कैसे क्षमा कर सकती हो?'' मांडवी ने पूछा। ''तुम केवल उनकी वजह से लक्ष्मण के बिना अपना जीवन व्यतीत कर रही हो।''

''इसके लिए उन्हें पहले ही अत्यंत सज़ा मिल चुकी है। उनके बेटे ने उन्हें त्याग दिया है। उनके लिए इससे बुरा और क्या होगा?'' उर्मिला ने कहा। हम सब उनसे घृणा करें। यह मुझसे नहीं होगा। ''यह मुझे अंदर से कचोटता है और मुझे उनके लिए बहुत खऱाब अनुभव होता है। तुम इसे सहानुभूति कह सकती हो, लेकिन एक स्त्री जो अंदर से इतनी कोमल है किसी के लिए इतनी निष्ठुर हो जाए, यह संभव नहीं।''

''यह दिखावा है!'' मांडवी क्रोध में बोली। ''वह इस घर में एक दुष्टात्मा की तरह हैं। तुमने मंथरा को घर से निकाल बाहर किया, तो क्या इन्हें बाहर नहीं निकाल सकते। जब भी मैं उन्हें देखती हूँ, तो यह बात मेरे मन में

उठ आती है कि भरत ने इनकी वजह से ही वह निर्णय लिया था। भरत उन्हें दंड देना चाहते थे, वे उन्हें वैसा ही दुख पहुँचाना चाहते थे, जैसा उन्होंने अन्य लोगों को पहुँचाया था, लेकिन उस दंड का सबसे ज्यादा कष्ट मुझे मिला है। आख़िर क्यों? उनकी त्रुटि की सजा मुझे क्यों?''

''क्योंकि तुम इस बात के लिए स्वयं को अनुमति दे रही हो'' उर्मिला ने रूखेपन से उत्तर दिया। ''स्वयं के बारे में सोचना छोड़ो। तुम अपने स्वयं के बनाए हुए निराशा के समुद्र में डूब रही हो। वे भी इसी कष्ट में हैं। उनके लिए यह और भी बुरा है - सभी लोग उनकी उपेक्षा करते हैं। वे अपने ही घर में एक अछूत की तरह हैं, लेकिन उन्हें सबसे ज़्यादा कष्ट किस बात का है, अपने बेटे द्वारा त्याग दिए जाने का। दुनिया की कौन सी माँ इस तथ्य के साथ जीवित रहना चाहती है कि उसके बेटे ने उसका त्याग कर दिया है और उसे दंड देने के लिए घर का भी त्याग कर दिया है। अपने आसपास देखो मांडवी, अन्य लोग भी हैं।''

''मैं जब भी अपने आस-पास देखती हूँ, तो मुझे केवल तुम दिखाई देती हो- इस प्यारे से उदास चेहरे पर साहसी मुस्कान लिए हुए और यह देखकर मेरा रक्त खौल उठता है।'' क्रोध से लाल हो चुकी मांडवी ने उत्तर दिया। ''तुमने मेरे लिए चित्रकूट में बहस की, किंतु इससे कोई फ़र्क़ पड़ा क्या? इस सबके बदले में बस मिला तो बड़ों और गुरुओं की उलाहना और क्रोध। क्या कोई भी तुम्हारे बचाव में सामने आया? तुम कह रही हो कि मैं स्वार्थी हो रही हूँ, लेकिन उर्मि इन लोगों ने हमारे लिए किया ही क्या है? क्या तुम्हें इन पर कभी क्रोध नहीं आता?'' इस कुंठा में उसके आँसू बह निकले, फिर भी उसने बोलना जारी रखा। ''क्या तुम्हें कभी इस बात पर क्रोध नहीं आता कि तुम्हें स्वतंत्रता, आनंद से वंचित रखा गया है और राजघराने की पुत्रवधू होने के नाते तुम्हें सामाजिक और पारिवारिक नियमों से बांध दिया गया है।''

''मुझे आता है।'' उर्मिला ने सहमति जताते हुए कहा। भावनाओं को नियंत्रित करते हुए उर्मिला का चेहरा काँपने लगा था। ''मांडवी, मैं अपने रास्ते पर शांति से चल रही हूँ, इसका यह अर्थ बिलकुल नहीं है कि मैं निष्क्रिय हूँ। मैंने कहा, जो मुझे कहना था, मैंने वो किया जो मुझे करना था, एक स्त्री को अपनी बात रखने का पूरा अधिकार है। उन्होंने जो भी किया है मैं उन्हें भूलने नहीं दूँगी। वे सब किसी न किसी बात के लिए दोषी हैं। वे जब भी मेरे

नेत्रों में देखेंगे तो उन्हें इस बात का अहसास होगा। मैं उन्हें इसका अहसास करा कर रहूँगी।''

मांडवी ने उसे कड़ी नज़रों से देखा और कहने लगी, ''मैं परिवार में किसी से भी यह अपेक्षा नहीं करती हूँ कि वे तुम्हारा पक्ष लेंगे, लेकिन मुझे एक शंका थी, जिसे मैं लंबे समय से दूर करना चाहती थी, किंतु परिस्थितियाँ ऐसी हुईं कि मैं पूछ न सकी, परंतु अब मैं तुमसे पूछना चाहती हूँ कि सीता ने तुम्हारी मदद क्यों नहीं की? सबसे बड़ी पुत्रवधू होने के नाते उसने अत्यंत कुशलता से अपनी बात रखते हुए अपने पति के साथ वन में जाने की अपनी इच्छा जता दी। वह इस बारे में राम से बात करते हुए, लक्ष्मण को आदेश दे सकती थी कि वह तुम्हें भी अपने साथ वन में ले चलें। बड़ी बहन होने के नाते उसे तुम्हारी स्थिति के बारे में भी तो सोचना चाहिए था। क्या उसे ऐसा नहीं करना चाहिए था?''

सीता के निर्णय को न्यायसंगत ठहराने में उर्मिला ने तेज़ी दिखाई। ''उसे स्वयं का पक्ष रखने के लिए समय और अवसर ही नहीं मिला।'' उसने तेज़ी से समझाते हुए कहा, लेकिन उसे अपने ही शब्द कमज़ोर मालूम पड़ रहे थे। वह अपनी बात सिद्ध करने का एक कमज़ोर प्रयास कर रही थी, लेकिन सत्य तो यही था कि अपनी बहन की तरह उसे भी इस बात का आभास था कि सीता उसका पक्ष लेने में विफल रही थी, लेकिन उर्मिला को यह बात स्वीकारना पसंद नहीं था। इससे उसे विश्वासघात का आभास होता था और वह उदास हो जाती थी। मांडवी भावनाओं के इस तूफान में उलझी हुई लगातार रोए जा रही थी।

''उसका बचाव करने की कोशिश मत करो, जैसा कि तुम अपने सभी प्रियजनों के लिए करती हो, जिन्हें तुम अत्यधिक प्रेम करती हो। उसने तुम्हें निराश किया है।'' यह कहते हुए मांडवी की स्वर कठोर हो चला था। उसने आगे कहना जारी रखा, ''इसी बात की मुझे सबसे ज़्यादा खीझ है, हमारे परिवार ने हमें निराश किया है। मैंने इससे पहले कभी भी इतना अनावश्यक और बेसहारा अनुभव नहीं किया था। मैं इन सबसे, इस ख़ूबसूरत जगह के अंदर छुपे इस नर्क से दूर चली जाना चाहती हूँ। ऐसा प्रतीत होता है जैसे इस भवन की सभी दीवारें मुझे अनंत पीड़ा में जकड़ती जा रही हैं। आख़िर मैंने स्वयं को कैसा विकट परिस्थिति में ला खड़ा किया है?'' मांडवी ने आवेग में अपना सिर हिलाया जैसे वह इस निराशा को दूर झटकने का प्रयास कर रही हो।

उर्मिला अपने पीड़ादायक विचारों से बाहर निकली। अपनी बहन के बढ़ते कष्ट और गहराते निराशा के भाव के बीच वह असहाय अनुभव कर रही थी। न ही वह और न ही कीर्ति यह समझ पा रहे थे इस दुख की घड़ी में अपनी बहन का यह दर्द कैसे कम किया जाए। फिलहाल मांडवी बिलकुल पागल सी हो चली थी। भावनाओं का यह ज्वार उसे दीमक की तरह धीरे-धीरे समाप्त कर रहा था। उर्मिला अब अपनी बहन की स्थिति हो लेकर अत्यंत चिंतित हो गई थी, उसे अब डर लग रहा था।

"मांडवी, हाँ यह अन्याय है!" समझाते हुए उर्मिला के आँसू बह निकले। "यह जीवन कभी पूरा न्याय नहीं करता। हम स्त्री हैं, हम पत्नी हैं, हम परिस्थितियों से उपजे जीव हैं। हमारे चयनों पर हमारा अपना कोई वश नहीं होता है। मांडवी तुम कुछ बदल नहीं सकती हो, बस जो है उसे स्वीकारने की कोशिश करो। हमारे पास परिस्थितियों को बदलने की क्षमता नहीं है, लेकिन हम स्वयं में बदलाव कर सकते हैं। अपनी ओर देखो, तुम क्या बन गई हो। ओह कृपया मुझे मेरी पहले वाली प्यारी बहन मांडवी लौटा दो- आकर्षक, तीव्र बुद्धि और चालाक...।"

"ओह, वास्तव में इतनी भी चालाक नहीं" मांडवी बीच में टोकते हुए बोली। "अगर मैं इतनी ही चालाक होती, तो मैंने कभी भी भरत से विवाह नहीं किया होता। माँ सही थीं, हम बहनों को इस परिवार में कभी विवाह नहीं करना चाहिए था! उन लोगों ने हमें बस निराशा, दर्द और अपमान ही दिया है। सीता वन में कष्ट भोग रही है। तुम और मैं यहाँ हैं। कीर्ति भाग्यवान है, कम से कम उसकी स्थिति हम तीनों से तो अत्यंत बेहतर है। और मैं इस परिस्थिति में केवल अपने रानी बनने के मूर्ख महत्त्वाकांक्षा की वजह से हूँ। मुझे अपने गुणों से कोई अन्य राजा भी मिल सकता था। आख़िर मैंने किसी अन्य राजकुमार से शादी क्यों नहीं की?"

"क्या तुम्हें हर चीज़ का पछतावा है?" अपनी बहन की क्रोध और उन्माद से भरे नेत्रों को देखते हुए उर्मिला ने धीमे स्वर में पूछा।

"हाँ, हर क्षण का!" मांडवी ने रोते हुए कहा। "उस दिन से जब मैंने भरत से विवाह करने का निर्णय लिया था। मैंने सोचा था कि सब कुछ सही तरीक़े से होगा, लेकिन सब कुछ ग़लत हो गया। बहुत ही ग़लत और अब मैं इस बात से हताश हो चुकी हूँ कि मैं अपने दुख का कारण स्वयं हूँ। "क्या तुम्हें दिखाई नहीं देता उर्मिला?" मैं भरत से प्रेम नहीं करती।

उर्मिला ने अपनी बहन की स्वर में निराशा स्पष्ट सुनी। उसकी स्वीकारोक्ति से उसके अंदर चल रही उथल-पुथल और विचार सामने आ गए थे, लेकिन उर्मिला के लिए यह सब सुनना झटके जैसा था। इसने उसे थोड़ा डरा भी दिया था।

''मैंने भरत से प्रेम के चलते विवाह नहीं किया जैसे तुमने और सीता ने किया। मैं शायद इस जगह ग़लत हो गई, बल्कि मैंने उन सभी ग़लत कारणों के लिए शादी की। मांडवी ने संक्षेप गें कहा। मैंने भरत से प्रेम करने का प्रयास किया, मैंने बहुत यत्न किए और अगर यह सब नहीं घटता तो हम अपने उद्देश्य में सफल भी हो जाते... प्यार में पड़ने की बात तो दूर! एक-दूसरे को जानने-समझने के लिए भी शायद ही हमारे पास समय था। और इस सबमें सबसे बुरी बात थी कि भरत ने मुझे अकेला छोड़ दिया। जैसा कि मैंने सोचा था कि वह करेगा और मैं उसके लिए उससे घृणा करती हूँ! इसके लिए स्वयं को और भरत की माँ को दोष देने के अलावा मैं किस को दोष दे सकती हूँ सिवाय मेरे भाग्य को या स्वयं मेरे चुनाव को?''

''पर उसने तुम्हें त्यागा नहीं है... वह तुम्हारे पास वापस आएगा। भरत उस अपराध का पश्चाताप कर रहा है उसको लगता है कि उसको ठीक करने की आवश्यकता है। वह स्वयं को भी दंड दे रहा है, क्या तुम्हें दिखाई नहीं देता?''

''भरत आदर्श और संपूर्ण भाई, भरत बुरी माँ का अच्छा पुत्र, भरत एक महान राजा! जिसने अपने भाई के साथ हुए अन्याय के बदले पश्चाताप स्वरूप अपनी पत्नी और और राजगद्दी को भी त्याग दिया। अभिमान से भरे इस थोथे शब्दों को सुनकर मैं तंग आ चुकी हूँ। ऐसा क्यों है कि भरत की प्राथमिकता की सूची में मैं सबसे आख़िर में आती हूँ? भरत की तरह मुझसे भी आदर्श बने रहने की आशा की जाती है, पर मैं स्वीकार करती हूँ कि मैं ऐसी नहीं हूँ। भरत की तरह और उसके बराबर मैं निस्वार्थ नहीं रह सकती। भरत महान है, पर मेरा क्या? मैं कहाँ हूँ, मैं कौन हूँ? जब भी उसका मन करे त्याग दिया जाए या स्वीकार कर लिया जाए?'' वह रो रही थी, उसके हाथ घबराहट में काँप रहे थे। ''और मैं उसकी अपने पास आने की प्रतीक्षा क्यों कर रही हूँ। इतनी लंबी प्रतीक्षा करने का धैर्य और दृढ़ता मुझमें नहीं बची है। मुझे प्रेम चाहिए, मुझे वह चाहिए, न कि दिलासा देने वाली समर्पित कर्तव्यनिष्ठ पत्नी होने की कोरी बातें। मैं उसे अनुभव करना चाहती हूँ, छूना चाहती हूँ, प्यार

से चूम लेना चाहती हूँ, उसे जी भर कर प्रेम करना चाहती हूँ, बातें करना चाहती हूँ, उस पर चिल्लाना चाहती हूँ; लेकिन वह तो यहाँ है ही नहीं...'' क्रोध की अग्नि कुछ शांत होने पर मांडवी ने गहरी साँस छोड़ी। ''ओह उर्मि, तुम इस घोर निराशा और कचोटने वाले खालीपन में भी अपना संतुलन कैसे कायम रख पाती हो? मुझे पता है कि तुम इसी व्यथा से गुजर रही हो, किंतु मैं तुम्हारे जितनी, साहसी, सुदृढ़ और दयालु नहीं बन सकती! मैं एक बंदिनी, पागल पशु जैसा अनुभव करती हूँ। तुम अकेली ज़रूर हो, लेकिन असहाय नहीं। तुम्हारे पास लक्ष्मण का प्रेम और यादें हैं...और मेरे पास क्या है? बस तनाव भरे निरर्थक वर्ष, एक ऐसे व्यक्ति की प्रतीक्षा करते हुए, जिसे मैं अब और प्रेम नहीं कर सकती? समाज द्वारा निर्धारित की गई अपनी परिभाषा से मैं थक चुकी हूँ। आख़िर कब तक मैं इसके द्वारा निर्धारित नियमों के अनुसार चल सकती हूँ? ये सभी प्रश्न लगातार मेरे मस्तिष्क को परेशान करते रहते हैं...ये मुझे पागल कर रहे हैं!''

अपनी बहन की इस प्रचंड और पागल कर देने वाली उदासी का साक्षी बनने के बाद उर्मिला असहाय अनुभव करने लगी, लेकिन उसने अपने लिए एक बूँद आँसू नहीं बहाया। वह लक्ष्मण को दिया हुआ अपना वचन नहीं भूल सकती थी – वह उसके लिए कभी नहीं रोएगी। मांडवी की दयनीय अवस्था ने उसके हृदय को दुख पहुँचाया था, किंतु चिंता और अत्यधिक कष्ट में डूब जाने के बावजूद वह सूखी आँखों से उसे निहारने के सिवाय और कुछ नहीं कर सकती थी।

''उर्मि, क्या यह लक्ष्मण और उसका प्रेम नहीं है, जो तुम्हें आगे बढ़ने में मदद कर रहा है?'' मांडवी ने कहा, अब उसका स्वर अत्यंत शांत और संतुलित लग रहा था। ''यह सदैव उसके बारे में था– यह तुम्हारा त्याग और दृढ़ इच्छाशक्ति है जो लड़ने में मदद करता है। उसके प्रेम ने तुम्हें आशा और शक्ति प्रदान की है। यही तो प्रेम की वास्तविक शक्ति है... जिससे मैं वंचित हूँ...।''

मांडवी की स्वर में भयंकर पीड़ा थी और वह पूरी तरह से खोई हुई लग रही थी। उर्मिला उसके पास गई और बड़े प्यार के साथ उसे गले लगा लिया। मांडवी ज़ोर से लिपट कर रोने लगी, सिसकी भरते हुए उसका पूरा शरीर काँप रहा था। ''उर्मि मुझे स्वतंत्रता चाहिए, मुझे इस पागल कर देने वाले कष्ट से

मुक्ति कर दो।'' मांडवी ने सिसकी भरते हुए कहा। ''मुझे जीने के लिए थोड़ी आशा दो।''

उर्मिला ने कोई उत्तर नहीं दिया। अपनी बहन के शांत होने का इंतज़ार करते हुए उसे सीने से लगाकर रखा। जैसे मांडवी की सिसकियाँ धीमी हुईं, तो उर्मिला ने आहिस्ता से उसके कमज़ोर चेहरे से आँसू पोंछ दिए। उर्मिला ने मांडवी के परेशान नेत्रों पर गहराई से निहारते हुए कहा, ''प्यारी बहन वह आशा तुम्हारे अंदर ही है।'' वह प्रकाश जिसे हम केवल अंधकार में ही देख सकते हैं। देखो उसे। उसका अनुसरण करो। ''यदि तुम अंदर से अंधकारमय हो, तो तुम्हें अपने आस-पास भी अंधेरा ही नज़र आएगा। अपने अंदर के प्रकाश के साथ जाओ और मुस्कराना सीखो। यह छोटा सा घुमाव कई चीज़ों को सरल कर सकता है। मेरा विश्वास करो। लक्ष्मण ने मुझसे यही कहा था- सदैव मुस्कराते रहो और अचानक सब ठीक हो जाएगा। और हमारे पास बस यही तो है, मुस्कराने और स्वयं को प्रसन्न रखने की शक्ति।''

मांडवी काफ़ी देर से चुप बैठी हुई थी। उर्मिला को आश्चर्य हुआ कि उसने कुछ सुना भी या नहीं। फिर उसने पाया कि मांडवी ने अपने आप को व्यवस्थित करते हुए एक हल्की मुस्कान बिखेर दी।

''इस सबसे भी ज़्यादा, प्रत्येक व्यक्ति को यह याद रखते हुए कि जीवन सभी के लिए निरपेक्ष होता है, इच्छाशक्ति के साथ जीना होता है, न कि केवल आशा, प्रेम और यादों के सहारे। मांडवी, तुम यादों के सहारे जी रही हो, वह भी ऐसी अप्रिय यादें जो नकारात्मकता और निराशा को बढ़ावा दे रही हैं।'' उर्मिला ने उसे समझाते हुए कहा।

मांडवी के होंठ काँप रहे थे। ''जो हुआ मैं उसे भुला नहीं सकती, लेकिन हाँ, ऐसा लगता है कि इन सबके बीच मैं हँसना अवश्य भूल गई थी। जैसा कि तुमने मुझे अभी याद दिलाया। ओह उर्मि, तुम्हारे बिना मेरा क्या होता?'' सूखे हुए आँसुओं के साथ वह मुस्करा उठी। ''मैं अनुदार और स्वार्थी हो गई थी, लेकिन मैं भाग्यशाली हूँ कि तुम मेरे साथ हो, न कि वन में सीता के साथ। तुम्हारी ज़्यादा आवश्यकता मुझे है। तुम हमें जोड़ती हो और यही तो तुम सदैव से करती आई हो। एक सुदृढ़ जिल्द की तरह तुम हमें आपस में जोड़े रखती हो। यह प्रशंसा नहीं है, बल्कि सत्य है। तुम हमारे बंधन की आत्मा हो।'' मांडवी ने काँपती हुई मुस्कराहट के साथ कहा।

"देखो, तुम कितनी सुंदर लग रही हो।" यह कहते हुए उर्मिला ने मांडवी के ज़ोर से गले लगा लिया। "अब और चिड़चिड़ाहट नहीं।"

"उर्मि, अब हम क्या करेंगे?" मांडवी ने सहजता से पूछा। "हम इतना लंबा समय कैसे व्यतीत करेंगे?"

"छोटी चीज़ों से शुरुआत करो, पूरे दौर के बारे में चिंता करना छोड़ दो। एक बार में एक दिन के बारे में सोचो और स्वयं को व्यस्त रखने की कोशिश करो।" उर्मिला ने तेज़ी के साथ उत्तर दिया। "तो तुम आजकल क्या पढ़ रही हो? क्या तुमने कोई नई पुस्तक शुरू की?"

"मैं कुछ भी नहीं पढ़ रही हूँ। मुझे लगता है एक वर्ष से ज्यादा समय बीत चुका है।" मांडवी ने कुछ उदास होते हुए उत्तर दिया।

"क्या? लेकिन तुम तो पढ़ने के लिए सदैव उत्सुक रहती हो। तुम तो बहुत पुस्तकें पढ़ती हो या फिर सदैव किसी नई पुस्तक की खोज में उठापठक करती रहती हो। यही तो तुम्हारे दिनभर का एकमात्र लक्ष्य होता था।" उर्मिला ने उसे याद दिलाते हुए कहा। "चलो अब शुरू करो, तुम्हारे पास समय ही समय है।"

मांडवी ने सहमति में सिर हिलाया, उसके नेत्रों में चमक थी। "हाँ, मुझे यह शुरू करना चाहिए। मैं यहाँ खोजूँगी और मिथिला से भी अपनी पुस्तकें मँगवा लूँगी। माँ को उस बड़े ढेर को खाली करने में प्रसन्नता होगी! यही नहीं, मैं यहाँ अपना संग्रह भी शुरू कर सकती हूँ, एक पुस्तकालय।" अब मांडवी के नेत्रों में प्रभावशाली चमक थी।

"हाँ, बिलकुल। तुम वशिष्ठ गुरुदेव और कश्यप गुरुदेव से मार्गदर्शन का आग्रह कर सकती हो। उन्हें सही स्रोत की जानकारी होगी। और उनके संग्रह को भी भली-भाँति देख लेना..."

मांडवी ने एक बार फिर मुस्कराते हुए कहा "अच्छा विचार है।" उसके स्वर में नई ऊर्जा और उद्देश्य स्पष्ट झलक रहे थे। "एक दिन और व्यर्थ किए बिना मैं आज शाम ही दरबार का कामकाज समाप्त होने के बाद उनसे मिलूँगी।"

उर्मिला मुस्कराते हुए जाने के लिए मुड़ी। "रुको उर्मि" तभी मांडवी ने उसे रोकते हुए पूछा, "कीर्ति कहाँ है?"

"कैकेयी माँ के साथ रसोई में व्यस्त है। वे एक भव्य भोज की योजना बना रहे हैं... कल राम का जन्मदिवस है।"

"ओह, क्या यह कल है?" मांडवी ने चौंकते हुए पूछा। "मैं पूरी तरह बेखबर थी।"

"अब तुम नहीं रोओगी।" उर्मिला ने ज़ोर देते हुए कहा। "वास्तव में, मैं यहाँ तुम्हें यही बताने आई थी। मैं पहले ही राजभवन को जितना बेहतर सजा सकती थी, सजा दिया है। अब समय आ गया है कि हम इन छोटे-छोटे अवसरों का आनंद लेना शुरू करना चाहिए। क्या तुम्हें ऐसा नहीं लगता मांडवी? कल पूजा भी है। शत्रुघ्न को आशा है कि भरत भी पूजा में शामिल होने के लिए आएँगे।"

मांडवी का चेहरा खिल उठा और उसके नेत्रों चमक आ गई। "क्या वह आएँगे?" उसने एक लंबे ठहराव के बाद पूछा। मांडवी अब कुछ तनाव में दिख रही थी।

"खुलकर बोलूँ, तो मैं इसको लेकर सुनिश्चित नहीं हूँ, किंतु यदि वह आते हैं, तो तुमसे भेंट अवश्य करेंगे। मेरी प्यारी बहन, तुम्हारा दुखी हृदय भले ही कुछ भी कहे, लेकिन वह तुमसे सच्चा प्रेम करते हैं," उर्मिला ने कहा। "वह उन सबसे सज्जन और दयालु लोगों में से हैं, जिनसे मैं अब तक मिली हूँ। वह कभी भी जानबूझकर तुम्हें दुख नहीं पहुँचाएँगे। हम भले ही इनके लिए कितने ही कटु शब्दों का उपयोग क्यों न करें, लेकिन सत्य तो यही है कि ये चारों भाई बहुत ही भद्र और स्वार्थरहित हैं। इतने अच्छे कि हम उनके सामने बुरे हैं। मैंने भी लक्ष्मण को अत्यंत बुरा-भला कहा था!" उर्मिला ने दुखी होते हुए कहा। "और अब मुझे उन बातों का पश्चाताप है...।"

अगले दिन के उत्सव की तैयारी ने उसे बुरी तरह थका दिया था। राजभवन में इधर-उधर करते, रसोई से पूजास्थल की बीच दौड़-भाग करते हुए उसके पैरों में अत्यंत ज़ोरों का दर्द हो रहा था, लेकिन ये सभी गतिविधियाँ भी उसके दिल की पीड़ा को कम नहीं कर पाई थीं। उसने राम के राजतिलक की तैयारियों को याद किया और अब वह यादों की इस बाढ़ में गोते लगा रही थी... वह समारोह के लिए तेज़ी से श्रंगार कर रही थी और कुछ ही देर में लक्ष्मण उसके कक्ष में आने वाले थे, यह बताने के लिए उस पर कौन सी साड़ी अच्छी लगेगी और उसके लिए अन्य श्रंगार का चयन करने...।

कल ही के दिन राम का जन्म हुआ था। क्या वन में उन्हें इस बात का अहसास होगा? वे इस समय क्या कर रहे होंगे? उन्हें यहाँ से प्रस्थान किए हुए एक वर्ष से अधिक समय बीत गया था।

उर्मिला की आँखें अब भी वह दृश्य भुला नहीं पाईं थी, जब लक्ष्मण ने उसे कक्ष में छोड़ दिया था। उसके नेत्रों ने लक्ष्मण को शयनकक्ष छोड़कर संगमरमर से बनी घुमावदार सीढ़ियों से भवन के विशालकाय द्वार की ओर जाते हुए देखा। वह उसके पीछे दौड़ी चली जाना चाहती थी, लेकिन वह ऐसा नहीं कर पाई, बल्कि उसने इंतज़ार किया। उनके वापस आने का।

प्रतिद्वंद्विता

दिन धीरे-धीरे अपनी ऊष्ण और चमकदार किरणों के साथ चढ़ रहा था और एक लंबे समय के बाद महल में खुशियों की किरणें प्रवाहित हो रही थीं। यह राम जन्मोत्सव का दिन था और इसकी परिकल्पना, योजना और आयोजन की ज़िम्मेदारी पूर्ण रूप से उर्मिला की थी। बहुत आग्रह के पश्चात महारानियाँ इस दिन को विशेष बनाने के लिए सहमत हुई थीं और कौशल्या बहुत प्रसन्न दिखाई पड़ रही थीं। वह प्रसन्नता और उत्साह के साथ आयोजन में उर्मिला की मदद कर रही थीं। उर्मिला सजावट के अत्यधिक बोझ से बचना चाहती थी, परंतु महल के प्रत्येक नक्काशीदार द्वार को वंदनवारों और अग्निदीप्त गेंदे से सजाया गया। साथ ही संगमरमर के गलियारों में क़दम-क़दम पर रंगों की छाप लगाई गई और रंगोलियाँ बनाई गई थीं। गुरुओं, दरबारियों और परिवारी जनों के भोज के लिए राजसी रसोई की ज़िम्मेदारी माता कैकेयी और कीर्ति को सँभाले हुए देखना एक संतोषप्रद विलक्षण अनुभव था। यह एक निजी आयोजन था, परंतु इस आनंदोत्सव की गूँज संपूर्ण नगर में सुनाई दी क्योंकि राजसी रसोईघर के दरवाजे पूरे दिन भूखों और निर्धनों को भोजन कराने के लिए खुले रहे।

कौशल्या आयोजन का केंद्र थीं और उन्होंने ही उसका संचालन भी किया था। उन्होंने प्रयास किया कि राजसी रसोईघर के बड़े और छोटे सभी कार्य और निर्णय उनके आदेशानुसार पूरे किए जाएँ। कैकयी की उपस्थिति को नकारते हुए वह सारे कार्य स्वयं देख रहीं थीं। वह कीर्ति पर अगाध स्नेह रखती थी, जो भिन्न-भिन्न अवसरों पर उनकी सहायता किया करती थी, परंतु आज वे रसोई में छोटी रानी की उपस्थिति से भी क्रोधित सी दिखाई पड़ रही

थीं। वह असामान्य विवेकहीनता के आवेग में असभ्यतापूर्वक आदेश दे रही थीं, छोटी-छोटी कमियों पर क्रुद्ध हो रही थीं। वे कैकेयी की ओर रुखाई से देखते हुए कीर्ति को संबोधित कर रहीं थीं और यह कैकेयी को असहज कर रहा था। उर्मिला ने सोचा कौशल्या जैसा चाहती है, कैकेयी आवेश में आकर चली जाएगी, परंतु कैकेयी ने स्वयं को संयत और शांत रखा और पिछले वर्ष की राजसी रानी होने के बावजूद भी वह सब सुनती रही। हवा तनाव से गर्म हो चली और उर्मिला ने समझदारी के साथ कौशल्या का ध्यान वहाँ से हटाने के लिए उन्हें उस कक्ष की ओर ले चली, जहाँ निर्धनों को देने के लिए उपहार आदि रखे थे।

पर कौशल्या को मूर्ख नहीं बनाया जा सकता था। ''आज मेरे पुत्र का जन्मदिन है और मैं कैकेयी को कहीं आस-पास भी नहीं देखना चाहती हूँ।'' कौशल्या बोली। ''मैंने उसकी उपस्थिति में भोजन करने के लिए सहमति व्यक्त की, क्योंकि मैं घर की शांति को बाधित नहीं करना चाहती थी, जबकि मेरी गरिमा मुझे इसकी अनुमति नहीं देती है, परंतु मैंने सहजता से यह स्वीकार किया, लेकिन मैं उत्सव में उसे गले लगा लूँगी मुझसे इतने उदार होने की अपेक्षा न की जाए। यह मत सोचो कि मैं तुम्हारा यह कूटनीति भरा प्रस्ताव नहीं समझ पा रही हूँ, उर्मिला,'' उन्होंने कर्कश स्वर में कहा।

उर्मिला निर्भीकता उनके क्रोध को दूर करने का प्रयत्न कर उन्हें मनाने की कोशिश कर रही थी। ''आप सब कुछ भूल कर सबको हृदयतल से क्षमा कर दीजिए क्योंकि आज आपके पुत्र का जन्मदिवस है,'' उसने समझाया। ''माँ कैकेयी पिछले तीन दिनों से राम की पसंद के व्यंजन तैयार कर रहीं हैं, क्या यह राम के प्रति उनका स्नेह नहीं?''

''नहीं, यह स्नेह का मात्र झूठा प्रदर्शन है,'' रानी का स्वर तीखा हो गया था। ''यदि मेरा वश चलता तो मैं उसे आयोजन में ही भाग लेने की अनुमति न देती,'' उन्होंने जानबूझकर उन्हें तीक्ष्ण नज़रों देखते हुए कहा। ''यही अच्छा होता यदि वह अपने उसी महल में रहतीं, जहाँ उन्होंने मेरे पुत्र को उसके घर, उसके महल, उसके सिंहासन, उसके राज्य और उसके माता-पिता के दिलों से निर्वासन का कुटिल खेल रचाया था। परंतु वह असफल रही और उनके कारण मेरे बेचारे पति की मृत्यु हो गई।''

उनकी आँखें विद्वेष से चमकने लगीं और उनका स्वर अचानक क्रूर हो गया। ''क्या मैं यह भूल जाऊँ कि उन्होंने अपना प्रेम और स्नेह दिखाकर

पहले मेरे पति और फिर मेरे पुत्र को मुझसे चुरा लिया था? और इसके बाद भी वह असंतुष्ट थीं तो उन्होंने अपने षड्यंत्र से उनको मुझसे दूर कर दिया?'' उन्होंने पूछा। ''जबसे कैकेयी हमारे जीवन में आई, तब से मैंने कभी रानी होने का सम्मान नहीं पाया। मेरे पति ने मुझे सदा सम्मान दिया, परंतु प्रेम नहीं– क्योंकि प्रेम पर केवल कैकेयी का अधिकार था। मेरी स्थिति उसकी दासियों से अच्छी नहीं थी।''

ऐसा प्रतीत हो रहा था कि रसोई की एक छोटी घटना ने उनकी कड़वाहट भरी अतिरंजित भावनाओं की बाढ़ को खोल दिया था। ''उन्होंने मेरे पति को मार दिया, मेरे पुत्र को निर्वासित करवाया, परंतु वह प्रलोभन देने वाली, वह डायन अपनी झूठी मुस्कान और झूठे प्यार से मेरे पति और पुत्र को पहले ही मुझसे छीन चुकी थी।'' उन्होंने दुख से कहा। ''परंतु मेरा पति और पुत्र उसके प्रेम में दासवत समर्पित थे, यह मुझे बहुत कचोटता है...। मुझमें एक पत्नी और माँ के रूप में क्या कमी रह गई थी?''

''नहीं,'' उर्मिला ने शांति से कहा, ''मेरा दृढ़ निश्चय और विश्वास है कि आपका पुत्र और आपके पति आपको बहुत प्रेम करते थे, लेकिन आप इसे देख नहीं पाई क्योंकि माता कैकेयी के प्रति आपके द्वेष ने आपके विवेक को ढक लिया था।'' वह भरसक कूटनीतिक रूप में बोली। ''आपकी उनके प्रति ईर्ष्या के कारण आप उनके उन लोगों के प्रति प्रेम को भी नापसंद कर रही थीं। आपकी अपनी ईर्ष्या के कारण आप उनके प्रेम से भी ईर्ष्या कर रही थीं।''

''और वे चले गए हैं, पर वह मुझे परेशान करती रहीं'' रानी ने होंठ भींचकर कहा। ''हाँ, ईर्ष्या और क्रोध में उसकी वजह से मैंने इतने वर्षों तक चुपचाप शांति से अपमान और तिरस्कार सहा। और हमारे जीवन में तूफ़ान लाने के बाद भी वह आज इतनी शांत, सुंदर और गरिमापूर्ण दिख रही है। मैं उसके जैसी नहीं हो सकती कि भूल जाऊँ सबकुछ और क्षमा कर दूँ सबको। मुझे साँत्वना तब ही मिलेगी, जब कैकेयी भी मेरी तरह अपने पुत्र से बिछोह सहे, परंतु मेरी जीत तब होगी जब मेरा पुत्र मेरे पास वापस आ जाए और उसका कभी नहीं।'' वह स्पष्टत: विद्वेषपूर्ण भावना में बोलीं। ''मेरा पुत्र मुझे प्रेम करे और उसका पुत्र उससे घृणा करे और यही मेरा बदला, मेरा प्रतिकार होगा और यही मेरा न्याय होगा। आदर्श न्याय।''

उर्मिला ठिठक कर पीछे हट गई। बूढ़ी रानी की आँख में चमक और दुख को एक साथ देखकर वह काँपने लगी। आहें भरती हुई कौशल्या ईर्ष्या

भरे क्रोध की आग में अब भी जलने को तैयार थी।

"और आप उनकी अप्रसन्नता में अपनी प्रसन्नता प्राप्त करना चाहती हैं?" उर्मिला ने रुखाई से पूछा। "माता इस प्रसन्नहाल घर में त्रासदी आपके पति के मरने या पुत्र के निर्वासन से नहीं, बल्कि यह तो बहुत पहले आप के साथ...।"

उसने रानी को तेज़ी से हाँफते हुए सुना पर उसे नज़रअंदाज़ कर दिया।

"और आपके ईर्ष्या से युक्त प्रेम और क्रोध में कई रिश्तों को तनावग्रस्त कर दिया," उर्मिला ने अविचल भाव से कहा। "मुझे उद्दंड न समझें माता, लेकिन आपके और माँ कैकेयी के बीच इस अघोषित अक्षुण्ण शत्रुता की पीड़ा हम सब आज भी झेल रहे हैं। आप की एकमात्र महत्त्वाकांक्षा राम को राजा बनते देखने की थी। जिस प्रकार आपकी ईर्ष्या ने आपको अपने महारानी के पद, एक पत्नी और माँ के रूप में असुरक्षित अनुभव करा दिया, उसी प्रकार माता कैकेयी भी असुरक्षा का शिकार हो गई कि जब राम राजा बनेंगे तो आप राजमाता होंगी।"

उर्मिला ने बूढ़ी रानी के झुर्रीदार चेहरे पर तीव्र आश्चर्य के भाव मँडराते देखे। संभवत: वह अपनी शत्रुता की कल्पना स्वयं को इस कमज़ोर और असुरक्षित व्यक्ति की तरह नहीं कर पाई थीं। "भावुकता भरी दुबर्लता की वजह से अपने पुत्र के अधिकार के लिए माँ कैकेयी ने वह अकल्पनीय माँग रख दी।" उर्मिला ने कहना जारी रखा। "आप दोनों के बीच वर्षों से जारी ईर्ष्या और अविश्वास की बढ़ती भयंकर शत्रुता ने प्रेम, परिवार, शांति और खुशी सबकुछ तहस-नहस कर दिया। और आज भी जब आप दोनों ने इस दौरान बहुत कुछ खो दिया, पर फिर भी आप इसे स्वार्थपूर्वक जारी रखना चाहती हैं। आज आपके पुत्र का जन्म दिवस है पर क्या आप आज प्रसन्न हैं?" उर्मिला ने चिढ़ते हुए कहा। "आप माता कैकेयी के प्रति विष से भरी हैं। उन्होंने जो भी न्यायसंगत नहीं किया, उसकी क़ीमत भी चुकाई है। क्या यह पर्याप्त नहीं है? क्या आपने पर्याप्त नहीं खोया? अब आपके पास खोने या पाने के लिए बचा ही क्या है?"

कौशल्या का रंग फीका पड़ गया था। उनके नेत्र अचानक चमक उठे। उर्मिला को यह देख कर आश्चर्य हुआ कि जब उनका आवरण उतर गया, तब वह कितनी अजेय दिखने लगीं। "तुम्हारी हिम्मत कैसे हुई मुझसे अभद्रतापूर्वक बात करने की?" वह क्रोध से खौलने लगीं। "तुम्हारी अशिष्टता को नियंत्रित

करने की आवश्यकता है। तुम्हें चित्रकूट में भरत के निर्णय पर प्रश्न करने के लिए फटकार लगाई जानी चाहिए थी। तुम्हारा इतना दुस्साहस कि तुम मेरे पुत्र, राजा के, पूरे परिवार के स्वामित्व को चुनौती दो, पर यह हमारी भलमनसाहत है कि हम चुप रहे और तुम्हें राज कुलवधू होने का सम्मान देते रहे, जिसकी तुम अधिकारिणी हो। स्मरण रहे अब तुम मिथिला की राजकुमारी नहीं, लक्ष्मण की पत्नी हो।''

''हाँ, मिथिला... जहाँ मुझे अन्याय का प्रतिकार करना सिखाया गया था,'' उर्मिला ने नरमी से कहा। ''मैं केवल अन्याय को होते देख नहीं रही हूँ, माता, बल्कि मैं उसका एक भाग हूँ। मैं भी राज परिवार के बड़ों की ग़लतियों को भुगत रही हूँ, पर मैं अपने लिए वकालत नहीं कर रही। मैं बस इस घर की शांति के लिए यह कह रही हूँ।'' उर्मिला ने याचना की। ''वे चले गए पर आपकी शत्रुता रह गई। इस शत्रुता की कटुता आपके पति के संबंधों में भी आई और पुत्र के संबंधों में भी और तो और चारों भाइयों के रिश्ते को भी इस शत्रुता ने खतरे में डाल दिया, लेकिन गनीमत है वह इस विष से बच गए। वास्तव में, जैसे आप दोनों के बीच शत्रुता बढ़ी, उसी तरह उन लोगों का प्रेम सुदृढ़ होता गया। यहाँ तक कि उस दुर्भाग्यपूर्ण दिन भी आपकी तुच्छ ईर्ष्या की वजह से उनमें मनमुटाव नहीं हुआ।''

उर्मिला का चेहरा गर्म हो गया था, वह साँस लेने को कुछ क्षण रुकी, परंतु रानी उस बच्ची की भाँति चुप थी, जिसने वर्षों तक किसी गुप्त भय और दर्द को झेला है और उसे व्यक्त करने को उसके पास शब्द न हों।

''यह कितनी बड़ी विडम्बना है कि आप दोनों के ईर्ष्या और शक्ति प्रदर्शन के खेल में आप ही के पुत्र शिकार हुए और वही जीत कर भी आए। उन्होंने आपकी मूर्खता की क़ीमत भी चुकाई, परंतु वे जीत गए, जबकि आप दोनों हार गईं। आप दोनों की घृणा के बावजूद उनका प्रेम जीवित रहा, बल्कि वे और निकट आए। लक्ष्मण और भारत ने बिना हिचकिचाए अपने भाई के लिए अपने जीवन का बलिदान कर दिया। वहीं अपने अधिकारों के लिए लड़ने और अन्यायपूर्वक अपने भाई से राज्य छीन लेने के बजाय निर्वासन को चुना। मैं आपसे पूछती हूँ माता, जब राम वापस लौटेंगे और चारों भ्राता फिर से एक साथ होंगे, तो आप दोनों की शत्रुता उनकी शांति को फिर नष्ट कर देगी? मैं भयभीत हूँ यदि आप दोनों में यही अविश्वास पनपा रहा तो हम कभी एक परिवार की तरह एक नहीं हो पाएँगे। कभी भी नहीं।

उर्मिला चली गई और कौशल्या ने स्वयं को पिंजरे में बंद तोते के समान अकेला अनुभव किया, जो उन कड़वी याद रुपी पिंजरे के साथ ही जीने को अभिशप्त है।

उत्सवों की खुशी संतुष्टि के भाव का अहसास करते हुए एक लंबे समय तक चली, हालाँकि वह एक उदासी भरा अनुभव था। यह सूखे के बाद वर्षा होने जैसा था। और जब कुछ माह बाद वर्षा ऋतु आई, तो अपने साथ अशुभ सूचना लाई। राजा अश्वपति का लंबी बीमारी के बाद निधन हो गया था। कैकेयी ने यह सूचना संयम के साथ ली और शीघ्र ही मांडवी के साथ कैकेय की राजधानी गिरिव्रज जाने के लिए, अयोध्या को छोड़ दिया। शीघ्र नंदीग्राम में सूचित किए गए भारत के आने की भी उन्होंने प्रतीक्षा नहीं की। शत्रुघ्न ने उनके साथ चलने का आग्रह किया, परंतु उन्होंने सप्रेम मना कर दिया, यह समझाकर कि कैकेय से अधिक अयोध्या की उन्हें आवश्यकता है। कौशल्या उसके प्रति दयालु थी, उन्होंने उनके प्रस्थान की सारी तैयारियों का जायजा लिया और स्वयं उसकी यात्रा के लिए खाद्यान्न, मार्गरक्षकों और औषधियों का प्रबंध किया। और जब रथ कैकेयी की प्रतीक्षा द्वार पर कर रहा था, तो वे उन्हें विदा करने भी आई।

कैकेयी उनके इस भाव से पिघली दिखाई दी और उसने निवेदन किया, "मैं आपकी कृपा की अधिकारिणी नहीं हूँ। मुझे लगता है कि पहली बार मुझे अयोध्या छोड़ने का कष्ट हो रहा है," अस्थिर मुस्कान से उन्होंने कहा। "और कैकेय से अयोध्या आने में मुझे पहली बार हर्ष होगा। अपना ध्यान रखना, मैं ठीक हो जाऊंगी।"

कैकेयी के जाने के एक दिन पश्चात ही उन्हें कैकेय से दूसरा पत्र प्राप्त हुआ। उर्मिला ने आश्चर्य और चिंता के साथ इस पत्र को दासी से लिया।

"यह एक मुहरबंद पत्र है। सन्देश तो नहीं लगता है। यह क्या हो सकता है?" उर्मिला ने कहा। गौर से देखने पर पत्र पर एक राजसी प्रतीक उभरा था। "रानी कैकेयी के नाम... स्वर्गीय राजा अश्वपति।"

"इसे खोलो; यह कुछ आवश्यक हो सकता है," कीर्ति ने सुझाया। वे दोनों उर्मिला के भोर के धूप आच्छादित कक्ष में बैठे थे, जहाँ यह दासी पत्र लेकर पहुँची थी।

"किंतु यह निजी है" उर्मिला ने प्रत्युत्तर दिया। "पिता और पुत्री के बीच"

"पर माँ कैकेयी एक माह से पहले वापस नहीं आएँगी। क्या हो यदि पत्र किसी आवश्यकता की समय सीमा से संबंधित हो? और ये कितना निजी हो सकता है? उर्मि, इसे खोलो, मैं निश्चित हूँ कि माँ कैकेयी कुछ नहीं कहेंगी।"

उर्मिला ने अपनी अनिच्छा के बावजूद पत्र खोल दिया। यह बहुत लंबा पत्र नहीं था, पढ़ते ही उसके चेहरे का रंग उतर गया। सशंकित कीर्ति ने अपनी बहन को उसकी बांह थामकर सहारा दिया। उसने अपनी बहन को इतना विचलित कभी नहीं देखा था।

"क्या हुआ, उर्मि? पत्र में क्या लिखा है?" उसने पूछा।

चुपचाप उर्मिला ने पत्र कीर्ति को दे दिया। उसने लगभग झपटकर पत्र लिया और हड़बड़ाहट में पढ़ लिया। वह बुरी तरह डर गई। "ओह प्रभु! यह कैसे हो सकता है?" उसने भर्राए स्वर में कहा।

वह तुरंत ही उर्मिला की ओर पलटी। "अब हम क्या करें? क्या हमें दूसरों को बताना चाहिए?"

"नहीं, रुको! मुझे सोचने दो... मेरी इच्छा थी कि इस पत्र को मैं न खोलूँ पर मैं प्रसन्न हूँ कि मैंने यह किया," उसने उत्सुकता से जोड़ा। "हमें पता चल गया माँ कैकेयी यह सब हमसे छुपा रही थीं..." उसने जो अभी पढ़ा है, उस पर अविश्वास करने के लिए उसने अपने सिर को झकझोर दिया।

"मैं सोचती हूँ परिवार के प्रत्येक सदस्य को इसके बारे में ज्ञात होना चाहिए, यह चौंकाने वाला है।" कीर्ति चिल्लाई। "हमें इसे और अधिक छिपाना नहीं चाहिए।"

उर्मिला ने पत्र की सामग्री पुन: धीरे-धीरे यह सुनिश्चित करने के लिए पढ़ी कि वह पत्र के किसी विवरण से अनभिज्ञ तो नहीं थी। वह व्यग्रता से बड़बड़ाई, "यह अविश्वसनीय है। मुझे लगता है हमें इसे सबको दिखाने की आवश्यकता है, विशेषत: भरत को," उसने सुस्पष्ट रूप से कहा। "और अभी शत्रुघ्न का जानना नितांत आवश्यक है।"

''और अन्य राज माताओं को?''

''हाँ, अंततोगत्वा, उन्हें भी,'' उसने कठोरता से कहा। ''हमें माता कैकेयी के आने की प्रतीक्षा करनी चाहिए...''

''हम उनका रहस्य खोलने जा रहे हैं, क्या आप उनसे इस बारे में बात करेंगी? या कि हमें चुप रहना चाहिए।''

''लेकिन क्या आप यह नहीं देखती, कीर्ति, इस भेद को तुरंत खोलने की आवश्यकता है? क्योंकि यह पहले ही अनगिनत क्षतियों का कारण बन चुका है और अब हमारा चुप रहना अनुचित होगा।''

कीर्ति ने धीरे से गर्दन हिलाई।

''हाँ, पर माँ कैकेयी से इस बारे में बात करने का दुस्साहस आप ही करेंगी। और माता सुमित्रा?''

''नहीं, मैं इस पत्र को खोलने के अपराध की दोषी हूँ, इसलिए इसे मुझे सँभालने दो,'' उर्मिला ने अचानक निश्चयात्मक दृढ़ता से कहा। उसने सोचा जब माँ कैकेयी वापस आएँगी तो उन्हें बहुत सारे प्रश्नों के उत्तर देने होंगे।

कैकेयी पिछली शाम को ही वापस आ गई थीं। अब उर्मिला परेशान थी कि वह उनसे किस भाँति बात करे और अगली सुबह ही उर्मिला इस विषय के बारे में उनसे बात करने को लेकर बड़ी व्यग्र दिख रही थी। वह हाथ में पत्र लिए उन्हें घूर रही थी और बुदबुदाते होंठों पर रखे प्रश्नों को रानी से पूछने में स्वयं को असमर्थ पा रही थी।

उर्मिला अपने बढ़ते असंतोष के बावजूद यह जानती थी कि रानी असाधारण स्त्री हैं, संभवत: यह उनके पिता के पालन-पोषण के कारण था। वह अपने सात पुत्रों पर रानी को वरीयता देते थे। वह उनकी प्रीतिपात्र केवल अपनी अतुलनीय सुंदरता के लिए नहीं थी, वरन वह एक विदुषी, संगीत और कला में निपुण होने के साथ-साथ युद्ध कला में भी कुशल थी। उन्होंने उसे अत्यंत उदारता के साथ अपने पुत्र के समान पाला था। यद्यपि यह कहना अधिक उचित होगा कि वह उनका आठवाँ पुत्र ही थीं। और वह अपनी इस असाधारण पुत्री के लिए सर्वथा योग्य वर की खोज कर रहे थे, परंतु जब राजा

दशरथ ने उनकी प्रिय पुत्री के लिए विवाह प्रस्ताव रखा तो वे क्रुद्ध और निराश हो गए थे। यद्यपि कोसल नरेश तब देश के शक्तिशाली नृपों में गिने जाते थे, जिनके इन्द्रादि देवता मित्र थे, परंतु राजा अश्वपति मानते थे कि उनकी अठारह वर्ष की नवयौवना पुत्री के लिए दशरथ बूढ़े थे। दशरथ के अतिरिक्त प्रयासों से और उनकी पुत्री कैकेयी ने स्वयं अपने प्रेम की दुहाई दी तब राजा तैयार हुए, क्योंकि उनकी पुत्री भी उस पिता समान बूढ़े व्यक्ति से प्रेम करती थी।

पिता ने अनिच्छा से आज्ञा तो दी, मगर शर्त रखी कि कैकेयी का अग्रज पुत्र ही सिंहासन का उत्तराधिकारी होगा। कोसल के मूढ़ राजा ने अपनी सहमति आसानी से व्यक्त कर दी और उन्हें इसका कभी पश्चाताप नहीं हुआ। कौशल्या के शांत और गंभीर स्वभाव के विपरीत कैकेयी सुंदर, युवा और साहसी थी, लेकिन कौशल्या की ही तरह इस युवा पत्नी से भी संतान की साध पूरी न हो सकी।

परंतु चारों पुत्रों के जन्म की कथा विषयेत्तर है, उर्मिला ने सोचा। जो भी दुरभिसंधि उनके और उनके पिता के मध्य थी, वह विवाह और दो राज्यों के मध्य विशाल दूरी के बावजूद भी नहीं तोड़ी गई। वास्तव में, वे भरत को अक्सर अपने पिता के महल में शिक्षा प्राप्ति के उद्देश्य से भेजती थी। तभी उर्मिला को याद आया कैकेयी का राम के प्रति अतिरिक्त स्नेह रखना और अपने पुत्र भरत की उपेक्षा करने पर मंथरा, कैकेयी के विरुद्ध थी, फिर किस भाँति वह माँ जो राम को बेहद प्रेम करती थी, उसके विरुद्ध खड़ी हो गई, अपने उस पुत्र के लिए, जिसकी वह बचपन से उपेक्षा करती आई थीं। उर्मिला को अंत में अपना उत्तर मिल गया था। और वह उसके हाथ में मौजूद पत्र में था... और अब यह रहस्य खुलने का समय था।

उर्मिला ने बहुत घबराहट, मगर सधे क़दमों के साथ कैकेयी के कक्ष में प्रवेश किया। कक्ष अत्यंत अलंकृत और चमकीला था, जो रानी के व्यक्तित्व को अभिव्यक्त कर रहा था। कैकेयी उसे देखकर चकित हुईं, पर उन्होंने उसका अभिनंदन उत्साह से किया।

उर्मिला ने जब उन्हें खुला हुआ पत्र दिखाया, तो उनकी मुस्कान गायब हो गई। उन्होंने स्वयं के चेहरे के उड़े हुए रंग को शीघ्र ही सँभाला।

"यह खोल दिया गया है," उन्होंने तीक्ष्ण स्वर में कहा। "किसने ऐसा करने का दुस्साहस किया?"

"मैंने," उर्मिला ने निरपेक्ष भाव से कहा। "और इसीलिए मैं इसे इसके सही पात्र को लौटने आई हूँ।"

"लेकिन इससे तुम्हारा कृत्य उचित नहीं हो जाता है। मैं सोचती थी तुममें इतनी गरिमा तो होगी कि तुम इसमें न उलझती, उर्मिला।" रानी ने अत्यंत कटुता से कहा।

परंतु उर्मिला इस क्रोध के पीछे छिपी कष्टसाध्य दुश्चिंता को देख सकती थी, रानी अधिक व्यग्र दिख रही थीं।

"तुम जा सकती हो," रानी ने रुक्षता से कहा।

उर्मिला उसी स्थिति में बनी रही। "मैंने उसे केवल खोला ही नहीं, बल्कि पढ़ भी लिया है," उसने नरमी से कहा।

"हाँ, मैं समझी," वह क्रोध से बोली। "परंतु अब तुम चली जाओ। मेरी तुमसे आगे संवाद करने की कोई इच्छा नहीं है।"

"कीर्ति और शत्रुघ्न भी इस पत्र को पढ़ चुके हैं और वे सब जानते हैं।" यह सुनते ही कैकेयी पर पीलापन छा गया। "और कौशल्या व सुमित्रा?" उन्होंने फटे हुए स्वर में फुसफुसाकर पूछा।

"अभी नहीं," उर्मिला ने समझाया। "हम उनकी प्रतिक्रिया को लेकर अनभिज्ञ थे, परंतु भरत, राम, लक्ष्मण व सीता को पता चलेगा और अंततोगत्वा उन्हें भी पता चल जाएगा।"

रानी निराशा से भरकर घुटनों के बल फर्श पर झुकती गई।

"नहीं, ओह ईश्वर, नहीं।" वह रोईं।

उर्मिला ने तुरंत उन्हें सँभाला। "किंतु क्यों? क्यों आपने हम सब से यह भयानक सत्य छुपाया?" उसने असभ्यतापूर्वक कहा।

रानी ने सिर को झटक दिया और रोने लगीं। ये हार और निराशा के आँसू थे।

उर्मिला स्वयं भी सँभल न सकी, उसने बूढ़ी रानी के काँपते कंधों को अपनी बाँहों में समेट लिया और जो भी कर सकती थी, उसने किया।

"राम वन गमन पूर्व निर्धारित नाटक था और आपने बस उसमें अपना चरित्र निभाया, यह अपने हमें पहले क्यों नहीं बताया?" उसने सज्जनता से पूछा।

रानी चुप थी पर उनकी सिसकियाँ उस सन्नाटे को तोड़ रही थीं। "आपको ज्ञात था, राम का निर्वासन पहले ही तय था, पर फिर भी अपने

इसे ऐसे दिखाया कि आपने अपने स्वार्थ और अपने बेटे के अधिकार के लिए उन्हें निर्वासित करवा दिया, परंतु ऐसा नहीं था, सत्य ठीक इसके विपरीत था, आप वास्तव में राम की रक्षा कर रही थीं। इस पूरे स्वांग में आपने किसी की सद्भावना नहीं, बल्कि अपने पति व पुत्र की घृणा और क्रोध को ही अर्जित किया। क्यों? क्यों आप और आपके पिता चुप थे?''

''क्योंकि इसे ऐसे ही होना था, यह एक लंबी कहानी है,'' रानी ने आह भरी। ''जब मेरा राजा से विवाह हुआ था, तभी से मैं अपनी नियति को जानती थी। हमारे राजपुरोहित ऋषि रत्न ने कहा था कि मेरे पति की मृत्यु पुत्रशोक के कारण होगी। उनकी मृत्यु के पश्चात सिंहासन चौदह वर्षों तक खाली रहेगा और यदि दुर्भाग्य से उस पर राजा का उत्तराधिकारी बैठा, तो परिणामस्वरूप उसकी भी मृत्यु हो जाएगी। पहले मुझे भी विश्वास नहीं था, परंतु जब एक बार राजा ने मुझे अपने श्राप के बारे में बताया तो परिवार और रघुवंश की रक्षा के लिए मैंने यह सुनिश्चित किया कि इस कालखंड में कोई सिंहासन पर न बैठे। गुरु वशिष्ठ भी इस बारे में जानते थे, इसीलिए उन्होंने राम की खड़ाऊँ को सिंहासन पर रखने का सुझाव दिया था।''

उर्मिला चौंक गई।

''वह जानते थे, फिर भी उन्होंने हमें अंधेरे में रखा? और यह सब घटने दिया?''

उसे स्मरण हो आया कि वे गुरु ही थे, जिन्होंने राम की खड़ाऊँ सिंहासन पर रखवाकर, भरत को राजा राम का राज-प्रतिनिधि माना था। और उसे यह भी स्मरण हो आया कि किस भाँति माँ कैकेयी राम को अनमने ढंग से अयोध्या लौट चलने के लिए मना रही थी, क्योंकि वे कदाचित ही उन्हें अयोध्या में नहीं देखना चाहती थीं।

''क्या तुमने देखा नहीं? वह भी विश्वास करते थे, क्योंकि यह सब वैसे ही घट रहा था, जैसे भाग्य चाहता था और वैसा ही हुआ।''

''और आप अपने पति की मृत्यु और इस दुखद गाथा की गवाह थीं?''

''हाँ,'' कैकेयी ने आहें भरते हुए दीर्घनिश्वास छोड़ा। ''मुझे करना पड़ा। और मैं चुपचाप रोया करती थी, क्योंकि मैं अभिशप्त थी, अपने सामने उस व्यक्ति की मृत्यु देखने को जिसे मैं सर्वाधिक प्रेम करती थी, पर यह उस श्राप की भाँति ही अटल था।''

"किंतु अपनी अंतिम साँस लेने तक वे आपसे घृणा करते थे।" उर्मिला भय से चीखी। "आपने उनकी मृत्यु के अंतिम क्षणों में उन्हें सत्य क्यों नहीं बता दिया, ताकि वे शांति से मृत्यु का वरण कर पाते?"

"क्या वह मुझ पर विश्वास करते?" उन्होंने थके हुए स्वर में कहा। "उन दो वरदानों को लेकर मैंने उन्हें कष्ट दिया, उन पर दोषारोपण किया, उन पर क्रोधित हुई किंतु उन्हें मेरे इतने क्रूर और नीच होने पर विश्वास ही नहीं हो रहा था। पर मैं ऐसा कर पाने में सक्षम रही और उर्मिला, मैंने उनका विश्वास पूर्णत: खो दिया था। इसके बाद लौटने की कोई गुंजाइश नहीं थी। हमारे प्रेम और भविष्य के लिए मुझे उनका बलिदान देना पड़ा और मैंने अपनी सारी शक्ति, नैतिक साहस और अपना सर्वस्व राम की रक्षा के लिए अर्पित कर दिया। मैंने अपने प्रिय पति से वे दो अकल्पनीय व अशुभ वर माँगे और ऐसे दिखाया कि राम को निर्वासित कर दिया जाए ताकि वह सिंहासन से दूर रहे और दुर्भाग्य व उसकी संभावित मृत्यु को टाला जा सके।"

उर्मिला विस्मित थी। "किंतु क्या आपने भरत को युवराज बनाकर उसको जोखिम में नहीं डाल दिया था?"

"नहीं, प्रिय, मैं जानती थी कि भरत कभी भी अपने भाई के अधिकार को छीनकर राम के सिंहासन को स्वीकार नहीं करेगा।"

उन्होंने यह तपोदीप्त भाव से कहा कि उर्मिला भयभीत हो उठी, किंतु उर्मिला अपने सामने बैठी स्त्री को बेहद सम्मान और विस्मय से सुनती रही, जिसने अपने परिवार को बचाने के लिए स्वयं को बस कलंकित ही किया था।

"आप इतनी निश्चिन्त कैसे हो सकती हैं? यदि सब कुछ इसके विपरीत घटता तो या घट जाता..." उसने भयभीत होकर पूछा।

कैकेयी ने धीरे से अपने सिर को हिलाया। "यह भी मैंने सोचा था, परंतु जब मेरे पिता भी इस विषय में मेरे पास एक विनती लेकर आए, तो मैं समझ गई कि इसका एक ही अंत है। यह होकर रहेगा और मुझे इसका अपराधी बनना है।"

"आपके पिताश्री ने वास्तव में क्या कहा था?" उर्मिला ने उत्सुकता से पूछा क्योंकि पत्र से पिता और पुत्री के बीच की योजना का बस अनुमान ही लगाया जा सकता था।

"जैसा कि तुम्हें ज्ञात है मेरे पिता को पशु-पक्षियों और कीड़ों की भाषा समझने का अद्भुत उपहार प्राप्त था, परंतु वह उन रहस्यों को किसी को नहीं

बता सकते थे क्योंकि बताने पर उनकी मृत्यु हो जाएगी,'' कैकेयी ने बताया। ''मेरी माता ने उनका यह रहस्य सीखना चाहा तो उन्हें हमारे जीवन से, महल से और राज्य से बाहर निकल दिया था,'' उसने कड़वाहट के साथ स्मरण किया। ''मैं इस महान सत्य के साथ बड़ी हुई थी और मुझे पता था कि मेरे पिता कई दिनों तक जंगलों में निवास करते हैं, जहाँ वे अपनी साँझें उन जीव-जंतुओं के साथ वार्तालाप में बिताते थे। वहीं से उन्हें पता चला कि महाबली रावण के अत्याचार से जंगल और याज्ञिक साधु-संत अत्यधिक त्रस्त हैं।''

''रावण!'' उर्मिला ने दोहराया।

''क्या तुम उसे जानती हो?'' रानी ने भी अचरज से पूछा।

''हाँ, किंचित ही, वह सीता के स्वयंवर में उपस्थित था और जब वह शिव धनुष को हिला भी नहीं सका था, तो उसने वहाँ उपद्रव कर दिया था,'' वह भय से काँपने लगी थी। ''वह उसे कामुकता से देख रहा था।''

''तो यह सब सत्य है और आगे घटने वाला भी सत्य ही होगा...'' रानी ने मंद स्वर में बड़बड़ाया।

''क्या?'' उर्मिला ने डर और भय से पूछा।

''मेरे पिता को उनकी बातों से पता चल गया था कि राम ही वह व्यक्ति है, जो रावण को रोक सकता है और अंततः उसे मार सकता है।''

उर्मिला की श्वास गले में ही अटक गई, तो राम को अपने निर्वासन के दौरान रावण को मारने के लिए नियत किया गया था। यह सब उसे बड़ा ही विचित्र, अविश्वसनीय और काल्पनिक लग रहा था।

''आपके पिता ने सबकुछ इस पत्र में लिखा है, किंतु क्या उन्होंने इससे पूर्व आपको यह सब नहीं बताया था?'' उसने अधिक जानकारी के लिए पूछा।

''नहीं, वह मुझे सटीक विवरण कभी नहीं बता सकते थे, क्योंकि वह जिस क्षण ऐसा करते, वह मर जाते। उन्होंने बस अपने लक्ष्य को पूरा करने का लिए मुझे राम को महल से निर्वासित करने को कहा था और मैंने उनपर विश्वास करके उनके निर्देशों का अक्षरशः पालन किया, हालाँकि यह भी आसानी से नहीं हो पाया था।'' बूढ़ी स्त्री ने स्मरण किया। ''शुरू मैं मुझे लगा कि वे भरत को राजा बनाने के लिए ऐसा कर रहे थे, तो उनसे मैं झगड़ गई, परंतु उन्होंने मुझसे विनती की कि यह किसी अन्य कारण से है और उन्होंने ही

मुझे राम की, परिवार की और संसार की भलाई करने के लिए प्रेरित किया। अपनी मृत्यु के भय से उन्होंने अधिक मुझे कुछ भी नहीं बताया, किंतु जब मेरा भरत, मेरा परिवार और अयोध्यावासी, सब मेरा विरोध करने लगे तो मुझे समझाने के लिए और सत्य बताने के लिए इस रहस्य को अपने अंतिम पत्र में लिख दिया। जिसके और इसके बाद अंततः उनकी मृत्यु हो गई।''

उर्मिला को अपनी सास अचानक बूढ़ी लगने लगी, जिसके कंधे रहस्य का बोझ उठाते-उठाते झुक गए थे। ''माँ, तुमने अपने पिता और पति खो दिए और सबसे बढ़कर आपने अपने पुत्र का स्नेह व सम्मान खो दिया, किंतु यदि आप यह राजा दशरथ को बताती, तो क्या वह आपसे सहमत नहीं होते? यह भयानक त्रासदी क्यों?''

''राजा कभी भी राम को वन जाने की आज्ञा नहीं देते। कभी भी नहीं,'' रानी ने उद्वेग में दोहराया। ''वह एक दिन भी उसके बिना जीवित नहीं रह सकते थे; तो वह राम को असुरों और राक्षसों के वध के लिए दंडकवन भेजने का साहस कैसे कर सकते थे? पिछली बार वह गुरु विश्वामित्र के क्रोधी स्वभाव के कारण राम और लक्ष्मण को ताड़का वध के लिए वन में भेजने के लिए बाध्य थे। जब घटनाएँ क्रमवार घटने लगीं और मेरे पिता व राजपुरोहित ऋषि रत्न की भविष्यवाणियाँ मेल खाने लगीं, तो मुझे विश्वास हुआ कि राम का वन गमन पूर्व निर्धारित था। और यही एकमात्र विधि थी उसे भेजने की।'' उन्होंने अपनी छोटी उंगली जो उनके समान ही टूटी हुई थी, को सहलाते हुए कहा।

''आप अपनी स्वेच्छा से ही बदनामी और दुर्भाग्य को गले लगा रही हैं। और अब भी आप परिवार के सामने रहस्य को प्रकट नहीं करना चाहती हैं?''

''वे मुझ पर विश्वास नहीं करेंगे,'' रानी उदासी से मुस्कराई। ''तुमने असमय यह पत्र खोलकर पढ़ लिया, इसलिए तुम मुझे संदेह का लाभ दे रही हो, किंतु मैं किस-किसको स्पष्टीकरण दूँगी? मैं क्या कहूँगी? यदि मैं इसमें संलिप्त हूँ, तो बस हूँ। यह कितना विचित्र और अकल्पनीय है। और अधिक महत्त्वपूर्ण तथ्य यह था कि यह सब एक रहस्य ही रखना था। किसी को इसके बारे में पता नहीं होना था।''

''और मंथरा? क्या वह जानती थी?''

''निस्संदेह नहीं,'' रानी हँसी। ''वह राम के राजतिलक के समय मेरे समानांतर ही अपना कुचक्र रच रही थी। मैं राजतिलक रोकना चाहती थी और

मंथरा ने दो वरदानों वाली बात उठाकर अनजाने में ही मेरी मदद की थी। वह वास्तव में, मेरे प्रति असुरक्षा की भावना से ग्रसित थी और मैं भी अपनी भूमिका निभा रही थी,'' उन्होंने कंधे उचकाए। ''मंथरा सोचती थी कि वह मुझे अच्छे से जानती थी, जबकि वह मेरे खेल का कभी अनुमान भी न कर सकी। उसने अनजाने में ही मुझे रास्ता दिखाया।''

''वह महल में अपनी स्थिति सुदृढ़ करने के लिए आपको राजमाता देखना चाहती थी और उसे लगा कि उसने वह प्राप्त कर लिया, है जो उसे चाहिए था।'' उर्मिला ने जोड़ा।

''मैं उसे मना नहीं कर सकती थी, वह मेरी माता के समान थी,'' कैकेयी ने आह भरी। ''उसने मेरे लिए सब कुछ किया, मुझे पाला, मेरी देख-भाल की। मैंने उसके प्रेम पर कभी संदेह नहीं किया। वह प्रेम पूर्णत: मेरे लिए ही था। वह मुझ पर अधिकार रखती थी और मुझे लेकर बेहद रक्षात्मक थी। मैं अपने पिता पर संदेह करती थी कि इसके कपटी स्वभाव और मेरे प्रति इसके विवेकशून्य प्रेम को जानने के बाद भी इसे विवाह के बाद मेरे साथ क्यों भेज दिया था, परंतु वह जानते थे कि यह समय पर काम आएगी।''

''ऐसा था?''

''वह मुझे मेरे पुत्र, जिसे मैं सर्वाधिक प्रेम करती हूँ, को राज्य से निर्वासित करने के लिए तैयार कर सके, ताकि मैं दुर्बल न पड़ जाऊँ। मुझे अब अहसास हो रहा है कि मंथरा मेरे उन दो दोषों के बारे में जानती थी, जिनसे मैं कभी पार नहीं पा सकती थी। मेरा हठी अहं और मेरी माता के मुझे छह वर्ष की अवस्था में अकेला छोड़ देने के कारण मेरे मन में उपजी असुरक्षा की भावना।'' स्मरण करते हुए कैकेयी का चेहरा कसैली मुस्कराहट से विकृत हो गया था। ''और यह मेरे पिता के कारण था। पर इसी ने मुझे उनका सामीप्य दिया और स्नेहभाजन बनाया। और इसी घटना के बाद मैं सामान्यत: पुरुषों और विशेषत: अपने पिता के प्रति इस दुराग्रह से ग्रसित हुई कि पुरुष अपनी पत्नियों को कमज़ोर क्षणों में छोड़ देते हैं... और इतने वर्षों तक मैं इसी भय के साथ रही कि मैं अपने पति का प्यार खो दूँगी- कौशल्या या सुमित्रा की तरह या दोनों की तरह।''

जिस व्यक्ति से आप सर्वाधिक प्रेम करते हैं, उसे खो देने के अनिर्वचनीय प्रचंड संत्रास उर्मिला ने भी अनुभव किया, क्योंकि उसने भी हाल ही में ये अनुभव किया था और वह ग्लानि से भर गई।

"अब मुझे अहसास हुआ कि महल में मेरे पदार्पण के दिन से कौशल्या इतनी खिन्न क्यों रहती थीं," बूढ़ी स्त्री ने बताया। "कौशल्या को मेरे शत्रु के रूप में दिखाया गया था, वरिष्ठ रानी जिसके प्रति राजा के मन में अथाह सम्मान था। मेरी सारी सुंदरता, यौवन, प्रेम और समर्पण के बावजूद वह उनकी प्रधान रानी थी। और जैसे ही एक वर्ष बीता और मैं उन्हें पुत्र सुख न दे पाई। उसके उपरांत मेरा इस कड़वे सत्य से सामना हुआ कि उन्होंने मुझसे पुत्र प्राप्ति के लिए विवाह किया था, मुझसे प्रेम के लिए नहीं," स्मरण करते हुए उनका स्वर खोखला हो गया था। "कौशल्या को शांता की माँ होने का लाभ मिलता था, क्योंकि मेरी तरह वह निसंतान नहीं थीं। जब वह सुमित्रा, तीसरी रानी को घर लाए तो मेरा भय और प्रबल हुआ। मैंने इतना अपमानित कभी अनुभव नहीं किया था। और इसके साथ ही मुझे आभास हुआ कि जब मुझे वर कर कौशल्या के सामने लाए थे तो उन्हें क्या सहना पड़ा था। पर मेरे अहं को तब अधिक चोट लगी कि यदि इन तीनों के साथ मुझे गरिमा के साथ रहना है तो मुझे प्रधान रानी बनाना होगा नहीं तो मैं शून्य या निर्वासित से अधिक नहीं। जब मैंने उनकी युद्ध के मैदान में प्राण रक्षा की, वह मेरे जीवन की दिशा को बदलने वाला क्षण था। उसके बाद मैंने कभी पीछे मुड़कर नहीं देखा क्योंकि अब मैं ही उनका सर्वस्व थी... जब तक कि उनका दिल मैंने वे दो वर माँग कर इसी कक्ष में तोड़ न दिया। उस दिन मैंने अपना सर्वस्व खो दिया था," उन्होंने उदासी से कहा। "किंतु जब मैंने उनसे असंभव की माँग की तो मुझे उनका सच्चा स्वभाव पता चला, जिन्हें मैं सर्वाधिक प्रेम करती थी। मेरे पति और पुत्र का प्रेम मेरे प्रति घृणा और राख में बदल गया था, परंतु राम एकमात्र ऐसा व्यक्ति था, जिसने मेरे अपराधी होने के बाद भी मेरे विरुद्ध एक भी कड़वा शब्द नहीं कहा। और अपनी सौम्य मुस्कराहट से मेरे अपराध को क्षमा कर दिया। हाँ, वह भगवान है, क्योंकि कोई मनुष्य इतना अच्छा नहीं हो सकता है," उन्होंने गर्व से कहा। "और अंत में मंथरा, मैंने कभी कल्पना भी नहीं की थी कि जिस व्यक्ति पर मैं बाल्यकाल से विश्वास और प्रेम करती थी, वह मुझे इतनी गिरी हुई सलाह देगी। वह जो कुछ भी कर रही थी अपने स्वार्थ के लिए कर रही थी, मेरे लिए नहीं। जब उसके विषाक्त कथन मेरे मन-मस्तिष्क को बहाकर ले गए और मैंने पाया कि मैं वास्तव में उस पर विश्वास कर रही हूँ। और तभी एक विचार मुझे आया कि क्या मेरी बिना सहमति के मंथरा मेरे मस्तिष्क में विष भर सकती है? न लालच, न मूर्खता, न ईर्ष्या, न घमंड? वह नीचता अवश्य मेरे दिल में अवयक्त थी।

''नहीं, माता, आप इन सबसे ऊपर थीं, आपने इसे अनुभव किया होगा, इससे अपनी पहचान जोड़ी होगी, किंतु आपने इसे छोड़कर अपनी अंतरात्मा का स्वर सुना'' उर्मिला ने खंडन किया। ''और अधिक अच्छे के लिए।''

उर्मिला दुख, आश्चर्य, विस्मय जैसे भावावेश में बह गई और उस सहज व्यक्तित्व के लिए सम्मान से भर गई, उस ख़ूबसूरत स्त्री के, जो उसके साथ उनका चेहरा अपने हाथों में थामे बैठी थी। उसने उन्हें सभी रंगों में देखा था, एक तेजस्वी राजकुमारी को प्रेम में, जिंदादिल पत्नी के रूप में और भयभीत व असुरक्षित भावना से ग्रसित पत्नी के रूप में, महत्त्वाकांक्षी व शक्तिशाली पत्नी के रूप में, निष्पक्ष व स्नेहमयी माता के रूप में और समय के पट पर शांत व बदनाम विधवा के रूप में और अंत में एक साहसी निस्वार्थी स्त्री के रूप में भी, जिसने परिवार व संसार की उपेक्षा सही। इस प्रकार उर्मिला ने निर्णय किया कि वह कम से कम परिवार को तो इस अद्‍भुत स्त्री का सत्य बताएगी, क्योंकि वे इस स्त्री के ऋणी हैं और उन्हें सदा इनका आभारी होना चाहिए।

''जो कुछ हुआ उसके लिए मैं स्वयं को कभी क्षमा नहीं कर पाऊँगी,'' रानी ने आसन पर थकान से झुकते हुए कहा। ''और जब मैं तुम्हें देखती हूँ तो मुझे सबसे अधिक दुख होता है। मैंने तुमसे तुम्हारी आशा, तुम्हारी ख़ुशी, तुम्हारा यौवन, तुम्हारा सब कुछ छीन लिया। यदि मुझे क्षमा कर सकती हो तो प्रिय, तो मुझे क्षमा कर दो।''

उर्मिला घबरा गई। ''यह मुझे कहना चाहिए... कि मैं कैसे आपसे कहे उन द्वेषपूर्ण और असम्मानजनक शब्दों के लिए स्वयं को क्षमा कर पाऊँगी?'' वह अपने सिर को झटककर रोई। ''परिवार भी अपने कहे शब्दों को कभी कैसे वापस ले पाएगा?''

''इसीलिए, वे न जानें तो ही बेहतर है, इसे ऐसे ही रहने दो। मुझे मेरे श्राप के साथ जीने दो,'' उन्होंने कहा। ''जब मैं बच्ची थी, तो मैंने एक ध्यानमग्न ऋषि का चेहरा काला कर दिया था, जिससे स्वाभाविक रूप से वह क्रुद्ध हो गए थे और उन्होंने मुझे श्राप दिया था कि मैं भी इसी तरह अपमानित जीवन जीने को बाध्य होऊँगी। और देखो, मैं वही हूँ, मैं सदैव इसी तरह अपनी धूमिल प्रतिष्ठा और असम्मान के साथ रहूँगी। तुम उसे बदल नहीं सकती, उर्मिला, मेरा भाग्य मेरे हाथ में है।''

''नहीं, माँ, हम इतने असहाय कैसे हो सकते हैं? क्या हम निर्मम भाग्य की उंगलियों में बँधी तारों से ही खींचे, बाँधे और फेंके जाते हैं?'' उसने निराशा से कहा। ''क्या हमारे पास पूर्व निर्धारित नियति का कोई विकल्प नहीं? क्या हम इन विकल्पों को स्वयं नहीं बनाते हैं?''

''मैं भी तुम्हारी तरह उन्मुक्त विचारों वाली हुआ करती थी, उर्मिला। मैं अपने पिता, गुरु रत्न यहाँ तक कि राजा का उपहास किया करती थी। मैं उनसे कई बार पूछा करती थी कि वे उस अंधे पिता के श्राप से, जिसमें उनकी मृत्यु पुत्रशोक से होगी, से इतना भयभीत क्यों रहते हैं, जब उनके कोई पुत्र नहीं था?'' उदासीन और निष्प्रभ नेत्रों से कैकेयी ने कहा। ''मैं उन्हें ये विश्वास दिलाने का प्रयास करती थी कि वे भाग्यशाली हैं कि उनके कोई पुत्र नहीं है तो श्राप फलित नहीं होगा... लेकिन यह हुआ। मेरे जीवन में जो कुछ भी हुआ, वह पूर्वनिर्धारित था। परिस्थितियाँ वैसे ही घटीं, जैसे उन्हें घटना थीं। हम इसके बारे में पहले से नहीं जानते हों, यह सबसे अच्छा होता है। मनुष्य सदा अपने भविष्य को लेकर जिज्ञासु होता है, परंतु यह तर्कहीन उत्सुकता उसके लिए अच्छी नहीं होती है। जो होना है, वह होगा।'' और यह कहकर उन्होंने सावधानी से उस पत्र को दीपक की चपल लौ के समीप कर दिया और उसे धीरे-धीरे आग पकड़ते देखने लगीं, अग्नि की लपटों ने उस पत्र को चारों ओर से भस्म कर दिया, और जब वह राख में बदल गया तो अपने जीवन के समान उसे अपने पैरों के नीचे संगमरमर के फर्श पर फैला दिया।

प्रतीक्षा

वह उसके विचारों में दिन भर बने रहते थे और रात में उसके सपनो में। हर दिन वो एक दर्द और कमी के साथ उठा करती थी। वो उनको अपने पास चाहती थी, उनके साथ समय बिताना चाहती थी। एक ही तकिये पर सिर रखना चाहती थी, सुबह सबसे पहले उठते ही उनके नेत्रों में देखना चाहती थी, उनको छूना चाहती थी, उनकी गंध को अनुभव करना चाहती थी, उनको अनुभव करना चाहती थी। उसने हर दिन संकल्प के साथ ऐसे ही बिताया। दिन धीरे-धीरे वर्षों में बदल गए।

देखते ही देखते 10 साल बीत गए और वह 27 साल की हो गई। अभी 4 साल और बाकी थे। जब वह वापस लौटेंगे, वह 31 की हो जाएगी और वह 37 के हो चुके होंगे। उर्मिला ने स्वयं को आईने में देखा। अब वो एक लड़की नहीं स्त्री हो चुकी थी। उसका लड़कपन खो चुका था, लेकिन ये केवल एक बाहरी परिवर्तन था। उसको स्त्री उसके हालात ने बनाया था। वो अपना बचपन तब खो चुकी थी जब उसकी शादी हुई और शादी के बाद कई ऐसी घटना घटी, जो उसने सोची भी नहीं थी। हाँ, शायद वो तब स्त्री बनी, जब वो लक्ष्मण से मिली और उसे और उसके व्यक्तित्व से प्यार हो गया।

यह 10 साल उसके जीवन का सबसे लंबा समय था, लेकिन उसने कभी उनको अपने से अलग नहीं किया। वह इन सूने वर्षों में उपकी यादों में उसके साथ बने रहे। वो धीरे धीरे अपनी कलाई से चूड़ियाँ उतार रही थी, उतारने के बाद वो उनको निहार रही थी। उसे उनकी उस आदत की याद आई कि किस तरह वह चूड़ियों को अपने हाथों से सहलाते थे। जैसे ही उसने अपना

माणिक का हार खोला, उसने शीशे में उनको अपने पीछे खड़ा देखा, वह उसको बेसुध देखे जा रहे थे। ठीक उसी तरह जैसे पहले देखते थे, जब वह अपने आभूषण रात में उतारा करती थी, लेकिन उनको यह सब इतना पसंद नहीं था। वह कहते थे– ''अवश्य ही ये गहने महिलाओं की सुंदरता बढ़ाते हैं, लेकिन ये प्रेम में बाधक हैं।'' वह मुस्कराए..। ''और किसी शस्त्र के समान हैं! क्या तुमने ध्यान दिया कि यह सब घायल कर सकते हैं। और वो बालों में लगाने का काँटा इतना ख़तरनाक है मानो कटार हो जूड़े में। अपने बालों को खुला छोड़ दो यह तुम्हारी सबसे अच्छी विशेषता है।''

''क्या सच में'' वो स्पष्ट रूप से क्रोधित होकर पूछती है, उसको लगा था वो उसकी प्रशंसा करेंगे, उसकी बादाम जैसे नेत्रों की, लाल होंठों की, उसकी त्वचा की न कि उसके बालों की, जो इतने विशेष नहीं थे। उसने बताया कि उसकी दादी कहती थी कि खुले बाल जंगलीपन, चंचलता और उन्ममुक्तता का प्रतीक होते हैं।

वह बोलते हैं कि ''मैं भी तो यही कह रहा था। ये मुझे बिलकुल तुम्हारी तरह लगते हैं – इन्हें ऐसे ही होना चाहिए – जंगली, मनोहर, चंचल और उन्मुक्त।'' और यह कहते हुए वह उसको चूम लेते हैं और उसके बालों से केश काँटा निकाल देते हैं... उर्मिला के लंबे रेशमी बाल खुलकर बढ़ती लालसा की एक चमकदार काली–भूरी लहर के समान उसकी पीठ पर बिखर जाते हैं...।

अपनी खिड़की के बाहर हँसने का स्वर सुनकर वह चौंककर मीठी यादों से वर्तमान में वापस लौट आई। उसने खिड़की से देखा कि शांता के दो बेटे और उसकी बेटी आम के पेड़ पर चढ़कर आम खा रहे थे, जो उसके कक्ष के बाहर था। उर्मिला को यह देख कर अपना बचपन याद आ गया, मिथिला के उद्यान में वह अपनी बहनों के साथ यही किया करती थी। मांडवी चक्कर आने का बहाना करके इन सब रोमांच से स्वयं को अलग कर लेती थी। सीता सबसे नीचे वाली टहनी पर बैठकर खट्टे आम खाती थी। वह और कीर्ति सदैव खेलते रहते थे और सबसे ऊँची टहनी पर चढ़ने के लिए प्रयास करते थे। उन दिनों के प्रसन्न स्वर अब उसके कानों में गूँजते हैं। अब भी वैसे ही स्वर गूँज रहे थे। लड़कों ने हिम्मत छोड़ दी और ऊपर पेड़ पर चढ़ी अपनी बहन को नीचे उतारने की कोशिश करने लगे। वह चपल लड़की स्मृति बहुत स्फूर्ति वाली थी। वह लगभग सबसे ऊँची टहनी तक पहुँच चुकी थी।

उर्मिला ने खिड़की से स्मृति को स्वर लगाया और कहा, ''तुम जीत चुकी हो प्रिय, अब धीरे धीरे नीचे उतर जाओ।'' राजमहल के आँगन में बचपन में खेलने और हँसते हुए का वह दृश्य, उसको बहुत सुखदायी लगा। राजमहल में कई तरह के लोगों का आना-जाना लगा रहता था, लेकिन जब से राजकुमारी बड़ी हुई थी, उस दिन से बच्चों का दिखना बहुत कम हो गया था, लेकिन उर्मिला की खुशी देखते ही देखते दुख में बदल गई। बच्चे? क्या वह अपने आँगन में कभी बच्चे देख पाएगी? क्या वह बच्चों की किलकारी सुन पाएगी? उसने अपना होंठ काट लिया। वह कितनी मूर्ख है। उसने निराशा के भाव के साथ सोचा कि वह बाद में भी बच्चों को जन्म दे सकती है, लेकिन क्या वह अधिक प्रसन्न नहीं होती, यदि पालने के लिए उसके अभी कोई बच्चा होता।

उर्मिला ने एक झुरझुरी सी ली – वह क्या सोच रही थी? उसने फिर से बच्चों की ख़ुशियों भरी किलकारी सुनी और अपनी बहनों के बारे में सोचा। वे भी उसी के समान संयमपूर्ण जीवन जी रही थीं। उनके पति साधु जीवन जी रहे थे, जो उनके वैवाहिक जीवन जीने में रुकावट ला रहे थे। सब भाई अपने सुख और दुख एक दूसरे के साथ साझा करते थे। अपने बड़े भाई की तरह सब भाई ब्रह्मचर्य जीवन जी रहे थे।

उर्मिला ने एक खोखली मुस्कान के साथ कहा – ''कभी कभी मुझे लगता है कि मैं सबसे भाग्यवान हूँ सब चारों बहनों में क्योंकि लक्ष्मण शारीरिक रूप से यहाँ मौजूद नहीं हैं, तो मुझे उनसे किसी चीज़ के लिए अपेक्षा नहीं है।'' ''हम सब यहाँ अपने वैवाहिक जीवन महत्त्वपूर्ण रूप से जी रहे हैं। हम सब एक ही तर्क का कष्ट सहन कर रहे हैं प्यार में, नुक़सान में, अलगाव में। हमारा भाग्य एक जैसा होने के बाद भी समतावादी है। यह एक तरह से अच्छा भी है, हम एक दुसरे से ईर्ष्या नहीं करते हैं।''

कीर्ति बोलते हुए हँसी, ''हम सब एक ही नाव की सवारी कर रहे हैं या शायद मैं ऐसा कहूँ कि हम सब एक ही नाव में डूब रहे हैं।''

लेकिन इन सबसे मांडवी प्रसन्न नहीं हुई। ''इसे एक तरह से युवावस्था की बर्बादी कह सकते हैं! पुरुष अपनी नैतिकता का युद्ध जीत चुके हैं, लेकिन पत्नियों का क्या? ज़बरदस्ती का ब्रह्मचर्य उत्तम विषय नहीं है। अपनी पुस्तक से देखते हुए मांडवी बनावटी हँसी में बोली। ऐसे गौरव की जगह मैं वापस प्यार में लौटना चाहूँगी। इसे आदर्श अन्याय कहा जा सकता है!'' उसने

अपनी पुस्तक बंद की, पुस्तक से उनकी ओर इशारा करके उदासीनता से बोली "ये पुस्तकें ज़्यादा बेहतर सखी हैं। ये हमें उस दुनिया में ले जाती हैं, जैसी दुनिया हम असल ज़िंदगी में जीना चाहते हैं, जिस दिन की हम कल्पना और अपेक्षा करते हैं।"

उर्मिला मांडवी को चिंता भरी नज़र से देखती है। क्या भरत के लौटने पर मांडवी स्वयं का पहले जैसे ध्यान रखेगी? वो मन ही मन सोचती है।

मांडवी के अगले तर्क ने उर्मिला की परेशानी को और बढ़ा दिया। मांडवी ने कहा "मैं बार बार चाची सुनयना के वो वचन याद करती हूँ उर्मि कि हम सब को एक ही घर में शादी नहीं करना चाहिए थी।" हम सब एक ही परेशानी से जुड़े हैं, एक ही तरह की पीड़ा और बलिदान से जुड़े हैं।

"लेकिन उनका कारण दूसरा था। वह चिंतित थी कि इसके कारण हम बहनों के रिश्तों में दरार आ जाएगी" उर्मिला ने कहा। "लेकिन मेरे विचार से हम सबने उन्हें गौरवान्वित किया है और बहुत अच्छे से सब कुछ व्यवस्थित किया है।"

"हाँ इस कारागृह में कैद रहकर, हमने बहुत प्रगति की है" मांडवी बोली।

उस एक समय उर्मिला ने स्वयं को समर्पण करते हुए अनुभव किया। यह सब अब उसको दुख नहीं देता। क्रोध और निराशा ने उसकी बहनों को ऐसा बना दिया था। उर्मिला सोचने पर विवश हो जाती है कि क्या मांडवी स्वयं के साथ कभी कोमल हो पाएगी। मांडवी सदैव स्वयं के साथ शुरू से ही ऐसा व्यवहार करती थी। उसकी कटुता ने उसको ऐसा बना दिया था। जब उसको कैकेयी का भेद पता चला था, जो उसने पूरे परिवार से छुपाया था, तब भी मांडवी पर कोई प्रभाव नहीं हुआ।

"क्या यह हमारी जिंदगी में कुछ बदलाव लाएगा अगर भरत वापस आया?" क्या यह सब लक्ष्मण को वापस ला देगा उर्मिला? "हाँ मैं उससे थोड़ी घृणा करती हूँ जो कुछ भी हो उसका अर्थ वही है, जो हमारे परिवार में दुख लेकर आई है।"

उसकी कटुता ने उसको ऐसा बना दिया है। उसकी आशा ने उसको अकेला कर दिया है। उसके परियों के देश की प्रेम कथाएँ खो चुकी हैं, लेकिन जैसे ही राजकुमार भरत वापस आएँगे, उनके साथ यह सब भी वापस आ

जाएगा। क्या प्यार उसकी ज़िंदगी में वापस आएगा? उर्मिला जानती थी, सब वापस आएगा, भरत मांडवी का दिल फिर से जीत लेगा। क्या शायद मांडवी स्वयं को वापस ला पाएगी और वैसी हो जाएगी जैसी पहले थी। ऐसा नहीं था यह सब उर्मिला को बस प्रेम कथा के अनुसार लगता था, यह सब सोचने का मुख्य कारण मांडवी थी। जैसे उर्मिला बहुत अच्छे से जानती थी, एक बार अगर मांडवी को प्यार और अपनापन मिले वह फिर वैसी मांडवी हो जाएगी, जो हँसती रहती थी।

लेकिन कीर्ति मांडवी से बहुत अलग थी। कीर्ति संतुष्ट थी, वह शत्रुघ्न के साथ बहुत प्रसन्न थी। उर्मिला यह देख सकती थी। स्वभाव ही उसका महत्त्वपूर्ण हथियार था। उर्मिला सोचती थी। शत्रुघ्न कीर्ति से बहुत प्यार करता था। क्या शादी के बाद भी दो लोगों के बीच में प्यार बढ़ता है? हर शाम, कितनी भी देर हो गई हो, शत्रुघ्न कीर्ति के साथ बैठकर समय बिताता था और उसे हर तरह की बात करता था, दिल की बात से लेकर दरबार तक की। उन दोनों को देख कर उर्मिला को अपना और लक्ष्मण के साथ बिताया हुआ समय याद आया करता था। वह उसको विनोदी लहजे में बोला करते थे "सामान्य बातें करा करो "मिला," मैं कम बात नहीं कर सकता।" भारी बातें हम दोनों को शीघ्र क्रोध दिला देती हैं।

वह अपनी पुरानी यादों पर हँसने लगी। हाँ उर्मिला और कीर्ति मांडवी से ज़्यादा प्रसन्न और सुखी थी।

चार बहनें, एक ही दिन शादी, एक ही परिवार में, एक ही स्थितियों में, लेकिन चारों अपनी ज़िंदगियाँ अलग नज़रिये से देख रही थीं। मांडवी दुख में और वो इंतज़ार में, उर्मिला स्वयं के प्रति सोच पर अत्यंत प्रसन्न थी, लेकिन हाँ वह अपनी ज़िंदगी दुखों को सहन करते हुए जी रही थी। समय के साथ और जो मुसीबतें सामने आ रही थीं, उन सबने उसको शक्तिशाली बनना और कष्ट को मुस्कराते हुए सामना करना सीख दिया था।

सीता उनके साथ नहीं थी, लेकिन उर्मिला ने चित्रकूट में आखिरी बातों से यह अनुमान लगाया था कि वह बहुत प्रसन्न थी। वन के शांतिपूर्ण वातावरण के अलावा वह इतनी प्रसन्न और सुखी कहीं और नहीं हो सकती थी। हरियाली की गोद में, भले ही सारा जीवन वन में क्यों न व्यतीत करना पड़े, कठोर मृदा पर वह साहस के साथ पैर रखती थी। सीता का चयन बहुत स्पष्ट था कि उसको राम के साथ उनकी प्रतिछाया बनकर रहना था। वे दंडक

वन में ऋषियों के आश्रम में शांत जीवन व्यतीत कर रहे थे, जहाँ वे ऋषियों का आश्रम राक्षसों से सुरक्षित रखते थे।

जो भी आश्रम पर हमला करता था, वे दोनों भाइयों के तीर से उसी समय मारा जाता था। भरत कहीं न कहीं किसी न किसी तरीक़े से तीनों के आश्रम के जीवन की सब खब़र रखता था। भरत और बाकी लोगों के उनसे मिलकर चले जाने के बाद ये तीनों चित्रकूट छोड़कर निकल गए थे और भयानक दंडकारण्य में अपनी यात्रा जारी रखी थी। विंध्य में ऋषि अगस्त्य से मिलकर लौटने के बाद, अंतत: उन्होंने पंचवटी में रहने का निर्णय किया था और वे गोदावरी नदी के किनारे एक कुटिया में अपना जीवन व्यतीत कर रहे थे।

कैकेयी ने राम और सीता के साथ जो किया था, अयोध्या में लोगों ने उसको आज तक इसके लिए क्षमा नहीं किया। उनका पूरा परिवार शर्मिंदा था। उर्मिला ने यह सब बिना सोचने के बाद बिना हिचक रानी के बारे में बात की। तीनों रानियों ने संभवत: पहली बार अपना भोजन शांति से एक साथ किया होगा, बिना किसी द्वेष और राग के। और उस दशक के अंत के कुछ वर्षों में यह अंतिम बार था। उस शाम वो उस सदी की आखिऱी रात थी, जो इतनी शांत और ख़ूबसूरत थी।

उर्मिला को अनपेक्षित निमंत्रण प्राप्त हुआ। यह निमंत्रण उसके पिताश्री की ओर से कुछ ही दिन में होने वाली तत्वज्ञान पर सभा का निमंत्रण था, जिसका वे हर वर्ष आयोजन करते थे, लेकिन वह विस्मय में थी कि उसके पिता ने उसको पुत्री के दृष्टिकोण से निमंत्रण नहीं दिया था, परंतु वे चाहते थे कि वह एक विदुषी की तरह सभा में आये। उर्मिला को वशिष्ठ, अयोध्या के गुरु वामदेव, मार्कण्डेय, कात्यायन और तो और अनिच्छुक कश्यप से शिक्षा मिली थी, जिन्होंने उसके मस्तिष्क को तेज़ कर दिया और ज्ञान तीक्ष्ण कर दिया था। उर्मिला बड़ी हो चुकी थी अब। वह एक जिज्ञासु छात्रा से विदुषी बन चुकी थी, जिसका अनुकरण किया जा सके। उसने अत्यंत मेहनत से पढ़ाई के बाद वेद और उपनिषद की शिक्षा ली। यही कारण था कि राजा सीरध्वज जनक ने केवल उर्मिला को ही सभा का निमंत्रण भेजा था।

उर्मिला को उस दिन स्वयं पर बहुत गर्व अनुभव हुआ। उसके पिता जो बहुत महान पंडित हैं, उन्होंने उसको आमंत्रण भेजा था भले ही दोनों की सोच बहुत अलग है। वह धर्म की उपयुक्तता पर प्रश्न करती थी, साथ ही इसका प्रकृति पर प्रभाव जानना चाहती थी, जबकि पिता धर्म में दिव्यता देखते थे। हल्की सी मुस्कराहट उर्मिला के मुखमंडल पर थी – सभा में विदुषी गार्गी और विवादास्पद गुरु जाबाली के साथ रोचक बहस होने वाली थी।

कीर्ति ने उर्मिला के चेहरे की ओर देखते हुए बोला "तुम बहुत खोई हुई लग रही हो।" कुछ क्षण के लिए उसको लगा कि वह लक्ष्मण की यादों में खोई हुई थी।

उर्मिला बोली, "पिताश्री ने मुझे मिथिला बुलाया है।" उर्मिला इतनी बड़ी प्रसन्नता अपने तक नहीं रख पा रही थी। उसने कीर्ति के हाथ में निमंत्रण को रखा, कीर्ति ने उसे ध्यान से पढ़ा और अपनी चचेरी बहन के लिए उसे बहुत प्रसन्न हुई।

"इस बात से अंतर नहीं पड़ता है कि तुम्हें इस प्रतिष्ठित सभा में भाग लेने के योग्य माना गया, बल्कि अधिक महत्त्वपूर्ण यह है कि तुम पिताश्री को प्रभावित कर सकी। यह तुम्हारे लिए अधिक मायने रखता है।"

उर्मिला के चेहरे से मुस्कराहट धीरे-धीरे जाने लगी, वह पूछती है – "क्या मैं किताब खुली हूँ कि कोई भी मुझे पढ़ लेता है?

कीर्ति ने तपाक से कहा, "नहीं! तुम ऐसी नहीं हो।" "भले ही अन्य लोगों को यह लगे कि तुम्हारी प्रसन्नता इसलिए है कि तुम सभा में भाग ले रही हो, लेकिन सच किसी को नहीं पता। यह मेरे, मांडवी और सीता के अलावा किसी को नहीं पता। हम जानते हैं तुम अपने पिताश्री की अपेक्षाओं से अधिक खरी सिद्ध हुई हो। इसी से प्रसन्न हो।" हम तुम्हें जानते हैं, तुम उनके प्रेम और आदर के लिए बहुत तरसी हो, जो हम तीनों को आसानी से मिला। तुम्हें लड़ना पड़ा और हमें नहीं। अलग अलग कारणों से – सीता क्योंकि वे घर की सबसे बड़ी बेटी थी, बड़ी बेटी होने की वरीयता थी, एक आदर्श बेटी, जो सब कुछ सही करती थी। हमें इसलिए मिला, क्योंकि हम सबसे छोटे थे और क्योंकि हमारी कोई माँ नहीं थी, लेकिन तुम्हारे माता-पिता हमारे साथ सदैव से थे। तुम्हें बहुत बार नज़रअंदाज़ कर दिया जाता था, जबकि सीता को शाबाशी और हमें प्यार मिलता था, इसलिए तुम्हें इतनी

मेहनत करनी पड़ी। इसलिए भले तुम स्वतंत्र हो, लेकिन उनके हर निर्णय से सबसे अधिक केवल तुम्हें फ़र्क़ पड़ता है।''

यह सुनकर उर्मिला के चेहरे पर एक दर्दभरी मुस्कराहट आ गई थी। वह कीर्ति से बोली, ''तुमने मुझमें करुणा का भाव ला दिया।'' नहीं, नहीं समय ऐसा था'' कीर्ति उर्मिला से बोलीं। ''तुम सब कुछ थी, लेकिन तुम्हें कुछ नहीं मिला। इन सब के बाद भी तुमने बहुत प्यार से सब बटोर रखा है। यह मत सोचना कि मुझे तुम पर दया आ गई या कुछ और। नहीं मैं तुम्हें बहुत मानती हूँ। तुमने कभी अनुभव नहीं होने दिया कि सीता को गोद लिया गया था और हम बिन माँ के बच्चे थे।''

''कीर्ति क्या बोल रही हो तुम'' उर्मिला ने चौंक के बोला। वह यह सब सुनकर डर गई थी।

कीर्ति उर्मिला से बोली, ''देखो यही मैं तुम्हें समझाने की कोशिश कर रही थी। तुम हम सब के लिए कभी बुरा नहीं सोचती, जलन तो दूर की बात है तुम हम पर क्रोध भी नहीं करती। क्यों? तुम सदैव हमारे झगड़े सुलझाती हो, हमारे बीच की दूरी समाप्त करती थी और हमारे क्रोध को शांत करती थी। तुमने कभी हमें अपना कष्ट नहीं बताया।''

उर्मिला यह प्रशंसा सुनकर बहुत प्रसन्न हुई। पूरे जीवन में किसी ने उसको पहली बार इतना विशिष्ट अनुभव करवाया था, लेकिन कीर्ति ने यह सब बहुत ही सुंदर शब्दों में प्रस्तुत किया। उर्मिला कीर्ति से बोली, ''मैं तुम्हें अपनी उम्र से अत्यंत समझदार समझती थी, लेकिन तुम तो शब्दों में भी समझदार हो।'' वह हँसी और फिर बोली, ''तुमने मुझे बहुत अत्यंत विशिष्ट बना दिया।''

बात को नकराने की उर्मिला की कोशिश पर कीर्ति ने स्नेह से सिर हिला दिया। कीर्ति जानती थी कि तरस और प्रशंसा दोनों उर्मिला को पसंद नहीं था। कीर्ति बोली, ''कोई करता हो या नहीं करता हो, लेकिन ''मैं प्रसन्न हूँ कि ऐसा एक व्यक्ति है जो तुम से प्यार करता है, जैसी तुम हो, वह तुम्हारी अहमियत समझता है और उसके लिए तुम्हें बहुत प्यार करता है। वह कोई और नहीं लक्ष्मण है।''

कीर्ति की यह बातें उसके मस्तिष्क में बैठ गई थीं। वह मिथिला एक हफ़्ते बाद गई, लेकिन तब भी वे बातें सोच के बहुत प्रसन्न थी। और अपने माता-पिता के नेत्रों में अपने लिए सम्मान की भावना देख कर उसकी प्रसन्नता

दोगुनी हो गई। उसने यह सब कभी नहीं देखा था। यह चमक उनके नेत्रों में केवल सीता के लिए हुआ करती थी।

सभा बहुत बड़े स्थल पर हुई, जैसे बचपन में वह देखा करती थी, लेकिन 27 साल बाद यह सभा उर्मिला के लिए कुछ अलग महत्त्व रखती थी। देशभर से ऋषि और गुरु आकर विचार रखने वाले थे। सत्य की खोज और मानवीय मस्तिष्क द्वारा ज्ञान के अनुसंधान पर अपनी सोच सबके सामने प्रस्तुत करने वाले थे। इस बार उर्मिला इन सब का हिस्सा थी।

उसके पिता ने एक बार उसे बताया था कि सभा कैसे आरंभ होती थी। यह सभी जानते थे कि राजा सीरध्वज के महल में चार बेटियाँ हैं, दो उनकी बेटियाँ और दो भतीजियाँ। अपने मित्र दशरथ के समान उन्होंने कभी पुत्र के प्रति इतनी गहरी इच्छा नहीं रखी। कई लोगों ने उन्हें ऋषि शृंग्य को भी बुलाने के लिए कहा था कि वे भी वही यज्ञ करें, जो उन्होंने राजा दशरथ को पुत्र प्राप्ति के लिए किया था, लेकिन मिथिला के राजा ने स्पष्ट इंकार कर दिया, यह कहकर कि वे उन भाग्यवान पिताओं में से हैं, जिनका चार पुत्रियों की प्राप्ति हुई है। वह उनका लालन-पालन ऐसे करेंगे, जो उनको अनुकरणीय बनाएगा कि उन बेटियों में कितनी अच्छी बुद्धि है।" उनका भाग्य उनकी बेटियाँ थीं। उन्होंने कभी लिंग का भेद नहीं किया। एक स्त्री सुलभा से यह पाठ उन्होंने सीखा था।

सुलभा एक विद्वान थी, वह युवा, सुंदर और अविवाहित थीं। वह इस दार्शनिक महाराज के साथ अकेले में चर्चा करना चाहती थीं। राजा जनक मान गए, लेकिन वह इस सुंदर स्त्री के साथ अकेले एक कक्ष में सहज नहीं थे। और उसने जो बोला राजा जनक ने आजीवन याद रखा – "आप राजा जनक, विदेह के राजा हो, जिसका अर्थ देह से परे। ऐसी भूमि के राजा होकर भी मेरी देह से परे मेरा मस्तिष्क नहीं पढ़ पा रहे। मस्तिष्क मूर्ति है और देह केवल उसे रखने वाला मंदिर। मस्तिष्क ही न्याय के लिए संघर्ष करता है। पुरुष और स्त्री में यही समान सत्य है। इन दोनों में कोई अंतर नहीं है। दोनों दुनिया को अलग अंदाज़ में देखते हैं। लिंगभेद के कारण नहीं अपने मस्तिष्क के कारण। हर मस्तिष्क ज्ञान की खोज चाहता है और उसे बढ़ाना चाहता है। लेकिन उसके लिए हमें ज्ञानियों से मिलना होगा और अपने विचारों का आदान-प्रदान करना होगा। मस्तिष्क को समृद्ध करना ही विवेक है। इसे ही वेद कहते हैं।"

उसकी यह वाणी सुनकर राजा ने उसे दार्शनिक मुद्दों और विचारों पर चर्चा करने के लिए अवसर देने का निर्णय किया, ताकि वह अपना ज्ञान बाँट सके। तब से देश के सम्मानित ऋषियों की सभा होती थी, ताकि एक गहन, और बौद्धिक संवाद हो सके। वर्षों से यह चल रहा था। प्रत्येक विचार तर्क, संवाद, काव्य, गीत और मंत्रों का संकलन ही बृहदारण्यक उपनिषद कहलाता है।

सभा में उर्मिला महान पंडित और ज्ञानियों के बीच में थी। जहाँ उसके बाईं ओर गार्गी, ऋषि अष्टावक्र, गुरु विशिष्ठ और गुरु मार्कण्डेय राजसभा अयोध्या से थे और ऋषि याज्ञवल्क्य जिन्होंने अपने ही गुरु को चुनौती दी थी, वे भी उपस्थित थे। याज्ञवल्क्य उनके पिता के भी गुरु थे। उनके बीच बैठ कर उर्मिला को गहन हीनता का बोध हो रहा था। इस सभा ने उसके झूठे गौरव को भंग कर दिया, दोष मुक्त कर दिया। इस सभा से उसको बहुत शान्ति मिली और वह एक नए दृष्टिकोण से जीवन को देखने लगी। जितनी बार भी वह वैदिक छंद दोहराती थी या गुरु जाबालि से विमर्श करती थीं, उसने अपने पिता को उसकी ओर आश्चर्य से सुनते हुए देखा। उनकी भौंहै सिकुड़ गई थीं, लेकिन जिस गौरव के साथ उसके पिता उसे देख रहे थे, उससे उसे बहुत प्रसन्नता हुई। उर्मिला को उस समय लगा कि वह कोई और नहीं, अपने पिता की पुत्री है। न केवल अपने नाम की तरह एक लगनशील स्त्री। उसका मन और मस्तिष्क एक साथ बौद्धिक और आध्यात्मिक रूप से समृद्ध हो चुके थे। इस लंबे अनुसंधान में एक पुत्री और एक पत्नी के रूप में उसने अपने व्यक्तित्व को न रखते हुए जीवन में आए दोनों पुरुषों के पूरक के रूप में स्वयं को समझा। यदि आज लक्ष्मण यहाँ होते, तो यह उसके लिए बहुत गौरव की बात होती। वह उसको बहुत याद करती थी, लेकिन आज उनके न होने से बहुत अंतर पड़ रहा था। वह हमेशा उसे आश्वस्त किया करते थे, लेकिन अगर आज वह यहाँ होते तो बहुत गर्व अनुभव करते उर्मिला की बातें सुन कर।

उस शाम जब उसने अपने पिता का आशीर्वाद लेने के लिए पैर छुए, तब उसके जीवन को एक नया अर्थ मिल गया। वह विनम्रता से भरी हुई थी और उस महान व्यक्ति का आशीर्वाद ले रही थी, जो सौभाग्य से उसके पिता थे।

राजा जनक बोले – मैं लंबे समय से इस दिन की प्रतिक्षा कर रहा था, मैंने इस दिन के लिए आस लगाई थी।

उर्मिला यह सुन कर चौंक गई कि उसके पिता ने उसकी प्रशंसा की। उसके अपने पिता के साथ अत्यंत अलग संबंध थे – सामान्य नहीं, क्योंकि वह अपने पिता से प्रेम की बजाय उनकी पूजा करती थी।

उर्मिला ने चौंक कर पिता से पूछा कि क्या आप चाहते थे कि मैं एक दिन विदुषी बनूँ?

राजा जनक ने प्रसन्न होकर उत्तर दिया, ''हाँ मैं सदैव से चाहता था, चीज़ों के प्रति तुम्हारी उत्सुकता, कोमल हृदय, वैचारिक स्पष्टता और अभिव्यक्ति को देखकर, जो बच्ची होने पर भी यह जानती थी कि विद्वता का उपयोग कैसे करना है। मैं बहुत प्रसन्न हूँ कि तुमने अयोध्या के राज ऋषियों से ज्ञान पाया और कभी ज्ञान प्राप्ति को रुकने नहीं दिया।''

उर्मिला ने उत्तर में कहा कि इतने वर्षों उसके पास इन सबके और कला के अलावा कोई काम नहीं था।

''फिर तो यह श्रेय लक्ष्मण को जाता है'' – राजा जनक बोले। ''अगर वह वनवास में नहीं जाते, तो तुम यह सब कभी नहीं कर पाती।''

लक्ष्मण का नाम सुनते से ही उर्मिला बचाव में आ गई। वह बोली – ''नहीं बिलकुल नहीं।'' ''अगर आज वह होते तो वह मुझे कभी नहीं रोकते, बल्कि वह मुझे और बढ़ावा देते। क्या आप उनसे अप्रसन्न हैं?''

''नहीं पुत्र मेरा वह अर्थ नहीं था, तुम ग़लत ले रही हो। तुम सदैव अपने स्वभाव के कारण ग़लत निर्णय ले लेती हो,'' उसके पिता ने मुस्कराते हुए कहा। ''वह केवल मेरा दामाद नहीं है। मैं केवल इसलिए उसका आदर नहीं करता। बेटी, वह व्यक्ति वह है, जिसने तुम में से तुम्हारा श्रेष्ठ निकाला है। वह तुम्हारी बौद्धिकता के कारण तुमसे प्रेम करते हैं, क्योंकि उन्हें तुम दूसरों से अलग लगती हो। आग आग को ढूँढती है न कि पानी को।''

उर्मिला यह सब सुनकर शरमा गई। राजा जनक ने मुस्कराते हुए कहा, ''तुम्हें क्या लगता है मैंने देखा नहीं कभी?'' तुम दोनों एक दूसरे के लिए बने हो। एक दूसरे को समझते हो, प्यार करते हो और हर मुश्किल में एक दूसरे के आगे खड़े हो। बचपन में तुमने मुझसे पूछा था कि क्या एक पत्नी को गंगा की तरह शिव के सिर पर बहना चाहिए। तुमने कभी अपनी माँ को अशक्त नहीं देखा, वह प्रखर और स्पष्टवादी थी। तुम बहुत कुछ उनकी ही तरह हो।

मैंने तुम्हें अपनी ज़िंदगी अपने अंदाज़ में जीने दी, जिस तरह लक्ष्मण ने भी तुम्हें वही सब दिया। और तुम्हें वह इसलिए प्रेम करते हैं। वह एक विद्वान व्यक्ति हैं, क्योंकि तुम्हारे गुण उन्होंने तुमसे पहले परख लिए थे। उनसे दूर रहकर तुम्हारा प्रेम उच्चस्तरीय प्रेम का स्वरूप हो गया है–पराकिया रस–इस अवस्था में भले ही तुम दूर हो, लेकिन फिर भी अपने विचारों का आदान-प्रदान कर सकते हो।''

पिता के हर शब्द से उर्मिला सहमत नज़र आई। उसके पिता से उसकी और लक्ष्मण की प्रशंसा उसने पहली बार सुनी थी।

''राजा जनक बोले कि जिस दिन मैंने लक्ष्मण और राम को ऋषि विश्वामित्र के साथ देखा था, मैं जान गया था कि ये साधारण नहीं हैं। वे दोनों मेरी बेटियों के लिए ही बने हैं या शायद यह कहूँ कि भगवान ने मेरी बेटियों के भाग्य में महान पुरुषों को लिखा है, जो इक्ष्वाकु वंश के पुत्र हैं। वे वशिष्ठ और विश्वामित्र के शिष्य हैं। जिसका अर्थ है कि वे महान योद्धा और कुशल राजनीतिज्ञ हैं। राम और लक्ष्मण एक दूसरे के दो रूप या दो पहलू हैं। वे दोनों एक दूसरे का प्रतिबिम्ब हैं। उर्मिला–वे दोनों दो शरीर में एक आत्मा हैं।''

उर्मिला बोली ''मैं जानती हूँ पिताश्री मैंने देखा है।''

राजा बोले तो ''तुम क्या अभी तक दुखी हो या प्रसन्न हो इस बात से।''

उर्मिला लंबे समय से इस अनोखे प्रश्न पर चिंतन कर रही थी, जिसमें उसकी वास्तविक पहचान थी। उसने धीमे से उत्तर दिया, ''मैं प्रसन्न हूँ।'' उसकी आरंभिक अप्रसन्नता से एक शांत स्वीकारोक्ति बन रही थी और अंतर्मन की शांति ने उसे एक दृढ़ लड़की से विद्वान स्त्री के रूप में विकरित कर दिया।

जनक ने कहा, ''राम का वनवास लक्ष्मण के लिए भी वनवास था और उसके साथ उर्मिला के लिए उनसे दूर रहना का। वनवास हमें तपस्या का अर्थ समझाता है और हमें तपस्वी बनाता है। इससे हम प्रेम का मूल्य और भावनाओं के वेग को समझ सकते हैं। इतने वर्ष की दूरी ने तुम्हें समझाया है।''

''वनवास से तुम्हें तपस्या का अर्थ समझ में आया और जिसने तुम्हें तपस्विनी बनाया। ऐसी तपस्विनी, जिसके पास महान आध्यात्मिक समझ और बौद्धिकता है। मैं तुम्हें एक विदुषी होने के लिए आज शुभकामनाएँ देता

हूँ। तुम्हारी विद्वता मंत्रों के उच्चारण मात्र या गहन अध्ययन से नहीं आई है, वरन यह आरंभिक दर्द, अलगाव और विरक्ति से आई है। तुम्हारा अलगाव ही तुम्हारा ध्यान, तुम्हारा आध्यात्मिक पुनर्जन्म और पति के प्रति तुम्हारा प्रेम और तड़प था।''

उर्मिला बेहद दीन अनुभव कर रही थी, लेकिन असहाय नहीं, लेकिन तभी उसने पिता को याद दिलाया ''पिताश्री मांडवी की ज़िंदगी इतनी कठिन क्यों है?'' जनक ने कहा, ''क्योंकि वह कभी समझी नहीं कि उसके जीवन का क्या उद्देश्य था।''

हम अपने जीवन को कैसे जीते हैं, यह हमारे दृष्टिकोण पर होता है। व्यक्ति को अपना जीवन अपनी क्षमता और समग्रता के आधार पर जीना होता है। उर्मिला आगे बोली, ''पिताश्री क्या वह भरत से दूरी दंड के रूप में देखती है? क्या उसको भरत का बलिदान दिखता है? क्या उसको समझ आता है कि भरत ने ऐसा क्यों किया था? पिताश्री क्या वह इस दूरी से कुछ सीख पाई है? वह अत्यंत क्रोध और घृणा से भर चुकी है। उसे किस तरह से शांति मिलेगी?'' राजा जनक बोले, ''मानता हूँ कि दोनों की नियति एक समान है, लेकिन दोनों का भाग्य अलग है। नियति तय है, लेकिन यह आप पर निर्भर है कि ज़िंदगी को कैसे देखना है। इन चीज़ों को कैसे अपने जीवन में लेना है, यह हम पर है।''

यह सब उसके मस्तिष्क में बस गया था। एक नई सोच के साथ अगली सुबह वह अयोध्या लौट गई। वह अपने घर आ रही थी।

अपहरण

वह हर प्रात: उनकी कमी अनुभव करती थी, क्योंकि वह खाली, ठंडी और एकाकी शैय्या पर जागती थी। उनके बिना एक और लंबा और डरावना दिन उसे व्यतीत करना होता था। रातें और अधिक डरावनी और विषादग्रस्त होती थीं। शैय्या पर खालीपन और उसके हृदय की असीम दैहिक यंत्रणा समाप्त होने का नाम नहीं लेती थी। वह उनके लिए तरस रही थी। अपने समीप उन्हें सोते हुए देखने की कल्पना और यंत्रणा को दूर करने और अपने शरीर की इच्छाओं का दमन करने के लिए उसने रेशमी कढ़ाई से सजे पलंग को त्याग कर कठोर, शीतल पत्थर के धरातल पर सोना प्रारंभ कर दिया था। जहाँ कभी दासियाँ सोती थीं और उन्होंने यह स्थान छोड़ दिया था, लेकिन उसकी निद्रा अस्थिर और शीघ्र टूटने वाली थी। वह उसे स्वप्न में देखती रहती थी। इसी कारण उसके थके और प्रतीक्षारत नेत्र उनके लिए तरसते रहते थे।

प्रत्येक दिवस समाप्त होने के साथ ही उनके लौटने का दिन और निकट आने से उत्साहित उर्मिला का हृदय सोचने लगता था कि कुछ मास और रह गए हैं। उनके लौटने में अब कुछ मास ही शेष थे। पिछले कुछ सप्ताहों में वर्षा ऋतु ने संपूर्ण धरा को भिगो दिया था। धूल–धूसरित भूमि हरी–भरी हो गई थी और चहुँ ओर वातावरण आनंदित दिखाई दे रहा था। सूर्य के तेज़ प्रकाश से वर्षा से भरे बादल छितरा गए और आकाश साफ़ दिखाई देने लगा था और महल का प्रत्येक बरामदा चमकने लगा। उर्मिला को अचानक नई आशा जागने लगी और वह आनंदित होने लगी। वह मुस्कराने लगी, क्योंकि वह विवाह के दृश्य का चित्र अब भी बना रही थी। वह चित्र एकदम वास्तविक

दिखाई दे रहा था और वह सजीव लग रहा था। सूक्ष्म भाव भी उसमें स्पष्ट रूप से दिखाई दे रहे थे। वह तूलिका लेकर विशाल चित्रफलक को अंतिम रूप देने लगी। वह चित्रफलक उसके लिए असामान्य था। वह महल के सबसे लंबे कक्ष की संपूर्ण श्वेत दीवार थी। वह नया सभा कक्ष था जहाँ नव नियुक्त राजा राम श्रेष्ठ जनों, दरबारियों और अयोध्या की जनता से प्रतिदिन मिलेंगे। वह कक्ष अत्यंत विशाल और ऊँची छत का था। उसकी दीवार पर फैले चित्र ने उसे नया रूप दे दिया था और माहौल को भी बदल दिया था। वह प्रफुल्लता के साथ मुस्कराने लगी।

उसने भरत को महल के द्वार से आते हुए देखने के बजाय सुना। उर्मिला क्रोधित होने लगी। भरत ने पिछले तेरह वर्षों में कभी अपना चेहरा नहीं दिखाया। उसने कई वर्ष पूर्व राम के जन्म दिन की पूजा में भी हिस्सा नहीं लिया था। यह परंपरा प्रत्येक वर्ष से जारी रही, लेकिन भरत हर बार उसमें नहीं आया। उसने कहा था कि वह अयोध्या राम के साथ ही वापस आएगा, लेकिन भरत को अपनी प्रतिज्ञा त्यागकर नंदीग्राम से शीघ्र में आना पड़ा। इसका कारण जो भी हो, लेकिन निश्चित ही अपरिहार्य होगा। वह सीधे कौशल्या के कक्ष की ओर आगे बढ़ गया। उसने सही अनुमान लगाया था। तीनों रानियाँ कौशल्या के ही कक्ष में थीं। उर्मिला इस बात को लेकर अब भी निश्चित नहीं थी कि भरत को अपनी माता के मिथ्या कथन के बारे में ज्ञात नहीं था। उनका यह मिथ्या कथन अत्यंत कष्टदायी था। उसे लगता था कि शत्रुघ्न ने अपने भाई को सत्य के बारे में बता दिया होगा। वह दरबार के दैनिक कार्यों से अवगत कराने के लिए प्रतिदिन भरत से भेंट करता था। निश्चित ही इस महत्त्वपूर्ण समाचार पर उसके साथ विचार-विमर्श किया होगा।

उर्मिला कक्ष में लगभग पहुँच गई थी। उसे इस बात का अहसास नहीं हुआ कि वह दौड़ रही थी। उसकी साँसे उखड़ने लगी थीं। भरत उसे देखकर चिंतामुक्त दिखाई दे रहा था। वह उससे एक दशक के लंबे अंतराल के बाद मिल रही थी। वह दुखी और दुर्बल दिख रहा था। उसका चेहरा संकीर्ण प्रतीत हो रहा था। एक दृष्टि डालने के बाद उर्मिला को ज्ञात हो गया कि कुछ अनिष्ट हुआ है।

"मैंने और सभी लोगों को भी बुलाया है..." उसने बोलना शुरू किया।

उर्मिला ने कौशल्या के अत्यधिक पर्दों से ढके कक्ष को देखा। वह कक्ष में रखे आसन पर सीधी बैठी थीं। पिछले 13 वर्ष उनके लिए बहुत अच्छे

नहीं रहे। उनके केश पूरी तरह श्वेत हो गए थे, लेकिन अब भी अत्यंत घने थे। चाँदी का मुकुट पहनना भी भारी लगने लगा था। उनका चेहरा झुर्रियों से भर गया था। उनकी त्वचा स्पष्ट और चर्म पत्र की तरह दिखने लगी थी। उनके नेत्रों में नीरसता झलकती थी। केवल राम की बात होने पर चमक दिखने लगती थी। कक्ष में उनके साथ सुमित्रा और कैकेयी भी थीं। सूचना पाते ही उनकी दो बहनें शत्रुघ्न के साथ कक्ष में आ गईं।

उर्मिला ने अधीर होकर पूछा, ''क्या बात है, भरत। क्या कुछ आवश्यक बात है या फिर तुम्हें कहीं जाना है।''

भरत ने बिना रुके बोलना शुरू किया, ''मुझे अपने गुप्तचरों से आज ही सूचना मिली है कि सीता का पंचवटी की कुटिया से अपहरण गया है।'' ये शब्द स्तब्ध करने वाले थे।

उर्मिला जड़वत रह गई। उसे कक्ष धीरे-धीरे घूमता दिखने लगा। ''राम और लक्ष्मण के रहते हुए भी सीता को कैसे कोई हानि हो सकती थी? यह सब भ्रम है। ऐसा नहीं हो सकता।''

''राम और लक्ष्मण दोनों ही कुटिया में नहीं थे। वे दोनों एक हिरण को पकड़ने गए थे, जब ब्राह्मण का वेष रखकर रावण कुटिया में गया। जब सीता उसे भिक्षा देने के लिए बाहर आई, उसी समय रावण ने उनका अपहरण कर लिया। वह अपने पुष्पक विमान से आकाशीय मार्ग से होकर सीता को लंका ले गया।'' भरत ने संक्षिप्त शब्दों में विवरण दिया। ''पंचवटी में तीनों की सुरक्षा कर रहे गिद्धराज वृद्ध जटायु ने सीता को बचाने का भरसक प्रयास किया, परंतु वह गंभीर रूप से घायल हो गया। उन्होंने मरने से पूर्व राम और लक्ष्मण को बताया कि रावण सीता का अपहरण करके पुष्पक विमान से लंका ले गया। उसने राम को उस दिशा का भी ज्ञान कराया, जिस दिशा में रावण सीता को ले गया है। रावण ने लंका में सीता को अशोक वाटिका में बंदी बनाकर रखा है। राम और सीता इस समय किष्किंधा के वानर राज सुग्रीव उनके साथी हनुमान की सहायता ले रहे हैं। वे वानर सेना की सहायता से लंका पर आक्रमण करने की तैयारी कर रहे हैं।''

इसके बाद कक्ष में थोड़े समय के लिए स्तब्धतापूर्ण सन्नाटा छा गया। हर कोई इस अविश्वसनीय समाचार को स्वीकार करने का प्रयास कर रहा था। सुमित्रा ने ठहरे स्वर में पूछा, ''यह कब हुआ?''

भरत ने उत्तर दिया, ''ग्रीष्म ऋतु में,'' ''लेकिन हमें यह अभी ज्ञात हो पाया। मेरे गुप्तचरों को ज्ञात हुआ कि वे पंचवटी में थे, लेकिन यह ज्ञात नहीं कर पाए राम और लक्ष्मण सीता की खोज में वनों में कब से कर रहे थे। इसमें अत्यंत विलंब हुआ जब हमारे गुप्तचरों को ज्ञात हो पाया कि सीता का अपहरण हो गया है।'' भरत के मुख पर चिंता दिखाई दे रही थी।

शत्रुघ्न ने कहा, ''क्या हमें राम की सहायता के लिए अपनी सेना नहीं भेजनी चाहिए? अगर वह वानर सेना से सहायता ले रहे हैं, इससे स्पष्ट है कि उन्हें और सहायता की आवश्यकता है।''

''नहीं,'' भरत ने असहमति में सिर हिलाया। ''अगर उन्हें सहायता की आवश्यकता थी, तो राम हमारे पास संदेश भेज सकते थे। इस घटना को कई मास बीत चुके हैं, इसका अर्थ है कि उनके पास कोई योजना है, जिसमें हम या कोसल की सेना शामिल नहीं है। नहीं, हम प्रतीक्षा के अलावा कुछ भी नहीं कर सकते। और प्रार्थना कर सकते हैं।''

''यह कैसे हो गया, भरत?'' उर्मिला ने भाइयों की वार्ता को बाधित करते हुए अचानक प्रश्न किया। वह घबराने लगी और उसके स्वर भावुक होने लगे। ''राम और लक्ष्मण से सीता को कोई छीनने का दुस्साहस कैसे कर सकता है? लक्ष्मण रात्रि में भी उनकी सुरक्षा के लिए सजग रहते थे, ऐसे में दिन के प्रकाश में कोई कैसे सीता का अपहरण कर सकता है?''

भरत ने तत्काल कोई उत्तर नहीं दिया, शब्दों की खोज करने लगे। ''यह लंबी कथा है।'' वह धीरे-धीरे बोलने लगे। ''सीता ने अपनी कुटिया के निकट रजत धब्बों वाला स्वर्णिम हिरण देखा और राम से उसे पकड़ने का अनुरोध किया।''

''स्वर्णिम हिरण!'' उर्मिला आश्चर्य से बोली। ''लेकिन रजत धब्बों वाला स्वर्णिम हिरण होता ही नहीं है! ऐसा कोई पशु नहीं होता है!

''सत्य कहा। यह एक छलावे का हिस्सा था। हिरण के रूप में रावण का मामा मायावी मारीच था,'' भरत ने कहा। ''राम ने सीता की इच्छा पूरी करने का निश्चय किया और लक्ष्मण को हिरण लेकर उनके वापस लौटने तक कुटिया में ही रहने का आदेश दिया। हिरण का पीछा करते हुए राम वन में अत्यंत आगे निकल गए। उन्होंने हिरण को लगभग मार दिया, लेकिन वह मरने से पहले राम के स्वर में तेज़ ध्वनि में चीखा ताकि सीता और लक्ष्मण

चीख को सुन सकें। चीख सुनकर सीता को लगा कि राम किसी संकट में हैं। उन्होंने राम की सहायता के लिए लक्ष्मण को जाने का आदेश दिया। न चाहते हुए भी उन्हें जाना पड़ा। योजना के अनुसार रावण ब्राह्मण के वेष में वहाँ गया और असुरक्षित सीता का अपहरण कर लिया। वह सीता को अपने आकाशीय रथ से ले गया।''

कक्ष में पुन: शांति छा गई, उसके शब्दों का प्रभाव कक्ष की दीवारों के भीतर शांतिपूर्वक प्रतिध्वनि के रूप में आया। उर्मिला को समूची कथा पर विश्वास नहीं हो रहा था।

''लेकिन सौमित्र कुटिया में सीता को अकेला छोड़कर क्यों चला गया?'' कौशल्या ने क्रोधित होते हुए पूछा। ''उसे ही इस बारे में अधिक ज्ञान होगा! राम ने उसे कुटिया में रुकने और सीता की सुरक्षा करने का दायित्व सौंपा था। उसने अपने भाई के आदेश को अनसुना क्यों किया? यह तो उसकी दायित्वहीनता और लापरवाही है!''

अचानक लगे इस दोष से उर्मिला उत्तेजित और व्याकुल हो गई। अपने क्रोध पर नियंत्रण पाने के लिए वह अपने होंठों को चबाने लगी।

''नहीं, माता, लक्ष्मण ऐसा नहीं करते, वह सीता की रक्षा में अपने प्राण त्याग देते,'' भरत तुरंत प्रत्युत्तर में बोले। ''वह राम के आदेश की अवहेलना कभी नहीं करते और न ही सीता को असुरक्षित छोड़ते। कभी नहीं! तथ्य यह है कि उसने जो कुछ भी किया, चतुर युक्ति में फँसने के कारण किया। आप किसी को भी दोषी नहीं ठहरा सकती हैं।''

मांडवी ने गुत्थी पर प्रश्न किया, ''रावण को इन दोनों भाइयों के वन में जाने के बारे में कैसे ज्ञात हुआ?'' ''वह लंका का राजा है, लेकिन वह दंडकारण्य पंचवटी में क्या कर रहा था?''

''वह एक अन्य कथा है,'' भरत ने कहा। ''पिछले तेरह वर्षों राम और लक्ष्मण दंडकारण्य में राक्षसों का संहार कर रहे हैं, जो ऋषियों का उनकी तपस्या के दौरान उत्पीड़न करते थे और उनके यज्ञ में विघ्न डालते थे। पंचवटी के समीप जनस्थान पर रहने वाले रावण के भाइयों खर और दूषण के आदेश पर राक्षस उन असहाय ऋषियों का वध कर देते थे। राक्षसों ने पूरे क्षेत्र में आतंक मचा रखा था। एक दिन उनकी बहन शूर्पणखा ने राम को देखा और उन पर मोहित हो गई। उसने राम से विवाह करने का आग्रह किया, लेकिन राम ने उसका प्रस्ताव ठुकरा दिया और कहा कि वह सीता से पहले ही विवाह

कर चुके हैं। उन्होंने लक्ष्मण से विवाह करने का उसे सुझाव दिया।'' भरत थोड़े रुके और शर्मिंदा प्रतीत हो रही उर्मिला की ओर देखा। उर्मिला विचारपूर्ण मुद्रा में दिखाई दे रही थी। वह ईर्ष्या करती प्रतीत नहीं हो रही थी, बल्कि उदास दिखाई दे रही थी। उसने विवाह से पूर्व ईर्ष्या के बारे में सोचा। अब वह कन्या नहीं थी। वह जानती थी कि लालसा होने पर ईर्ष्या होती है। अब उसे पूर्ण विश्वास था। उसे लक्ष्मण पर अटूट विश्वास था।

क्रोध में लाल चेहरे के साथ भरत ने अपनी बात आगे बढ़ाई। ''शूर्पणखा लक्ष्मण के समीप गई और उससे विवाह करने की प्रार्थना की, लेकिन उसने भी विनम्रता के साथ उसका प्रस्ताव ठुकरा दिया। दो बार ठुकराए जाने से क्रोधित शूर्पणखा ने सीता को अपने मार्ग में बाधा के रूप में देखा और उन पर हमला करने की चेष्टा की, लेकिन लक्ष्मण ने चपलता से अपनी तलवार निकाली और उसकी नाक काट दी।''

उर्मिला भय और आश्चर्य को छिपा नहीं सकी। एक स्त्री द्वारा उसके पति को पथभ्रष्ट करने की चेष्टा किए जाने के बजाय वह लक्ष्मण की हिंसा से ज्यादा भयभीत थी।

भरत ने उसके उदास चेहरे को देखते हुए उसे याद दिलाया, ''स्मरण करो, वह राक्षसी थी, उर्मिला, वह सीता पर हमला करने जा रही थी। राम ने ताड़का का वध किया, लक्ष्मण ने शूर्पणखा का चेहरा कुरूपित कर दिया। ये कार्य आत्म रक्षा के लिए किए गए न कि हिंसा या असम्मान के लिए। तुम्हें शीघ्र ही ज्ञात होगा कि केवल वह ही सीता के अपहरण के लिए पूर्णत: दोषी है।'' उन्होंने आगे कहा, ''वह घायल होने से अधिक अपमानित थी। नाक काटे जाने के बाद शूर्पणखा अपने भाइयों के पास गई और उनसे प्रतिशोध लेने की प्रार्थना की। जैसी उसे अपेक्षा और इच्छा थी, उसके दोनों भाइयों ने अपनी सेना के साथ हमला कर दिया, परंतु राम ने शीघ्र ही दोनों का वध कर दिया। इसके बाद शूर्पणखा भागकर अपने बड़े भाई रावण के पास लंका पहुँच गई। वहाँ उसने अपने अपमान का दोनों भाइयों से प्रतिशोध लेने का आग्रह किया। रावण ने दोनों को मारने की शपथ ली, लेकिन उसे ज्ञात हुआ कि जनस्थान में उसके दोनों भाइयों और उनकी विशाल सेना का दोनों भाइयों ने सफाया कर दिया। इसके बाद उसने सीता के माध्यम से राम और लक्ष्मण को कुटिल योजना में फँसाने का निश्चय किया। इसके बाद उसने अपने मामा मारीच को साथ लेकर योजना बनाई। जो राम की शक्तियों के बारे में जानते

थे। यह वही राक्षस था, जिसने कई वर्ष पूर्व विश्वामित्र के यज्ञ में विघ्न डालने का दुस्साहस किया था। वहाँ राम और लक्ष्मण ने उसकी माता ताड़का और उसके भाई सुबाहु का वध किया था।''

पूरी कथा सुनकर उर्मिला का मन भय और भावनाओं से भर गया। उसका क्रोध भी चरम पर था।

''वह राक्षसी संसार है, जहाँ मेरी बहन गई और हममें से कोई भी उसे रोक नहीं पाया।'' उसने क्रोधवश कहा। उसने कौशल्या की ओर रुख करके कहा, ''आपने लक्ष्मण पर लापरवाही का दोष लगाया है। और शीघ्र ही पूरा संसार भी उसके बारे में यही सोचने लगेगा, लेकिन सीता को राक्षसों से भरे वन में जाने की अनुमति ही क्यों दी गई?'' ''सास के रूप में या माता के रूप में, वहाँ उसका कौन ध्यान रखेगा। आपने कैसे उसे जाने की अनुमति दी?'' वह चीखते हुए बोली। उसका चेहरा क्रोध और भय से तमतमाया था। ''आप राम के लिए रो रही हैं, लेकिन क्या आपने उस साहस के बारे में नहीं सोचा, एक युवा कन्या अत्यंत संकट में अपने पति के साथ जाने के लिए तैयार थी?'' ''मुझे याद है राम ने उसे साथ न आने के लिए अत्यंत समझाया था। अगर आप भी सीता को समझाने का प्रयास करतीं, तो शायद उसे रोक लिया जाता, लेकिन आप इससे अधिक व्याकुल थीं कि राम वन में जा रहे हैं!'' उसका स्वर थरथराने लगा। ''वास्तविकता यह है कि सीता को उनके साथ देखकर आपको अच्छा लगा कि उनका ध्यान रखने के लिए कोई तो साथ है। वह आदर्श स्त्री है, अपने पति का साथ देना उसने अपना धर्म माना। उसने आने वाले संकट के बारे में एक पल के लिए भी नहीं सोचा, लेकिन, माता, राम या लक्ष्मण नहीं, बल्कि उसका ध्यान रखे जाने की आवश्यकता थी। वे दोनों योद्धा हैं, सीता नहीं!''

उर्मिला बहुत चिंतित थी, भय और चिंता में उसका गला भर आया। भय और चिंता से भरे स्वर में उसने आगे कहा, ''लक्ष्मण ने उसे आगाह किया था कि वन किसी के लिए भी सुरक्षित नहीं है, खासकर महिलाओं के लिए। उनके कथन में कोई अतिरेक नहीं था। मैंने उनके नेत्रों में चिंता देखी थी, जो आप अपने प्रियजन के लिए देखते हैं, लेकिन क्या आपमें से किसी ने भी सीता के लिए यह संकट नहीं देखा? वह एक कन्या और दुल्हन थी, जो प्रेम और धर्म के नाते अपने पति के साथ जा रही थी। आप बड़े हैं, आपकी चेतावनी भरे शब्द आदेश बन सकते हैं। आपमें से किसी ने भी सीता को क्यों

नहीं रोका? अरे, मैंने उसे क्यों नहीं रोका? मैं भी रोक सकती थी। मुझे यह करना चाहिए था!'' उसने स्वयं को कोसते हुए कहा।

मांडवी ने उर्मिला को कभी इतने क्रोध और आवेश नहीं देखा था। वह पागल जैसी हो गई थी, सीता के लिए अत्यधिक चिंता और भय उसके चेहरे पर स्पष्ट रूप से दिखाई दे रहा था। उसने अपने चचेरी बहन के काँपते हुए हाथ पकड़े, वे बर्फ की तरह ठंडे थे। ''शांत हो जाओ, उर्मि, तुम स्वयं को क्यों दोषी मानती हो?'' मांडवी ने उसे समझाया। ''तुम भले ही सीता को रोकने का प्रयास करती, लेकिन सीता तुम्हारा आग्रह नहीं मानती। तुम जानती हो, वह कितनी दृढ़ निश्चयी है। यह तुम्हारा दोष या प्रयासों की कमी नहीं है।''

''तो भी वह किसनी बात सुनती?'' संतुष्ट हुए बिना कठोरता के साथ प्रश्न किया। वह कौशल्या से आगे बोली। ''जैसा राम और लक्ष्मण पृथक होने योग्य नहीं थे, तो भी हम पृथक योग्य नहीं थे, माता! तो फिर मुझे जाने की अनुमति क्यों नहीं दी गई?'' वह क्रोध में काँप रही थी या कुंठा में, मांडवी निश्चित नहीं हो पा रही थी। ''मैंने सुना है शिशु के रूप में तब लक्ष्मण रोने लगता था, जब उसे राम से दूर ले जाया जाता था। इसी वजह से दोनों के पालने एक-दूसरे के समीप रखे गए थे। हमारे साथ भी ऐसा ही था, माता! ''मुझे भी सीता के बिना किसी भी पल का स्मरण नहीं है। हम मात्रा बहनें नहीं, बल्कि सहचरी थे। यह मेरा दोष है, मुझे और अधिक दृढ़ होना चाहिए था। या तो मुझे उसे जाने नहीं देना चाहिए था या फिर मुझे भी साथ जाना चाहिए था, लेकिन मैं भी स्वार्थी हो गई, मैं अपने स्वयं के शोक में डूब गई। मैंने अपनी बहन की भलाई के बारे में नहीं सोचा। हम सभी ने यही किया।'' उसने आँखें चमकाते हुए कहा। ''हम अपने व्यक्तिगत शोक में इतने डूब गए कि हम समझ ही नहीं पाए कि वन में जाना सीता के लिए कितना असुरक्षित हो सकता है। अब उसे उसी संकट का सामना करना पड़ रहा है।'' उसने निष्कर्ष भरे स्वर में कहा।

उसके स्वर की आशंकाओं ने मांडवी को भी भयभीत कर दिया। उसके निकट खड़ी उर्मिला काँप रही थी, उसका शरीर हिम के समान ठंडा था। लगता था कि वह रोने लगेगी। ''उसके लिए वहाँ कौन है? सीता अकेली, भयभीत और असुरक्षित है। वह राक्षस की दया पर निर्भर है!'' क्रोध में जलती उर्मिला ने रावण के आतंक के बारे में कहना शुरू किया। ''उससे सीता की

रक्षा कौन करेगा? हमें इसके बारे में जानकारी मिलने में ही छह मास लग गए। उसे और कितने समय तक प्रतीक्षा करनी होगी? उसका विश्वास उसकी इच्छा, भरोसे और उसके प्रेम पर आधारित है कि राम उसे बचाएँगे। लेकिन कब? क्या वह तब तक जी पाएगी? क्या तब तक उसकी अभिलाषा समाप्त हो जाएगी? अगर उसने स्वयं के साथ कोई अतिवादी कदम उठाया तो... क्या वह स्वयं को समाप्त कर देगी, हमें कुछ भी ज्ञात नहीं। ईश्वर, उसकी सहायता करो।''

उसका भय बढ़ रहा था। उसकी बहनें आतंक और खतरे के साथ उसे देख रही थीं। वह असहाय और शक्तिहीन दिख रही थी। उर्मिला सदैव उनके लिए संबल होती थी, लेकिन वह भय से तड़पती दिखाई दे रही थी। यह देखकर वे भी भय से अपंगु हो गई थीं। सुमित्रा ने उर्मिला के कंधे पर दृढ़ और हाथ रखा। ''शांत हो जाओ, उर्मिला। स्वयं और दूसरों के लिए इतनी कठोर मत बनो। हम में से कोई भी उसे रोक नहीं सकते थे। राम ने भी चेष्टा की थी। क्या उसने ऐसा नहीं किया? जब सीता ने उसके आग्रह को अनसुना कर दिया तो वह हम में से किसी की भी नहीं सुनती। तुम्हारी भी नहीं सुनती।''

उर्मि, ''तुम अच्छी तरह जानती हो सीता अगर एक बार निश्चय कर लेती है तो उसे कोई समझा नहीं सकता है।'' मांडवी ने सुमित्रा के कथन का समर्थन करते हुए कहा।

उर्मिला इतनी अधिक व्याकुल थी कि वह कोई भी बात मानने को तैयार नहीं थी, लेकिन उसे लगने लगा कि जैसा उसकी बहन और सास कह रही थीं, वह सत्य था।

''मुझे उसके साथ होना चाहिए था। जब पुरुष बाहर होते, तो मैं उसका ध्यान रख पाती।'' वह अस्थिर स्वर में बोली।

सुमित्रा ने उसकी बात का खंडन किया, ''नहीं, तुम भी समान रूप से संकट में पड़ सकती थी।'' ''यह एक कुटिल योजना थी और हर कोई धोखा खा गया। नहीं तो बुद्धिमान और विवेकी राम स्वर्ण हिरण को पकड़ने के लिए नहीं जाते? ''तुमने सत्य कहा, उर्मिला, यह काल्पनिक भ्रम ही तो है। रजत धब्बे वाला स्वर्णिम हिरण नहीं होता है। फिर भी सीता ने उसे पाने की इच्छा जताई। यह भी उसके स्वभाव के विपरीत है। ऐसे में बेचारे लक्ष्मण भी क्या कर सकते थे। वह भी अपने भाई के आदेश और भाभी के दबाव के बीच फँस गया होगा। सीता को लग रहा था कि राम किसी संकट में फँस गए हैं। ये

सभी ऐसी विषम स्थितियाँ थीं, जिनमें हर कोई अपना विवेक और बुद्धिमत्ता खो बैठा और कुटिल चाल में फँस गए। नहीं, प्रिय ऐसा होना तय था।''

''नहीं, हमने स्वयं को संकट में डाला है। हमें केवल पुरुषों को ही वन में जाने देना चाहिए था। सीता को वहाँ बिलकुल नहीं होना चाहिए था।'' वह तीव्र स्वर में चिल्लाई।

उसने शांत बैठी कैकेयी की ओर क्रोध के साथ रुख किया। माँ, आप बेहतर जानती हो, ''क्या सीता भी उस भविष्यवाणी में थी? बनवास पर राम को जाना था, सीता के लिए नहीं था!'' वह चिल्लाई। ''क्या उसे भी विपत्ति में डालना था? उसे इस संकट में क्यों घसीटा गया। इस संकट का कोई अंत होता नहीं दिखाई दे रहा है!''

''मैं कुछ भी नहीं कह सकती हूँ, प्रिय,'' कैकेयी ने कहा, उनका चेहरा शांत था। लेकिन उर्मिला ने उनके नेत्रों में वैसी ही चिंता देखी, जैसी दूसरों के नेत्रों में थी। ''चूँकि वह राम की पत्नी है और वह उसके साथ गई है, इसका कोई प्रयोजन होगा। अगर राम को रावण का वध करना है तो हाँ, यह सीता के कारण होगा। और अगर ऐसा है तो चिंतित होने का कोई कारण नहीं है। राम रावण को हराकर सीता को वापस पा लेंगे और सुरक्षित वह उनके साथ यहाँ लौट आएगी। सीता वीर है और चुनौतियों का सामना करने में सक्षम है।''

रावण का उल्लेख सुनकर उर्मिला और ज़्यादा चिंतित हो उठी। उसे राम के स्वयंवर के समय उसके क्रोध के बारे में स्मरण था। उसे स्मरण था, रावण ने विलासी नजरों और कुटिल मुस्कान के साथ हल्के स्वर में धमकी दी थी, ''सुंदरी, मैं इस दिन को कभी नहीं भूलूँगा, मैं इसे याद रखूँगा।''

राम से प्रतिशोध और शूर्पणखा की रक्षा तो मात्र बहाना है। क्या स्वयंवर के समय के अपमान, सीता को पाने की लालसा में उसने उसका अपहरण किया है? क्या यह ठुकराए गए व्यक्ति का प्रतिशोध है, जो अस्वीकार किए जाने को बर्दाश्त नहीं कर पाया? क्या यह प्रतिशोध या कामवासना के लिए है? या दोनों के लिए? इस आशंका से उर्मिला काँपने लगी। वहाँ सीता के साथ क्या करेगा? उर्मिला ने इस उभरे आतंक को समाप्त करने के लिए अपनी आँखें ज़ोर से भींच लीं। वह अपनी आँखें खोलने का साहस नहीं जुटा पाई। क्या यह अपार संकट कभी समाप्त होगा और आशा और प्रसन्नता के चमकते दिन की रोशनी कभी दिखाई देगी?

युद्ध

एक बाण उसकी ओर आ रहा था। जैसे-जैसे वह बाण उसकी ओर आ रहा था, वह उसे निस्तब्ध, भय से देख रही थी... वह उसके पास से निकला और सीधा जाकर लक्ष्मण के सीने को चीरता हुआ धँस गया। लक्ष्मण लड़खड़ाकर गिर पड़ा। वह उसे गिरते देख रही थी। उसका सिर पीछे की ओर झुक गया था, बांहें फैल गई थीं, गले से हल्की सी चीख निकली, और पूरी युद्धभूमि थम सी गई... लेकिन इससे पहले कि वह भूमि पर गिरता, किसी ने उसे अपनी भुजाओं में थाम लिया और खींचकर युद्धभूमि से दूर ले गया। यह राम थे, अपने भाई के शरीर को भुजाओं में भरे हुए। वह शांत पड़ा था, उसके अस्त्र उसके पास ही पड़े थे। उनके आसपास हज़ारों की संख्या में सर्प थे, उसके ऊपर, रेंगते, सरकते, युद्धभूमि में पड़े शवों पर डोलते। राम उसके पास ही बैठे थे, उसके सिर को अपनी गोद में लिए हुए, अधीरता से रोए जा रहे थे, आँसू तेज़ी से उनके गालों से गिर रहे थे, और लक्ष्मण के ठंडे, सफ़ेद पड़े चेहरे पर गिर रहे थे, उसका चेहरा रक्तहीन, निस्तेज होता जा रहा था...

उर्मिला की आँखें अचानक खुल गईं। वह महल की छत को एकटक देख रही थी। लक्ष्मण की अचेत लेटी हुई और निष्प्राण सी छवि उसके मस्तिष्क में अब भी बनी हुई थी। उसने एक तेज़ स्वर सुना। यह उसके हृदय की धड़कन थी। वह धीरे से उठी और सिहरती हुए स्वयं को और अपने विचारों को सँभालने का प्रयास किया। यह केवल एक दुस्वप्न था, वह बार-बार स्वयं से यही कह रही थी। वह उसके पास निश्चय ही वापस आएँगे।

पिछले चौदह वर्ष किसी कष्टकारी दंड की तरह रहे थे, लेकिन पिछले दो महीने और भी अधिक पीड़ादायक हो गए थे। समाचार लगातार मिल रहे थे... किस तरह से रावण द्वारा सीता का हरण होने के बाद राम दुख से व्याकुल हो गए थे और कई सप्ताह तक सीता को खोजते रहे थे। बाद में एक नेत्र वाले असुर कबंध के माध्यम से पम्पा पहुँचे, जहाँ किष्किंधा के निर्वासित राजा सुग्रीव अपने मित्र हनुमान और कुछ वानरों की सेना के साथ अपने भाई से छिपकर रह रहे थे। अपहरण के बाद पुष्पक विमान से आकाशमार्ग से जाते समय सीता ने अपने कुछ आभूषण नीचे फेंक दिए थे, जो वन में उन लोगों को मिल गए थे। सुग्रीव ने वे आभूषण राम को दिए थे, इसलिए उन दोनों के बीच मित्रता के नए संबंध ने जन्म लिया। राम ने वचन दिया कि वह भाई बालि से अपना राज्य पुनः पाने में सुग्रीव की सहायता करेंगे। बदले में सुग्रीव ने उनकी सहायता करने और आवश्यकता पड़ने पर लंका पर चढ़ाई के लिए अपनी संपूर्ण सेना देने की बात कही थी। राम ने उस समय बालि का वध कर दिया, जब दोनों भाई मल्ल युद्ध कर रहे थे। अपना राज्य वापस मिलने के बाद सुग्रीव ने हनुमान को सीता की खोज में भेजा। हनुमान ने उन्हें लंका की अशोक वाटिका में खोज निकाला। वहाँ एक प्रमुख परिचारिका की उपस्थिति में रावण के परिवार की परिचारिकाएँ उनकी निगरानी कर रही थीं। सीता ने हनुमान के साथ जाने से मना कर दिया, क्योंकि वह चाहती थी कि राम एक नायक की तरह दंभी राजा के चंगुल से उन्हें बचाने के लिए स्वयं लंका आएँ, लेकिन वापसी से पहले हनुमान ने लंका नगरी के बड़े हिस्से को जला डाला और रावण को उसके दरबार में खुली चुनौती दी कि वह दिन आने वाला है, जब राम आएँगे और उसके ही देश में रावण का वध करेंगे। मुख्य भूमि से लंका को बाँटने वाले समुद्र पर देवताओं के वास्तुविद् विश्वकर्मा के पुत्र नल ने विशाल पुल का निर्माण किया। लंका के किनारे पर पहुँचने के बाद राम ने रावण से युद्ध की घोषणा कर दी।

उर्मिला को विश्वास था कि जैसा नियति ने लिखा है, उसके हिसाब से राम रावण का वध कर देंगे, किंतु वह इन डरावने स्वप्नों के कारण क्यों विचलित थी? भविष्यावाणी राम के संदर्भ में थी, सीता या लक्ष्मण के संदर्भ में नहीं। यह बात उसके मन में उठ रही थी। क्या वे सुरक्षित नहीं हैं? उन्हें क्या हानि होगी? उर्मिला के पास कोई उत्तर नहीं था और वह पहली बार प्रार्थना की मुद्रा में थी। वह कभी सीता की तरह ईश्वर भक्त या अपनी अन्य चचेरी

बहनों की तरह बहुत धार्मिक नहीं थी। उसने स्वयं को एक उच्च शक्ति के समक्ष व्यग्रता व शांति से प्रार्थना, विनय व निवेदन करता पाया, जो उन दोनों को कोई क्षति नहीं होने देगी। जब आप निराश होते हैं, तब केवल इच्छाशक्ति और किसी चमत्कार के लिए प्रार्थना ही आपका सहारा होती है।

उर्मिला को आश्चर्य हुआ जब सुमित्रा ने बताया कि भरत उससे मिलने आए हैं। भरत फिर आए हैं, यह सोचकर उर्मिला व्यग्र हो गई। उन्हें ऐसा कौन सा समाचार मिला है, जो उन्हें फिर अयोध्या में ले आया? वह मन ही मन बहुत कुछ सोचने लगी – वह सीता के बारे में क्या बताने वाले हैं? क्या राम ने रावण का वध कर दिया? क्या सीता अंतत: मुक्त हो गई?

राम के साथ सीता की वापसी का विचार मन में आते ही उसके मुख पर प्रसन्नता खिल उठी, किंतु यह प्रसन्नता अधिक समय तक नहीं रुकी। वहाँ उपस्थित अन्य लोगों के मुख के भाव देखते ही उसकी प्रसन्नता क्षीण हो गई। वहाँ जितने भी लोग थे, सबके मुख पर एक जैसी मायूसी दिख रही थी।

भरत आगे बढ़े, उनका चेहरा उड़ा हुआ था, आँखें नम थीं। अंतत: उन्होंने थोड़ा साहस बटोरकर समाचार सुनाया। "रावण के पुत्र इंद्रजीत के एक घातक बाण से लक्ष्मण बुरी तरह घायल हो गया है। हृदय के निकट लगे बाण से लक्ष्मण युद्धभूमि में ही मूर्च्छित हो गया, और उसका जीवन संकट में है। उसके पास सूर्योदय तक का ही समय है। यह समाचार मुझे हनुमान ने दिया है, जिनसे अभी कुछ पल पहले मेरी भेंट हुई थी। अब हम क्या करें?!" वह सबके सामने फूट-फूटकर रो रहे थे। उनका चेहरा आँसुओं से तर था और कंधे झुके हुए थे।

युद्धभूमि में अचेत पड़े लक्ष्मण की छवि अचानक उर्मिला के मस्तिष्क में कौंध गई और उर्मिला उस स्वप्न का अर्थ समझ गई। वह एक दुस्वप्न था, जो सत्य बनकर सामने था। संकट का कई बार पूर्वाभास हो जाता है। वह जान चुकी थी कि ऐसा कुछ होने जा रहा था। उसके मस्तिष्क की नसें दर्द से फटी जा रही थीं, उसका दिल ज़ोर से धड़क रहा था, उसके पूरे शरीर में भय व्याप्त हो गया था और वह लड़ो या भागो जैसी मन:स्थिति में पहुँच गई थी, किंतु वह इनमें से कुछ नहीं कर सकती थी। उस ठहरे हुए एक क्षण में ही उसके नेत्रों के सामने लक्ष्मण के साथ के सभी दृश्य आ गए, उपवन में लक्ष्मण की पहली झलक, स्वयंवर में उसकी रक्षा के लिए लक्ष्मण का तलवार निकाल लेना, राम से अपने अंदर के भय की चर्चा करना, वह उसे स्वयं से विवाह नहीं करने

के लिए समझा रहे थे, वह अपने विवाह के समय उसके साथ ठिठोली कर रहे थे, वह उसकी भुजाओं में थे, वह अपना अंगूठा उसकी कलाई पर स्पर्श कर रहे थे, वह उसके बालों में लगे केश काँटे को खोल रहे थे और अपनी गहरी निगाहों से उसके बालों को लहराकर खुलते देख रहे थे, उनका अंतिम चुंबन अब भी उसके सूखे अधरों पर सुलग रहा था, वह चित्रकूट में उस पर हँस रहे थे... और अंत में वे अचेत युद्धभूमि में पड़े थे... यह सब कुछ सत्य था, एक पूरे जीवन की तरह। वह अपने हृदय में एक गर्म और चीर देने वाले दर्द का अनुभव कर रही थी, उसका रक्त जम रहा था। क्या उसका हृदय टूट रहा था? उसका मस्तिष्क यह सब कुछ समझ नहीं पा रहा था। वह विश्वास से अविश्वास, मृत्यु की कामना से जीने की आशा के बीच झूल रही थी। नहीं, ऐसा नहीं हो सकता। उसने लक्ष्मण के लिए बहुत लंबे समय तक प्रतीक्षा की है। वह उसके विश्वारस और प्रेम को धोखा नहीं दे सकते। न अब, न भविष्य में। उन्हें कुछ दिन में लौटकर आना था, और वह आएँगे – उसका विजेता योद्धा, उसका निष्ठावान प्रेमी। वह उसके पास वापस आएँगे...

अचानक उसका मन शांत हो गया। उर्मिला ने गहरी चिंता के साथ सुमित्रा की ओर देखा। वह निश्चित रूप से अथाह पीड़ा से ग्रस्त होंगी। सुमित्रा बहुत धैर्य धारण किए हुए अपने दूसरे पुत्र शत्रुघ्न का हाथ थामे खड़ी थीं, लेकिन उर्मिला उनके दोनों पथराए नेत्रों और उनको घेरे हुए गहरे दुख का अनुभव कर सकती थी।

वह उनकी ओर गई। ''नहीं माँ, भयभीत मत होइए। आपके पुत्र के हृदय में राम बसे हैं। आप स्वयं भी तो ऐसा ही कहती हैं। तब फिर राम कैसे उन पर कोई भी संकट आने दे सकते हैं? वह संभवत: चोट के कारण शांति से सो रहे होंगे। वह फिर चेतना में आ जाएँगे और उठ खड़े होंगे व युद्ध करेंगे! आपके सौमित्र को कोई हानि नहीं पहुँच सकती। वह सदैव सुरक्षित रहेंगे। राम अधिक दुखी होंगे, दर्द और चिंता से ग्रस्त होंगे।''

भरत ने आश्चर्य से देखा। ''हाँ वह हैं। वह साँत्वना से परे हैं! वह दुख से भरे हैं। उन्होंने अपने अस्त्र-शस्त्र छोड़ दिए हैं और हार मानते हुए आशा का त्याग कर दिया है। उन्होंने अपने शस्त्र उठाने और युद्ध करने से ये कहते हुए इंकार कर दिया है कि ऐसी विजय का क्या अर्थ, जब उन्होंने उसे खो दिया है, जिसे वे सर्वाधिक प्रेम करते हैं। वह इस बात को सोचकर निराश हैं कि माँ सुमित्रा को क्या मुख दिखाएँगे। यह कहते हुए उन्होंने अयोध्या आने

से भी इंकार कर दिया है। वह अपनी गोद में लक्ष्मण का सिर रखकर बैठे हैं और पीड़ा से टूटकर रो रहे हैं और कह रहे हैं कि अब जीवन का कोई मूल्य नहीं रहा।''

''नहीं! उन्हें सीता की रक्षा करनी होगी!'' उर्मिला ने भयभीत स्वर में कहा। ''राम निराश होकर हार नहीं मान सकते। क्या वहाँ कोई नहीं है, जो उन्हें यह विश्वास दिला सके कि लक्ष्मण उठ जाएँगे? लक्ष्मण को कुछ नहीं हो सकता! मैं जानती हूँ! वह एक योद्धा हैं, जो हार नहीं मानेंगे। वह अपने भाई के लिए विजयी होंगे। वह अपने भाई के लिए जीवित रहेंगे!''

''और राम के लिए प्राण भी त्याग देंगे,'' सुमित्रा ने हल्के स्वर में कहा। उनके कंधे झुक गए थे।

''माँ, नहीं, बुरी कल्पना पर विश्वास मत कीजिए! न ही राम को भी ऐसा करना चाहिए!'' वृद्ध माँ को साहस बँधाते हुए उर्मिला ने कहा। ''भरत, आप लंका जाइए और राम के साथ रहिए, उन्हें आपकी सहायता की आवश्यकता है।''

''उन्हें मेरी आवश्यकता नहीं है,'' भरत ने उत्तर दिया। ''उनके पास रावण का दरबार त्यागकर आए हुए उसके भाई विभीषण और हनुमान जैसे विश्वासपात्र हैं। मैंने हनुमान को कुछ काली सी वस्तु हाथ में थामे अयोध्या के ऊपर से उड़ते हुए देखा था। मुझे लगा कि शायद कोई राक्षस है। मैंने उन पर अपना बाण चला दिया। वह नीचे उतरे और मेरे निकट आकर मुझे बताया कि वे हनुमान हैं। वह अपने साथ पर्वत उठाकर ले जा रहे थे, क्योंकि वानरों के वैद्य सुषेण ने उन्हें हिमालयी पहाड़ी गंधमादन पर उगने वाली संजीवनी नाम की जड़ी-बूटी खोजकर लाने को कहा था। यह एक जादुई जड़ी-बूटी है, जो सूर्योदय से पहले ही लक्ष्मण को पुन: चेतनावस्था में ला सकती है। वानर हनुमान बहुत व्यग्रता में थे और उस जड़ी-बूटी को पहचान नहीं पा रहे थे। समय कम था, इसलिए उन्होंने पूरा पर्वत ही उठा लिया और उसे लेकर लंका की ओर जा रहे थे, जब मैंने उन्हें नीचे उतरने पर बाध्य कर दिया,'' भरत ने बताया। ''वह भी लक्ष्मण के जीवन को लेकर चिंतित थे और लंका की ओर जाने की शीघ्र में थे...'' भरत का स्वर भय से काँप रहा था और लक्ष्मण के प्रति वह आशंकित थे।

उर्मिला ने शांति से सिर हिलाया। ''यदि वे पूरे रास्ते राम का नाम जपते हुए उस जड़ी-बूटी को लाने के लिए उड़कर हिमालय तक जा सकते हैं और

पूरा पर्वत उठा सकते हैं, तो अब उन्हें कोई नहीं रोक सकता,'' उर्मिला ने कहा। उसका मुख पूरी तरह से सहज था और उस पर चिंता की रेखा नहीं थी। ''वह समय पर पहुँच जाएँगे और लक्ष्मण को बचा लेंगे। और लक्ष्मण अपनी शक्ति और लक्ष्य को पुनः प्राप्त कर लेंगे। वह युद्ध करेंगे और वे युद्ध में विजयी होंगे, रावण का वध करेंगे और शीघ्र ही सीता के साथ घर वापस लौटेंगे। ऐसा ही होगा।''

उसका ठंडा स्वर भयभीत करने वाला भी था और प्रभावी भी। इस सबसे बुरे क्षण में भी उर्मिला ने धैर्य धारण किया था, आश्चर्य से भरी कीर्ति सोच रही थी, लेकिन वह इस बात को लेकर भी चिंतित थी कि यदि लक्ष्मण के साथ कुछ भी अनिष्ट हुआ – जैसा अभी दिख रहा है – तो उर्मिला कब तक स्वयं को सँभाल सकेगी? वह उन्हें बहुत प्रेम करती है; वह उनके बिना नहीं जी सकेगी। उर्मिला इन चौदह वर्षों में इसी छोटी सी आशा पर जीवित रही थी कि वे उसके पास वापस आएँगे, शीघ्रता से या देर से ही सही, लेकिन वे वापस अवश्य आएँगे। क्या होगा, यदि ऐसा नहीं हुआ तो? इस सोच ने कीर्ति के हृदय को झकझोर दिया। भरत ने जो कुछ भी बताया था, उससे कीर्ति को आभास था कि लक्ष्मण की साँस लगातार टूट रही है, विष धीरे-धीरे, सतत रूप से उन्हें घेर रहा था, लेकिन उर्मिला किसी भय या निराशा में आने को तैयार नहीं थी। क्या वह अस्वीकार की स्थिति थी? कीर्ति को अपनी बहन के बारे में लगातार चिंता हो रही थी।

कौशल्या सुबक रही थीं, लेकिन सुमित्रा को कुछ धैर्य देने का प्रयास कर रही थीं। वह मुरझाए चेहरे वाले शत्रुघ्न को थामे खड़ी थीं। कैकेयी अप्रत्याशित रूप से भयभीत दिख रही थीं। क्योंकि वह भी उसी अनिष्ट से आशंकित थी? क्या लक्ष्मण की मृत्यु हो जाएगी? कीर्ति फिर उर्मिला की विचित्र सहजता से आश्चर्य में थी, लेकिन उसे पता था कि उसकी बहन अंदर से टूट रही थी।

''उर्मि, मैं मंदिर जा रही हूँ... प्रार्थना करने।''

उर्मिला ने सहजता से सिर हिलाकर अनुमति दे दी। ''माँ सुमित्रा को मेरी आवश्यकता है,'' उसने धीरे से कहा, उसके स्वर में गहरी भावना बसी थी। कीर्ति ने मांडवी को संकेत किया और कक्ष से बाहर चली गई।

मांडवी ने उर्मिला की ओर देखा, वह उसकी आवेगहीन सहजता से परेशान थी। उसने सीता के अपहरण के समय भी उर्मिला की निडर प्रतिक्रिया

को देखा था, और वह भी बहुत असहज प्रतिक्रिया थी। उर्मिला ने कभी अपना आपा नहीं खोया। और इस समय उसका इस तरह स्थिरचित्त होना, बहुत व्यग्र करने वाला था। उर्मिला दो बहुत विपरीत भावों के बीच झूल रही थी।

मांडवी ने इन जटिल वर्षों में अपनी बहन को देखा था; उसने वह सब सहा, जो मांडवी नहीं सह सकती थी। उन दोनों ने ही समान मुश्किलों का सामना किया था, लेकिन मांडवी ने अपनी निराशा और दर्द के आँसुओं से बने खारे पानी से घिरे द्वीप में रहने का विकल्प चुना था। जब भी वह बहुत उदास होती थी, उर्मिला का अडिग आत्मविश्वास उसे सबसे बुरे समय के इस मौसम में भी खिलने का अवसर दे देता था।

और हर बार जब मांडवी भरत को देखती थी, उसे तीक्ष्ण पीड़ा का अनुभव होता था। उन्हें देखकर उसे प्रसन्नता भी होती थी और साथ ही इस बात का दुख होता था कि वह उसे अपना सर्वस्व नहीं दे सकते थे, लेकिन उर्मिला के पास तो ऐसे क्षण भी नहीं थे। न ही वह इस बात को लेकर ही सुनिश्चित हो सकती थी कि उसका पति सुरक्षित है। वन में वह खतरों में रह रहे थे; यहाँ उर्मिला उनको लेकर खतरे, भय और आशंका में रहती थी। इस बात का भय कि वह कभी उसके पास वापस आएगे भी या नहीं, लेकिन उसने कभी यह प्रदर्शित नहीं होने दिया। उसने चेहरे के सभी भावों पर एक आवरण डाल रखा था और अपने अंतर्मन के भावों को बख़ूबी छिपाया था। उर्मिला अब जड़ सी दिख रही थी। मांडवी उसे झकझोरना चाहती थी और उस जड़ता से बाहर लाना चाहती थी। वह उसे समझाना चाहती थी कि उसका पति अंतिम श्वास ले रहा है। वह उसे इस कड़वे सत्य का सामना करने को कहना चाहती थी, लेकिन उसकी बहन बहुत दूर, बहुत दूर चली गई हुई प्रतीत हो रही थी। फिर अपने उसी अनंत आशा के संसार में जहाँ पर उसके पास आशा थी और प्रेम था। प्रेम जो भयभीत होना नहीं जानता।

जैसे-जैसे लंका के तट पर युद्ध आगे बढ़ रहा था, यहाँ महल अपनी बंद, नक्काशीदार दीवारों के भीतर एक अलग तरह के युद्ध का सामना कर रहा था, उर्मिला ने सोचा। उनमें से हर किसी का अपना युद्ध था, जिसमें अपने मन के राक्षस को हराने के लिए उन्हें लड़ना था। कुछ लोग अपने आसपास

के लोगों से लड़ रहे थे, कुछ लोग अपनी परिस्थितियों से, कुछ अपने भाग्य से, कुछ ईश्वर से और कुछ स्वयं से। यहाँ तक कि इस युद्ध के हथियार भी अलग थे – घृणा, अपशब्द, प्रेम, धैर्य और विश्वास।

लेकिन इस आंतरिक युद्ध को किसने जीता? किसने क्या खोया? क्या उसने जो जीता, उसके बदले में अपनी सरलता खो दी?

क्षण का महत्त्व जा चुका था और जीवन अक्सर उसकी याद की सघनता में बसता है। उर्मिला ने उस तसवीर को अंतिम रूप देने के बाद राहत की साँस ली। यह लगभग पूरी हो चुकी थी, युद्ध की ही तरह। हनुमान द्वारा लाई गई संजीवनी की सहायता से लक्ष्मण उस जानलेवा आघात से बाहर आ चुके थे। वह युद्धभूमि पर फिर इंद्रजीत से लड़ रहे थे। इस बार पहले से कहीं अधिक उत्साह और समझ के साथ।

"कहा जाता है कि इंद्रजीत रावण से भी अधिक शक्तिशाली है," शत्रुघ्न ने कहा। "उसे इंद्रजीत कहा जाता है, क्योंकि उसने सबसे परम शक्तिशाली देव इंद्र को पराजित किया था। उसी दिन से उसका नाम मेघनाद से बदलकर इंद्रजीत हो गया। उसे सर्वशक्तिमान यानी सभी शक्तियों का स्वामी कहा जाता है। केवल एक धार्मिक ब्रह्मचारी योगी जो दैविक रूप से शक्तिशाली हो और एक पतिव्रता पत्नी के प्रेम व त्याग से सर्वोच्च स्तर तक सुरक्षित हो, वही उसे मार सकता है। और वह व्यक्ति लक्ष्मण है, मेरा भाई, जो तुम्हारे प्रेम की शक्ति से जीवित है, बहन। तुम्हारे जैसा कोई नहीं है!" उसने भक्तिभाव और सम्मान से अपना सिर झुका दिया।

उर्मिला को बहुत असहज अनुभव हुआ। "मैंने वही किया ,जो मेरे स्थान पर कोई भी करता!" उसने आश्चर्य से कहा। "यह केवल विश्वास की बात है।"

"तुमने मेरे भाई को बचा लिया!" शत्रुघ्न ने उत्साहित स्वर में कहा। "तुमने हमें बचा लिया! इन बीते वर्षों में भरत और मैंने भले ही अयोध्या और यहाँ के लोगों की देखभाल की हो, लेकिन तुम ही थीं, जिसने हमारी देखभाल की, परिवार को एक रखा और इसे एक जीवित नरक बनने से बचाया... यहाँ अब सब कुछ वैसा नहीं है, जैसा राम के जाने के समय था। राम और सीता के वापस आने पर भी यह वैसा नहीं होगा। तुमने इस महल को एक श्रेष्ठ स्थान बनाया। तुमने इसे ऐसा घर बनाया, जिसमें कोई व्यक्ति प्रतिदिन आना चाहता

है। तुमने इसे अपने धैर्यपूर्ण प्रेम, अदम्य इच्छाशक्ति और शांति के प्रति अपने कभी न समाप्त होने वाली आशा से सींचा।''

उर्मिला का मुख लाज से गुलाबी हो गया। ''वह सराहना के ऐसे शब्द नहीं स्वीकार करती,'' उस तसवीर को निकट से देखते हुए सुमित्रा ने कहा। ''लेकिन क्या मैं तुम्हारे काम की प्रशंसा कर सकती हूँ? मैं विवाह के समय वहाँ नहीं थी, लेकिन मुझे अनुभव हो रहा है कि अभी मैं ठीक उसी स्थान पर हूँ! ऐसा लगता है जैसे समय ठहर गया है और तुम बच्चों का विवाह अभी इसी क्षण हो रहा है!''

''इसे बनाने के पीछे मेरा विचार यही था,'' उर्मिला ने सहमति में सिर हिलाते हुए कहा। उसके स्वर में हल्की उदासी थी। ''मैं हर बार इसे देखते हुए उस दिन को अनुभव करना चाहती हूँ। यह हम सबके लिए अविस्मरणीय क्षण था, जब हमारा जीवन पूरी तरह बदल गया था...''

''बदलाव अच्छा नहीं था, मुझे लगता है,'' बूढ़ी महारानी ने दुखी स्वर में कहा। ''तुम मिथिला की बेटियों ने आवश्यकता से अधिक पीड़ा भोगी है।''

''मैंने उस दिन आपके सौमित्र को पाया था। और इसके लिए मैं आपकी आभारी हूँ,'' उर्मिला ने शांत स्वर में कहा। ''लेकिन मुझे लगता है कि उन्हें मुझ जैसी ही कोई जीवनसंगिनी मिलनी चाहिए थी!'' वहाँ उपस्थित लोगों को सहज करते हुए चमकते नेत्रों से उसने कहा।

''क्या वह तुम्हें पाने लायक है? मैं अक्सर आश्चर्य करती हूँ,'' सुमित्रा ने कहा। ''क्या हम तुम्हारे लायक हैं? परिवार में किसी ने भी कभी तुम्हारी भावनाओं का ध्यान नहीं रखा, तुम ही बताओ, रखा क्या? हम में से किसी ने भी नहीं,'' उन्होंने ज़ोर देकर कहा। ''लेकिन न तुमने इस पर कभी अप्रसन्नता जताई, न ही क्रोध किया,'' वह चुप हो गई। उर्मिला को आश्चर्य हुआ और पीड़ा भी, क्या महारानी का संकेत मांडवी की ओर था। ''और फिर भी तुमने किसी को नीचा नहीं देखने दिया, एक स्त्री जो अपने लिए स्वर उठाने को स्वतंत्र थी, नियमों को मोड़ने के लिए, लेकिन कभी उन्हें तोड़ा नहीं। अपने पैरों की बेड़ियों को पायल बना लिया, अपने सौम्य आनंद के साथ खनकती रहीं और हमारे बहरे व उदास कानों में संगीत घोलती रहीं। हम तुम्हारे दर्द, तुम्हारी निराशा को लेकर अंधे और गूंगे बने रहे। और फिर भी तुमने हमें अपना सर्वस्व दिया। वर्षों तक हम आपसी अविश्वास व रोष से अलग-

थलग रहे, लेकिन हम में से हर कोई यही दिखाने का प्रयास करता रहा कि सब ठीक है। तुम्हारे अतिरिक्त सबने यही माना कि सत्य को अस्वीकार करना ही सर्वश्रेष्ठ नीति है। तुमने हमारा सत्य से सामना कराया। तुमने हमें सत्य का दर्पण दिखाया। तुमने वह प्रतिबिंब नहीं दिखाया, जो दुनिया या हम स्वयं अपने संबंध में बनाए बैठे थे। मुझे सदैव से अपने सौमित्र पर गर्व रहा, लेकिन सत्य को नहीं देख पाने के अपने मातृ दंभ के लिए मैं शर्मिंदा हूँ। तुम्हारे इस पूर्ण व्यक्तित्व से तुमने मुझे गर्व का और अवसर दिया। इसलिए मुझे धन्यवाद मत दो, प्रिय। मैं तुम्हें धन्यवाद देती हूँ। हम सब तुम्हें धन्यवाद देते हैं, हमें प्रसन्न और श्रेष्ठ जन बनाने के लिए।''

उर्मिला इन शब्दों से अभिभूत हो गई। उसने सौम्यता से अपना हाथ महारानी के झुर्रियों वाले उन बूढ़े हाथों पर रख दिए और सहजता से कहा, ''सौमित्र शीघ्र, अतिशीघ्र वापस आएँगे। यहाँ फिर प्रसन्नता से भरे दिन होंगे... अंततः हम उनके लायक तो हैं ही!''

वापसी

वह उर्मिला के चारों ओर हर जगह व्याप्त थे। वह उनके झुकावदार तर्कों, नज़रों, अनुभव, स्पर्श, उनके आगे होने का अनुभव नहीं भूल सकती थी... महल का हर एक कोना उर्मिला को उनकी याद दिला रहा था, हर एक दीवार से उनके स्वर की प्रतिध्वनि आ रही थी, उनकी ठहाकेदार हँसी, जब लक्ष्मण उस कक्ष की ओर बढ़ते थे, जहाँ उर्मिला चित्रकारी करती थी, उस पथ से उनके पैरों की पहचानी पदचाप सुनाई देती थी। जब भी उर्मिला सीढ़ियों पर उसके क़दमों की आहट सुनती थी, तो उसे अपने अंदर उत्साह उमड़ता हुआ अनुभव होता था। यह केवल एक भावना थी, एक स्मृति थी।

नवरात्रि का अंतिम दिन था। और यही वह दिन था, जिस दिन राम ने रावण का वध कर दिया था। सीता मुक्त थी। देवी दुर्गा की तरह, राम ने बुराई को समाप्त कर दिया था, उर्मिला ने यही सोचा जब उसने देवी के चरणों में प्रसाद के रूप में फलों से भरी कई थालियों को अर्पित किया। उसने अपने हाथ जोडे और अपने सिर को परम आदर के साथ झुकाया और एक प्रार्थना की। हे माँ, इस देश में शांति और प्रसन्नता का शासन कर दो, उर्मिला उत्तेजना से फुसफुसाई।

भीड़ और कोलाहल से भरे नगर में राम की एक-एक वीरता के प्रसंग सुने-सुनाए जा रहे थे - कैसे रावण ने सीता का अपहरण कर लिया था, राम ने सीता को खोजने के लिए आसमान-पाताल एक कर दिया था, सुग्रीव के साथ राम का मित्रवत गठबंधन, हनुमान द्वारा लंका की अशोक वाटिका में सीता की खोज, समुद्र के ऊपर लंका तक पहुँचने के लिए वानरों द्वारा विराट पुल का निर्माण और अंततः युद्ध में राम के हाथों रावण का वध जैसा सब

कुछ उस समय लोगों के मुँह पर था। और, जैसे ही महल में हर व्यक्ति राम के भव्य स्वागत और उत्सव की तैयारियों में जुट गया, उर्मिला का एक असहज ज्वार दब गया। उर्मिला ने पहली बार इसके बारे में सुना, उसे अपने कानों पर विश्वास नहीं हुआ और उसने एक अफवाह के रूप में इसे नकार दिया, एक अच्छे माहौल को खराब करने के लिए वहाँ कुछ गंदे वाचाल मुँह सदैव से थे।

लेकिन ये अफवाहें किसी उत्पाती द्वारा फैलाई गई गप्प नहीं थीं। वे सच थीं – एक ऐसी सच्चाई जिसने प्यार, कर्तव्य और विश्वास की पवित्रता को दूषित कर दिया। समाचार वन में आग की तरह फैल गया कि सीता, अवज्ञा के एक पल में, राम और दुनिया के समक्ष अपनी पवित्रता सिद्ध करने के लिए एक विशाल धधकती–लपकती आग में प्रवेश कर गई थीं। और जब आख़िर में राम से मिलने के लिए सीता लौटी, कमज़ोर, लेकिन सुंदर, शानदार ढंग से सजी वह हर तरह से अयोध्या की रानी थी। वह राम के हृदय की रानी थीं। लंका में हर एक जन उसकी एक झलक पाने के लिए टूट पड़ा, यह सीता थी – वह नारी, जिसके लिए ये पूरा युद्ध लड़ा गया था। प्रजाजन उस राजकुमारी को देखना चाहते थे, जो वन में अपने पति के साथ रहती थी, जिसने उनके राजा को ऐसा मोहित कर दिया था और उसने झुकने से इंकार कर दिया था; वह नारी जो अपनी पवित्रता सिद्ध करने के लिए आग में प्रवेश कर गई थी।

उर्मिला ने ज़ोर से साँस भरी: शत्रुघ्न द्वारा परिवार को दी गई सूचना के बाद कि राम, सीता और लक्ष्मण घर की ओर लौट रहे हैं, उसके मस्तिष्क की आँखें पहले से ही वह दृश्य देख रही थीं। इस घटना ने उनकी वापसी के उत्साह को थोड़ा फीका कर दिया था। आख़िरकार राम ने इसे कैसे अनुमति दी, उर्मिला आश्चर्यचकित थी। वह अब क्या कहेंगे? क्या वह ऐसे पति नहीं थे, जिन्होंने अपनी पत्नी की रक्षा की? क्या वह ऐसे प्रेमी नहीं थे, जो फिर से अपने प्रियतमा को देखने की प्रतीक्षा कर रहा था? या क्या वह केवल एक राजा थे, जो प्रजा के सामने अपनी रानी को संबोधित कर रहे थे?

उर्मिला के कक्ष की शांत गोपनीयता में, बहनें एक कमज़ोर चुप्पी को मन में दबाए बैठी थीं। कक्ष में सब कुछ ठहरा हुआ था और केवल उनके हृदय बहस कर रहे थे, स्पष्टीकरण के लिए चिल्ला रहे थे। आख़िर में यह मांडवी थी, जिसने मुँह खोला, उसके स्वर में उसके मन की अचूक विषाक्तता थी। ‘‘तो, एक राजा के रूप में, राम से नैतिक सिद्धांतों को बनाए रखने और

अपने कर्तव्यों को पूरा करने की अपेक्षा थी, तो क्या इसलिए उन्हें सीता की पवित्रता पर प्रश्न पूछने की आवश्यकता थी! क्या यह राजा के रूप में मानकों को स्थापित करने की एक अतिव्यापी ज़िम्मेदारी थी, जिसमें उसकी पवित्रता को समाज के समक्ष सिद्ध करना आवश्यक था?'' उसने दृढ़ता से पूछा। ''लेकिन इन सबके बावजूद, मुझे लगता है कि इस कार्य की नैतिकता संदिग्ध है। कैसे कोई किसी को समाज के नेत्रों में प्रायश्चित के लिए यातना और सार्वजनिक अपमान से गुजरने के लिए विवश कर सकता है?'' उसने प्रश्न उठाया। ''सीता का अपहरण किया गया था, वह स्वेच्छा से रावण के महल में नहीं रही! तो लोगों के मन में यह संदेह क्यों है? और राम के मन में भी?'' उसने साथ में जोड़ा।

मांडवी के काटने वाले शब्दों ने उर्मिला को चित्रकूट में उस अनियंत्रित चिड़चिड़ाहट की याद दिला दी, जब उसने भाइयों के समक्ष पत्नी धर्म का पालन न करने की हिंसक रूप से निंदा की थी। उसके अपने ही शब्द उसके मन में प्रतिध्वनि करने लगे।

उसने हाँ में सर हिलाया। ''अगर ऐसा होता तो राम को अपना सिंहासन और राजा का पद त्याग देना था और एक राजा के रूप में उंगली उठाने वाले लोगों के प्रति उत्तरदायी होने की बजाए अपनी पत्नी की रक्षा करनी थी, उस रानी के लिए, क्या इतनी 'पवित्रता' पर्याप्त नहीं थी,'' उर्मिला ने ज़ोर देकर कहा। यह एक राजा बनाम पति में दुविधा के क्षण रहे होंगे कि कौन श्रेष्ठ है, क्या यह नैतिकता का प्रश्न है? उसने कड़वाहट भरे स्वर में कहा। ''यह एक ऐसी पत्नी के साथ किया गया, जिसने महल की सुरक्षित विलासिता को छोड़कर राम के साथ वन में निर्वासित जीवन जीना चुना था।''

आम तौर पर शांत रहने वाली कीर्ति भी कठोर बनकर सामने आई। ''नि:संदेह, राम जानते थे कि वह सच्ची थी, वह उसका प्यार थी!'' कीर्ति ने अस्वीकारता वाले स्वर में कहा। ''यह उसके हिस्से की एक गणना थी, जानबूझकर उठाया गया एक क़दम था। सीता की पवित्रता को सार्वजनिक रूप से प्रदर्शित करने की उनकी एक पूर्व निर्धारित इच्छा थी, ताकि इस अग्नि परीक्षण के बाद अब या बाद में उनकी पवित्रता पर कभी कोई प्रश्न न उठाया जा सके। राम ने सीता की प्रतिष्ठा को, दुनिया के धर्म को संरक्षित रखने के लिए यह कार्य किया था। उन्होंने ऐसा किया ताकि कोई भी उसकी पत्नी पर, उसकी रानी की ओर उंगली न उठा सके।''

''इस बात से सहमत, लेकिन उसने सीता को आग में प्रवेश करने से इसलिए नहीं रोका, ताकि लोग उसे अपनी पत्नी का पक्ष में लेने और उसे बचाने का आरोप लगा सकें,'' उर्मिला फिर से उद्वेलित हुई। ''लेकिन सीता ने राम के प्रति ऐसा क्या अपराध किया था, जिसे कि उसे छुपाना पड़े और दुनिया के समक्ष अपनी पवित्रता को सिद्ध करना पड़े? और यह राम के ऐसे प्रजाजनों के लिए जो अस्थिर चित्त वाले हैं? क्या तुम एक तुच्छ, उत्पाती जीभ को कानाफूसी करने से रोक सकती हो? प्रजा की मिथ्याबोध को दूर करने का सबसे अच्छा तरीक़ा यह है कि उसे सीधे संबोधित किया जाए, न कि ऐसे परीक्षणों द्वारा जिनकी विश्वसनीयता पर बाद में प्रश्न उठें। जब राम तारा, मंदोदरी, अहिल्या जैसी समाज विस्थापित नारियों के लिए दृढ़ता से खड़े थे- तो वह सीता को इन सामाजिक आक्षेपों से क्यों नहीं बचा सकते थे?''

''अग्निपरीक्षा लोगों को शांत करने का उनका तरीक़ा था, उर्मि,'' कीर्ति ने एक बार फिर अपनी बात रखी।'' ''समाज सदैव से ऐसा ही पाखंड करता आया है। राम ने इन महिलाओं को सामाजिक अपमान से सुरक्षा दी, लेकिन सीता को एक अपमान का सामना करने दिया, क्योंकि यदि वह खुलकर सीता के पक्ष में खड़े हो जाते तो, यही समाज उनकी ओर उंगली उठाता और राम पर केवल अपने को बचाने, अपने प्रियजन के पक्ष लेने का आरोप लगता। हमारा समाज अपने शासकों से यह अपेक्षा करता है कि उन्हें स्वयं से भी अधिक परिपूर्ण होना चाहिए।''

''यदि ऐसे प्रजाजनों का कथित विश्वास राम के लिए इतना सर्वोपरि है, तो उन्होंने उस समय उनकी बात क्यों नहीं सुनी, जब वे अयोध्या छोड़कर निर्वासन पर न जाने के लिए करुणामयी विनती कर रहे थे?'' उर्मिला ने अपना तर्क, उस घटना को याद करते हुए दिया जब लोगों का विशाल समूह वन की ओर जाते राम के रथ के पीछे पीछे संपूर्ण सरयू नदी के किनारों पर उमड़ पड़ा था। ''अयोध्यावासी चाहते थे कि राम ही राजा बनें, लेकिन अपने पिता के वचन का मान रखने के लिए राम वन की ओर चल पड़े थे। तो, एक बार फिर से, ये राजधर्म और पुत्रधर्म के बीच की दुविधा वाली स्थिति थी, जिसमें उन्होंने पुत्रधर्म का पालन करने का निश्चय किया था। राजधर्म का नहीं,'' उसने दृढ़ता से याद दिलाया। ''तो, अब उसी राजधर्म का पालन अपनी ही पत्नी को चोट पहुँचाने और अपमानित करने की क़ीमत पर क्यों?''

''उन्होंने दुनिया के समक्ष ऐसा अपनी सत्यता स्थापित करने के लिए किया, ताकि वे लोग कालांतर में उन्हें बदनाम न कर सकें। उन्होंने ऐसा सीता को बचाने के लिए किया!'' कीर्ति ने उच्च स्वर में कहा।

मांडवी ने एक दृढ़ संकल्प के साथ अपने सिर को हिलाया। ''नहीं, वह ग़लत थी! लेकिन मैं अब भी यह समझ नहीं पा रही हूँ ऐसी परिस्थितियों में सीता चुप क्यों रही और उसने कोई प्रतिकार क्यों नहीं किया? और अग्नि में प्रवेश करने जैसा आत्मघाती कदम उठाते समय उसे अपमानजनक पीड़ा क्यों नहीं हुई? उसने अपनी बात को ज़ोर दिया।'' यह सीता ही थी, जिसने लक्ष्मण को अग्नि तैयार करने का आदेश दिया था!

अपने पति के उल्लेख ने उर्मिला को चौंकाया। जब लक्ष्मण ने राम के ठंडे, क्रूर शब्दों को सुना होगा, तो वह क्या और कर सकता था? क्या सीता की परीक्षा के लिए अग्नि तैयार करते समय उसके हाथ थरथराए थे? लक्ष्मण ने चौदह वर्षों तक सीता की रक्षा की है, उन्हें हर संभावित खतरे और विनाश से बचाया गया था, लेकिन वह उन्हें अपने भाई के अपमानजनक आरोपों से बचाने के लिए कोई मदद नहीं कर सका।

''हम सभी को क्रोध से भरी इस बहस को विराम देना चाहिए, मुझे लगता है कि सीता एक बार जब यहाँ पहुँच जाएगी तो इन प्रश्नों के उत्तर देने के लिए वही सबसे उपयुक्त होगी, एक बार जब वे सभी वापस आ जाएँगे, तो सब उन्हीं से पूछ लेंगे,'' उर्मिला ने लगभग ऊबते हुए कहा। ''स्वागत समारोह और राज्याभिषेक अनुष्ठान के लिए अभी बहुत तैयारियाँ करना शेष हैं जो कि इसके तुरंत बाद होगा। तो हमारे लिए सबसे अच्छा यह होगा कि हम मन में उत्साह भरें और तैयारियों में जुट जाएँ।''

कीर्ति तुरंत सजग हो गई। ''वे आज से पाँच दिन बाद पहुँचने वाले हैं! लेकिन, उस दिन तो अमावस्या है-बिना चंद्रमा वाली रात! कीर्ति ने निराशा से भर उठी।

''नहीं प्रिये, अब कोई दिन बुरा दिन नहीं होगा,'' उर्मिला ने उसकी निराशा को खारिज करते हुए कहा। ''वे वापस आ रहे हैं, यही सबसे विशेष दिन है। यदि यह एक बिना चंद्रमा वाली अंधियारी रात है, तो तेल के दीपक अंधेरे में ऐसे जगमाएँगे कि पूरी अयोध्या उनकी रोशनी में नहा उठेगी! यह कितनी सुंदर छटा होगी!''

"और आपकी छटा भी एक सुंदर छटा होनी चाहिए! मैं तुम्हें उस दिन तैयार करूँगी! शांता को सूचित कर दिया गया है, वह श्रृंगार करके तुम्हें गुड़िया जैसा सुंदर बना देगी!"

उर्मिला ने ज़ोर का ठहाका लगाया। "मैं कोई लजाती नववधू नहीं हूँ!"

"ओह, आप अपनी निडरता से लजाएँगी!" मांडवी मुस्कराई, अचानक ही आगे बढ़ी, और उसे कसकर, स्नेह से गले लगा लिया। "मैं तुम्हारे लिए बहुत प्रसन्न हूँ- अंततः लक्ष्मण वापस आ रहा है!"

उर्मिला ने उसके सजल नेत्रों में देखा। "तो भरत भी आएगा," उर्मिला ने उसे बड़े स्नेह, अपनी बहन की भुजा पर आश्वस्त करने वाली एक थपकी देते हुए याद दिलाया। मांडवी ने तुरंत अपनी भौंहें नीचे कर लीं, लेकिन तब तक उर्मिला ने उसके पीड़ित नेत्रों में उठी आशा की एक संक्षिप्त चमक देख ली थी। "कीर्ति, तुमने उसे सजाने के लिए क्या योजना बनी रखी है? निश्चित रूप से उसमें हमारी शीतल पड़ी राजकुमारी के श्रृंगार में कोई हल्का रंग शामिल नहीं होगा! और आशा है कि आप और माँ कैकेयी दोनों ही ऐसी व्यंजनों की तैयारी में होंगी जो मस्तिष्क और जीभ दोनों को आश्चर्यचकित कर देंगे! याद रखिएगा, पाककला की महारानी आ रही हैं- हो सकता है कि सीता सीधे रसोई की राह पकड़ लें।"

कीर्ति खिसियाई। अपनी पुस्तक को खोजने का नाटक करते हुए, मांडवी मुस्करा रही थी। वह अच्छी तरह जानती थी कि अब उसकी बहनें उसे पढ़ने नहीं देंगी। यह लगभग पुराने समय की तरह था, उर्मिला ने एक संतुष्टिदायक आह भरी...

अंततः वे घर आ पहुँचे थे। महल का हर कोना, हर जगह तेल भरे दीयों और टिमटिमाते कंदीलों से जगमगा रहा था, हर तरफ झिलमिल रोशनी की गई थी, और धूप और सुगंधित तेलों की सुरुचिपूर्ण गंध चहुँ ओर बिखरी थी, चमेली, चंपा और गेंदे के फूलों से बने तोरण-बंदनवारों से हर प्रवेशद्वार को मंत्रमुग्ध कर देने वाले ढंग से सुसज्जित किया गया था, हवा के हर झोंके के साथ इन फूलों की सुगंध चारों ओर फैल रही थी। कौशल्या स्वागत के लिए नंदीग्राम

की ओर कूच कर चुकी थी और उर्मिला ने उसे भरत और बड़ी रानी माँ के साथ रथ से नीचे उतरते देखा।

उर्मिला उन्हीं सीढ़ियों पर खड़ी थीं जहाँ से उसने वन गमन के लिए उन्हें विदा किया था, उसके हाथों में फिर से सोने की थाली थी, पर इस बार घर में आगमन हेतु स्वागत करने के लिए। चौदह साल के बाद। आखिरी बार जब उसने लक्ष्मण की आरती उतारी थी, तो उसकी आँखें स्थिर थी, परंतु उसके हाथ काँप रहे थे। वह लक्ष्मण के चेहरे से अपनी आँखें नहीं हटा पा रही थी, गहरी श्वास के साथ उसकी गहन, विचारशील और सोचभरे नेत्रों में थाली में रखे टिमटिमाते दीये की लौ चमक रही थी। जब वह नज़र आए तो बिना उग्रता के एकदम शांत चित्त लग रहे थे। उनके चेहरे पर एक विशिष्ट विनम्रता थी, एक असीम शांति थी जो गहन और अथाह थी। लक्ष्मण के नेत्रों में पहले की तरह कोई धधक नहीं थी, लग रहा था कि वे किसी कारणवश बुझ गई है। वन ने उन्हें शांत बना दिया था। उर्मिला ने झट से उनके सीने पर एक काला, क्रोधित घाव देख लिया था। यह उसी जगह पर था, जहाँ इंद्रजीत ने विषैले तीर से वार किया था। और उर्मिला ने उन्हें लगभग खो दिया था। दुर्बलता से उसके हाथ अचानक काँपे। लक्ष्मण ने देख लिया था कि उसकी दृष्टि कहाँ पर है और वह बुदबुदाए, ''मिला, मैं केवल तुम्हारे लिए जीवित रहा। मेरे जीवन का अर्थ तुम ही हो। तुम मुझे घर लौटा लाई। और मेरा अंतिम विचार उन बड़े, उदास नेत्रों के साथ केवल तुम्हारा मुस्कराता चेहरा था।''

उसकी आँखें बिना आँसुओं के क्रोध और पीड़ा से जल रही थीं। ''कृपा करके अब मुझे रो लेने दो,'' उसने कठिनाई के साथ कहा।

लक्ष्मण ने धीरे से उसकी थरथराती उंगलियों से स्वर्णिम थाली ले ली। ''इस प्रसन्नता को आँसुओं से मत धोओ, मिला। मुझे पता है कि ये लोग हमें अभी कुछ समय तक एकांत में कुछ करने का अवसर नहीं देंगे!'' लक्ष्मण ने एक तिरछी मुस्कान के साथ हाथों में तिलक और फूल लेकर खड़ी शांता और अपनी माता की ओर देखकर कहा। उर्मिला ने अश्रुपूरित नेत्रों से लक्ष्मण को झुककर अपनी माता के चरण छूते हुए देखा, और परिवार में लक्ष्मण की वापसी पर प्रेम और हर्ष मिश्रित कोलाहल उत्पन्न हो गया, लेकिन लक्ष्मण ने सबके बीच में उसका साथ पाने के लिए एकांत के कुछ क्षण चुरा ही लिए। सदैव की तरह असंशोधनीय रूप से, उर्मिला उनके चेहरे पर मुस्कराहट लाने में कोई मदद नहीं कर सकी। आनंद की एक असीम भावना, एक अक्षम्य

परमानंद उसकी नसों में बह रहा था, जो उसके मन को एक संक्रामक पुलक से भर रहा था।

जैसे ही लक्ष्मण को बाकी के अनुष्ठानों के लिए राम और सीता के साथ सभामंडप में ले जाया जा रहा था, उर्मिला ने देखा कि वे सदैव एक-दूसरे के बहुत निकट खड़े थे, उनके हाथ इस दृढ़ता के साथ चिपके हुए थे, कभी भी साथ नहीं छोड़ने के लिए। तन पर युद्ध के गंभीर घावों के साथ, राम थके हुए लग रहे थे, लेकिन सदैव की तरह एक छोटी सी मुस्कराहट उनके अधरों पर खेल रही थी, उनके आकर्षक मुखड़े पर आच्छादित थी। उर्मिला ने देखा कि वह सीता की ओर बेचैन उत्सुकता भरी नज़र डाल रहा थे, डरते हुए कि वह किसी भी पल गायब हो जाएगी। उसका ह्रदय एक तड़प से भर गया था; वह दुख से लगभग पागल से हो गए थे जब सीता उनसे छीन ली गई थी। उस समय उर्मिला की अवस्था भी राम जैसी ही थी, सीता और लक्ष्मण राम के जीवन के दो सबसे मूल्यवान इंसान थे- और अपने अभियान में उन्होंने उन दोनों को लगभग खो ही दिया था और उन्हें जानने वालों के हिसाब से, वह स्वयं को कभी क्षमा नहीं करेंगे। पहली बार, वह अपने जेठ के साथ संबंधों की एक विशेष भावना अनुभव कर रही थी। वे दोनों एक ही व्यक्ति से बहुत प्रेम करते थे।

पहुँचते ही राम सीधे कैकेयी की ओर अग्रसर हुए, सदैव से राजसी और सुंदर, दंड के वर्षों ने उसके मुख पर एक दृढ़ शिष्टता निर्मित कर दी थी। राम अपने घुटनों पर झुके और कैकेयी के चरण स्पर्श किए और उसके चरणों में अपनी हथेलियाँ रखते हुए बोले, ''मैंने वह कर दिखाया जिसे अर्जित करने की चाह आपने मुझसे की थी।''

उर्मिला ने उसके कथन को अस्पष्ट रूप से संदिग्ध पाया – क्या राम भी जानते थे कि उनकी नियति किस कार्य के लिए तय थी? और यही कारण है कि वह माँ कैकेयी के प्रति आभारी थे, यह जानते हुए कि उस नारी ने अपने प्रतिष्ठित नाम को कलंकित करने और उसके लिए अपमान और घृणा का बोझ ढोने के लिए बलिदान दिया था?

कैकेयी के उत्तर ने उसके संदेह की पुष्टि की। ''भाग्य उपहास करता है। यह हमें अपनी नियति को आकार देने का अवसर देता है। और तुमने सबसे बड़ा कर्तव्य पूर्ण किया है – तुमने अपने राष्ट्र को एक महान विपदा और एक शक्तिशाली शत्रु से निजात दिलाई है। यह सब तुमने किया। मैंने नहीं।''

राम कैकेयी की ओर देखकर कृतज्ञता से मुस्कराए और अब अपनी माता का सामना करने की भरत की बारी थी। पहली बार, भरत ने कैकेयी को अवमानना भरे नेत्रों से नहीं देखा और न ही क्रोध के कोई शब्द कहे। उसकी आँखें प्रेम से कोमल थीं, और दुख और पश्चाताप से भरी हुई थीं, वह एक शब्द नहीं बोल सका। उसने माता का आशीर्वाद प्राप्त करना चाहा और कैकेयी ने बड़ी सौम्यता से उसे अपने अंक में भर लिया। दोनों को कुछ भी कहने की आवश्यकता नहीं थी; उनका नि:शब्द गले लग जाना सब कुछ बता रहा था, वह सब कुछ जो उन्होंने खो दिया था, और जो कुछ उन्होंने प्राप्त किया था।

अंतत: उसका पुत्र उनके पास लौट आया था – उसने अपने भरत को पा लिया था। पुन: अपने बेटे के लिए माँ रूप में कैकेयी दुनियाभर के नेत्रों में पापमुक्त हो गई थी। भरत जैसे एक पुण्यात्मा, निश्छल बेटे की माँ के रूप में उनका खोया सम्मान अत्यंत हद तक पुनर्स्थापित हो गया था।

उर्मिला ने अपनी भुजा पर एक खिंचाव अनुभव किया। सीता किसी तीव्र इच्छा के साथ उसे छू रही थी। "मुझे तुमसे बात करनी है। ठीक अभी," वह फुसफुसाई।

उर्मिला ने अपनी बहन के चेहरे का बड़ी उत्सुकता से परीक्षण किया। वह बड़ी प्यारी थी, उसके तेज की गुणवत्ता अब भी उतनी ही सशक्त थी लेकिन उसकी सुंदरता में भावनात्मक कठोरता के साथ छेड़छाड़ हो चुकी थी।

उसने तत्परता से उत्तर दिया, "चलो तुम्हारे कक्ष में चलते हैं।" तुम्हें तैयार होने की आवश्यकता है और वैसे भी मुझे तुम्हारे सुगंधित स्नान की निगरानी करनी ही थी।"

जैसे ही उर्मिला ने अपने भीतरी कक्ष के द्वार बंद किए, वह चिंताग्रस्त होकर अपनी बड़ी बहन की ओर मुड़ी। "इतना आवश्यक क्या है?" उसने पूछा।

"इसके बारे में लक्ष्मण तुमसे कोई बात करे, उससे पहले मुझे तुमसे बात करनी है।"

प्रसन्नता की चमक अचानक मंद हो गई। उर्मिला अंदर ही अंदर एक अनजान भय से तरंगित हो उठी। अब क्या होगा?

कुछ बोलने से पहले लग रहा था सीता अपने पूर्ण साहस और दृढ़ संकल्पों का आह्वान कर रही थी। "मैंने सबसे अक्षम्य कार्य किया है! मैंने

लक्ष्मण पर एक अयोग्य अपराध का आरोप लगाया!'' वह फुसफुसाई, उसके मुँह से आगे कोई शब्द निकलना कठिन हो गया था, उसके हाथ एक स्पष्ट घबराहट के मारे कंपित हो रहे थे।

उर्मिला सीता के थरथराते हाथों को थामना चाहती थी, लेकिन वह शांत बनी रही रही, उसे बाधा डालने में डर लग रहा था, वह सीता के अगले शब्दों को लेकर भयभीत थी।

''मैंने उस पर सबसे जघन्य आरोप लगाए...'' सीता रो पड़ी।

''सीता, कृपा करके मूल विषय पर आओ,'' उर्मिला ने कहा, वह सर्वाधिक निकृष्ट कथन के लिए तैयार हो रही थी। ''क्या हुआ था?''

सीता ने उसकी ओर एक असहाय दृष्टि डाली। ''यह सब उस दुखदायी स्वर्ण मृग के साथ शुरू हुआ! मैंने उसे देखा और उसके लिए निराशाजनक ढंग से आसक्त हो गई - मुझे बस वह चाहिए ही था! यह सब कुछ एक जादू की तरह था- मैं पूरी तरह से मंत्रमुग्ध थी। मैंने राम से उसे अपने लिए लाने को कहा। लक्ष्मण ने तुरंत हमें चेतावनी दी कि यह एक छलावा हो सकता है, क्योंकि वन में छिपे राक्षस रूप बदलने में निपुण थे। मैंने देखा कि राम लक्ष्मण की चेतावनी को लेकर संकोची थे और मैं रुष्ट हो गई। मैं कुछ अधिक ही चिड़चिड़ा रही थी। मैंने याचना की, मैंने राम के समक्ष विनती करते हुए कहा कि मुझे उस मृग को उपहारस्वरूप लाकर दें, ताकि मैं उसे घर ले जा सकूँ और उसे अपने महल में रख सकूँ। राम पिघल गए, लक्ष्मण के डर से कहीं अधिक, लेकिन, मुझे यह करना सही लगा था। मैंने सोचा कि मैं अपनी बात मनवा ली है, मैं जीत गई हूँ। लक्ष्मण ने एक बार फिर से उन्हें चेतावनी दी, लेकिन राम उस अप्रतिम सुंदर मृग को पकड़कर लाने के लिए तैयार हो गए। राम ने लक्ष्मण को पीछे ही रहने का आदेश दिया क्योंकि वह मृग का शिकार करना चाह रहा था। बड़ी ही अनिच्छा के साथ, लक्ष्मण ने पीछे रहना स्वीकार कर लिया, उसने राम से एक बार फिर से अनुरोध किया कि मृग के पीछे न जाएँ। उसका बार-बार ऐसा करना मुझे परेशान कर रहा था, लेकिन अंततः राम हमें कुटिया में छोड़कर राम उसके पीछे चल पड़ा। उस क्षण मैंने मुश्किल से लक्ष्मण पर आ रहे क्रोध को काबू में किया, क्योंकि मैं बड़ी ही आतुरता से राम की प्रतीक्षा कर रही थी कि वह उस मृग को लेकर लौटने ही वाला है। और शीघ्र ही हमें वो दर्दनाक स्वर सुनाई दिया, यह एक अमानवीय रुदन था जिसमें राम लक्ष्मण को सहायता के लिए पुकार रहा था। इसे सुनकर ऐसे लगा

मानों मेरा संपूर्ण रक्त जम गया हो, लेकिन लक्ष्मण अविचलित बना रहा। मुझे अपने नेत्रों पर विश्वास नहीं हो रहा था। कैसे इतना विश्वसनीय लक्ष्मण इतना शांत बना रह सकता है, अपने भाई की मार्मिक पुकार सुनकर भी उसे कोई पीड़ा नहीं हो रही थी। मैं अपेक्षा कर रही थी कि वह तुरंत ही राम को बचाने के लिए कूच कर जाएगा, लेकिन जब वह एकदम चुपचाप खड़ा रहा, तो मैंने उसे आदेश दिया कि जाओ और अपने भाई की खोज करो, परंतु उसने जाने से मना कर दिया कि वह अपने भाई के आदेश का उल्लंघन नहीं कर सकता। अपितु, उसने मुझे आश्वासन दिया कि राम सुरक्षित है और यह केवल हम लोगों को मूर्ख बनाने की एक चाल है। मैंने उस पर विश्वास नहीं किया: मैं उस पर विश्वास नहीं कर पाई। प्रत्येक गुजरने वाला क्षण मुझे चिंतित करते हुए हिंसक बना रहा था, मैं सोच सोचकर पागल हो रही थी कि राम के साथ क्या हुआ होगा। मैं बस इतना कर सकती थी कि असहाय रूप से खड़ी थी और लक्ष्मण से प्रार्थना कर रही थी परंतु वह तो मुझे बिलकुल न सुनने वाला एक अजीब सा, जिद्दी मनोभाव लिए हुआ था। वह अपने स्थान पर अड़िग था और मेरे सभी निवेदनों के बावजूद अविचल था। और मैंने अपना आपा खो दिया, मैं चिंता और क्रोध में पागल हो गई। मैंने उस पर चिल्लाते हुए कहा कि तुरंत जाए और अपने भाई की तलाश करे।''

उर्मिला ने सीता को संकोच से देखा, और उसकी तरफ एक किंचित याचक भरी दृष्टि से देखा लेकिन उसने सीता को कुछ भी कहने के लिए उकसाया नहीं। वह तो एक भारी हृदय के साथ प्रतीक्षारत थी। सीता ने लक्ष्मण से क्या कहा होगा, यह सोचकर उर्मिला को उन शब्दों को दोहराने में बड़ी शर्मिंदगी लग रही थी?

''आक्रोशित और रोष के साथ हताशा होकर, यह कहते हुए मैं लक्ष्मण पर जमकर बरसी कि वह अपने भाई की मदद नहीं करना चाहता है क्योंकि वह उसे मृत देखना चाहता है क्योंकि उसकी दृष्टि मेरे प्रति, अपनी ही भाभी के प्रति अच्छी नहीं है,'' उसने आख़िर विष-वमन कर ही दिया, उसका भड़का हुआ चेहरा गहरी लाल उष्णता से जल रहा था।

उर्मिला के हृदय में पीड़ा की एक तीव्र लहर उठी, वह अपनी बहन के मुँह से निकले प्रत्येक शब्द के साथ कठोरता से गिरती जा रही थी। सीता ने ऐसा नहीं कहा होगा, वह अविश्वास के साथ एक डरावने स्वर में चीखना चाहती थी।

सीता का स्वर लड़खड़ाने लगा, लेकिन वह कहती गई, निश्चयपूर्वक। ''मैंने उस पर आरोप लगाया कि वह भरत के साथ षड्यंत्र रचकर राम से मुक्ति पाना चाहता है ताकि भरत को सिंहासन मिल जाए और लक्ष्मण मुझे प्राप्त कर ले...।''

सीता अब आगे कुछ और बोलने की स्थिति में नहीं थी, उसका चेहरा शर्म से मलीन होता जा रहा था। वह अपनी बहन उर्मिला के नेत्रों में नहीं देख पा रही थी। उसने अपना चेहरा हाथों से छुपा लिया।

क्या लक्ष्मण टूट गया होगा, उर्मिला बस यही सोचती जा रही थी, घायल, टूटे हृदय के साथ, मोहभंगित, अपमानित। उस क्षण में वह हज़ारों मौत मरे होंगे। उन्होंने यह सब कैसे सहा होगा?

सीता ने उन शब्दों को कहने में सक्षम होने के लिए क्या किया होगा? एक डरी युवा पत्नी अपने पति को ख़तरे में घिर जाने की कपोल कल्पना में पागल हो उठी थी। धीरे-धीरे अपनी समझ को लताड़ते हुए, डर और दुख से निराश और अपमानित। उर्मिला अपनी बहन की अवस्था का अनुमान लगा सकती थी, जो निराशा और लाचारी के गहरे गर्त में अटकी थी, किसी सहारे, किन्हीं शब्दों को खोज रही थी, ताकि लक्ष्मण की उदासीनता को तोड़ा जा सके। अपनी उन्माद से भरी निराशा में, सीता ने लक्ष्मण को उद्यत करने के लिए कुछ भी कहा होगा। अपमानजनक बातों का हर तीर चलाया होगा, उसके अस्तित्व को हिलाकर अपनी कथित उदासीनता से बाहर लाने के उकसाया होगा, ताकि वह राम की सहायता के लिए दौड़ पड़े।

''मैं देख सकती थी उसका चेहरा सदमे से लथपथ था, उसका दुख, उसका आक्रोश, लेकिन मैं तो निष्ठुर बन गई थी। इस सब के बावजूद उसने मुझे कुटिया में अकेले छोड़ने से मना कर दिया। उसने अपने भाई के आदेश की अवज्ञा करने से मना कर दिया,'' अपनी थरथराती यादों और शब्दों के साथ सीता ने बताना जारी रखा। ''अंततः, मैंने धमकी देते हुए कहा कि यदि वह राम की सहायता के लिए नहीं जाएगा, तो मैं आत्महत्या कर लूँगी। अपमानित और असहाय, वह सहमत हो गया, लेकिन कुटिया छोड़ने से पहले उसने मुझे फिर से चेतावनी दी, और अपने अग्नि अस्त्र से उसने, एक कुटिया के चारों ओर, एक लंबी, रहस्यमयी रेखा खींच दी। लक्ष्मण ने मुझे उस रेखा के भीतर रहने की चेतावनी देते हुए कहा कि यदि मैं वह रेखा पार करती हूँ, तो मैं मानवीय सामाजिक कानून से असुरक्षित हो जाऊँगी और फिर वन के

उन प्राणियों के समान बन जाऊँगी, जिन पर वन का कानून मान्य होता है। मैंने उसकी सलाह को सुना, लेकिन उसे अनसुना कर दिया। यदि मैं उस रेखा को पार नहीं करती, रावण मुझे छू भी नहीं पाता। रावण ने उस सुरक्षात्मक लक्ष्मण रेखा की शक्ति को अनुभव किया, इसीलिए वह अंदर नहीं आ सका। मैंने ही इसका उल्लंघन किया और अपनी ही मूर्खता की वजह से मेरा अपहरण कर लिया गया। मैंने कुबुद्धि से ग्रस्त होकर उस स्वर्ण मृग की लालसा की, राम को उसका शिकार करने के लिए जाने को बाध्य किया, और इन सबसे बड़ा पाप करते हुए, मैंने उस पुण्यात्मा लक्ष्मण पर संदेह किया और मूर्खतापूर्ण आक्षेप लगाकर घोर अपमानित किया। एक व्यक्ति जिसने हमारे साथ वन गमन के लिए अपना सब कुछ त्याग दिया था और जो उस क्षण मेरी नि:स्वार्थ सेवा और सुरक्षा कर रहा था। मैंने उसका ही नहीं, उसकी आत्मा को भी अपमानित किया। मैंने लगातार उसकी चेतावनियों को नज़रअंदाज़ कर दिया, मैंने उसकी अवज्ञा की। और अपहरण एवं उसके बाद जो कुछ भी घटा, वह उस पुण्यात्मा के सम्मान को चोट पहुँचाने के लिए मुझे मिला दंड है। मुझे अपने पाप का मूल्य चुकाना ही था, है ना?''

''क्या तुमने पर्याप्त पीड़ा नहीं भोग ली है, सीता?'' उर्मिला ने उसका हाथ अपने हाथ में लेते हुए पूछा। ''इस दंडनीय अपराध और आत्म-पुनर्निर्माण के लिए तुमने स्वयं को दंडित करने का आग्रह क्यों किया?''

सीता ने अपने सिर को हिंसक तरीके से झटका ''क्योंकि मैं स्वयं को क्षमा नहीं कर सकती! राम ने भी मुझे क्षमा नहीं किया है और मुझमें लक्ष्मण से क्षमा माँगने की हिम्मत नहीं है,'' उसने एक अभागे स्वर में कहा। उसने उर्मिला की ओर किंचित अनिश्चितता वाली दृष्टि डाली। ''क्या तुम भी? क्या तुम्हें मुझ पर रोष नहीं आ रहा?''

उर्मिला ने आश्वस्त रूप से उसका हाथ पकड़ा। ''नहीं, मुझे क्यों होगा? यह एक असामान्य, भयानक स्थिति थी और तुमने इस क्षण की आवेश में हिंसक रूप से अपनी शाब्दिक प्रतिक्रिया व्यक्त की थी। शब्द आक्रामक और गंभीर रूप से हानिकारक थे,'' उर्मिला ने धीरे-धीरे शुरू किया, ''और वे तुम्हारे और मेरे लिए अशोभनीय थे। ... तुमने लक्ष्मण को एक गंभीर आघात दिया, परंतु मुझे लगता है कि उन्होंने फिर भी तुम्हें क्षमा कर दिया होगा। वह एक कठिन परीक्षा का समय था, और जो समय अब कर रहा था, उसे करने दो,'' उसने एक लंबी श्वास भरते हुए कहा। ''यह हम सभी के लिए मुश्किल

रहा है। उन क्षणों को पकड़ कर मत रखो, उन्हें मुक्त कर दो। वे केवल हमारा विनाश ही करेंगे। वास्तव में, सीता, तुम्हें यह सब मुझे बताना नहीं चाहिए। तुमने मुझे क्यों बताया?''

''उर्मिला, लक्ष्मण तुम्हारे साथ कुछ साझा करता उससे पहले तुम्हें यह कठोरतम सत्य जानना आवश्यक था।''

उर्मिला ने एक छोटी, दुख भरी मुस्कान दी। ''शायद वह मुझे बिलकुल नहीं बताता...'' उसका स्वर अनिश्चितता से भरा था।

सीता चौंक गई। वह क्यों नहीं बताएगा? मुझे पता है कि वह तुम्हारे साथ सब कुछ साझा करता है!

''तुम्हारी रक्षा करने के लिए,'' उर्मिला ने शांत स्वर में कहा।

यह सुनकर सीता हतप्रभ थी। ''लक्ष्मण कभी तुम्हारे बारे में कोई ख़राब बात नहीं करेंगे या कभी ऐसा कुछ नहीं बताएँगे जो मुझे चिंतित कर दे। अपितु वह कभी कुछ ऐसा नहीं करेंगे कि तुम्हारे और मेरे बीच में किसी एक को चुनने की परिस्थिति निर्मित हो जाए। कभी नहीं!'' उर्मिला ने अपने शब्दों पर ज़ोर देते हुए कहा। ''वह मुझे उस विकल्प को चुनने पर विवश करने की अपेक्षा बहुत प्रेम करता है।''

...लेकिन अब मैंने तुम्हारे साथ ऐसा कर दिया है,'' सीता भयभीत स्वर में फुसफुसाई।

उर्मिला ने कहा, ''नहीं, तुमने मुझे और सक्षम बना दिया कि मैं लक्ष्मण से और अधिक प्रेम कर सकूं, जो मुझे लगता है कि पहले संभव नहीं था,'' उसकी आँखें एक गहरी, उत्तेजक भावना के साथ नम हो गईं।

''और मैंने जो किया उसने मुझे तुच्छ बना दिया!'' सीता रो पड़ी।

''नहीं, क्या हमारा प्रेम इतना कमज़ोर है कि यह हमारे अपराधों, हमारी त्रुटियों, हमारी कमजोरियों का भार नहीं सह सकता? हम एक-दूसरे से इतना प्रेम करते हैं कि कोई नहीं जानता कि हमने क्या-क्या सहा है,'' उर्मिला ने वेदना भरे स्वर में उत्तर दिया।

''यह सब बिगाड़ मैंने किया है और मुझे इसका दंड मिला, काश! मैंने पहली ही बार में राम की बात मान ली होती और उसे मुझे साथ ले जाने के लिए विवश न किया होता, काश! मैंने लक्ष्मण और राम की बात सुनी होती और उस छलावा मृग को पाने की मूर्खतापूर्ण हठ न की होती, काश! मैंने

लक्ष्मण को इस तरह अपमानित न किया होगा। उर्मि, मैं कैसे वे सारी त्रुटियाँ ठीक कर दूँ जो मैं कर चुकी हूँ?'' सीता रो रही थी, उसका चेहरा भीगा और वेदना से भरा था, आँसू उसे पीले, खोखले गालों को जलाते हुए लुढ़क रहे थे।

उर्मिला ने सीता के कंधों को झकझोरते हुए पकड़ा और कसकर उसके गले लग गई, वह उसे और अधिक पीड़ा भोगने से बचाना चाहती थी। ''हमने त्रुटियाँ की हैं... चलो बस बहुत हुआ, अब उनसे सीखें और किसी औचित्य की खोज न करें। पछतावा करने के लिए जीवन बहुत छोटा है। और विपत्तियों को सहन करने के लिए बहुत लंबा है, उर्मिला बोली, उसने अपनी बहन पर एक भरपूर व खोजपूर्ण दृष्टि डाली।'' ''और तुम मेरे लिए बहुत ही मूल्यवान हो, जब तुम्हारा अपहरण हो गया था, मैं तो सोच-सोचकर लगभग पागल हो गई थी। और, अब सब कुछ हो जाने के बाद तुम लौट आई हो। मैं तुमसे अब कुछ और नहीं माँग सकती। मुझे और कुछ नहीं चाहिए, क्योंकि मुझमें तुम्हें फिर से खो देने की हिम्मत नहीं है।''

उर्मिला ने भी अपने आँसुओं की उष्णता को अनुभव किया और अंतत: उन्हें मुक्त होकर बहने दिया, ताकि उन आँसुओं के साथ तमाम उदासीनता, संताप और पीड़ा, और पिछले कई वर्षों की निराशा और मायूसी उन्हीं आँसुओं के साथ बह जाए। अब भी उनके बीच कहने-सुनने को बहुत कुछ था। दोनों बहनें एक-दूसरे की भुजाओं में विलाप कर रही थीं, दोनों एक-दूसरे को थामे हुई थीं, एक नई आशा को पकड़कर, दोनों यही आशा कर रही थीं कि अतीत में जो पीड़ा उन्होंने सहन की है, अब उसका कोई अच्छा परिणाम निकलेगा और उनके जीवन में एक संभावित पूर्णता समाहित होगी।

उनका शयनकक्ष इस तरह से सुसज्जित था, मानो विवाह की प्रथम रात्रि हो। सुगंधित तेल वाले दीये एक आकर्षक दीप्ति के साथ जगमग रोशनी से नहाए हुए थे। शांता और सुमित्रा ने रेशम की चादर और तकियों को गुलाब की पंखुड़ियों से भर दिया था, यह फूलों का बिछौना बन गया था, नाजुक और सुगंधित, लेकिन उर्मिला ने उसकी ओर कोई ध्यान नहीं दिया, उसकी दृष्टि तो अपने कक्ष में मौजूद उस पुरुष पर अटक गई थी। वर्षों के एकाकीपन के बाद अंतत: वह उसके समीप, उसी के कक्ष में उपस्थित थे।

उर्मिला को देखने के लिए लक्ष्मण ने अपनी गर्दन घुमाई। उर्मिला को दौड़कर उनके पास पहुँचने की कोई शीघ्रता नहीं थी और न ही उसने उन्हें कसकर भुजाओं में भरकर चुंबन की बौछार जैसा कुछ किया जो कि उसने अपने विवाह के उपरांत कई रात्रि में किया था। वह अब भी अपने ही स्थान पर खड़ी थी, वह उन्हें केवल देख रही थी, उसके नेत्रों में उम्र भरी थी, वे थकी हुई थीं। वह उन नेत्रों में शरारती चमक को फिर से भरने के लिए कुछ भी करने से पीछे नहीं हटेंगे। उन्होंने अपने अंदर भावनाओं का ज्वार उठता अनुभव किया। वह बिलकुल अलग दिख रही थी; वह अलग रूप में प्रकट थी। क्या यह उर्मिला का ही चेहरा था, जो अब उनके व्यक्तित्व पर हावी हो चुका है; वह एक शांत सुंदरता से दमकता था, उस पर चौड़ी, बड़े-बड़े नेत्रों की चमकदार जीवंतता गुम हो गई थी। वह चुप और चिंतनशील थी, एक हल्की सी स्मित उसके होंठों के चारों ओर मँडरा रही थी, जो उसके रूप में और अधिक सूनापन भर रही थी।

''क्या तुम्हें अपनी माँ से बात करने का समय मिला?'' उर्मिला ने एक झटके से पूछा।

उन्होंने सहमति में सिर हिलाया। वह असामान्य रूप से शांत थी, वह उनसे कुछ बात करने के लिए अधीर थी, अपितु उसे लग रहा था कि उसकी जीभ को किसी ने कसकर बाँध दिया है। वह कभी भी उसके साथ मूक रूप में इतनी शर्मीली नहीं रही, लेकिन वर्षो के बाद वह सशरीर उसके बेहद समीप थे- दुबले- पतले, साँवले लक्ष्मण, उसके कक्ष में जहाँ उन दोनों की निजता अबाधित थी, उसे अचानक से कुछ अजीब से अनुभव होने लगा था। कक्ष में अपने प्रियतम लक्ष्मण की उपस्थिति ने उसे पराजित कर दिया था; उन दोनों के बीच जमे हुए बीते वर्षों की हिम मानो इतनी शीघ्र पिघलने से इंकार कर रही थी। वह निराशाजनक रूप से एक घबराहट के साथ आश्वस्त हो गई थी, उसकी चेतना अनिश्चय की अवस्था में थी और उसमें स्वयं पर ही संदेह वाले मनोभाव हिलोरे ले रहे थे। उसने अपनी इस घबराहट में ही कुछ शब्द बोलने के लिए पकड़े : उसे बताने के लिए उर्मिला के पास कितना कुछ था, और बहुत अधिक वह जानना चाहती थी, अपितु स्वयं मंथन करते मन के साथ वह चुप्पी लगाए रही।

आरंभ लक्ष्मण ने किया। ''तुम रो रही थी,'' उन्होंने धीरे से कहा, उनकी पैनी

दृष्टि ने उर्मिला के हल्के सूजे नेत्रों में लालिमा पकड़ ली थी। लक्ष्मण ने उसके काँपते हाथ को अपने हाथ में ले लिया। उसे एक सुखद गर्माहट की अनुभूति हुई, वह गर्माहट फैलने लगी और उसके चेहरे पर आकर उड़ने लगी: उसने पता नहीं कब से उनके स्पर्श की अनुभूति नहीं की थी।

''कभी किसी नारी को ये याद मत दिलाओ कि वह रो रही थी!'' उसने हल्का प्रतिकार किया, उसने अपने मुख को और अच्छी तरह धो लिया था ताकि आँसू का हर चिह्न साफ हो जाए, लेकिन फिर भी लक्ष्मण ने पकड़ लिया। उर्मिला नहीं चाहती थी कि लक्ष्मण को पता चले कि वह रो रही थी।

''मुझे पता है कि तुम्हें आँसू से घृणा है और कोई देख ले तो उन नन्हीं बूँदों के प्रति तुम्हारी घृणा और बढ़ जाती है और मैं किसी आवेशवश निकले तुम्हारे आँसुओं के बारे में बात नहीं कर रहा,'' अपने अंगूठे को उसकी अप्रत्याशित मुलायम कलाई की त्वचा पर स्पर्श करते हुए, माहौल को हल्का करने के लिए वह हल्के से हँसते हुए बोले।

यह एक प्रेमपूर्ण अनुभूति के साथ मिश्रित एक नई सनसनाहट सी थी। उनकी उंगलियाँ खरोंचदार और कठोर थीं। उर्मिला ने उनका हाथ अपने हाथ में लिया और हथेली को बाहर की ओर पलट दिया। वे बुरी तरह से कठोर हो चुकी थीं, उनकी त्वचा बेरंग, रुखी और पथरीली थी। यही वे हाथ थे, जो वन की लकड़ियाँ काटा करते थे, नदी से पानी लाते थे, वन्य पशुओं और राक्षसों को मारने के लिए प्रत्यंचा पर तीर चढ़ाते थे। इन्हीं हाथों ने इंद्रजीत का वध करते समय कोई दया नहीं दिखाई थी। यही वे हाथ थे, जिन्होंने सीता की अग्निपरीक्षा के लिए लकड़ियाँ जमा की थीं, यही तो वे हाथ थे, जिन्होंने सीता से याचना की थी कि राम के लौटने तक उसकी रक्षा के लिए वहीं रहने दें। निश्चित रूप से यही तो वे हाथ थे, जिन्होंने मूक दर्द सहा था, जब सीता ने लक्ष्मण का घोर अपमान किया था। और यही वे हाथ थे, जिन्होंने उसकी अनुपस्थिति में सीता की सुरक्षा के लिए वह रहस्यमयी रेखा खींची थी। उर्मिला के सामने से व्यतीत समय अचानक बिजली की तरह कौंधा, पूरे के पूरे चौदह साल की यादें, उसकी फफोलेदार हथेली की जालनुमा रेखाओं में गहराई से समाई थीं।

उर्मिला की दृष्टि अचानक धुँधली पड़ने लगी और उसने अपने नेत्रों को कसकर बंद कर लिए। उसने लक्ष्मण की भुजा को अपने निकट खींचा और

उनके सीने पर अपने सिर को टिका लिया, अपने चेहरे को उसने इस तरह से दूसरी ओर घुमा लिया था, ताकि लक्ष्मण उसकी सजल आँखें न देख पाए। वह इन क्षणों को अब और किसी तरह के वेदनापूर्ण विचारों से नष्ट नहीं करना चाहती थी और जैसे ही लक्ष्मण ने उसे अपनी भुजाओं के घेरे में कसा, अपनी कठोरता में एक मूरत को समाने की इस चेष्टा ने घायल पड़ी उर्मिला को मानो अचानक जीवन शक्ति प्राप्त हो गई, वह उसके सहारे धीरे-धीरे आराम मुद्रा में पहुँच गई। वे एक-दूसरे की भुजाओं में समाए थे, लक्ष्मण उसे अपने निकट सटाए हुए थे और उर्मिला अपने हृदय के विरुद्ध उसके हृदय की स्थिर धड़कनों को चुपचाप बस सुनती ही जा रही थी। दोनों ने सुखद अनुभूति और शांतपूर्ण पूर्ति की लंबी लहर में स्वयं को पूरी तरह भिगो लिया। उसे स्वयं पर विश्वास नहीं हो रहा था कि वह समापन तक उसे थामे हुए थी, इस तरह कि वह उसे पूरी तरह अनुभव कर पा रही थी, उसे स्पर्श कर रही थी, हर श्वास के साथ उसे अपने अंदर समाहित कर रही थी। स्वयं को और अधिक आश्वस्त करने की चेष्टा के साथ वह उनके और निकट चली गई और उसने अनुभव किया के लक्ष्मण ने उसे अपनी आगोश में और कस लिया था। ऐसा कि वह उसे फिर कभी दूर नहीं जाने देंगे। उन्होंने तत्परता से उसके लंबे बालों से केश काँटे को बाहर खींच लिया और वे ढीले पड़कर उसके मुख पर एक रेशमी सुगंध के साथ बिखरने लगे। उर्मिला ने धीरे से अपने सिर को ऊपर उठाया, ताकि वह उसकी छाती पर लगे गहरे घाव के निशान को देख सके। बाकी घावों के निशानों की तुलना में यह अब भी ताज़ा और नम दिखाई पड़ रहा था। उसने अपनी उंगलियों को प्रत्येक निशान पर धीरे-धीरे फेरा, मानों वह हर घाव से उसका इतिहास जान रही हो। उसने बड़ी धीरे से अपने होंठ उस पर रख दिए, वह बहुत ही कोमलता से उन्हें सहारा दे रही थीं, उसे आशा थी वह लक्ष्मण की संपूर्ण पीड़ा को हर लेगी।

''तुम बहुत थक गए होगे,'' उसने बहुत धीमे से कहा और उन्हें शैय्या की ओर ले गई। यह शैय्या बहुत बड़ी, कोमल और आमंत्रित करने वाली थी। वह बैठकर उनके आने की प्रतीक्षा करने लगी। लक्ष्मण ने शैय्या पर अपने पैर फैलाए और एक ज़ोर की जम्हाई ली। वह सुस्ती भरी दृष्टि से बड़ी देर तक उर्मिला को निहारते रहे, और फिर उन्होंने उर्मिला के लिए अपनी भुजाएँ फैला दीं। वह अब भी उसे अपनी भुजाओं में थामे हुए थे। कुछ समय के बाद, जब वह एक लंबी, शांति भरी निद्रा में लीन हो गए तो बिना तारों

वाली वह अंधियारी रात्रि अयोध्यावासियों की प्रसन्नता की आतिशबाजी से खिलखिला रही थी।

जब सुबह की उजली किरणों लक्ष्मण के मुख की दीप्ति बढ़ा रही थी, तो उनकी घनी भौंहे उड़ती हुई तुरंत खुल गई, उनकी आँखें सदैव की तरह सतर्क थीं। उर्मिला ने उन पर एक गहरी दृष्टि डाली, उसकी आँखें मुस्करा रही थीं, "हाँ, तो अब तुम मुझे बताओ कि तुम्हारे वहाँ रहते मेरी बहन का अपहरण कैसे हो गया था?"

और लक्ष्मण उसे पूरी कहानी सुनाने के लिए मन बनाकर बैठ गए।

उपसंहार : हानि

उर्मिला और लक्ष्मण के दो पुत्र हुए – अंगद और चित्रकेतु – उस घटना के लगभग एक साल बाद जब अयोध्या लौटने के कुछ महीनों बाद ही राम ने गर्भवती सीता को वन में भटकने के लिए छोड़ दिया था। उर्मिला राम की सबसे मुखर आलोचक बनी रही। अपनी बहन सीता के बजाय राज्य और प्रजा को चुनने के लिए वह राम को कभी क्षमा नहीं कर पाई। वह लक्ष्मण ही थे, जिन्हें सीता को वन में छोड़ने का कार्य सौंपा गया था। एक ऐसा कार्य, जिसके लिए लक्ष्मण स्वयं को जीवन भर कोसते रहे। उनकी आत्मग्लानि भरी स्वयं की आलोचना उर्मिला के संतप्त क्रोध के समान ही महत्त्वपूर्ण थी। इसके बाद समय वैसा नहीं रहा...।

लक्ष्मण की मृत्यु भी वैसी ही थी, जैसा उनका जीवन था – राम के लिए। विडंबना ही थी कि जिसने अपना सारा जीवन अपने बड़े भाई की आज्ञा पालन में बिता दिया, उस लक्ष्मण की मृत्यु राम के आदेश की अवज्ञा के कारण हुई। राज्यादेश अर्थात राम के आदेश के विपरीत कार्य करने पर, लक्ष्मण को राजकीय नियमों के पालन में मृत्यु का वरण करना पड़ा।

व्याकुल सीता के धरती माता की गोद में समाने के दशकों बाद, यमराज का राम राज्य में अनायास आगमन हुआ। जब यमराज राम के साथ बंद कक्ष में वार्तालाप करने में व्यस्त थे और लक्ष्मण द्वार पर थे, तभी ऋषि दुर्वासा का भी वहाँ आगमन हुआ। लक्ष्मण ने ऋषि दुर्वासा से प्रतीक्षा करने का अनुरोध किया, लेकिन क्रोधी ऋषि दुर्वासा प्रतीक्षा करने के लिए तैयार नहीं हुए और राम से तुरंत भेंट नहीं करवाने पर अयोध्या नगरी को श्राप से नष्ट करने की धमकी देने लगे। राज्य के नियम के अनुसार राजा जब किसी के साथ बंद

कक्ष में निजी वार्तालाप कर रहे हों तो अंदर जाने या वार्तालाप में विघ्न डालने पर मृत्युदंड का प्रावधान था, लेकिन ऋषि दुर्वासा ने लक्ष्मण को यह नियम तोड़कर राम को बुलाने के लिए कहा। लक्ष्मण ने भी ऋषि दुर्वासा के श्राप से अयोध्या नगरी को बचाने के लिए स्वयं के प्राणों का उत्सर्ग करना श्रेयस्कर समझा और द्वार खोल दिया। राज्य के नियमानुसार, जिसे स्वयं राजा राम भी नहीं बदल सकते थे, लक्ष्मण ने मृत्युदंड को स्वीकार किया और स्वयं की तलवार से अपनी गर्दन अलग कर दी।

अपने प्रिय भ्राता की मृत्यु का दुख सहन नहीं कर सकने पर राम ने भी अपने जुड़वाँ पुत्रों लव और कुश को राजपाट सौंप दिया और सरयू नदी में जल समाधि लेकर अपने जीवन का परित्याग कर दिया। शेष बचे दोनों भाइयों ने भी राम का अनुसरण करते हुए जलसमाधि ले ली। पश्चाताप और दुख से भरे अयोध्यावासी रुंधे गले से उन्हें जाते हुए देखते रहे। मानो विश्वास ही न कर पा रहे हों कि कभी उन्हें राम जैसे राजा और सीता जैसी रानी मिली थीं।

राज्य का विभाजन न्यायिक आधार पर युवा राजकुमारों में कर दिया गया। लव और कुश को अयोध्या में उत्तरी और दक्षिणी कौशल प्रदेश का राजा बनाया गया। भरत के पुत्रों तक्ष और पुष्कल ने गांधार प्रदेश पर राज्य किया, जिसकी राजधानी तक्षशिला थी। शत्रुघ्न ने अपना मथुरा और विदिशा का राज्य अपने दो पुत्रों सुबाहु और शत्रुघाती को दिया। लक्ष्मण के पुत्रों अंगद और चित्रकेतु ने अपनी माता के देश मिथिला के पास कारुपदेश में राज्य किया।

आभार

मैं तीन बहनों के परिवार से आती हूँ और सौभाग्य से मेरी दो बेटियाँ हैं। महिलाओं की बहुलता वाले माहौल में रहने पर अक्सर मैं सोचती हूँ कि सीता और उनकी बहनों के साथ क्या होता होगा। मैंने यह पुस्तक मेरे जीवन में आने वाली इन प्यारी महिलाओं के लिए और उनके कारण ही लिखी है; और बेशक आई, मेरी हौसलामंद माँ, जिन्होंने एक दूसरे से एकदम अलग तीन बेटियों को बेहद ख़ूबसूरत तरीक़े से पाला। शायद इसलिए कि उनकी भी दो बहनें थीं! मैं अपने जीवन में इन सभी दिलचस्प और प्यारी महिलाओं की शुक्रगुज़ार हूँ।

महिलाओं के इस शानदार संयोजन की बात करें तो मैं इस पुस्तक को लिखने में इतना आगे नहीं बढ़ पाती यदि लगातार मौखिक संपादन, प्रूफ की गलतियाँ सुधारने, बहसों, शंकाओं और चर्चाओं में मेरी सहेलियों- प्रिया और सारिका का साथ न मिलता। ये इतनी अधीर थीं कि अंग्रेजी में पुस्तक पूरी होने तक दो बार उसका संपादन और प्रूफ रीडिंग हो चुकी थी। प्रिया की सकारात्मक टिप्पणियाँ और तर्क का हस्तेक्षक पुस्तक के शीर्षक में भी रहा।

इस पुस्तक के लिए एक संक्षिप्त ट्रेलर तैयार करने के लिए मैं एक बार फिर मैथिली का धन्यवाद करना चाहती हूँ। मैं फिर कहूँगी कि पूर्व में 'कर्ण संगिनी' के दौरान फिल्म निर्माण का उसका प्रयास काफी सफल रहा, जिसकी वजह से उसने इस बार दोबारा हिम्मत की।

उर्मिला के बारे में जो भी अध्ययन सामग्री में जमा कर पाई, वह कुछ दुर्लभ और बेतरतीब से आलेख और कुछ दिलचस्प लोककथाएँ थीं, जिन्हें मेरी दादी ने मुझे याद करके सुनाया था।

और अंत में, ईश्वरीय अनुकंपा और तमाम शुभचिंतकों की शुभेच्छाओं के बिना मेरा इस पुस्तक को लिख पाना या पूरा कर पाना संभव नहीं था।